Arderás en la tormenta

Arderás en la tormenta

John Verdon

Traducción de Santiago del Rey

Rocaeditorial

Título original: *White River Burning*

© 2018, John Verdon

Primera edición: junio de 2018
Primera reimpresión: junio de 2018

© de la traducción: 2018, Santiago del Rey
© de esta edición: 2018, Roca Editorial de Libros, S. L.
Av. Marquès de l'Argentera 17, pral.
08003 Barcelona
actualidad@rocaeditorial.com
www.rocalibros.com

Impreso por Liberdúplex
Sant Llorenç d'Hortons (Barcelona)

ISBN: 978-84-16700-72-1
Código IBIC: FF; FH
Depósito legal: B-10498-2018

RE00721

Para Naomi

PRIMERA PARTE

Furia oculta

1

*D*ave Gurney estaba ante el fregadero de la cocina de su granja, con uno de los coladores de Madeleine en las manos. Con sumo cuidado, vaciaba en él un tarro muy antiguo de vidrio teñido, que contenía una especie de guijarros marrones recubiertos de una costra de barro.

Al limpiarlos de tierra, vio que eran más pequeños, de un color más claro y también más uniformes de lo que parecía en principio. Puso una toallita de papel en la encimera del fregadero y vertió sobre ella el contenido del colador. Cogió otra toallita y la aplicó meticulosamente sobre los guijarros hasta secarlos; luego los llevó, junto con el tarro, desde la cocina hasta el escritorio de su estudio y los colocó al lado de su portátil y de una gran lupa. Encendió el ordenador y abrió el documento que había creado con el programa de gráficos arqueológicos: un sistema que había adquirido hacía solo un mes, poco después de encontrar los restos de un antiguo sótano de piedra en el bosquecillo de cerezos situado por encima del estanque. Lo que había descubierto hasta ahora inspeccionando el lugar le impulsaba a creer que ese sótano había servido quizá de cimiento de una construcción de finales del siglo XVII o principios del XVIII: tal vez la casa de un colono en lo que entonces debía de haber sido una región fronteriza salvaje.

El programa arqueológico le permitía superponer una retícula a escala sobre una foto actual de la zona del sótano, y luego marcar las cuadrículas con códigos para indicar la ubicación exacta de los objetos que había encontrado. Una lista adjunta enlazaba los códigos de identificación con la descripción verbal y las fotografías de cada uno de los objetos hallados. Entre estos objetos, ahora había dos ganchos de hierro, que, según lo que decían en Internet, se empleaban para estirar pieles de animales; un utensilio modelado con un hueso largo, que servía probablemente para desollar y rascar las pieles; un cuchillo con el mango negro; los restos oxidados de varios eslabones de una cadena de hierro; y una llave también de hierro.

Prácticamente sin darse cuenta, había empezado a contemplar aquellos pocos objetos, apenas iluminados por sus escasos conocimientos del periodo histórico al que estaban asociados, como los primeros e incitantes fragmentos de un rompecabezas: como una serie de puntos que debían conectarse con la ayuda de otros puntos todavía por descubrir.

Después de anotar la ubicación de su último hallazgo, cogió la lupa para examinar el tarro, que era de un cristal azulado y ligeramente opaco. A juzgar por las fotos que había en Internet de otros recipientes similares, el tarro concordaba con su estimación de la época de los cimientos.

A continuación se concentró en los guijarros. Sacó un clip del cajón del escritorio, lo desdobló hasta convertirlo en un alambre más o menos recto y lo utilizó para mover uno de los guijarros, girándolo y dándole vueltas bajo la lupa. Parecía relativamente pulido salvo en una de sus facetas, que consistía en un hueco diminuto con unos bordes afilados. Prosiguió con el segundo guijarro, en el que identificó la misma estructura; y luego con el tercero y el cuarto, así como con los cuatro restantes. Esa minuciosa inspección revelaba que los ocho, sin ser idénticos, tenían la misma configuración básica.

Se preguntó cuál podría ser el significado de eso.

Luego se le ocurrió que quizá no fueran guijarros.

Podían ser dientes.

Dientes pequeños. Posiblemente de un niño.

Si era así, le venían inmediatamente otras preguntas a la cabeza: preguntas que le impulsaban a volver al yacimiento para excavar un poco más.

Justo cuando se levantaba, Madeleine entró en el estudio. Echó un vistazo rápido a los objetos esparcidos sobre la toalla de papel, con ese leve rictus de repugnancia que cruzaba su rostro cada vez que pensaba en la excavación que ahora tenía bloqueado el sendero que tanto le gustaba. Tampoco ayudaba que la forma que Gurney tenía de abordar esa excavación le recordara a la actitud con la que solía abordar una escena del crimen en el pasado, en su época de detective de homicidios de la policía de Nueva York.

Una de las fuentes constantes de tensión de su matrimonio era esa grieta siempre abierta: una grieta entre el deseo de Madeleine de que ambos cortaran con su pasado en la ciudad, para abrazar incondicionalmente una nueva vida en el campo, y la incapacidad (o la resistencia) de Gurney para deshacerse de una vez de su actitud profesional, de esa necesidad de estar siempre investigando algo.

Ella adoptó una alegre sonrisa, con firmeza.

—Hace una mañana preciosa de primavera. Voy a caminar por el viejo sendero de la cantera. Volveré dentro de un par de horas.

Gurney esperó a la siguiente frase. Normalmente, después de informarle de que iba a salir, Madeleine le preguntaba si quería acompañarla. Y, normalmente, él ponía una excusa relacionada con alguna tarea pendiente. La verdad pura y dura era que caminar por el bosque no le proporcionaba la misma sensación de paz que a ella. Su propia sensación de paz, un sentimiento íntimo de fuerza y de confianza en sí mismo, no surgía tanto de disfrutar del mundo que le rodeaba como de averiguar qué ocurría y por qué. La paz a través de la investigación, a través del descubrimiento, a través de la lógica.

Esta vez, sin embargo, ella no le invitó a acompañarla. Se limitó a añadir con una evidente falta de entusiasmo:

—Ha llamado Sheridan Kline.

—¿El fiscal del distrito? ¿Qué quería?

—Hablar contigo.

—¿Qué le has dicho?

—Que habías salido. Ha llamado antes de que volvieras a casa con estas cosas —dijo Madeleine, señalando los guijarros con forma de diente—. No ha querido dejar ningún mensaje. Ha dicho que volvería a llamar a las once y media.

Gurney alzó la mirada hacia el reloj de la pared. Eran las once menos cuarto.

—¿No te ha dado ninguna pista de lo que quería?

—Parecía bastante tenso. Quizá tenga que ver con los disturbios de Whiter River.

Él reflexionó un momento.

—No veo cómo podría ayudarle en ese asunto.

Madeleine se encogió de hombros.

—Es solo una suposición. Pero sea lo que sea, seguramente no te lo dirá claramente. Es una víbora. Ve con cuidado.

14

2

$\mathcal{M}$ientras Madeleine se ataba los cordones de sus botas de montaña en el vestíbulo, Gurney se preparó una taza de café y salió a sentarse en una de las sillas del patio de piedra caliza, junto al plantel de espárragos.

Desde el patio se podían ver los pastos bajos, el granero, el estanque y la carretera local apenas transitada que iba a morir en las veinte hectáreas de bosques y campos de la propiedad. En realidad, hacía mucho que el lugar no era una granja en activo, y lo que Madeleine llamaba «pastos» no pasaban de ser unos prados cubiertos de maleza. El abandono les había conferido, si acaso, una belleza más natural, especialmente ahora, a principios de mayo, con la primera explosión de flores silvestres expandiéndose por toda la ladera.

Madeleine salió por las puertas cristaleras que daban al patio con una cazadora fucsia de nailon entreabierta encima de una camiseta verde amarillento. Ya fuera por la exuberante sensación del aire primaveral o por la simple expectativa de la excursión, su humor había mejorado a todas luces. Se inclinó sobre la silla de madera y le dio un beso en la cabeza.

—¿Seguro que oirás el teléfono desde aquí?

—He dejado abierta la ventana.

—De acuerdo. Nos vemos dentro de un par de horas.

Gurney alzó la vista hacia ella y entrevió en su suave sonrisa a la mujer con la que se había casado veinticinco años antes. Le asombraba la rapidez con la que podía cambiar el tono de su relación: cómo podían cargarse de tensión los gestos e incidentes más ínfimos, y qué contagiosos llegaban a ser los sentimientos que generaban.

La miró alejarse entre las altas hierbas, con su chaqueta brillando al sol. Enseguida desapareció en el bosque de pinos en dirección al viejo camino que conectaba una serie de canteras de piedra caliza a lo largo de las estribaciones del norte. De repente casi habría preferido que ella le hubiera dicho que la acompañara, que la llamada de Kline hubiera de llegarle al teléfono móvil y no a la línea fija de la casa.

Miró el reloj. Sus especulaciones sobre los objetos hallados en el viejo sótano enterrado quedaron totalmente eclipsadas por los esfuerzos que hizo por imaginar qué quería el fiscal del distrito, y hasta qué punto serían oscuras sus intenciones.

A las 11:30, Gurney oyó el rumor lejano de un coche que subía por la estrecha carretera, más abajo del granero. Al cabo de un minuto, un reluciente Lincoln Navigator negro pasó entre el granero y el estanque, pareció vacilar un instante en el punto donde terminaba la superficie de grava y luego ascendió pesadamente por la pista cubierta de baches de la granja, entre las hierbas salvajes de los pastos, hasta la explanada de la casa, donde se detuvo junto al polvoriento Outback de Gurney.

La primera sorpresa fue comprobar que era el propio Sheridan Kline quien bajaba del enorme todoterreno. La segunda, que se bajara del asiento del conductor. Había venido en el coche oficial, pero sin recurrir a los servicios de su chófer: una novedad singular, pensó Gurney, para un hombre al que le encantaban los privilegios de su cargo.

Vestido impecablemente, Kline dio un par de tirones rápidos para alisar las arrugas de sus pantalones. A primera vista, parecía haber perdido estatura desde su último encuentro, diez meses atrás, durante el complicado proceso legal del caso Peter Pan. Era una impresión extraña. Su presencia, por otro lado, constituía un desagradable recordatorio de aquella historia. Había muerto mucha gente en el desenlace de la investigación, y Kline se había mostrado bastante dispuesto a acusar a Gurney de homicidio imprudente. Pero en cuanto había quedado claro que los medios preferían presentar al expolicía como un héroe, Kline se había sumado a esa versión con un caluroso entusiasmo que a Madeleine le había parecido repulsivo.

Ahora, mirando alrededor para estudiar el terreno, Kline se acercó al patio con una sonrisa impostada.

Gurney se levantó para recibirlo.

—Creía que ibas a llamar.

Kline siguió con aquella sonrisa.

—Cambio de planes. He tenido que pasar por White River para reunirme con el jefe Beckert. Solo queda a sesenta kilómetros; cuarenta y cinco minutos de trayecto sin tráfico. Así pues, ¿por qué no hacerlo cara a cara? Siempre es mejor así.

Gurney señaló el Navigator con la cabeza.

—¿Hoy no tienes chófer?

—«Conductor», David, no «chófer». Soy un funcionario público, por el amor de Dios. —Hizo una breve pausa. Irradiaba una energía inquieta, nerviosa—. Conducir suele relajarme. —Había un tic casi imperceptible en la comisura de esa sonrisa.

—¿Has venido directamente desde White River?

—De una reunión con Beckert, como te decía. Y es de eso de lo que quiero hablar contigo. —Señaló las sillas—. ¿Por qué no nos sentamos?

—¿No prefieres que entremos?

Kline hizo una mueca.

—No, la verdad. Hace un día precioso. Paso demasiado tiempo encerrado en un despacho.

Gurney se preguntó si temía que pudiera grabar la conversación, si consideraba el patio un lugar más seguro. Quizás esa fuera la razón de que hubiera evitado el teléfono.

—¿Café?

—No, ahora no.

Gurney le indicó una silla, tomó asiento frente a él y esperó.

Kline se quitó la chaqueta de su traje gris (parecía caro), la dobló pulcramente sobre el respaldo y se aflojó la corbata antes de sentarse en el borde de la silla.

—Permíteme que vaya directo al grano. Como te puedes imaginar, nos enfrentamos a un tremendo desafío. No debería ser algo totalmente inesperado, dadas las proclamas incendiarias de esa pandilla de la UDN, pero una cosa así siempre supone cierto *shock*. Tú estuviste veinticinco años en la policía de Nueva York, así que ya me imagino cómo te debe de haber sentado.

—¿Cómo me ha sentado… el qué?

17

—El asesinato.

—¿Qué asesinato?

—Joder, ¿tan aislado vives en estas montañas? ¿Ni siquiera te has enterado de las manifestaciones que ha habido en White River durante toda la semana?

—¿Por el primer aniversario de esa muerte en un control de tráfico? ¿El caso Laxton Jones? Imposible no enterarse de la historia. Pero no he estado atento a las noticias esta mañana.

—Anoche mataron de un disparo a un agente de White River. Mientras intentaba impedir que los disturbios raciales se desmandaran del todo.

—Joder.

—Sí. Exacto.

—¿Y sucedió durante una manifestación de la Unión de Defensa Negra?

—Por supuesto.

—Creía que eran un grupo no violento.

—¡Ja!

—Ese agente al que dispararon, ¿era blanco?

—Claro.

—¿Cómo lo…?

—Un francotirador. Un tiro mortal en la cabeza. Alguien que sabía muy bien lo que hacía. No fue un idiota ciego de coca con una pistola barata. Fue algo planeado. —Kline se pasó nerviosamente los dedos por su pelo corto y oscuro.

A Gurney le llamó la atención la reacción emocional del fiscal del distrito: algo natural entre la mayoría de la gente, pero llamativa en un político tan frío y calculador. Por lo que sabía de él, aquel hombre evaluaba todo lo que sucedía en función de si podía favorecer o entorpecer sus ambiciones personales.

En el aire había una pregunta obvia. Kline la formuló justo cuando Gurney iba a plantearla.

—Te preguntarás por qué estoy hablándote de este asunto, ¿no? —Se removió en el borde de la silla para mirarle a los ojos, como si creyera que esa mirada directa era esencial para transmitir una impresión de franqueza—. He venido porque quiero tu ayuda, Dave. Mejor dicho, porque necesito tu ayuda.

3

Sheridan Kline permaneció de pie frente a las puertas cristaleras, observando cómo Gurney preparaba un par de tazas de café en la máquina. Ninguno de los dos volvió a decir nada hasta que estuvieron otra vez sentados. El fiscal del distrito todavía tenía un aire rígido e incómodo, aunque quizás algo más tranquilo, puesto que había comprobado con sus propios ojos que Gurney no aprovechaba mientras preparaba el café para ocultar un micrófono en el bolsillo. Dio unos sorbos a su taza y luego la dejó en el reposabrazos plano de la silla.

Inspiró hondo como quien se dispone a lanzarse a una piscina de agua muy fría.

—Voy a ser completamente franco contigo, David. Tengo un problema monumental. La situación en White River es explosiva. No sé hasta qué punto has seguido el asunto, pero durante toda la semana pasada se han producido brotes de saqueos e incendios en la zona de Grinton. Hay un permanente pestazo a humo en el aire. Es algo exasperante. Y la cosa podría ponerse mucho peor. Es un barril lleno de pólvora, y esa gente de la UDN parece estar haciendo todo lo posible para que explote. Este último ataque, por ejemplo. El asesinato a sangre fría de un agente de policía.

Se quedó callado, meneando la cabeza.

Tras unos momentos, Gurney intentó alentarlo para que le contara el motivo concreto de su visita.

—Has dicho que has venido aquí después de reunirte con el jefe de policía de Whiter River, ¿no?

—Dell Beckert y su número dos, Judd Turlock.

—¿Una reunión para decidir cómo responder a ese ataque?

—Entre otras cosas. Para analizar toda la situación. Todas las consecuencias. —Kline hizo una mueca, como si estuviera regurgitando algo indigesto.

—¿Hay alguna relación entre esa reunión y tu visita?

Otra mueca dolorida.

—Sí y no.

—Explícame la parte del «sí».

Antes de responder, Kline cogió su taza y dio un buen trago de café; luego la volvió a colocar con todo cuidado en el reposabrazos. Gurney notó que le temblaba la mano.

—La situación en White River es muy delicada. Las emociones se están caldeando demasiado en ambos bandos. Te he dicho que es un barril lleno de pólvora, pero no es exacto. Lo que hay dentro es más bien nitroglicerina pura: difícil de manejar, imprevisible, implacable. Si tropiezas, si le das un mal golpe, podríamos saltar todos en pedazos.

—Ya veo. Agitación racial. Emociones enconadas. Podría desatarse el caos. Pero...

—¿Cómo encajas tú en todo esto? —Kline le lanzó una sonrisa ansiosa de político—. Mira, David, jamás en toda mi carrera había necesitado tanto echar mano de todos los recursos a mi alcance. Hablo de cerebros: del tipo adecuado de cerebros. De la necesidad de comprender todos los matices. De prever los acontecimientos. No quiero llevarme una sorpresa por no haber analizado bien la situación.

—¿Crees que el departamento de Beckert quizá no esté preparado para esa tarea?

—No, nada de eso. No me oirás ni una sola crítica sobre Beckert. Es todo un icono de las fuerzas del orden. Escribió el manual de prevención criminal. Tiene una hoja de servicios impresionante. —Hizo una pausa—. Incluso se rumorea que podría presentarse a las elecciones para el puesto de fiscal general del estado. No hay nada decidido, claro. —Otra pausa—. Pero podría ser el candidato perfecto. Tiene la imagen idónea. Los contactos necesarios. No todo el mundo conoce este dato, y él desde luego no se dedica a difundirlo, pero resulta que su actual esposa es la prima del gobernador. El hombre adecuado, en el lugar y el momento oportuno.

—Suponiendo que todo salga bien. O, al menos, que no salga desastrosamente.

—Ni que decir tiene.

—Bueno, ¿y qué quieres exactamente de mí?

—Tus dotes para la investigación. Tu olfato para la verdad. Tú eres muy bueno en tu trabajo. Tu hoja de servicios en la policía de Nueva York habla por sí sola.

Gurney lo miró desconcertado.

—Beckert tiene a su disposición a toda la policía de White River. Tú tienes tu propio equipo de investigación. Y si con eso no basta, podrías utilizar el sesgo racista que hay en todo esto para involucrar también al FBI.

Kline negó rápidamente con la cabeza.

—No, no, no. Si interviene el FBI, perderemos el control. Ellos dicen que solo cooperan, pero no es así. Tienen sus propios objetivos. Joder, ya deberías saber cómo las gastan los federales. Lo último que nos faltaba es perder el control de todo esto.

—Vale, olvídate del FBI. Entre tu equipo y el de Beckert, todavía tienes efectivos de sobra.

—Podría parecerlo, pero lo cierto es que mi equipo está bajo mínimos ahora mismo. Mi mano derecha, Fred Stimmel, alcanzó la pensión necesaria para retirarse hace seis meses y se largó a Florida. Mis dos investigadoras tienen permiso de maternidad. Y el resto de los agentes están atrapados en asuntos de los que no puedo retirarlos sin que se vaya al carajo un proceso importante. Creerás que cuento con una plantilla numerosa, pero la verdad es que no tengo nada de nada. Ya sé lo que estás pensando: que, en todo caso, la investigación le corresponde a la policía de Whiter River, no al fiscal del distrito. La pelota está en el tejado de Beckert, así que dejemos que se encargue él con ese departamento famoso por su eficacia, ¿no? Pues yo te digo que es demasiado lo que hay en juego para afrontar este partido con otra táctica que no sea una presión total. O sea, con todas las fuerzas que pueda reunir, aparte de las de Beckert. ¡Eso es lo que hay, joder! —A medida que hablaba, se le había ido hinchando una vena de la sien.

—Entonces ¿querrías que me uniera a tu equipo como una especie de investigador adjunto?

21

—Algo así. Ya concretaríamos los detalles. Tengo la autoridad necesaria y cuento con fondos para imprevistos. Ya hemos trabajado juntos otras veces, David. Tú hiciste aportaciones decisivas en los casos Mellery y Perry. Y esta vez el desafío es de enormes proporciones. Hemos de llegar al fondo del asesinato de ese policía cuanto antes; y tenemos que hacerlo bien para que no nos salga el tiro por la culata. Como lo hagamos mal, será un caos. Bueno, ¿qué dices? ¿Puedo confiar en ti?

Gurney se arrellanó en su silla y observó a los buitres que planeaban perezosamente sobre las estribaciones del norte.

La sonrisa de Kline se tensó en una mueca.

—¿Te preocupa algo?

—Tengo que pensarlo. Hablarlo con mi mujer.

Kline se mordió el labio inferior un momento.

—Muy bien. Permíteme solo que te repita que hay mucho en juego en este caso. Más de lo que crees. Un buen resultado podría ser extremadamente beneficioso para todos los implicados.

Dicho esto, se levantó, se ajustó la corbata y se puso la chaqueta. Sacó una tarjeta y se la dio a Gurney. Entonces reapareció la sonrisa de un político en todo su esplendor.

—Ahí tienes mi número de móvil. Llámame mañana. O esta noche, si puedes. Estoy seguro de que tomarás la decisión correcta… para todos nosotros.

Dos minutos después, el enorme Navigator negro pasó entre el estanque y el granero en dirección a la carretera. El crujido de los neumáticos sobre la grava se desvaneció enseguida.

Los buitres habían desaparecido. El cielo tenía un intenso tono azul; la ladera ofrecía toda una gama de verdes. Junto al patio, en el plantel elevado, los espárragos crecidos estaban esperando a que alguien los recogiera. Por encima de los nuevos brotes, los helechos se mecían bajo una brisa apenas perceptible.

Aquel perfecto paisaje primaveral solo lo mancillaba algo ligeramente acre que flotaba en el ambiente.

4

*G*urney se pasó la hora siguiente visitando varias páginas de Internet para hacerse una idea de la crisis de White River que fuera más amplia que la sucinta imagen que Kline le había presentado. Tenía la sensación de que lo estaban manipulando con una versión cuidadosamente maquillada de la situación.

Resistiendo el impulso de buscar las noticias más recientes del asesinato, decidió revisar primero los reportajes del incidente original y refrescar su memoria sobre aquel fatídico suceso, que había ocurrido en mayo del año anterior y que ahora conmemoraban las manifestaciones de la Unión de Defensa Negra.

Encontró uno de los primeros artículos en el archivo en línea del *Quad-County Star*. El titular, de primera página, era de un tipo que se estaba volviendo corriente de una forma alarmante. INCIDENTE MORTAL EN UN CONTROL DE TRÁFICO RUTINARIO. El texto ofrecía un resumen de lo ocurrido.

Hacia las 11:30 de la noche del martes, el agente Kieran Goddard, de la policía de White River, detuvo a un coche con dos ocupantes cerca del cruce de la calle Segunda con la avenida Sliwak, en el barrio de Grinton, por no poner la señal antes de cambiar de carril. Según un portavoz de la policía, el conductor, Laxton Jones, discutió sobre el criterio del agente y se negó repetidamente a mostrar su permiso y los papeles del vehículo. El agente Goddard le indicó entonces que apagara el motor y se bajara del coche. Jones reaccionó con una sarta de obscenidades, puso la marcha atrás y empezó a retroceder de modo errático. El agente Goddard le ordenó que se detuviera. Jones metió una marcha y aceleró hacia el agente, quien sacó su arma reglamentaria y disparó a través del parabrisas del vehículo que se le venía encima. Después llamó a una ambulancia y al personal de apoyo y supervisión. Jones fue declarado muerto nada más llegar al hospital Mercy. El segundo ocupante del vehículo, una mujer de veintiséis años identificada como Blaze Lovely Jackson, fue arrestada a causa de una orden de detención pendiente y del hallazgo en el coche de una sustancia prohibida.

El siguiente artículo apareció dos días después en el *Star*, en la página cinco. Citaba una declaración de Marcel Jordan, un activista de la comunidad, que afirmaba que el relato de la policía era «una invención fabricada para justificar la ejecución de un hombre que los había puesto en evidencia: un hombre dedicado a destapar y divulgar las falsas detenciones, el perjurio y la brutalidad rampante de la policía de White River. La afirmación del agente según la cual Laxton había intentado arrollarlo era una mentira descarada. Él no representaba una amenaza para ese agente. Laxton fue asesinado a sangre fría».

La siguiente mención del caso en el *Star* apareció una semana más tarde. Describía una tensa escena durante el funeral de Laxton Jones, un enfrentamiento airado entre los asistentes y la policía. Inmediatamente después del funeral se celebró una rueda de prensa en la que el activista Marcel Jordan, flanqueado por Blaze Lovely Jackson, en libertad bajo fianza, y Devalon Jones, hermano del muerto, anunciaron la formación de la Unión de Defensa Negra, una organización que se proponía como objetivo: «la protección de nuestros hermanos y hermanas frente al maltrato y el asesinato sistemático ejecutados por el *establishment* racista de las fuerzas del orden».

El artículo concluía con una respuesta del jefe de la policía de White River, Dell Beckert: «La negativa declaración emitida por la autodenominada "Unión de Defensa Negra" es desafortunada, perjudicial y totalmente falsa. Degrada la imagen de hombres y mujeres honestos que se han consagrado a mantener la seguridad y el bienestar de sus conciudadanos. Esa cínica y grandilocuente proclama ahonda en los malentendidos que están destruyendo nuestra sociedad».

Gurney encontró muy poca cosa en los demás periódicos del norte del estado (y prácticamente nada en la prensa nacional) sobre la muerte de Laxton Jones o acerca de las actividades de la Unión de Defensa Negra durante los siguientes once meses: justo hasta el anuncio de la UDN de las manifestaciones destinadas a conmemorar el primer aniversario del caso y a «concienciar a la población de las prácticas policiales racistas».

Según la amplia cobertura informativa suscitada por los primeros brotes de violencia, las manifestaciones comenzaron en el sector de Grinton y se extendieron por otras zonas de White River. Llevaban una semana produciéndose y se habían vuelto más agresivas con el paso de los días, generando una repercusión mediática cada vez más dramática.

El hecho de que Gurney estuviera informado solo en parte del asunto se debía a la decisión que había tomado con Madeleine, al mudarse de la ciudad a Walnut Crossing, de no llevarse la televisión y de evitar los canales de noticias de Internet. Ambos sentían que las llamadas «noticias» solían ser solo polémicas prefabricadas, medias verdades y hechos ante los cuales nada podían hacer. De ahí que ahora necesitara ponerse al día.

No faltaban los reportajes actuales sobre lo que una web describía con el rótulo general «White River en llamas». Gurney decidió revisar los artículos locales y nacionales en orden cronológico. La creciente histeria, evidente en el cambio de tono de los titulares a medida que avanzaba la semana, hablaba de una situación progresivamente fuera de control.

25

DEBATE EN EL NORTE DEL ESTADO SOBRE
UN POLÉMICO CASO DE HACE UN AÑO

LAS PROTESTAS DE LA UDN REABREN ANTIGUAS HERIDAS

EL ALCALDE DE WHITE RIVER PIDE CALMA
ANTE LAS PROVOCACIONES

EL AGITADOR MARCEL JORDAN
LLAMA «ASESINOS» A LOS POLICÍAS

DECENAS DE HERIDOS EN MANIFESTACIONES
CADA VEZ MÁS VIOLENTAS

JORDAN A BECKERT: «TENÉIS LAS MANOS
MANCHADAS DE SANGRE»

WHITE RIVER AL BORDE DEL CAOS

PEDRADAS, INCENDIOS Y SAQUEOS

MANIFESTANTES GOLPEADOS Y DETENIDOS
EN ENFRENTAMIENTOS CON LA POLICÍA

UN FRANCOTIRADOR MATA A UN AGENTE LOCAL.
LA POLICÍA DECLARA LA GUERRA A LA UDN

El texto de los artículos apenas añadía nada al contenido de esos titulares inflados. Por lo demás, Gurney tuvo suficiente con una ojeada a la sección de comentarios de cada texto para reafirmarse en la creencia de que esos recursos de las páginas de noticias para «implicar al lector» eran básicamente una invitación a la estupidez más desaforada.

Su sensación principal, en todo caso, era una creciente inquietud ante el ansioso deseo de Kline de arrastrarlo al interior de la tormenta que se estaba fraguando.

5

Cuando Madeleine volvió de la excursión, irradiando esa alegre exaltación que le procuraban las salidas al aire libre, Gurney seguía aún en su estudio, encorvado sobre la pantalla del ordenador. Después de revisar las páginas de noticias de Internet, exploraba la realidad de White River con ayuda de Google Street-View.

Aunque estaba solo a una hora en coche desde Walnut Crossing, nunca había tenido motivo para poner los pies allí. Le daba la sensación de que aquella ciudad era un símbolo de la decadencia de las poblaciones del norte de Nueva York, aquejadas de las consecuencias del colapso industrial, la deslocalización de la agricultura, la reducción de la clase media, la mala administración, la extensión de la epidemia de heroína, las escuelas problemáticas y el deterioro de las infraestructuras..., con el elemento añadido de las tensas relaciones de la policía con una minoría de tamaño considerable: un problema que ahora se ponía de manifiesto de forma candente.

La imagen de White River quedaba todavía más oscurecida, curiosamente, por la amenazadora presencia de la institución que era la mayor fuente de trabajo de la ciudad y que constituía una gran parte de su vida económica: el Centro Correccional White River. O Rivcor, como se conocía en la zona.

Lo que Gurney veía, a medida que Google Street-View lo llevaba por las principales avenidas de la ciudad, no hacía más que confirmar sus prejuicios. Incluso tenían la clásica vía férrea que separaba los barrios buenos de los malos.

Madeleine, de pie a su lado, contempló la pantalla con el ceño fruncido.

—¿Qué ciudad es esa?

—White River.

—¿La de los disturbios?

—Sí.

Ella arrugó aún más el ceño.

—Es por la muerte de aquel conductor negro en un control de tráfico, ¿no? La del año pasado.

—Sí.

—Y por una estatua que querían que retirasen.

Gurney alzó la mirada.

—¿Qué estatua?

—El otro día había un par de personas en la clínica hablando del asunto. Una estatua de un personaje relacionado con los orígenes del centro penitenciario.

—Esa parte no la conocía.

Ella ladeó la cabeza con curiosidad.

—¿Esto tiene que ver con la llamada de Sheridan Kline?

—Bueno, en realidad, la llamada se ha convertido en una visita. Ha venido en persona.

—¿Ah, sí?

—Ha dicho que no estaba lejos y que prefería hablar cara a cara. Pero sospecho que tenía pensado venir desde el principio.

—¿Y por qué no lo ha dicho de entrada?

—Teniendo en cuenta lo manipulador y paranoico que es, supongo que quería pillarme desprevenido para evitar que grabara la conversación.

—¿Tan confidencial era el asunto?

Gurney se encogió de hombros.

—A mí no me lo ha parecido. Pero resulta difícil saberlo con seguridad sin saber lo que quiere de mí.

—¿Ha hecho todo el trayecto y no te ha dicho lo que quiere?

—Sí y no. Dice que quiere mi ayuda para investigar una muerte por arma de fuego. Afirma que anda corto de personal, que no hay tiempo que perder, que la ciudad está al borde del apocalipsis, etcétera.

—Pero...

—Pero algo no acaba de encajar. Desde el punto de vista

jurídico, la investigación de un homicidio es un asunto estrictamente policial. Si hace falta más personal, debe decidirlo la dirección de la policía. Hay sistemas para reclutar efectivos. No es el fiscal del distrito ni su equipo quienes pueden tomar este tipo de iniciativa..., a menos que haya algo que no me ha contado.

—Dices que hubo una muerte por arma de fuego. ¿Quién fue la víctima?

Gurney vaciló. Las muertes de los agentes del orden siempre habían constituido un asunto algo delicado con Madeleine, y más aún desde que él mismo había resultado herido dos años antes, en el desenlace del caso Jillian Perry.

—Un agente de White River recibió anoche un disparo de un francotirador durante una manifestación de la Unión de Defensa Negra.

El rostro de Madeleine se transfiguró.

—¿Y él quiere que encuentres al francotirador?

—Es lo que dice.

—Pero ¿tú no le crees?

—Tengo la sensación de que no conozco toda la historia.

—¿Qué piensas hacer?

—Aún no lo he decidido.

Ella le lanzó una de aquellas miradas penetrantes que hacían que se sintiera como si su alma fuera transparente. Después, cambió de tema.

—Recuerdas que esta noche vamos a esa colecta de fondos CARA en casa de los Gelter, ¿no?

—¿Es esta noche?

—Quizá te lo pases bien y todo. Tengo entendido que la casa de los Gelter es digna de verse.

—Preferiría verla cuando no esté llena de idiotas.

—¿Por qué estás de mal humor?

—No estoy de mal humor. Simplemente no me apetece pasar la velada con esa gente.

—Algunos son bastante agradables.

—A mí toda esta historia de CARA me parece un poco disparatada. Como la imagen del membrete. Una marmota de pie sobre las patas traseras, apoyada en una muleta. Por Dios.

—Es un centro de rehabilitación de animales heridos. ¿Cómo crees que debería ser la marca?

—Una pregunta más importante: ¿por qué hemos de asistir a una colecta de fondos para marmotas cojas?

—Si nos piden que participemos en un evento comunitario, está bien aceptar de vez cuando. Y no me digas que no estás de mal humor. Es evidente que sí lo estás. Y no tiene nada que ver con las marmotas.

Él suspiró y miró por la ventana del estudio.

La expresión de Madeleine se iluminó bruscamente en una de esas transformaciones que formaban parte de su mecánica emocional.

—¿Quieres venir a dar la vuelta por los pastos? —preguntó, refiriéndose al sendero de hierba que mantenían despejado alrededor del campo situado junto a la casa.

Él entornó los ojos con incredulidad.

—Acabas de volver de una excursión de dos horas por la montaña... ¿y ya quieres salir otra vez?

—Pasas demasiado tiempo frente a esa pantalla... Bueno, ¿qué me dices?

Él no llegó a formular en voz alta su primera reacción. No, no quería perder el tiempo caminando penosamente alrededor de los antiguos pastos. Tenía cosas más importantes en las que pensar: esas protestas a punto de degenerar en un amotinamiento general, el asesinato del agente de policía, la historia no del todo creíble de Kline.

Aun así reconsideró su actitud, tras recordar que, siempre que aceptaba esas sugerencias irritantes de Madeleine, el resultado acababa siendo mejor de lo que esperaba.

—Bueno, una vuelta alrededor del campo.

—¡Fantástico! A lo mejor incluso encontramos algún animalito cojo... para que lo lleves a la fiesta.

Cuando alcanzaron el final del sendero, Gurney propuso que se acercaran a su proyecto arqueológico, junto al bosquecillo de cerezos, por encima del estanque.

Cuando llegaron a los cimientos parcialmente desenterrados, empezó a señalar dónde había encontrado los diversos utensilios de hierro y vidrio que tenía catalogados en su ordenador. Justo cuando estaba señalando el lugar donde habían aparecido los dientes, Madeleine soltó una exclamación.

—¡Dios mío! ¡Mira!

Él siguió su mirada hacia las copas de los árboles.

—¿Qué?

—Las hojas. Mira cómo brilla el sol a través del follaje. Esos verdes encendidos. ¡Esa luz!

Gurney asintió, procurando disimular su irritación.

—Te molesta lo que estoy haciendo aquí, ¿verdad?

—Bueno, no me siento tan entusiasmada como tú.

—Es más que eso. ¿Qué es lo que te irrita tanto de mis excavaciones?

Ella no respondió.

—¿Maddie?

—Es que tú… pretendes resolver el misterio.

—¿A qué te refieres?

—El misterio de quién vivió aquí, cuándo vivió aquí, por qué vivió aquí… ¿Verdad?

—Más o menos.

—Quieres aclarar qué los trajo aquí y por qué se quedaron.

—Supongo.

—Eso es lo que me preocupa.

—No te entiendo.

—No todo se debe averiguar, desenterrar, desmenuzar, evaluar. Algunas cosas hay que dejarlas en paz. Deben respetarse.

Él reflexionó un momento.

—¿Crees que los restos de esta casa caen en esa categoría?

—Sí —dijo ella—. Igual que una tumba.

A las 17:35, subieron al Outback y emprendieron camino para asistir a la velada de recaudación de fondos CARA, que se celebraba en la residencia de Marv y Trish Gelter: una mansión con fama de ser espectacular situada en lo alto de una colina, en la aldea chic de Lockenberry.

Por lo que Gurney había oído, Lockenberry estaba lo bastante cerca de Woodstock como para atraer durante los fines de semana a una población similar de personajes pseudoartísticos de Manhattan y Brooklyn y, al mismo tiempo, lo bastante lejos como para poseer su propio prestigio, derivado de la colonia de poetas que constituía su núcleo principal. La Colonia, como se conocía simplemente, había sido fundada por la heredera del aceite de ballena y epónima de la aldea Mildred Lockenberry, cuya poesía concitaba una gran admiración precisamente por lo ininteligible que era.

Así como el valor de una propiedad dentro de Lockenberry dependía de lo cerca que estuviera de La Colonia, el valor de cualquier propiedad en la parte oriental del condado dependía de lo cerca que estuviera de Lockenberry, un fenómeno que Gurney observó con toda claridad en la perfección de postal de las casas, las cuadras y los muros del siglo XIX que bordeaban los últimos kilómetros de la carretera que llevaba a la aldea. La restauración y el mantenimiento de todas esas construcciones no debían resultar baratos.

Aunque los encantos naturales de las inmediaciones de Lockenberry habían sido realzados y cuidados con primor, toda la ruta desde Walnut Crossing, que serpenteaba a través de una serie de suaves colinas y valles fluviales, resultaba, en su estilo tosco y agreste, de una increíble belleza. Había iris salvajes morados, anémonas blancas, altramuces amarillos y nazarenos de un asombroso azul esparcidos entre los delicados verdes de las hierbas primaverales. Eso bastó para que Gurney entendiera (aunque no lo sintiera con tanta intensidad) el entusiasmo que había demostrado Madeleine ante el espectáculo de las hojas iluminadas por el sol en la zona de la excavación.

Cuando el GPS del Outback anunció que llegarían a su destino al cabo de ciento cincuenta metros, se metió lentamente en la cuneta y se detuvo junto a la verja antigua de hierro de un alto muro de piedra. Un sendero de tierra y grava recién aplanado partía de la verja abierta y describía una amplia curva a través de un prado que ascendía en suave pendiente. Gurney sacó su móvil.

Madeleine le dirigió una mirada inquisitiva.

—He de hacer un par de llamadas antes de que entremos.

Marcó el número de Jack Hardwick, un antiguo investigador de la policía del estado de Nueva York con quien se había cruzado en su carrera varias veces desde que se habían conocido hacía muchos años, cuando ambos trataban de resolver desde distintas jurisdicciones el famoso caso criminal Peter

Piggert. El singular vínculo que los unía se había formado por una especie de carambola grotesca, cuando Gurney y Hardwick descubrieron, cada uno por su lado, a cincuenta kilómetros de distancia y en un mismo día, las dos mitades de la última víctima de Piggert. Que resultó ser la madre de Piggert.

La relación que habían mantenido desde entonces había sufrido sus altibajos. Los «altos» se basaban en una misma obsesión por resolver homicidios y en un nivel de inteligencia similar. Los «bajos» obedecían a sus personalidades opuestas: la actitud tranquila y cerebral de Gurney frente a la necesidad compulsiva de Hardwick de ridiculizar, irritar y provocar (un hábito que explicaba su transición forzosa desde la policía del estado a su actual ocupación como detective privado). La grabación del buzón de voz, siendo de un tipo como él, resultaba bastante inofensiva: «Deja un mensaje. Sé breve».

Gurney obedeció.

—Aquí Gurney. Te llamo por el asunto White River. Me preguntaba si conoces a alguien allí que pueda saber algo que no haya salido ya en las noticias.

Su segunda llamada fue al número de móvil que le había dado Sheridan Kline aquel mismo día. El tono de Kline en el buzón de voz era tan pegajosamente cordial como seco y cortante el de Hardwick. «Hola, soy Sheridan. Ha llamado a mi número privado. Si es para hablar de un asunto legal, político o comercial, llámeme, por favor, al número de la oficina del fiscal del distrito que figura en la web del condado. Si la llamada es de carácter personal, deje su nombre, su número y un mensaje después del pitido. Gracias».

Gurney fue directo al grano:

—La descripción que me has hecho hoy de la situación en White River me ha dejado con la sensación de que faltaba algún elemento esencial. Antes de decidir si me involucro en el caso, tengo que saber más. La pelota está en tu tejado.

Madeleine señaló el reloj del salpicadero. Eran las 18:40.

Gurney sopesó los pros y los contras de una tercera llamada, pero no era buena idea hacerla ahora, delante de Madeleine. Arrancó otra vez el coche, cruzó la verja y subió por el impecable sendero de acceso.

Madeleine habló sin mirarle.

—¿Tu mantita de seguridad?

—¿Cómo?

—Me ha dado la impresión de que te ponías en contacto con el mundo tranquilizador del asesinato y el delito antes de enfrentarte a los terrores desconocidos de una fiesta.

Tras medio kilómetro por la propiedad de los Gelter, el sendero ascendió por una cuesta para dejarlos bruscamente frente a un campo con millares de narcisos. A la luz oblicua del atardecer, el efecto era impresionante: casi tan impresionante como la enorme casa cúbica sin ventanas que dominaba todo el campo desde lo alto de la colina.

6

*E*l sendero los condujo a la entrada de la casa. La imponente fachada de madera oscura parecía totalmente cuadrada; quizá de unos cinco metros de altura y anchura.

—¿Eso es lo que creo que es? —dijo Madeleine, arrugando el ceño con aire divertido.

—¿A qué te refieres?

—Mira bien. La silueta de una letra.

Gurney observó la fachada. Distinguió el contorno apenas visible de una «G» gigante (como una letra casi borrada en un bloque de abecedario infantil) grabada en el frente de la casa.

Mientras la seguían contemplando, un joven de pelo amarillo verdoso, vestido con una holgada camiseta blanca y unos vaqueros ceñidos, se acercó corriendo, abrió la puerta del pasajero, la sostuvo mientras Madeleine bajaba y luego rodeó el coche a toda prisa hacia el lado del conductor.

—Usted y la dama pueden entrar directamente, caballero —le dijo a Gurney, dándole una tarjetita donde figuraba el nombre «Dylan» y un número de móvil—. Cuando vayan a marcharse, llame a este número y les traeré el coche.

Lanzándole una sonrisa, subió al polvoriento Outback y desapareció por un lado de la casa.

—Un toque simpático —comentó Madeleine mientras cruzaban el patio.

Gurney asintió vagamente.

—¿De qué conoces a Trish Gelter?

—Ya te lo he dicho tres veces. Vinyasa.

—¿Vin... qué?

Ella suspiró.

—Mi clase de yoga. La de los sábados por la mañana.

Cuando llegaron al umbral, la puerta se abrió como la corredera de un armario enorme y apareció una mujer con una masa de pelo rubio ondulado.

—¡*Madeeeleinnne!* —gritó jovialmente, imprimiéndole al nombre una exagerada inflexión francesa que hacía que sonara como un apelativo chistoso—. ¡Bienvenida a Skyview! —Sonrió, mostrando un curioso hueco entre los incisivos, igual que Lauren Hutton—. ¡Estás fantástica! ¡Me encanta el vestido! ¡Y has traído al famoso detective! ¡Genial! ¡Pasad, pasad! —Se hizo a un lado y, con el cóctel helado azul que sostenía en una mano, les señaló un espacio cavernoso absolutamente sorprendente.

Gurney no había visto nada semejante en su vida. Parecía consistir en una única habitación de forma cúbica, si es que algo tan grande podía considerarse una «habitación». Una serie de objetos cúbicos de distintas dimensiones servían de mesas y sillas sobre las que se encaramaban varios grupitos de invitados. Unos juegos de cubos apilados hacían las veces de encimeras en los extremos de unos fogones de acero bruñido del tamaño de una cocina profesional. No había dos cubos del mismo color. Tal como Gurney había observado desde fuera, las paredes (de una altura de cinco pisos) no tenían ventanas; sin embargo, todo el interior estaba bañado de luz solar, pues el tejado era de paneles de cristal y a través de ellos se veía un cielo azul totalmente despejado.

Madeleine sonreía, encantada.

—¡Este sitio es asombroso, Trish!

—Sírvete tú misma una copa y echa un buen vistazo por la casa. Está llena de sorpresas. Mientras, yo le presentaré algunas personas interesantes a tu tímido marido.

—A ver si tienes suerte —dijo Madeleine, dirigiéndose hacia la barra, que consistía en dos cubos de metro y medio de altura: uno rojo bombero y otro verde ácido.

Trish Gelter se volvió hacia Gurney, humedeciéndose los labios con la punta de la lengua.

—Lo he leído todo sobre ti. Y ahora por fin tengo la oportunidad de conocer al superpolicía en persona.

Él se limitó a hacer una mueca.

—Así es como te llamaron en la revista *New York*. Decían que tenías el índice de arrestos y condenas por homicidio más alto de la historia del departamento.

—Ese artículo salió hace más de cinco años, y todavía me resulta embarazoso.

Su récord en el Departamento de Policía de Nueva York era una distinción que no le importaba poseer, porque en ocasiones tenía la ventaja de abrirle algunas puertas. Pero a veces también conseguía incomodarle.

—A las revistas les gusta crear superhéroes y supermalvados —añadió—. Yo no soy ni una cosa ni otra.

—Pues pareces un héroe. Igual que Daniel Craig.

Él sonrió con incomodidad, deseando cambiar de tema.

—Esa letra enorme que hay afuera, en la fachada…

—Un chiste posmoderno —dijo ella, guiñándole un ojo.

—¿Cómo?

—Dime, ¿sabes algo de diseño posmoderno?

—Nada.

—¿Y cuánto deseas saber?

—Quizá solo lo justo para entender esa «G» gigante.

Ella dio un sorbo a su cóctel azul y le lanzó una sonrisa con aquellos incisivos separados.

—La ironía es la esencia del diseño posmoderno.

—¿La «G» es una ironía?

—No solo la «G». Toda la casa. Una obra de arte irónico. Una rebelión contra la modernidad aburrida y desprovista de sentido del humor. El hecho de que la casa, y todo lo que contiene, fuera diseñada por Kiriki Kilili ya lo dice todo. A Kiriki le encanta desafiar a los modernos con sus chistes cúbicos. Los modernos quieren que una casa sea una máquina impersonal. Pura «eficiencia». —Arrugó la nariz, como si «eficiencia» oliera mal—. Kiriki quiere que sea un lugar de alegría, diversión y placer. —Le sostuvo la mirada a Gurney un par de segundos de más al pronunciar esta última palabra.

—¿Esa gran «G» significa algo?

—Giddy, Goofy, Gelter… escoge tú mismo.[1]

---

1. *Giddy* significa «mareado» (también «ligero de cascos»); *goofy*, «bobo», «ridículo». *(N. del T.)*

—¿Es un chiste?

—Es una forma de tratar una casa como si fuera un jugue-
te, una diversión, un absurdo.

—Tu marido debe de ser un tipo juguetón, ¿no?

—¿Marv? Uy, no, por Dios. Marv es un genio de las finanzas. Un hombre muy serio. El dinero le sale por las orejas.
La divertida soy yo. ¿Ves la chimenea? —Señaló uno de los
muros laterales, en la base del cual había un hogar de al menos
tres metros de ancho. Las llamas que ocupaban íntegramente
ese espacio parpadeaban con todo el espectro de un arcoíris—.
A veces lo programo con todos los colores. O solo con verde.
Me encanta el fuego verde. Yo soy como una bruja con poderes
mágicos. Una bruja que siempre consigue lo que quiere.

Montada en la pared por encima de la chimenea, había una
pantalla de televisión, la más grande que Gurney había visto,
cuya imagen, dividida en tres secciones, mostraba a los tres
comentaristas del informativo de una cadena por cable. Varios
invitados estaban viendo el programa.

Una fuerte voz masculina resonó desde una esquina por
encima del alboroto general.

—¿Trish?

Ella se inclinó hacia Gurney.

—Me llaman. Me temo que van a presentarme a alguien
tremendamente aburrido. Lo presiento en los huesos —dijo,
consiguiendo que «sus huesos» sonaran como un órgano
sexual—. No te vayas. Eres el primer detective de homicidios que conozco en mi vida. Un verdadero experto criminal.
Tengo un montón de preguntas que hacerte. —Le dio un leve
apretón en el brazo y luego se dirigió hacia el otro extremo
de la estancia, sorteando cubos como en una carrera de obstáculos.

Gurney seguía tratando de entender sus palabras.

¿Ironía posmoderna?

¿La G gigante era un símbolo del absurdo?

¿Toda la casa, un chiste multimillonario?

¿Una bruja que siempre consigue lo que quiere?

¿Y dónde demonios estaban las habitaciones?

Y, más concretamente, ¿dónde estaba el baño?

Al recorrer con la vista a la multitud de invitados, vio a

Madeleine. Estaba charlando con una mujer esbelta de pelo negro corto y ojos gatunos. Se abrió paso hacia ellas.

Madeleine lo miró divertida.

—¿Algún problema?

—No. Solo estoy… asimilándolo todo.

Ella señaló a la mujer.

—Esta es Filona. De Vinyasa.

—Ah. Vinyasa. Encantado. Un nombre interesante.

—Se me ocurrió en un sueño.

—¿Ah, sí?

—Me encanta este espacio. ¿A ti no?

—Es imponente, sí. ¿Tienes idea de dónde están los baños?

—En la parte trasera, en un cubo adosado. Excepto el baño de los invitados, que está ahí. —La mujer señaló un par de cubos apilados a una altura de dos metros y medio, que quedaba solo a unos pasos—. La puerta está al otro lado. Se activa mediante la voz. En esta casa todo funciona hablando o usando el móvil. Como si estuviera viva. Como si fuera orgánica.

—¿Qué hay que decirle a la puerta del baño?

—Lo que tú quieras.

Gurney miró a Madeleine, como pidiendo ayuda.

Ella se encogió de hombros con aire desenfadado.

—Lo de la voz funciona. Tú solo di que tienes que usar el baño. Es lo que le he oído decir a alguien hace un momento.

Él la miró perplejo.

—Es bueno saberlo.

Filona añadió:

—No es solo el baño. También puedes decirles a las lámparas con qué intensidad quieres que brillen. O darle indicaciones al termostato: subirlo, bajarlo, lo que sea. —Hizo una pausa, con una sonrisa medio ausente—. Este es el sitio más divertido que podrías encontrarte en mitad de la nada, ¿sabes? Lo último que te esperarías. Por eso es tan genial. Del tipo, guau, menuda sorpresa.

—Filona trabaja en el refugio CARA —dijo Madeleine.

Gurney sonrió.

—¿Qué haces allí exactamente?

—Soy CR. Somos tres.

A él, con esas siglas, solo se le ocurría «católico romano».

39

—¿CR?

—Ah, perdona. Compañera de Recuperación. Cuando estás tan metida en algo, se te olvida que los demás no lo están.

Gurney notó que Madeleine lo miraba fijamente con esa expresión de «procura-ser-amable».

—Así que CARA es… ¿especial?

—Muy especial. Es básicamente sobre el espíritu. La gente cree que cuidar animales abandonados consiste en librarlos de pulgas y lombrices, en darles comida y ofrecerles cobijo. Pero eso es solo para el cuerpo. CARA se encarga de curar el espíritu. La gente compra animales como si fueran juguetes; luego, cuando no actúan como tales, se los quitan de encima. ¿Sabes cuántos gatos, perros y conejos son abandonados cada día? ¿Como si fueran basura? Miles. Nadie se acuerda del dolor de esas pequeñas almas. Por eso estamos aquí esta noche. CARA se ocupa de lo que nadie hace. Les damos a los animales nuestra amistad.

Las voces de los comentaristas de la televisión sonaban ahora con más fuerza, más acaloradamente. Algunas palabras y frases sueltas resultaban audibles. Gurney procuró mantener su atención en la charla con Filona.

—¿Les dais vuestra amistad?

—Tenemos conversaciones.

—¿Con los animales?

—Claro.

—Filona también es pintora —dijo Madeleine—. Una pintora de gran talento. Vimos algunas de sus obras en la Muestra de Arte Kettleboro.

—Creo que lo recuerdo. ¿Unos cielos morados?

—Mis cosmologías borgoña.

—Ah. Borgoña.

—Mis cuadros borgoña están pintados con zumo de remolacha.

—No tenía ni idea. Si me disculpas un minuto… —Señaló la estructura cúbica que alojaba el baño—. Enseguida vuelvo.

Al otro lado, encontró una puerta corredera empotrada. Junto al panel de la puerta, había una lucecita roja por encima de lo que debía de ser un micrófono diminuto. Dedujo que la luz roja indicaba que el baño estaba ocupado. Como no tenía ninguna prisa por reanudar la conversación sobre cosmologías borgoña, permaneció donde estaba.

La variedad de la gente con la que Madeleine mantenía amistad nunca dejaba de sorprenderle. Mientras que inicialmente él se fijaba en el lado turbio o estrafalario de las personas, Madeleine se centraba en su bondad, su vivacidad o su creatividad. Mientras que él encontraba algo sospechoso en la mayoría de la gente, ella siempre encontraba algo encantador. Aunque se las arreglaba para hacerlo sin caer en la ingenuidad. De hecho, era muy sensible a la presencia de un peligro real.

Volvió a mirar la lucecita. Seguía roja.

Su posición junto a la puerta del baño le ofrecía una perspectiva oblicua de la pantalla situada por encima de la chimenea. Ahora había más invitados, cóctel en mano, apiñados delante. Los comentaristas habían desaparecido. Con una fanfarria de efectos musicales sintetizados, un torbellino de letras de colores fue ordenándose en palabras:

GENTE — PASIONES — IDEAS — VALORES

EL SUEÑO AMERICANO EN CRISIS

Sonó un redoble marcial y la lista se contrajo para formar tres frases que abarcaban todo el ancho de la pantalla:

CRISIS EXPLOSIVA — ÚLTIMA HORA

SÍGALA EN «LA POLÉMICA DE LA NOCHE»

LA REALIDAD AL ROJO VIVO EN RAM-TV

Al cabo de unos momentos, las tres frases saltaron en pedazos y dieron paso a las imágenes nocturnas de una calle donde una multitud enfurecida coreaba: «Justicia para Laxton… Justicia para Laxton… Justicia para Laxton». Algunos manifestantes llevaban carteles con ese mismo mensaje, y los subían y bajaban al ritmo de los cánticos. Una hilera de policías con equipo antidisturbios contenía a la multitud tras unas vallas móviles. Cuando la imagen cambió a una segunda cámara, Gurney vio que la manifestación tenía lugar frente a un edificio con la fachada de granito. Por encima del dintel de piedra de la entrada, se distinguía claramente un rótulo: «Departamento de Policía de White River».

En la base de la pantalla, destellaba una reluciente cinta roja:

LA POLÉMICA DE LA NOCHE. SOLO EN RAM-TV

La imagen de la pantalla pasó a lo que parecía otra manifestación. La cámara se encontraba detrás de unos manifestantes que escuchaban a un orador. Este hablaba con una voz ronca que subía y bajaba, adoptando las pausas y cadencias de un predicador de la vieja escuela: una voz entrecortada por la ira y la afonía: «Hemos pedido justicia. Rogado justicia. Suplicado justicia. Hemos llorado pidiendo justicia. Hemos llorado mucho, mucho tiempo. Hemos derramado lágrimas amargas pidiendo justicia. Pero ese tiempo ya ha concluido. Se han terminado los días de pedir, de rogar, de suplicar. Esos días han quedado atrás. Hoy, en este día del Señor, en este día de días, en este día del juicio, EXIGIMOS justicia. Aquí y ahora, la EXIGIMOS. Vuelvo a repetirlo, no sea que haya oídos sordos en las alturas: nosotros EXIGIMOS justicia. Por Laxton Jones, asesinado en esta misma calle, EXIGIMOS justicia. En esta misma calle, en el mismo lugar ungido por su sangre inocente, EXIGIMOS justicia». El orador alzó los puños y elevó la voz con un ronco rugido: «Es su sagrado DERECHO a los ojos de Dios. Su DERECHO como hijo de Dios. Su DERECHO no le será negado. HAY que hacer justicia. Y se HARÁ justicia».

Todas sus pausas dramáticas, mientras iba hablando, se llenaban de gritos de «Amén» y de murmullos de aprobación, que sonaban cada vez más enfáticos a medida que avanzaba. Un rótulo sobreimpreso en la base de la pantalla, igual que los subtítulos de una película extranjera, decía: «Marcel Jordan. Unión de Defensa Negra».

El grupo de invitados que permanecía frente a la televisión, con cócteles de colores y platitos de aperitivos en las manos, era más numeroso y parecía más atento que antes, lo cual a Gurney le recordó que no hay nada que atraiga tanto la atención como las emociones agresivas. Esta desagradable verdad, de hecho, parecía estar arrastrando el discurso político y los programas de noticias directamente al abismo.

Mientras los manifestantes empezaban a entonar el viejo himno de los derechos civiles, *We Shall Overcome*, la imagen cambió otra vez. Ahora mostraba a otra multitud en la calle, de noche, aunque allí no pasaba gran cosa. La gente se hallaba reunida desordenadamente, dando la espalda a la cámara, en un prado situado más allá de la acera arbolada. La iluminación, que obviamente procedía de las farolas, quedaba bloqueada en parte por los árboles. Desde algún punto fuera de encuadre sonaban los fragmentos de un discurso amplificado por altavoz, que el micrófono de la cámara captaba con poca claridad. Dos agentes con equipo antidisturbios patrullaban arriba y abajo por la acera, como para variar continuamente su ángulo de visión a través de los árboles y del gentío.

El hecho de que no sucediera nada en un vídeo seleccionado para ser emitido solo podía significar una cosa: que algo estaba a punto de suceder. Justo cuando a Gurney se le ocurría lo que podía ser, la imagen quedó congelada un instante y apareció un rótulo sobreimpreso:

43

¡ATENCIÓN!
ESTÁ A PUNTO DE APARECER UN ACTO VIOLENTO.
SI PREFIERE NO PRESENCIARLO,
CIERRE LOS OJOS DURANTE LOS PRÓXIMOS SESENTA SEGUNDOS.

La secuencia prosiguió. Los dos agentes volvieron a moverse lentamente por la acera, observando a la multitud. Gurney hizo una mueca, con la mandíbula en tensión, anticipando lo que ahora sabía que iba a ocurrir.

De pronto, la cabeza de uno de los agentes se venció hacia delante y su cuerpo se derrumbó violentamente sobre la acera, como si una mano invisible lo hubiera golpeado.

Sonaron gritos de consternación entre los invitados congregados bajo la pantalla. La mayoría continuó mirando el vídeo: los movimientos de pánico del otro agente al darse cuenta de lo ocurrido, sus frenéticos intentos de prestarle a la víctima los primeros auxilios, sus gritos al teléfono pidiendo ayuda, la gente apiñándose con alarma, los más cercanos apartándose.

Dos datos clave eran evidentes. El disparo no había salido de la multitud, sino de algún punto situado por detrás de la víctima. Y quizá porque el francotirador estaba a mucha distancia, o porque el arma se hallaba silenciada, la detonación no había sido captada por el sistema de sonido de la cámara.

Gurney notó que la puerta del baño se abría a su espalda, pero siguió concentrado en las imágenes de la pantalla. Otros tres agentes llegaron corriendo, dos con las armas desenfundadas; el compañero de la víctima se quitó el chaleco antibalas y se lo puso debajo de la cabeza; varios hablaban por teléfono; la multitud empezaba a dispersarse; una sirena se acercaba.

—Malditos animales...

Gurney captó en esa voz que había sonado a su espalda una aspereza que acentuaba el desdén de las palabras mismas.

Se dio la vuelta y se encontró cara a cara con un hombre de su misma edad, estatura y complexión. Sus rasgos, cada uno por separado, eran normales, incluso modélicos. Pero no acababan de encajar juntos.

—¿Gurney, no?

—Sí.

—¿Detective de la policía de Nueva York?

—Retirado.

Una expresión astuta iluminó aquellos ojos que parecían un poco demasiado juntos.

—Técnicamente, ¿no?

—Bueno, algo más que técnicamente.

—Me refiero a que ser policía es algo que se te mete en la sangre. Ya nunca desaparece, ¿no?

El hombre sonrió, pero el efecto fue incluso más estremecedor que si no lo hubiera hecho.

Gurney le devolvió la sonrisa.

—¿Cómo sabes quién soy?

—Mi mujer siempre me cuenta a quién se trae a casa.

Gurney se imaginó a una gata anunciando con un maullido especial que ha traído a casa un ratón capturado.

—O sea, que tú eres Marv Gelter. Encantado de conocerte.

Se dieron la mano, Gelter escrutándolo como quien examina un objeto interesante por su utilidad potencial.

Gurney señaló la televisión con la cabeza.

—Tienes una televisión de campeonato.

Gelter echó un vistazo a la pantalla, entornando los ojos.

—Animales…

Gurney no dijo nada.

—¿Tuviste que lidiar con este tipo de mierdas en la ciudad?

—¿Con agentes asesinados, quieres decir?

—Con toda la historia. El circo completo. La chorrada de los «derechos». —Esta última palabra la pronunció con una agresividad evidente. Entornó los ojos mientras miraba a Gurney, al parecer esperando una expresión de asentimiento.

Él se quedó otra vez callado. En la pantalla, dos comentaristas discutían. Uno de ellos sostenía que los problemas actuales eran el interminable precio de la catástrofe moral del esclavismo, pues la destrucción de las familias había causado un daño irreparable que se había transmitido de generación en generación.

Su oponente meneaba la cabeza: «El problema no ha sido nunca la esclavización de los africanos. Eso es un mito. Un cuento políticamente correcto. El problema es más simple, más desagradable. El problema… ¡son los africanos! Mire los datos. Millones de africanos no fueron esclavizados. Y, sin embargo, ¡África sigue siendo un completo desastre! ¡Cada país, un desastre! Ignorancia. Analfabetismo. Locura. Enfermedades demasiado repugnantes para describirlas. Dictadores sifilíticos. Violaciones. Genocidios. Todo eso no es resultado de la esclavitud. Es la naturaleza de África. ¡De los africanos!».

La imagen de los comentaristas quedó congelada repentinamente. Unos triángulos de colores aparecieron girando por las esquinas de la pantalla para volver a formar las palabras que antes habían estallado en pedazos.

NOTICIA BOMBA – ÚLTIMA HORA

SÍGALA EN «LA POLÉMICA DE LA NOCHE»

LA REALIDAD AL ROJO VIVO EN RAM-TV

Gelter, todavía con los ojos fijos en la pantalla, asintió con sincera admiración.

—Un argumento brutal sobre todas las chorradas de la esclavitud. Y lo ha clavado al describir la cloaca africana. Resulta refrescante escuchar a un hombre con las pelotas necesarias para decir las cosas como son.

45

Gurney se encogió de hombros.

—Con las pelotas... o con un tornillo suelto.

Gelter no dijo nada. Se limitó a registrar el comentario con una mirada de soslayo.

Las tres líneas del anuncio de la pantalla estallaron otra vez y sus pedazos de colores volvieron a fundirse en una sola línea: «CONTINÚA LA POLÉMICA». Luego también esa frase estalló en fragmentos que salieron del encuadre dando volteretas.

Apareció un nuevo comentarista: un joven de poco más de veinte años, con rasgos refinados, mirada feroz y una mata de pelo rubio rojizo recogida en una cola de caballo. Su nombre y su filiación política se deslizaron por la base de la pantalla: «Cory Payne, Hombres Blancos por la Justicia Negra».

Payne empezó a hablar con voz estridente: «La policía dice defender el imperio de la ley...».

Gelter hizo una mueca.

—¡Si querías oír a alguien con un tornillo suelto, escucha a este idiota!

Payne repitió: «Dicen defender el imperio de la ley. Pero es mentira. No es el imperio de la ley lo que defienden, sino las leyes de los poderosos. Las leyes de los manipuladores, de los políticos enloquecidos de ambición, de los dictadores que quieren controlarnos. Los policías son su instrumento de control y represión, los esbirros de un sistema que solo beneficia a los poderosos y a los propios esbirros. La policía asegura que trabaja para protegernos. Nada más lejos de la verdad».

Dada la fluidez de esa catarata de acusaciones, Gurney sospechó que Payne ya las había formulado muchas veces. Pero no parecía haber nada ensayado en la rabia que las alentaba, ni en la intensa emoción que brillaba en los ojos del joven.

«Aquellos de ustedes que busquen justicia, ¡tengan cuidado! Aquellos que confíen en el mito del progreso, ¡tengan cuidado! Los que crean que la ley los protegerá, ¡tengan cuidado! Las personas de color, ¡cuidado! Los que levantan la voz, ¡cuidado! Tengan cuidado con los esbirros, porque aprovechan los momentos de agitación para sus propios fines. Y este es uno de esos momentos. Un agente de policía ha resultado muerto. Los poderes establecidos están preparándose para tomar represalias. La venganza y la represión están en el aire.»

46

—¿Ves lo que quiero decir? ¡Auténtica basura! —Gelter estaba furioso—. ¿Entiendes a lo que se enfrenta la civilización? A una chusma demagógica de mierda que no para de escupir este tipo de idioteces autocomplacientes...

Se interrumpió de golpe porque se le acercó Trish apresuradamente, con expresión angustiada.

—Tienes una llamada en el fijo.

—Que te dejen un mensaje.

Ella titubeó.

—Es Dell Beckert.

La expresión de Gelter cambió.

—Ah. Bueno. Supongo que tendré que ponerme.

Cuando hubo desaparecido por una de las puertas del fondo, Trish le dirigió a Gurney una sonrisa radiante.

—Espero que te guste la cocina vegana asiática. He encontrado a un joven chef camboyano monísimo. Mi pequeño mago wok.

7

*A*penas hablaron durante el trayecto de vuelta. Madeleine raramente hablaba cuando circulaban de noche por carretera. Gurney, por su parte, procuraba no criticar las actividades sociales a las que ella lo arrastraba, y ahora no se le ocurría casi nada positivo que decir sobre la fiesta de los Gelter.

Cuando ya se habían bajado del coche y entraban por el vestidor, Madeleine rompió el silencio:

—¿Por qué demonios han tenido puesta la tele toda la noche?

—¿Ironía posmoderna? —sugirió Gurney.

—En serio.

—Totalmente en serio. No sé por qué Trish actúa como actúa. No sé muy bien cómo es. Pero no creo que el envoltorio sea muy transparente. Tal vez a Marv le gusta dejar la tele encendida para seguir enfureciéndose y cargándose de razones sobre todo lo divino y humano. Ese maldito racista…

—Trish dice que es un genio de las finanzas.

Gurney se encogió de hombros.

—No veo que haya ninguna contradicción.

Solo una vez dentro, mientras Gurney se preparaba una taza de café, Madeleine volvió a hablar mirándolo con inquietud.

—Esa secuencia…, cuando al agente…

—¿Cuando le dispararon, quieres decir?

—¿Cómo te ha sentado?

—Más o menos. Ya conocía lo ocurrido. No me ha producido una auténtica conmoción. Solo… una impresión… chirriante.

La expresión de ella se endureció.

48

—«Noticias», lo llaman. «Información.» Un asesinato real en pantalla. ¡Qué forma de captar audiencia! ¡De vender más publicidad! —Meneó la cabeza, indignada.

Gurney suponía que una parte de su furia obedecía, en efecto, a la hipocresía de los medios, siempre dispuestos a obtener beneficios a cualquier precio. Pero también sospechaba que una buena parte de su enfado respondía a un motivo bastante más personal: al espanto de ver cómo un agente de policía, alguien como su propio marido, caía acribillado. Ese era el precio de su profunda capacidad de empatía: que la tragedia de otro podía convertirse fácilmente en la suya.

Gurney le preguntó si quería que le pusiera el hervidor para hacerse un té.

Ella negó con la cabeza.

—¿Estás pensando en serio en involucrarte en… todo esto?

Él le sostuvo la mirada con dificultad.

—Ya te lo he explicado antes. No puedo tomar una decisión sin saber más.

—¿Qué clase de información te va a servir…?

La interrumpió el teléfono móvil de él.

—Aquí Gurney. —Llevaba cuatro años fuera del Departamento de Homicidios de la Policía de Nueva York, pero su forma de contestar al teléfono no había cambiado.

La voz rasposa y sarcástica del otro lado de la línea no precisaba identificación, tampoco se molestó en ofrecerla.

—He oído ese mensaje de que buscas información confidencial sobre White River… ¿Por dónde van los tiros? Dame alguna pista para saber en qué tipo de mierda estás pensando.

Gurney ya estaba acostumbrado a que las llamadas de Jack Hardwick empezaran con una serie de sarcasmos. Y había aprendido a dejarlos de lado.

—Sheridan Kline me ha hecho una visita.

—¿Ese asqueroso en persona? ¿Qué coño quería?

—Quiere reclutarme temporalmente como investigador.

—¿Para qué?

—Para investigar la muerte de ese policía. O al menos, eso es lo que dice.

—¿Hay algún motivo para que el equipo de la policía de White River no pueda ocuparse del caso?

49

—No, que yo sepa.

—¿Por qué demonios se inmiscuye en la investigación? No es competencia suya. ¿Y por qué te llama a ti?

—Esa es la pregunta.

—¿Él cómo lo explica?

—La ciudad está al borde del caos. Necesita hacer cuanto antes algún arresto con base. Tiene que poner todos los recursos de su parte. No es momento para sutilezas sobre competencias. Hay que reclutar a todos los efectivos disponibles. A los mejores y a los más capaces. Todas esas cosas…

Hardwick se quedó callado unos momentos; luego carraspeó con una minuciosidad repulsiva.

—Suena mal. Huele a mierda de caballo, no hay duda. Yo, en tu lugar, miraría por dónde piso.

—Antes de dar ningún paso, quiero saber más.

—Siempre es buena idea. Bueno, ¿qué quieres de mí?

—Cualquier cosa que puedas averiguar deprisa. Hechos, rumores, lo que sea. Sobre la situación política, el agente abatido, el departamento de policía, la ciudad misma, el incidente original con Laxton Jones, la Unión de Defensa Negra. Todo lo que consigas encontrar.

—Y lo necesitas para ayer, ¿no?

—Con que sea mañana, me basta.

—No pides mucho, ¿eh?

—Procuro no pasarme.

—Muy amable de tu jodida parte. —Hardwick se sonó la nariz a menos de un centímetro del auricular. Gurney no sabía si aquel tipo tenía una sinusitis crónica o si simplemente disfrutaba produciendo efectos de sonido desagradables.

—De acuerdo. Haré unas llamadas. Es un fastidio, pero soy un alma generosa. ¿Estás libre mañana?

—Haré lo posible para estarlo.

—Nos vemos en Dillweed. En Abelard's. A las nueve y media.

Al cortar la llamada, Gurney se volvió hacia Madeleine, recordando que ella estaba a punto de preguntarle algo.

—¿Qué me decías antes de que sonara el teléfono?

—Si no lo recuerdas, seguramente es porque no te apetece hablar de ello. Ha sido un día muy largo. Me voy a la cama.

Gurney sintió la tentación de acompañarla, pero los interrogantes que tenía en la cabeza sobre la situación de White River no lo dejaban en paz. Después de terminarse el café, cogió el portátil del estudio y lo colocó sobre la mesa del rincón del desayuno. Tomó asiento y tecleó «White River, N. Y.» en el navegador. Mientras revisaba los resultados, buscando artículos que se le hubieran pasado por alto unas horas antes, le llamaron la atención algunas de las entradas.

Un artículo del *Times* que destacaba el cariz que estaba tomando el problema:

LA MUERTE DE UN POLICÍA AHONDA LA DIVISIÓN RACIAL
EN EL NORTE DEL ESTADO.

Un artículo más breve e incisivo del *Post*:

AGENTE MUERTO DE UN TIRO EN UN MITIN DE LA UDN

Un enfoque con sordina en el *White River Observer*:

EL ALCALDE SHUCKER LLAMA A LA CALMA.

Y también el estridente eslogan promocional de RAM-TV:

¿LA PRIMERA VÍCTIMA MORTAL DE UN CONFLICTO RACIAL?
UN POLICÍA ABATIDO A TIROS
MIENTRAS UN ACTIVISTA NEGRO INCITA A LAS MASAS.
VÉALO EN *LA POLÉMICA DE LA NOCHE*. EN DIRECTO EN RAM-TV.ORG.

Echó una ojeada al texto de los artículos. Como no encontró nada que no supiera ya, siguió revisando los resultados de la búsqueda. Encontró la página web oficial del Ayuntamiento de White River y entró. Contenía la información previsible: departamentos municipales, datos presupuestarios, eventos inminentes, atracciones de la zona, historia local. La sección de «Oportunidades de trabajo» anunciaba una vacante de camarera a tiempo parcial en la Happy Cow Ice Cream Shoppe. Una sección titulada «Renovación comunitaria» describía la reconversión de la desaparecida fábrica de calcetines Willard Woolen en la fábrica de cerveza artesanal Flying Goose.

Se incluían unas fotografías de calles limpias pero desiertas, de edificios de ladrillo y de un parque arbolado que llevaba el nombre de Coronel Ezra Willard, miembro de la familia de fabricantes de calcetines. La primera de las dos fotos del parque Willard mostraba una estatua del coronel epónimo vestido con un uniforme de la Guerra de Secesión y montado en un caballo de aspecto fiero. En el pie de la fotografía, una nota biográfica lo describía como «un héroe de White River que dio su vida en la gran guerra para preservar la Unión».

La segunda foto del parque mostraba a dos madres sonrientes, una blanca y otra negra, empujando a sus hijos pequeños en dos columpios contiguos. En ninguna parte de la web se hacía referencia a la muerte del agente en el curso de los violentos incidentes raciales que estaban desgarrando la ciudad. Tampoco había ninguna mención a la institución penitenciaria que constituía la principal fuente de trabajo de la zona.

El siguiente resultado que le llamó la atención a Gurney fue la sección dedicada a White River de una página llamada «COMENTARIOS CIUDADANOS SIN FILTROS»: una web que parecía un verdadero imán para los ataques racistas de individuos con apodos como «La Voz de la Verdad», «Derechos Blancos», «Defensor de América» y «Basta de Mentiras Negras». Algunos comentarios se remontaban a varios años atrás, lo que indicaba que la evidente animosidad racista de la ciudad no era nueva. Traían a la memoria la frase de un hombre sabio según la cual había pocas cosas peores en este mundo que la ignorancia armada y ávida de combate.

Volvió un momento a la sección de la página de White River donde aparecía el parque y la estatua del coronel Willard. Se preguntó si esa sería la estatua que, según le había dicho Madeleine, constituía uno de los motivos de las actuales protestas. Como no hallaba respuesta a esa pregunta, decidió hacer una búsqueda en Google, intentando varias combinaciones: Ezra Willard, Guerra de Secesión, estatua, estado de Nueva York, White River, polémica racial, centro correccional, Willard Park, Unión, confederación. Finalmente, al añadir el término «esclavitud», encontró la respuesta en la revista de una de las sociedades de historia sobre la Guerra de Secesión.

El artículo trataba de las leyes federales sobre esclavos fugitivos que legalizaron la captura en el norte de los esclavos que huían de sus propietarios del sur. Entre los ejemplos que se citaban de esta práctica figuraba «la creación en 1830 por parte de la familia mercantil Willard, del norte de Nueva York, de un centro de detención para albergar a los esclavos fugitivos capturados mientras se negociaban los pagos para devolverlos a sus propietarios sureños».

Una nota a pie de página indicaba que esta lucrativa práctica concluyó al terminar la guerra; que al menos un miembro de la familia, Ezra, acabó luchando y sucumbiendo en el bando de la Unión; y que, después de la guerra, el antiguo centro de detención se convirtió en el núcleo original, gradualmente reconstruido y ampliado, de una prisión del estado: el moderno centro correccional White River.

Reflexionando sobre la maligna semilla de la que había surgido esa institución penitenciaria, Gurney entendió mejor las protestas contra el acto conmemorativo de un miembro de la familia Willard. Buscó en Internet más información sobre Ezra, pero solo encontró breves referencias a la exigencia de la UDN de que se retirase la estatua.

Dejando el trasfondo histórico de lado, decidió centrarse en los actuales desórdenes para ponerse al día e informarse todo lo posible. Volvió a visitar la web de RAM-TV con la esperanza de extraer algún dato útil de ese tendencioso barullo que ellos vendían como «noticias y análisis».

La página tardaba en cargarse, por lo cual le dio tiempo a reflexionar sobre la paradoja de Internet: el mayor almacén de conocimientos del mundo se había convertido en un megáfono para los idiotas. Cuando apareció por fin la página, avanzó a través de una serie de opciones hasta llegar a la página de *LA POLÉMICA DE LA NOCHE*. EMISIÓN EN DIRECTO.

Al principio se quedó perplejo ante lo que le salió en la pantalla: una vista aérea tomada desde poca altura de un coche de policía con la sirena encendida y las luces parpadeando, que aceleraba a través de una vía pública. El ángulo de la toma indicaba que la cámara estaba por encima y por detrás de la patrulla, de manera que cuando esta viró bruscamente a la derecha en un cruce, la cámara hizo otro tanto. Luego, cuando el coche

53

se detuvo en una calle estrecha detrás de otras tres patrullas, la cámara redujo la velocidad, se detuvo y descendió un poco. El efecto era semejante al de un *travelling* en una escena de persecución cinematográfica.

Gurney dedujo que el equipo utilizado debía de ser un sofisticado dron provisto con transmisores de vídeo y audio. Mientras el dron se mantenía en su posición, la cámara efectuó lentamente un *zoom* del lugar al que había acudido la patrulla a toda velocidad. Un grupo de agentes con casco rodeaba en semicírculo a un hombre negro apoyado con las manos abiertas contra la pared de un edificio. Mientras los dos recién llegados se aproximaban, los demás agentes pusieron al hombre de rodillas y lo esposaron. Al cabo de unos momentos, cuando lo hubieron metido en la parte trasera de un coche patrulla, empezó a deslizarse una cinta de texto por la base de la pantalla:

22:07... DUNSTER STREET, BARRIO DE GRINTON, WHITE RIVER...

UN INFRACTOR DEL TOQUE DE QUEDA DETENIDO...

VEA TODOS LOS DETALLES EN EL PRÓXIMO BOLETÍN DE RAM-NEWS

54

Mientras la patrulla se alejaba, la imagen pasaba a otra escena: un camión de bomberos frente a un humeante edificio de ladrillo, dos bomberos con equipo de protección sujetando una manguera y apuntando su tremendo chorro a través del escaparate destrozado de una tienda de la planta baja. Un deslucido rótulo sobre el escaparate indicaba que aquellos eran los restos carbonizados de un local de Betty Bee's BBQ.

El ángulo elevado de la cámara era similar al de la escena anterior, lo que indicaba que debía de tratarse de otro dron de última generación. Daba la impresión, observó Gurney con interés, de que la cadena RAM estaba dedicando unos recursos considerables a la cobertura de los disturbios de White River.

La siguiente secuencia era una entrevista en la calle: una reportera micrófono en ristre ante un bombero corpulento en cuyo casco negro figuraban unas letras doradas: CAPITÁN. Ella era una mujer esbelta de cabello oscuro cuya voz y expresión denotaban gran inquietud:

—Soy Marilyn Maze y estoy hablando con el capitán de bomberos James Pelt, que se encuentra al mando de la caótica situación que se vive aquí, en Bardle Boulevard —dijo, volviéndose hacia el enorme bombero. La cámara enfocó en primer plano su cara rubicunda de mejillas caídas—. Dígame, capitán, ¿había visto alguna vez algo parecido?

Él negó con la cabeza.

—Hemos sufrido incendios peores, Marilyn: peores por el calor y la combustión de materiales tóxicos. Pero nunca en condiciones similares; nunca con este perverso afán de destrucción. Esa es la diferencia: lo perverso de la situación.

Ella asintió con un aire de preocupación profesional:

—Habla como si hubiera llegado a la conclusión de que estos incendios son la obra deliberada de unos pirómanos.

—Esa es mi impresión preliminar, Marilyn. Todavía está sujeta a los análisis de nuestro especialista en incendios provocados, pero yo diría que esa será la conclusión.

Ella adoptó una expresión convenientemente horrorizada.

—¿Nos está diciendo, capitán, que esa gente (o una parte de esa gente, eso debo dejarlo claro ahora mismo, que estamos hablando solo de un pequeño porcentaje, de ese porcentaje de la población dispuesto a transgredir la ley…) ¿Nos está diciendo, repito, que algunas de esas personas están quemando su barrio, sus tiendas y sus propios hogares?

—No tiene ninguna lógica, ¿verdad? Quizá la idea misma de lógica no entra en juego. Es una tragedia. Un día muy triste para White River.

—Bien, capitán. Le damos las gracias por haber accedido a hablar con nosotros. —La reportera se volvió hacia la cámara—. Interesantes palabras del capitán James Pelt sobre la locura y la tragedia que está teniendo lugar en las calles de nuestra ciudad. Marilyn Maze, en directo para *La polémica de la noche*.

La emisión volvió al formato anterior de comentaristas de plató, con la imagen dividida en tres secciones. Una periodista ocupaba ahora la posición central. Su aspecto (pelo rubio, nariz recta, boca ancha, ojos calculadores) le hizo pensar a Gurney en un cierto tipo de chica de equipo de animadoras. Cada palabra y cada gesto parecía una táctica para buscar el éxito.

Empezó a hablar con una fría sonrisa.

—Gracias, Marilyn, por ese diálogo tan sugerente con el capitán Pelt. Soy Stacey Kilbrick, y estoy en el centro de análisis

RAM-News con dos invitados de categoría que tienen puntos de vista enfrentados. Pero antes, unos mensajes importantes.

Hubo un fundido en negro. Una voz ominosa empezó a declamar mientras sonaban explosiones a lo lejos (las palabras clave destellaban en letras rojas sobre el fondo oscuro): «Vivimos tiempos peligrosos…, con enemigos implacables tanto en casa como en el extranjero. Ahora mismo hay gente que conspira para despojarnos del derecho otorgado por Dios de defendernos de aquellos que pretenden destruir nuestra forma de vida». La voz proseguía ofreciendo un folleto gratuito que revelaba los peligros inminentes que amenazaban las vidas, los valores y la segunda enmienda de los norteamericanos.

Un segundo anuncio publicitaba el valor único del lingote de oro: «El único bien que el mundo ha valorado siempre», decía, y el único medio de cambio seguro «mientras nuestro sistema financiero abrumado por la deuda se aproxima al colapso». Luego citaba a una autoridad anónima de la Antigüedad: «El más sabio es aquel cuyo tesoro está compuesto de oro». Un folleto gratuito lo explicaba todo con detalle.

Al terminar el anuncio, volvió a aparecer Stacey Kilbrick en la sección central de la pantalla. En un lado, había una mujer negra de treinta y tantos, de rasgos angulosos y pelo afro corto. En el otro lado, un hombre blanco rubio de media edad, con ojos ligeramente estrábicos. La voz de Kilbrick transmitía un ensayado equilibrio entre el aplomo y la preocupación.

—Nuestro tema de esta noche es la crisis de la pequeña ciudad de White River, Nueva York. Hay puntos de vista contradictorios sobre la situación

Una líneas en grandes mayúsculas se deslizaron por la base de la pantalla:

CRISIS DE WHITE RIVER. VISIONES ENFRENTADAS

La presentadora prosiguió:
—A mi derecha se encuentra Blaze Lovely Jackson, la mujer que estaba hace un año en el coche con Laxton Jones, cuando este murió en un enfrentamiento con un agente de policía de White River. También es una de las fundadoras de la Unión de Defensa Negra y una enérgica portavoz de las ideas de la

UDN. A mi izquierda se encuentra Garson Pike, fundador de Abolición de Privilegios Especiales. La APE es un grupo político que reivindica la abolición de las medidas de protección especial a las minorías. Mi primera pregunta es para la señora Jackson. Usted es miembro y fundadora de la Unión de Defensa Negra y organizadora de las manifestaciones de White River: manifestaciones que han provocado ahora la muerte de un agente de policía. Mi pregunta es: ¿tiene algo que lamentar?

Puesto que, obviamente, se encontraban en diferentes estudios y hablaban entre sí a través de monitores, todos miraban de frente a la cámara. Gurney examinó el rostro de Blaze Lovely Jackson. Tenía algo dentro que irradiaba una determinación implacable, casi estremecedora.

Ella mostró los dientes con una sonrisa hostil.

—No es de extrañar que plantee la situación al revés. No es ninguna novedad, cuando no paran de matar a jóvenes negros. Las calles están llenas de la sangre de hombres negros, desde siempre. Agua envenenada, bebés mordidos por ratas, casas podridas rebosantes de sangre. Aquí mismo, en nuestra pequeña ciudad, hay una enorme y horrible prisión llena de la sangre de hombres negros, una sangre que se remonta a la de los esclavos. Ahora muere un policía blanco de un disparo, ¿y esa es la pregunta que me hace usted? ¿Quiere saber si yo tengo algo que lamentar? ¿No se da cuenta de que lo plantea al revés? ¿No se le ocurre preguntar qué fue primero? ¿Fueron los negros los que dispararon a los policías blancos? ¿O fueron los policías blancos los que dispararon a los negros? Me parece que tiene usted mal la secuencia. Mire, mi pregunta es: ¿dónde están los lamentos por Laxton Jones? ¿Dónde están los lamentos por todos los hombres negros a los que dispararon en la cabeza o por la espalda, a los que mataron a palos, año tras año, constantemente, durante cientos de años, sin ningún motivo, en esta tierra de Dios? Cientos de años, y sin visos de que vaya a terminar. ¿Dónde están los lamentos por eso?

—Ese puede ser el tema de una discusión más amplia —dijo Kilbrick, frunciendo el ceño con aire condescendiente—. Ahora mismo, señora Jackson, le estoy planteando una pregunta razonable suscitada por el irracional asesinato de un servidor de la comunidad que pretendía mantener el orden público en un mitin de la UDN que usted organizó. Me gustaría saber qué siente ante la muerte de ese hombre.

—¿De ese único hombre? ¿Usted pretende que deje de lado los centenares, los millares de jóvenes negros asesinados por hombres blancos? ¿Pretende que los deje de lado para deshacerme en lamentos por ese único joven blanco? ¿Que le diga cuánto lo lamento por él? ¿Y quizá cuánto lamento ser la responsable de la muerte de un policía, hecho con el que yo no tuve nada que ver? Si eso es lo que pretende, señora, le digo una cosa: no tiene usted ni idea del mundo en el que vivimos. Y voy a decirle otra cosa a la cara, a esa cara tan bonita: no tiene la menor idea de lo rematadamente loca que está.

Aunque Stacey Kilbrick fruncía el ceño, había una expresión satisfecha en su mirada: quizá la satisfacción de haber conseguido el objetivo de RAM-TV de elevar al máximo la polémica. Así pues, prosiguió con una rápida sonrisa:

—Ahora, desde una perspectiva diferente... Señor Garson Pike, dígame: ¿cuál es su punto de vista sobre los hechos ocurridos en White River?

Pike empezó meneando la cabeza y esbozando una sufrida sonrisa.

—Una tragedia *p-perfectamente* previsible. Causa y efecto. Ahora se ven los amargos resultados, el *p-precio* que hemos de pagar todos por tantos años de permisividad liberal. El *p-precio* de la corrección política. —Tenía un acento vagamente rural. Sus ojos gris azulado parpadeaban con cada leve tartamudeo—. Estos salvajes ataques a la ley y el orden son el *p-precio* de la cobardía.

Kilbrick lo alentó a continuar.

—¿Podría explicarse mejor?

—Nuestro país ha seguido un camino de temerarias componendas. Cediendo una y otra vez a las exigencias de cada minoría racial: negra, morena, amarilla, roja, lo que usted quiera. Dejándonos pisotear por una auténtica invasión de parásitos mestizos y de terroristas. Cediendo a las exigencias de todos los saboteadores de nuestra cultura: los ateos, los abortistas, los sodomitas. Esa es la terrible verdad, Stacey, que vivimos en un país donde cada vil *p-perversión*, cada despreciable segmento de la sociedad cuenta con sus defensores en las altas instancias y con sus medidas de *p-protección* especiales. Cuanto más detestable sea el grupo, más protección le damos. El resultado natural de esta claudicación general es el caos. Una sociedad patas arriba. Los encargados de mantener el orden son atacados en las calles, y sus atacantes pretenden ser las víctimas. Los enfermos, Stacey, se han adueñado del manicomio. Se supone que hemos de ser políticamente correctos mientras ellos protestan por las desventajas que sufre su minoría. ¿Qué desventajas, demonios? ¿Qué te *p-pongan* delante en la cola para conseguir empleos, ascensos y medidas de protección especial? Y ahora se quejan de que están representados de forma desproporcionada en las *p-prisiones*. Cuando la sencilla razón es que están allí porque cometen delitos de forma desproporcionada. Acabemos con la delincuencia negra y habremos acabado *p-prácticamente* con la delincuencia en nuestro país.

Hizo un enfático gesto con la cabeza y se calló. El ímpetu emocional que había ido cobrando durante su discurso le había dejado unos ligeros tics en las comisuras de la boca.

Kilbrick se limitó a fruncir los labios pensativamente.

—¿Señora Jackson? Nos queda aproximadamente un minuto, por si quiere ofrecernos una breve respuesta.

La mirada de Blaze Lovely Jackson se endureció.

—Sí, seré breve. Toda la monserga de Pike es la misma basura fascista que ustedes, la RAM, han venido suministrando durante todos estos años a la chusma de sus admiradores. Se lo voy a decir bien claro: lo que hacen ustedes es una falta de respeto. Los blancos siempre procuran que los negros se sientan insignificantes, sin ningún poder, como si no fueran seres humanos. Ustedes no le dan a un negro un empleo decente y luego le dicen que es despreciable porque no tiene un empleo decente. ¿Sabe lo que es eso? Un pecado de falta de respeto. Ahora escuchen, aunque no quieran escuchar nada más. La falta de respeto engendra ira, y la ira es el fuego que acabará arrasando este país. Laxton Jones no tenía drogas, ni pistola ni contrabando. No tenía ninguna orden de detención. No había infringido la ley. No había cometido ningún delito. Ese hombre no le había hecho daño a nadie. Pero igualmente lo mataron. Le dispararon un tiro en la cara. ¿Con qué frecuencia hace eso la policía con una cara blanca? ¿Con qué frecuencia matan a un hombre blanco que no ha cometido ningún delito? Si quieren entender dónde estamos, han de entender lo que defiende la UDN. Piénsenlo.

Los ojos de Kilbrick brillaban de excitación.

—Bueno, ya ven. Dos caras opuestas sobre la crisis de White River. Rumbo a una colisión frontal. Aquí, en RAM-TV, en *La polémica de la noche*. Y ahora pasamos a nuestras cámaras *in situ*, esas cámaras que son sus ojos en las tensas calles de White River. Soy Stacey Kilbrich, de guardia para darles las últimas noticias. Quédense con nosotros.

La imagen del estudio fue reemplazada por una vista aérea de la ciudad. Gurney vio unas columnas de humo que se elevaban desde lo alto de tres edificios. De uno de ellos salían llamaradas de color naranja. Por la avenida principal desfilaban varios coches de policía, un camión de bomberos y una ambulancia. La cámara aérea captaba el ruido de las sirenas y los megáfonos.

Gurney apartó la silla de la mesa, como si quisiera distanciarse de lo que estaba viendo. La cínica transformación de la miseria, la ira y la destrucción en una especie de *reality show* televisivo le asqueaba. Y no era solo la RAM. Los medios de comunicación de todas partes se dedicaban continuamente a publicitar y exagerar los problemas, siguiendo un modelo de negocio basado en un venenoso principio: el conflicto vende. Sobre todo los conflictos en torno a la grieta racial. Ese principio tenía un corolario igualmente venenoso: nada genera tanta lealtad como un odio compartido. Era obvio que la RAM y toda su horda de viles imitadores no sentían ningún escrúpulo por alimentar esos odios para generar unas audiencias leales.

Comprendió, no obstante, que ya era hora de dejar de lado esas lacras sobre las que él nada podía hacer para centrarse en cuestiones que quizá sí tenían respuesta. Por ejemplo, ¿era posible que la ira de Blaze Lovely Jackson contra la policía hubiera bastado para implicarla en acciones que iban más allá de organizar un mitin? ¿Acciones como planear, instigar o ejecutar el ataque del francotirador? ¿Y por qué Kline no había respondido a su llamada? ¿Acaso le había asustado el mensaje que le había dejado, preguntándole por los elementos que había omitido en su conversación? ¿O acaso la respuesta era demasiado delicada y exigía una larga reflexión, tal vez una consulta con alguna otra instancia involucrada en el caso?

Esa idea desembocó por un camino tortuoso en otra pregunta que le venía rondando desde que Marv Gelter había abandonado la fiesta para atender una llamada de Dell Beckert. ¿Qué relación tenía ese millonario racista con el jefe de policía de White River?

—¿Sabes si están cerradas las ventanas de arriba?

La voz de Madeleine le sobresaltó. Se giró y la vio en pijama, en el pasillo que llevaba al dormitorio.

—¿Las ventanas?

—Está lloviendo.

—Voy a echar un vistazo.

Cuando ya se disponía a cerrar el portátil, apareció en la pantalla un anuncio en grandes mayúsculas:

ÚLTIMA HORA SOBRE LA CRISIS

RUEDA DE PRENSA EN DIRECTO MAÑANA A LAS 9:00

CON EL JEFE DE POLICÍA BECKERT, EL ALCALDE SHUCKER

Y EL FISCAL DE DISTRITO KLINE

Gurney tomó nota mentalmente. Confiaba en que terminara antes de que tuviera que salir para reunirse con Hardwick.

Arriba solo encontró una ventana abierta, pero bastaba con eso para que toda la habitación quedara inundada con la fragancia floral de la noche de primavera. Permaneció asomado allí un rato, inspirando el aire dulce y suave.

Sus pensamientos acelerados fueron reemplazados por una profunda sensación de paz. Le vino a la cabeza una expresión que había leído en alguna parte; tres palabras simplemente que emergían de un contexto olvidado para adosarse a este momento: «una calma curativa».

Una vez más, como muchas otras veces en el pasado, hacer una cosa bien sencilla que Madeleine le había pedido traía una consecuencia agradable y completamente inesperada. Gurney tenía una mente demasiado lógica como para atribuir un sentido místico a esas experiencias. Pero que se producían era un hecho innegable que no podía ignorar.

Cuando el viento cambió y la lluvia empezó a salpicar el alféizar, cerró la ventana y bajó a acostarse.

8

*L*a calma, por desgracia, no era el estado natural de su mente. Durante varias horas de sueño agitado, la química innata de su cerebro ejerció sus efectos, trayendo esa ansiedad de fondo y esos sueños oscuros a los que ya estaba acostumbrado.

En un momento dado, se despertó unos instantes y descubrió que había dejado de llover, que había aparecido la luna llena por detrás de las nubes y que los coyotes habían empezado a aullar. Volvió a dormirse.

Otra tanda de aullidos, esta vez cerca de la casa, lo despertó de nuevo: ahora de un sueño en el que Trish Gelter deambulaba alrededor de un cubo blanco en un campo de narcisos. Cada vez que rodeaba el cubo, decía: «Yo soy la divertida». Un hombre cubierto de sangre la seguía.

Gurney trató de librarse de esa imagen y volvió a amodorrarse, pero los insistentes aullidos y la necesidad de ir al baño lo acabaron arrancando de la cama. Se duchó, se puso los vaqueros y una vieja camiseta de la policía de Nueva York y fue a la cocina a prepararse algo de desayuno.

Cuando se hubo terminado los huevos, la tostada y dos tazas de café, el sol empezaba a alzarse por encima de la cordillera oriental cubierta de pinos. Al abrir las cristaleras para que entrara el aire, oyó que las gallinas soltaban sus cloqueos matinales en el gallinero, situado junto al manzano. Salió al patio y observó un rato los jilgueros y carboneros que acudían a los comederos instalados por Madeleine junto al plantel de espárragos. Su mirada se deslizó por los pastos bajos hacia el granero, el estanque y el lugar de la excavación.

Al descubrir los cimientos enterrados (por pura casualidad,

mientras despejaba de rocas el sendero de encima del estanque), y una vez que hubo dejado a la vista un tramo suficiente para hacerse una idea de su antigüedad, había pensado que quizá invitaría al doctor Walter Thrasher para que echara un vistazo. Además de ser el médico forense del condado, Thrasher era un gran aficionado a la historia y un coleccionista de utensilios de la época colonial. En ese momento, Gurney había dudado sobre si llamarle o no, pero ahora más bien se inclinaba a hacerlo. Sus observaciones sobre los restos de la antigua casa podían ser interesantes. Además, tener una vía personal de contacto con él podía resultarle útil si finalmente decidía aceptar la propuesta de Kline de incorporarse a la investigación de White River.

Volvió adentro, cogió su móvil y salió al patio. Buscó en su agenda, encontró el número de Thrasher y lo marcó. Saltó el buzón de voz. La grabación era casi tan breve como la de Hardwick, pero el tono no era gruñón, sino más bien refinado.

—Doctor Thrasher, soy Dave Gurney. Nos conocimos cuando usted actuó como forense en el homicidio Mellery. Alguien me contó que es experto en historia colonial y arqueología del norte de Nueva York. Le llamo porque he encontrado un yacimiento en mi propiedad que quizá date del siglo xviii. Hay una serie de utensilios: un instrumento de hueso para desollar, un cuchillo con mango de ébano, varios eslabones de una cadena. También posibles restos humanos: los dientes de un niño, si no me equivoco. En caso de que le interese el asunto, puede localizarme cuando quiera en este móvil.

Gurney dejó su número y cortó la llamada.

—¿Estás hablando con alguien ahí fuera?

Se giró en redondo y vio a Madeleine asomada a las puertas cristaleras. Su atuendo, con chaqueta y pantalones, le recordó que ese era uno de sus días de trabajo en el psiquiátrico.

—Estaba al teléfono.

—Creía que había llegado Gerry. Va a venir a recogerme hoy.

Madeleine salió al patio y alzó la cara hacia los rayos oblicuos del sol matinal.

—Detesto la idea de encerrarme en un despacho en un día tan precioso como este.

—No tienes por qué encerrarte en ninguna parte. Tenemos dinero suficiente…

Ella lo interrumpió.

—No lo decía en ese sentido. Simplemente me gustaría que pudiéramos ver a nuestros pacientes al aire libre cuando hace tan buen tiempo. Sería mejor para ellos, además. Aire fresco. Hierba verde. Cielo azul. Es bueno para el espíritu. —Ladeó la cabeza—. Me parece que ya llega Gerry.

Al cabo de unos momentos, mientras un Escarabajo Volkswagen amarillo subía a través de los pastos bajos por la pista cubierta de maleza, añadió:

—Te encargarás de soltar a las gallinas, ¿no?

—Sí, ya lo haré.

Ella ignoró su tonillo, le dio un beso y se alejó pasando junto al plantel de espárragos justo cuando su exuberante colega, Geraldine Mirkle, bajaba la ventanilla del coche y gritaba:

—*Andiamo!* ¡Los maniacos nos esperan! —Le lanzó un guiño a Gurney—. ¡Me refiero al personal!

Él miró cómo el coche bajaba, bamboleándose entre los pastos, para rodear el granero y perderse de vista por la carretera.

Dio un suspiro. Su resistencia ante el encargo de ocuparse de las gallinas era una reacción infantil. Una forma absurda de intentar mantener el control, cuando en realidad no había motivo alguno para aplazar esa tarea. Su primera esposa se había quejado de que era un obseso del control. A sus veintitantos años, Gurney no se daba cuenta, pero ahora resultaba evidente. Madeleine por lo general se lo tomaba simplemente con una sonrisa divertida, lo cual hacía que él se sintiera aún más infantil.

Se acercó al gallinero y abrió la puertecita que daba acceso al corral vallado. Esparció por el suelo un poco de pienso industrial, granos de maíz y semillas de girasol, y las cuatro gallinas salieron corriendo y empezaron a picotear. Él se quedó ahí un momento, observándolas. Dudaba mucho que algún día llegaran a fascinarle tanto como a Madeleine.

Unos minutos antes de las nueve, se sentó ante la mesa del desayuno, abrió el portátil y entró en el apartado de emisión en directo de la web de la RAM. Mientras aguardaba a que comenzara la anunciada conferencia de prensa, sonó su teléfono móvil. El número que aparecía en la pantalla le resultaba vagamente conocido.

—Aquí Gurney.

—Soy Walter Thrasher. ¿Ha descubierto algo de importancia histórica?

—Su juicio sería más fiable que el mío. ¿Le interesaría echar un vistazo al yacimiento?

—¿Me ha parecido oír algo de unos dientes? ¿Y de un chuchillo de mango negro?

—Entre otras cosas. Eslabones de cadena, bisagras, un tarro de vidrio.

—¿Anteriores a la Revolución?

—Creo que sí. Los cimientos son de piedra al estilo danés.

—No es determinante por sí solo. Echaré un vistazo. Mañana. A primera hora. ¿Le va bien?

—Lo intentaré.

—Nos vemos entonces. Suponiendo que entre tanto nadie reciba un disparo en mi distrito.

Thrasher cortó la llamada sin más. Sin despedirse.

Mientras la locutora de las noticias de la RAM anunciaba que la conferencia de prensa estaba a punto empezar, una línea en mayúsculas se deslizó por la base de la pantalla:

LAS AUTORIDADES ANUNCIAN

IMPACTANTES NOVEDADES

La imagen pasó de la locutora, siempre con esa expresión híbrida entre la firmeza y la preocupación, a tres hombres trajeados que ocupaban una mesa frente a la cámara. Delante de cada uno había una tarjeta con su nombre y su cargo: ALCALDE SHUCKER, JEFE DE POLICÍA BECKERT, FISCAL DE DISTRITO KLINE.

Gurney se fijó en Beckert, a primera vista el candidato ideal de un director de *casting* para el papel de un general de marines. Un hombre de cuarenta y tantos, delgado, con la mandíbula cuadrada, la mirada impasible y el pelo entrecano rapado al estilo militar. Sin duda, el centro de gravedad del grupo.

El alcalde Shucker era un hombre grueso, de labios flácidos y mirada suspicaz, con el pelo teñido de color rojizo y peinado hacia delante en cortinilla.

Kline, sentado al otro lado de Beckert, parecía más atormentado que nunca. La firmeza de su boca se veía desmentida cada dos por tres por unos diminutos temblores que a Gurney le hicieron pensar, de modo algo caprichoso, en esas minúsculas vibraciones a lo largo de la falla de San Andrés que provocaban una ligera agitación en la superficie inmóvil del agua.

Empezó a parpadear en la pantalla ÚLTIMA HORA SOBRE LA CRISIS y la cámara enfocó a Beckert. Cuando desapareció el rótulo parpadeante, el jefe de policía tomó la palabra. Hablaba con una voz nítida, seca, sin acento. Y había algo familiar en su tono, algo que Gurney no logró identificar:

—Hace una hora, la Unidad de Fuerzas Especiales de la policía de White River ha llevado a cabo con éxito una redada en la sede central de la Unión de Defensa Negra. De acuerdo con las órdenes judiciales pertinentes, los locales se han acordonado y están registrándose en estos momentos. Se están recogiendo archivos, ordenadores, teléfonos y otros materiales potencialmente indiciarios para su examen forense. Han sido detenidas en el mismo lugar catorce personas, con cargos que incluyen agresión criminal, acoso, obstrucción y posesión de drogas y armas ilegales. Esta actuación se ha llevado a cabo tras haber llegado a nuestro poder información creíble sobre la muerte del agente de policía John Steele. Tengan por seguro que estamos empleando todos nuestros recursos para detener a los responsables del atroz asesinato de uno de los mejores agentes de la policía de White River, un hombre que se había ganado el profundo respeto y la admiración de todos.

Beckert bajó la cabeza un momento respetuosamente antes de proseguir.

—Tengo una petición importante que hacer. Dos altos miembros de la UDN, Marcel Jordan y Virgil Tooker, fueron vistos abandonando la manifestación del parque Willard justo media hora antes de los disparos que acabaron con la vida del agente Steele. Queremos establecer el paradero de ambos en el momento del ataque. También tenemos motivos para creer que estos mismos individuos se han escabullido de la sede central de la UDN antes de producirse la redada de esta mañana. Es vital que encontremos a esos dos hombres. Si saben dónde están o tienen información que pueda conducirnos a ellos, llámennos por favor a cualquier hora del día o de la noche.

En la pantalla empezó a destellar un número junto al rótulo: LÍNEA DIRECTA DE LA POLICÍA.

Beckert continuó:

—Vamos a hacer frente a este salvaje ataque a la sociedad civilizada con toda la fuerza necesaria. No permitiremos que se imponga la ley de la selva. Haremos lo que sea necesario para poner fin a la anarquía. Se lo aseguro a todos ustedes: el orden prevalecerá.

Beckert concluyó con una mirada de feroz determinación y se volvió hacia Shucker.

—Alcalde, ¿tiene algunas palabras que decirnos?

Shucker parpadeó, bajó la vista a un papel que tenía en las manos y volvió a mirar a la cámara:

—En primer lugar, mi sentido pésame a la señora Steele por esta trágica pérdida. —Miró otra vez el papel—. Aquellos que se han propuesto aterrorizar a nuestra comunidad con una oleada de violencia gratuita y con ataques a los héroes que velan por nuestra seguridad son criminales de la peor especie. Es necesario poner fin a sus condenables actos para restaurar la paz en nuestra maravillosa ciudad. Todas nuestras oraciones van para la familia Steele y para los protectores de White River en su lucha ejemplar con el lado más oscuro de nuestra nación. —Dobló el papel y alzó la vista—. ¡Dios bendiga a América!

Beckert se volvió hacia Kline.

—¿Sheridan?

El fiscal del distrito habló con tono acerado.

—No hay mayor desafío al imperio de la ley que un ataque a los hombres y mujeres que han jurado defenderla. Mi oficina está aplicando absolutamente todos sus recursos para llevar a cabo una investigación exhaustiva, averiguar la verdad y hacer justicia a la familia Steele y a toda nuestra comunidad.

La imagen pasó a la locutora del informativo.

—Muchas gracias, caballeros. Ahora damos paso a las preguntas de nuestro equipo de análisis RAM.

Volvieron a aparecer los tres hombres de la mesa, mientras una serie de voces formulaban las preguntas fuera de cámara.

Primera voz masculina: «Jefe Beckert, ¿está sugiriendo que Jordan y Tooker son los principales sospechosos del ataque del francotirador?».

Beckert respondió inexpresivamente: «Son sin ninguna duda personas de interés en nuestra investigación».

Segunda voz masculina: «¿Los consideran fugitivos?».

Beckert contestó con el mismo tono monocorde: «Tenemos un gran interés en localizarlos; ellos no se han presentado por propia voluntad y ahora mismo no se conoce su paradero».

Primera voz femenina: «¿Tienen pruebas de su implicación en el ataque?».

Beckert: «Como he dicho, tenemos un gran interés en localizarlos. Estamos centrando muchos recursos con ese objetivo».

La misma voz femenina: «¿Cree que Jordan y Tooker recibieron un soplo antes de la redada?».

Beckert: «Cualquier persona razonable podría sacar esa conclusión».

Primera voz masculina: «¿Qué planes tienen para afrontar el caos actual? Todavía siguen declarándose incendios en la zona de Grinton».

Beckert: «Nuestro plan es reprimir los disturbios por todos los medios. No vamos a tolerar los desórdenes ni vamos a permitir que nadie amenace con provocarlos. Que todos los que tengan la tentación de usar la protesta política como pretexto para los saqueos y los incendios escuchen esto: he dado la instrucción a mis agentes de emplear medios letales allí donde sean necesarios para proteger las vidas de los ciudadanos honrados».

Otra voz masculina le preguntó al jefe de policía si el equipo de las fuerzas especiales había encontrado resistencia armada por parte de los miembros de la UDN. Beckert respondió que se habían encontrado armas durante la operación y que se facilitarían más datos cuando se hubieran presentado las acusaciones formalmente.

La misma voz preguntó si había habido heridos en alguno de los bandos durante la confrontación. Mientras Beckert evitaba responder repitiendo que facilitarían más información posteriormente, Gurney se fijó en la hora que marcaba el ordenador. Eran las 9:15, lo cual significaba que debía marcharse para llegar a su cita de las 9:30 con Hardwick. Sentía curiosidad sobre lo que podría revelar el resto de la rueda de prensa, pero recordó que la programación de la RAM quedaba archivada sistemáticamente para poder verla más tarde. Cerró el portátil, cogió el móvil y salió a buscar el Outback.

9

En tiempos un destartalado almacén rural con un inconfundible hedor a humedad, Abelard's había sido adquirido por una pintora del mundillo artístico de Brooklyn. Se llamaba Marika y se había mudado a la zona. Adepta al expresionismo abstracto, era una mujer intensa de treinta y pico con una figura llamativa que no tenía empacho en exhibir numerosos *piercings* y tatuajes, así como una asombrosa gama de colores en el pelo.

En su tiempo libre, cuando no estaba pintando o esculpiendo, Marika se había dedicado a renovar el local. Había quitado la nevera portátil para cebos de pesca y los expositores de tasajo de pavo. Había lijado y pulido los suelos de tablones. Había instalado una nueva nevera llena de productos orgánicos y ecológicos; una panera para los panes de la zona; una máquina de café de última generación y cuatro mesas estilosas con sillas pintadas a mano. El techo de cinc, las lámparas de globo y los estantes de madera tosca los había dejado intactos.

Gurney aparcó junto al viejo coche de Hardwick: un GTO rojo de 1970 de gran potencia. Nada más entrar en el local, lo vio en una de las mesitas redondas del fondo. Iba con la camiseta negra y los vaqueros del mismo color: se habían convertido en su uniforme *de facto* desde que había tenido que abandonar la policía del estado por faltar al respeto a sus superiores en demasiadas ocasiones. Aquel tipo pendenciero, con los ojos azul claro de un perro de trineo de Alaska, con una mente afilada, un ingenio avinagrado y una debilidad por las obscenidades era lo que se dice un gusto adquirido: casi podía llegar a gustarte si no te atragantabas de entrada.

Con sus musculosos brazos sobre la mesita, en apariencia demasiado endeble para tanto peso, Hardwick charlaba con Marika, que se reía a carcajadas. Ella llevaba esta vez en el pelo un puntiagudo pastiche de rosa iridiscente y azul metálico.

—¿Café? —preguntó cuando Gurney se acercó a la mesa.

Siempre le llamaba la atención su voz de contralto.

—Sí. Un expreso doble.

Con un gesto de aprobación, Marika se fue hacia la máquina. Gurney tomó asiento frente a Hardwick, que estaba mirándola mientras se alejaba.

Cuando desapareció tras la barra, se volvió hacia él.

—Una chica deliciosa. No tan chiflada como parece. O la mitad de chiflada de lo que tú estás si piensas enredarte en esa locura de White River.

—¿Es mala idea?

Hardwick soltó una risotada como un gruñido, cogió su taza, dio un largo trago y volvió a dejarla con el mismo cuidado que uno pondría con un explosivo.

—Demasiada gente virtuosa implicada. Todos con elevadas opiniones sobre su visión de la justicia. No hay nada peor en este mundo que una pandilla de chalados absolutamente convencidos de que tienen razón.

—¿Te refieres a la Unión de Defensa Negra?

—En parte. Pero solo en parte. Depende de lo que tú quieras creer.

—Cuéntame.

—¿Por dónde empiezo?

—Con cualquier cosa que aclare por qué Kline quiere meterme en el caso.

Hardwick reflexionó un momento.

—Seguramente debe de ser por Dell Beckert.

—¿Por qué demonios habría de querer implicarme Beckert?

—No, él no. Lo que quiero decir es que Beckert podría ser el problema de Kline.

Hardwick hizo una mueca, como si el asunto le dejara un mal sabor de boca.

—Sé cómo las gastaba el cabrón, de cuando trabajé con él hace diez años en el Departamento de Investigación del Estado. Eso fue antes de que se convirtiera en el pez gordo que es ahora. Pero ya entonces iba de camino. Esa es la cuestión, ¿sabes? Beckert siempre está en camino hacia alguna parte. Con la vista fija en un objetivo. Tiene esa obsesión de ganar a toda costa que suele convertir a cualquiera en un sinvergüenza.

—Por lo que he oído, tiene fama ser un hombre de orden, no un sinvergüenza.

—Como a tantos sinvergüenzas de altos vuelos, se le da muy bien alimentar y pulir su reputación. Beckert tiene un don para transformarlo todo a su favor, incluso las mierdas más negativas. O quizá debiera decir, sobre todo las más negativas.

—¿Por ejemplo?

—Por ejemplo, su vida familiar. En aquella época era un completo desastre. Su hijo, que entonces tenía quizá trece años, era un pequeño hijo de puta repugnante. Odiaba a su padre. Hacía todo lo posible para avergonzarlo. Pintaba esvásticas en los coches de policía. Dijo a los del Servicio de Protección Infantil que su padre vendía drogas confiscadas. Luego intentó prender fuego a una oficina de reclutamiento de marines, seguramente porque su padre había sido marine. Eso, técnicamente, es un delito federal. Ahí es cuando papá intervino. Hizo que lo metieran en el sistema de menores y que lo maltrataran una temporada. Luego lo mandó a un internado de modificación de conducta en algún estado del sur. Y entonces...

Hardwick hizo una pausa teatral.

Gurney lo miró.

—Y entonces... ¿qué?

—Entonces Dell Beckert demostró su verdadero talento. Convirtió en oro aquel apestoso montón de mierda. La mayoría de los polis procuran mantener sus problemas domésticos en la intimidad. Pero Beckert hizo todo lo contrario. Habló con grupos de padres. Dio entrevistas a la prensa. Salió en tertulias de la tele. Se volvió un personaje conocido dentro el círculo de los padres con hijos agilipollados. El poli de mano dura que hace lo que hay que hacer. Y cuando su esposa adicta a los analgésicos murió al cabo de un año por una sobredosis de heroína, también sacó provecho. Se convirtió en un poli antidroga cuyos ataques de tolerancia cero a los traficantes salían directamente del corazón, de su dolorosa experiencia personal.

71

Gurney también empezaba a notar un mal sabor de boca.

—Suena como un personaje formidable.

—Un tipo frío donde los haya. Pero ha conseguido crearse la imagen del poli perfecto y duro de pelar que todos los ciudadanos blancos adoran. Y al que todos acaban votando.

—¿Qué quieres decir?

—No ha habido ningún anuncio oficial, pero según Radio Macuto se presentará para fiscal general del estado en las elecciones especiales.

—Kline me mencionó ese rumor.

—Sería la estrella perfecta que añadir a su precioso currículo.

Marika le trajo a Gurney su expreso doble.

—Ese currículum, por cierto —prosiguió Hardwick—, es impresionante de cojones. Máxima calificación en todos los exámenes de ascenso que pasó en la policía estatal de Nueva York. Tras unos años a tope en el Departamento de Investigación del Estado, durante los cuales se sacó un máster de Administración Pública, asumió el mando de la Unidad de Estándares Profesionales, ya sabes: Asuntos Internos. Luego se pasó al sector privado y montó una consultoría para trabajar con los departamentos de policía de todo el estado, evaluando el perfil psicológico de los agentes implicados en enfrentamientos violentos, asesorándolos y educando a los jefazos sobre la naturaleza y las causas de los incidentes violentos.

—¿Qué tal funcionó?

—Para Beckert, de maravilla. Amplió enormemente su red de contactos entre las fuerzas del orden.

—Pero...

—Los activistas de derechos civiles afirmaban que el objetivo de su «consultoría» era ayudar a la policía a presentar los incidentes «cuestionables» de tal modo que los riesgos de una demanda civil o criminal quedaran reducidos al máximo.

Gurney dio un sorbo de café, que estaba muy fuerte.

—Interesante. ¿Y cómo se convirtió esa estrella ascendente en jefe de policía de White River?

—Hace tres o cuatro años, justo antes de que tú te mudaras aquí, hubo un escándalo de corrupción policial. Pincharon el teléfono del jefe de entonces y salió un montón de mierda de lo más embarazosa. Al parecer, el jefe del departamento, uno de los capitanes y tres agentes aceptaban sobornos de una banda que introducía heroína mexicana en el norte de Nueva York. Un desastre para la imagen de la policía de White River. Hubo un clamor general para que se nombrara un nuevo equipo. Y quién mejor que Beckert (con su historial en Estándares Profesionales y su imagen de mano de dura) para fumigarlo todo, tranquilizar a la ciudadanía y reconstruir el departamento.

—¿Otro éxito?

—La mayoría lo creyó así. Después de expulsar a los corruptos, se trajo a su propia gente, a sus aliados en la policía del estado y a sus compañeros de la consultoría. —Hardwick contrajo la mandíbula—. Incluido un estrecho colaborador, Judd Turlock, al que nombró jefe adjunto.

—¿Cómo de estrecho, exactamente?

—Turlock estudió con él en la academia, trabajó a sus órdenes en el Departamento de Investigación del Estado y era su número dos en la consultoría. Incluso estuvieron juntos en los marines de los cojones.

—No pareces tenerle mucho cariño.

—Difícil tenérselo a un perro de presa psicópata.

Gurney reflexionó mientras daba otro sorbo de café.

—¿El mandato de Beckert en White River se considera un éxito?

—Depende de cómo lo mires. Ha limpiado las calles. Ha retirado de circulación a un montón de traficantes. Ha reducido el número de allanamientos, atracos y delitos violentos.

—Pero...

—Se han producido algunos incidentes. Justo después de que asumiera el cargo, un par de años antes del asunto Laxton Jones, un control de tráfico degeneró en la paliza y detención de un joven conductor negro: Nelson Tuggle. El agente alegó que había encontrado una pistola y una bolsa de coca debajo del asiento delantero y que Tuggle habían intentado darle un puñetazo. Tuggle pidió una prueba con un detector de mentiras. Su abogado se puso muy agresivo en este punto, incluso consiguió cierta repercusión mediática al reclamar públicamente que tanto su cliente como el policía fueran sometidos al polígrafo. Dos días después, Tuggle apareció muerto en su celda. Sobredosis de heroína, según el forense. Había conseguido un poco de contrabando carcelario, así fue como lo explicaron los funcionarios de la prisión. Un par de conocidos de la víctima dijeron que eso era mentira, que Tuggle quizá consumía un poco de marihuana de vez en cuando, pero no drogas duras.

—¿Alguien investigó el caso?

—Tuggle no tenía familia. No había testigos. Ni amigos. A nadie le importaba una mierda.

—¿Hay un patrón? ¿La gente se queja de que la policía de White River hace y deshace a su antojo?

—La mayoría de los traficantes condenados dicen eso precisamente. Por supuesto, ninguno puede demostrarlo. Los jueces y los jurados de aquí están abrumadoramente a favor de la policía. Pero ese es el problema, que todos los puntos que Beckert se ha ido ganando entre los blancos de White River los ha ido perdiendo entre los negros. No es que ellos no quieran librarse de los criminales, pero piensan que ese tipo se ha creído un dios y que está machacando con todas sus fuerzas a la población negra para dejar las cosas claras.

—Así que la olla a presión se ha ido calentando.

—A tope. Por desgracia para Beckert, el resentimiento que no había podido expresarse en favor de los traficantes encontró una salida perfecta en el caso Laxton Jones. La diferencia entre Jones y Tuggle es que Jones no estaba solo. Su novia presenció lo ocurrido y estaba totalmente decidida a llegar hasta el fondo del asunto. Blaze Lovely Jackson.

—La he visto en ese programa de la RAM, *La polémica de la noche*. Parece una mujer con un carácter fuerte.

—Mucho. Pero también muy lista. A Beckert le esperan días complicados. Tendrá que evitar un montón de socavones para alcanzar sus objetivos.

—¿Te refieres al puesto de fiscal general?

—Y más allá. El muy hijo de puta tal vez se imagina en la Casa Blanca algún día.

Eso parecía algo exagerado. Pero ¿quién sabía? Desde luego, el tipo daba el pego: mucho más que un montón de siniestros aduladores con la vista fija en los peldaños más altos del poder.

De hecho, tenía esa clase de rostro cincelado que encajaría perfectamente en el monte Rushmore.

—Mientras tanto —dijo Gurney—, un francotirador anda suelto por ahí. ¿Has podido averiguar algo sobre Steele?

Hardwick se encogió de hombros.

—Un tipo recto a carta cabal. Cumplidor de las normas. Inteligente. Con formación universitaria. Estaba estudiando Derecho en su tiempo libre. ¿Quieres que indague más?

Tras pensárselo, Gurney meneó la cabeza.

—Todavía no.

Hardwick lo miró con curiosidad.

—Bueno, ¿y ahora qué? ¿Vas a apuntarte a la caza del francotirador?

—No creo. Si a Kline le preocupaban los métodos de Beckert, es problema suyo, no mío.

—Entonces ¿piensas echarte atrás?

—Parece la única opción sensata.

Hardwick le dirigió una sonrisa reluciente.

—O sea, ¿que no te apetece que te den por el saco en un cuarto oscuro? Jo, Gurney, estás mejor de la cabeza de lo que creía.

10

Gurney se pasó todo el trayecto de vuelta pensando en lo que Hardwick le había contado sobre Beckert y convenciéndose a sí mismo de que echarse atrás era lo más juicioso.

Al bajarse del coche junto a la casa, oyó el timbre de la línea fija. Tuvo dificultades para abrir la puerta del vestidor, medio atascada como sucedía siempre al subir la temperatura. Así pues, cuando llegó al teléfono, una lúgubre voz femenina estaba terminando de dejar su número en el contestador.

Levantó el auricular.

—Aquí Gurney.

—Ah..., ¿señor Gurney?

—¿Sí?

—Soy Kim Steele, la mujer de John Steele.

Él torció el gesto, recordando las imágenes del policía cayendo de bruces sobre la acera.

—Lo siento muchísimo, señora Steele. Muchísimo.

Hubo un largo silencio.

—¿Puedo hacer algo por usted? —preguntó.

—¿Le importa que vaya a verle? No quiero hablar por teléfono. —Hubo otro silencio, seguido de algo semejante a un sollozo ahogado—. Sé dónde vive. Podría estar ahí dentro de veinticinco minutos. ¿Le parece bien?

Él vaciló.

—Sí, está bien.

A Gurney, nada más terminar la llamada, se le ocurrieron varios motivos por los que un «no» habría resultado una respuesta más inteligente.

Dejando de lado la tentación de preguntarse por qué quería hablar con él la esposa de un policía muerto y cómo sabía siquiera que él existía, decidió aprovechar el ínterin para buscar en Internet alguna información sobre el incidente, que le proporcionara algo más que los datos básicos que ya conocía.

Fue al rincón de la mesa del desayuno, donde había dejado el portátil. La combinación de «Steele» y «White River» dio como resultado varios enlaces con la conferencia de prensa de Beckert, reportajes sobre el caso y artículos de opinión desde todos los puntos de vista del espectro político: cada uno con la pretensión de explicar las verdaderas causas de la violencia. En ninguna parte encontró detalles sobre la vida de John Steele, salvo que tenía una esposa, ahora viuda.

Decidió probar introduciendo los nombres de John Steele y Kim Steele en varias redes sociales. Primero entró en Facebook. Mientras aguardaba a que se cargara la página, le pareció ver a través de las puertas cristaleras un movimiento en los pastos bajos. Se puso de pie justo a tiempo para divisar a tres venados de cola blanca saltando a través de una abertura del viejo muro de piedra que separaba el prado de los bosques. Dando por supuesto que algo los había asustado, miró hacia el granero y el estanque. Y allí, justo al final de la carretera, le llamó la atención otro tipo de movimiento: un destello de luz, quizás el reflejo de un coche o una furgoneta. Fuese lo que fuese, quedaba tapado por el gran arbusto de forsythia de la esquina del granero.

Abrió la cristalera y salió al patio. Pero tampoco desde allí se veía mejor. Ya se disponía a bajar hasta el granero para salir de dudas cuando sonó de nuevo el teléfono fijo. Volvió a entrar y miró el identificador de llamada. Era Sheridan Kline.

—Aquí Gurney.

—Hola, Dave. —La voz de Kline estaba impregnada de una untuosa sinceridad—. Te llamo para responder a tu mensaje. La verdad es que hay algunos detalles delicados en esta situación que no sería apropiado que comentara con nadie fuera del círculo de las fuerzas de seguridad. Estoy seguro de que lo entenderás. Pero si decides entrar en el equipo, me ocuparé de que conozcas desde el primer día absolutamente todo lo que sé.

Y aquí tendrás todas las ventajas sin ninguno de los inconvenientes: un puesto oficial y una independencia completa de la burocracia. Solo tendrás que informarme a mí.

Esa última promesa la formuló como si se tratara de un gran privilegio.

Gurney no dijo nada.

—¿Dave?

—Estoy asimilando lo que me has dicho.

—Ah. Bueno. Dejémoslo ahí. Cuanto antes me des una respuesta, más posibilidades tendremos de salvar algunas vidas.

—Te llamaré.

—Estaré esperando.

Gurney colgó el auricular, consciente de que había dejado pasar la ocasión de comunicarle a Kline que había decidido no implicarse en el caso. Apenas había empezado a racionalizar su actitud dilatoria cuando se acordó del vehículo que tal vez andaba junto al granero.

Cruzó las puertas cristaleras y descendió a través de los campos. Al llegar al extremo del arbusto de forsythia, se llevó dos sorpresas. La primera fue el coche en sí. Era un impecable Audi A7, una auténtica rareza en la zona, donde por «coche de lujo» se entendía más bien un todoterreno con grandes neumáticos. La segunda era que no había nadie dentro.

Miró en derredor. No vio a nadie.

—¿Hola? —gritó.

No hubo respuesta.

Rodeó el granero. La exuberante hierba primaveral estaba húmeda de rocío en la zona de sombra bajo los viejos manzanos, pero no vio ninguna huella.

Volvió al coche, examinó los alrededores: los pastos, el estanque, la franja despejada junto al bosque. Ni un alma.

Mientras pensaba qué hacer, oyó un ligero ruido de raspado. Volvió a oírlo de nuevo: esta vez más fuerte y procedente, al parecer, de los matorrales situados por encima del estanque. Lo único que se veía allí, aparte de la flora natural, era el tractor que había estado utilizando para despejar su pequeño yacimiento arqueológico.

Lleno de curiosidad, subió por el sendero. El raspado sonaba ahora con más nitidez. Al doblar un recodo, el amplio hoyo rectangular apareció ante su vista. Sin embargo, solo al llegar al borde de la excavación descubrió el origen del ruido.

Un hombre, muy concentrado en su tarea, hurgaba con una paleta en una grieta entre dos piedras de los cimientos. Llevaba unos pantalones beis, mocasines marrones caros y una estridente camisa tropical con palmeras y tucanes.

El hombre empezó a hablar sin volver la cabeza.

—De 1700, yo diría, con una variación de unos veinte años. Podría remontarse incluso a 1680. Por aquí hay unos depósitos de óxido interesantes. —Dio unos golpecitos a la zona que tenía delante con la punta de la paleta. Gurney reconoció a simple vista que era la herramienta que dejaba permanentemente en el yacimiento—. Cuatro depósitos separados, a intervalos de noventa centímetros.

Ahora se incorporó: un hombre larguirucho como una cigüeña, con el pelo ralo del mismo beis que sus pantalones. Miró a Gurney a través de unas gafas de concha cuyas lentes aumentaban considerablemente el tamaño de sus ojos.

—Los eslabones de cadena que me mencionaba en su mensaje estaban distribuidos a lo largo de la base de este muro, ¿verdad?

A algunas personas les molestaba la omisión un tanto autista de las fórmulas de cortesía por parte del doctor Walter Thrasher; a Gurney, en cambio, para quien ir al grano era una virtud, no le incomodaba esa forma de proceder.

—Exacto. Justo debajo de los puntos de óxido —repuso, frunciendo el ceño con perplejidad—. Creía que me había dicho que vendría mañana. ¿O me he confundido?

—Ninguna confusión. Simplemente pasaba por aquí, desde White River hacia Albany, y me he arriesgado a venir por si lo encontraba en casa. He subido hasta el granero, he visto su tractor y me he figurado que estaría en el yacimiento. Interesante. Muy interesante. —Mientras hablaba, dejó la paleta en el suelo y trepó con sorprendente agilidad por una corta escalera para salir de la excavación.

—Interesante, ¿en qué sentido?

—Prefiero no responder de forma prematura. Depende de la naturaleza de los objetos y los utensilios que ha encontrado. Mencionó los dientes de un niño, ¿no? Y un cuchillo.

—También un objeto de vidrio, unos trozos de metal oxidado y unos ganchos para estirar pieles de animal.

Había una intensidad peculiar en la mirada aumentada por las lentes de Thrasher.

—No tengo tiempo de examinarlo todo ahora. Quizás el cuchillo y los dientes… ¿Qué tal un vistazo rápido?

Gurney se encogió de hombros.

—No hay problema. —Estuvo a punto de pedirle a Thrasher que le llevara en coche hasta la casa, pero el A7 tenía el suelo demasiado bajo y corría el riesgo de atascarse en algún surco del camino—. Espere aquí. Enseguida vuelvo.

Thrasher estaba esperando en el coche cuando Gurney regresó con el cuchillo y el tarro de vidrio con los dientes.

El médico efectuó una rápida pero atenta inspección del cuchillo, en especial de lo que parecía una pequeña luna tallada en el mango negro. Asintió, soltó un gruñido satisfecho y se lo devolvió a Gurney. Cogió el tarro de vidrio teñido con mucho más cuidado, casi con agitación. Primero lo sostuvo en alto para observar el contenido a través del vidrio; luego quitó la tapa y escudriñó los dientes diminutos. Lentamente, inclinó el tarro para que se deslizara uno solo sobre su palma. Ladeó la mano en uno y otro sentido para observarlo desde distintos ángulos. Finalmente, lo volvió a introducir en el tarro y colocó la tapa.

—¿Le importaría que me los llevara un día o dos? Necesito mi microscopio para verificar lo que tenemos aquí.

—¿No está seguro de que sean dientes de bebé?

—Ah, no. Sin duda son dientes de bebé. Eso está claro.

—¿Entonces?

Thrasher pareció turbado por un momento.

—Podría haber más de una razón para que acabaran en este tarro. Hasta que no los examine mejor, dejémoslo así.

11

$\mathscr{H}$abía dos caminos desde el granero hasta la casa. El más directo, el que usaban como sendero de acceso, subía a través de los pastos. El otro serpenteaba a través del bosque, por debajo de los pastos; luego subía describiendo una curva hasta el gallinero y el patio de piedra azul.

Gurney escogió este último. Se concentró en las vistas, los ruidos y los aromas del bosque (los murmullos y gorjeos, la dulzura del aire, las diminutas flores azules entre los exuberantes helechos) mientras trataba de sacudirse la vaga desazón que le había dejado el último comentario de Thrasher.

Mientras caminaba por la cuesta, oyó que se acercaba un vehículo por la carretera. Enseguida apareció un pequeño coche blanco rodeando el granero. Luego redujo la marcha y empezó a subir de forma vacilante a través de los pastos.

Se detuvo a unos quince metros de la puerta lateral, donde estaba aparcado el Outback. Una mujer salió del vehículo y permaneció un momento junto a la puerta abierta. Suponiendo que era Kim Steele, Gurney empezó a cruzar los pastos para acercarse. Iba a llamarla cuando ella volvió a meterse en el coche y trató de dar la vuelta: un intento fallido porque una rueda trasera se hundió en una de las madrigueras de marmota que abundaban en el lugar.

Se la encontró llorando, con las manos aferradas al volante. Estaba demacrada, tenía revuelto su pelo oscuro y rizado.

Gurney la miró desconcertado durante unos segundos, porque la mujer del coche era en parte afroamericana, lo que no encajaba con la imagen mental que se había hecho de la esposa de un policía blanco. Con cierto disgusto por aquel prejuicio, por su estrechez de miras, se aclaró la garganta.

—¿Señora Steele?

Sus ojos tenían ese aspecto enrojecido, hinchado y exhausto que dejan las muchas horas de llanto.

—¿Señora Steele?

Ella se sorbió la nariz, con la mirada fija en el volante.

—Maldito… coche.

—Lo puedo sacar de ese agujero con el tractor. Venga a casa. Yo me ocuparé del coche, ¿de acuerdo?

Iba a repetir su propuesta cuando ella abrió de golpe la puerta y bajó. Gurney observó que tenía la blusa mal abrochada. La mujer se envolvió en una holgada chaqueta caqui, ciñéndosela bien pese a la cálida temperatura.

La guio por el patio y le indicó una de las sillas de la mesita metálica de café.

—¿Le apetece tomar algo? ¿Agua? ¿Café?

Ella se sentó y meneó la cabeza.

Gurney tomó asiento enfrente. Captaba en su rostro dolor, agotamiento, indecisión, angustia.

—Cuesta saber en quién confiar, ¿no? —dijo en voz baja.

Ella parpadeó y lo miró, ya más centrada.

—¿Usted es policía retirado?

—Fui detective de Homicidios en la policía de Nueva York. Me acogí a mi pensión tras veinticinco años. Hace tres años que mi esposa y yo vivimos aquí, en Walnut Crossing. —Hizo una pausa—. ¿Quiere explicarme para qué deseaba verme?

—No estoy segura. No estoy segura de nada.

Él sonrió.

—Eso quizás es bueno.

—¿Por qué?

—Yo creo que la duda es una forma realista de abordar las situaciones difíciles.

Gurney estaba pensando en las veces en las que se había sentido perplejo y desorientado y en las que solo después de hablarlo con Madeleine había sido capaz de decidir qué hacer. Se preguntó si sería ese tipo de relación el que había mantenido Kim Steele con su marido. Tal vez ella había confiado siempre en las conversaciones con él para resolver sus dudas.

Otra vez empezaron a rodarle lágrimas por las mejillas.

—Perdone —dijo, moviendo la cabeza—. Estoy haciéndole perder el tiempo.

—No, en absoluto. Usted tiene miedo; y lo expresa con sinceridad, simplemente.

Ella lo miró en silencio.

Gurney captó en sus ojos la lucha que se producía en su interior. Entonces tomó una decisión repentina.

Metió la mano en el bolsillo de su holgada chaqueta caqui (debía de ser de su marido, comprendió Gurney, lo que añadía una nota conmovedora a su forma de ceñírsela) y sacó un teléfono móvil. Tras pulsar varios iconos, lo puso sobre la mesa y se lo acercó para que viera la pantalla. Cuando él hizo ademán de cogerlo, ella lo apartó.

—Yo se lo sujeto —dijo—. Usted lea lo que dice.

Era un mensaje de texto: «Cuídate las espaldas. Noche guay para que los hijoputas te frían el culo y culpen a la UDN».

Gurney lo leyó tres veces. Miró la fecha y la hora: era de la noche que mataron a John Steele, de una hora antes, más o menos.

—¿Qué es esto?

—El móvil de John. Encontré aquí este mensaje.

—¿Cómo es que aún lo tiene usted? ¿No se lo llevó el equipo de la escena del crimen?

—No estaba allí. Cuando salen de servicio, usan Blackberrys. Este es el teléfono personal de John. Lo dejó en casa.

—¿Cuándo encontró usted este mensaje?

—Ayer por la mañana.

—¿Se lo ha enseñado a la policía?

Ella negó con la cabeza.

—¿Por...?

—Por el mensaje. Por lo que dice.

—Para usted, ¿qué significa?

Aunque estaba sentada bajo la luz directa del sol, la mujer se ciñó aún más la chaqueta.

—Le estaban advirtiendo que se cuidara las espaldas. ¿Eso

no quiere decir que alguien que debía de estar de su lado en realidad no lo estaba?

—¿Está pensando en alguien del departamento?

—Ya ni sé lo que pienso.

—Su marido no sería el primer policía que tenía enemigos. A veces los mejores son los que tienen los peores enemigos.

Ella lo miró a los ojos, asintiendo con convicción.

—Eso es lo que era John. El mejor. El mejor hombre del mundo. Absolutamente honrado.

—¿Sabe si estaba haciendo algo que la gente no tan honrada del departamento pudiera haber considerado una amenaza?

Ella inspiró hondo.

—A John no le gustaba hablar del trabajo en casa. De vez en cuando, yo oía algo cuando estaba al teléfono. Comentarios sobre pruebas cuestionables, muertes bajo custodia, armas no registradas... Sabe para qué son, ¿no?

Gurney asintió. Algunos agentes no iban a ninguna parte sin una de esas armas: una pistola fácil de esconder e imposible de rastrear que podía dejarse junto al cadáver de una persona a quien el policía había disparado, para aducir como «prueba» que iba armada.

—¿Cómo sabía John qué casos investigar?

Ella titubeó, incómoda.

—Quizá tenía algún contacto...

—¿Gente que le señalaba casos concretos?

—Quizá.

—¿Miembros de la Unión de Defensa Negra?

—No lo sé, en realidad.

Era muy mala mintiendo. Mejor. Las personas que mentían bien eran las que a Gurney más le inquietaban.

—¿Alguna vez le explicó hasta qué altura se extendían los problemas dentro del departamento?

Ella no dijo nada, pero su expresión de ciervo deslumbrado bastaba como respuesta.

—¿Por qué ha acudido a mí?

—Leí sobre el caso de asesinato Peter Pan que usted resolvió el año pasado y me enteré de cómo destapó la corrupción policial que había detrás.

La explicación parecía creíble, hasta cierto punto.

—¿Y cómo me ha localizado?

Otra vez esa mirada de cervatillo deslumbrado. Eso le revelaba a Gurney que no podía contar la verdad, pero no quería decir una mentira. Era, pensó, la reacción de una persona honrada en una situación complicada.

—Está bien —dijo—. Dejemos eso por ahora. ¿Qué quiere que haga por usted?

Ella respondió sin vacilar.

—Quiero que averigüe quién mató a mi marido.

85

$\mathcal{M}$ientras Kim Steele esperaba en el patio, Gurney subió el tractor desde la zona de la excavación, sacó el coche del agujero que había dejado la madriguera al derrumbarse y lo colocó en la dirección correcta. Le había prometido a la mujer que investigaría sobre la situación de White River. Al marcharse, ella le estrechó la mano. Durante apenas un par segundos, una sonrisa mitigó la desolación de sus ojos.

Cuando vio que su coche llegaba a salvo a la carretera, Gurney entró en casa, abrió un nuevo documento en su portátil y tecleó de memoria el mensaje del móvil de John Steele. Luego llamó a Jack Hardwick, le dejó en el buzón de voz un resumen de lo que Kim le había contado y le pidió que usara sus contactos para hurgar un poco más a fondo en los antecedentes de Dell Beckert y de su número dos, Judd Turlock. Por si acaso, le envió una copia del mensaje de texto por *e-mail*.

A continuación, salió con el móvil al patio, donde había más cobertura, activó la función de «Grabación» y llamó al número privado de Sheridan Kline.

El fiscal descolgó al segundo timbrazo, rezumando un entusiasmo que no acababa de ocultar un deje de ansiedad.

—¡Dave! ¡Cuánto me alegro de escucharte! Bueno, dime, ¿en qué quedamos finalmente?

—Eso depende de si he entendido correctamente tu propuesta. Déjame especificar las condiciones exactas que acepto: autoridad completa como agente del orden, credenciales y protección jurídica como miembro de tu equipo; autonomía para investigar, con la obligación de informarte exclusivamente a ti; y compensación económica según la tarifa estándar por hora para los investigadores contratados. El contrato debe ser indefinido y podrá cancelarse en cualquier momento por cualquiera de las dos partes. ¿Lo he entendido todo correctamente?

—¿Estás grabando la conversación?

—¿Supone algún problema?

—En absoluto. Te prepararé el contracto de inmediato. Esta tarde hay una reunión del comité de crisis en la central de policía de White River. A las tres y media. Quedemos en el aparcamiento a las tres y cuarto. Así puedes firmar el contrato, asistir a la reunión y ponerte en marcha a toda máquina.

—Nos vemos allí.

Justo cuando colgaba, la gallina del corral junto al plantel de espárragos soltó un chillido inesperado. Esos chillidos todavía le producían el impacto visceral de una alarma, a pesar de que ya había aprendido durante el año que llevaba cuidando gallinas que raramente tenían un sentido descifrable. Parecían señales de peligro, pero nunca coincidían con la presencia de una amenaza.

Aun así, se acercó para comprobar que no pasaba nada.

La gran Rhode Island colorada estaba en esa pose gallinácea perfecta, ofreciendo el clásico perfil reproducido por la artesanía rural. A Gurney le sirvió para recordar que debía barrer el gallinero, cambiar el agua y rellenar el comedero.

Mientras que Madeleine siempre parecía contenta con la variedad de papeles que debía asumir en la vida, Gurney no reaccionaba de modo tan positivo frente a sus diversas responsabilidades. Un terapeuta le había recomendado hacía mucho tiempo que asumiera activamente todo lo que era: un marido para su esposa, un padre para su hijo, un hijo para sus padres, un compañero para sus colegas y un amigo para sus amigos. Según el terapeuta, el equilibrio y la paz en la vida de cada cual se alcanzaban participando en cada faceta de esa vida. Gurney no tenía ninguna objeción a esa idea. Como principio orientativo, parecía acertado y adecuado. Pero él se resistía a ponerlo en práctica. Con todos sus horrores y peligros, su trabajo como detective era la única parte de su vida que le salía con naturalidad. Ser un marido, un padre, un hijo, un amigo…, todo eso requería un esfuerzo peculiar, tal vez incluso un tipo de coraje que no era necesario, en cambio, para atrapar asesinos.

En el fondo, por supuesto, sabía que ser un hombre era más que ser un policía, y que para tener una buena vida a veces había que nadar a contracorriente de las propias inclinaciones. También sentía el aguijón de un axioma que a su terapeuta le encantaba repetir: «El único momento para hacer lo correcto es ahora mismo». Así pues, impulsado por el deber y por un objetivo vital, se dirigió al gallinero con la escoba.

Con un sentimiento tonificante de satisfacción tras haberse ocupado de la suciedad, el agua y la comida, decidió continuar con otra tarea de mantenimiento que hacía falta: cortar la hierba del amplio camino que rodeaba los pastos altos. Esa actividad prometía ciertos placeres tangibles: las eclosiones de fragancia que ascendían de los trechos de menta salvaje; la vista desde lo alto de los campos sobre las verdes colinas intactas; el aire dulce y suave; el cielo azul.

Al final del camino llegó a la senda que pasaba por encima del estanque y llevaba a la excavación. Aunque la hierba estaba allí a la sombra y crecía más despacio, decidió cortarla también. Se adentró bajo el dosel de cerezos hasta llegar al yacimiento mismo. Se detuvo, pensando en los objetos que había desenterrado y en el extraño comentario de Thrasher sobre los dientes. Algo le dijo que sería mejor quitárselo ahora de la cabeza y terminar la tarea de cortar la hierba. Pero esa idea fue reemplazada por otra totalmente opuesta: la de pasarse unos minutos excavando unos centímetros más a lo largo de los cimientos, solo para ver si aparecía algún otro objeto de interés.

El tractor, con su miniexcavadora adosada, estaba aún junto a la casa, pero había una pala en el yacimiento. Bajó por la escalerita y empezó a sacar paladas de tierra de la base del muro de piedra que Thrasher había estado examinando. Mientras iba avanzando a lo largo, sin encontrar nada más que tierra y con la sospecha de que estaba volviéndose un poco obsesivo, tropezó con algo sólido. Al principio lo tomó por un grumo endurecido de arcilla rojiza, pero al recogerlo y desmenuzarlo con las manos halló incrustada entre la arcilla una pieza gruesa y curvada de hierro oxidado. Cuando desprendió aún más la tierra, vio que era una anilla de hierro, quizá de ocho centímetros de diámetro, con un grueso eslabón enganchado en un lado.

Aunque comprendió que podría haber tenido usos muy diversos, había uno obvio. Se parecía mucho a algún tipo de grillete: como la mitad de un primitivo juego de esposas.

89

13

*E*l trayecto en dirección oeste hacia White River consistía en un descenso gradual desde las modestas montañas y los prados inclinados a través de una sucesión de valles y colinas que desembocaba en un tramo de desvencijados centros comerciales. El símbolo definitivo de la depresión económica de la zona era la cantera de piedra abandonada, que se había hecho famosa en su día por la sensacionalista cobertura mediática de una explosión que mató a seis automovilistas que pasaban por allí y provocó la bancarrota de la compañía (además de conducir al desconcertante descubrimiento de que alguien se había llevado más de un centenar de cartuchos de dinamita).

El GPS del Outback lo llevó al centro de la desangelada ciudad por una avenida que bordeaba el barrio de Grinton, en parte quemado y saqueado. Al final de la avenida se alzaba la central de la policía de White River. En abierto contraste con los pintorescos graneros y los silos tambaleantes de Walnut Crossing, el edificio estaba construido con ladrillo gris beis según el estilo amazacotado de los años sesenta. El entorno desprovisto de hierba y árboles resultaba tan desolado como sus ventanas con marco de aluminio y su aparcamiento de hormigón.

Justo cuando llegaba a la entrada, un hombre sentado en una silla de ruedas pasó por la acera impulsándose con las manos enguantadas. Llevaba una mugrienta chaqueta de saldo del ejército y una gorra de béisbol. Al fijarse mejor, Gurney observó que no tenía piernas más allá de las rodillas y que los guantes eran manoplas de cocina. Una bandera estadounidense colgaba flácidamente de un palo de escoba adosado a la parte trasera de la silla. A cada empujón que daba con las manos, el hombre gritaba con una voz tan estridente como una bisagra oxidada: «Cielito..., cielito..., cielito...»

Al entrar en el aparcamiento, el primer vehículo que le llamó la atención fue el reluciente Navigator negro de Kline. Estaba en una hilera con el rótulo de «Reservado» y ocupaba la plaza más próxima a la puerta principal. Gurney aparcó a su lado y bajó del coche. Inmediatamente percibió un hedor a humo, plástico quemado y cenizas mojadas.

El cristal tintado de la ventanilla trasera descendió. Kline lo miró desde el interior, primero con un aire de satisfacción, luego de inquietud.

—¿Va todo bien?

—Huele fatal.

—Son los incendios. Una estupidez sin sentido. Sube. Tengo aquí tu contrato.

Gurney ocupó el otro extremo del asiento trasero: un entorno aislado y lujoso de cuero lustroso y luz amortiguada.

—Un vehículo de categoría —dijo Gurney.

—Sin coste para el contribuyente.

—¿Confiscado?

—Incautación de bienes empleados para el tráfico de droga.

Quizás interpretando el silencio de Gurney como una crítica a la controvertida práctica de decomisar los bienes de un acusado antes del juicio, Kline añadió:

—A los liberales de buen corazón les gusta quejarse por la ínfima cantidad de casos en los que un tipo que acaba absuelto sufre algún inconveniente. Pero en el noventa por ciento de los casos lo único que hacemos es transferir bienes mal adquiridos de granujas redomados a las fuerzas del orden. Perfectamente legal. Y personalmente muy satisfactorio.

Kline abrió un maletín sobre el espacio entre ambos, sacó las dos copias del contrato y se las tendió junto con un bolígrafo.

—Yo ya los he firmado. Fírmalos, dame uno y quédate el otro.

Al leerse el contrato de cabo a rabo, Gurney comprobó sorprendido que no había sorpresas: ningún sutil cambio respecto a las condiciones que él había exigido por teléfono. Curiosamente, esa claridad despertó su suspicacia. Estaba se-

91

guro de que todo lo que hacía Kline era una especie de estratagema. En su caso, la honestidad constituía siempre un camino para obtener algo más importante. Pero difícilmente podía poner objeciones al contrato con ese argumento.

—Bueno, y esa reunión… ¿Tiene algún objetivo concreto?

—Solo comentar los datos conocidos. Establecer prioridades. Distribución de recursos. Directrices para los medios. Poner en sincronía a todo el mundo.

—¿Quién es todo el mundo?

—Dell Beckert; su mano derecha, Judd Turlock; el jefe de investigación, Mark Torres; el alcalde Dwayne Shucker; el *sheriff* Goodson Cloutz. —Hizo una pausa—. Una advertencia sobre Cloutz, para que no te lleves una sorpresa. Es ciego.

—¿Ciego?

—Como un murciélago, según dicen. Un astuto chico de pueblo que habla como un palurdo. Dirige la cárcel del condado. Siempre sale reelegido; sin oposición en los últimos tres años.

—¿Algún motivo para que forme parte del comité?

—Ni idea.

—¿Están todos informados de mi asistencia?

—He avisado a Beckert. Que decida él mismo si informa a los demás.

—¿Algún enlace con otras agencias externas? ¿FBI? ¿Policía del estado? ¿Oficina del fiscal general?

—Vamos a mantener fuera al FBI, a menos que nos veamos obligados a dejarles intervenir. Beckert tiene sus canales privados de comunicación con la policía del estado y los utiliza según su propio criterio. En cuanto a la oficina del fiscal general, tienen trabajo más que sobrado con los problemas surgidos en torno a la muerte del fiscal.

—¿Qué problemas?

—Ciertas cuestiones embarazosas. El hecho de que muriera en la habitación de un hotel de Las Vegas genera especulaciones. Posibilidades lascivas. —Hizo una mueca, miró su Rolex y luego el contrato que Gurney tenía en el regazo—. Ya es la hora de la reunión. ¿Quieres firmar para que podamos entrar?

—Una pregunta más.

—¿Qué?

—Como seguro que ya sabes, he visto a Kim Steele esta mañana. Me ha transmitido su punto de vista sobre la muerte de su marido, además de una prueba que le encontró en el móvil. —Hizo una pausa, escrutando el rostro de Kline—. Me preguntaba quién le habría dicho que fuera a verme. Y luego me he dado cuenta de que tenías que ser tú.

Kline entornó los ojos.

—¿Por qué yo?

—Porque lo que ella me ha dicho es la respuesta a la pregunta que yo te planteé, ya sabes, sobre lo que habías dejado fuera en tu relato. El mensaje de texto del móvil de Steele y sus posibles implicaciones. Kim temía mostrárselo a la policía local, en la que no confiaba, así que te lo llevó a ti. Pero era un asunto demasiado delicado para que pudieras contármelo mientras yo estuviera fuera de la investigación. En cambio, si era la esposa de la víctima quien me lo contaba por su propia cuenta, te verías libre de cualquier consecuencia negativa. Además, una visita de la afligida viuda serviría para poner más presión sobre mí y obligarme a aceptar tu oferta.

Kline siguió mirando hacia delante, sin decir nada.

Gurney firmó las dos copias del contrato, le pasó una y se guardó la otra en el bolsillo de la chaqueta.

93

Era de prever que el interior de la central de policía de White River fuera un gris reflejo del exterior: fluorescentes ruidosos, baldosas acústicas manchadas en el techo y un penetrante olor a desinfectante cuyo falso aroma a pino se mezclaba con el fondo acre que pretendía desinfectar.

Kline lo hizo pasar a toda prisa por un control de seguridad y luego por un largo pasillo con paredes de hormigón. Al fondo, cruzaron una puerta abierta y entraron en una sala de conferencias a oscuras. Kline buscó a tientas el interruptor y lo pulsó. Los fluorescentes se encendieron parpadeando.

La pared opuesta a la puerta estaba ocupada básicamente por un gran ventanal con las persianas bajadas. En el centro había una larga mesa de conferencias; en la pared de la izquierda, una pizarra blanca donde habían escrito con rotulador negro: «Comité de Crisis 15:30». Según el reloj circular situado sobre la pizarra, eran las 15:27. Al mirar a su derecha, Gurney se sorprendió al ver que la silla del extremo de la mesa la ocupaba un hombre flaco de gafas oscuras. Frente a él, reposaba sobre la mesa un bastón blanco.

Kline lo miró, sobresaltado.

—¡Goodson! ¡No te había visto!

—Pero ahora ya me has visto, Sheridan. Yo, por supuesto, no puedo. Estar a oscuras es mi estado natural. Es la cruz con la que debo cargar: estar siempre a merced de mis compañeros dotados de vista.

—En este rincón del mundo, Goodson, todo el mundo está tan a oscuras como tú.

El hombre soltó una risita. La conversación tenía todo el tono de un ritual chistoso que hubiera perdido hacía mucho la chispa que pudiera haber contenido en su día.

Sonaron pasos en el corredor, acompañados del trompeteo de alguien sonándose la nariz. Un hombre bajo y grueso entró en la sala. Gurney lo reconoció por la rueda de prensa: era el alcalde Dwayne Shucker, con un pañuelo en la cara.

—Diantre, Shucks —dijo el ciego—, suenas como si te hubieras polinizado a ti mismo.

El alcalde embutió el pañuelo en el bolsillo de una chaqueta *sport* demasiado pequeña, tomó asiento en el otro extremo de la mesa y soltó un bostezo.

—Me alegro de verte, *sheriff*. —Volvió a bostezar, miró a Kline—. Ah, hola, Sheridan. Más ágil y eficiente que nunca. Iba a preguntártelo el otro día en la rueda de prensa..., ¿aún sigues corriendo maratones?

—Nunca lo he hecho, Dwayne. Solo algún cinco-K.

—Cinco-K, quince-K, para mí es lo mismo. —Volvió a sorberse la nariz y le echó un vistazo a Gurney—. ¿Usted es el nuevo investigador del fiscal del distrito?

—Exacto.

El hombre flaco del otro extremo de la mesa alzó su bastón de invidente a modo de saludo.

—Ya sabía yo que había alguien más en la sala. Me preguntaba cuándo se daría a conocer. Gurney, ¿no?

—Exacto.

—Un hombre de acción. He oído hablar de sus hazañas. Espero que el modesto alboroto de nuestra rústica población no le resulte aburrido.

Gurney no dijo nada. Kline parecía incómodo.

El hombre volvió a depositar con cuidado su bastón sobre la mesa y sonrió con una gran sonrisa de lagarto.

—En serio, señor Gurney, dígame, ¿cuál es su impresión de hombre de la gran ciudad sobre nuestro pequeño problema?

Él se encogió de hombros.

—Mi impresión es que «pequeño» tal vez no sea el término idóneo.

—Dígame, qué término emplearía...

La entrada de dos hombres en la sala lo interrumpió. Gurney reconoció al más alto: era Dell Beckert. Iba con un traje oscuro de corte impecable y llevaba un delgado maletín. El otro, presumiblemente Judd Turlock, vestido con chaqueta *sport* y unos pantalones insulsos, combinaba el físico fornido de un defensa de línea con el rostro impasible de un mafioso de foto policial.

Beckert saludó con una inclinación a Kline y miró a Gurney.

—Soy Dell Beckert. Bienvenido. ¿Ya los conoce a todos? —Sin aguardar respuesta, prosiguió—. Solo falta Mark Torres, jefe de investigación del homicidio. Se ha retrasado unos minutos, pero vayamos empezando. —Rodeó la mesa hasta el otro lado, escogió la silla del centro, dejó el maletín justo delante y tomó asiento—. ¿No podemos iluminar mejor la sala?

Judd Turlock pasó por detrás de Beckert y levantó las persianas con cuidado, todas a la misma altura. Gurney, sentado en la silla opuesta a Beckert, se quedó impresionado por la cruda panorámica que enmarcaba el gran ventanal.

Una carretera asfaltada, bordeada de vallas metálicas rematadas con alambre de espino, se extendía desde la central de policía hasta otro edificio de ladrillo incoloro, de tamaño mucho mayor y ventanas más estrechas. Un rótulo en blanco y negro junto a la entrada lo identificaba como el Centro de Detención Haldon C. Eppert. Unos centenares de metros más allá, se alzaban amenazadoramente el enorme muro de hormigón y las torres de vigilancia que Gurney reconoció a simple vista: el Centro Correccional White River, la prisión estatal que lleva-

95

ba el nombre de la ciudad. Con ese desolado telón de fondo, Gurney pensó que si uno se imaginaba por un momento esos centros penitenciarios como una especie de infierno, Beckert se había situado sin duda en la posición de guardián del infierno.

—Para mantener el rumbo, tenemos un orden del día —dijo Beckert, abriendo el maletín y sacando unos papeles. Turlock le pasó una copia a cada uno de los presentes. Beckert añadió—: Es importante seguir un proceso ordenado, sobre todo cuando nos enfrentamos a semejante nivel de desorden.

Gurney echó una ojeada a la escueta lista de temas. Era metódica, pero no revelaba gran cosa.

—Vamos a empezar con los vídeos tomados por la RAM en el parque Willard, el lugar del homicidio —dijo Beckert—. Los archivos digitales originales...

Se detuvo al oír unos pasos apresurados en el pasillo. Al cabo de un momento, un joven y esbelto hispano entró en la sala, inclinó la cabeza disculpándose y tomó asiento entre Gurney y el *sheriff*. Turlock le pasó por encima de la mesa una copia del orden del día, que él examinó con aire pensativo.

Gurney le tendió la mano.

—Soy Dave Gurney, de la oficina del fiscal del distrito.

—Lo sé —dijo, sonriendo de tal forma que parecía más un universitario entusiasta que el jefe de investigación de un grave homicidio—. Mark Torres. De la policía de White River.

Con un parpadeo irritado, Beckert continuó.

—Los archivos digitales originales los están ampliando en el laboratorio de informática forense. Para los propósitos de esta reunión, nos servirán por ahora estas imágenes.

Le hizo una seña a Turlock, que pinchó unos iconos en una pequeña tableta. Un gran monitor de vídeo montado en lo alto de la pared, por detrás del *sheriff*, cobró vida.

El primer segmento de vídeo era una versión más larga del que Gurney había visto en casa de Marv y Trish Gelter. El metraje adicional consistía en varios minutos de grabación panteriores a los disparos: el periodo durante el cual el agente Steele deambulaba por la acera del parque, siempre concentrado en la multitud. A un lado de la aglomeración, como preparándose para lanzarse a la carga con su gran caballo de piedra, estaba la imponente estatua del coronel Ezra Willard.

Quizá porque había menos distracciones que en casa de los Gelter, o porque esta secuencia era más larga, Gurney reparó en algo que se le había escapado la primera vez: un diminuto punto rojo que se movía sobre la nuca de Steele. El punto lo siguió durante al menos dos minutos antes del fatídico disparo, deteniéndose cuando él se detenía, moviéndose con él cuando se ponía en movimiento y centrándose en la base de su cráneo, justo por debajo del borde de su casco. El hecho de que, obviamente, se tratara del punto proyectado por la mira láser de un rifle le removió el estómago.

Al fin, la bala impactó en la nuca del agente, derrumbándolo de bruces sobre la acera. Aunque ya sabía que iba a producirse el disparo, Gurney se estremeció. Le vinieron a la memoria las palabras tranquilizadoras de un hombre sabio al que había conocido hacía tiempo: «Estremecerse ante la herida de otro es la esencia de la empatía; y la empatía es la esencia de la humanidad».

Turlock, a una seña de Beckert, paró el vídeo y apagó el monitor.

El alcalde Shucker rompió el silencio.

97

—El daño que está haciendo a los hombres de negocios de la ciudad ese maldito vídeo de la RAM es tremendo. Pasan la escena una y otra vez. Eso provoca que nuestra pequeña ciudad parezca una zona de guerra. Un lugar que se debe evitar. Tenemos restaurantes, hoteles, el museo, centros de alquiler de kayaks... La temporada turística está a punto de comenzar y no hay ni un cliente a la vista. Esa cobertura mediática nos está matando.

Beckert no mostró la menor reacción. Miró hacia el otro extremo de la mesa.

—¿Goodson? Me consta que ya te han descrito el vídeo con detalle. ¿Algún comentario?

Cloutz toqueteó su bastón blanco con una sonrisa desagradable.

—Comprendo las inquietudes de Shucks. Es natural que un hombre dedicado a la economía de la ciudad se sienta así. Por otro lado, yo sí veo algo positivo en que la gente del resto del estado vea una pequeña muestra del salvajismo de mierda con el que nos enfrentamos aquí. Deben verlo con sus propios ojos para comprender los pasos que hemos de dar.

Gurney creyó captar un gesto de asentimiento en Beckert.

—¿Algún otro comentario?

Kline meneó la cabeza.

—Por ahora no.

—¿Y nuestro nuevo investigador?

Gurney se encogió de hombros y repuso con tono informal.

—¿Por qué cree que el francotirador tardó tanto tiempo?

Beckert frunció el ceño.

—¿Tanto tiempo?

—El punto de la mira láser estuvo bastante rato en la nuca de Steele.

Beckert se encogió de hombros.

—Dudo que eso importe. Pasemos al siguiente punto del orden del día, el informe del forense. Habrá copias disponibles del informe completo en breve, pero el doctor Thrasher me ha proporcionado las partes más destacadas.

Sacó una hoja de su maletín y leyó en voz alta:

—«Referencia: John Steele, agente de policía, hospital Mercy. Causa de la muerte: daños irreparables en médula oblonga, cerebelo y arteria cerebral posterior, provocando inmediato fallo del corazón y de las funciones respiratorias. Daños iniciados por el paso de una bala a través del hueso occipital, en la base del cráneo, por zonas críticas del cerebro y el tronco encefálico, para emerger a través de la estructura del hueso lagrimal.»

Beckert volvió a guardar la hoja en el maletín.

—Además, el doctor Thrasher estimó, de modo informal, que la bala era probablemente un proyectil FMJ de alta energía de treinta milímetros. Esa estimación se ha visto confirmada por el análisis balístico preliminar de la bala que se encontró en el parque Willard. ¿Alguna pregunta?

Shucker se sorbió la nariz.

—¿Qué demonios significa «FMJ»?

—Que es una bala de revestimiento blindado. Eso impide que se expanda o se fragmente durante la trayectoria, de tal modo que atraviesa intacta el objetivo. Con la ventaja adicional de que conserva las marcas de las estrías del cañón y nos permite identificar el arma que la ha disparado.

—Suponiendo que encontréis el arma, ¿no?

—Suponiendo que la encontremos. ¿Alguna otra pregunta?

Kline juntó los dedos de ambas manos.

—¿Se ha averiguado algo de la ubicación del francotirador?

Beckert miró a Torres.

—Esa pelota es suya, Mark.

El joven jefe de investigación pareció complacido.

—Estamos reduciendo el abanico de posibilidades, señor. Alineando la posición de la cabeza de la víctima (en la toma de vídeo que captó el impacto) con la posición de la bala encontrada, hemos obtenido un vector general de la trayectoria. Ese vector lo hemos trasladado a un mapa de la zona para identificar posibles ubicaciones. Estamos dando prioridad a las más alejadas de la víctima, ya que la detonación no se oyó en el lugar. Tampoco las cámaras de la RAM captaron ninguna traza audible. Ahora mismo tenemos agentes interrogando a la gente puerta por puerta.

Cloutz acariciaba su bastón distraídamente.

—Y no están obteniendo una puta mierda de colaboración por parte de nuestros ciudadanos de la minoría. ¿Me equivoco?

Gurney observó que el *sheriff* tenía unas uñas de impecable manicura.

Torres frunció el ceño, tensando la mandíbula.

—El nivel de colaboración ha sido desigual hasta ahora.

Kline prosiguió.

—Aparte de los interrogatorios puerta a puerta, Mark, ¿qué otras averiguaciones se están llevando a cabo?

Torres se echó hacia delante.

—Estamos recogiendo y revisando todas las imágenes de los vídeos de seguridad y de tráfico, así como los de las cámaras de los medios presentes en la zona. Es probable que un examen atento…

El alcalde Shucker lo interrumpió.

—Lo que yo quiero saber es si tenemos alguna pista real de los hijos de puta que se han dado a la fuga. Eso debe tener máxima prioridad. Hay que atraparlos, meterlos en la cárcel y poner fin a esta maldita pesadilla.

Beckert respondió con dureza.

—Jordan y Tooker están en el primer lugar de nuestra lista. Vamos a detenerlos. Te lo garantizo personalmente.

Shucker pareció aplacarse.

Kline volvió a juntar los dedos de las manos.

—¿Podemos relacionarlos directamente con el ataque?

—Sabemos por informadores fiables que están implicados. Además, a través de una fuente creíble, acabamos de enterarnos de que podría haber además una tercera persona implicada: posiblemente un hombre blanco.

Kline lo miró desconcertado.

—No imaginaba que hubiera miembros blancos en la UDN.

—No los hay. Estrictamente. Pero sí algunos colaboradores, e incluso apoyos financieros.

—Chiflados izquierdistas. Deberían hacerse mirar la cabeza…, con todas esas ideas socialistas —comentó el *sheriff*.

Kline parecía incómodo.

Beckert no dejó ver la menor reacción.

—Esperamos identificar a esa persona y detener a Jordan y Tucker en las próximas cuarenta y ocho horas. Y confiamos en que Mark y su gente consigan pruebas concluyentes muy pronto: de la ubicación del francotirador, de los materiales de la UDN incautados en la redada y de los miembros de la organización dispuestos a colaborar.

—Hablando de ello… —dijo el *sheriff*—. Confío en que Sheridan le pida al juez que imponga una fianza lo bastante elevada a los detenidos de la UDN, para que no salgan volando en libertad como jodidos pajaritos. Cuanto más tiempo los tengamos detenidos, más posibilidades habrá de obtener las pruebas que necesitamos.

Gurney sabía a qué se refería el *sheriff*. Ya debía haberse encargado de separar a los detenidos y de meterlos en celdas con soplones de la cárcel que estuvieran dispuestos a intercambiar datos incriminatorios por una reducción de condena. Era uno de los procedimientos más sucios de un sistema podrido.

Beckert echó un vistazo al reloj.

—¿Alguna pregunta más?

Gurney intervino con un tono de inocua curiosidad:

—¿Cree que existe alguna posibilidad de que su hipótesis no sea correcta?

—¿Qué hipótesis?

—Que la Unión de Defensa Negra sea la responsable del ataque.

Beckert lo miró fijamente.

—¿Por qué hace esa pregunta?

—Yo mismo cometí algunos errores por estar demasiado seguro demasiado pronto. Dejé de hacer preguntas porque creía tener todas las respuestas.

—¿Es solo una reflexión general o hay algún detalle en concreto que le inquiete?

—Esta mañana he recibido la visita de Kim Steele, la viuda de John Steele.

—¿Y?

—Me ha enseñado un extraño mensaje de texto que enviaron al móvil privado de su marido la noche en la que fue asesinado. Lo he copiado.

Gurney abrió el mensaje y deslizó su teléfono por encima de la mesa.

Beckert leyó el texto y frunció el ceño.

—¿Has visto esto, Sheridan?

—Dave me lo ha enseñado antes de entrar.

Gurney pensó que manipular engañosamente la verdad era uno de los talentos indiscutibles de aquel hombre.

Beckert le pasó a Turlock el teléfono. Este examinó inexpresivamente el mensaje y le devolvió el aparato sin comentarios.

El *sheriff* preguntó con tono untuoso:

—¿Podría informarme alguien?

Beckert leyó en voz alta el texto, con un evidente desdén por su jerga callejera:

—«Cuídate las espaldas. Noche guay para que los hijoputas te frían el culo y culpen a la UDN.»

—¿Qué coño es esto?

Sin hacer caso, Beckert le dirigió una larga mirada a Gurney.

—¿Se ha incautado el móvil de Steele?

—No.

—¿Por qué?

—La señora Steele no parecía dispuesta a entregarlo y yo no tenía autoridad para exigírselo.

Beckert ladeó la cabeza con aire especulativo.

—¿Y por qué ha acudido a usted para mostrárselo?

—Ella mencionó mi trabajo en otro caso.

—¿Qué trabajo?

—Contribuí a exculpar a una mujer a la que un policía corrupto había inculpado falsamente de un asesinato.

—¿Eso qué tiene que ver aquí?

—No tengo ni idea.

—¿De veras? ¿Ninguna idea?

—Estoy decidido a mantener la mente abierta.

Beckert le sostuvo la mirada unos cuantos segundos.

—Necesitamos ese móvil.

—Lo sé.

—¿Lo entregará por propia voluntad o tendremos que obligarla con una orden judicial?

—Hablaré con ella. Será mejor si consigo convencerla.

—Encárguese de ello. Entre tanto, Judd solicitará una orden. Por si hiciera falta.

Turlock, que estaba flexionando los dedos y mirándose los nudillos, asintió.

—De acuerdo —dijo Beckert—. Con esto basta por ahora. Solo una cosa más para terminar. El procedimiento aquí es clave. La falta de un procedimiento ordenado genera caos, el caos conduce al fracaso, y el fracaso no es una opción. Todas las comunicaciones se vehicularán a través de Judd. Él va a ser el eje de la rueda. Todo debe fluir hacia él, y todo debe partir de él. ¿Alguna pregunta?

No hubo ninguna.

A Gurney aquel esquema jerárquico le pareció extraño, pues ese papel central normalmente lo desempeñaba el jefe de la investigación, en este caso Mark Torres. El tono de rigidez burocrática no parecía más que un pretexto añadido. En realidad, esa necesidad de controlarlo todo era un punto esencial de la personalidad de Beckert, y Gurney no quería tensar más su relación con él poniendo objeciones. Al menos por el momento.

14

$\mathcal{K}$line y Gurney salieron juntos del edificio, sin decir nada hasta llegar a los coches. Kline echó un vistazo alrededor, como si temiera que pudieran oírles.

—Deseo dejar clara una cosa, David. No quiero que pienses que no soy totalmente sincero contigo. En la reunión has contado que no has podido reclamarle el móvil a Kim Steele porque en ese momento no tenías ninguna autoridad en el caso. Bueno, pues esa es justamente la razón de que yo no pudiera explicarte que ella había acudido a mí. Ya te das cuenta de lo delicada que es la cuestión.

—¿Y por eso, porque es tan delicada, te habías abstenido de decírselo a Beckert?

—Lo estaba postergando un poco, básicamente por respeto a las inquietudes de Kim. Pero ya se sabe, las mejores intenciones pueden causar problemas.

—¿Qué problemas?

—Bueno, por el simple hecho de postergarlo. La cuestión es que, si salía esto a la luz, podía crearse la impresión de que yo sentía la misma desconfianza que Kim respecto al departamento. Por eso decidí manejarlo tal como lo he hecho: no con el deseo de despistarte. Por cierto, tu forma de plantear todo este asunto del teléfono en la reunión ha sido ideal.

—Era la verdad.

—Por supuesto. Y la verdad puede resultar muy útil. Cuanta más verdad, dentro de lo razonable, mejor —dijo Kline. Tenía la frente perlada de sudor.

Desde que se conocieron al principio del caso Mellery, Gurney se había dado cuenta de que había distintas capas en la personalidad de Kline: la chapa superficial del político seguro de sí mismo, siempre con la vista fija en el éxito; por debajo, un hombrecillo asustado. Lo que ahora le llamó le atención fue que ese temor resultara cada vez más visible.

Kline volvió a recorrer el aparcamiento con la vista y miró su reloj.

—¿Has oído en la reunión algo que te haya sorprendido?

—La posible implicación de una tercera persona es interesante.

—¿Qué conclusión sacas tú?

—Demasiado pronto para decirlo.

—¿Cuál va a ser tu próximo paso?

—Me gustaría tener más información.

—¿Sobre?

—¿Quieres que te envíe una lista por *e-mail*?

—Será más fácil así. —Kline sacó su móvil y pulsó un par de iconos—. Está grabando.

—Me gustaría acceder al atestado oficial; las fotos de la escena del crimen; copias del vídeo que hemos visto; informe de balística; biografía de la víctima; antecedentes penales de Jordan y Tooker; cualquier cosa que puedas arrancarle a Beckert sobre sus informadores; y me gustaría saber qué hay detrás de su evidente odio a Jordan y Tooker.

Kline paró la grabación de su móvil.

—Esto último puedo explicártelo ahora. Las cualidades de Beckert como policía proceden de su pasión por el orden. Para él, Jordan, Tooker y toda la UDN son agentes de la anarquía. Beckert y la UDN son como la materia y la antimateria: una enorme explosión que puede desatarse en cualquier momento.

Mientras iniciaba el trayecto de vuelta, Gurney tenía dos cosas en la cabeza. La primera, el evidente nerviosismo de Kline, un indicio de que no confiaba en cómo manejaba el caso el departamento o el propio Beckert. Se preguntó si esa desconfianza tendría otras raíces más profundas que el mensaje de texto. La segunda era la motocicleta que se había mantenido a unos cien metros por detrás del Outback desde que había salido de White River.

Redujo la velocidad de cien a noventa y observó que la moto hacía lo mismo.

Aumentó la velocidad de noventa a ciento diez con el mismo resultado.

Al cabo de unos minutos, al pasar una señal que indicaba un área de descanso a un kilómetro, la moto aceleró por el carril izquierdo y se situó enseguida a la altura del Outback. El conductor, imposible de identificar, pues llevaba un casco con pantalla para la cara, extendió la mano mostrando una placa dorada de detective y le indicó la siguiente rampa de salida.

El área de descanso resultó ser poco más que una hilera de plazas de aparcamiento frente a un pequeño edificio de ladrillo con un par de lavabos. La zona quedaba aislada de la autopista por una barrera de arbustos desangelados. El motorista se detuvo un par de plazas más allá. Gurney, viendo lo solitario que era aquello, sacó la Beretta de la guantera del coche y se la guardó en el bolsillo de la chaqueta.

Cuando el motorista se bajó de la moto y se quitó el casco, Gurney se llevó una sorpresa. Era Mark Torres.

—Disculpe si ha creído que le estaba siguiendo. Nosotros, mi esposa y yo, vivimos por aquí, en Larvaton. La siguiente salida.

—¿Y?

—Quería hablar con usted. No estoy seguro de que sea correcto que hablemos directamente; quiero decir, en privado. No me gusta utilizar canales alternativos cuando se supone que todo debe pasar a través del jefe adjunto Turlock. Sin embargo, luego he pensado que tampoco había problema, puesto que ya nos conocíamos de antes.

—¿Ah, sí?

—Usted seguramente no se acordará, pero yo asistí hace un par de años a un seminario que dio en la academia sobre procedimientos de investigación. Fue algo increíble.

—Me alegro de que le gustara, pero…

—Debería ir al grano, sí. —Daba la impresión de que la idea misma le causaba un dolor físico—. La cuestión es que… Me siento como si la situación me superase un poco.

Gurney aguardó a que una serie de grandes camiones pasaran rugiendo al otro lado de los arbustos.

—¿En qué sentido?

—Me ascendieron hace solo seis meses: de agente de patrulla al departamento de detectives. Verme en esta posición, en un caso en el que hay tanto en juego... —Meneó la cabeza—. Francamente, me siento algo incómodo. —El deje hispano se traslucía cada vez más en su voz.

—¿Por la responsabilidad? ¿O por algo más?

Torres titubeó.

—Bueno, es como si yo fuera el jefe de la investigación, pero al mismo tiempo no lo fuera. El que parece dirigir el caso es el jefe Beckert. Por ejemplo, todo eso de concentrarse en Jordan y Tooker, como si estuviera tan seguro de que son culpables. Yo mismo no veo pruebas suficientes para convencerme. ¿Estoy cometiendo un grave error al hablarle de esto directamente?

—Depende de lo que quiera de mí.

—Tal vez solo su número de teléfono. Me encantaría poder exponerle mis ideas. A menos que sea un problema.

Gurney no veía motivo para negarse, a pesar de la rígida actitud de Beckert sobre el flujo de información. Se encogió de hombros y le pasó al joven detective su número de móvil.

Torres le dio las gracias y se fue.

Ese encuentro dejó pensativo a Gurney. Como los demás aspectos del caso, no le parecía normal. Se preguntó si el secretismo con el que le había hecho esa petición era producto de la inseguridad de Torres o un tic propio de la policía de White River. O acaso algo peor.

Sus reflexiones se vieron interrumpidas por el paso de las sombras de dos buitres, que volaban en círculo sobre el campo lleno de hierbajos que había junto a los baños. Era curioso, pensó, que los buitres, pese a alimentarse solo de carroña y no atacar a ningún ser vivo, se hubieran convertido en la imaginación popular en depredadores que devoraban a los seres indefensos. Una prueba más de que las creencias populares raramente se dejaban disuadir por la verdad.

A su vez, el timbre de su móvil interrumpió estas reflexiones.

Era Hardwick.

—Aquí Gurney.

—Maldita sea, Dave, ese texto que me has mandado del teléfono de Steele... Podría ser una advertencia fiable. O algo que pretendía parecer una advertencia fiable. O algo completamente distinto, joder. ¿Sabes de dónde procedía la llamada?

—Lo investigaremos cuando nos incautemos el móvil, que por ahora está en poder de la viuda de Steele. Pero estoy seguro de que la investigación no llevará a ninguna parte, solo a un móvil de prepago, anónimo. ¿Tienes algo de Beckert o Turlock?

—Un poco más que antes. Le he reclamado un favor a un tipo de la central de la policía del estado con acceso a los archivos del personal contratado, o sea, a los formularios originales y los currículos aportados por los candidatos. Los formularios de Beckert y Turlock revelan una conexión muy antigua. Ambos estudiaron en la misma escuela militar preparatoria en el condado de Putris, Virginia. Beckert iba un año por delante de Turlock, pero era una escuela pequeña y debían entrenar juntos.

—Interesante.

—También tiene su interés una anotación añadida al formulario de Turlock que indica que había tenido problemas legales en esa escuela: «Proceso en el Tribunal de Menores, actas precintadas. Explicación del solicitante corroborada por declaración jurada del *sheriff* del condado de Putris. Se considera adecuado que la solicitud siga su curso». Ese es todo el contenido de la anotación.

Las sombras de los buitres volvieron a cruzar el pavimento y siguieron adelante por el campo desaliñado.

—Hmm. ¿Beckert tuvo algún problema allí?

—Si lo tuvo, nadie se enteró. Primero de la clase cada año. Impoluto como los manantiales del condado de Putris.

—Sería bueno saber por qué trincaron a Turlock.

—Necesitaríamos un motivo de cojones para convencer a un juez de Misisipi de que abriera el archivo juvenil precintado de un jefe adjunto de policía, nada menos. Y ahora mismo no tenemos el menor motivo.

—Estaría bien encontrarlo.

—Para un tipo que dice no estar seguro de querer implicarse, suenas bastante implicado.

Gurney esperó a que pasara de largo otro ruidoso convoy de camiones.

—Hay muchas cosas raras, simplemente.

—¿Por ejemplo?

—La relación de Kline con Beckert. Kline lo describe como un profeta del orden y la ley. Incluso me contó con tono reverencial que está casado con una prima del gobernador.

—¿Y?

—¿Por qué no confía entonces en ese dechado de virtudes?

—¿Tú crees que desconfía?

—Hay algo en la forma de Beckert de abordar este homicidio que tiene muy asustado a Kline.

—¿Qué coño crees que está pasando?

—No lo sé. ¿Quizás algo relacionado con el plan de Beckert de presentarse para fiscal general?

Hardwick soltó una carcajada parecida a un rebuzno.

—¿Qué te hace tanta gracia?

—Una cosa que acabo de oír. Según el último rumor, el fiscal general pasó a mejor vida en ese hotel de Las Vegas de un modo más picante de lo que habían explicado al principio. Parece que había una fulana atrapada bajo los ciento treinta kilos del cadáver de ese orondo cabronazo.

—¿Eso tiene algo que ver con Beckert?

—Bueno, deja al anterior fiscal general hundido en la mierda. Supone un plus para Míster Ley-y-Orden. Una escoba nuevecita para limpiar la basura acumulada.

Gurney se quedó pensativo.

—Me dijiste el otro día que la primera esposa de Beckert murió de una sobredosis. ¿Sabes algo más?

—No hubo investigación, así que no hay archivos. ¿Qué coño tiene eso que ver, de todas formas?

—Ni idea. Me limito a hacer preguntas.

Cuando Gurney llegó a casa se encontró el Escarabajo amarillo de Geraldine Mirkle aparcado junto al plantel de espárragos. Siguió el sonido de unas carcajadas en el patio.

Geraldine y Madeleine estaban mondándose de risa. Finalmente, su mujer se recompuso un poco.

—Bienvenido a casa, cariño. Gerry me estaba explicando un encuentro con un cliente.

—Parece muy divertido.

—¡Uy, no te haces una idea! —dijo Geraldine. Su cara redondeada era la viva imagen del regocijo—. Ya me tengo que marchar. Buford se pone un poquito loco si no tiene la cena a la hora—. Se levantó con una sorprendente agilidad para una mujer tan gruesa y se apresuró hacia el Escarabajo. Mientras se encajonaba en el asiento frente al volante, gritó—: Gracias por el té, querida. —Y con otro acceso de risa, arrancó.

Madeleine, ante la mirada inquisitiva de Gurney, hizo un gesto como quitándole importancia.

—Solo un poco de humor negro clínico. Difícil de explicar sin estar allí. —Se volvió a secar la cara—. Pensaba que podríamos cenar aquí fuera esta noche. El aire es una pura delicia.

Él se encogió de hombros.

—Por mí, bien.

Ella entró en la casa y volvió al cabo de diez minutos con dos manteles individuales, cubiertos y un par de grandes cuencos rebosantes de su ensalada preferida, a base de camarones, aguacates, tomates cortados, lechuga verde y queso azul desmenuzado.

Ambos tenían hambre y apenas hablaron hasta que hubieron terminado. Las cuatro gallinas estaban ocupadas con su propia comida (una comida que se prolongaba durante todo el día), picoteando entre las hierbas de los bordes del patio.

—Buford es su gato —comentó Madeleine, dejando el tenedor.

—Creía que era su marido.

—No tiene marido. Y parece bastante feliz así.

Tras una pausa, él empezó un resumen de todo lo sucedido a lo largo del día, incluido su encuentro con Kline en el aparcamiento.

—Cuanto más me asegura que está siendo sincero conmigo, menos le creo. Así que supongo que debo tomar una decisión.

Madeleine no dijo nada; solo ladeó la cabeza, mirándolo con incredulidad.

—¿Crees que implicarme es mala idea?

—¿Mala idea? ¿Mala idea dejarte utilizar en una investigación de asesinato por un hombre que crees que te está mintiendo? ¿Poner tu vida en manos de alguien en quien no confías? Dios mío, David, ¿en qué planeta se consideraría una buena idea?

Decir que ponía su vida en manos de Kline quizá fuera demasiado dramático, pero no cabía duda de que tenía razón.

—Lo consultaré con la almohada.

—¿En serio?

—En serio.

En su fuero interno, él se inclinaba a seguir con la investigación. Lo que pensaba «consultar con la almohada» era su relación con Kline.

Madeleine lo miró largamente. Luego recogió los cuencos y los tenedores y se los llevó adentro.

Gurney sacó su móvil y buscó el número que le había dado Kim Steele. Saltó el buzón de voz. Dejó un mensaje diciendo que le sería de gran ayuda examinar el móvil de su marido para analizar la información que pudiera tener almacenada. Evitó utilizar un tono demasiado perentorio. Sabía que la mejor forma de conseguir que accediera era darle la opción de negarse.

Luego se arrellanó en la silla, cerró los ojos y trató de dejar de lado todo el runrún de la jornada. Su mente, sin embargo, seguía volviendo a la insólita dinámica de poder de la reunión de White River. Beckert era sin duda el hombre fuerte, pese a ostentar un cargo inferior al de los tres funcionarios electos de la mesa: el alcalde, el fiscal del distrito y el *sheriff* ciego.

Aún seguía sentado en el patio, media hora después, intentando relajarse con la deliciosa fragancia de la brisa primaveral, cuando oyó que Madeleine volvía a salir al patio. Abrió los ojos y vio que estaba recién duchada…, con el pelo todavía húmedo, descalza, vestida solo con bragas y una camiseta.

Ella le sonrió.

—He pensado que deberíamos acostarnos temprano.

Resultó una fantástica solución para olvidarse de todo.

A la mañana siguiente, se despertó sobresaltado. Había soñado que estaba tendido en el fondo de la excavación y sujeto a la pared de los cimientos por una cadena de hierro negro. Un hombre ciego con gafas oscuras se hallaba al borde del hoyo, esgrimiendo un largo bastón blanco. Iba lanzando golpes con saña, y cada golpe provocaba un estridente alarido.

Al volver en sí en la cama, al lado de Madeleine, los alaridos se convirtieron en el timbre de su móvil, que estaba en la mesita de noche. Lo cogió, parpadeando para ver con claridad. Vio en la pantalla que la llamada era de Sheridan Kline.

Carraspeó y pulsó «Responder».

—Aquí Gurney.

Kline habló con tono chillón.

—Ya era hora de que contestaras.

Él miró el reloj de la mesita. Eran las 7:34.

—¿Pasa algo?

—Beckert ha recibido hace una hora una llamada del pastor de la iglesia episcopal más importante de White River. Estaba preocupado por la declaración de Beckert en RAM-News.

—¿En qué sentido?

—Le pareció que Beckert daba a entender que Jordan y Tooker eran asesinos de policías.

—¿Y el pastor estaba disgustado por eso?

—Furioso.

—¿Por qué?

—Pues porque resulta que Marcel Jordan y Virgil Tooker estaban reunidos con él en la casa parroquial cuando Steele recibió el disparo: analizando formas de acabar con la violencia. ¡Joder! Por eso abandonaron antes la manifestación. O sea, que tienen lo que se llama una coartada irrefutable. Ellos no fueron. No lo podrían haber hecho. A menos que estemos dispuestos a creer que el pastor blanco más popular de White River está comprado por la UDN.

—De acuerdo. Ellos no fueron. Tienen coartada. ¿Y qué?

—¿Y qué? ¿¡Y QUÉ!? Que acaban de encontrarlos.

—¿Cómo que los han encontrado?

—Muertos.

—¿Qué?

—Desnudos. Atados a las barras para trepar de la zona infantil del parque Willard. Al parecer, asesinados a golpes. ¡En el puto parque infantil!

111

SEGUNDA PARTE

El tercer hombre

15

 $\mathcal{M}$ ientras esperaban a Beckert y Turlock, los miembros del comité de crisis habían ocupado los mismos asientos que el día anterior, aunque el ambiente en la sala era totalmente distinto. No había charla ni comentarios; nadie decía una palabra, de hecho.

Gurney se debatía por dentro entre la promesa de reconsiderar su compromiso con Kline y las perspectivas que aquel giro radical introducían en la situación.

Dwayne Shucker tenía los ojos cerrados, pero los leves tics de sus párpados desmentían toda sensación de calma. La boca apretada de Goodson Cloutz dibujaba una línea recta. Sheridan Kline tamborileaba silenciosamente con los dedos sobre la mesa. Mark Torres estaba ocupado tratando de conectar su portátil con la pantalla montada en la pared, por encima de la cabeza de Cloutz. A Gurney no le llamaba tanto la atención la turbación de todos como la renuencia general a decir una palabra antes de que Beckert ofreciera su punto de vista.

A las 14:00 en punto, Beckert y Turlock entraron en la sala y ocuparon sus asientos. La actitud del primero no traslucía nada. Si el asesinato de esos dos hombres (dos hombres que él había insinuado erróneamente que eran asesinos de policías) había mermado su confianza en sí mismo, desde luego no resultaba evidente. En cuanto a Turlock, parecía tan impávido como un bloque de hormigón.

Beckert echó un vistazo al portátil de Torres.

—¿Tiene eso preparado?

—Sí, señor. —Torres pulsó una tecla. En la pantalla de la pared apareció un rótulo: «Escena del Crimen de Willard Park».

—Párelo ahí un momento. Quiero decir unas palabras sobre una cuestión de perspectiva. Este mediodía me han entrevistado para RAM-News. Antes de empezar a grabar, el periodista me ha dicho: «Este nuevo suceso lo cambia todo, ¿no?». En realidad, no lo preguntaba. Lo daba por supuesto. Una suposición peligrosa. Y falsa. Lo que ocurrió anoche en Willard Park, lejos de cambiarlo todo, no hace más que estrechar nuestro objetivo.

El alcalde abrió mucho los ojos. El *sheriff* se echó hacia delante, como si hubiera oído mal. Beckert prosiguió:

—Sabemos por nuestra fuente que tres individuos podrían estar implicados en el complot para asesinar al agente Steele. Dos de los conspiradores, Jordan y Tooker, tenían coartada para la hora del asesinato. Eso quiere decir que fue probablemente el tercer miembro del complot quien hizo el disparo. Desde el punto de vista informativo, pues, el objetivo de nuestra investigación se ha «estrechado», no ha «cambiado». Y lo que es más importante, al mencionar a Jordan y a Tooker eviten la palabra «inocente». Hay muchas formas de ser culpable de un asesinato. Apretar el gatillo es solo una de ellas.

El *sheriff* se humedeció los labios.

—Admiro tu habilidad con las palabras, Dell.

Kline parecía incómodo.

—¿Sabemos algo más sobre ese tercer hombre?

—Nuestra fuente está en ello.

—¿Y se prestaría a testificar, si llegara el caso?

—Vayamos paso a paso, Sheridan. Ahora la prioridad es conseguir información. Y hasta el momento la información de esa fuente ha sido una mina de oro. Si le mencionara siquiera la posibilidad de testificar, se evaporaría de inmediato.

Kline no pareció sorprendido por la respuesta.

—Una cosa más sobre el incidente de Willard Park —dijo Beckert—. Es importante evitar las frases incendiarias. Vamos a acordar ahora la formulación apropiada. Esos dos individuos fueron «hallados muertos; los detalles los determinará la autopsia». No hay que decir que resultaron «muertos a golpes».

El alcalde frunció su rostro carnoso.

—Pero ¿y si es lo que ocurrió…?

Beckert se explicó con paciencia.

—«Hallados muertos» es neutro. «Muertos a golpes» es una expresión muy cargada emocionalmente y podría exacerbar la situación en las calles. No podemos impedir que los medios la utilicen, pero desde luego no debemos avalarla.

En la expresión del alcalde persistía cierta perplejidad. Beckert continuó:

—En realidad, lo que asimila el público es la descripción de un hecho, las imágenes y las emociones asociadas a las palabras. No el hecho en sí. Las palabras son importantes.

—¿Estás hablando del sesgo informativo?

Beckert frunció el ceño.

—Ese término minimiza la importancia de la cuestión. El sesgo no es la guinda del pastel. Es el pastel. La comunicación lo es todo. Es política, Dwayne. Y la política no es cualquier cosa.

Shucker asintió con la sonrisa del que acaba de ver la luz.

Beckert se volvió hacia Torres.

—Muy bien. Infórmenos.

—Sí, señor. A las siete y diez de esta mañana, el teléfono de emergencias ha recibido la llamada de un ciudadano que paseaba a su perro: informaba del hallazgo de dos cuerpos en Willard Park. El centro de emergencias ha contactado con el departamento y se han enviado coches patrulla de inmediato. El primer agente en llegar a la escena ha realizado un interrogatorio preliminar a ese ciudadano, ha observado y ha confirmado los hechos. Ha establecido un perímetro de seguridad y ha informado al sargento de guardia, quien se lo ha notificado al jefe adjunto Turlock, que me lo ha notificado a mí. Al llegar, he avisado a la unidad de recogidas de pruebas, a la oficina del forense y al fotógrafo que…

Kline lo interrumpió.

—¿Ha comprobado si los cuerpos mostraban signos de vida?

—Sí, señor, es lo que he hecho en mis observaciones iniciales. Cuando han llegado más coches patrulla, he procedido a precintar con su ayuda el perímetro de la escena. Al llegar el agente de la Unidad de Pruebas, he encargado a tres de los patrulleros que le ayudaran a registrar una amplia zona recuadro por recuadro. A los demás les he ordenado que cortaran el tráfico de vehículos y peatones hacia las inmediaciones.

El alcalde pareció inquietarse.

—¿Con qué amplitud?

—Unas veinte hectáreas de acceso prohibido. Aunque la búsqueda de pruebas se está concentrando ahora mismo en poco más de una hectárea.

—¿Qué hay de los buitres de la prensa?

—Tienen prohibido el acceso a la misma zona que el resto de la gente.

—Odio a esos cabrones.

—Pueden llegar a ponerse pesados, pero los estamos manteniendo a raya.

Eso le llamó la atención a Gurney.

—¿Se han presentado allí esta mañana?

—Sí, señor. A primera hora. Mientras estábamos colocando el precinto de seguridad.

—La comunicación inicial sobre el incidente, ¿la ha recibido por teléfono o por radio?

—Por teléfono, señor.

—Interesante.

La mirada de Beckert se detuvo un momento en Gurney para volver enseguida a Torres.

—Pasemos a su evaluación de la escena del crimen.

—Sí, señor. Resultará más claro si empiezo con las fotos y el vídeo que acaba de mandarme Paul Aziz.

El *sheriff* levantó la cabeza como un mastín alertado por un rastro.

—¿Aziz? Creía que era Scotty McIntyre quien nos hacía las fotos forenses.

—Así es, señor, pero sufrió una lesión anoche en el Centro de Veteranos. Está en el hospital.

—¿Qué clase de lesión?

—Se cayó por las escaleras cuando bajaba al baño.

—Ja. Creo que no es la primera vez que le pasa. Sería aconsejable que en el futuro vaya a mear al aparcamiento. Y entre tanto, ¿quién es ese Aziz?

—Uno de nuestros transportistas, que casualmente, además, es fotógrafo profesional. Ya había sustituido al agente McIntyre otra vez. Un trabajo excelente.

—¿Qué clase de nombre es «Aziz»?

—No lo sé, señor. Seguramente jordano… o sirio.

—Vaya, mira por dónde. Parece que nuestro país está acogiendo cada vez a más tipos de esos.

A Gurney lo dejó consternado el tono repulsivo de Cloutz. Le deprimió pensar que esa actitud era probablemente una de las claves por las que salía elegido.

Torres, tras lanzar una mirada de desagrado a Cloutz, continuó con su exposición.

—Paul nos ha proporcionado mucho más de lo que necesitamos para documentar la escena del crimen; pero su filmación en vídeo de los posibles caminos de acceso a la localización de los cadáveres podría ser útil. Y también muestra las limitaciones visuales de las condiciones meteorológicas.

Kline frunció el ceño.

—¿Qué limitaciones?

—Niebla. Empezó hacia medianoche y no se ha despejado hasta las diez de la mañana. Lo verá por sí mismo en el primer segmento de vídeo. —Torres pulsó una tecla del portátil y señaló el monitor de la pared.

Al principio, lo único que se veía era la niebla misma, una masa gris informe que parecía desplazarse lentamente frente a la cámara. Cuando las ramas oscuras de los árboles empezaron a emerger entre ese turbio telón de fondo, se hizo evidente que el operador de la cámara estaba avanzando por una senda densamente arbolada. A Gurney le pareció oír pisadas y el ruido de alguien respirando. Al echarse hacia delante para escuchar mejor, lo sobresaltó un repentino y agudo chillido.

—¡Joder! —exclamó Kline—. ¿Qué demonios…?

—Mirlos —dijo Torres—. Paul ha grabado con audio.

—Malditos pajarracos —dijo el *sheriff*—. Es en esa senda sinuosa que bordea la esquina sur del lago, ¿verdad?

El alcalde arrugó el ceño.

—¿Cómo lo sabes?

—Soy ciego, pero no sordo. De hecho, oigo mejor que la mayoría. A veces, mi mujer me lleva a pasear por esa senda, sabiendo que no soporto los chillidos de esos pajarracos. He intentado conseguir que Clifford Merganthaller los exterminara para lograr un poco de paz y tranquilidad. Lamentablemente, para ser un agente del servicio de control animal, está muy poco dispuesto a ejercer el menor control. El tipo es tan inútil como esos pajarracos que no hacen más que chillar y cagar.

El alcalde se inclinó sobre la mesa.

—Alabado sea el Señor, ¿oyes cómo cagan?

—No me hace falta oírlos para saberlo. Todos los seres vivos cagan. Algunos mucho más que otros, a fe mía. —Aquel comentario chistoso tenía un desagradable trasfondo.

Beckert miró a Torres.

—Sigamos adelante.

—Estamos llegando al lugar donde la senda desemboca en un claro —dijo Torres.

Los chillidos de los pájaros en el audio de la grabación se estaban volviendo más insistentes.

Ya fuera de las sombras de los árboles, la imagen mostraba una zona abierta donde la niebla se había disipado lo bastante como para que Gurney distinguiera una amplia extensión de juncos junto al lago y una especie de cobertizo. Cuando la cámara avanzó un poco más, vio el letrero del cobertizo con los horarios y las tarifas de alquiler de kayaks.

La sombra negra de un pájaro cruzó volando el encuadre.

La cámara siguió avanzando y empezaron a hacerse visibles las siluetas fantasmales del parque infantil: un alto tobogán, un par de balancines, los postes en ángulo de unos columpios y, finalmente, la estructura geométrica de unas barras para trepar de gran tamaño.

Gurney sintió una tensión en el pecho ante la expectativa de lo que estaba a punto de ver. Pese a la cantidad de veces que había tropezado en su carrera con escenas parecidas, la visión de una muerte violenta siempre le impresionaba.

Y esta vez no fue una excepción.

A medida que la cámara recorría el frente de las barras, los cuerpos de las dos víctimas fueron apareciendo a la vista. Estaban de pie, uno junto al otro, atados a la estructura con unas cuerdas alrededor de las piernas, el estómago y el cuello. Ambos eran afroamericanos. Ambos estaban desnudos. Los dos cuerpos mostraban señales de haber sido golpeados. Las dos caras hinchadas tenían una expresión grotesca. Entre los pies de uno de ellos parecía haber un montón de heces.

—Santos Dios —murmuró Shucker.

Los labios de Kline se torcieron con repugnancia.

Turlock miraba la pantalla con gélida indiferencia.

Beckert se volvió hacia Torres, que parecía lívido.

—¿Quién tiene este material en custodia?

—¿Señor?

—Este vídeo y las fotos tomadas a los cadáveres… ¿Quién tiene en su poder los archivos digitales originales?

—Yo, señor.

—¿En qué formato?

—Tengo las tarjetas de memoria de las cámaras que Paul ha utilizado.

—¿Él ha hecho copias?

—No lo creo. Me ha advertido de que no perdiera las tarjetas.

—Como se filtre un solo fotograma de esto en Internet, tendremos una guerra racial desatada.

—Soy consciente del riesgo, señor.

—Ya volveremos sobre ello —dijo Beckert—. Pasemos a los detalles.

—Bien. —Torres inspiró hondo—. En la inspección inicial que hemos realizado, las víctimas mostraban *livor mortis*. Hemos dejado los dos cuerpos *in situ*, a la espera del forense…

Shucker lo interrumpió.

—¿Eso es lo mismo que el llamado *rigor mortis*?

—No, señor. El *rigor mortis* es la rigidez muscular del cadáver que suele producirse dos o tres horas después de la muerte. El *livor mortis* se presenta antes. Es la acumulación de la sangre en las partes bajas del cuerpo, una vez que el corazón deja de latir. En este caso, se podía observar en los pies.

Pulsó una tecla del portátil varias veces, pasando rápidamente una serie de fotos. Se detuvo cuando apareció en la pantalla un primer plano de las piernas de las víctimas, de rodillas para abajo. La coloración de la piel era marrón salvo en los pies, donde se había vuelto de un morado oscuro. Había cardenales en las espinillas y abrasiones en los tobillos. Algunos dedos parecían rotos.

La expresión de Shucker sugería que había recibido más información de la que deseaba.

Torres continuó.

121

—Dentro de unos minutos volveremos a centrarnos en otras marcas de los pies que podrían ser muy significativas. Pero primero revisaremos en el orden habitual los primeros planos de las víctimas, empezando por la cabeza y avanzando hacia abajo.

Con las fotos de ambos hombres en dos segmentos paralelos de la pantalla, Torres fue señalando las numerosas contusiones que presentaban en la cara, el torso y las piernas. Se le notaba cierta tensión en la voz por el esfuerzo para controlar la angustia. Los detalles de sus comentarios, aun así, eran tan vívidos que provocaron una reacción en el *sheriff* ciego.

—Suena como si los hubiesen molido a palos a base de bien.
—Decir que su tono resultaba insensible habría sido exagerar su humanidad.

Torres le lanzó una mirada. Luego pulsó una tecla y se detuvo en el último par de fotos: dos primeros planos de las plantas de los pies de las víctimas.

Kline se echó hacia delante.

—Joder, ¿qué demonios es eso?

Turlock miraba la pantalla impertérrito.

Un gesto de crispación oscureció el rostro de Beckert: como una nube pasando sobre el monte Rushmore.

El alcalde parecía confuso y angustiado.

Marcadas a fuego profundamente en la planta izquierda de cada víctima había tres letras mayúsculas: un monograma grotesco. A Gurney le vino a la memoria la imagen de una vieja película del oeste: las letras al rojo en el extremo de un hierro de marcar, humeando y crepitando en el costado de un novillo.

KSN

16

*E*l *sheriff* rompió el tenso silencio.

—¿Por qué demonios os habéis quedado tan callados?

Torres le describió la fotografía.

—Mierda —masculló el *sheriff*.

Shucker miró en derredor.

—¿KSN? ¿Qué diantre es eso? ¿Las iniciales de alguien?

—Podría ser —dijo Beckert.

Gurney estaba seguro de que se trataba de otra cosa. Sabía por experiencia que las iniciales dejadas en la escena de un crimen solían referirse a una organización de la que el asesino formaba parte o a un título que se había atribuido a sí mismo.

—KSN hace pensar en KKK —dijo el *sheriff*—. Si esto se encasilla como un crimen de odio del supremacismo blanco, nos veremos rebasados por los federales. Una posibilidad de lo más desagradable. ¿Lo has pensado, Dell?

—Estoy seguro de que podemos postergar la intrusión del FBI durante un tiempo. Al fin y al cabo, esto podría ser una venganza personal, y no un crimen racial: un argumento difícil de sostener, ya lo sé, pero podría servirnos.

—Los agitadores de la UDN clamarán por la intervención de los federales.

—Sin duda. Para mantener el control del proceso, necesitamos, primero, confeccionar el mensaje público adecuado; y segundo, mostrar rápidos progresos para conseguir un arresto. Son dos objetivos viables si nos atenemos al procedimiento, controlamos cuidadosamente la comunicación y no cometemos errores estúpidos.

Shucker parecía desolado.

—Solo ruego a Dios que no empecemos a oír en la tele que hay miembros del Ku Klux Klan en White River matando a gente en los parques públicos. Los miembros de la cámara de comercio que dependen del turismo…

Las inquietudes de Shucker fueron interrumpidas por tres sonoros golpes en la puerta de la sala de conferencias. Antes de que nadie reaccionara, la puerta se abrió bruscamente y entró el desgarbado médico forense, que se apresuró a descargar su pesado maletín en la silla contigua a Kline.

—Detesto llegar tarde, caballeros, pero ha habido más autopsias en los tres últimos días que en tres meses normales.

Beckert le dijo que procediera.

Thrasher sacó una hoja de su maletín, la examinó unos segundos y volvió a guardarla. Se subió las gafas de concha, que tendían a resbalarle por el puente de la nariz, y echó un vistazo alrededor de la mesa. Su mirada se detuvo un instante en Gurney antes de iniciar el resumen de sus hallazgos.

—Ambas víctimas sufrieron una muerte por asfixia, compatible con estrangulación. Múltiples contusiones en cara, torso, brazos y piernas, compatibles con una agresión metódica ejecutada al menos con tres instrumentos contundentes distintos.

—¿Como bates de béisbol? —preguntó Torres.

—Uno de ellos, posiblemente. También hay contusiones causadas por un instrumento del diámetro de una porra policial. Y otras provocadas por algo parecido a una cachiporra.

—Así pues —musitó Kline—, al menos tres agresores.

Thrasher asintió.

—Una deducción razonable.

Torres parecía incómodo.

—¿Dice que uno de ellos usó una porra policial?

—O algo similar. Las porras policiales suelen tener estrías circulares en uno o ambos extremos para poder asirlas con mayor facilidad. Los verdugones de la región lumbar de las víctimas muestran un dibujo congruente con esas estrías.

El *sheriff* metió baza.

—Hoy en día, cualquiera puede comprar lo que se le antoje en Internet. Espero que no demos por supuesto que la presencia de una porra policial implique la presencia de un policía.

Beckert asintió.

—Hay gente que de buena gana se apresuraría a sacar esa conclusión, así que en los comunicados de prensa emplearemos la palabra «palo», y no «porra».

Thrasher prosiguió.

—Curiosamente, las heridas muestran una extraordinaria similitud en el número y la localización de los golpes asestados a los dos cuerpos.

Kline lo miró desconcertado.

—¿Similitud?

—En mi carrera como médico de urgencias y como patólogo, he examinado centenares de víctimas de agresiones. Esas heridas tienden a ser de naturaleza aleatoria: tanto en su ubicación como en su fuerza.

Torres parecía tan perplejo como Kline.

—¿Adónde quiere ir a parar?

—Estos golpes no se asestaron en el calor de la pasión que caracteriza una agresión corriente. La distribución parecida en cada cuerpo, la fuerza similar que se imprimió y el número parecido de golpes (veintiuna contusiones en Tooker, veintidós en Jordan) son congruentes con una agresión metódica.

—Destinada a conseguir… ¿qué?

—Es para averiguar eso para lo que les pagan a ustedes, caballeros. Yo me limito a observar e informar.

Kline preguntó si había observado alguna otra rareza.

—Bueno, obviamente las marcas de quemaduras en los pies. Son compatibles con la aplicación de un hierro de marcar personalizado, como un utensilio para grabar de aficionado. Un elemento insólito en sí mismo, incluso sin contar con una peculiaridad adicional.

—¿Qué peculiaridad?

—Las letras tienen bordes de una perfecta nitidez.

—Lo cual significa…

—Que durante la aplicación del hierro al rojo vivo los pies estaban totalmente inmóviles.

Torres tomó la palabra.

—Yo he observado marcas de ligaduras en los tobillos, o sea, que los ataron juntos. Además, uno de los agresores podría haberlos mantenido sujetos. ¿Eso no lo explicaría?

125

—No del todo. La aplicación de un hierro al rojo en una zona sensible de los pies habría provocado un espasmo, generando una imprecisión observable en los bordes de la impresión.

—¿Y eso qué quiere decir? ¿Que estaban inconscientes?

—Casi con toda seguridad. Sin embargo, ninguna de las heridas craneales parece suficiente por sí sola para causar una pérdida de conciencia.

—Entonces... ¿los drogaron?

—Sí. Hasta el extremo de dejarlos con un grado nulo de sensibilidad. Algo que da que pensar.

Beckert asintió reflexivamente.

—A usted, considerando las dificultades que ello plantearía y los posibles motivos, ¿qué se le ocurre?

—Esa pregunta rebasa el ámbito de la medicina para entrar en el terreno de la especulación criminal, que es su especialidad, no la mía. Les deseo mucha suerte. —Thrasher recogió su maletín y se fue hacia la puerta—. Mi oficina les remitirá el informe inicial de la autopsia esta tarde. Las pruebas preliminares de opiáceos han sido negativas, por cierto. Las pruebas de alcohol indican niveles superiores a los permitidos para conducir, pero difícilmente compatibles con una anestesia. Los análisis toxicológicos completos estarán dentro de un día o dos.

Cuando Thrasher se retiró, tomó la palabra el alcalde.

—¿Qué demonios quería dar a entender con toda esa historia de que la paliza que recibieron esos chicos no era normal?

El *sheriff* fue el primero en responder.

—Quería decir que se ejecutó con toda deliberación y con un objetivo.

—¿Qué objetivo?

—Sonaba un poco como si no lo supiera, y un mucho como si no quisiera decirlo.

Beckert se dirigió a todos en general.

—Nuestro experto forense tiene el hábito de hacer entradas melodramáticas, crear tensión y largarse a toda prisa. Será mejor que nos atengamos a sus observaciones profesionales, que las evaluemos a la luz del resto de las pruebas y que saquemos nuestras propias conclusiones. —Miró a Torres—. Echemos un vistazo a lo que ha descubierto en la escena del crimen.

Torres pulsó un par de teclas del portátil y reanudó su descripción de las pruebas a medida que aparecían en pantalla.

—Estas son las cuerdas que utilizaron para atar a las víctimas a los barrotes. Hemos preservado los nudos y también los extremos tal como estaban cortados para poder cotejarlos con la fuente original, si llegamos a encontrarla.

—Los nudos... ¿para qué? —preguntó Shucker.

—Son la parte que habrá sido más manipulada, de modo que es probable que contengan células desprendidas por abrasión. —Pasó a la siguiente foto—. Hemos encontrado estas huellas de neumáticos, que se aproximan a las barras del parque infantil y se interrumpen justo delante. Y hemos encontrado estas otras, muy similares, en uno de los senderos de los bosques de las inmediaciones. El equipo forense...

Kline lo interrumpió.

—¿Ha identificado el tipo de vehículo?

—Creemos que era un todoterreno agrícola grande, algo parecido a un Kawasaki Mule. El equipo forense está intentando emparejar el dibujo y la anchura de los neumáticos con un modelo y un año de fabricación específico. De hecho, hemos tenido un golpe de suerte con esos neumáticos, porque arrojaron grumos de tierra compacta cerca de los columpios: una tierra que estaba atrapada en las estrías de los neumáticos y que no parece proceder de esa parte del parque.

Gurney sonrió.

—Buen trabajo, Mark. Una posible conexión con la escena primaria del crimen.

El alcalde lo miró desconcertado.

—¿Qué escena primaria?

—El sitio donde Jordan y Tooker fueron drogados, desnudados, apaleados y marcados como becerros —explicó Gurney—. Dado que sería allí donde se produjo la mayor parte de la violencia, resultaría un sitio muy bueno para encontrar pruebas. —Se volvió hacia Torres—. Yo, en su lugar, haría analizar esa tierra. Quizá contenga algún elemento distintivo.

El *sheriff* carraspeó.

—Suponiendo que no sea mierda de caballo.

Torres parpadeó.

—¿Señor?

—La gente va a caballo por esos senderos.

Torres continuó.

—Hemos encontrado varios objetos en las inmediaciones que podrían estar relacionados con el caso. Pelo humano, un billete de lotería, dos colillas de cigarrillo, una pila de linterna y algo de especial interés: un condón usado. Estaba en una zona de hierba situada a unos treinta metros de los cadáveres y protegida en parte por una hilera de arbustos. No daba la impresión de llevar allí mucho tiempo.

—¿Y usted piensa que quien lo haya dejado allí podría ser un testigo? —preguntó Kline.

—Es una posibilidad, señor. Lo hemos enviado a Albany, a la base de datos de ADN. Quizá consigamos una coincidencia y una identificación. Es una posibilidad remota, pero...

Beckert asintió.

—¿Tiene algo más que mostrarnos?

—Unas vistas satélite de la zona para identificar posibles rutas de entrada y salida. A juzgar por las hojas caídas de los árboles, las fotos probablemente se tomaron el pasado otoño.

Centrada en las barras para trepar, la primera foto abarcaba la zona más inmediata de la escena del crimen: el cobertizo de alquiler de kayaks, la orilla del lago plagada de juncos, algunos de los árboles circundantes. Torres señaló la localización de las huellas de neumáticos.

Las dos fotos siguientes abarcaban más ampliamente el parque y las zonas arboladas. La última mostraba el parque entero, flanqueado por tres lados por calles de la ciudad y por el cuarto por una extensa zona agreste por la que se internaban algunas de las sendas del propio parque.

A unos tres kilómetros hacia el interior de esa zona se veía otro lago, a lo largo de cuya orilla había una serie de pequeños claros. Torres explicó que el propietario del lago y de las tierras de alrededor era el club de tiro White River, y que en los claros había cabañas que pertenecían a los miembros del club.

—La mayoría, agentes de policía de White River, por lo que yo sé —añadió.

Miró a Beckert y Turlock, como buscando su confirmación, pero ninguno de los dos reaccionó.

—Ese hombre del perro que encontró los cadáveres —dijo Kline—, ¿por dónde había entrado?

Torres se levantó, se acercó a la pantalla y fue indicando la ruta mientras la describía.

—Ha accedido al parque por la entrada este, ha cruzado el prado central, pasando junto a la estatua del coronel Willard, y ha bajado hacia el lago. A causa de la niebla de esta mañana, solo cuando estaba a quince metros de los cuerpos se ha dado cuenta de lo que tenía ante sus ojos. Aún estaba de los nervios cuando nosotros hemos llegado.

Beckert señaló la pantalla.

—Ese prado grande que ha cruzado, el que ocupa el cuadrante noreste del parque, es donde tuvo lugar la manifestación de la UDN y donde recibió el disparo nuestro agente. No creo que sea una coincidencia que Jordan y Tooker hayan sido ejecutados en el mismo parque. Se trata indudablemente de un acto simbólico. Lo cual no hace más que aumentar la necesidad de que mantengamos el control del relato. Es de vital importancia que cualquier novedad, sea una prueba, una información o un rumor, que cualquier cosa relacionada con estas tres muertes le sea comunicada de inmediato a Judd, o a mí directamente.

A todas luces satisfecho por el silencio que se produjo en la sala —el que calla otorga—, Beckert prosiguió.

—Dada la presión que implica manejar dos crímenes explosivos y la necesidad de hacer rápidos progresos en ambos frentes a la vez, voy a dividir las tareas de investigación. Detective Torres, su responsabilidad prioritaria será el ataque del francotirador al agente Steele. Ahora, con los dos primeros sospechosos fuera de juego, deberá concentrarse en identificar y localizar al tercer hombre: el que se encargó de disparar.

A Gurney le llamó la atención la insinuación implícita en las palabras de Beckert: decir que el tercer hombre era quien se había «encargado» de disparar equivalía sutilmente a mantener una implicación indirecta de Jordan y Tooker.

Beckert prosiguió.

—Dadas sus complejas repercusiones ante la opinión pública, me responsabilizaré personalmente de la investigación de los homicidios del parque infantil. Todo el expediente del caso, con el informe preliminar, los esquemas del lugar y las fotografías de las víctimas deben pasar a mis manos en cuanto haya concluido esta reunión. Incluidas las tarjetas de memoria de las cámaras de Paul Aziz. ¿Entendido?

Torres parecía perplejo por el cambio de sus atribuciones.

—Sí, señor.

—Entonces, por el momento ya hemos terminado. Solamente una cosa. —Miró a Gurney—. El teléfono. ¿La mujer de Steele va a entregarlo voluntariamente o no?

—Veremos. Le he dejado un mensaje.

—Tiene tiempo para decidirse hasta mañana por la mañana. O lo ha entregado para entonces, o iremos a verla con una orden y nos lo llevaremos. ¿Alguna pregunta? ¿No? Bien. Nos volveremos a reunir aquí mañana a la misma hora.

Apoyó las manos sobre la mesa, empujó la silla hacia atrás y se levantó con energía: la viva imagen de la determinación. A su espalda, el ventanal mostraba aquel panorama de edificios de piedra rematados con espirales de alambre de espino, que relucían bajo el sol de la tarde.

130

17

Cuando Gurney salió al aparcamiento, vio que Kline estaba junto a su Outback fumando, dando una profunda calada y exhalando el humo lentamente, mientras trazaba con la mano del cigarrillo un amplio arco para dejarla en un costado.

Un *déjà vu* instantáneo le trajo la imagen perturbadora de su madre, décadas atrás. Su forma frenética de fumar un cigarrillo tras otro. Esa desesperada búsqueda de paz que revelaba una terrible ansiedad.

Kline, al ver que se acercaba, dio una última calada, arrojó la colilla al suelo y la pisó con saña, como si fuera una avispa que acabara de picarle.

Tenía a sus pies un maletín. Se agachó y sacó un gran sobre marrón.

—Todo lo que me pediste ayer. Una copia completa del expediente Steele. Informes y entrevistas preliminares, fotos y esquemas de la escena, informe de balística. También los antecedentes de Jordan y Tooker, así como tus credenciales provisionales: investigador jefe especial, oficina del fiscal del distrito.

—¿Algún dato sobre ese «tercer hombre»?

—Suponiendo que haya algo, Beckert se lo guarda para él.

—¿Como las identidades de sus informadores?

—Exacto. —Kline sacó otro cigarrillo, lo encendió rápidamente y dio una larga calada antes de continuar—. Bueno, ¿cuáles son tus impresiones hasta ahora?

—Pareces extremadamente preocupado.

Kline no dijo nada. Lo cual en sí mismo ya decía algo.

Gurney decidió presionar más.

—La interpretación obvia del mensaje que recibió Steele es

que alguien del departamento podía aprovechar el caos en las calles para deshacerse de él. Si ese alguien resultara ser Turlock o incluso Beckert…

—¡Joder! —Kline alzó una mano—. ¿Tienes alguna prueba de lo que estás diciendo?

—Ninguna. Pero tampoco tengo pruebas que apunten a un tercer hombre de la UDN.

—¿Y sobre estos dos nuevos homicidios? ¿Alguna idea?

—Solo que quizá no sean lo que parecen.

—¿Por qué lo dices?

—Por los comentarios de Thrasher sobre las heridas que presentaban los cadáveres.

Kline parecía cada vez más abatido.

—Si esos homicidios no son lo que parecen, ¿qué demonios son?

—Necesito tiempo para pensarlo.

—¿Mientras piensas en el caso Steele?

—Supongo.

—¿Cuál de los casos es prioritario para ti?

—El de Steele.

—¿Por qué?

—Porque fue el primero y porque puede contener algo que tal vez explique las particularidades del otro.

Kline frunció el ceño, tratando de asimilar la idea. Luego señaló el sobre marrón que Gurney tenía en la mano.

—Avísame si te llama la atención algún dato del expediente. Ya tienes mi número personal. Puedes llamar a cualquier hora. Del día o de la noche.

Lejos de los deprimentes alrededores de White River, el paisaje poseía en su despliegue de los esplendores de principios de mayo una bucólica intemporalidad. Había vacas angus negras salpicando las laderas. Los manzanos estaban floreciendo. La tierra negra de los campos de maíz recién arados se alternaba con la superficie verde esmeralda de los prados cubiertos de hierba y ranúnculos. Solo vagamente consciente de la belleza que le rodeaba, Gurney pasó todo el trayecto de vuelta reflexionando en los aspectos extraños de ambos casos. Pese a su decisión de centrarse preferentemente en el ataque del francotirador, le costaba apartar de su pensamiento los comentarios de Thrasher sobre el apaleamiento y las marcas de las otras dos víctimas.

Al llegar a la estrecha carretera que subía a su propiedad en lo alto de la colina, le asaltó una cuestión más acuciante. Después de decirle a Madeleine que consultaría con la almohada si debía continuar su relación con Kline, sentía la necesidad de tomar una decisión y de compartirla con ella. Por un lado, estaba la creciente complejidad de la situación de White River y la presión para evitar una escalada de la violencia. Por abrumador que sonara en conjunto, ese era el tipo de desafío para el que estaba hecho como investigador. Por otro lado, estaba su innegable incomodidad con el fiscal del distrito.

Tenía la sensación de estar atrapado en un bucle de indecisión. Cada vez que iba a decidir que la importancia del caso merecía asumir el riesgo de confiar en Kline, volvía a recordar la pregunta de Madeleine: «Dios mío, David, ¿en qué planeta se consideraría buena idea algo así?».

Mientras aparcaba junto a la puerta de la vieja granja, todavía debatiéndose con este dilema, sonó su móvil.

—Aquí Gurney.

—Gracias por responder. Soy Mark Torres. ¿Tiene un minuto?

—Dígame.

—Le llamo por las fotos que sacó Paul Aziz en el parque Willard. Me preguntaba si le gustaría verlas.

—¿Las que nos ha enseñado hoy?

—Solo he mostrado las que me parecían más importantes. Paul sacó doscientas fotografías. Antes de pasarle las tarjetas de la cámara al jefe Beckert, me lo he bajado todo a mi portátil.

—¿Y quiere pasarme todo ese material a mí?

—Como sabe, me han apartado del caso Jordan-Tooker para que me concentre en el asesinato de Steele. Pero he pensado que usted sigue interesado en ambos casos y que las fotografías podrían serle de ayuda.

—¿No cree que Beckert quiera enseñármelas?

Torres titubeó.

—No sabría decirle.

Gurney se preguntó si Torres sufría el mismo tipo de des-

133

confianza respecto al departamento de policía de White River que había infectado a Kline. En todo caso, no estaría de más echar un vistazo a las fotos de Aziz.

—¿Cómo piensa enviármelas?

—A través de un servicio de archivos compartidos. En cuanto lo tenga preparado, le mandaré un *e-mail*.

Gurney pensó para sí que el hecho de inmiscuirse en el asunto de las fotos era un detalle menor, algo absolutamente independiente de la decisión que tomara sobre su compromiso general con la investigación. Así pues, le dio las gracias a Torres y le dijo que esperaría su correo. Al terminar la llamada, bajó del coche y entró en casa.

Según el viejo reloj de péndulo de la pared de la cocina, eran las cinco y un minuto. Llamó a Madeleine. No hubo respuesta. Sabía que aquel día no trabajaba en la clínica. Además, si la hubieran llamado por algún motivo, le habría dejado una nota en la puerta.

Volvió a salir y miró en los lugares donde le gustaba entretenerse: los parterres del jardín, el plantel de espárragos, el invernadero prefabricado que habían montado esa misma primavera para preparar con anticipación la breve temporada de cultivo en esa parte del norte del estado.

Volvió a llamarla. Rodeó la casa hasta la parte trasera y recorrió con la vista los pastos altos hasta la linde del bosque. Los únicos seres vivos que vio fueron los buitres que planeaban a lo lejos, sobre las corrientes ascendentes de las estribaciones.

Decidió volver a entrar y llamarla por teléfono. Pero justo entonces la vio subir entre los pastos bajos desde la zona del estanque. Notó que había algo diferente en su forma de andar, como si su paso no fuera tan animado como de costumbre. Cuando se acercó un poco más, vio que tenía una expresión casi sombría. Y cuando estuvo aún más cerca, observó que había signos de llanto en sus ojos.

—¿Qué sucede? —preguntó.

Ella miró alrededor, indecisa, hasta que sus ojos se detuvieron en las dos sillas de madera encaradas en mitad del patio.

—¿Nos sentamos un rato?

—Claro. ¿Hay algún problema?

Una vez que estuvieron sentados frente a frente, con las rodillas casi rozándose, ella cerró los ojos un tiempo prolongado, como tratando de ordenar sus pensamientos.

—Maddie, ¿ha ocurrido algo?

—Kim Steele ha estado aquí.

—¿Qué quería?

—Ha traído el teléfono de su marido.

—¿Te lo ha dado?

—Sí.

Gurney aguardó a que continuara, pero ella no lo hizo.

—¿Su visita te ha… alterado?

—Sí.

—¿Por lo que le ocurrió a su marido?

—Por la clase de persona que era. —Madeleine tragó saliva—. Porque era como tú.

—¿Y piensas… que lo que le ocurrió a él podría haberme ocurrido a mí?

—Sí —dijo. Hizo una pausa y continuó—. Ella lo ha descrito… tal como yo te describiría a ti. Creía que ser policía era una buena manera de vivir, de ser útil a los demás. Creía que cumplir con su deber era lo más importante de todo.

Ambos permanecieron largo rato en silencio.

—Hay otra cosa —dijo Madeleine, secándose una lágrima—. Perdieron un hijo.

Gurney sintió un escalofrío.

—Un bebé. En un accidente de coche.

—Joder.

—Son como nosotros hace veinte años, David. La única diferencia es que tú estás vivo, y su marido no.

Mirándola a los ojos, él notó que la intensidad con la que se identificaba con el dolor de aquella otra mujer había cambiado radicalmente la situación.

—Yo no quería que te metieras en este caso, que te enredaras con Sheridan Kline. Pero ahora no puedo dejar de pensar que si eso te hubiera sucedido a ti… —Su voz se apagó.

—Tú habrías querido que alguien hiciera algo.

—Sí. Alguien lo bastante bueno, honrado y decidido como para llegar al fondo del asunto. —Hizo una pausa y luego añadió enfáticamente—: Sí. Eso es lo que habría querido.

18

*E*l cambio de idea de Madeleine tuvo un profundo efecto en Gurney. En cierto modo, era una liberación. Lo que estaba claro para ella también lo estaba ahora para él. Su misión, sencillamente, era resolver el asesinato del marido de Kim Steele.

El resto (los turbios motivos de Kline para reclutarlo, las supuestas conexiones políticas y las ambiciones de Dell Beckert, la guerra racial que podía desatarse en White River) eran problemas importantes pero secundarios. Solo cobrarían relevancia si contribuían a explicar la muerte de John Steele.

Después de cenar, Gurney se retiró al estudio con el expediente del caso que Kline le había dado en el aparcamiento y con el teléfono móvil que Kim le había dejado a Madeleine. Lo primero que hizo (tras revisar los registros de llamadas y los mensajes de texto, y descubrir que había sido borrado todo salvo el último mensaje de advertencia) fue llamar al número privado del fiscal del distrito.

Kline descolgó en el acto, con voz ansiosa.

—¿Sí?

—Tengo el móvil de Steele.

—¿Te lo ha dado su mujer?

—Sí.

—¿Has encontrado algo en él? ¿Algún dato importante?

—Nada, salvo el último mensaje.

—¿Con qué rapidez podrías pasarme ese teléfono?

A Gurney le chocó su modo de formular la pregunta, sobre todo lo de «pasarme». Se preguntó si pretendía ser tan excluyente como sonaba.

—Te lo puedo llevar mañana a la reunión. Beckert parecía deseoso de tenerlo.

Al ver que Kline respondía con el silencio, prosiguió.

—O bien, ya que el factor tiempo es crucial, quizá quieras enviarme a uno de tus hombres para que lo recoja y lo lleve directamente al Centro de Informática Forense de Albany. Y entre tanto, tú podrías conseguir una orden para reclamar el registro de llamadas a la compañía.

—Hmm…, o sea, ¿estás sugiriendo que, para ahorrar tiempo, nos saltemos a la policía de White River y vayamos directamente al laboratorio del estado?

Gurney estuvo a punto de reír en voz alta. Siempre cubriéndose el culo instintivamente, Kline quería dejar claro que esta vía alternativa, que obviamente era la que él prefería, no había sido idea suya.

—Sería una forma razonable de proceder —dijo Gurney.

—Seguramente tienes razón. Considerando la importancia del factor tiempo. De acuerdo. Haré que un coche pase por tu casa mañana por la mañana a las siete en punto.

Esa conversación le confirmó a Gurney que Kline desconfiaba lo bastante de Beckert, o de algún otro miembro del departamento, como para no querer que tuvieran el teléfono en sus manos hasta contar con un registro objetivo de su contenido.

Abrió el sobre marrón y sacó el expediente del caso. Contenía los documentos habituales: el atestado original, las declaraciones de los testigos, las fotos y los esquemas de la escena, los informes de las primeras averiguaciones, así como diversas actualizaciones y añadidos. Nada de lo cual parecía a primera vista especialmente útil o sorprendente. La carpeta contenía también un DVD, rotulado como «Vídeo de la RAM, parque Willard, Homicidio Steele». Procedió a insertarlo en el lector externo del portátil.

Las imágenes eran tal como recordaba haberlas visto en la gran pantalla de los Gelter y luego en la reunión del comité de crisis. Probablemente extraída de una grabación más extensa, la secuencia empezaba unos tres minutos antes del disparo y se prolongaba después dos minutos más. Durante este visionado, Gurney cronometró la aparición del punto rojo de láser en la nuca de Steele y confirmó su estimación inicial: había precedido al disparo fatídico en poco más de dos minutos. La precisión con la que el punto seguía los movimientos de Steele confirmaba también su impresión de que el rifle del francotirador estaba montado en un trípode, posiblemente en uno con un mecanismo de amortiguación del movimiento como los que se utilizaban en la filmación de películas.

Miró el vídeo tres veces. A la tercera, captó algo curioso que no le había llamado la atención hasta entonces. Cuando Steele recibió el disparo, estaba desplazándose hacia otra parte de la acera. Pero antes, durante casi veinte segundos seguidos, había permanecido inmóvil. ¿Por qué había dejado pasar el francotirador una ocasión tan fácil y había preferido un objetivo en movimiento, que resultaba más arriesgado?

Continuó examinando el expediente hasta que encontró una copia impresa con el encabezado: «Ubicaciones potenciales del francotirador según los parámetros de trayectoria de la bala». En la hoja se había trazado un contorno triangular sobre un mapa de White River. La punta del triángulo tocaba el tramo del borde del parque donde estaba Steele. El contorno se extendía desde ahí hacia el centro de la ciudad a lo largo de unos quinientos metros, abarcando la zona de donde probablemente había partido el disparo, según la trayectoria calculada.

Aunque en el expediente no se indicaba la investigación que se estaba realizando con ese diagrama, era evidente para Gurney que el siguiente paso consistía en reducir las posibilidades yendo al lugar donde se encontraba Steele en el momento del impacto para recorrer con unos prismáticos la zona contenida en el triángulo y encontrar las líneas con una visión despejada a ventanas, azoteas y puntos a la intemperie que no quedaran tapados por otras estructuras. Puesto que el objetivo tenía que ser visible para el francotirador, la posición de este debía de resultar visible desde la del objetivo. Con este sencillo procedimiento se reducirían extraordinariamente las zonas que tenían que registrarse.

Sintió la tentación de llamar a Mark Torres para asegurarse de que estaban en ello. Pero algo le dijo que no debía interferir. La ubicación del francotirador sería localizada en breve y revisada a fondo por el equipo de recogida de pruebas, con to-

138

das sus cámaras, aspiradoras, bolsitas de plástico y polvos para tomar huellas. Entre tanto, había un montón de cosas que él podía hacer sin necesidad de pisar el terreno de los demás.

Otra conversación cara a cara con Kim Steele, por ejemplo, quizá resultase una forma más productiva de emplear su tiempo. En su visita de hoy, Kim le había dejado a Madeleine su dirección, su *e-mail* y su número de teléfono.

Cogió el móvil y marcó el número.

—¿Sí? —Su voz sonaba embotada.

—Kim, soy Dave Gurney.

—¿Sí?

—Mañana tengo una reunión en White River. Me preguntaba si podría pasarme de camino hacia allí y hablar con usted.

—¿Mañana?

—Sí, a media mañana. ¿Le viene bien?

—De acuerdo. Yo estoy aquí.

Gurney se preguntó si hablaba con este tono monocorde por el agotamiento del dolor o por alguna medicación que amortiguaba las emociones.

—Gracias, Kim. Nos vemos mañana.

139

Aquella noche, por primera vez en más de un año, tuvo otra vez el sueño: esa espantosa e inconexa repetición del accidente, ocurrido mucho tiempo atrás, que acabó con su hijo de cuatro años.

De camino al parque infantil en un día soleado.

Danny caminando delante de él.

Siguiendo a una paloma por la acera.

Él estaba medio ausente.

Pensando en el giro inesperado de un caso de asesinato.

Distraído por una idea brillante, una posible solución.

La paloma bajando el bordillo de la acera.

Danny siguiendo a la paloma.

Un golpe espeluznante, de infarto.

El cuerpo de Danny lanzado por el aire, estrellándose sobre el pavimento, rodando.

Rodando.

El BMW rojo alejándose a toda velocidad.

Doblando una esquina con un chirrido de neumáticos. Desapareciendo.

Gurney despertó con la atroz desolación de la pérdida. Apenas despuntaba la luz gris del alba. Madeleine le sujetaba la mano. Sabía lo del sueño. Lo había venido teniendo, a grandes intervalos, durante veinte años.

Cuando las últimas imágenes se difuminaron y lo peor de la angustia hubo pasado, se levantó, se duchó y se vistió.

A las 7:00, según lo acordado, el hombre de Kline se presentó, cogió el móvil y se marchó si decir apenas una palabra.

A las 7:45, apareció Geraldine Mirkle para recoger a Madeleine, como hacía cuando coincidían sus horarios en la clínica.

A las 8:30, Gurney salió para reunirse con Kim Steele.

El GPS le indicó que abandonara la autopista interestatal por la salida Larvaton-Badminton y tomara por Fishers Road en dirección norte hacia Angina. Unos kilómetros más adelante, le indicó que doblara por Dry Brook Lane, una carretera de grava que ascendía en una serie de curvas serpenteantes a través de un viejo y frondoso bosque. A la altura de un sendero de acceso marcado por un reluciente buzón, el GPS anunció que había llegado a su destino. El sendero llevaba a un claro en cuyo centro se alzaba una pequeña granja rodeada de parterres de flores y de una exuberante hierba primaveral. En el otro extremo del claro había un granero rojo con tejado de cinc. El coche blanco de Kim Steele estaba aparcado junto a la casa, y Gurney dejó el suyo al lado.

Llamó a la puerta lateral y aguardó. Volvió a llamar. Al tercer intento, rodeó toda la casa y llamó de nuevo, también en vano. Preguntándose qué ocurría, recorrió con la vista el campo que se extendía por la parte trasera y vio un carrito cortacésped aparcado junto a la puerta del granero.

Mientras echaba a andar hacia allí, Kim Steele salió del granero cargada con un bidón rojo de gasolina y lo llevó junto al cortacésped. Solo cuando estaba abriendo el depósito vio a Gurney. Miró un momento cómo se acercaba y luego reanudó su tarea, levantando el bidón y forcejeando con el rígido pitorro hasta introducirlo en la abertura del depósito.

—Hay mucho que hacer aquí —dijo sin alzar la vista.

—¿La ayudo?

Ella no pareció oírle. Se la veía algo más pulida que la última vez. Llevaba la misma blusa, pero con los botones alineados; el pelo lo tenía más limpio y reluciente.

—Lo llamaron en su día libre —dijo, procurando mantener el bidón en equilibrio sobre el depósito—. Iba a cortar la hierba de este campo. Decía que era importante cortarla al menos una vez a la semana. Si no, la hierba acababa atascando el cortacésped. Y cuando se atasca… —Su voz se apagó.

—Déjeme ayudarla. —Gurney fue a sujetar el bidón.

—¡No! Es tarea mía.

—De acuerdo. —Hizo una pausa—. ¿Dice que le llamaron?

Ella asintió.

—¿Por la manifestación?

—Estaban llamando a todo el mundo.

—¿Le dijo qué miembro del departamento había llamado?

Ella meneó la cabeza.

—¿Recuerda si recibió alguna otra llamada ese día?

—¿El día que lo mataron? —No era tanto una pregunta como una explosión de rabia.

Gurney volvió a hacer una pausa.

—Ya sé que es horrible pensar en ello…

Ella lo interrumpió.

—Es en lo único que pienso. No puedo pensar en otra cosa. Así que pregunte lo que quiera.

Él asintió.

—Me gustaría saber si John recibió alguna otra llamada aquel día, aparte del mensaje que usted encontró en su móvil.

—¡Mierda!

El depósito del cortacésped estaba rebosando. Ella apartó de un tirón el bidón y lo plantó con brusquedad en el suelo. Estaba al borde de las lágrimas.

A Gurney la situación le conmovió de tal modo que apenas pudo continuar. El fuerte olor a gasolina impregnó el aire.

—A mí siempre me pasa igual cuando lleno el depósito —dijo.

Ella permaneció callada.

—¿Quiere que le corte la hierba?

—¿Qué?

—Yo paso mucho tiempo recortándola en mi casa. Me gusta. Así tendría una cosa menos que hacer. Lo haría encantado.

Ella lo miró parpadeando, como para ver con más claridad.

—Muy amable de su parte. Pero tengo que aprender a hacer estas cosas por mí misma.

Se hizo un silencio.

Gurney preguntó al fin:

—¿Los amigos de John del departamento han venido a verla?

—Vinieron algunos. Les dije que se fueran.

—¿No quería que vinieran?

—Ni siquiera soporto verlos. No hasta que sepa qué ocurrió.

—¿No se fía de nadie del departamento?

—No. Solo de Rick Loomis.

—¿Es diferente de los demás?

—Rick y John eran amigos. Aliados.

—«Aliados» sugiere que tenían enemigos.

—Sí. Tenían enemigos.

—¿Sabe sus nombres?

—Ojalá los supiera. Pero a John no le gustaba contar en casa los detalles desagradables de su trabajo. Estoy segura de que creía que me hacía la vida más fácil guardándose esas cosas.

—¿Sabe si Rick Loomis tenía las mismas sospechas que su marido sobre lo que pasaba en el departamento?

—Creo que sí.

—¿Estaba ayudándole a revisar casos antiguos?

—Estaban trabajando juntos en algo. Ya sé que suena demasiado vago. —Dando un suspiro, cogió el tapón del depósito y lo volvió a enroscar—. Si quiere entrar en casa un rato, puedo preparar un poco de café.

—Sí, gracias. Y me gustaría saber más sobre su marido, todo lo que usted quiera contarme. Me gustaría entender cómo era. —Nada más decirlo, vio en los ojos de ella el impacto de ese tiempo verbal: «era». Habría deseado encontrar otra forma de decirlo.

Ella asintió, se limpió las manos en los vaqueros y echó a andar hacia la casa.

La puerta trasera se abría a un angosto pasillo que llevaba

a una cocina-comedor. Había un plato roto en el suelo, junto al fregadero. En el respaldo de una silla estaba la chaqueta caqui que llevaba la primera vez que había ido a casa de Gurney. La mesa estaba cubierta de un montón de papeles desordenados. La mujer miró en derredor, consternada.

—No me he dado cuenta…, qué desbarajuste. Déjeme solo un… —Su voz se apagó.

Juntó todos los papeles y los llevó a la habitación contigua. Volvió a entrar, cogió la chaqueta y se la llevó también. No parecía reparar en el plato roto. Le indicó una de las sillas de la mesa. Gurney se sentó. Ella, con aire ausente, siguió los pasos para poner en marcha la cafetera.

Mientras se hacía el café, permaneció mirando por la ventana. Cuanto estuvo listo, llenó una taza y la llevó a la mesa.

Se sentó frente a él y sonrió de un modo que a Gurney le resultó de una tristeza casi intolerable.

—¿Qué quiere saber de John? —dijo.

—Quiero saber lo que era importante para él. Sus ambiciones. Cómo acabó entrando en la policía de White River. Cuándo empezó a sentirse incómodo. Cualquier indicio de problemas, antes de ese mensaje de texto, podría estar relacionado con lo ocurrido.

Ella le dirigió una mirada larga y pensativa.

—Son preguntas interesantes.

—¿En qué sentido?

—No tienen nada que ver con la teoría de la policía de que fue una acción política de los radicales negros.

Él sonrió ante su perspicacia.

—La teoría de la policía de White River la está investigando la gente del propio departamento. No tiene sentido que yo siga el mismo derrotero.

—¿Quiere decir el mismo callejón sin salida?

—Es demasiado pronto para saberlo. —Dio un sorbo de café—. Hábleme de John.

—Era el hombre más amable e inteligente del mundo. Nos conocimos en la universidad. Ithaca. John estudiaba Psicología. Era muy serio. Muy guapo. Nos casamos después de graduarnos. Él ya había hecho el examen de la policía del estado: al cabo de unos meses, lo reclutaron. Yo estaba embarazada a aquellas alturas. Todo parecía andar sobre ruedas. Se licenció en la academia con las mejores notas de su clase. La vida era perfecta. Entonces nuestro bebé nació muerto.

Se calló de golpe, con la cabeza vuelta hacia la ventana, mordiéndose el labio inferior. Tras unos momentos, inspiró hondo, se irguió en la silla y prosiguió.

—John pasó los siguientes tres años trabajando como policía del estado. Se sacó un máster de criminología en su tiempo libre. Era por la época en la que Dell Beckert fue nombrado jefe de policía de White River. El objetivo era que limpiara el departamento. Enseguida causó una gran impresión: expulsó a un montón de gente acusada de corrupción y trajo caras nuevas.

Hizo una pausa. Al continuar, su voz adoptó un deje de tristeza, incluso de amargura.

—A John, me parece, le impactó esa imagen que daba Beckert, barriendo la basura y purificando el ambiente. Así que se trasladó de la policía del estado a ese nuevo departamento de White River, supuestamente maravilloso.

—¿Cuándo se dio cuenta de que no era tan perfecto como había imaginado?

—Fue algo gradual. Su actitud hacia el trabajo cambió. Recuerdo que se volvió más sombría hace un año, cuando mataron a Laxton Jones. Desde entonces… había en él una tensión que antes no estaba.

—¿Y últimamente?

—La cosa iba empeorando.

Gurney dio otro sorbo de café.

—¿Dice que se había sacado los títulos de Psicología y Criminología?

Ella asintió, casi sonriendo.

—Sí. Le encantaba su trabajo y aprender todo lo relacionado con él. De hecho, acababa de empezar unos cursos en la Facultad de Derecho.

Gurney titubeó.

—Él era solo un agente normal de patrulla, ¿no?

Hubo un relampagueo agresivo en los ojos de ella.

—¿Quiere decir si era «solo» un agente normal? ¿Me está preguntando por qué no trataba de conseguir un ascenso?

Gurney se encogió de hombros.

—La mayoría de los policías que he conocido que buscaban ascensos...

Ella lo interrumpió.

—¿Solo los buscaban por ambición, para hacer carrera? La verdad es que John tiene..., tenía... una enorme ambición. Pero no de ascensos. Él quería estar en la calle. Para eso había entrado en el cuerpo. Los títulos que se había sacado y todas sus lecturas eran para ser lo más bueno posible en el trabajo. Su ambición era llevar una vida honrada, útil, positiva. Eso era lo único que había deseado...

Bajó la cabeza lentamente y empezó a sollozar.

Varios minutos más tarde, cuando la oleada de dolor hubo remitido, se incorporó de nuevo en la silla y se secó los ojos.

—¿Tiene más preguntas?

—¿Sabe si alguna vez recibió amenazas o insinuaciones de que podría tener problemas, aparte de ese mensaje de texto?

Ella negó con la cabeza.

—Si se le ocurre algo más...

—Le llamaré. Se lo prometo.

—De acuerdo. Una última cosa. ¿Cree que Rick Loomis estará dispuesto a hablar conmigo?

—Estoy segura de que hablará con usted. Pero si lo que me pregunta es hasta qué punto le hablará abiertamente de lo que él y John se traían entre manos, eso no lo sé.

—¿A usted le importaría llamarle y decirle quién soy y que me gustaría charlar con él?

Kim ladeó la cabeza con curiosidad.

—¿Pretende que le diga que debe confiar en usted?

—Dígale lo que considere oportuno. Es cosa suya.

Ella lo miró a los ojos y, durante un momento, Gurney tuvo la misma sensación que cuando Madeleine parecía atravesarle con su mirada hasta el fondo del alma.

—Sí —dijo—. Le puedo llamar.

145

$\mathcal{H}$acia el final de su entrevista con Kim Steele, Gurney había notado la vibración de su móvil, pero había preferido dejar pasar la llamada y no interrumpir el flujo emocional de la charla.

Ahora, mientras volvía hacia la interestatal, paró en la cuneta de Fishers Road y escuchó el mensaje. Era de Sheridan Kline. El tipo no se molestaba en identificarse, pero su voz ampulosa y ligeramente nasal era inconfundible: «Espero que recibas a tiempo este mensaje. Hay un cambio de horario. La reunión se ha adelantado a las doce del mediodía. Un avance importante. Doce un punto. ¡No faltes!».

Gurney miró la hora. Las 11:04.

Supuso que sin demasiado tráfico podía llegar a White River hacia las 11:30. A pesar de que inicialmente había decidido no visitar la escena del crimen para evitar conflictos con el departamento de policía, ahora sintió la tentación de darse al menos una vuelta en coche por allí: para sacar una impresión del lugar que solo había visto en vídeo.

Tal como esperaba, apenas había tráfico. A las 11:29 salió de la interestatal. La rampa de White River daba a una carretera local que descendía desde un paisaje de bosques y prados, y se internaba en una desolada zona que solo podía ser obra del hombre. Dejó atrás las cintas transportadoras herrumbrosas de la extinta cantera Handsome Brothers y entró en la ciudad propiamente dicha, donde el hedor a humo y cenizas empezó enseguida a filtrarse dentro del coche.

Recordando de memoria el trazado de las calles principales de White River, encontró la avenida que bordeaba los edificios tapiados de Grinton y que conducía directamente al parque Willard.

Se metió por la avenida adyacente al parque y enseguida encontró una barrera de caballetes amarillos, cada uno con el rótulo:

PRECINTO POLICIAL. PROHIBIDO EL PASO

Dejó el coche allí mismo y, sorteando los caballetes, caminó hasta un espacio circular acordonado más agresivamente con un doble perímetro de cinta amarilla. El área protegida abarcaba el borde del prado donde se había celebrado la manifestación, un pino enorme cuyas ramas bajas debían estar a una altura de seis metros, así como un trecho de la acera. Sobre las baldosas, había una gran mancha rojo pardusca de forma irregular.

Gurney estaba seguro de que los técnicos forenses habrían acabado de recoger pruebas hacía mucho y de que su presencia no entrañaba el riesgo de contaminar la escena. Aun así, al entrar al perímetro precintado, caminó con cautela en torno a la mancha, más como una forma de respeto que como otra cosa.

Examinó el pino de cerca y vio los restos del orificio abierto por la bala al incrustarse en ese tronco relativamente blando. Habían ensanchado una parte del orificio para poder extraerla.

Sacó un bolígrafo del bolsillo de su camisa y lo situó en el orificio, sobre el lado que parecía más intacto. Así alineado con la trayectoria de la bala, el bolígrafo se convirtió en un indicador aproximado del origen del disparo. De inmediato, observó que corroboraba la proyección de la trayectoria trazada en el mapa del expediente. Mirando en la dirección indicada, vio que los puntos de origen más probables se limitaban a las plantas superiores de tres o cuatro bloques de apartamentos.

Volvió hacia la barrera junto a la que había aparcado, con la esperanza de encontrar los prismáticos que a veces dejaba en la guantera. Tuvo que abandonar la idea, sin embargo, al ver que un coche patrulla se detenía al lado de la barrera. El agente que salió del coche tenía un aire de cansancio típico de final de turno. Tras echar un vistazo al Outback, presumiblemente para buscar alguna placa oficial, se volvió hacia Gurney.

147

—¿Cómo andamos, caballero? —Si la pregunta pretendía sonar amigable, no lo consiguió.

—Todo bien. ¿Y usted?

La mirada del policía se endureció visiblemente, como si la respuesta de Gurney fuese un desafío.

—¿Se da cuenta de que está en una zona restringida?

—Estoy trabajando. Departamento de Investigación de la Oficina del Fiscal del Distrito.

—¿Ah, sí?

Gurney no dijo nada.

—Nunca le había visto. ¿Quiere enseñarme alguna identificación?

Gurney sacó la cartera y le pasó las credenciales que Kline le había dado.

El agente las examinó con un rictus escéptico.

—¿La oficina del fiscal? ¿Conoce a Jimmy Crandell?

—La única persona que conozco allí es Sheridan Kline.

El policía chasqueó la lengua.

—Bueno, el caso es que esto es una zona restringida, así que debo pedirle que se vaya.

—¿La restricción afecta a los investigadores del fiscal?

—La ACAPI afecta a todo el mundo.

—¿Qué significa ACAPI?

—Acceso controlado por agencia primaria de investigación.

—Bonito acrónimo. ¿Una invención local?

El agente empezó a enrojecer de cuello para arriba.

—No vamos a discutir. Tenemos una norma, y la norma dice que se vaya. El fiscal del distrito puede presentar una queja a mi jefe cuando guste, si así lo desea. Si quiere cruzar nuestros perímetros, consiga primero un permiso. Y ahora saque de ahí su coche antes de que avise a la grúa.

Con la cara roja y los ojos entornados, el policía observó que Gurney daba media vuelta con el coche y enfilaba de nuevo hacia el centro de White River.

Cinco minutos después, llegó al inhóspito e incoloro edificio de la central de policía y aparcó junto al enorme todoterreno de Kline. Cuando estaba bajando, sonó su móvil. Un número no identificado.

—Aquí Gurney.

—Soy Rick Loomis. Kim Steele me ha dicho que quería hablar conmigo y me ha dado su número. —La voz era la de una persona joven y seria, con un claro acento del norte del estado.

—¿Le ha explicado quién soy y cuál es mi papel en el caso?

—Sí.

—¿Y está dispuesto a hablar de los… hechos… sobre los que usted y John estaban indagando?

—Hasta cierto punto. Pero no por teléfono.

—Lo comprendo. ¿Podemos quedar lo antes posible?

—Hoy tengo el día libre, pero he de ocuparme de varias cosas. Estoy preparando el jardín para empezar a plantar. ¿Qué tal a las tres y media en la cafetería Lucky Larvaton? Está en Angina. En la antigua ruta diez de circunvalación.

—Ya la encontraré.

—De acuerdo. Nos vemos a las tres y media.

—Una cosa más, Rick. ¿Hay alguna otra persona con la que debería hablar sobre… la situación?

Él titubeó.

—Quizá. Pero primero debo consultárselo.

—De acuerdo. Gracias.

Volvió a guardarse el teléfono en el bolsillo y caminó hacia el edificio de la central.

En la inhóspita sala de conferencias, ocupó su asiento acostumbrado junto al fiscal del distrito. Captó un zumbido intermitente en uno de los fluorescentes: un ruido tan común en su antigua comisaría de la policía de Nueva York que por un instante se sintió como si estuviera allí de nuevo.

Kline le saludó con una inclinación. Torres entró con su portátil al cabo de un momento; parecía tenso pero decidido. Al fondo de la larga mesa, el *sheriff* Cloutz movía las manos en leves ondulaciones, como si estuviera dirigiendo una orquesta en miniatura. La dura expresión que Beckert tenía en los ojos era difícil de descifrar.

Había aún dos asientos vacíos: los de Judd Turlock y Dwayne Shucker.

El *sheriff* se lamió los labios, aunque ya estaban húmedos.

—Debe de ser la hora de empezar.

—Nos faltan el alcalde y el jefe adjunto —dijo Kline.

—Hoy es el día del Rotary para el viejo Shucks —dijo el *sheriff*—. Almuerzo gratis y una ocasión para hablar de la importancia de su reelección. ¿Esperamos a Judd?

—Tendremos noticias suyas enseguida —dijo Beckert. Echó un vistazo a su teléfono, que tenía sobre la mesa, y lo desplazó unos milímetros—. Ya pasa un minuto de las doce. Empecemos. Detective Torres, explíquenos cómo va la investigación del caso Steele: los progresos realizados y los previstos.

—Sí, señor. Desde nuestra última reunión hemos conseguido pruebas y grabaciones de vídeo importantes. Hemos localizado y registrado el apartamento desde donde se hizo el disparo. Hemos encontrado residuos de pólvora, así como un casquillo que coincide con la bala extraída del árbol del parque Willard. Tenemos huellas dactilares de gran nitidez en diversos objetos, incluido el casquillo, además de posibles restos de ADN en otros objetos. Incluso hemos...

Cloutz lo interrumpió.

—¿De qué tipo son esos restos?

150

—Moco con algo de sangre en un pañuelo de papel, una tirita que también tiene trazas de sangre y varios pelos con suficiente materia folicular para someterlos a análisis.

—¿Nada más?

—Incluso hemos encontrado el trípode utilizado para estabilizar el rifle. Lo encontramos en el río, junto al puente Grinton: hay huellas bien definidas en él. También tenemos grabaciones de un vehículo aproximándose al bloque de apartamentos, aparcando en la parte trasera poco antes del disparo y abandonando el lugar inmediatamente después. Contamos con grabaciones adicionales del mismo vehículo dirigiéndose primero hacia el puente y luego volviendo de allí. Aunque la iluminación de la calle era deficiente, hemos logrado ampliar la imagen y ver el número de la matrícula.

—¿Está diciendo que hemos identificado al francotirador?

—Tenemos identificado el coche, un Toyota Corolla negro de 2007, y también el nombre y la dirección del registro: Devalon Jones, en el 34 de Simone Street, Grinton.

Kline se echó hacia delante.

—¿Algo que ver con el Laxton Jones que resultó muerto hace un año?

—Es su hermano. Devalon fue uno de los fundadores de la UDN junto con Jordan, Tooker y Blaze Lovely Jackson.

Kline sonrió.

—Esto conlleva un giro muy halagüeño de la situación. ¿Tenemos detenido a ese Devalon?

—Ese es el problema, señor. Está encarcelado desde hace más de un mes, en Dannemora. Está empezando a cumplir una condena de tres a cinco años por asalto con agravantes. Le fracturó el cráneo al guardia de seguridad en un casino indio del norte.

La sonrisa de Kline se desvaneció.

—O sea, que ese coche lo estaba usando otra persona. ¿Tal vez otro miembro de la UDN? Supongo que lo está investigando, ¿no?

—Hemos iniciado las pesquisas.

Beckert se volvió hacia el *sheriff*.

—Goodson, si ese Devalon Jones le pasó a otro su coche, alguno de tus invitados de la cárcel más proclives a colaborar podría saber algo del asunto. Mientras tanto, llamaré al alcaide de Dannemora. A ver si es posible persuadir a Jones para que nos facilite él mismo la información.

Cloutz volvió a lamerse los labios antes de intervenir.

—Alguien debería explicarle a Devalon que el hecho de que el registro esté a su nombre lo convierte en presunto proveedor del vehículo y en cómplice del asesinato de un agente de policía. Así que tiene una oportunidad para utilizar el libre albedrío que su Creador le otorgó y darnos el nombre... Si no, le freiremos sus negras pelotas. —De nuevo empezó a mover los dedos suavemente, como siguiendo una música imaginaria.

Beckert se dirigió otra vez a Torres, que estaba mirando con odio al *sheriff*.

—Ha dicho que tenemos imágenes de vídeo del coche acercándose al edificio y abandonándolo. ¿Nos las puede mostrar? —Era una orden, no una petición.

Torres se volvió hacia su portátil, pinchó varios iconos y enseguida apareció en el monitor de la pared una calle mugrienta y mal iluminada, con bolsas de basura amontonadas a lo largo del bordillo. Entró un coche, atravesó el campo visual y desapareció en el cruce siguiente.

151

—Eso es Girder Street —dijo Torres—. La grabación procede de las cámaras de seguridad situadas en la entrada de una casa de cambio. La hemos editado y reducido a algunos momentos clave. Observen el siguiente coche.

Un pequeño sedán oscuro entró en el encuadre. Antes de llegar al cruce, giró por lo que parecía un acceso o un callejón situado por detrás del bloque de apartamentos.

—Ese es el edificio de donde partió el disparo. El callejón lleva a una entrada trasera. El código de tiempo del vídeo indica que el coche llegó veintidós minutos antes de que se efectuara el disparo. Ahora avanzamos veintiséis minutos para situarnos exactamente cuatro minutos después del disparo... Y ahí... pueden ver el coche saliendo..., girando..., dirigiéndose al cruce... y doblando a la derecha por Bridge Street.

La pantalla mostró una calle algo más ancha pero igualmente sombría, con las tiendas de ambos lados tapiadas con planchas de acero.

—Esta secuencia procede de la cámara PVPC colocada junto al semáforo del cruce. —Le lanzó una mirada a Gurney—. «Programa de Vigilancia para la Prevención del Crimen.» Una iniciativa que hemos...

Interrumpió la explicación y señaló la pantalla.

—Miren..., ahí... Ese es nuestro vehículo dirigiéndose hacia el oeste por Bridge Street. Vean..., justo ahí... Pasa de largo el cartel de desvío, «puente cerrado», y sigue adelante.

Kline preguntó si esa calle llevaba a otra parte.

—No, señor. Solo al puente.

—¿Es posible entrar con un coche?

—Sí. Simplemente apartando los conos de la entrada. Y, en efecto, habían sido desplazados.

—¿Y qué me dice del otro extremo? ¿El coche podría haber cruzado el puente hacia otro lugar?

—Los trabajos de demolición están en una fase avanzada y no habría sido posible. Nos imaginamos que el motivo más probable para internarse en el puente a esas horas de la noche sería arrojar algo al río. Y ha resultado ser así. Ahí es donde hemos encontrado el trípode utilizado para equilibrar el rifle.

Señaló el monitor.

—Ahí está…, el mismo vehículo… volviendo del puente.

En el rostro de Kline reapareció la sonrisa.

—Buen trabajo, detective.

Gurney ladeó la cabeza con curiosidad.

—Mark, ¿cómo sabemos para qué se utilizó el trípode?

—La prueba está en las fotos que hemos tomado en el apartamento utilizado por el francotirador.

Pulsó varias teclas y la imagen pasó a una foto fija de la puerta de un apartamento con mirilla de seguridad. El número del apartamento, 5C, estaba raspado y casi borrado. La siguiente fotografía parecía tomada desde la misma posición, mirando el interior del apartamento con la puerta abierta.

—Las fotos que realmente quiero enseñarles están un poco más adelante —dijo Torres—, pero no he tenido tiempo de cambiar la secuencia.

—¿Quién les ha abierto? —preguntó Gurney.

—El conserje.

Gurney pensó en sus abortadas pesquisas en el parque Willard y en la trayectoria indicada por el orificio del tronco del árbol: una trayectoria que podía coincidir con múltiples ventanas de tres edificios distintos.

—¿Cómo han identificado ese apartamento en particular?

—Recibimos un soplo.

—¿Por teléfono?

—Un mensaje de texto.

—¿Anónimo o de una fuente conocida?

Beckert metió baza.

—Tenemos por norma no comentar nuestras fuentes. Siga.

La siguiente fotografía había sido tomada desde el interior del apartamento, a través de un reducido vestíbulo que daba a una habitación grande sin amueblar. Al fondo había una ventana abierta. En la foto siguiente, tomada casi desde el centro de la habitación, se abarcaba una panorámica de la ciudad enmarcada por la ventana. Más allá de algunos tejados bajos, Gurney vio una zona verde rodeada de altos pinos. Al mirar con más atención, distinguió un trazo amarillo: la cinta de seguridad que delimitaba la zona donde él acababa de discutir con el agente de policía. Estaba claro que el apartamento ofrecía al francotirador una atalaya perfecta para liquidar a cualquiera situado en las inmediaciones del prado donde se había celebrado la manifestación.

—Bueno —dijo Torres con excitación—, ahora estamos llegando a las pruebas clave.

La siguiente foto, tomada en la misma habitación a ras de suelo, mostraba la mitad inferior del radiador y el angosto espacio de debajo. A la sombra del radiador, pegada a la pared, Gurney atisbó la reluciente superficie de latón del casquillo.

—Un treinta-cero-seis —dijo Torres—. El mismo calibre que el de la bala encontrada.

—¿Con una huella dactilar nítida? —preguntó Kline.

—Dos. Probablemente del pulgar y del índice, tal como lo sujetarías para meterlo en la recámara de un rifle de cerrojo.

—¿Nos consta que era de cerrojo?

—Entre los rifles del calibre treinta-cero-seis, es el tipo más corriente fabricado en los últimos cincuenta años. Lo sabremos con seguridad cuando Balística examine las marcas del extractor y del eyector.

La siguiente imagen mostraba el suelo de madera. Torres señaló tres tenues marcas en la superficie cubierta de polvo, cada una del tamaño de una moneda de diez centavos y separadas entre sí por unos tres palmos, como las tres esquinas de un triángulo imaginario.

—¿Ven estas leves impresiones? —dijo—. Su posición corresponde exactamente con la de los pies del trípode que hemos hallado en el río. La altura del trípode ubicado en este punto habría ofrecido una línea de fuego directa al lugar del impacto.

—¿Quiere decir a la cabeza de John Steele? —dijo Gurney.

—Sí. Correcto.

Torres pasó a la foto siguiente: un pequeño baño con un toallero, una pila sucia y un váter. A continuación aparecieron dos primeros planos: la manivela cromada de la cisterna y el interior de la taza del váter. En el agua, había sumergidas una bola arrugada de papel de color y una tirita descolorida.

—Aquí hemos tenido suerte —dijo Torres—. Hemos encontrado una buena huella de pulgar en la manivela de la cisterna. Y los ítems que no se fueron por el sumidero no solo contenían huellas, sino también restos de ADN. El papel es un envoltorio de comida rápida con una superficie aceitosa que ha preservado tres huellas nítidas. La tirita presenta trazas de sangre.

Kline rebosaba excitación.

—¿Han cotejado las huellas? ¿Alguna coincidencia?

—Nada localmente o en el estado. Estamos esperando respuesta de la IAFIS —dijo, en referencia al Sistema Automático de Identificación Dactilar—. En Washington hay más de cien millones de huellas registradas, así que tenemos esperanzas. Poniéndonos en lo peor, podría ser que el francotirador nunca haya sido detenido, que por algún motivo jamás le hayan tomado las huellas; pero, aún en ese caso, una vez que identifiquemos al tipo correcto contamos con pruebas abrumadoras que lo relacionan con el apartamento, el casquillo y el trípode. Y hay una prueba más que todavía no he mencionado: una cámara de seguridad de Bridge Street grabó una vista lateral del vehículo del francotirador, con una silueta frente al volante visible a través de la ventanilla. Es una imagen oscura, por el momento indescifrable, pero el laboratorio informático de Albany cuenta con *software* de ampliación muy potente, así que tenemos esperanzas.

Sus últimas palabras se vieron puntuadas por el pitido de un mensaje de texto en el móvil de Beckert.

—Una identificación facial sería casi definitiva —dijo Kline.

Torres miró alrededor de la mesa.

—¿Alguna pregunta?

Beckert parecía preocupado por el mensaje de su móvil.

El *sheriff* sonreía de un modo desagradable.

—Si con nuestras demás pesquisas identificamos al conductor del coche de Devalon, la magia informática de Albany lo dejaría listo para la horca. Una foto es algo precioso. Muy convincente para un jurado.

—¿Fiscal Kline? —dijo Torres.

—Ninguna pregunta por ahora.

—¿Detective Gurney?

—Me estaba preguntando, ¿cuál era la profundidad del agua?

Torres lo miró desconcertado.

—¿En el váter?

—En el río.

—Ah, ¿donde encontramos el trípode? Apenas tres palmos.

—¿Alguna huella en el bastidor o en el alféizar de la ventana?

—Algunas muy antiguas y casi borradas. Nada reciente.

—¿En la puerta del apartamento?

—Igual.

—¿En la puerta de baño y los grifos del lavamanos?

—Igual.

—¿Ha encontrado a alguien en el edificio que oyera el tiro?

—Hemos hablado con un par de inquilinos que creían haber oído algo parecido a un disparo. Pero sus explicaciones eran muy vagas. No es el tipo de vecindario donde la gente quiera hablar con la policía o admitir que ha presenciado algo. —Alzó las manos, con resignación—. ¿Alguna otra pregunta?

—No por mi parte. Gracias, Mark. Buen trabajo.

El joven detective se permitió una sonrisita de satisfacción. A Gurney le hacía pensar en Kyle, el hijo de veintisiete años que tenía de su primer matrimonio. Eso le recordó a su vez que le debía una llamada. Kyle había heredado su propia tendencia al aislamiento, de modo que la comunicación entre ambos, aunque agradable cuando se producía, era más bien esporádica. Se prometió que le llamaría ese mismo día. Quizá después de cenar.

La voz de Beckert lo devolvió al presente.

—Ahora sería el momento de pasar a nuestros progresos en los homicidios de Jordan y Tooker. Esta mañana hemos tenido un avance importante en esa investigación, y estamos esperando otra novedad en la próxima media hora. Así que ahora podríamos hacer un pequeño descanso. —Echó un vistazo a su móvil—. Volveremos a reunirnos a las doce cuarenta y cinco. Entre tanto, permanezcan en el edificio, por favor. Goodson, ¿necesita alguna ayuda?

—No. —El *sheriff* deslizó la uña impecable de su índice a lo largo del bastón blanco, que tenía ante él sobre la mesa.

20

*L*a reunión se reanudó a las 12:45 en punto. Gurney se preguntó si Beckert se desviaría alguna vez de sus estrictas normas de orden y procedimiento. También especuló sobre cuál podría ser su reacción si alguien alteraba sus planes.

Se había traído un ordenador portátil, que colocó sobre la mesa de conferencias. Escogió su silla de costumbre, la que estaba enmarcada por el ventanal y por la vista de centros penitenciarios que se extendía más allá.

Tras conectar el portátil con el monitor de la pared, indicó con un gesto que ya estaba preparado.

—Vamos a empezar con el hallazgo de esta mañana: la página web de un grupo supremacista blanco que dice llevar a cabo actividades de autodefensa ilegales. Aseguran que los negros planean iniciar una guerra con los blancos en Estados Unidos, una guerra que ni la policía ni el ejército podrá detener, pues ambos han sido infiltrados por los negros y por sus defensores liberales. El grupo cree que el deber que les ha encomendado Dios es eliminar lo que ellos llaman la «progresiva amenaza negra» con el fin de salvar a los Estados Unidos blancos.

—¿«Eliminar»? —dijo Kline.

—«Eliminar» —repitió Beckert—. Han incluido en la página web una antigua fotografía de un linchamiento con el rótulo: LA SOLUCIÓN. Pero ese no es el motivo principal de que nuestro descubrimiento de su web sea importante. Miren la pantalla. Y escuchen con atención. Este es su himno.

La pantalla se volvió de un rojo intenso. Se abrió una ventana en el centro y el vídeo comenzó. Una banda de *heavy me-*

tal de cuatro miembros armaba un guirigay de notas tortura-
das, taconazos rítmicos y palabras casi ininteligibles. Algunas,
aun así, llegaban a captarse con claridad: «Fuego…, ardiente…,
filo… fusil…, soga».

La filmación tenía mucho granulado y la calidad del sonido
era espantosa. Las caras de los miembros de la banda, ataviados
con prendas de cuero y tachuelas, estaban demasiado mal iluminadas para poder reconocerse.

Kline sacudió la cabeza.

—Si la letra tiene que decirme algo, necesito un traductor.

—Por suerte —dijo Beckert—, la letra del himno está en
la web.

Pinchó un icono y la imagen del vídeo dio paso a una fotografía de una página mecanografiada.

—Lean la letra atentamente. Contiene la respuesta a una
pregunta importante. Usted, detective Torres, léala en voz alta
para que el *sheriff* Cloutz pueda seguirla.

Torres obedeció.

Somos el fuego, somos la inundación.
Somos la tormenta que limpia la tierra,
la luz ardiente del sol naciente.

Somos el viento, la lluvia abrasadora,
el filo reluciente, el fusil llameante.
Somos el fuego del sol naciente.

Muerte a las ratas que infestan la noche,
muerte a los gusanos, uno por uno,
muerte bajo el fuego del sol naciente.

Somos el látigo, somos la soga,
somos el garrote, el fusil llameante.
Somos los Kaballeros del Sol Naciente.

Somos la tormenta, la inundación furiosa,
La lluvia de fuego cuya hora ha llegado.
Somos los Kaballeros del Sol Naciente.

—Joder —masculló Torres al terminar de leer—. ¡Esta gente esta rematadamente loca!

—Sin duda. Pero ¿qué más nos dice la letra? —dijo Beckert, dirigiéndose a todos los presentes con el tono de quien disfruta planteando preguntas cuya respuesta ya conoce: el tono de un hombre al que le gusta la sensación de estar al mando.

Era un juego que a Gurney le disgustaba. Decidió ponerle fin.

—Nos dice cuál es el significado de «KSN».

—Ah, ahora lo veo —dijo Torres. Se volvió hacia Cloutz—. En el himno se llaman a sí mismos «Kaballeros del Sol Naciente». «Kaballeros» con «K». De ahí las iniciales «KSN».

—¿Os estáis poniendo así por una coincidencia de tres letras?

Beckert meneó la cabeza.

—No son solo las iniciales. Toda la web los incrimina. Locura anarquista. Amenazas terroristas. Glorificación de patrullas de autodefensa. Y un punto clave definitivo. En una página titulada «Noticias del frente», se habla de la situación de White River. Eso, junto con las siglas «KSN» marcadas en los pies de Jordan y Tooker, tiene que ser más que una coincidencia.

Kline parecía alarmado.

—¿Crees que esta gente está aquí, en White River? ¿Sabemos quiénes son?

—Sabemos quiénes podrían ser dos de ellos.

—Santo cielo —exclamó Cloutz—, ¿no me digas que son los dos que estoy pensando?

Beckert no dijo nada.

—¿Me equivoco? —insistió Cloutz—. ¿O estamos hablando de los malditos gemelos?

—Judd lo está averiguando ahora mismo.

—¿Haciéndoles una visita?

—Podría decirse así.

—¡Santo cielo! —repitió Cloutz con la malsana excitación del que prevé una calamidad espectacular—. Espero que Judd sea consciente de que esos chicos están completamente chiflados.

—Judd sabe con quién se las ve —dijo Beckert con calma.

Kline los miró a ambos, perplejo.

—¿Quién demonios son «los gemelos»?

Cloutz soltó una risita repulsiva.

—Incendios, explosiones, todas las chifladuras que te puedas imaginar. ¿Se te ocurre algo más que añadir, Dell, para hacerle el cuadro completo a Sheridan? Ya sé que esos chicos ocupan un lugar especial en tu cabeza.

—Los Gort parecen dos palurdos de caricatura, pero no tienen nada de gracioso —dijo Beckert con tono mordaz—. Los Gort, los Haddock y los Flemm se han dedicado a reproducirse entre ellos y a causar estragos en esta parte del estado durante doscientos años. El clan completo es enorme. En este condado hay centenares de personas emparentadas de un modo u otro con ellos. Algunos son gente con una vida próspera y normal. Otros son apocalípticos armados hasta los dientes. Unos pocos son fabricantes de alcohol ilegal o de meta. Los peores son los gemelos. Racistas violentos, probablemente chantajistas, posiblemente asesinos.

—¿Es que me he perdido algo? —le dijo Kline a Beckert—. Soy el fiscal del distrito. ¿Por qué nadie me ha hablado de esta gente hasta ahora?

—Porque esta es la primera vez que tenemos una posibilidad real de meterlos en la cárcel.

—¿La primera? ¿Después de todo lo que acabáis de explicar tú y Goodson?

Gurney no había visto en ninguna otra ocasión que Kline se atreviera a discutirle algo a Beckert.

—En teoría, habríamos podido detenerlos muchas veces. Pero el arresto habría sido desestimado de entrada o habría acabado con una acusación endeble y ninguna condena.

—¿Una acusación endeble? ¿Qué quieres decir…?

—Quiero decir que la gente que denuncia a los Gort invariablemente termina retractándose o desapareciendo. En el mejor de los casos, tendrías entre manos un proceso que sería archivado de inmediato o se desplomaría a medio camino. A lo mejor estás pensando que habríamos podido presionarlos más…, detenerlos cada semana para interrogarlos…, provocarlos para que reaccionaran de un modo impulsivo o temerario. Eso sería factible con cualquiera que no fueran los Gort. Además, hay otro aspecto que no he mencionado. En el ambiente polarizado de White River, los Gort se han convertido con sus opiniones raciales en héroes para gran parte de la población blanca. Y también está el aspecto religioso, por supuesto. Los gemelos son pastores conjuntos de la iglesia Catskill Mountain White Heritage. Y uno de sus devotos feligreses es Garson Pike, sin duda nuestro supremacista blanco más popular.

—Joder —masculló Kline.

A Gurney, el nombre de Garson Pike le sonaba de algo. Durante unos instantes no consiguió situarlo, pero después recordó el debate de RAM-TV entre Blaze Lovely Jackson y un hombre envarado con un tartamudeo intermitente: un tipo cuyo argumento principal era que los negros tenían la culpa de todos los males del país.

Kline parecía preocupado.

—Entonces, ¿la decisión de no perseguirlos ha sido básicamente política?

Beckert respondió sin vacilar.

—Todas nuestras decisiones son políticas en último término. Esa es la realidad de la democracia. Gobernar de acuerdo con la voluntad popular. Atacar a los héroes populares no es bueno para nadie. Solo sirve para aumentar la ira de todo el mundo. En especial cuando las pruebas se evaporan y no hay posibilidades de obtener una condena.

161

Kline no parecía satisfecho en absoluto, lo cual constituía una muestra de inteligencia, en opinión de Gurney.

—¿Y cuál es la diferencia ahora? —preguntó el fiscal.

—¿En qué sentido?

—Has dicho que Turlock ha ido a buscar a los Gort. ¿Es así?

—En efecto.

—¿Con una orden?

—Sí.

Kline frunció aún más el ceño.

—¿Emitida con qué base?

—La certeza razonable de que son miembros de un grupo de autodefensa ilegal llamado Kaballeros del Sol Naciente y de que podrían estar implicados directamente en los homicidios del parque Willard. Y la convicción de que, en su complejo privado, vamos a encontrar pruebas que lo corroboren.

—¿Qué ha cambiado en el cálculo político que los había vuelto intocables hasta ahora?

—Por populares que sean los Gort en algunos sectores, haber dejado dos cadáveres en un parque infantil constituye un punto de inflexión indiscutible. Vuelve aceptable su detención y procesamiento a ojos de la mayoría de nuestros ciudadanos. Y lo hace factible, siempre que actuemos con celeridad.

—Y siempre que encontréis pruebas sólidas que los vinculen con esos «Kaballeros del Sol Naciente». Y con los homicidios.

—Estoy seguro de que encontraremos lo que necesitamos. Pero aun así será esencial describir la situación con los argumentos adecuados. Con argumentos morales claros y sencillos que no dejen lugar a dudas de que se hará justicia.

—Lo ideal sería con términos bíblicos —dijo el *sheriff*—. Aquí la gente tiene una debilidad especial por la Biblia.

—Una observación interesante —dijo Beckert—. Y ya que estamos hablando de esto...

El pitido de un mensaje de texto lo interrumpió a media frase. Cogió su teléfono móvil y volcó toda su atención en la pantalla.

Torres, Kline y Gurney lo observaron.

Beckert alzó la vista y anunció con expresión indescifrable:

—Judd Turlock y su equipo han entrado en el complejo de los Gort en Clap Hollow y lo han acordonado. Han llevado a cabo un registro preliminar del lugar, que al parecer ha sido desalojado recientemente. En breve tendremos el informe inicial de Judd, con fotografías tomadas *in situ*.

—Los Gort se han escabullido, ¿no? —dijo el *sheriff*, con un tono que daba a entender que era previsible.

—No han encontrado a nadie en la propiedad —dijo Beckert—. Enseguida tendremos más noticias. —Miró la pantalla de su teléfono—. Nos volveremos a reunir a la una y cuarto —añadió, levantándose y saliendo de la sala de conferencias.

A Gurney se le ocurrió de golpe una forma de emplear esa media hora libre. Salió al pasillo detrás de Beckert y le llamó.

—He pensado que voy a echar un vistazo a ese rincón del parque Willard donde dispararon a John Steele —dijo Gurney—. Para tener una impresión personal del lugar. ¿Hay algún problema?

—No. ¿Por qué debería haberlo?

Obviamente irritado por la interrupción, Beckert le dio la espalda y siguió adelante por el pasillo, sin esperar respuesta.

21

Gurney dejó el Outback junto a la barrera de caballetes amarillos donde había aparcado antes. Volvió a hacer caso omiso de las advertencias (PRECINTO POLICIAL. PROHIBIDO EL PASO) y siguió adelante por la acera que bordeaba el prado.

Avanzó lentamente, reproduciendo lo mejor posible los movimientos de Steele, tal como recordaba haberlos visto en los vídeos de RAM-TV.

Caminaba mirando a la izquierda, hacia el prado llano y pulcramente segado donde la multitud se había congregado para manifestarse, de espaldas a la acera. En el otro extremo de aquella extensión despejada había una plataforma elevada, sin duda la que habían empleado los portavoces de la UDN. En un lado se alzaba la controvertida estatua del coronel Willard.

Gurney siguió adelante, parando de vez en cuando, igual que Steele, como para observar mejor un sector de la muchedumbre. Los cuatro primeros árboles junto a los que pasó eran altos, pero de tronco relativamente delgado. El quinto era el pino enorme donde se había incrustado la bala revestida de acero, después de atravesar la parte inferior del cráneo, el cerebro y el hueso facial de Steele.

Caminó de aquí para allá tres veces más, reproduciendo el camino de Steele hacia su propia muerte e imaginándose el láser rojo de la mira del francotirador, que lo había seguido durante cada uno de sus pasos. Esa recreación mental le resultó tan vívida que por un momento tuvo la inquietante sensación de que notaba ese punto en la parte posterior de la cabeza. Al final del tercer recorrido, se detuvo ante el pino y se situó en la misma posición que Steele en el momento del impacto. Mediante su visión periférica captaba la mancha de sangre del lugar donde había caído, con su vida abruptamente segada. John Steele. El marido de Kim Steele. El hijo de alguien. El amigo de alguien. El compañero de alguien. Reducido en un momento espantoso a una colección de recuerdos en la mente de otros, a un dolor inconsolable en el corazón de otros, a una mancha pardusca en una acera de hormigón.

De repente, le entró una pena tan abrumadora que lo pilló totalmente desprevenido. Sintió una opresión en el pecho y en la garganta. Los ojos se le llenaron de lágrimas.

No se dio cuenta de que por detrás se le acercaba el policía hasta que oyó una voz tan conocida como desagradable.

—Bueno, amigo, ya ha recibido una advertencia bien clara esta mañana…

El agente se detuvo a media frase cuando Gurney se volvió y lo miró a la cara.

Durante unos segundos, ninguno de los dos dijo nada.

Gurney se secó los ojos con el dorso de la mano.

—Beckert sabe que estoy aquí.

El policía parpadeó, desconcertado.

—Usted…, hmm…, ¿conocía al agente Steele?

—Sí —dijo Gurney, sintiendo que no era del todo falso.

164

Cuando volvió a entrar en la sala de conferencias, Torres y Kline ya estaban en su sitio, ambos revisando sus teléfonos móviles. El asiento del *sheriff* permanecía vacío. El alcalde, en cambio, estaba en su lugar de costumbre, en el extremo de la mesa, muy ocupado comiéndose una porción de pastel de manzana de un envase de poliestireno. Su pelo rojizo peinado en cortinilla estaba algo alborotado.

Gurney se sentó junto a Kline.

—¿Hemos perdido al *sheriff*?

—Está en la cárcel. Evidentemente, uno de los detenidos de la UDN quiere facilitar información sobre el «tercer hombre» a cambio de su puesta en libertad. A Goodson le gusta dirigir personalmente ese tipo de entrevistas. —A juzgar por su tono, él no compartía ese gusto del *sheriff*.

Gurney se volvió hacia el alcalde.

—Creía que tenía que asistir a un almuerzo del Rotary.

Shucker tragó un bocado, limpiándose las migas de la boca con el pulgar y el índice.

—A cualquier cosa le llaman un almuerzo —dijo con un rictus de asco. Parecía esperar que le pidieran que se explicase.

Gurney no dijo nada.

—No suena muy tentador —dijo Kline.

Se abrió la puerta de la sala y entró Beckert. Tomó asiento, abrió su portátil y miró la hora.

—Son las dos menos diez —anunció—. Ya es hora de reanudar la reunión. La situación ahora mismo es la siguiente. Judd y su equipo continúan registrando el complejo de los Gort. Ya han encontrado pruebas informáticas que los vinculan con los Kaballeros del Sol Naciente, así como otras pruebas que podrían relacionarlos directamente con Jordan y Tooker.

Kline se irguió en su silla.

—¿Qué tipo de pruebas?

—Ya llegaremos a eso. Quiero que primero vean las fotos. Así se harán una idea del par de chiflados con el que tenemos que vérnoslas. —Pulsó una tecla del portátil y apareció en el monitor la primera fotografía.

Era la imagen de un camino de tierra flanqueado de arbustos enmarañados que desembocaba en la verja de una valla metálica de gran altura. Había un rótulo cuadrado a cada lado de la verja, ambos con letras estampadas a mano. El de la izquierda contenía dos líneas, pero estaba demasiado lejos de la cámara para resultar legible. El de la derecha, además de tres líneas de texto, tenía adosado algo parecido a un cráneo humano.

La siguiente foto que mostró Beckert era un primer plano del rótulo de la izquierda.

LAS LEYES HUMANAS SON INSTRUMENTOS DE SATÁN
LOS GOBIERNOS HUMANOS SON NIDOS DE SERPIENTES

La fotografía siguiente era un primer plano del rótulo de la derecha. Gurney vio ahora que el cráneo estaba clavado al rótulo con una flecha corta cuyo astil con plumas sobresalía por la órbita del ojo izquierdo. Era un dardo de ballesta en realidad, observó Gurney: un proyectil más potente y mortífero que una flecha normal. Las palabras estampadas debajo no eran más hospitalarias:

PROPIEDAD DE LA IGLESIA

PROHIBIDO EL ACCESO

LOS INTRUSOS NO SON BIEN RECIBIDOS

Shucker miraba la pantalla a medias mientras iba arañando el envase del pastel con el tenedor de plástico para arrancar las últimas migas.

—Ver ese cráneo hace que te preguntes de quién podría ser. Y cómo acabó ahí, en mitad de la nada, con una flecha en el ojo. No sé si me explico…

Nadie dijo nada.

Beckert dejó pasar unos segundos antes de proseguir.

—Esto es una foto que Judd ha encontrado en la impresora de la cabaña de los Gort.

Shucker parpadeó, desconcertado.

—¿Cómo dices?

Beckert repitió sus palabras con una lentitud que otro habría encontrado insultante. Shucker se limitó a asentir.

—Una foto de una foto. Entendido.

Lo que aparecía en la pantalla era una fotografía de tres extrañas figuras en una habitación con paredes de troncos y una chimenea de piedra. Dos de las figuras correspondían a dos barbudos de rostro chupado vestidos con ropa de caza de camuflaje. Uno era mucho más alto que el otro: tanto que Gurney sacó la conclusión de que el primero debía de ser un gigante o el segundo un enano. No podía explicarse de otra forma la diferencia. Entre ambos se alzaba un gran oso negro, aunque decir que «se alzaba» no era del todo exacto, pues el cuerpo del animal se sostenía erguido con una cuerda que le rodeaba el cuello con un lazo y cuyo otro extremo estaba atado a una viga baja del techo. En la repisa de la chimenea había varias ballestas con mira telescópica; por encima, en un arco dentado de la pared, docenas de flechas de caza de punta ancha.

—Los Gort con su último trofeo —dijo Beckert.

—¿Los Gort? —exclamó Gurney—. Creía que había dicho que eran gemelos.

—Y lo son. Ezechias mide 1,90; Ezechiel, 1,20. Aparte de eso, son idénticos. La misma cara, la misma voz, la misma chaladura.

—No hay temporada de caza del oso en primavera, ¿no? —dijo Kline.

—En absoluto.

—O sea, que hacen lo que se les antoja. Cazan cuando les apetece, dentro o fuera de temporada.

—Estoy seguro de que prefieren fuera de temporada. Otra forma de mandar la ley al cuerno.

—Pescan con dinamita —dijo Shucker, rascando con el tenedor de plástico otra esquina del envase del pastel.

Gurney lo miró, atónito.

—¿Con dinamita?

—Cuando después de la explosión cerraron la cantera de piedra Handsome Brothers, los auditores del estado descubrieron que alguien se había llevado un montón de cartuchos de dinamita. En aquel entonces, los gemelos trabajaban allí. Y la gente de la zona dice que cada otoño se oye una gran detonación en el lago Clapp Hollow y que luego los Gort se pasan una semana o dos preparando pescado en salazón para el invierno. Claro que entre esa gente cuesta distinguir la verdad de la ficción.

—Ahora estamos en condiciones de afirmar con certeza que los Gort tienen la dinamita robada —dijo Beckert—, aunque no lo vayamos a declarar en público. Al menos por ahora.

Kline lo miró con inquietud.

—¿Que tienen la dinamita? ¿Dónde está?

—Presumiblemente se la han llevado. Al parecer, recibieron un soplo antes de la redada de Judd. Se han dado a la fuga con ciertas cosas.

—¿Cómo lo sabes?

—Sabemos que esas cosas estaban allí y que ahora no están. Aquí hay una foto tomada por Judd hace una hora.

Una nueva imagen reemplazó a la de los Gort con el oso. Era la misma habitación, solo que sin los gemelos, sin el oso, sin las ballestas de la repisa y sin las flechas de la pared.

167

—Ya veo lo que falta en comparación con la otra foto —dijo Kline—, pero ¿cómo sabemos que todas esas cosas no las guardaron hace mucho en otra parte? Quiero decir, no hay ninguna prueba de que la fotografía anterior de los Gort con el oso sea reciente. ¿El cambio no podría haberse producido hace semanas o meses?

—Tenemos pruebas que indican una secuencia muy reciente. —Beckert fue pasando rápidamente una serie de fotos y se detuvo en la imagen de una zona vallada junto a un gran cobertizo. La señaló con el dedo—. Eso es la perrera. ¿Ves todos los restos esparcidos por el suelo? Es lo que queda de la carne del oso. Obviamente, los Gort arrojaron ahí los restos del animal y sus perros los hicieron pedazos. Judd también ha encontrado una piel de oso reciente en un cobertizo de taxidermia que hay junto a la cabaña. Así que nuestras hipótesis sobre la secuencia parecen válidas respecto a la desaparición del oso y de las ballestas… Y también de los perros. Se sabe que los Gort tenían una docena de pitbulls que ahora no aparecen por ninguna parte. Pero, a juzgar por los restos de carne de la perrera, que solo están empezando a pudrirse, sabemos que seguían allí hasta ayer mismo.

Kline lo miró, inquieto.

—¿Y la dinamita?

—Es probable que los Gort tuvieran en su poder más de un centenar de cartuchos. Judd ha encontrado una caja vacía de explosivos junto a un contenedor de bolsas de lona. Supone que los Gort metieron la dinamita en las bolsas para transportarla con más facilidad.

Ahora fue Shucker quien mostró su inquietud.

—¿Estás diciendo que los dos mayores chiflados de White River se han escondido con una docena de perros de ataque, con las flechas suficientes para exterminar a una pequeña población y la dinamita necesaria para volar una grande? ¿Cómo es posible que no sientas pánico?

—Prefiero concentrarme en los progresos que hemos hecho y en la elevada probabilidad de un desenlace positivo.

—Has mencionado antes una prueba que relaciona a los Gort con Jordan y Tooker —dijo Kline—. ¿Puedes decirnos qué es?

—Sí, podría tratarse de una prueba irrefutable. Es un rollo de cuerda encontrado en uno de los cobertizos. Judd tiene la impresión de que es una cuerda idéntica a la empleada para atarlos. Hemos de recibir una confirmación microscópica. Si los extremos de la fibra cortados coinciden, no quedarán dudas.

—También has hablado de pruebas informáticas que los relacionan con KSN, ¿no?

—Así es. Estaban en un lápiz de memoria pegado debajo del cajón de un escritorio. Contiene el texto y los elementos gráficos utilizados para confeccionar la página web de KSN. Eso significa que los Gort montaron ellos mismos la página, o que le proporcionaron a alguien los elementos para hacerlo.

La expresión de Kline se iluminó.

—Así que realmente estamos llegando al fondo del asunto.

—En efecto.

—¿Dónde se ha examinado el contenido de ese lápiz de memoria? —preguntó Gurney, perplejo.

—*In situ*, en el portátil de Judd. Poco después de encontrarlo.

—¿No estaba protegido con una contraseña?

—Al parecer, no.

—¿Y los archivos individuales tampoco tenían contraseña?

—Al parecer, no.

—¿Han encontrado el ordenador que contenía esos archivos copiados en el lápiz de memoria?

—Han encontrado la impresora, el escáner, el módem y el *router*, pero no el ordenador.

—Interesante —musitó Gurney para sí—. Los Gort se llevaron los perros, las ballestas, las flechas, los explosivos, el ordenador y vete a saber qué más. Pero han dejado un USB y una cuerda que podría incriminarlos de un doble asesinato.

Beckert adoptó un tono claramente más frío.

—Podemos especular sobre el motivo de esos errores de cálculo más adelante. Pero ahora mismo hay una prioridad más urgente. Hemos de resumir nuestros progresos en un comunicado apropiado. Hay aspectos que subrayar y otros que evitar. Tengamos presente que estamos en mitad de un campo de minas. Olvidarlo podría resultar fatal.

«Fatal» para qué o para quién, se preguntó Gurney. ¿Tenía que ver con las aspiraciones políticas de Beckert? ¿O había algo más?

Beckert prosiguió.

—En lo referente a nuestras investigaciones…

Lo interrumpió un golpe en la puerta.

Torres se levantó y la abrió.

Era el *sheriff*.

—Espero no interrumpir el curso de un brillante análisis criminal.

—Pasa, Goodson —dijo Beckert—. Solo estábamos resumiendo los puntos clave.

—El resumen siempre es lo mejor —dijo el *sheriff*, dirigiéndose hacia su asiento en el extremo de la mesa.

Beckert volvió a empezar donde lo había dejado.

—En lo referente a nuestras investigaciones de la muerte de Steele y los homicidios subsiguientes de Willard Park, hay tres puntos que deben guiar todas las declaraciones realizadas fuera de esta sala. Número uno: estamos haciendo rápidos progresos en ambos frentes. Esperamos efectuar detenciones en cuarenta y ocho horas. Número dos: hemos obtenido pruebas irrefutables para la acusación y condena de los culpables. Número tres: estamos otorgando la misma prioridad y los mismos recursos a ambos casos. —Recorrió la mesa con la vista y cambió bruscamente de tema—. Goodson, ¿cómo ha ido tu conversación con ese soplón de la cárcel? ¿Algún dato útil?

—Interesante, sin duda. Tú verás si es útil.

—¿El tipo estaba dispuesto a ofrecer información a cambio de un trato de favor?

—Por supuesto. Pero es una mujer, no un hombre. Lo que ha contado es que Blaze Lovely Jackson, una de los tres líderes de la UDN, se había peleado con los otros dos, Jordan y Tooker.

—¿Una pelea seria?

—Muy seria, según ella. Ha dicho que Blaze no sabe trabajar en equipo. Compartir el poder no es lo suyo. Según sus palabras, Blaze es una zorra despiadada y homicida, le encanta poner fin a las disputas con una navaja. Ha insinuado que podría haber alguna relación entre su carácter homicida y la suerte de sus dos colíderes.

—Nosotros estamos seguros al noventa por ciento de que los Gort son los responsables de esas muertes. Me cuesta creer que una mujer negra pudiera estar implicada.

Cloutz se humedeció los labios.

—Esa sería mi impresión también. Pero mi pequeña informadora ha dicho con mucha convicción que Blaze Lovely Jackson sería capaz de absolutamente cualquier cosa.

Beckert no dijo nada. Parecía absorto en sus propios pensamientos.

22

*A*l concluir la reunión, Gurney salió de inmediato. No quería llegar tarde a su cita de las tres y media con Rick Loomis en la cafetería Lucky Larvaton. Antes de que pudiera subir al coche, sin embargo, oyó unos pasos apresurados a su espalda.

Era Kline, que se acercaba por el aparcamiento irradiando una extraña mezcla de excitación y ansiedad.

—¿Adónde vas con tantas prisas?

—He quedado para tomar un café. ¿Necesitas algo?

—Me gustaría que me explicaras tus reacciones ahí dentro.

—Pareces preocupado.

—Las noticias que nos han dado son todas buenas. Rápidos progresos en todos los frentes. Vídeos del «tercer hombre» entrando y saliendo del edificio del francotirador. La identificación de un coche perteneciente a un miembro de la UDN, lo que establece un claro vínculo entre la organización y el asesinato de Steele. Una relación igualmente clara de ese grupo de autodefensa con los asesinatos de los líderes de la UDN. El hallazgo de pruebas sólidas en ambos casos. La situación bajo control. El riesgo de caos reducido. En fin, una gran victoria para las fuerzas del orden.

Miró a Gurney, expectante.

—¿Cuál es la pregunta?

—¿Por qué tienes esa expresión escéptica en la cara?

—Soy un escéptico por naturaleza. Así funciona mi mente.

—¿Incluso cuando las novedades son abrumadoramente positivas?

—¿Así es como las describirías?

Kline le sostuvo la mirada a Gurney unos segundos; luego

metió la mano en el bolsillo de la chaqueta y sacó un paquete de cigarrillos. Encendió uno con un Zippo antiguo, dio una profunda calada y exhaló el humo lentamente, observando cómo se disipaba en el aire todavía acre de White River.

—Tus dudas sobre la profundidad del agua en el puente Grinton… y tu forma de preguntar sobre el lápiz de memoria USB… Todo eso me preocupa. Me preocupa no saber lo que piensas. Lo que sospechas. Si algo va mal, necesito saber qué es.

—A decir verdad, en ambos casos me cuesta entender el proceso mental de los asesinos.

Kline dio otra calada a su cigarrillo.

—No me aclaras gran cosa con eso.

—A mí me resulta útil ponerme en el lugar del criminal. Mirar el mundo desde su punto de vista. Y lo hago estudiando todo lo que ha hecho. Me sumerjo en sus preparativos, en la ejecución de su plan, en sus probables pasos posteriores. Eso me da una idea de cómo piensa, de cómo toma decisiones. Pero esta vez no está funcionando.

—¿Por qué?

—La mitad de los actos, en ambos casos, contradice a la otra mitad. Los criminales son muy cuidadosos y muy negligentes. Fíjate en el francotirador. Tomó precauciones para no dejar huellas en la puerta de entrada, la ventana y la puerta del baño. Pero dejó una huella perfecta en la manivela de la cisterna. Su puntería y su ubicación cuidadosamente planeada indican que es un verdadero profesional. Y, en cambio, se mueve con un coche fácilmente rastreable. Se toma la molestia de tirar el trípode al agua, pero lo hace en una zona tan poco profunda que resulta claramente visible.

—¿Acaso esperas que esos asesinos chiflados sean completamente lógicos?

—No. Solo pienso que no se está teniendo en cuenta el posible significado de esas incoherencias. Y el mismo tipo de interrogantes surge en el caso Jordan-Tooker. El estilo frío y metódico de las palizas propinadas por dos supremacistas blancos totalmente chiflados y furiosos. La prudencia de los sospechosos al llevarse el ordenador y la estupidez de olvidarse el lápiz USB con los contenidos de la página web que los incrimina.

173

—Ese USB no se lo olvidaron. Estaba escondido debajo de un cajón del escritorio.

—En el primer lugar en el que buscaría cualquier detective. Como el trípode, en cierto modo. Escondido donde pudiera encontrarse fácilmente.

Kline suspiró con frustración, arrojando el resto del cigarrillo al suelo y bajando la vista hacia él.

—¿Cuál es tu conclusión, pues? ¿Que todos están equivocados menos tú? ¿Que ninguno de nuestros progresos es en realidad un progreso?

—No tengo ninguna conclusión, Sheridan. Solo preguntas.

Kline volvió a suspirar, aplastó el cigarrillo, subió a su todoterreno y se alejó sin más.

174

La vieja ruta diez de circunvalación de Angina discurría por un amplio valle verde salpicado de desvencijados graneros rojos. Las laderas de solana de las montañas estaban cubiertas de franjas alternas de tréboles y ranúnculos. Ese paisaje idílico, sin embargo, se veía mancillado por los desechos de una economía en ruinas: casas abandonadas, almacenes cerrados, escuelas clausuradas.

A poco menos de un kilómetro de su destino, en un cruce poco transitado, había un hombre obeso en la cuneta, sentado en un taburete bajo. Al lado, sobre una mesita desvencijada, tenía una cabeza de ciervo disecada y un microondas de aspecto sucio. En un cartón apoyado en una pata de la mesa, figuraba la oferta garabateada a mano: «Los dos por 20 $».

Al llegar a la cafetería Lucky Larvaton, Gurney vio que compartía aparcamiento con un pequeño centro comercial con todos los negocios cerrados: Wally's Wood Stoves, Furry Friends Pet Emporium, The Great Angina Pizzeria y Teri's Tints & Cuts. El último local vacío de la hilera prometía en un cartel descolorido del escaparate que Champion Cheese abriría «en breve».

El Lucky Larvaton estaba al otro lado de esa hilera de locales vacíos. Construido con ese estilo vagón-de-ferrocarril de las cafeterías tradicionales, parecía necesitado de una limpieza a fondo. Había dos coches aparcados delante (un viejo y polvoriento

Honda Civic y un Chevvy Impala turquesa de los años sesenta) y una camioneta vulgar y corriente. Gurney estacionó al lado.

El interior de local más que anticuado parecía viejo, sencillamente. No tenía ese postizo «encanto rural» que solo existe en las mentes de la gente de ciudad. Era más bien la cruda realidad lo que se apreciaba en el gastado linóleo marrón, en el olor a grasa y en la escasa iluminación. En la pared del fondo había un póster de «Hagamos que América vuelva a ser grande», el eslogan de la campaña electoral de Donald Trump, que este había copiado de una antigua de Ronald Reagan. Tenía las esquinas abarquilladas.

Un hombre flaco de rasgos angulosos, con un aceitoso tupé negro, se hallaba detrás de la barra revisando las páginas de un grueso libro de contabilidad. Una camarera de media edad, con el pelo rubio deslucido, permanecía sentada en un taburete del extremo opuesto examinándose las uñas.

Entre uno y otra, había un fornido cliente con mono de granjero acodado sobre la superficie de formica, con los ojos fijos en un televisor antiguo montado detrás de la barra, por encima del microondas. Los locutores que aparecían en la pantalla exponían sus puntos de vista con energía.

Junto a los ventanales de la cafetería, había una hilera de estrechos reservados. Gurney se dirigió al más alejado de la televisión. Pese a sus esfuerzos para ordenar sus ideas de cara a la cita con Rick Loomis, algunos retazos del debate televisivo llegaban a sus oídos: «… sin el menor respeto a la policía…»; «… y tirar la llave de la celda…»; «… peores elementos ganándose las simpatías…».

La camarera rubia se le acercó con una sonrisa adormilada o colocada. Posiblemente ambas cosas.

—Buenas tardes, caballero. ¿Cómo le va en este día tan precioso?

—Bien. ¿Y a usted?

La vaga sonrisa se ensanchó.

—Me va de maravilla ¿Sabe lo que quiere o le dejo un rato para pensarlo?

—Solo café.

—Ningún problema. ¿Tiene la tarjeta de Gasolina Lucky Larvaton?

—No.

—Puede conseguir gasolina gratis. ¿Le gustaría sacársela?

—No, ahora no, gracias.

—Ningún problema. ¿Leche o crema?

—Crema, aparte.

—¿Solo para uno?

—Estoy esperando a alguien.

—Usted es el caballero que ha quedado con el detective Rick, ¿verdad?

—¿Rick Loomis?

—Nosotros le llamamos detective Rick. Un hombre muy amable.

—Sí. He quedado con él. ¿Ha llamado?

—Ha dicho que estaba tratando de localizarle, pero no conseguía comunicar. Hay muchas zonas sin cobertura por aquí. No sabes nunca cuándo se va a cortar la línea. En las reuniones del pueblo siempre están prometiendo que van a arreglarlo. Promesas, promesas. Mi abuelo solía decir que si las promesas fueran mierda no habría que comprar abono.

—Sabias palabras. ¿El detective Rick ha dejado algún mensaje para mí?

—Que venía con retraso. —Se volvió hacia la barra—. Lou, ¿cuánto ha dicho que tardaría?

El hombre que estaba revisando el libro de contabilidad contestó sin levantar la vista.

—Un cuarto de hora.

Gurney echó un vistazo a su móvil. Eran las 15:25. Así que debía esperar veinte minutos.

—Él viene mucho por aquí, ¿no? —preguntó.

—No, la verdad.

—Pero ¿usted lo conoce?

—Claro.

—¿De qué?

—Por los Asesinatos de las Calabazas.

—¡Maldita sea! —exclamó Lou sin alzar los ojos del libro—. ¡Ya estás otra vez!

—¿Cómo ha dicho? —preguntó Gurney.

—Por los Asesinatos de las Calabazas.

—¿Calabazas?

Lou levantó la vista.

—No puedes parar de llamarlos «asesinatos». La policía nunca consiguió demostrar nada. Nadie fue a la cárcel. Como sigas diciendo que fueron «asesinatos», vas a conseguir que nos demanden por difamación.

—Nadie nos va a demandar, Lou.

—Más allá de cómo lo llame —dijo Gurney—, ¿qué tuvo que ver Rick Loomis con el asunto?

—Fue él quien llevó el caso de los Asesinatos de las Calabazas —dijo la camarera.

—No hubo ningún asesinato —insistió Lou, alzando la voz.

La camarera respondió con un deje airado.

—Entonces dime qué hicieron aquellos dos, Lou. ¿Deslizarse debajo de ese montón de calabazas y quedarse allí hasta morir por causas naturales?

—Yo no niego que les cayeran encima las calabazas. Ya sabes que no digo eso. Lo que digo es que podría haber sido un accidente. En las granjas hay accidentes todos los días. Y peores que ese. ¿Qué hay de la presunción de inocencia?

La camarera meneó la cabeza mirando a Gurney, como si ambos se dieran cuenta de lo estúpido que se ponía Lou.

—Le voy a contar la historia. Elvie Pringle y uno de los jornaleros de la granja Pringle Squash tenían un *affaire*. —Subrayó «affaire» con un retintín de aprobación y complicidad, como si fuera algo a lo que toda mujer aspiraba.

—Un chico negro —puntualizó Lou.

—¡Lou! Sabes muy bien que era prácticamente blanco.

—Eres negro o no eres negro. Es como estar preñada. No hay término medio.

Ella meneó la cabeza y continuó su relato.

—Por lo que averiguó el detective Rick, Evie y su amante bajaron por la trampilla del refugio subterráneo de detrás de la granja. Unas horas antes, el marido de Evie, Dick, había salido al campo con su tractor y había recogido las calabazas sobrantes, que a la gente ya no le interesan demasiado después de Halloween. Cargó todas aquellas calabazas invendibles, tres toneladas de ellas, en su enorme volquete. Entonces, mientras Evie y su amante estaban allá abajo, en el refugio subterráneo, haciendo sus cosas, con la trampilla cerrada, Dick fue y descar-

177

gó las tres toneladas encima de la trampilla. Esa fue la manera horrible que tuvieron de reunirse con el Creador, víctimas desnudas de la espantosa venganza de Dick.

Lou soltó un bufido.

—Dick tenía una explicación totalmente razonable.

—Una mentira razonable, querrás decir.

Él cerró el libro de contabilidad de un golpe.

—No fue una venganza ni era mentira. Estaba amontonando allí las calabazas provisionalmente, hasta que pudiera trasladarlas al montón principal de fertilizante.

Ella meneó la cabeza.

—Tú no sabes nada de la venganza, Lou.

Él se quedó sin palabras.

Gurney aprovechó la ocasión para hacerle a la camarera una pregunta que le intrigaba.

—¿Cómo es que Loomis habló con ustedes del caso?

—Porque Lou iba a la misma clase que Dick Pringue y yo un año por detrás de Evie. Supongo que el detective Rick quería saber cómo eran los personajes.

—¿Cuál fue su conclusión?

—Coincidió conmigo —dijo Lou levantando la voz—. No hubo asesinato, porque Dick no era idiota. Vendió la granja con los cuerpos aún encerrados en ese viejo refugio. Si hubiera sabido que estaban allí, habría comprendido que los acabarían encontrando. Es lo lógico. Loomis lo vio tan claro como el agua. Supuso que, si Dick lo hubiera hecho a propósito, habría actuado con más astucia.

—Y un cuerno coincidió contigo —gritó la camarera—. La única conclusión que sacó fue que no había pruebas suficientes para hacerle pagar el pato a Dick. Yo creo que, en el fondo, el detective Rick sabía que sí había habido asesinato.

Gurney empezaba a impacientarse.

—¿Cómo explicó Pringue que su esposa y el jornalero hubieran desaparecido? Supongo que la gente debió notarlo.

—Él le dijo a todo el mundo que se habían fugado juntos —dijo la camarera—. La gente lo compadecía porque lo habían abandonado. ¡Menuda trola!

Lou dio un golpe en el mostrador.

—¡Tienes una mente retorcida! Dick dijo que se habían

fugado porque era lo que creía que habían hecho. Es lo que pensaría cualquiera. Si sospechas que tu mujer está liada con un jornalero y de repente desaparecen los dos, ¿qué demonios vas a pensar? Es lo lógico.

—Ay, Lou, a veces creo que no reconocerías la lógica aunque la tuvieras delante de tus narices.

Se miraron el uno al otro con una rabia contenida. Las frases de los comentaristas de la tele resonaron en el silencio del local. El tipo fornido con ropa de granja sentado en la otra punta de la barra permanecía absorto ante la monótona retahíla de malas noticias: «… índice de criminalidad por las nubes…»; «… criminales campando a sus…».

Sonó el móvil de Gurney. Vio en el identificador de llamada que era Kline. Salió al aparcamiento, guiñando los ojos ante la reluciente extensión del valle, pues ya se le habían acomodado a la penumbra de la cafetería.

—Aquí Gurney.

—¿Dónde es «aquí»? —dijo Kline, con tono urgente.

—En la ruta diez de circunvalación, entre Angina y White River.

—Tenemos una emergencia. Otro agente abatido. Todavía no conozco los detalles.

—¿Dónde?

—En Bluestone. La zona alta de White River. El número doce de Oak Street. Deja lo que estés haciendo, sea lo que sea. ¡Mete la dirección en el GPS y arranca!

—De acuerdo. Pero cuando llegue…

—Cuando llegues, obsérvalo todo. Sin interferencias ni conflictos de competencias. La policía de White River acaba de llegar al lugar. Así que tú serás mis ojos en la escena. No puedo dejar la oficina ahora mismo. Mantenme informado.

—¿No sabes nada más de lo ocurrido?

—Un francotirador. Solo eso. —Cuando empezaba a repetirle la dirección, la conexión se cortó.

A Gurney se le ocurrió que debía llamar de inmediato a Loomis para avisarle de la emergencia y aplazar la cita. Al buscar su número en la lista de llamadas recibidas recientes, recordó que le había llamado con un número no identificado, una costumbre rutinaria entre muchos policías.

—No le había servido el café.

La voz que sonó a su espalda, en el aparcamiento, era la de la camarera. Al volverse, vio que traía una taza de poliestireno.

—Le he puesto crema. Disculpe la discusión. Lou a veces llega a ser un idiota integral.

Gurney cogió la taza y se metió la mano en el bolsillo para sacar la cartera.

—Olvídelo. Invita la casa. Es lo mínimo que podemos hacer.

Sonrió con su sonrisa desvaída.

—Gracias. ¿Puede hacerme otro favor?

En sus ojos brilló una chispa de interés.

—El detective Rick llegará enseguida. ¿Puede decirle que he tenido que irme por un asunto policial y pedirle que me llame? Él ya tiene mi número.

—Ningún problema. —La chispa se apagó.

Gurney subió a su coche, introdujo en el GPS la dirección que Kline le había dado y se dirigió hacia la interestatal al doble de la velocidad permitida.

Oak Street resultó estar situada en la parte baja, en términos topográficos, del barrio de Bluestone, que Kline había descrito como la «zona alta» de White River. La calle discurría a lo largo de la base de una suave ladera que se alzaba desde el barrio de Grinton hasta una meseta que marcaba el extremo norte de la ciudad. Por lo que Gurney podía ver, el resto de Bluestone tenía el mismo aspecto que Oak Street: un barrio tranquilo de casas antiguas y bien conservadas, con trechos de césped impecable y aceras arboladas. El sol de la tarde bañaba la zona con un cálido resplandor.

Cuando llegó al número doce, vio cinco coches patrulla aparcados caóticamente frente a la casa; dos de ellos con las puertas abiertas y las luces parpadeando. Había una ambulancia del hospital Mercy en el sendero de acceso. Dos agentes uniformados estaban desplegando un rollo de cinta amarilla.

Gurney aparcó junto a uno de los coches patrulla y subió a pie por el sendero, sujetando en alto las credenciales de la oficina del fiscal del distrito.

En el jardín delantero, había un corrillo de agentes y sanitarios alrededor de una camilla plegable con ruedas que habían bajado a ras del suelo. A unos pocos metros, una mujer con sudadera y vaqueros estaba sentada sobre la hierba, sujetando una espátula de cocina y emitiendo un sonido semejante a los lamentos de un bebé. Apenas a un metro, había una manopla de cocina amarilla tirada en el suelo. Una sanitaria se hallaba arrodillada al lado de la mujer, rodeándola con el brazo. De pie junto a ellas, un sargento hablaba por teléfono.

Los sanitarios que rodeaban la camilla empezaron a subirla. Cuando alcanzó con un clic la posición normal, la mujer sentada en el césped se incorporó torpemente y soltó la espátula. Mientras los sanitarios empujaban la camilla hacia la parte trasera de la ambulancia, Gurney atisbó al hombre tendido sobre ella. Tenía la cara, el cuello y un hombro cubiertos de sangre; una compresa ensangrentada le tapaba la mitad de la cabeza; el brazo del lado de Gurney se retorcía.

Su impresión, a juzgar por la cantidad de sangre y la posición de la compresa, era que tenía seccionada la arteria temporal. Pero no era posible saber el daño que había sufrido en la parte lateral del cráneo y en las zonas subyacentes del cerebro, ni hacer conjeturas sobre las posibilidades que tenía el hombre de llegar vivo al hospital. Muchas de las víctimas con heridas en la cabeza no llegaban tan lejos.

La mujer (una mujer de pelo castaño rojizo y cara redonda, sin duda embarazada) estaba intentando dar alcance a la camilla. El sargento y la sanitaria la sujetaban.

Cuando ya subían la camilla a la ambulancia, los esfuerzos de la mujer se volvieron más violentos.

No dejaba de repetir a gritos:

—¡Yo debo estar con mi marido!

La sanitaria parecía angustiada e indecisa. El sargento, con una mueca de disgusto, intentó retenerla cuando ella empezó a agitar los brazos y a chillar a voz en grito:

—¡Mi marido!

Su desesperación le llegó a Gurney al fondo del alma.

Se plantó frente al sargento.

—¿Qué demonios pasa aquí?

El sargento trataba de no perder los papeles.

—¿Quién coño es usted?

181

Gurney le mostró sus credenciales.

—¿Por qué la retiene aquí?

—Órdenes del jefe adjunto —dijo el sargento airadamente.

—¡Esta mujer tiene que estar con su marido!

—El jefe adjunto ha dicho...

—¡Me importa un bledo el jefe adjunto!

La ambulancia estaba saliendo por el sendero a Oak Street.

—¡Suélteme! —chillaba la mujer.

—¡Ya basta! —dijo Gurney—. Vamos al hospital ahora mismo. Yo asumo la responsabilidad. Dave Gurney, oficina del fiscal.

Sin acceder claramente, el sargento aflojó lo suficiente como para que Gurney liberara a la mujer y la llevara al Outback. Los policías presentes parecían agitados por la discusión, pero indecisos sobre lo que había que hacer.

Gurney ayudó a la mujer a subir al asiento del copiloto. Estaba dando la vuelta hacia el otro lado cuando un Ford Explorer azul oscuro se detuvo bruscamente frente a su coche.

Se abrió la puerta trasera y salió Judd Turlock. Echó un vistazo al coche de Gurney.

—¿Qué hace ella ahí dentro? —Sonaba casi indiferente.

—La llevo al hospital. Su marido podría estar agonizando.

—Se la podrá llevar cuando yo haya hablado con ella.

—No lo ha entendido bien. Saque su coche de en medio.

Durante una fracción de segundo, Turlock pareció sorprendido. Luego adoptó un aire impertérrito que resultaba aún más amenazador por su falta de expresión. Su tono era monocorde.

—Está cometiendo un error.

—Mire alrededor. —Gurney abarcó con un gesto la manzana. Muchos residentes habían salido a la calle y esgrimían sus teléfonos móviles—. Están grabándolo todo. Y ahora mismo están grabando cómo su coche me bloquea el paso. Las imágenes lo son todo, ¿cierto? —añadió con una sonrisa helada.

Turlock se limitó a mirarlo fijamente.

—Ciertos mensajes tienen un enorme impacto —dijo Gurney, comprobando de un vistazo que las ventanillas estaban cerradas y la mujer no podía oírle—. Imagínese este mensaje en todos los noticieros de mañana: «El jefe adjunto de policía se interpone entre una esposa embarazada y su marido agonizante». ¿Cree que es el tipo de mensaje que le gustará a su jefe? Piense deprisa. Su carrera está a punto de irse a pique.

La boca de Turlock se retorció en una desagradable sonrisa.

—Muy bien —susurró—. Lo haremos a su manera. Por ahora.

Le hizo una seña a su chófer, que desplazó el Explorer justo lo suficiente para que Gurney diera la vuelta y enfilara a toda velocidad hacia el hospital Mercy.

Con la ayuda del GPS, enseguida divisó el hospital al final de una larga avenida, lo cual pareció tranquilizar un poco a su pasajera. Gurney aprovechó para preguntarle si había presenciado lo ocurrido.

A ella le temblaba la voz.

—Él acababa de salir por la puerta principal. He oído un ruido, como si hubieran tirado una piedra a la casa. Me he asomado... y... —Se mordió el labio y se quedó callada.

Gurney dio por supuesto que ese ruido debía de ser el impacto de la bala que le había atravesado la cabeza a su marido por un lado.

—¿Sabe cómo suena un disparo? —preguntó.

—Sí.

—¿Ha oído una detonación de ese tipo?

—No.

—¿Ha visto a alguien cuando ha salido? ¿Un coche alejándose? ¿Algún movimiento?

Ella negó con la cabeza.

Cuando llegaron al hospital, los sanitarios ya habían sacado la camilla de la ambulancia y la estaban empujando hacia la entrada de urgencias.

En cuanto Gurney frenó junto a la ambulancia, la mujer abrió la puerta y bajó. Bruscamente, se detuvo y se volvió hacia él.

—Gracias por lo de antes —dijo—. Muchas gracias. Ni siquiera sé cómo se llama.

—Dave Gurney. Espero que su marido esté bien.

—¡Oh, Dios mío! —La mujer se llevó la mano a la boca, abriendo unos ojos como platos.

—¿Qué sucede?

—¡Usted es la persona con la que Rick iba a reunirse!

23

*H*eather Loomis siguió rápidamente a su marido hacia el interior del hospital, con lo que no tuvieron tiempo de comentar nada más sobre la inquietante revelación que acaba de producirse. Gurney decidió que quedarse allí sería una pérdida de tiempo y entrañaría el riesgo de otro encontronazo con Turlock, quien probablemente acudiría al hospital para hablar con ella. Tenía más sentido regresar a la escena del crimen, que Kline le había pedido que estudiara con atención.

Volvió por el mismo camino y enseguida estuvo otra vez en Oak Street. Los grupos de vecinos intrigados todavía permanecían frente a sus casas. No vio ni rastro de Turlock o de su Explorer azul. Ya solo quedaba allí uno de los cinco coches patrulla, ahora con las luces apagadas. Al otro lado del patrullero había un Ford Crown Victoria negro: el vehículo de policía sin distintivo más corriente en Estados Unidos. Y en el sendero de acceso, una furgoneta gris con el logotipo de la policía de White River en la puerta. Gurney aparcó junto al coche patrulla.

La cinta amarilla partía de una esquina de la casa, pasaba por una serie de postes metálicos situados en mitad del jardín y terminaba en la otra esquina. Había un técnico forense de pie sobre el parterre situado junto a la puerta. Estaba sondeando un orificio del reborde de madera con un instrumento de metal parecido a las pinzas de un cirujano. Llevaba guantes de látex y el mono blanco habitual.

Gurney se bajó del coche con las credenciales en la mano. Ya se dirigía por el jardín hacia la zona precintada cuando lo detuvo una voz conocida.

—¡Eh, Dave! ¡Aquí!

184

Al girarse, vio a Mark Torres, que le hacía señas con el teléfono en la mano a través de la ventanilla del Crown Vic. Gurney se acercó y esperó a que terminara la llamada.

El joven detective parecía preocupado al bajarse del coche.

—Temía que llegaba tarde para encontrarle. ¿Ha habido aquí un incidente… hace un rato?

Gurney se encogió de hombros.

—Nada serio. Heather Loomis quería estar al lado de su marido. Podría haber sido su última oportunidad de verlo vivo. Así que la he acompañado al hospital.

—Ah. Es lógico. —Parecía aliviado, aunque no del todo.

—¿Dónde está Turlock?

—No lo sé. Yo estaba en la central. Me ha dicho que viniera y buscara la ubicación utilizada por el francotirador de la UDN.

—¿«El francotirador de la UDN»? ¿Lo ha dicho así?

—Con estas palabras.

—O sea, ¿que estaba seguro de la implicación de la UDN?

—Absolutamente seguro. ¿Usted tiene dudas?

—Tengo dudas sobre todos los aspectos de este caso.

—Sabremos más en cuanto Garrett saque la bala de esa madera. Está tardando un poco más porque queremos preservar lo máximo posible el orificio de entrada.

Gurney echó un vistazo al técnico que trabajaba en el parterre, con el holgado mono blanco sobre su físico alto y desgarbado. Estaba metido hasta las rodillas entre alliums púrpura y onagras vespertinas: dos de las flores favoritas de Madeleine, recordó Gurney, junto con las monardas y las dedaleras.

Torres prosiguió.

—Suponemos que el disparo ha tenido que venir de allí arriba. —Señaló una amplia zona de casas situada a varias manzanas subiendo por la cuesta—. Tengo ahí a cuatro hombres haciendo entrevistas puerta a puerta para tratar de averiguar si alguien ha visto u oído algo. Alguien tiene que haber oído el disparo, aunque se haya hecho con silenciador, cosa que me inclino a creer, porque, de lo contrario, los vecinos de aquí abajo lo habrían oído, y nadie ha oído nada.

Gurney recordó que el peinado que había llevado a cabo la policía en el barrio de Grinton para buscar información tras el asesinato de Steele no había suscitado mucha colaboración.

185

Pero Bluestone era un barrio distinto, un lugar donde los agentes de policía se consideraban aliados y no enemigos.

—¡Ya la tengo! —Con una sonrisa de satisfacción, el técnico del parterre sujetaba en alto una bala que parecía extraordinariamente intacta.

Gurney y Torres pasaron por debajo de la cinta amarilla y se acercaron para verla de cerca.

—Parece idéntica a la que sacamos del tronco del árbol en el parque Willard —dijo Torres.

—Sí. El mismo calibre, el mismo revestimiento blindado y sin apenas deformación. Ideal para un examen balístico. —El técnico introdujo la bala en una sobrecito de pruebas, ya datado y etiquetado.

—Excelente trabajo —dijo Torres—. Gracias.

—Entonces, no hay nada más que hacer aquí, ¿no? ¿Solo recuperar la bala? ¿No vamos a escudriñar el lugar?

—No hay nada que escudriñar. Ya le avisaremos cuando encontremos la ubicación del francotirador.

El técnico subió a su furgoneta y se fue.

Gurney, seguido por Torres, se acercó al orificio de la madera del parterre. Tras una rápida inspección, sacó su bolígrafo y lo introdujo todo lo que pudo, a una profundidad de unos ocho centímetros. El abanico de vectores marcados por el ángulo del bolígrafo reducía considerablemente el trecho que Torres había señalado en principio como la zona de donde había partido el disparo. Aun admitiendo la imprecisión del método y la posibilidad de que el canal abierto por la bala estuviera desviado en cierta medida por el contacto con la víctima o por el grano de la madera, la zona de interés quedaba reducida a un par de docenas de casas de la ladera.

Mientras Gurney sacaba el bolígrafo, sonó el móvil de Torres.

El detective atendió la llamada y estuvo escuchando la mayor parte del tiempo, con los ojos abiertos de excitación.

—De acuerdo, entendido. El treinta y ocho de Poulter Street. Enseguida llegamos.

Le dirigió una sonrisa a Gurney.

—Hemos tenido un golpe de suerte. Los agentes uniformados han hablado con un par de vecinos que dicen haber oído algo que podría ser un disparo: el ruido procedía de la casa vacía que hay entre ambos. En marcha.

Subieron al Crown Vic y al cabo de tres minutos habían aparcado en Poulter Street, detrás de dos coches patrulla. Era una calle con casas coloniales de dos pisos construidas en pequeñas parcelas, con sendero de acceso y garaje aparte. En la mayoría de los jardines delanteros había un césped recortado pulcramente con algunos arriates de azaleas y rododendros.

La única excepción era el número treinta y ocho, donde las malas hierbas, los arbustos marchitos y las persianas bajadas producían una sensación de abandono. La puerta abierta del garaje constituía la única indicación de movimiento reciente. Dos agentes estaban precintando la casa, el garaje, el sendero y el patio trasero con cinta amarilla. Un tercer agente (un joven de hombros anchos y cuello recio, con la cabeza rapada y expresión impasible) estaba saliendo de la casa situada a la izquierda.

Gurney y Torres se reunieron con él frente al sendero de acceso. Se llamaba Bobby Bascomb, según dijo Torres al hacer las presentaciones. El agente señaló la casa de donde venía.

—La dueña, Gloria Fenwick, dice que ha oído entrar un coche en el sendero.

—¿Sabe a qué hora? —preguntó Torres.

—No, pero sí sabe con exactitud que ha salido de aquí a las 15:36. Y también que era un Corolla negro y que el conductor iba con muchas prisas.

—¿Está segura de la hora y del modelo del coche?

—Está segura del modelo porque ella misma tiene un Corolla. Y está segura de la hora porque no es habitual que venga nadie a esta casa, así que cuando ha oído que llegaba el coche, se ha asomado a una ventana lateral para ver quién era. No ha visto a nadie porque el coche ya estaba dentro del garaje. Pero se ha quedado junto a la ventana. Al cabo de unos minutos, ha oído un fuerte estampido. Ha creído que era un portazo. Unos treinta segundos después, el coche ha salido del garaje marcha atrás hasta la calle y, «quemando neumático», como ella dice, ha desaparecido. Eso le ha llamado la atención. Ha sido entonces cuando ha mirado el reloj.

—¿Ha podido ver al conductor?

—No. Pero dice que tenía que ser un hombre, porque una mujer no conduce tan deprisa.

—¿Ha transmitido a la central la descripción del coche?

—Sí. Ya han emitido una orden de búsqueda.

Torres llamó a la central y ordenó que incluyeran en la orden de búsqueda del Corolla el número de matrícula del coche relacionado con la muerte de Steele.

Luego continuó interrogando a Bascomb.

—¿Sabe algo esa mujer sobre los propietarios de la casa?

—Dice que se fueron a Florida hace seis meses. No pudieron vender la casa antes de irse, así que la pusieron en alquiler.

—¿Y sabe algo de los inquilinos?

—Solo que nunca los ha visto. Pero un amigo suyo metido en el negocio inmobiliario le dijo que era gente de Grinton.

—¿Y qué piensa al respecto?

Bascomb se encogió de hombros.

—Más o menos lo que cabría esperar. Grinton no tiene buena fama en esta zona de la ciudad.

—¿Qué hay del vecino del otro lado?

—Hollis Vitter. Un mal bicho. Cabreado porque la hierba del jardín no está recortada. Cabreado por la presencia de un «elemento de Grinton» en el barrio. Cabreado contra los «maricas del control de armas». Cabreado por un montón de cosas.

—¿Él ha visto a la gente que alquiló la casa?

—No. Pero cree que deben ser extranjeros.

—¿Por qué?

—No sé qué idiotez sobre el hecho de que no corten la hierba. No tenía demasiado sentido todo lo que decía, la verdad.

—Joder —masculló Torres—. ¿Le ha explicado algo que pueda resultar de interés?

—Pues sí. Y eso es más interesante. Igual que la señora del otro lado, ha oído un fuerte estampido, pero no ha podido salir a mirar enseguida. Dice que estaba encerrado en el cagadero.

—¿Encerrado?

—Es lo que ha dicho. La cuestión es que la ventana estaba abierta y que está seguro de que el vehículo que ha oído salir no era un coche. Dice que era una moto y que el ruido no procedía de la calle, sino de la cuesta llena hierbajos que desciende abruptamente por la parte trasera de estas casas.

Torres lo miró con escepticismo.

—¿Podemos fiarnos de lo que dice?

Bascomb chasqueó la lengua.

—Le he presionado un poco en este punto y me ha dicho que había sido mecánico de motocross en el circuito de Dortler.

Torres parecía desconcertado por las descripciones contradictorias del vehículo.

—Habrá que aclarar este punto. Ahora necesitamos que venga Garrett. Y hemos de entrar en la casa. Voy a pedir que soliciten una orden de registro.

—Si quiere hacerlo por cumplir el expediente... —dijo Gurney—. Pero tenemos justificación para entrar de inmediato. Hay razones para creer que el disparo se ha efectuado desde el edificio, y tenemos que asegurarnos de que los técnicos forenses no se ven sorprendidos cuando entren. Cosa que deberían hacer lo antes posible.

Torres llamó para pedir la orden y luego avisó a Garrett Felder, el jefe de los técnicos forenses.

—De acuerdo —dijo, guardando el móvil—. Vamos allá. ¿Cuántas puertas tiene la casa?

—Tres —dijo Bascomb—. Delante, detrás y a la izquierda.

Torres miró inquisitivamente a Gurney.

—El mando es suyo, Mark. Sitúenos donde quiera.

—De acuerdo. Usted por detrás. Bobby, por el lateral. Yo iré por delante y daré la señal de entrar.

Uno de los dos agentes que estaban precintando la zona se volvió hacia él.

—¿Quiere que nos apostemos en algún punto?

Torres lo pensó un momento y señaló con el brazo.

—Sitúense en diagonal en un par de esquinas del jardín, de manera que puedan ver dos lados de la casa y mantener las ventanas vigiladas.

Ellos asintieron y fueron a ocupar sus puestos.

Bascomb, Gurney y él hicieron otro tanto.

Al pasar junto a la puerta lateral, Gurney vio que estaba levemente entornada. La puerta trasera, descubrió unos segundos después, estaba completamente abierta. Se llevó la mano a la tobillera, sacó su Beretta, quitó el seguro y esperó la señal.

Al cabo de un momento, oyó a Torres llamando a la puerta

principal. Tras una pausa, la golpeó de nuevo y gritó: «¡Policía! ¡Abran!». Hubo unos segundos de silencio y luego: «¡Agentes entrando! ¡Ahora!».

Entonces un estrépito de cristales.

Gurney cruzó el umbral de la puerta trasera y accedió a un estrecho pasillo que pasaba junto a un baño y llevaba a una cocina con olor a rancio. La distribución era parecida a la de la casa de Steele, pero aquí todo resultaba más polvoriento y deprimente. Pasó de la cocina a un reducido comedor, separado de la sala de estar por un amplio arco.

La sala, sin moqueta, contenía una endeble lámpara de pie y unos pocos muebles (un diván mugriento, un sillón y una mesita esquinera), lo que aumentaba la sensación de lugar deshabitado. A la escasa luz que entraba por las persianas parcialmente bajadas, distinguió la escalera que iba al segundo piso. Por detrás, un pasillo conducía a la puerta lateral. Supuso que la puerta de debajo de la escalera era la del sótano.

Torres estaba al pie de los escalones, sujetando su Glock con ambas manos cerca del pecho. Bascomb se encontraba en el pasillo, con un arma parecida y en una posición similar.

—¡Policía! —gritó Torres—. ¡Si hay alguien en la casa, que se deje ver de inmediato!

La respuesta fue un silencio sepulcral. En voz baja, indicó a Bascomb que registrara el sótano y le pidió a Gurney que subiera con él al segundo piso.

La escalera tampoco tenía moqueta y el crujido de cada peldaño habría bastado para advertir a cualquiera que estuviera acechando acerca de la aproximación de ambos, paso a paso.

El segundo piso resultó estar tan vacío y desolado como la planta baja. Había tres dormitorios, cada uno con cama doble, así como un baño con una bañera polvorienta, una cabina de ducha sin cortina y un toallero sin toallas.

A Gurney le llamó la atención el dormitorio que miraba hacia la parte trasera. La cama y la silla habían sido apartadas contra la pared lateral. La ventana estaba abierta. Entraba la suficiente luz de la tarde para distinguir tres huellas del tamaño de una moneda en el suelo polvoriento. Desde el umbral, Gurney vio a través de la ventana (a varias manzanas de distancia, en una zona más baja de la ladera) una hilera de casas modestas, una de ellas con el jardín acordonado con cinta amarilla. Incluso divisó a los vecinos todavía agolpados en la calle, como esos hinchas que se entretienen en el estadio después de que los jugadores se hayan ido a casa.

Ahora que la deprimente casa del treinta y ocho de Poulter Street había sido identificada como la segunda atalaya del francotirador, la máxima prioridad era recoger y preservar todos los restos que quedaran allí. Así que no constituyó ninguna sorpresa que Garrett se presentara con ayuda. Lo sorprendente era el aspecto de la ayuda: una mujer baja y robusta llamada Shelby Towns, con la cabeza tan rapada como la de Bobby Bascomb y con tachuelas de plata en labios, narinas y orejas. Llevaba una camiseta negra con la palabra TRANSGÉNERO estampada en letras blancas sobre su amplio pecho.

Quizá para justificar su aspecto, Torres le explicó a Gurney que Shelby estaba metida en una misión encubierta a largo plazo, pero que sus títulos universitarios en Ciencia Forense y Química la convertían en una colaboradora ideal, aunque fuese a tiempo parcial, para el análisis de escenas de alta prioridad.

Gurney informó a Shelby y a Garrett de la distribución de la casa y de lo que había visto en el dormitorio de arriba. Bascomb mencionó las versiones de los vecinos: que Gloria Fenwick decía haber visto un coche, y Hollis Vitter, una moto. Torres añadió que resultaba raro encontrar en el suelo del dormitorio las huellas de otro trípode, en apariencia igual que el primero.

—¿Por qué arrojar el primer trípode al río y conservar el rifle? —musitó para sí—. Si el asesino temía que lo detuvieran con lo uno o lo otro, desde luego sería el rifle lo que habría de condenarlo.

Torres encargó a Bobby Bascomb y a los otros dos policías que peinaran el barrio buscando testigos de la llegada o la partida de un coche o una moto, así como cualquier información relativa a los inquilinos de la casa. Luego llamó a la central y ordenó que buscaran en los archivos de la ciudad, del condado y de la policía cualquier dato sobre la propiedad, el alquiler, el pago de impuestos, los gravámenes bancarios o algún otro detalle relacionado con la casa.

191

Mientras tanto, Garrett y Shelby se pusieron los monos desechables, los protectores para los zapatos, los guantes y los gorros. Sacaron de la furgoneta sus luces especiales, sus productos químicos y su instrumental de recogida de pruebas y se dirigieron hacia la casa.

Torres le sugirió a Gurney que, mientras los técnicos trabajaban, ellos debían volver a entrevistar a los dos vecinos inmediatos, para ver si recordaban algo más aparte de lo que ya le habían contado a Bascomb. Gurney estuvo de acuerdo.

Torres se ofreció a hablar con Gloria Fenwick, la vecina de la izquierda, y él se dirigió a la casa de la derecha. Quería saber más sobre la partida de esa moto. Confiaba en que el dudoso estado mental de Hollis Vitter no hubiera deformado sus percepciones hasta el punto de volverlas inútiles.

La casa era del mismo tamaño y estilo que la del número treinta y ocho. El jardín estaba atravesado por la mitad por un pulcro sendero de pizarra que iba a la puerta principal. A ambos lados, en el centro de cada rectángulo de césped, había una pequeña pícea. El sendero había sido barrido recientemente. En el garaje, que tenía la puerta abierta, se vislumbraba la parte trasera de un Hummer de los años noventa de estilo militar, con una calcomanía de la bandera confederada cubriendo el parabrisas de detrás.

Cuando Gurney estaba todavía a unos diez metros de la casa, se abrió la puerta y apareció un hombre calvo y fornido, con uniforme de camuflaje, sujetando a un rottweiler con una correa corta. Gurney pensó que el vehículo, la bandera, el uniforme y el perro revelaban un exagerado afán de proyectar una imagen de no-me-busques-las-cosquillas.

Le dirigió una sonrisa educada.

—¿Señor Vitter?

—¿Quién lo pregunta?

Él mostró sus credenciales.

—Dave Gurney, oficina del fiscal del distrito. Tengo que hablar con usted sobre ciertos hechos ocurridos en la casa vecina.

—¿Alguna vez ha oído hablar de la teoría de las ventanas rotas? —preguntó con voz airada.

Gurney la conocía perfectamente por sus años en la policía de Nueva York. Esa teoría propugnaba una política muy agresiva frente a los incidentes menores en los barrios con altos índices de criminalidad. Todos los policías del país sabían de qué se trataba; muchos departamentos la habían puesto en práctica y los resultados aún seguían siendo objeto de polémica y de acalorados debates.

—Sí, señor, la conozco. ¿Tiene alguna relación con la situación de la casa vecina?

Vitter señaló las hierbas altas del jardín.

—¿Ve eso?

—Lo veo.

Vitter entornó los ojos.

—La teoría de las ventanas rotas dice que ustedes deben ocuparse de los pequeños signos de los grandes problemas. De las in-frac-cio-nes. —Pronunció la palabra muy despacio, con una repugnancia evidente—. La idea es aplicar una tolerancia cero. Enviar un claro mensaje. El problema hoy en día es que no se hace caso de todas estas pequeñas mierdas. Se barren debajo de la alfombra. Nadie se atreve a enfrentarse a las jodidas mentiras de las minorías, a las susceptibilidades, a la corrección política que nos está matando.

Esgrimió un dedo ante Gurney.

—Ustedes deben aplastar estas pequeñas mierdas para que ellos entiendan que no pueden permitirse las grandes mierdas. Deberíamos hacer igual que en otros sitios. Matarlos a tiros. ¿Por qué no? Disparar a esos andrajosos del *hip-hop*. Disparar a los traficantes de drogas. Dejar los cadáveres en mitad de la calle, allí donde caigan. Y lo mismo con los terroristas. Dejarlos ahí en medio. Enviar un mensaje bien claro.

Gurney aguardó hasta que la diatriba hubo concluido.

—Señor Vitter, tengo una pregunta para usted.

El hombre ladeó la cabeza.

—¿Sí?

—¿Ha oído esta tarde una moto saliendo de la casa vecina?

La expresión del hombre se animó.

—Un modelo de motocross, pequeña cilindrada, alta compresión. Algo parecido a una Yamaha Dual-Sport. Estoy adivinando. Pero soy buen adivino.

—¿La ha visto?

—No me hace falta. Ya le he explicado a su colega de la cabeza rapada que estaba cagando, pero tengo un buen oído. No hay nada que no sepa de motos, incluso cómo suenan.

—Cuando la ha oído, ¿ha mirado la hora, por casualidad?

—No tengo reloj en el cagadero.

—¿Tiene idea de quién podría haber sido?

El hombre miró a ambos lados y bajó la voz.

—Probablemente uno de ellos.

—¿Ellos?

—Infiltrados. Entran ilegalmente en nuestro país y desaparecen. Se disuelven en la vida cotidiana de Estados Unidos. Se quedan ahí, merodeando, esperando a que les den la orden de lanzar un ataque terrorista. Estas cosas no salen en las noticias normales. Está todo silenciado.

Gurney hizo una pausa.

—¿Ha visto alguna vez a alguien en la casa de al lado?

—*Nun-ca* —dijo el hombre, dándole a la palabra un sentido siniestro.

Gurney reconoció ese extraño mecanismo mental capaz de transformar la falta de pruebas en la prueba más convincente de todas. En un programa informático, ese circuito lógico constituiría un fallo crucial. En las personas, en cambio, era asombrosamente común.

Le dio las gracias al hombre y regresó junto al Crown Vic para esperar a Torres y a los técnicos. Echó un vistazo al teléfono móvil y vio que había pasado más de una hora desde que había dejado a Heather en la puerta de urgencias. Supuso que Rick Loomis, en caso de que siguiera vivo, probablemente estaría en un quirófano. Si tenía mucha suerte, quizá le estarían recomponiendo el lado del cráneo para que pudiera llevar una vida aceptable. Heather estaría en una sala de espera: sentándose, levantándose, deambulando, asediando a cada enfermera y a cada médico que pasara por allí para saber qué ocurría. Gurney tenía algunas preguntas que hacerle, pero dudaba si planteárselas ahora, puesto que ninguna podía compararse en importancia con las incógnitas a las que ella se enfrentaba en aquel momento.

Aun así, en innumerables ocasiones de su carrera, la necesidad de obtener información a tiempo le había obligado a entrevistar a personas sumidas en un profundo dolor. Siempre dudaba antes de lanzarse. Pero al final llegaba cada vez a la misma conclusión: los datos que pudiera obtener pesaban más que la perturbación que acaso provocaría con sus preguntas.

Encontró en Internet el teléfono del hospital, llamó y explicó con quién necesitaba contactar. Transfirieron la llamada tres veces y lo dejaron en espera varios minutos. Ya iba a darse por vencido cuando Heather se puso por fin al teléfono.

—¿Hola? —Su voz sonaba frágil y exhausta.

—Soy Dave Gurney. ¿Cómo está Rick?

—Lo están operando. Todavía no pueden decirme nada.

Gurney oyó una serie de pitidos de fondo: un sonido que le trajo recuerdos de monitores de la UCI, agentes heridos y largas vigilias en los pasillos de los hospitales.

—Tengo que hacerle un par de preguntas. ¿Le importa?

—Diga.

—En la cafetería donde iba a reunirme con Rick, me han dicho que él había llamado para avisar de que llegaría con retraso. ¿Usted sabe por qué?

—Creo…, creo que ha consultado con alguien. Quizá para comentar la cita con usted. Algo así. No sé.

—¿Tiene idea de quién era?

—No. Aunque creo que el otro quería acompañarle a la cita… Solo que antes debía resolver algo y luego Rick pasaría a recogerlo… Lo siento. No he prestado demasiada atención… —Su voz quedó ahogada por un sollozo.

—Tranquila, Heather.

—No sé qué más decirle sobre esto.

—Lo que me ha contado es muy útil. Otra cosa… Usted se ha referido a ese alguien con el que Rick ha hablado como si fuera un hombre. ¿Está segura de que se trataba de un hombre?

—No lo sé, la verdad. No se me había ocurrido que pudiera no ser un hombre.

—¿Sabe si era un agente de policía?

Ella titubeó.

—No lo creo.

—¿Por qué?

—Por el tono de Rick. Él tiende a hablar de un modo especial con los demás policías. Esta vez no sonaba así.

—Hay una cosa que me intriga, Heather. A lo mejor le parece una pregunta extraña, pero… ¿por qué me cuenta todo esto?

—¿Por qué? Porque tal vez pueda ayudarle. Le estoy agradecida por lo que ha hecho. Por el riesgo que ha asumido. Plantarle cara a Judd Turlock de esa manera para traerme aquí..., cuando ni siquiera sabía cómo me llamaba. —Empezó a temblarle la voz—. La mayoría... no lo habría hecho. Una cosa así... requiere valor. Requiere... bondad.

Se hizo un breve silencio. Gurney lo rompió, aclarándose la garganta y tratando de adoptar un tono práctico.

—Turlock y otros agentes de la policía de White River la interrogarán sobre todo lo ocurrido. No solo sobre el momento del disparo, sino...

—Conozco cómo funciona el proceso.

—¿Va a contarles que Rick iba a reunirse conmigo cuando le han disparado?

—No.

—¿O que él y yo habíamos hablado por teléfono?

—No.

Gurney hizo una pausa.

—Realmente no se fía del departamento, ¿no?

—No. No me fío.

—¿Usted sabe si Rick y John Steele habían encontrado alguna prueba de actos criminales?

—Creo... que estaban muy cerca.

—¿Alguien más los ayudaba?

—A Rick no le gusta hablar de estas cosas en casa. Pero yo tenía la impresión de que alguien les estaba pasando información, contándoles qué casos debían revisar.

—¿Alguien de dentro del departamento?

—Rick nunca lo ha comentado.

—¿Sabe si se trataba de información sobre personas que han sido falsamente inculpadas?

—Creo que sí.

—¿Inculpadas por Turlock?

—Seguramente. Parece un hombre horrible.

—¿Y por Beckert?

Ella titubeó.

—Seguramente no de forma directa. Según Rick, es de ese tipo de personas que se las arreglan para que todo salga como ellas quieren, sin dejar nunca sus propias huellas.

—Dicen que tiene ambiciones políticas. ¿Sabe algo de eso?

—No, pero no me sorprende. Tiene esa clase de…

Heather soltó una exclamación.

—Tengo que dejarle. Ya viene el médico.

Gurney sintió una repentina opresión en el pecho, quizá contagiado por el temor que ella transmitía. Esperaba de todo corazón que la mujer fuera capaz de asumir lo que el médico estaba a punto de comunicarle, fuese lo que fuese.

Ya iba a guardarse el móvil en el bolsillo cuando recibió una llamada de Sheridan Kline. Sintió la tentación de dejar que saltara el buzón de voz, pero sabía que no serviría de nada postergar la conversación, que esas dilaciones no hacían más que aumentar el peso de lo que se dejaba pendiente.

—Gurney.

—¿Qué diantre sucede?

—¿Hay algún problema?

—Me han dicho que has irrumpido en la escena de Loomis y te has llevado a una testigo clave antes de que pudiera interrogarla un oficial superior de la policía.

—Es una curiosa manera de presentar las cosas. Permíteme que te ofrezca otra versión. He evitado por poco un desastre que habría puesto la imagen de Beckert en un buen aprieto en la próxima conferencia de prensa.

—¿Y eso qué demonios significa?

—Significa que la esposa desesperada de un policía abatido estaba siendo retenida, separada de su marido, probablemente agonizante, para que pudiera interrogarla a sus anchas un jefe adjunto con la sensibilidad de un molusco. ¿Cómo crees que habrían reaccionado esos medios que tanto aprecia Beckert?

Kline tardó tanto en responder que Gurney ya empezaba a creer que se había cortado la comunicación.

—No es así como me lo han explicado —dijo finalmente, ya sin la energía de antes—. Y según el hospital, Loomis sigue vivo. Tengo entendido que han localizado la ubicación del francotirador y que Garrett Felder la está registrando. ¿Es cierto?

—Sí.

—¿También es verdad que el francotirador ha usado el mismo Corolla negro del caso Steele?

—Quizá.

—¿Quizá?

—Una vecina ha visto el Corolla. Otro vecino afirma que había otro vehículo, una moto todoterreno. Resulta difícil decir ahora mismo cuál de los dos ha usado el francotirador.

—¿Qué diferencia hay? Obviamente, ha utilizado uno de los dos. Por lo que dices, parece que contaba con algún apoyo de la UDN.

—Quizá.

—No veo dónde está el «quizá». Dos vehículos. Un francotirador y un elemento de apoyo.

Gurney permaneció callado. Había otras posibilidades, pero no le apetecía analizarlas con Kline. Al menos hasta que él pudiera considerarlas detenidamente.

—¿Tú has visto el lugar del francotirador? —preguntó Kline.

—Sí.

—¿Y?

—Parecido al primero. Hay algún indicio de que se ha utilizado un trípode. Estoy esperando a ver qué más han encontrado Garrett y su ayudante.

198

—Bien. Estando implicado el mismo Corolla, las huellas que encuentren deberían corroborar las que recogimos en el caso Steele... que ya son ideales por sí mismas para la acusación.

—Siempre que no las analices muy a fondo. Siempre que no empieces a preguntar por qué.

—¿Qué estás diciendo?

—¿Por qué ese punto rojo del láser permaneció tanto tiempo apuntando a la nuca de Steele? ¿Por qué le dispararon mientras se estaba moviendo, y no mientras estaba parado? ¿Por qué usó el francotirador una bala de revestimiento blindado, y no una de punta hueca? Estas cosas son las que me quitan el sueño por las noches. A ti también deberían quitártelo.

—Tonterías. Estás complicándolo todo demasiado.

—Creía que te interesaba mi visión objetiva del caso.

—Desde luego. Claro. Pero ahora el caso está tomando forma de un modo ideal. No quiero que esa obsesión por unos cabos sueltos menores desvíe tu pensamiento o provoque problemas con la policía de White River. Mantén la visión de conjunto, es lo único que digo. Evita disputas innecesarias. Llevemos la investigación a una conclusión sin complicaciones.

24

Cuando Torres salió de la casa de Gloria Fenwick, le explicó a Gurney los pocos detalles adicionales que le había sacado.

El Corolla que había bajado marcha atrás por el sendero y se había alejado a toda velocidad estaba, según sus palabras, «espantosamente sucio».

Durante las nevadas de marzo y principio de abril, no habían limpiado el sendero.

En los meses transcurridos desde que los dueños se habían mudado y habían dejado la casa a los inquilinos, ella nunca había visto una ventana abierta o una luz encendida.

Al parecer, todo el correo dirigido a los dueños se estaba remitiendo a su nueva dirección, y los inquilinos no recibían ninguna carta. El cartero, un hombre muy amable, nunca se paraba allí.

La falta de mantenimiento de la propiedad, en especial del césped del jardín, era, en su opinión, una ofensa a los residentes de Bluestone y un signo de las costumbres descuidadas de los «elementos de Grinton».

—Y, además —concluyó Torres—, está absolutamente segura de la presencia de ese coche en la casa. ¿Hasta qué punto lo está el tipo del otro lado de la presencia de la moto?

—Totalmente.

—O sea, que cada uno está seguro acerca de uno de los vehículos y, en cambio, no ha oído al segundo. Es muy extraño.

—No tanto. En la casa del francotirador, hay un baño junto a la puerta trasera y una sala de estar en la parte de delante. Las casas de Fenwick y Vitter tienen la misma distribución básica. Vitter dice que ha oído la moto (en la parte trasera de la casa del francotirador) a través de la ventana del baño. Gloria Fenwick estaba en la ventana de la sala de estar. Y el sendero por el que ha salido el coche pasa justo por ese lado. Cada uno se ha fijado en el vehículo que tenía más cerca.

Torres no parecía muy convencido.

—Entiendo que Vitter pueda no haber oído el coche. Pero las motos son tremendamente ruidosas. ¿No cree que ella debería haberla oído?

—En teoría. Pero suponga que ha habido un intervalo de un minuto o dos entre la salida del coche y la de la moto. Dudo que ella se haya quedado junto a la ventana una vez que el coche se ha ido. Quizás incluso ha cerrado la ventana. Si al cabo de un par de minutos ha sonado otro motor bajando por la pendiente de la parte trasera, no hay motivo para que ella le haya atribuido un sentido especial.

—Pero ¿no lo habría oído al menos?

—Oímos ruidos constantemente, pero nuestro cerebro los deja de lado a menos que tengan algún significado para nosotros. Es como un filtro de *spam*. Seguro que usted ha oído hoy cientos de sonidos: en casa, de camino aquí, en Oak Street, pero apuesto a que le costaría mucho recordar más de una docena.

—Quizá sea cierto, pero…

Lo interrumpió una voz de contralto.

—¿Alguno de los dos tiene un rato libre?

Era Shelby Towns, del equipo forense, que acababa de salir por la puerta de la casa del francotirador. Sus tachuelas de plata relucían al sol de la tarde; la camiseta de TRANSGÉNERO quedaba oculta bajo el mono blanco.

—Garrett calcula que todavía estará ocupado ahí dentro otra hora —prosiguió, acercándose—, y yo he de hacer una búsqueda exhaustiva en la parte trasera. Dos personas juntas pueden hacerlo mucho más deprisa que una. ¿Qué me dicen?

Mirando su reloj, Torres dijo que llegaba tarde a la reunión de coordinación con los hombres que habían peinado el barrio.

Gurney se ofreció a echarle una mano a la forense, no tanto por espíritu de colaboración como por la curiosidad que siempre le inspiraba una escena del crimen.

Ella le señaló la furgoneta.

—Mono, guantes, protectores de zapatos… Está todo dentro. Ya habrá hecho esto otras veces, ¿no?

Antes de que él pudiera responder, Torres dijo:

—Joder, Shel, estás hablando con el hombre que tiene el récord de homicidios resueltos en la policía de Nueva York. Seguramente ha estado en más escenas criminales importantes que todos los miembros de nuestro departamento juntos.

Dicho lo cual, subió a su Crown Vic, arrancó y se alejó.

Shelby Towns le lanzó una mirada.

—¿Es cierto lo del récord?

—Me dieron una medalla con esas palabras grabadas. Pero no tengo ni idea de si es cierto o no.

El modo de la forense de mirarle con los ojos muy abiertos le provocó una carcajada. Antes de que ella pudiera preguntar dónde estaba la gracia, Gurney le preguntó cómo quería trazar la cuadrícula de búsqueda.

El patio trasero solo tenía el doble de anchura de la casa, pero se extendía por detrás de ella y del garaje a lo largo de más de treinta metros. La pendiente que venía a continuación suponía otros quince metros de zarzas y arbustos entre el patio y la calle de abajo.

Trabajando juntos, consiguieron montar en media hora una cuadrícula de cuerda compuesta por casi doscientos recuadros de metro y medio, que cubría todo el patio y la mayor parte de la pendiente. Un cuidadoso repaso con los ojos fijos en el suelo les llevó otra media hora.

Entre sus hallazgos, que Shelby fue fotografiando con su tableta, había huellas que indicaban que una moto con neumáticos de motocross provistos de gruesos tacos había permanecido en un trecho de tierra desnuda detrás del garaje y que luego había cruzado el patio, había bajado por la pendiente y había salido a la calle de abajo, lo cual confirmaba el relato de Hollis Vitter. Detrás del garaje había también huellas de unas botas junto a las marcas de neumáticos; y las mismas huellas volvían a aparecer en la base de la pendiente, lo que indicaba que el motorista se había detenido allí, acaso para dejar pasar a algún coche, antes de continuar por la calle.

En el borde del patio, junto a la pendiente, Gurney vio un bolígrafo Bic. Shelby lo fotografió *in situ* antes de recogerlo con cuidado para no borrar ninguna huella. Lo metió en una bolsa de pruebas. Mientras él rellenaba los datos requeridos (ítem, ubicación y fecha), sonó su teléfono. Cuando pudo responder, ya habían dejado un mensaje en el buzón de voz.

Al reproducirlo, sonaba de forma tan entrecortada que resultaba casi indescifrable. Tras escucharlo tres veces, solo dedujo que era Heather Loomis y que quería que fuera al hospital. La razón no quedaba clara; la urgencia sí.

Le devolvió la llamada, pero saltó el buzón. Consideró la posibilidad de localizarla a través del número del hospital, pero cambió de idea al recordar el tiempo que había perdido antes mientras le pasaban de una línea a otra. Como habría de acabar yendo allí de todos modos, decidió ponerse en marcha.

Tras explicarle la situación a Shelby, bajó al trote la cuesta de cuatro manzanas hasta la casa de Loomis en Oak Street, frente a la cual había dejado su coche. Los corrillos de vecinos ya se habían dispersado. La cinta amarilla y la mancha de color rojo oscura sobre la hierba eran las únicas señales de que allí había sucedido algo fuera de lo normal.

Subió al Outback y siguió la misma ruta que había tomado para llevar a Heather al hospital. Como el tráfico ahora era más lento, porque la gente estaba saliendo del trabajo, tuvo tiempo para pensar, lo cual no dejaba de ser un arma de doble filo a aquella hora del día, cerca del anochecer, pues era entonces cuando sus preocupaciones parecían intensificarse.

Casi en lo alto de la lista actual figuraba su inquietante posición en la investigación de este último atentado. Revelar que Loomis había recibido el disparo cuando se disponía a hablar de los esfuerzos que él y John Steele habían hecho para investigar la corrupción en el departamento seguramente solo serviría para abortar cualquier progreso en esa dirección, y tal vez incluso para exponer a otras personas a las represalias. Por otro lado, la compañía telefónica tendría registradas las llamadas de Loomis: la llamada a su móvil para concertar la cita y la llamada a la cafetería para avisar de que iba a retrasarse. Si esos registros se descubrían, y si la camarera identificaba a Gurney, podían acusarle de retener pruebas en la investigación de un grave delito: lo cual constituía en sí mismo un grave delito.

Lo que venía a complicar su decisión era la cuestión todavía más importante de si el atentado contra Loomis era un intento de impedir que esa cita se celebrara o si era una venganza impulsiva contra un policía por las dos muertes del parque Willard. Gurney estaba seguro de que se trataba de lo primero.

Al bajar del coche en el aparcamiento del hospital, notó, por primera vez a largo del día, un aire gélido.

La entrada estaba protegida por un gran pórtico. Al lado, vio aparcada una furgoneta de RAM-TV. Se había congregado una pequeña multitud. Un técnico estaba ajustando los focos en torno a dos figuras. Una, con blusa blanca y minifalda roja, era la locutora que ya había visto en *La polémica de la noche;* la otra, con un uniforme azul de corte impecable y botonadura reluciente, era Dell Beckert.

Un técnico situado junto a las puertas traseras abiertas de la furgoneta, gritó:

—Luz y sonido ajustados. Grabando y transmitiendo. ¡Estás en el aire!

La cara de la locutora pasó del rictus arisco y aburrido a la expresión estándar RAM-TV, aquella de grave inquietud por el preocupante estado del mundo. Sujetaba un micrófono inalámbrico.

—Stacy Kilbrick, en el hospital Mercy de White River, Nueva York, donde el detective Rick Loomis se debate entre la vida y la muerte tras recibir el disparo de un francotirador en el jardín de su propia casa. Esto eleva al máximo la tensión en esta ciudad del norte del estado. Estoy con el jefe de policía Dell Beckert, que acaba de salir del hospital. ¿Qué puede contarnos, jefe Beckert?

La cara de Beckert era la viva imagen de la más férrea determinación.

—Primero, permítame asegurar a todo el mundo que tenemos bajo control la tensa situación de White River. Segundo: estamos haciendo rápidos progresos para lograr la identificación y el arresto del cobarde que ha intentado asesinar a este magnífico agente, un servidor de nuestra comunidad y un hombre con un historial intachable. Tercero, tienen ustedes mi garantía personal de que el orden y la ley prevalecerán. A la reducida y engañada minoría que incita a la violencia para sus propios fines le digo esto: seréis llevados ante la justicia. Finalmente, pido las oraciones de todos para la plena recuperación del detective Rick Loomis. Gracias.

Kilbrick se adelantó para hacer una pregunta, pero Beckert ya se alejaba a grandes zancadas hacia el Ford Explorer azul oscuro que aguardaba al ralentí en la rotonda de acceso situada frente al pórtico. La locutora miró a la cámara.

—Stacey Kilbrick, desde el hospital Mercy. Les mantendré informados de las novedades que se produzcan. Por favor, amigos, no olviden rezar esas oraciones.

Los focos se apagaron y reapareció la expresión arisca.

Gurney entró en el vestíbulo del hospital.

Aunque el exterior del edificio era del mismo estilo desolado de los años sesenta que la central de policía, el interior había sido remodelado según una concepción más moderna destinada a reducir el estrés en los centros médicos a base de luces atenuadas, colores y texturas. Había un mostrador de «Bienvenida» ligeramente curvado atendido por tres sonrientes ciudadanas de cierta edad.

La que atendió a Gurney era una mujer elegantemente vestida, con una permanente blanca como la nieve y unos ojos azules muy claros. Él le explicó que quería ver a un paciente de la UCI. La mujer lo observó con interés.

—¿Es agente de policía? —le preguntó en voz baja.

—Sí.

—Eso me parecía. Han restringido el acceso, pero supongo que ya lo sabe. La gente de los medios es tan... —Su voz se apagó con repugnancia, como si los representantes de los medios fueran una ola de aguas fecales que pudiera filtrarse en el edificio. Luego le dijo que la UCI estaba en la segunda planta y le indicó dónde quedaba la zona de ascensores—. Un suceso espantoso —añadió.

Al salir del ascensor en la segunda planta se encontró frente a una partición de media altura que delimitaba una isla administrativa. Un rótulo indicaba que había que apagar el móvil y cualquier otro dispositivo electrónico antes de entrar en la UCI. Detrás de la isla, había una estación de enfermería con monitores, equipos de resucitación y soportes intravenosos con ruedas. En el otro extremo de la estación, un policía sonriente charlaba con una atractiva auxiliar.

Un joven flaco de pelo engominado alzó la vista hacia Gurney desde una mesa del interior de la isla. Llevaba una placa de identificación con su nombre: Bailey Laker.

—¿Puedo ayudarle?

—Vengo a ver a Rick Loomis. O a la señora Loomis.

—¿Y usted es...?

—Dave Gurney. La señora Loomis me ha pedido que venga.

El policía se separó de la auxiliar, abandonando su sonrisa, y se acercó a Gurney. Según su reluciente placa de latón, era el agente C. J. Mazur.

—Buenas tardes, señor —dijo con esa mirada de evaluación típica de los policías—. ¿Quién ha dicho que era?

Gurney le mostró su identificación.

Él la cogió, la estudió largamente y se la devolvió.

—¿De la oficina del fiscal?

—Exacto. La señora Loomis me está esperando.

—Está en ese pasillo. En la zona de visitas. Apague su móvil.

Gurney obedeció. Hacia la mitad del pasillo había una sala con sofás, sillones y un televisor en la pared sintonizado con un canal meteorológico. Al fondo, junto a un aparador con una máquina de café, había tres mujeres sentadas alrededor de una mesita. Heather Loomis, Kim Steele y Madeleine.

Su sorpresa al ver a Kim y a su mujer se disipó enseguida, porque reconoció un fenómeno que había presenciado muchas veces: el apoyo instintivo que las mujeres de los policías se proporcionaban entre sí en circunstancias difíciles. Heather y Kim ya se conocían bien, obviamente, a través de sus maridos. Y, por otro lado, había sido la identificación de Madeleine con Kim lo que había reforzado su propia implicación en el caso.

Gurney las saludó y ocupó la cuarta silla de la mesa.

—Ahí hay café —dijo Heather, señalando el aparador.

—Quizá más tarde. ¿Hay noticias de Rick?

—Dicen que está estable.

—En un coma inducido con barbitúricos —dijo Madeleine

205

con tono firme—. Para aliviar la presión en el cráneo. Así se puede curar la herida. Como le hicieron a mi amiga Elaine cuando sufrió un accidente de tráfico. La pusieron en coma terapéutico durante un par de semanas. Y ahora está perfectamente.

Heather parpadeó y esbozó una sonrisa. Kim le cogió la mano y la estrechó.

Una limpiadora negra con unos llamativos ojos almendrados, una mascarilla sobre la boca y la nariz y una placa de identificación con su nombre, Chalise Creel, entró en la sala empujando un carrito. Lo fue guiando a través de la carrera de obstáculos de sofás y sillones hasta el aparador, vació la papelera en un cubo y volvió a salir al pasillo.

Heather miró a Gurney.

—¿Ha recibido mi mensaje?

—Me ha llegado muy entrecortado, pero he entendido que quería verme.

Ella buscó en el bolsillo de su sudadera, sacó una tarjeta y se la pasó.

En medio de la tarjeta había garabateada una serie de letras y números irregularmente espaciados:

$$A\ B\ L\ E\ C\ 1\ 3\ 1\ 1\ 1$$

Gurney las estudió un momento.

—¿Qué es esto?

—Un mensaje de Rick. Cuando lo han sacado de la ambulancia y le estaban conectando los tubos, ha tratado de hablar. Me han preguntado si yo entendía lo que quería decir, pero él no lograba articular palabra. Le he pedido a la enfermera algo para escribir y ella me ha traído un bolígrafo y esta tarjeta. Le he puesto el bolígrafo en la mano y la tarjeta sobre la camilla. Le ha costado mucho escribir esas letras, tendido como estaba y apenas consciente. Pero esto es lo que ha escrito.

Tras estudiar la secuencia de caracteres, Gurney los agrupó y los leyó en voz alta.

—A BLEC trece mil ciento once. —Miró a Heather—. ¿Le dicen algo las iniciales «BLEC»? ¿O esa cifra? ¿Quizás una cantidad de dinero?

Ella negó con la cabeza.

—¿Y si agrupamos las letras de otra forma? Tal vez significa «hable» de «hablar»: «(H)ABLE C(on) trece mil ciento once»

Heather volvió a negar.

—A lo mejor deberíamos leer los números como dígitos individuales, igual que en un código postal.

—Aun así, no me dice nada.

—Tiene que significar algo —comentó Kim—. Algo que quería que supieras.

A Gurney se le ocurrió que el «mensaje» tal vez no era más que el producto de un cerebro delirante; pero resultaba evidente que Heather y Kim querían atribuirle una importancia especial, y no iba a ser él quien las desanimara.

—¿Puedo quedármelo? —le preguntó a Heather.

Ella asintió.

—Es posible que Rick lo haya escrito para usted.

—Ruego a Dios que atrape al hijo de puta que le ha disparado —dijo Kim. Los ojos se le llenaron de lágrimas de rabia.

Su emoción provocó un silencio.

Finalmente, Heather habló con voz firme.

—Ha venido Dell Beckert.

—¿Qué quería? —preguntó Gurney.

—De entrada, fingir que estaba muy preocupado por Rick.

—¿Y luego?

—Quería saber cuántos teléfonos tiene Rick.

Gurney sintió una punzada de desazón.

—¿Qué le ha dicho?

—Que Rick tiene la Blackberry del departamento, un iPhone y la línea fija de casa.

—¿Quería saber algo más?

—Me ha preguntado si Rick tenía contacto con algún miembro de la Unión de Defensa Negra o de esa otra organización, no recuerdo cómo se llama… ¿Hombres Blancos por la Justicia Negra? Su portavoz es un tipo desagradable que no para de salir en esos programas donde todos se gritan entre sí… ¿Cory Payne? Creo que se llama así. Odia a la policía.

—¿Y usted qué ha dicho?

—Le he dicho que Rick no habla de su trabajo. Luego Beckert me ha explicado que… a John…

Titubeó, mirando a Kim.

—No importa. Continúa.

—Me ha explicado que a John le dispararon desde un apartamento relacionado con un miembro de la UDN. Y que es posible que a Rick le hayan disparado desde una casa también relacionada con la UDN.

Gurney reflexionó unos momentos.

—Volviendo a los teléfonos que le ha mencionado a Beckert…, ¿sabe cuál ha usado Rick para hablar conmigo, con la cafetería y con esa persona que quería acompañarle a nuestra cita?

—Ninguno de esos tres. Rick tiene otro que no he mencionado, un teléfono anónimo de prepago que usaba para las llamadas de la investigación en la que él y John estaban trabajando.

—¿Dónde está ese cuarto teléfono?

—Rick lo tiene escondido. Lo único que sé es que no lo saca nunca de casa. Y que no querría por nada del mundo que cayera en manos de Beckert.

Gurney sintió un alivio egoísta. Ese teléfono escondido era la única prueba de su conversación con Loomis. Mientras siguiera oculto, había pocas posibilidades de que le acusaran por no informar de la conversación. Estaba preguntándose hasta qué punto estaría bien escondido cuando entró en la sala un hombre bajo de tez morena con el traje verde del hospital. Una placa blanca de plástico indicaba que era el doctor P. W. Patel.

—¿Señora Loomis?

Ella lo miró con ojos llenos de temor.

—No traigo malas noticias —dijo el médico con un leve acento—. Solo vengo a decirle que dentro de unos minutos llevaremos a su marido a Radiología para practicarle otra prueba de imagen cerebral. La ha pedido el neurocirujano, pero es una petición normal, no hay motivo para preocuparse. Si usted y sus acompañantes quieren ver al paciente antes que lo lleven a Radiología, deben hacerlo ahora.

Heather asintió.

—¿Sabe si ha habido algún cambio en su estado?

—Ningún cambio, pero eso no es malo. Con un TCE, hemos de esperar y ver.

—¿TCE?

—Traumatismo craneoencefálico. Hay que esperar y monitorizar la presión intracraneal, dado el daño sufrido en la estructura del hueso temporal. Quizá no constituya una lesión grave, porque la bala no ha perforado ninguna de las zonas cerebrales esenciales. Pero hemos de esperar y ver.

Heather asintió.

—Gracias.

—De nada, señora Loomis. Tal vez haya buenas noticias dentro de poco. Ahora, si desea ver a su marido unos minutos...

—Sí, entiendo.

Cuando el médico se fue, Madeleine le preguntó a Heather:

—¿Quieres que te acompañemos?

—Sí. No sé. Sí, venid. —Al levantarse y salir de la sala, se golpeó el tobillo con la pata de una mesita de café, pero no pareció darse cuenta.

Los tres (Kim, Madeleine y Gurney, en este orden) la siguieron por el pasillo, más allá del puesto de enfermería, donde el policía y la auxiliar estaban charlando. Detrás había una hilera de reservados con puertas deslizantes de cristal, cada uno con una cama de alta tecnología rodeada de equipos de monitorización.

Solo uno de los reservados estaba ocupado. Los cuatro visitantes se detuvieron fuera en fila india, todavía en el mismo orden en el que habían recorrido el pasillo. Desde donde estaba Gurney, lo único que veía del paciente tendido en la cama era el enorme vendaje que tenía en la cabeza, una mascarilla de oxígeno que le cubría la mayor parte de la cara y una maraña de cables y tubos conectados con las máquinas que lo rodeaban. Tenía un aspecto tan vulnerable como anónimo.

Una espigada enfermera negra se acercó a Heather.

—Ya conoce las normas aquí, pero las repito para sus amigos. No toquen nada al cruzar estas puertas, por favor. Sobre todo no toquen al paciente, ni los dispositivos que tiene conectados. Los sensores son muy delicados. Las alarmas se disparan fácilmente. ¿Estamos de acuerdo?

Heather respondió por todos.

—Claro. Gracias.

Inclinándose hacia ella, la enfermera le dijo en voz baja:

—He visto a tipos en peor estado que su esposo que se han recuperado del todo.

Heather abrió las puertas deslizantes y se acercó a su marido. Kim la siguió unos pasos y se detuvo en el umbral. Madeleine se quedó afuera. Gurney permaneció detrás.

La intensidad con que Heather contemplaba a Rick hizo que Gurney empezara a sentirse fuera de lugar. También pareció tener el mismo efecto en Kim, que retrocedió fuera del reservado y le susurró a Madeleine:

—Quizá deberíamos dejarla sola, ¿no?

Madeleine asintió. Y justo entonces vieron cómo Heather se inclinaba sobre la cama y tocaba con la punta del índice el dorso de la mano de Rick.

—Estoy aquí contigo —musitó—. Estoy justo a tu lado.

Cuando salía de la UCI, observó que el policía y la auxiliar seguían totalmente enfrascados el uno con el otro. Gurney se detuvo junto a la esquina de la estación de enfermería.

—Disculpe, agente. ¿Puede acercarse, por favor?

El policía lo miró fijamente.

—Ahora. Por favor.

La auxiliar arqueó una ceja y se apartó, diciendo que debía seguir con su ronda.

La mirada del policía se volvía aún más gélida al acercarse.

—¿Qué sucede?

—Supongo que está usted aquí para proteger a Rick Loomis. ¿Tiene claro de qué lo está protegiendo?

—¿A qué viene la pregunta?

—Usted está aquí para impedir intrusiones no autorizadas de los medios, para no permitir que ningún periodista entre y trate de hablar con Loomis. ¿Es correcto?

El agente entornó los ojos.

—¿Qué pretende decirme?

—Quiero decir que los idiotas de los medios son el menor de sus problemas. Hay algo sobre el atentado que debería saber. La versión oficial es que a Loomis le han disparado unos radicales negros porque es policía. Pero el hecho es que quizá le hayan disparado por otro motivo. Tal vez haya sido alguien que quería verle muerto: no un policía cualquiera, sino a él en particular. Si es así, podría producirse otro atentado contra su vida. Podría ser muy pronto y podría suceder aquí.

—¿De dónde demonios ha sacado todo esto?

—Eso no importa. Lo que importa es que usted comprenda lo que hay en juego.

El policía frunció los labios y asintió con claro escepticismo.

—¿Cómo ha dicho que se llama?

Gurney le repitió su nombre.

—Transmita lo que le he explicado a quienes le releven. Deben comprender para qué están aquí.

A juzgar por la cara que le puso el agente, Gurney pensó que sus palabras tal vez serían transmitidas al siguiente turno o tal vez no, pero que llegarían sin duda a oídos de Judd Turlock.

Salió de la UCI y se dirigió hacia la sala de espera. Al llegar, se encontró a Madeleine esperándolo en el pasillo. Kim estaba dentro, en uno de los sofás. Madeleine se lo llevó más allá del umbral y le habló en voz baja.

—¿Tienes algo más que hacer aquí?

Él se encogió de hombros.

—Ya he hecho todo lo que podía por ahora. Que no es gran cosa. ¿Y tú?

—Heather quiere pasar aquí la noche y Kim quiere quedarse con ella. Tengo la sensación de que debería hacer lo mismo.

—¿Quedarte en la UCI?

—Hay un albergue aquí fuera. El Mercy Visitors Inn, para familiares y amigos de los pacientes. Me parece que lo correcto es quedarme con ellas.

—¿Quieres que me quede también?

—Me gustaría. Pero creo que Heather y Kim preferirían que tú te fueras a investigar, a averiguar el sentido de la nota de Rick.

—¿Mañana no es uno de tus días en la clínica?

—Llamaré a Gerry esta noche. Si ella no puede sustituirme, buscará a alguien. —Le acarició la mejilla—. Conduce con cuidado. Te llamaré si hay algún cambio.

Gurney no hizo ademán de marcharse.

Ella ladeó la cabeza y lo miró.

—Hay algo que no me cuentas. ¿Qué es?

—Preferiría que no te quedases aquí.

—¿Por qué?

—Creo que cabe la posibilidad de un segundo atentado contra la vida de Loomis.

—¿Aquí?

—Es posible.

—¿Te parece probable?

—No lo sé. La sola posibilidad me asusta. No es una situación en la que quiera verte metida.

Ella dejó escapar una risa seca y meneó la cabeza.

—Sabe Dios que he estado en situaciones incluso peores. Más de una vez y más de dos. Cuando dirigíamos en la clínica el refugio de mujeres maltratadas, recibíamos unas amenazas horribles constantemente. Y luego hubo ese otro problemilla de las bombas incendiarias, cuando alguien creyó que estábamos acogiendo a refugiados. ¿Te acuerdas?

—Aun así…

—La posibilidad de la que hablas no va a convencer a Heather y a Kim para que se vayan. Y yo siento que lo correcto por mi parte es quedarme con ellas.

—Entonces yo debería…

Ella le cortó.

—Ni se te ocurra quedarte por una mera posibilidad. Tú te has comprometido a investigar. Ve a hacer tu trabajo y yo haré el mío. Hablo en serio. La gente confía en ti. Nosotras estaremos bien. Ya me encargaré de que ese Romeo mantenga los ojos bien abiertos ante cualquier extraño y no se entretenga con las enfermeras.

Gurney accedió a regañadientes. Le habría gustado sentirse más tranquilo.

Ella le dio un beso en la mejilla.

25

*E*mpezó a caer una llovizna casi imperceptible en cuanto salió del hospital, aunque bastaba con una sola pasada del limpiaparabrisas cada uno o dos minutos. Tenía que cambiar las varillas, porque últimamente soltaban un chirrido entrecortado que interrumpía sus pensamientos. En el tramo de la autopista entre White River y su salida, apenas había tráfico. En la sinuosa carretera desde allí hasta Walnut Crossing, no había directamente.

Durante la mayor parte del trayecto, Gurney le había estado dando vueltas al «mensaje» de Rick, dando por supuesto que tenía un significado y que no era como las palabras inconexas de una persona que habla en sueños. En todo caso, el sentido de la secuencia (A B L E C 1 3 1 1 1) se le seguía escapando. Tenía todo el aspecto de una comunicación codificada, pero resultaba un poco rebuscado imaginar que un hombre casi inconsciente que acababa de recibir una bala en la cabeza pudiera tener la presencia de ánimo necesaria para codificar un mensaje. Y aun suponiendo que lo hubiera hecho, ¿a quién iba dirigido? John Steele estaba muerto, y los dígitos no significaban nada para Heather.

Pero si no era un código, ¿qué podía ser? Una abreviatura tal vez. Era una posibilidad. Si le costaba mucho escribir, tendría sentido que hubiera acortado el mensaje todo lo posible. Pero ¿una abreviatura de qué? ¿Y cómo se combinaban las letras? El principio del mensaje, A BLEC, ¿se refería a un tal BLEC? ¿O significaba «(H)ABLE con»? Y las cifras siguientes, ¿representaban una suma de dólares? ¿Una dirección? ¿Una cantidad de algo?

213

No había llegado a ninguna conclusión cuando tomó la carretera que llevaba a su casa y decidió dejar el asunto de lado. Quizá más adelante vería lo que ahora se le escapaba.

Aparcó junto a la vieja granja. Entró y sacó de la nevera un poco de sopa de zanahorias y salmón. La puso en un cazo para calentarla. Fue al baño para cambiarse la chaqueta sport, la camisa de vestir y los pantalones por una camisa de franela y unos vaqueros descoloridos. Luego se puso su viejo impermeable y salió a echar un vistazo al gallinero.

Las gallinas ya estaban en sus perchas. Miró si había huevos en el ponedero, revisó los niveles del agua y del pienso, y volvió a esparcir la paja que había quedado amontonada en un rincón. Al volver hacia la casa, se detuvo junto al plantel de espárragos. Con una navaja en miniatura que tenía en el llavero, cortó un puñado de espárragos; los llevó a la cocina y los puso en una taza con un poco de agua para mantenerlos frescos. Después de colgar el impermeable, sirvió la sopa en un cuenco y el salmón en un plato y los llevó a la mesa.

214

Mientras comía, su mente volvió a los crípticos garabatos de la tarjeta. Esta vez, en lugar de preguntarse cómo se combinaban las letras y los números, se preguntó qué tipo de información podría haber intentado transmitir Loomis.

Si creía que se estaba muriendo, tal vez habría querido dejarle un mensaje de amor a Heather. Gurney se imaginaba que si él estuviera agonizando, lo único importante sería decirle a Madeleine que la amaba. Pero si Loomis no tenía la sensación de estar tan grave, ¿qué habría querido que supieran sus más allegados?

Quizá la identidad del tipo que le había disparado.

Quizá la identidad de la persona con la que iba a acudir a su cita con Gurney.

Quizás ambas cosas: sobre todo si eran uno y el mismo.

En ese contexto «ABLEC 1 3 1 1 1» podría ser una versión de «Hablé con 1 3 1 1 1 de mi cita con Gurney».

Pero ¿cómo podían leerse esos caracteres como un nombre?

Se le ocurrió la idea de que pudiera ser el número de un documento de identificación, quizás el de un agente de policía de White River. Pero luego recordó que la placa de Mark Torres tenía tres dígitos seguidos de tres letras. Así pues, si se trataba del número de un documento, ¿de qué organización podía ser? No se le ocurría ninguna respuesta. De hecho, tenía la impresión de que era una pregunta equivocada.

En cuanto a la posibilidad de que la «C» se refiriese al individuo y «1 3 1 1 1» fuera su código postal, parecía una forma tan improbable de describir a una persona que la habría desechado sin más, de no haber sido porque ese número figuraba entre los códigos correspondientes al norte de Nueva York. De hecho, había estado a punto de comprobar su ubicación exacta cuando estaba en la UCI, pero no había podido porque el uso de teléfonos móviles estaba prohibido allí. Ahora cayó en la cuenta de que había tenido apagado el suyo desde entonces. Lo cogió y lo encendió.

Vio que en los últimos veintiocho minutos había recibido tres mensajes de voz. El primero era de Sheridan Kline; el segundo de Madeleine y el tercero del doctor Walter Thrasher.

Decidió escuchar primero el de Madeleine: «Hola, cariño. Kim y yo acabamos de registrarnos en el Visitors Inn. Muy sencillo, pero aceptable. Heather sigue en la UCI esperando que vuelvan a traer a Rick de Radiología. Pasaremos a recogerla dentro de un rato para ir a comer algo. No hay muchas novedades. Un agente nuevo ha relevado al otro. Este está más atento que Romeo. Y creo que nada más. Duerme un poco. Parecías exhausto. Hablamos mañana. Te quiero».

A continuación escuchó el mensaje de Kline: «¿Dónde te has metido? Esperaba tener noticias tuyas a estas alturas. Cuando he conseguido contactar con la escena del crimen, me han dicho que te habías ido antes que terminara la búsqueda de pruebas, porque habías recibido una llamada de Heather Loomis... ¿Es así? Joder, David, tú trabajas para mí, no para Heather Loomis. El objetivo de tu incorporación era darme una visión en tiempo real. La investigación avanza deprisa. Tenemos datos de la escena, de los informadores de Beckert, de las cámaras de tráfico y de seguridad, del laboratorio de Albany. Está llegando todo de golpe. Y tú decides largarte al hospital y no responder al teléfono... ¡Joder!».

Kline hizo una pausa y soltó un gran suspiro antes de proseguir con un tono más calmado: «Hay una reunión del comité mañana por la mañana a las nueve en punto para revi-

215

sar todos los datos que tenemos; entre los cuales quizá figure una foto nítida del conductor del Corolla. Y hay nuevas pruebas que implican a los hermanos Gort en los homicidios del parque Willard. Por favor, ven a la reunión». Su tono se volvió más confidencial: «Los elementos de ambos casos están encajando de maravilla. Me gustaría comprobar que coincides conmigo. Quiero que lo tengamos todo en orden. Llámame en cuanto puedas».

A Gurney le molestaba ese afán de tenerlo «todo en orden», porque indicaba un afán de dar buena impresión a toda costa, más que de conocer la verdad.

Dejó para más tarde el mensaje de Thrasher. Suponía que tendría que ver con las piezas del yacimiento que se había llevado para examinarlas con más detenimiento. En ese momento, no le apetecía ponerse a hablar de arqueología colonial.

Llevó el cuenco y el plato al fregadero, los lavó y los dejó en el escurridor. Cuando terminó, los pastos, el corral, el granero y el estanque estaban desvaneciéndose en la oscuridad.

216

No sabía si era el poder de sugestión del comentario de Madeleine sobre su aspecto de cansado, pero tenía ganas de cerrar los ojos un rato. Antes, entró en el estudio para ver si había algún mensaje en el contestador.

Había tres. El primero era de una chillona voz femenina prometiendo grandes rebajas en la factura de la luz. El segundo, de una rústica voz masculina ofreciéndole un crédito asegurado para su inexistente empresa avícola. El tercero era de la biblioteca de Walnut Crossing informando a Madeleine de que el libro que había reservado, *Escarabajos de Norteamérica*, ya estaba disponible.

Salió del estudio y entró en el dormitorio, pensando que tal vez una siesta rápida le quitaría el punto de somnolencia que sentía. Se quitó los zapatos y se tendió sin más sobre el mullido edredón que usaban para taparse. Le llegaban los aullidos amortiguados de los coyotes en los pastos altos. Luego se sumió en un profundo sopor sin sueños.

Le despertó a las 6:40 de la mañana el timbre de la línea fija.

Llegó al teléfono justo cuando Madeleine estaba empezando a dejar un mensaje.

—Aquí estoy —dijo, cogiendo el auricular.

—¡Ah, bueno! Me alegro de encontrarte.

—¿Algo va mal?

—Al parecer, Rick ha sufrido una especie de fallo respiratorio. Ahora lo tienen con soporte vital completo. Heather se está desmoronando.

—Ay, Dios. Pero ¿ha sucedido algo en concreto?

—La verdad es que no sé nada. Solo lo que el médico le ha dicho a Heather. Están haciendo pruebas. Tratando de averiguar qué ocurre. Quizás había más daño cerebral de lo que creyeron en principio… No lo sé.

—Solo quería saber si ha habido alguna interferencia exterior.

—David, nadie sabe nada aparte de lo que te he dicho.

—Vale. Está bien. ¿Te vas a quedar ahí con Heather?

—Con Heather y Kim, sí.

—De acuerdo. Yo tengo una reunión en la central de policía a las nueve en punto. Pasaré por el hospital de camino.

Tras ducharse y cambiarse de ropa, salió hacia White River. Hacía una mañana muy nublada, con algunos trechos de densa niebla que alargaron veinte minutos el tiempo que habitualmente se empleaba para ese trayecto. Se detuvo en el aparcamiento del hospital Mercy a las 8:30.

Mientras caminaba hacia el edificio, vio que había un par de coches patrulla junto al pórtico.

Madeleine lo estaba esperando en el vestíbulo. Se abrazaron con más fuerza y durante más tiempo de lo habitual. Al separarse y retroceder, ella sonrió, lo que no hizo más que subrayar la tristeza que había en sus ojos.

—¿Alguna novedad? —preguntó Gurney.

—Nada importante. Más pruebas, más escáneres. Hay otro especialista en camino. Han cerrado provisionalmente el acceso de visitantes a la UCI.

—¿Cómo está Heather?

—Completamente destrozada. Se entiende.

—¿Han dejado que se quedara arriba?

—No. Está abajo, en la cafetería, con Kim. No quiere comer, pero… —Su voz se apagó—. Ay, Dios. Esto es espantoso.

Un hombre inmenso con un collarín y un abultado vendaje en un ojo pasó junto a ellos con un andador. Madeleine observó cómo avanzaba cojeando y gruñendo. Luego miró a Gurney.

—Será mejor que vayas a tu reunión. Aquí no puedes hacer nada. Si hay algún cambio, seguro que Beckert se enterará al mismo tiempo que nosotras.

O quizá más pronto, pensó él.

Sheridan Kline, Mark Torres, Dwayne Shucker y Goodson Cloutz ya ocupaban su sitio alrededor de la mesa de conferencias cuando Gurney llegó. Tomó asiento, como siempre al lado de Kline, que le dirigió un gesto glacial, lo cual le recordó que no le había devuelto la llamada.

Shucker se estaba limpiando con el dorso de la mano unos restos de azúcar en polvo de las comisuras de los labios. Tenía delante un vaso de café y una bolsa de papel abierta. La etiqueta de la bolsa decía «Delilah's Donuts».

Cloutz, con sus gafas oscuras, pasaba lentamente las yemas de los dedos por su bastón blanco, que estaba transversalmente sobre la mesa, como si acariciase a una mascota. Sus impecables uñas tenían un brillo más reluciente que nunca.

Torres permanecía absorto en su portátil.

A las diez en punto, Beckert entró en la sala y ocupó su lugar en el centro frente a Kline, dando la espalda al amplio ventanal. La cárcel era solo una forma borrosa bajo la niebla. El jefe de policía dejó una carpeta sobre la mesa, alineándola con el borde del tablero con toda exactitud.

Carraspeó.

—Buenos días, caballeros.

Hubo un murmullo general de saludo alrededor de la mesa.

—Me complace informarlos —empezó Beckert con un tono desprovisto de emoción— de que nuestras investigaciones sobre los atentados a nuestros agentes y sobre el asesinato de los miembros de la UDN están a punto de concluir. El detective Torres expondrá en qué punto nos encontramos en los casos Steele y Loomis, pero antes quiero transmitirles una buena noticia de parte del jefe adjunto Turlock. Los análisis de laboratorio confirman una coincidencia total entre las cuerdas encontradas en el complejo de los gemelos Gort y las empleadas para atar a Jordan y Tooker. Se ha emitido una orden para que sean arrestados. Tenemos motivos para creer que podrían estar escondidos en las antiguas canteras situadas por encima del embalse. Se ha enviando a la zona un perro rastreador de la policía con su adiestrador y un equipo de asalto.

—¿Y los motivos cuáles son? —dijo Gurney.

—¿Cómo?

—Los motivos que le hacen creer que están escondidos en las canteras... ¿cuáles son?

La expresión de Beckert no delató nada.

—Informadores fiables.

—Cuya identidad no puede revelarnos, ¿no?

—Correcto. —Le sostuvo un momento la mirada antes de proseguir. —El equipo del perro rastreador tiene un impresionante historial de éxitos. Esperamos que los Gort sean detenidos rápidamente y que Sheridan pueda iniciar una acusación «agresiva», minimizando así el factor racial que están utilizando los organizadores de los disturbios.

Shucker apuntó con un dedo entusiasta a Beckert.

—En cuanto a lo que has dicho de detener a esos chiflados, yo personalmente añadiría: «vivos o muertos». De hecho, en mi humilde opinión, «muertos» sería mucho mejor.

Beckert tampoco mostró ninguna reacción. Se limitó a pasar a los atentados a Steele y Loomis.

—Mark, su turno. Mi impresión general es que las pruebas que ha acumulado contra el «tercer hombre» de la UDN son bastante concluyentes. Explíquenos con detalle.

Torres volvió a abrir el portátil.

Gurney miró de soslayo a Kline, cuyo rostro ceñudo y ansioso reflejaba quizá cierta inquietud por el coste político que pudiera acarrear para él una acusación «agresiva» contra los populares gemelos Gort.

Torres empezó con su característica actitud formal.

—Estos son los hallazgos clave que hemos hecho desde la última reunión. En primer lugar, el informe de urgencia de balística sobre la bala empleada en el atentado a Loomis indica que se disparó con el mismo rifle utilizado en el atentado contra Steele. Además, las huellas del casquillo hallado en la casa desde donde dispararon a Loomis encajan con las encontradas en el apartamento del caso Steele. Y las marcas de extractor indican que ambos cartuchos procedían del mismo rifle.

—¿Había otras huellas dactilares en la casa de Poulter Street que coincidieran con las del casquillo? —preguntó Gurney.

—Había una huella idéntica en el pomo de la puerta lateral.

—¿No en la trasera? ¿Ni en la puerta de la habitación? ¿Ni en el bastidor de la ventana?

—No, señor. Solo en el casquillo y en la puerta lateral.

—¿Había otras huellas recientes en alguna parte de la casa?

—Garrett no encontró ninguna. Había una huella parcial en un bolígrafo, que creo que encontró usted mismo en el patio trasero. Y también huellas de pisadas. De unas botas, de hecho. Bastantes en el patio trasero, algunas junto a la puerta lateral, marcas parciales en la escalera y un par de huellas en la habitación desde donde se hizo el disparo.

Torres resumió a continuación los relatos de Gloria Fenwick y Hollis Vitter, los vecinos de la casa de Poulter Street.

—Ahora sería el momento de mostrar ese gráfico que me ha descrito antes —dijo Beckert.

—Sí, señor.

Tras unos clics con el ratón, el monitor montado por encima de la cabeza del *sheriff* cobró vida, mostrando un plano de White River y de la zona adyacente del parque Willard. Dos líneas coloreadas, una azul y otra roja, partían del mismo punto de Poulter Street y tomaban rutas distintas a través de las calles de la ciudad. Torres explicó que la línea azul representaba la ruta del Corolla después del disparo; la roja, la ruta que había seguido la moto.

La línea azul atravesaba directamente una de las principales avenidas de White River hasta un punto donde el sector financiero de la ciudad daba paso al barrio estragado por los incendios de Grinton. La línea roja, en cambio, zigzagueaba a través de una serie de travesías laterales de Bluestone y Grinton hasta llegar junto al parque Willard, donde concluía.

Shucker sacó de la bolsa un donut cubierto de azúcar en polvo y, pensativo, dio un mordisco que le dejó los labios blancos.

—A mí me parece que el conductor del Corolla sabía adónde iba y que el motociclista no tenía ni idea.

—Hay un punto de llegada en cada una de las rutas —dijo Kline—. ¿Los vehículos fueron encontrados allí?

—Correcto, señor, en el caso del Corolla, que encontró un coche patrulla en la esquina de Sliwak Avenue y North Street a las seis y diez de esta mañana. Garrett Felder y Shelby Towns están revisándolo ahora mismo para buscar huellas y pruebas indirectas.

—Ha dicho «en el caso del Corolla». ¿Eso significa que la moto no ha aparecido?

—Correcto, señor. Debo explicar que las dos líneas del mapa se han construido de forma distinta. Una vez que salió de Poulter Street, el Corolla siguió una avenida que está cubierta por las cámaras del Departamento de Tráfico, lo que nos ha proporcionado imágenes de vídeo de su recorrido. En cambio, la ruta de la moto la hemos reconstruido con la ayuda de varios testigos. Empezando por Hollis Vitter, hemos encontrado a una serie de individuos que vieron u oyeron una moto de motocross a la hora en cuestión. Por suerte para nosotros, esa tarde hacía buen tiempo y había mucha gente en la calle.

—¿Ha conseguido una descripción de la moto?

—Un modelo rojo de motocross con un motor muy ruidoso.

—¿Número de matrícula?

—Nadie se fijó.

—¿Alguna descripción del conductor?

—Traje de cuero completo, casco integral con visera, ningún otro elemento de identificación.

—¿Y dice que la moto no ha aparecido al final de la ruta?

—El punto final mostrado en el mapa es solo el último lugar donde contamos con un testigo. Podría haber cruzado el parque por ese punto y haber tomado las pistas de la zona agreste para dirigirse prácticamente a cualquier parte.

—De acuerdo —dijo Kline, con intensidad de fiscal—. Si lo he entendido bien, tenemos un montón de imágenes de vídeo del Corolla y ninguna imagen de la moto, a pesar de que su ruta zigzagueante abarca un recorrido mucho mayor…

—Correcto, señor.

Shucker le dio otro buen mordisco a su donut. Al ponerse a hablar, volaron motas de azúcar hacia la mesa.

221

—¿Ninguno de los vídeos del Corolla nos ofrece una imagen del conductor?

—A eso iba, señor. Tenemos imágenes parciales captadas desde distintos ángulos, con sombras y reflejos diversos. Ningún fotograma proporciona un aspecto definido, pero el laboratorio de Albany cuenta con sistemas de combinación que quizá nos den lo que buscamos. Ellos pueden combinar las mejores partes de múltiples fotogramas y reunirlas en una sola imagen de alta de definición. Al menos, en teoría.

—¿Cuándo tendremos resultados? —preguntó Kline.

—Les hemos mandado por *e-mail* los archivos digitales y he hablado con ellos esta mañana. Si tenemos suerte, podríamos recibir una respuesta hacia el final de esta reunión.

Kline parecía escéptico.

—Muy rápido me parece para el laboratorio de Albany.

El *sheriff* soltó una risita desagradable.

—La ventaja de un conflicto con tintes de racismo es que nos hacen caso.

Beckert echó un vistazo a su reloj.

—Sigamos adelante, Mark. ¿En qué punto estamos en el rastreo de información sobre los alquileres?

—Hay noticias interesantes, señor. Esta mañana hemos conseguido por fin los registros de los dos lugares utilizados por el francotirador. Los dos contratos de alquiler están a nombre de Marcel Jordan.

Beckert exhibió fugazmente una sonrisa inusual en él.

—Eso elimina cualquier duda sobre la implicación de la UDN.

Algo en la cara de Gurney le llamó la atención.

—¿No está de acuerdo?

—Estoy de acuerdo en que contribuye a sustentar una determinada visión del caso. Que elimine cualquier duda, no me atrevería a afirmarlo.

Beckert le sostuvo la mirada un momento y luego se volvió de nuevo hacia Torres.

—¿Tiene algo más que contarnos?

—Nada más por ahora, señor, hasta que recibamos la foto tratada de Albany y el informe del Corolla de Garrett.

—Hablando de Albany —dijo Beckert, mirando a

Kline—, ¿te han dicho algo los de informática sobre el móvil de Steele?

—No un informe completo. Por eso no lo he mencionado. Pero hablé ayer con un técnico y me dijo que el análisis inicial no había arrojado ningún dato de interés. Me mandó por correo electrónico un listado con los números de las llamadas entrantes y salientes de los últimos tres meses. Steele utilizó ese teléfono para llamar a su hermana de Hawái, a los cines de la zona, a su dentista, al electricista, a varios restaurantes, a un garito de pizza para llevar de Angina, a un gimnasio de Larvaton, a Home Depot y a otros sitios parecidos. Aparte de su hermana, nada de tipo personal. Y aparte de ese extraño mensaje de texto de la noche de su muerte, no hay llamadas ni mensajes de números anónimos de prepago, ni siquiera de números con identificación bloqueada. Poca cosa para seguir investigando. Nos mandarán el informe definitivo dentro de uno o dos días.

La fugaz sonrisa de Beckert reapareció de nuevo.

—Vaya. Mucho ruido y pocas nueces.

—Extraño —dijo Gurney.

Kline lo miró con severidad.

—¿Qué es lo que encuentra extraño? —preguntó Beckert.

—Que no haya mención a las llamadas a o de Rick Loomis.

—¿Por qué es extraño?

—He sacado la impresión de que mantenían un contacto frecuente.

—Quizá preferían el *e-mail*.

—Claro. Será por eso —dijo Gurney, convencido de que no era así en absoluto.

—Bueno —dijo Beckert, con el tono tajante de un portazo—, si nadie tiene nada más que aportar por ahora…

—Yo, sí —dijo el *sheriff*—. Después de informar a ciertos invitados de mi institución de que sentía curiosidad por las disposiciones que Devalon Jones había tomado sobre su Corolla durante su rehabilitación en Dannemora, me dijeron que había confiado dicho vehículo a Blaze Lovely Jackson. Eso la convierte en la depositaria del coche del francotirador. Un dato que debemos considerar muy seriamente.

Kline miró con asombro hacia el fondo de la mesa.

223

—Joder, Goodson. En la última reunión sugeriste que ella podía ser la responsable de los asesinatos de Jordan y Tooker. ¿Ahora vas a añadir los de Steele y Loomis?

—Yo no añado nada por mi cuenta y riesgo, fiscal. Solo cuento lo que me ha dicho un hombre que conoce bien la calle.

Cloutz había empezado a acariciar de nuevo su bastón blanco, un gesto que Gurney encontraba cada vez más repulsivo. Procuró disimular al tomar la palabra.

—¿Qué obtuvo ese hombre a cambio de contárselo?

—No sacó ni un carajo. Le dije que estudiaríamos el dato para la investigación y que su recompensa sería equitativa. Siempre digo «equitativa» con una sonrisa, como si fuese una recompensa especial. Y funciona como un conjuro entre los iletrados. Esta vez funcionó tan bien que el tipo quería seguir contándome cosas. Por ejemplo, se ofreció a contarme que la señorita Jackson estaba follándose a alguien en secreto, cosa que me pareció de considerable interés.

Kline lo miró, perplejo.

—¿Qué relevancia tiene su vida sexual...?

—La relevancia de su jodienda es nula. Lo interesante es que quisiera mantenerlo en secreto. Te hace preguntarte por qué.

Beckert reflexionó unos segundos; luego meneó la cabeza.

—Lo importante aquí es que cada vez parece más clara la implicación de la UDN. Lanzando soflamas amenazantes contra la policía. Alquilando los sitios desde donde se efectuaron los disparos. Proporcionando el vehículo utilizado por el francotirador. Más allá de esto, no nos compliquemos con detalles extraños. Las complicaciones desorientan al público. ¿Está claro?

—Cuanto más sencillo, mejor —dijo Shucker.

—Yo prefiero la simplicidad con un toque especial —dijo Cloutz introduciendo un matiz lascivo en su tono—. Pero entiendo lo que dices —añadió—. El relato sencillo de la ley frente a los alborotadores sin ley.

La mirada de Beckert se detuvo en Gurney.

Él no dijo nada.

En aquel silencio creado había una sensación de enfrentamiento inminente.

Pero lo que acaso podría haber ocurrido, fuese lo que fuese, quedó abortado por el pitido sorprendentemente ruidoso del portátil de Torres al recibir un *e-mail*.

El detective abrió los ojos con excitación.

—Es del laboratorio informático de Albany. Hay un anexo. Me parece que es lo que estábamos esperando.

Tras un par de clics, apareció en el monitor de la pared un plano medio de un hombre joven frente al volante de un coche. La fotografía estaba tomada a través del parabrisas, pero todos los reflejos que tal vez la emborronaban originalmente habían sido eliminados. La nitidez de la imagen era impresionante. Los rasgos faciales se veían con toda claridad.

El joven tenía el pelo de color rubio rojizo recogido detrás en una cola de caballo, lo que realzaba sus ojos hundidos y sus facciones angulosas.

La mano de Shucker se había detenido en el aire, a medio camino de la boca, con el último pedazo de donut.

—Ese chico me resulta tremendamente familiar.

Kline asintió.

—Sí. Estoy seguro de haberlo visto antes.

Gurney también había visto antes esa cara, en la pantalla gigante de Marv y Trish Gelter. Pero no le venía el nombre a la cabeza. Lo recordó cuando Beckert lo dijo con una voz tan gélida como la expresión de sus ojos.

—Cory Payne.

—Cory Payne —repitió el *sheriff*, como si el nombre tuviera un gusto asqueroso—. ¿No es el tipo que está detrás de Blancos Idiotas Escupiendo Mentiras Negras?

—Hombres Blancos por la Justicia Negra —dijo Torres débilmente.

El *sheriff* soltó una ronca risotada de una sola sílaba.

—Cory Payne —repitió Kline lentamente—. Lo he visto en esos debates de la RAM.

—«Guardias de asalto nazis» —masculló Shucker.

Kline parpadeó.

—¿Qué es eso, Dwayne?

—Así es como llama a la policía —dijo Shucker—. El chico tiene una obsesión loca por las fuerzas del orden.

—Ese modo chillón de hablar que tiene siempre me ha

parecido una fanfarronada —apuntó Kline—. Chorradas de adolescente. No creía que fuese nada más. Simple bla-bla-bla.

—He de reconocer que yo pensaba lo mismo —dijo el *sheriff*—. La voz de ese chico en la tele sonaba como la de un perrito ladrando a los perros grandes. Pero nunca hubiera creído que tuviese las pelotas de disparar un tiro.

—Lo cual demuestra que nunca puedes estar seguro hasta que lo estás del todo —dijo Shucker, contemplando el trozo de donut que tenía en la mano—. A veces los más malvados son los últimos en los que se te habría ocurrido pensar. Como esa dulce Doris del Zippy-Mart que cortó en pedazos a su marido y lo guardó en el congelador durante diez años.

—Doce —dijo el *sheriff*—. A juzgar por los periódicos con los que había envuelto los trozos.

Beckert se levantó bruscamente. Su voz sonó como un puño apretado.

—Ya basta, caballeros. Lo cierto es que nos hemos dejado engañar todos por la verborrea pueril de Payne. La situación es crítica, y el factor tiempo, vital. Detective Torres, emita inmediatamente una orden de búsqueda de Cory Payne.

—¿Como sospechoso de asesinato?

—Sí, en el caso de John Steele. Por intento de asesinato en el caso de Loomis. Haré que Baylor Puckett emita una orden judicial. Judd Turlock tiene un archivo de agitadores locales. Él le dará la dirección de Payne. Vaya allí cuanto antes con un equipo de asalto, por si Payne opone resistencia. Acordone el apartamento. Incaute sus pertenencias. Saque huellas de sus objetos personales y cotéjelas con las que Garrett y Shelby hayan encontrado en el coche y en los lugares del francotirador. Para cualquier pregunta de los medios, remítalos a mi oficina. Manténgame informado cada hora. O inmediatamente si hay algún avance significativo. ¿Alguna pregunta?

—No, señor.

—Pues en marcha. —Beckert tenía la expresión de un hombre cuya mente funciona a cien por hora para calcular toda una serie de posibles contratiempos.

Torres recogió su portátil y salió de la sala apresuradamente.

—¿Hay algún motivo para que no quieras arrestar a esa

zorra que le prestó el coche? —preguntó el *sheriff*. Había una vaga insinuación en su tono.

—Prefiero mantenerla vigilada. Averiguaremos más siguiendo sus movimientos que tratando de sonsacarle información.

La mirada de Kline se iluminó.

—¿No me digas que supones que Cory Payne...?

Beckert le cortó en seco.

—¿Que Payne podría ser su amante secreto? ¿Lo dices por ese rumor que le contó ese soplón a Goodson? Creo que es una posibilidad que deberíamos explorar.

—Si fuera cierto, nos daría un motivo rematadamente bueno.

—Ya tenemos un motivo rematadamente bueno —dijo el *sheriff*—. El chico odia a los polis y se dedica a matar polis. Así de sencillo.

—Este motivo es mejor —dijo Kline—. Chico blanco perdidamente enamorado de una activista negra mata policías para impresionarla. A los jurados les encantan los motivos románticos. Cuanto más depravados, mejor.

Beckert irradiaba tensión.

—Caballeros, tenemos que calmarnos y concentrarnos en lo esencial. No quiero que la gente, cuyo apoyo podría resultarnos útil, quede cegada por reportajes sensacionalistas. —Miró su reloj—. Volvamos a reunirnos a las dos en punto para analizar los próximos pasos. Lamento si el intervalo de cuatro horas resulta poco práctico, pero esta situación exige la máxima prioridad. Sheridan, tú eres el que está más lejos de tu oficina. Si lo deseas, puedes utilizar el despacho del fondo del pasillo.

Kline le dio las gracias.

Beckert salió sin más de la sala de conferencias.

26

Gurney estaba deseando abandonar el edificio, que cada vez le resultaba más opresivo. Salió al aparcamiento. El cielo seguía encapotado. El hedor a humo aún impregnaba el aire, pero lo encontraba preferible a la atmósfera de la sala de conferencias. No podía concretar cuál era la fuente principal de su incomodidad: si los repugnantes miembros del comité, o la desolada iluminación de los fluorescentes, o el panorama surrealista del ventanal, o su persistente sensación de que la tesis oficial sobre los dos atentados estaba profundamente equivocada.

Mientras pensaba cómo podía utilizar el prolongado descanso de la reunión, Kline salió al aparcamiento. Parecía más angustiado de lo normal.

—Ven —dijo, señalando su todoterreno con un gesto decidido.

Ocuparon los asientos delanteros. Daba la impresión de que el fiscal no sabía bien dónde poner las manos; primero las apoyó en el regazo y, finalmente, las dejó sobre el volante.

—Bueno —dijo, tras un tenso silencio—, ¿cuál es tu problema?

Gurney encontró curiosamente relajante ese tono agresivo.

—Concreta un poco más.

Kline, siempre mirando al frente, abrió y cerró las manos sobre el volante.

—Escucho lo que dices en estas reuniones. El tipo de preguntas que haces. Y tu modo de formularlas. Esa incredulidad, esa falta de respeto. Dime si me equivoco.

Tenía un tic en la comisura de la boca.

—Estoy tratando de recordar alguna pregunta irrespetuosa. Dame un ejemplo.

—No es algo en concreto. Es esa actitud negativa de buscarle siempre los tres pies al gato. ¿Por qué el punto rojo del láser siguió a Steele tanto tiempo? ¿Cómo es que le dispararon mientras se movía y no cuando estaba parado? Cuando encontramos huellas, quieres saber por qué no hemos encontrado más huellas. Primero armas un alboroto porque había un mensaje extraño en el móvil de Steele y después vuelves a armarlo porque no había más mensajes extraños en su móvil. Te cebas en cualquier detalle minúsculo que no pueda explicarse de inmediato. Dejas totalmente de lado la panorámica general.

—¿La panorámica general?

—La versión perfectamente creíble de los ataques a Steele y Loomis y del apaleamiento de Jordan y Tooker. Con pruebas abrumadoras contra Cory Payne para los primeros. Y pruebas también abrumadoras contra los Gort para el segundo. Son victorias por goleada en ambos casos. Pero, por alguna razón, tú no puedes aceptar que hemos ganado. No lo entiendo.

—Estás exagerando la goleada. Yo simplemente he ido señalado algunos puntos inquietantes que podrían socavar…

Kline lo interrumpió.

—Los puntitos oscuros que señalas no van a socavar nada, salvo tu credibilidad profesional. Hablo en serio, David. Lo que importa es la panorámica general, y tú te niegas a aceptarla.

—Lamento que lo veas así.

Kline se volvió para mirarlo.

—Todo esto es por Beckert, ¿no?

—¿Beckert?

—Me he fijado en tu expresión cada vez que abre la boca. ¿A eso se reduce todo? ¿A una cuestión personal? ¿Simplemente quieres que esté equivocado? Es la única explicación.

Gurney pensó unos momentos lo que se disponía a decir.

—Si eso es lo que piensas, Sheridan, no creo que pueda serte de ayuda por más tiempo.

Kline volvió a mirar al frente, con las manos en el volante.

—Por desgracia, no tengo más remedio que estar de acuerdo.

Gurney se dio cuenta de que la sensación relajante que le

229

había producido desde el principio la agresividad de Kline procedía de una intuición anticipada de ese momento. Ahora lo que sentía era un profundo alivio. El alivio de librarse de un peso extraño, nunca del todo definido, pero siempre inquietante. No es que tuviera intención de abandonar el caso y la responsabilidad que sentía hacia Kim y Heather, y respecto a las víctimas. Simplemente iba a abandonar su turbia relación con Kline.

—¿Quieres que me retire ahora mismo? —preguntó—. ¿O me quedo hasta después de la reunión de las dos?

—Creo que sería mejor para ti que asistieras a la reunión. Resultará más discreto. Y la investigación estará entonces mucho más cerca de concluir. Solo quedarán las últimas detenciones. Así es como debería presentarse tu salida. No como una decisión abrupta, sino como algo normal al final del proceso. Mejor para todos, ¿no crees?

—Suena muy sensato, Sheridan. Nos vemos a las dos.

Ninguno de los dos hizo ademán de darse la mano.

Gurney bajó del enorme Navigator negro y se dirigió a su modesto Outback.

27

*L*a zona de juegos del parque Willard estaba desierta. En el aire inmóvil flotaba el leve olor del agua del lago. Los mirlos permanecían callados entre los juncos. Bajo el esqueleto de acero de las barras para trepar, la tierra arenosa estaba oscura y húmeda por la reciente llovizna. Las gotas de agua que perlaban los barrotes se deslizaban lentamente y caían al suelo.

Gurney estaba aprovechando el tiempo antes de la reunión del mediodía para sacar una impresión más visceral del lugar. Le intrigaba el hecho de que el parque Willard fuera no solo el lugar donde habían aparecido las dos víctimas de la UDN, sino también donde el motociclista de Poulter Street había sido visto por última vez. Era una de esas extrañas resonancias o coincidencias que Kline habría desestimado y considerado insignificante. Pero la opinión de Kline ya carecía de importancia.

Apoyado en los barrotes, contempló el prado donde había tenido lugar la manifestación y la muerte de Steele. El espacio intermedio estaba dominado por la figura marcial del coronel Willard a caballo. Desde su punto de vista, la presencia de la estatua (un vínculo tangible con el oscuro legado de los cazadores de esclavos y con la propia prisión fundada por los Willard) empañaba claramente el aspecto del parque.

Caminó desde la zona de juegos hasta el borde del lago y contempló la cristalina superficie gris. A su derecha, un sendero se internaba en el bosque que rodeaba el lago. Supuso que era el sendero principal que figuraba en la fotografía satélite de Torres: una parte de la red de senderos que enlazaba el parque con la zona agreste colindante y con la reserva privada del club de tiro White River, donde la mayoría de las cabañas de caza pertenecían a agentes de la policía.

Era sin duda una conexión de lo más endeble..., pero cabía la posibilidad de que la moto que huyó de Poulter Street tras el atentado a Rick Loomis hubiera utilizado los mismos senderos que el todoterreno agrícola que había transportado a Jordan y Tooker hasta la zona de juegos. Gurney no sabía muy bien lo que eso podía significar, pero la posibilidad de que fuese más que una coincidencia le produjo un escalofrío.

Al cabo de un momento, el grito desolado de un pájaro en el bosque le puso la carne de gallina de una forma diferente. Era el tipo de lamento espeluznante que a veces le llegaba al oscurecer, desde el pinar del extremo del estanque. Aunque sabía que su reacción era irracional, esa nota extrañamente temblorosa siempre lo sumía en un estado de desazón.

Volvió a las barras de trepar. Se imaginó a Marcel Jordan y a Virgil Tooker atados firmemente a esas barras tubulares: golpeados, marcados, estrangulados.

Examinó los barrotes en los que habían atado las cuerdas. No tenía ni idea de lo que estaba buscando, pero los examinó igualmente, repasando la estructura con atención.

Las únicas peculiaridades que captó fueron dos zonas relucientes, de poco más de un centímetro de diámetro cada una, con una separación entre sí de un metro y pico. Ambas estaban en la parte inferior de la barra horizontal que según las fotografías que había visto en la reunión debía encontrarse justo por encima, o bien detrás de las cabezas de las víctimas. No tenía ni idea de lo que podían significar esas marcas, si es que significaban algo; pero recordó que tenía guardado en su correo el enlace que Torres le había mandado con todas las fotos sacadas por Paul Aziz. Tomó nota mentalmente para entrar en el enlace y revisarlas tan pronto como volviera a casa.

Aún le quedaba tiempo antes de la reunión de las dos en la central de policía, así que decidió echar un vistazo a la estatua.

Al cruzar el prado, advirtió que no era el único que se interesaba por ella. Una mujer afroamericana con traje de camuflaje se acercaba por el extremo opuesto. Parecía estar sacándole fotos con el móvil.

No hizo ningún caso de Gurney hasta que estuvieron lo bastante cerca para hablar. Él, con una sonrisa, le preguntó si sabía quién era ese hombre a caballo.

La mujer se detuvo y lo estudió con la mirada.

—¿Lo han mandado aquí para asegurarse de que no derribo este monumento maligno?

Gurney negó con la cabeza.

—No me ha mandado nadie.

—Cariño, yo distingo a un poli nada más verlo. Y todos los polis que conozco van a donde los mandan.

Él la reconoció de golpe (primero la voz, luego la cara) por su aparición en RAM-TV con un supremacista blanco.

—Usted tal vez conozca a los polis de Dell Beckert, señora Jackson, pero a mí no me conoce.

Ella le clavó sus ojos oscuros sin parpadear. Había algo formidable en su tranquilidad y en la firmeza de su tono.

—¿Por qué está hablando conmigo?

Gurney se encogió de hombros.

—Como he dicho, me preguntaba si podía usted explicarme quién es ese hombre a caballo.

Ella alzó la vista hacia la figura del coronel, como si la estudiara por primera vez.

—Es el diablo —dijo con toda naturalidad.

—¿El diablo?

—¿Necesita que se lo repita?

—¿Por qué lo llama así?

—El hombre que hace el trabajo del diablo es el diablo en persona.

—Hmm. ¿Y qué hay de Dell Beckert? ¿Qué me dice de él?

Ahora ella lo miró con agudeza, con una sagacidad casi deslumbrante.

—¿No le parece algo fascinante cómo la gente sabe siempre la verdad sin saber que la sabe?

—¿Qué quiere decir?

—Piénselo un momento. Aquí estamos hablando del diablo. Y fíjese en qué nombre le ha venido a la cabeza.

Gurney sonrió.

—Una observación interesante.

Ella ya iba a marcharse, pero se detuvo un momento.

233

—Si quiere seguir con vida, vaya con cuidado. Por mucho que crea conocer a ese servidor de la ley, lo conoce tan poco como a Ezra Willard.

Dicho esto, dio media vuelta y caminó a grandes zancadas hacia la salida del parque.

Después de volver al coche y reflexionar un rato en las palabras de Blaze Lovely Jackson, Gurney pensó que debería decirle a Madeleine que su reunión en la central de policía se iba a prolongar y que volvería a casa más tarde de lo previsto.

Justo cuando iba a llamar, sonó su móvil.

Al ver el nombre de Madeleine en la pantalla, respondió y empezó a explicarse sin más, pero ella lo cortó de inmediato.

—Le han retirado el soporte vital a Rick.

—Oh, Dios. ¿Heather… está bien?

—La verdad es que no. La han bajado a urgencias. Tiene contracciones. —Tras una pausa durante la cual oyó su respiración entrecortada, Madeleine se sorbió la nariz y carraspeó—. El médico dice que Rick ha perdido todas las funciones cerebrales. Que ya no había… ninguna posibilidad…, ninguna.

—Ya. —A Gurney no se le ocurría nada más que decir. Nada que pudiera resultar consolador o sincero.

—El hermano de Rick está volando hacia aquí desde no sé dónde. La hermana de Heather también. Ya te diré lo que voy a hacer cuando se aclare un poco la situación.

En cuanto cortó la llamada, su móvil volvió a sonar.

Al ver en la pantalla que era Kline, supuso que le llamaba para darle la misma noticia y dejó que saltara el buzón de voz. Casi no se dio cuenta de que la temperatura estaba bajando y de que había empezado a lloviznar otra vez.

Permaneció un rato sentado en el Outback, casi perdiendo la noción del tiempo. Sacó la tarjeta del bolsillo y volvió a estudiar el críptico mensaje de Rick. Una vez más, no consiguió nada. Volvió a guardársela.

Con la sensación de que tenía que hacer algo —cualquier cosa— sacó el teléfono de nuevo y llamó a Jack Hardwick. Saltó la escueta grabación del buzón: «Deja un mensaje. Sé breve».

—Tenemos que hablar. El lío de White River se está volviendo cada vez más extraño y siniestro. El segundo agente al que dispararon, un joven detective llamado Loomis, acaba de morir. Kline quiere que me retire del caso. Se empeña en asegurar que todo está encajando, que hay pruebas irrefutables y asunto concluido. Yo no estoy de acuerdo. Si te va bien, nos vemos mañana por la mañana a las ocho en Abelard's. Avísame si no puedes. De lo contrario, nos vemos allí.

Antes de guardar el teléfono, revisó los mensajes. Solo había dos que aún no había escuchado: el de Kline y otro más antiguo de Thrasher. No le apetecía escuchar ninguno de los dos.

Ya estaba metiéndose el móvil en el bolsillo cuando volvió a sonar. Kline otra vez. Su vena testaruda le impulsaba a ignorar la llamada, pero su intuición —o quizás era pura lógica— le dijo que debía hablar con el tipo y acabar de una vez.

—Aquí Gurney.

—Solo quería avisarte de que la reunión de las dos ha sido cancelada.

—¿Problemas?

—Todo lo contrario. Un éxito por todo lo alto. Han invitado a Dell al programa *Asuntos candentes con Carlton Flynn*.

—¿Ese pomposo fanfarrón de RAM-TV?

—Resulta que ese pomposo fanfarrón es el periodista de actualidad más reconocido del mundo y dirige el programa de entrevistas de mayor audiencia de Estados Unidos. Es superimportante.

—Estoy impresionado.

—Deberías estarlo. Es la oportunidad perfecta para que Dell aclare las cosas (las manifestaciones, los disturbios, los atentados) y lo sitúe todo en la perspectiva adecuada, subrayando que ya se ha restaurado el orden. Es lo que la gente necesita escuchar.

Gurney no dijo nada.

—¿Sigues ahí?

—Creía que me estabas llamando para avisarme de que Rick Loomis ha muerto.

—He supuesto que ya te habrían informado.

Gurney se quedó otra vez callado.

—Nada sorprendente, en vista de su estado. Pero ahora sabemos quién le disparó; el arresto es solo cuestión de tiempo.

Quizá te interese saber que las huellas del interior del Corolla y de los lugares del francotirador coinciden con las halladas en el apartamento de Cory Payne. Los hombres de Torres incluso han encontrado una caja de cartuchos del treinta-cero-seis escondida en un armario.

—Estoy impresionado.

—Hay más buenas noticias. La información sobre los gemelos Gort era correcta. El equipo de asalto con el perro rastreador está estrechando el cerco en la zona de la cantera. Hay refuerzos en camino. Dentro de una hora debería haber terminado todo.

—Es bueno saberlo.

Kline pareció captar por fin el tono de Gurney.

—Mira —dijo—, sé que hemos sufrido algunos reveses infortunados. Eso nadie lo niega. Son cosas que no tienen remedio. Pero se han dado los pasos adecuados. Se están obteniendo resultados. Ese es el mensaje. Y Dell es el mensajero ideal.

Gurney hizo una pausa.

—¿Piensas llamar a la mujer de Rick Loomis?

—Claro. En el momento apropiado. Ah, una cosa más. Asuntos burocráticos: necesitamos que devuelvas tus credenciales, junto con la cuenta detallada del tiempo dedicado al caso.

—Así lo haré.

Finalizaron la llamada. Habían terminado su anterior conversación en el aparcamiento sin estrecharse la mano. Ahora acababan sin decirse adiós.

Antes de guardar el móvil, Gurney llamó a Hardwick otra vez y le dejó un mensaje adicional, para sugerirle que aquella noche mirase el programa de Carlton Flynn. Luego borró el mensaje anterior de Kline. No le apetecía escuchar al tipo dos veces.

Ahora su plan era volver a casa, revisar las fotos de Paul Aziz, cenar y sentarse a mirar lo que prometía ser una clase magistral de Dell Beckert en control de la información.

Bajarse las fotos de Aziz del servicio de archivos compartidos que había empleado Torres resultó bastante sencillo. Empezó a abrirlas, una a una, en el portátil.

Pasadas las espeluznantes imágenes de los cuerpos, apenas encontró nada que le llamara la atención hasta que descubrió con sorpresa unos primeros planos de los puntos relucientes que había observado al escudriñar las barras de trepar.

Aún más interesantes eran las siguientes fotografías: dos primeros planos de dos pedazos distintos de cuerda en los que había una pequeña depresión redondeada. La secuencia de las fotos indicaba una conexión entre los puntos relucientes de los barrotes y la depresión de las cuerdas.

Llamó de inmediato a Torres y dejó un mensaje describiendo las fotos y pidiéndole los datos de contacto de Aziz. Esperaba que Kline todavía no le hubiera comunicado al detective que él ya no formaba parte del equipo.

Le sorprendió recibir una llamada de respuesta menos de diez minutos después; y aún le sorprendió más que la llamada fuera del propio Aziz.

—Mark me ha dado su número. Me ha dicho que le gustaría hacerme unas preguntas sobre algunas de las fotografías de la escena del crimen. —La voz correspondía a una persona joven y formal, un poco parecida a la de Torres, y sin ningún deje de Oriente Medio.

—Gracias por llamarme tan deprisa. Siento curiosidad por dos puntos relucientes que hay en las barras de trepar y por esos tramos planos de las cuerdas, obviamente fotografiados una vez retirados los cuerpos. ¿Recuerda cómo estaban situados originalmente unos y otros?

—Los tramos planos de las cuerdas se encontraban en la parte que pasaba por encima del barrote. Y los puntos relucientes estaban alineados justo debajo, en la parte inferior del barrote. Si Mark solo le hubiera enseñado los primeros planos de los cuerpos tomados *in situ*, usted no habría observado estos detalles, porque esas cuerdas estaban detrás de las cabezas de las víctimas, sujetándolas por el cuello a la estructura.

—¿A usted se le ocurrió alguna idea que explicara la aparente conexión entre los puntos relucientes y los tramos planos?

—No en ese momento. Yo fotografío sistemáticamente todo lo que me parece raro. —Titubeó un instante—. Pero quizá podría tratarse de una especie de abrazadera...

237

Gurney trató de imaginárselo.

—¿Quiere decir... como si hubieran pasado la cuerda sobre el barrote para izar el cuerpo de la víctima y ponerlo de pie... y luego la hubieran asegurado con una abrazadera para mantener el cuerpo en esa posición mientras le ataban las cuerdas alrededor del estómago y las piernas?

—Creo que podrían haberlo hecho así. Lo que usted describe encajaría con las marcas.

—Muy interesante. Gracias, Paul. Gracias por su tiempo. Y por su observación tan atenta de los detalles.

—Espero que sea útil.

Después de cortar la llamada, Gurney trató de reconstruir la escena mentalmente: imaginar las circunstancias que exigirían el uso de una abrazadera. Al cabo de un rato, al sorprenderse dándole vueltas y vueltas a la cuestión, e incluso preguntándose si las abrazaderas serían la verdadera causa de las marcas, decidió darse una ducha para ver si se le despejaba la mente y lograba relajarse un poco.

En cierto modo, le acabó sirviendo para ambas cosas: aunque lo de «despejarse», más que aclararle las ideas, le vació la mente. Pero hacer borrón y cuenta nueva nunca venía mal. Y la disminución de la tensión siempre resultaba positiva.

Mientras terminaba de ponerse unos vaqueros limpios y un polo cómodo, esa sensación de paz se vio interrumpida por el ruido de una puerta abriéndose y cerrándose. Salió a la cocina, intrigado, y vio entrar a Madeleine por el vestidor.

Ella, sin decir nada, se dirigió al extremo opuesto del espacio abierto que servía de cocina, comedor y salón, y se desplomó en el sofá junto a la chimenea. Gurney la siguió y se sentó en un sillón frente a ella.

Desde la muerte de su hijo de cuatro años, más de dos décadas atrás, nunca la había visto tan cansada y derrotada.

Ella cerró los ojos.

—¿Estás bien? —dijo Gurney. La pregunta le pareció absurda en cuanto salió de sus labios.

Madeleine volvió a abrir los ojos.

—¿Te acuerdas de Carrie Lopez?

—Claro.

Era una de esas historias en las que ningún policía quería

pensar, pero que no podía olvidar jamás. Carrie era la esposa, luego la viuda, de Henry Lopez, un joven e idealista detective de narcóticos al que habían arrojado desde la azotea de una casa donde se trapicheaba con crac una noche de invierno, poco después de que Gurney hubiera sido destinado a ese mismo distrito. A la noche siguiente, tres integrantes de una banda local resultaron abatidos en un tiroteo con dos agentes de la Brigada de Narcóticos; posteriormente, fueron acusados del homicidio de Lopez. Pero Carrie nunca creyó esa historia. Ella estaba segura de que el culpable del asesinato de su marido era alguien de dentro: pensaba que los tipos de narcóticos recibían sobornos y que la honradez de Henry se estaba convirtiendo en un problema para ellos. Pero no llegó a ninguna parte con sus peticiones de una investigación de Asuntos Internos. Poco a poco se fue desmoronando. Al cabo de un año justo de la muerte de Henry, se suicidó... arrojándose desde la azotea del mismo edificio.

Gurney se sentó junto a Madeleine.

—¿Crees que Heather está en ese estado?

—Creo que podría acabar así.

—¿Y Kim?

—Ahora mismo, la rabia la mantiene entera. Pero... no sé.

Negó con la cabeza.

239

$\mathcal{A}$ las ocho en punto de esa noche, ambos se sentaron frente al escritorio del estudio. Gurney abrió en el portátil la sección de emisión en directo de la página de RAM-TV y marcó el icono de *Asuntos candentes con Carlton Flynn*.

En contraste con la lluvia de colores parpadeantes y explosiones gráficas que introducían la mayoría de los programas de RAM-TV, el *show* de Carlton Flynn empezaba sencillamente con un redoble de tambor y una serie de fotos en blanco y negro del presentador. La rápida secuencia de imágenes mostraba al gran hombre en distintos estados anímicos, todos ellos intensos: pensativo, divertido, indignado, absorto, alarmado, duro, escéptico, asqueado, encantado.

Tras el último redoble de tambor y una transición, apareció la cara del presentador mirando directamente a la cámara:

—Buenas noches. Soy Carlton Flynn. Con un asunto candente —dijo, enseñando los dientes de un modo que no era exactamente una sonrisa.

La cámara retrocedió, revelando que se hallaba sentado junto a una mesita redonda. Al otro lado, se encontraba Dell Beckert. Llevaba un traje oscuro con una insignia de la bandera estadounidense en la solapa. Por su parte, Flynn iba con una camisa blanca abierta y las mangas enrolladas hasta el codo.

—Amigos —dijo el presentador—, el programa de esta noche pasará a los libros de historia. Hoy he recibido unas noticias que me han dejado absolutamente asombrado y me han impulsado a hacer algo que nunca había hecho. He anulado todo el programa de invitados previsto... para dejar sitio al hombre que está sentado aquí conmigo. Su nombre es Dell Beckert. Es el jefe de policía de White River, Nueva York, una ciudad donde han sido asesinados dos agentes de policía en los últimos días. Con la ciudad al borde de una guerra racial, con la anarquía en las calles, este hombre está logrando con su firmeza detener el caos. Su búsqueda de la justicia y el orden se está imponiendo. Aunque, eso sí, con un extraordinario coste personal... Enseguida volveremos sobre este punto. Pero primero, jefe Beckert, ¿puede ponernos al día sobre su investigación acerca de esos fatídicos atentados contra la policía?

Beckert asintió gravemente.

—Desde que se produjeron los cobardes ataques de un francotirador contra nuestros valerosos agentes, nuestro departamento ha realizado rápidos progresos. El francotirador ha sido identificado. Se trata de Cory Payne, un joven blanco de veintidós años defensor de los movimientos radicales de negros. A última hora de esta mañana he recibido pruebas concluyentes que lo relacionan con los dos atentados. A la una y cuarto de la tarde he emitido una orden formal de arresto. A la una y media he presentado mi dimisión.

Flynn se inclinó hacia él.

—¿Ha presentado su dimisión?

—Sí. —La voz de Beckert sonaba clara y firme.

—¿Por qué lo ha hecho?

—Para preservar la integridad del sistema y la aplicación imparcial de la ley.

En su casa, Madeleine miró a Gurney.

—Pero ¿qué está diciendo?

—Me parece que ya sé de qué va todo esto, pero vamos a ver.

Flynn, que evidentemente ya lo sabía todo (por eso estaba Beckert allí), fingió una expresión de perplejidad:

—¿Por qué era necesaria para eso su dimisión?

—Cory Payne es mi hijo. —Beckert lanzó el bombazo con una calma chirriante.

—¿Cory Payne... es su hijo? —La pregunta parecía pensada para prolongar el impacto dramático de la revelación.

—Sí.

Madeleine miraba la pantalla con incredulidad.

—¿Cory Payne mató a John Steele y Rick Loomis? ¿Y es el hijo del jefe de policía? ¿Es posible que sea cierto?

—Quizá sea una verdad a medias.

En la pantalla, Flynn puso las palmas sobre la mesa.

—Permítame una pregunta obvia.

Antes de que pudiera formularla, Beckert lo hizo con sus propias palabras.

—¿Cómo he podido estar tan engañado? ¿Cómo es posible que un avezado agente de policía no haya captado los signos que sin duda estaban ahí? ¿Es eso lo que quiere saber?

—Creo que es lo que todos deseamos saber.

—Le responderé lo mejor que pueda. Cory Payne es mi hijo, pero llevamos separados muchos años. Cuando apenas era un adolescente, ya empezó a hacer trastadas. Infringió la ley en más de una ocasión. En vez de ponerlo en manos del sistema de detención juvenil, decidí enviarlo a un internado estricto. Cuando se graduó a los dieciocho años, yo todavía tenía esperanzas puestas en él. Cuando cambió de nombre y adoptó el apellido de soltera de su madre, Payne, quise creer que era solo otro síntoma de un espíritu rebelde que acabaría superando. Cuando el año pasado vino a vivir a White River, pensé que después de todo quizá podríamos forjar una relación. Ahora veo retrospectivamente que esa esperanza era estúpida. La ilusión desesperada de un padre. Esa ilusión me cegó y me impidió calibrar su profunda hostilidad contra todo lo que tuviera que ver con la ley, el orden y la disciplina.

Flynn asintió con aire comprensivo.

—¿Sabía alguien en White River que el verdadero apellido de Cory Payne era Beckert?

—Él me dijo que no quería que nadie supiera que estábamos emparentados, y yo respeté su deseo. Si él se lo reveló a alguien por sus propios motivos, yo no me enteré.

—¿Hasta qué punto tenía contacto con él?

—Eso lo dejé en sus manos. Venía a verme de vez en cuando. Almorzamos juntos en algunas ocasiones, normalmente en sitios donde no nos reconocieran a ninguno de los dos.

—¿Qué pensaba usted de su posición política en temas raciales y de sus críticas a la policía?

—Me decía a mí mismo que era solo bla-bla-bla. El típico

numerito adolescente. Un desviado afán de protagonismo, de esa sensación de poder que produce la crítica a los poderosos. Yo me imaginaba que al final entraría en razón. Obviamente, siguió la dirección contraria.

Flynn se arrellanó en su silla y le dirigió a Beckert una larga mirada compasiva.

—Todo esto debe resultarle extremadamente doloroso.

Beckert mostró una breve y tensa sonrisa.

—El dolor forma parte de la vida. Lo importante es no rehuirlo. Y no permitir que te impulse a actuar mal.

—¿Actuar mal? —Flynn adoptó un aire pensativo—. ¿Qué significaría en este caso?

—Destruir pruebas. Reclamar favores. Amedrentar. Influir en el resultado. Ocultar que somos padre e hijo. Todo eso habría sido actuar mal. Habría implicado socavar la ley, el ideal de justicia al que he consagrado mi vida.

—¿Por eso ha dimitido? ¿Por eso está poniendo fin voluntariamente a una de las carreras más brillantes del país en el seno de las fuerzas del orden?

—El respeto a la ley se basa en la confianza pública. La acusación contra Cory Payne debe realizarse con rigor y transparencia, sin la menor sombra de sospecha o de interferencia. Si renunciar a mi puesto sirve para lograr ese objetivo, merece la pena el sacrificio que implica.

—Uau. —Flynn asintió con admiración—. Bien dicho. Ahora que ha presentado su dimisión, ¿cuál es el camino que debemos seguir?

—Con la aprobación del Ayuntamiento de White River, el alcalde Dwayne Shucker nombrará a un nuevo jefe de policía. La vida continúa.

—¿Alguna reflexión final?

—Que se haga justicia. Que las familias de las víctimas encuentren la paz. Y que la inviolabilidad de la ley prevalezca siempre por encima de cualquier otra consideración… por poderosa y personal que sea, por muy dolorosa que resulte. Dios bendiga a White River. Dios bendiga a Estados Unidos.

La cámara se desplazó lentamente hacia Flynn, que adoptaba una expresión firme, pero conmovida.

—Bueno, amigos, ¿no les he dicho que este programa

pasaría a la historia? En mi opinión, no demasiado humilde, acabamos de asistir a uno de los discursos de dimisión más rectos y sinceros que se hayan pronunciado jamás. ¡Vaya con Dios, Dell Beckert! ¡Buena suerte!

Concluyendo con un gesto en dirección a Beckert (un gesto a medio camino entre el «adiós» y el «lárguese»), Flynn se volvió hacia la cámara y se dirigió a sus cinco millones de admiradores con su característica intensidad:

—Soy Carlton Flynn, y así es como yo lo veo. Volveré con ustedes tras unos cuantos mensajes importantes.

Gurney salió de la página de RAM-TV y cerró el portátil.

Madeleine negó con la cabeza, desconcertada.

—¿A qué te referías cuando has dicho que tal vez sea una verdad a medias que Payne es hijo de Beckert y que él era el francotirador?

—No tengo ninguna duda de que sea su hijo. Pero me parece que lo del francotirador es menos seguro.

—Al baboso de Flynn desde luego le ha encantado el discurso de dimisión.

—Eso parecía. Claro que no era realmente un discurso de dimisión…

—¿No crees que esté dimitiendo?

—Oh, sí. Por supuesto que ha dimitido. Dimite como jefe de policía de White River para presentarse como fiscal general del estado de Nueva York. Lo que hemos oído ha sido su discurso inaugural de campaña.

—¿Hablas en serio? ¿El mismo día que Rick…?

El timbre del móvil de Gurney la interrumpió.

Él miró la pantalla.

—Es Hardwick. Le he sugerido que mirase el *show* de Flynn.

Pulsó el botón de «Responder».

—Bueno, Jack, ¿qué te ha parecido?

—Ese jodido cabrón manipulador ha vuelto a hacerlo.

Gurney ya suponía a qué se refería, pero igualmente se lo preguntó:

—¿Qué ha vuelto a hacer?

—Convertir un desastre en una victoria. Primero fue la delincuencia juvenil de su hijo. Luego la sobredosis de su esposa. Y ahora un doble asesinato perpetrado por ese mismo hijo chiflado. Toda esa mierda, en manos de Dell, acaba ilustrando de algún modo lo noble que es. Un defensor altruista de los principios más elevados. El tipo se las arregla para convertir cada nuevo horror familiar en una plataforma para promover sus patrañas idealistas de mierda. ¡Por favor…, no me jodas!

Al terminar la llamada, Gurney se quedó un buen rato sumido en un sombrío silencio.

—Bueno, ¿qué piensa él? —preguntó Madeleine.

—¿De Beckert? Que es un cabronazo egoísta y un manipulador engañoso.

—¿Estás de acuerdo?

—Oh, sí. Como mínimo, es todo eso.

—¿Como mínimo?

Gurney asintió lentamente.

—Tengo la horrible sensación de que por debajo de esos defectos relativamente corrientes podría haber algo mucho peor.

245

TERCERA PARTE

No confíes en nadie

29

Gurney llegó a Abelard's unos minutos antes de las 8:00 y se instaló en una de las tambaleantes mesitas pintadas a mano. Marika, con aspecto soñoliento y resacoso, le llevó un expreso doble sin que lo pidiera. El color siempre cambiante de su pelo era esta vez una mezcla de intenso violeta y verde metálico.

Mientras Gurney saboreaba el primer sorbo, sonó su móvil. Convencido de que debía de ser Hardwick para decirle que no podía acudir a la cita, se llevó una sorpresa al ver el nombre de Mark Torres en la pantalla.

—Aquí Gurney.

—Espero no llamar demasiado temprano.

—En absoluto.

—He oído que se ha retirado del caso.

—Oficialmente, sí.

—Pero… ¿no del todo?

—Es una forma de decirlo. ¿Qué puedo hacer por usted?

—Bueno, es que me llevé la impresión de que tenía usted dudas sobre cómo iban las cosas.

—¿Y?

—Y… supongo que yo también. O sea, veo que hay montones de pruebas (vídeos, huellas, declaraciones de informadores) que relacionan a Cory Payne con los atentados, con el Corolla y con la gente de la Unión de Defensa Negra. Así que no tengo ninguna duda de que el francotirador sea él. Probablemente actuando en nombre de la UDN.

—Pero…

—Lo que no entiendo es la elección de las víctimas.

—¿Qué quiere decir?

—John Steele y Rick Loomis eran dos solitarios. Por lo que yo sé, solo se relacionaban el uno con el otro. Y a diferencia de la mayoría de los tipos del departamento, no consideraban a la UDN como un enemigo. En un momento dado intentaron establecer una especie de diálogo, investigar las acusaciones de brutalidad y manipulación de pruebas. El intento no sirvió de nada, pero… ¿entiende lo que quiero decir?

—Explíquese mejor.

—De entre todos los agentes del departamento de White River, y hay casi doscientos, algunos abiertamente racistas, resulta extraño que la UDN escogiera como objetivo a Steele y Loomis. ¿Por qué matar a las dos personas que demostraban más simpatías con su causa?

—Tal vez fueron atentados aleatorios y sea solo una coincidencia que las víctimas tuvieran esa actitud hacia la UDN.

—Si hubieran matado solo a uno, lo podría aceptar. Pero ¿los dos?

—¿Por qué me cuenta esto?

—Porque me acuerdo de una cosa que dijo usted en su seminario de investigación en Albany, hace un par de años: es importante analizar las pequeñas discrepancias. Usted señaló que cuando algo no parece encajar, con frecuencia resulta ser la clave del caso. Así que estoy pensando que quizá la extraña elección de las víctimas podría ser la clave aquí.

—¿Tiene pensado dar algún paso en concreto?

—La verdad es que no. Por ahora, quizá podría mantenerle al tanto…, informarle de lo que vaya pasando, ¿no?

—Ningún problema. De hecho, me haría un favor. Cuanto más sepa, mejor.

—Fantástico. Gracias. Estaremos en contacto.

Mientras terminaba la llamada, las viejas tablas del suelo crujieron a su espalda.

Sonó una voz rasposa:

—Al chico lo sacan a patadas de la oficina del fiscal y él sigue investigando. Matándose a trabajar. Con el móvil en la mano. Impresionante de cojones.

—Buenos días, Jack.

Hardwick rodeó la mesa y se sentó en una silla que crujió de modo inquietante bajo su peso.

—Buenos días de mierda.

Llamó a Marika.

—Café negro. Bien fuerte.

Fijó en Gurney sus ojos claros de perro de Alaska.

—Muy bien, cuéntale al tío Jack lo que te quita el sueño.

—El *show* de Carlton Flynn de anoche...

—Flynn el Ceporro queda prendado de Beckert el Mentiroso. ¿Cuál es la pregunta?

Formaba parte de la naturaleza de Hardwick no creer en nada, ridiculizarlo todo y mostrarse gruñón en general. Pero Gurney estaba dispuesto a aguantárselo porque detrás de esa cínica actitud había un intelecto agudo y un alma decente.

—Según los artículos que he leído, Flynn construyó su éxito a base de ser un entrevistador incisivo: esa clase de periodista duro que no se anda con paños calientes. ¿Es así?

—Sí. Un tipo de lo más normal que cobra treinta millones al año. Tremendamente popular entre los gilipollas indignados.

—En cambio, anoche actuó como un servil promotor de Dell Beckert, lanzándole preguntas facilonas, mirándolo con adoración... ¿Cómo lo interpretas tú?

Hardwick se encogió de hombros.

—La fuerza del dinero, la fuerza del poder.

—¿Te parece que Beckert tiene lo suficiente de ambas cosas para convertir a Flynn en un gatito inofensivo?

—Flynn es un superviviente. Como Beckert. O como una rata gigante. Siempre con un ojo en las ocasiones que se presentan. Siempre hacia delante, siempre hacia arriba, sin importar los montones de escombros que deja atrás: una esposa muerta, un hijo loco, lo que sea.

Se detuvo mientras Marika le dejaba el café delante. Cogió la taza y se bebió un tercio de golpe.

—Así que Kline te ha dado la patada después de... ¿cuánto?, ¿dos días?

—Tres.

—¿Cómo coño te las has arreglado?

—Planteando preguntas que él no quería escuchar.

—¿Sobre el caso del francotirador o el del parque infantil?

—Tengo la sensación de que podrían ser el mismo caso.

251

Hardwick mostró un destello de verdadera curiosidad.

—¿En qué sentido?

—Me parece que los asesinatos del parque infantil se ejecutaron demasiado limpiamente para tratarse de una represalia espontánea por el atentado a Steele.

—¿Y eso qué significa?

—Que ya debían de estar planeados antes de que Steele fuese abatido.

—Entonces ¿estás sugiriendo que no hay conexión?

—Creo que sí hay una conexión, pero no la que sostiene Beckert.

—Supongo que no te imaginas que detrás de los atentados y del apaleamiento del parque está la misma gente, ¿no?

—No es imposible.

—¿Para qué? ¿Para desatar una jodida guerra racial?

—Tampoco es imposible.

—Es rematadamente dudoso.

—Pues quizá con otro objetivo. —Gurney hizo una pausa—. He recibido una llamada de Mark Torres, el jefe de investigación. A él no le encaja que los dos atentados supuestamente perpetrados por la UDN escogieran como objetivos a los dos policías de White River que mostraban más simpatías hacia ellos. Lo cual es presumible que los hubiera enemistado con su jefe.

Hardwick parpadeó, de nuevo lleno de curiosidad.

Gurney prosiguió.

—Añade a esto el mensaje de texto del móvil de John Steele… diciéndole que se cuidara las espaldas.

—A ver, un momento, joder. ¿No estarás insinuando que Beckert, el santo patrón de la ley y el orden, puso en el punto de mira a dos de sus propios hombres porque no le gustaba su posición política?

—No pretendo decir algo tan absurdo. Pero desde luego hay señales de que la relación entre los atentados contra Steele y Loomis y los asesinatos de Jordan y Tooker es más complicada de lo que sostiene la versión oficial.

—¿Qué señales?

Gurney recitó su lista de extrañas combinaciones de precaución y negligencia en el comportamiento de los asesinos. El último ejemplo que puso fue la desconcertante diferencia entre las rutas seguidas por los dos vehículos que salieron de la casa de Poulter Street.

—El conductor del Corolla, Cory Payne, tomó una ruta directa a través de la ciudad por una avenida principal llena de cámaras de tráfico y seguridad perfectamente visibles. En cambio, el conductor de la moto siguió un camino zigzagueante, girando al menos una docena de veces y logrando evitar que lo captara una sola cámara. Tomar precauciones para evitar las cámaras es comprensible. Lo desconcertante es que Payne no se molestara en hacer lo mismo.

Hardwick adoptó su típica expresión de reflujo gástrico.

—¿Estas incoherencias no inquietan a Sheridan?

—Él dice que son insignificantes para la visión de conjunto.

—¿Qué visión de conjunto?

—La que asegura que los ataques del francotirador son obra de radicales negros y de un joven blanco trastornado, la que dice que los asesinatos del parque los cometieron un par de rústicos supremacistas blancos. O sea, todos los malhechores están detenidos o muertos, el orden ha sido restaurado y Beckert asciende a la estratosfera de la política…, llevándose consigo a sus adeptos.

—Si el plan está tan claro, ¿por qué demonios quiso Kline involucrarte en la investigación?

—Yo creo que el mensaje de texto que le mostró Kim Steele lo puso muy nervioso, porque indicaba que la policía estaba implicada en la muerte de su marido. Él quería subirse al cohete espacial de Beckert, pero también asegurarse de que no iba a explotar en la plataforma de lanzamiento. Yo debía observar discretamente y avisarle de cualquier desastre inminente. Pero, por lo visto, los supuestos avances en la investigación han conseguido aplacar sus nervios y ahora le preocupa más que yo pueda debilitar su relación con Beckert que cualquier debilidad apreciable en las pruebas presentadas.

Hardwick esbozó una sonrisa glacial.

—Kline el Baboso. Bueno, ¿y ahora qué?

—Aquí hay algo muy raro, y quiero averiguar qué es.

—¿Aunque te hayan despedido?

—Exacto.

253

—Una última pregunta: ¿qué coño hago yo aquí a estas horas del alba?

—Confiaba en que quisieras hacerme un favor.

—Hacerte favores es la guinda del delicioso pastel de mi vida. ¿En qué consiste esta vez?

—He pensado que quizá podrías utilizar tus viejos contactos en la policía del estado para hurgar más a fondo en el pasado de Beckert.

—¿Buscando... qué?

—Cualquier cosa que no sepamos ya de su relación con Turlock, de su primera mujer, de su hijo. Si el hijo de un policía se pone a matar policías, no hace falta ser un genio para sospechar que hay algo turbio en el pasado de ambos. Me gustaría saber qué es.

Hardwick esbozó otra sonrisa.

—¿Qué es lo que te hace gracia?

—Tus evidentes esfuerzos para urdir una teoría que inculpe a Beckert de todo.

—No estoy urdiendo nada. Solo quiero saber más de esa gente.

—Chorradas. A ti ese hijo de puta estirado te gusta tan poco como a mí, y estás buscando el modo de hacerlo pedazos.

Que Hardwick estuviera diciendo en el fondo lo mismo que había dicho Kline le confería un peso adicional a la idea, pero Gurney aún no estaba dispuesto a aceptarla.

Pensativo, Hardwick dio un sorbo antes de proseguir.

—¿Y si Beckert tiene razón?

—¿Sobre qué?

—Sobre Steele y Loomis. Sobre Jordan y Tooker. Sobre Cory manzana-podrida y los chiflados Gort. ¿Y si resulta que el muy cabronazo tiene razón en todo?

—Su forma de tener razón parece cambiar con el viento. Hace tres días culpaba del asesinato de Steele a Jordan y a Tooker. Cuando resultó que estaban con su pastor, ejecutó una de sus piruetas retóricas y dijo que, aunque quizá no habían apretado el gatillo, sin duda habían instigado y colaborado en la acción.

—Lo cual puede ser verdad. Y, por cierto, ¿qué sabes de ese pastor?

—¿A qué te refieres?

—Estás dando por supuesto que ha dicho la verdad. Quizá quieres creerle porque la coartada que proporcionó ponía en un aprieto a Dell Beckert...

Gurney se resistía a creer que sus razonamientos fueran sesgados, pero aquella simple insinuación le incomodaba. Hasta ahora, el pastor no había figurado en los primeros puestos de su lista de gente por entrevistar. Ahora, estaba en cabeza.

30

*E*l reverendo Whittaker Coolidge, rector de la iglesia episcopal de Santo Tomás Apóstol, accedió a reunirse con él esa misma mañana, siempre que pudieran concluir antes de un bautismo que tenía previsto para las 10:30. Saltándose el límite de velocidad durante todo el camino a White River, Gurney consiguió llegar a las 9:45.

La iglesia estaba en una amplia avenida que separaba los barrios de Bluestone y Grinton. Era un viejo edificio de ladrillo rojo, con un tejado inclinado de pizarra, vitrales y un campanario cuadrado. Algo apartado de la avenida, el templo se hallaba flanqueado por tres lados por un antiguo cementerio con mausoleos cubiertos de musgo, estatuas de ángeles y lápidas gastadas. En el cuarto lado, había un aparcamiento vacío.

Gurney estacionó al fondo. Desde allí partía un camino que atravesaba el cementerio hasta la puerta trasera, por donde el reverendo Coolidge le había dicho que se accedía a la oficina.

A medio camino, se detuvo para examinar de cerca las inscripciones de las lápidas. Unas pocas fechas de nacimiento se remontaban a finales del siglo XVIII. La mayoría de las fechas de fallecimiento se situaban entre 1830 y 1840. Como era típico en los antiguos cementerios, algunas lápidas testimoniaban tristemente periodos de vida muy breves.

—¿Dave?

Un hombre corpulento de pelo rubio, con camisa de manga corta, bermudas y sandalias, se hallaba bajo el ala desplegada de un ángel de piedra que adornaba una de las tumbas más recargadas. Dio una última calada a un cigarrillo, lo apagó en la punta del ala del ángel y tiró la colilla en una regadera. Luego se acercó a Gurney con una sonrisa dentona.

—Soy Whit Coolidge. Veo que le intriga nuestra pequeña historia. Algunos de los enterrados aquí fueron contemporáneos del polémico coronel Ezra Willard. ¿Sabe quién era?

—He visto su estatua en el parque.

—Una estatua que algunos de nuestros ciudadanos desearían que fuera retirada. No sin motivo.

Gurney no dijo nada.

—Bueno —dijo Coolidge, tras un incómodo silencio—, ¿por qué no vamos a mi oficina? Allí tendremos más tranquilidad.

Gurney se preguntó dónde podría haber más tranquilidad que en un campo lleno de muertos, pero asintió y lo siguió por la puerta trasera de la iglesia y por un pasillo que olía a polvo y a madera reseca. Salía luz de un umbral situado a mano derecha. Coolidge lo llevó hasta allí.

La oficina era del tamaño aproximado de su propio estudio. En un lado, había un escritorio con una silla de cuero. En el otro, una pequeña chimenea donde ardía un fuego mortecino con dos sillones a cada lado. Una ventana lateral miraba a la parte del cementerio que envolvía esa parte del edificio. En la pared opuesta, había dos enormes fotografías: una de la Madre Teresa y otra de Martin Luther King.

Al ver que Gurney las miraba, Coolidge se explicó.

—Prefiero las encarnaciones modernas de la bondad que los estrafalarios y dogmáticos personajes de la Edad Media. —Le indicó uno de los sillones. Cuando Gurney ya estaba sentado, ocupó el sillón de enfrente—. Me ha dicho por teléfono que estaba metido en la investigación de toda esta espantosa violencia. ¿Puedo preguntarle en calidad de qué?

Algo en su tono sugería que había preguntado y descubierto que Gurney ya no estaba vinculado oficialmente con el caso.

—Las esposas de los agentes asesinados me han pedido que investigue las circunstancias de sus muertes. Quieren asegurarse de que averiguan la verdad, sea cual sea.

Coolidge ladeó la cabeza con curiosidad.

—Yo tenía la impresión de que nuestro departamento de policía ya había descubierto la verdad. ¿Me equivoco?

257

—No estoy seguro de que la confianza que parece tener la policía en su hipótesis esté plenamente justificada.

La respuesta de Gurney pareció producir un efecto positivo, porque las tensas arrugas en torno a los ojos del pastor empezaron a relajarse. Su sonrisa se volvió más natural.

—Siempre es un placer conocer a un hombre de mente abierta. Dígame, ¿qué puedo hacer por usted?

—Estoy buscando información. Con una red muy amplia. Porque aún no sé lo que puede ser importante. Quizá podría empezar contándome lo que sabe de Jordan y Tooker.

—Marcel y Virgil —dijo Coolidge con un tono que convertía la corrección en una leve reprimenda—. Los dos han sido difamados. Todavía ahora los continúan difamando cuando dan a entender que estaban implicados en el asesinato del agente Steele. No hay absolutamente ninguna prueba de ello, que yo sepa.

—Tengo entendido que estaban con usted la noche en que dispararon al agente Steele.

Coolidge hizo una pausa antes de continuar.

258

—Estaban aquí, en este mismo despacho. Marcel en el sillón que ocupa usted. Virgil en el contiguo. Y yo, donde ahora estoy. Era nuestra tercera reunión.

—¿La tercera? ¿Había un orden del día en esas reuniones?

—Paz, progreso, justicia.

—¿A qué se refiere exactamente?

—La idea era canalizar toda la energía negativa hacia objetivos positivos. Ellos eran dos jóvenes airados, cosa comprensible, pero no lanzaban bombas incendiarias. Y desde luego no eran asesinos. Perseguían la justicia. La verdad. Quizá como usted, en cierto modo.

—¿Qué verdad buscaban?

—Querían denunciar las numerosas acciones criminales y los encubrimientos de nuestro departamento de policía. El abuso sistemático.

—¿Conocían casos concretos? ¿Con pruebas para respaldar sus acusaciones?

—Conocían casos de afroamericanos a los que habían inculpado falsamente, a los que habían detenido de forma ilegal y a los que, incluso, habían matado. Estaban buscando la corroboración necesaria, los expedientes de los casos, etcétera.

—¿Cómo?

—Contaban con ayuda.

—¿Con ayuda?

—Correcto.

—Eso no me dice mucho.

Coolidge volvió la mirada a las pequeñas llamas azules que se alzaban entre las brasas de la chimenea.

—Solamente le diré que su deseo de justicia era compartido y que se sentían optimistas.

—¿No podría ser un poco más concreto?

Coolidge adoptó una expresión afligida.

—No puedo decir más sin hablarlo antes con... aquellos que podrían resultar afectados.

—Eso lo comprendo. Entre tanto, ¿puede explicarme por qué Marcel y Virgil acudieron a usted?

Coolidge titubeó.

—Los trajo una de las partes interesadas.

—Cuyo nombre no puede revelar sin consultar antes, ¿no?

—Exacto.

—¿Sabía que John Steele y Rick Loomis querían establecer cierto diálogo con la Unión de Defensa Negra?

—No voy a meterme ahora en un terreno pantanoso diciendo lo que sabía o lo que no sabía. Vivimos en un mundo peligroso. Las confidencias deben respetarse.

—Cierto. —Según la experiencia de Gurney, estar de acuerdo con la persona entrevistada solía dar mejores resultados que cuestionarla. Se arrellanó en la silla—. Muy cierto.

Coolidge dio un suspiro.

—Soy un estudioso de la historia. Me doy cuenta de que las divisiones políticas no son nada nuevo en nuestro país. Hemos tenido enconadas disputas sobre toda clase de cosas. Pero la polarización actual constituye algo nuevo en el curso de mi vida. Resulta una asombrosa paradoja que la explosión de la información disponible en Internet haya llevado a la total irrelevancia de los hechos. El aumento de comunicación ha causado más aislamiento. El discurso político ha quedado reducido a gritos, mentiras y amenazas. Las lealtades políticas nos dicen a quién odias, no a quién amas. Y toda esta agresividad ignorante se justifica inventando «hechos» disparatados. Cuanto más

259

insensata es la creencia, más tenazmente la abrazan. El centro político, la posición racional, está en vías de extinción. Y el sistema de justicia...

Meneó la cabeza, apretó los puños.

—¡El sistema de justicia! Dios Bendito, ¡qué nombre más inapropiado!

—¿En White River, en especial?

Coolidge se quedó callado largo rato, contemplando los rescoldos del fuego. Al volver a hablar, su voz sonaba más calmada, pero la amargura no había desaparecido.

—Antes había un lavacoches en Larvaton: el Soapy Tornado. En la época de frío, cuando había sal en las carreteras y los coches necesitaban un buen lavado, la maquinaria del túnel de lavado, o no funcionaba, o hacía cosas estrambóticas. Enjabonar cuando había que enjuagar. Enjuagar cuando había que enjabonar. Rociar los neumáticos de cera. Lanzar grandes chorros de agua que atrancaba las puertas al congelarse, lo que convertía el coche en un bloque de hielo. Con el conductor atrapado dentro. Los ventiladores soplaban con tal fuerza que a veces arrancaban los adornos de la carrocería.

Apartó los ojos del fuego y los fijó de nuevo en la mirada perpleja de Gurney.

—El Soapy Tornado: así son nuestros tribunales. Nuestro sistema de justicia. Una farsa imprevisible, en el mejor de los casos. Un auténtico desastre en tiempos de crisis. Ver lo que le sucede a la gente vulnerable que cae en las fauces de esa maquinaria desquiciada es para echarse a llorar.

—Y frente a todo esto, ¿qué posición ha decidido adoptar?

Antes de que el pastor pudiera responder, a Gurney le empezó a sonar el teléfono móvil. Se lo sacó del bolsillo, vio que era Torres, lo silenció y volvió a guardarlo.

—Disculpe.

—¿Qué posición he decidido adoptar, me pregunta? Pues me siento inclinado a apoyar a Maynard Biggs en la próxima elección para fiscal general del estado.

—¿Por qué Biggs?

Coolidge se echó hacia delante con las manos en las rodillas.

—Es un hombre razonable. Un hombre de principios. Sabe escuchar. Empieza a construir a partir de lo que hay. Cree en el bien común. —Volvió a arrellanarse en el sillón, alzando las palmas con aire frustrado—. Soy consciente de que estas cualidades constituyen graves anomalías en el actual clima político, pero debemos defender la sensatez y la decencia. Movernos desde la oscuridad hacia la luz. Maynard Biggs es un paso en la dirección correcta… ¡y Dell Beckert no lo es!

A Gurney le sorprendió el veneno que había aparecido repentinamente en la voz del rector.

—¿Usted no cree que el discurso de renuncia de Beckert implique su retirada de la vida pública?

—¡Ja! ¡Ojalá tuviéramos esa suerte! Evidentemente, no ha oído usted la última noticia.

—¿Qué noticia?

—Un sistema de encuesta relámpago conectado a RAM-TV preguntó a los votantes registrados por quién se inclinarían en una hipotética contienda electoral entre Beckert y Biggs. Hubo un empate técnico: algo inquietante teniendo en cuenta que Beckert no ha entrado oficialmente en campaña.

—Habla como si hubiera tenido usted algún tropiezo desagradable con él.

—No personalmente. Pero he oído historias espantosas.

—¿De qué tipo?

Coolidge dio la impresión de medir bien sus palabras.

—Él tiene un doble rasero para juzgar la conducta criminal. Los crímenes que surgen de la pasión, la debilidad, la adicción, la privación y la injusticia se tratan con extrema severidad, muchas veces con violencia. En cambio, los crímenes cometidos por la policía con el pretexto de mantener el orden no se toman en cuenta, e incluso se fomentan.

—¿Por ejemplo?

—No es algo insólito que un miembro de una minoría que se atreva a replicar a un policía sea detenido por hostigamiento y encarcelado durante semanas si no puede pagar la fianza; o que reciba una paliza de muerte si ofrece la menor resistencia. En cambio, si un policía se mete en un enfrentamiento y acaba matando a un drogadicto sin techo, sufre cero consecuencias. Y quiero decir cero. Si muestras un defecto humano que no le guste a Beckert, serás machacado. Pero si llevas una placa y disparas a alguien en un control de tráfico, apenas te cuestionarán. Esa es la cultura infame (fascista, me atrevería a decir) que Beckert ha promovido en nuestro departamento de policía, que él parece considerar su ejército privado.

Gurney asintió, pensativo. Bajo otras circunstancias, tal vez habría profundizado en las generalizaciones de Coolidge, pero ahora mismo tenía otras prioridades más acuciantes.

—¿Conoce a Cory Payne?

Coolidge vaciló.

—Sí. Lo conozco.

—¿Sabía que era hijo de Beckert?

—¿Cómo iba a saberlo?

—Dígamelo usted.

La expresión de Coolidge se endureció.

—Eso suena como una acusación.

—Disculpe. Solo trataba de averiguar todo lo posible. ¿Qué opina de Payne?

—La gente de mi profesión escucha millares de confesiones. Confesiones de todos los crímenes imaginables. La gente desnuda su alma. Sus pensamientos. Sus motivos. Con los años, todas esas confidencias lo vuelven a uno capaz de juzgar a las personas. Y le digo una cosa: la sola idea de que Cory Payne asesinara a dos agentes de policía es un disparate. Cory es pura palabrería. Furibunda, acalorada, acusatoria. Eso se lo reconozco. Pero es solo palabrería.

—La cuestión es —dijo Gurney— que hay abundantes vídeos y huellas dactilares que demuestran que estaba en el lugar y el momento adecuado de cada atentado y que después huyó de la escena.

—Si es así, debe de haber una explicación distinta de la que usted da por supuesta. La sola idea de que Cory Payne matase a alguien a sangre fría es absurda.

—¿Tan bien lo conoce para poder afirmarlo?

—Los progresistas blancos son una raza poco común en esta parte del estado. Nos acabamos conociendo todos. —Coolidge miró su reloj, frunció el ceño y se levantó abruptamente—. Se nos ha acabado el tiempo. Tengo que prepararme para el bautizo. Venga, le acompaño.

Indicándole a Gurney que le siguiera, salió afuera y caminó a través del cementerio hacia el aparcamiento.

—Pida en sus oraciones coraje y cautela —dijo cuando llegaron junto al Outback.

—Una combinación inusual.

—Es una situación inusual.

Gurney asintió, pero no hizo ademán de subir al coche.

Coolidge volvió a mirar el reloj.

—¿Hay algo más?

—Me gustaría hablar con Payne. ¿Usted podría arreglarlo?

—¿Para que pueda arrestarlo?

—Yo no tengo autoridad para arrestar a nadie. Voy por libre.

Coolidge lo miró largamente.

—¿Y no tiene otro objetivo que reunir información para las esposas de los agentes muertos?

—Así es.

—¿Y cree que Cory debería confiar en usted?

—No tiene que confiar en mí. Podemos hablar por teléfono.

—La llamada podría ser rastreada. Triangulación de antenas.

—No si la charla es breve y él se mantiene en movimiento. Solo tengo una pregunta que hacerle. ¿Qué demonios hacía en los lugares donde estuvo el francotirador si él no estaba implicado?

—¿Nada más?

—Nada más. —A Gurney se le habrían podido ocurrir docenas de preguntas, pero no era el momento de complicarse.

Coolidge asintió, indeciso.

—Lo pensaré.

Se dieron la mano. La palma carnosa y blanda del pastor estaba sudada.

Gurney alzó la vista hacia el templo de ladrillo rojo.

—Santo Tomás Apóstol… ¿No lo llamaban «el incrédulo»?

—En efecto. Pero en mi humilde opinión, deberían haberlo llamado «el cuerdo».

31

*S*i la duda era un signo de cordura, pensó Gurney mientras abandonaba el aparcamiento de la iglesia, él andaba sobrado de cordura. Y, a decir verdad, era un atributo muy incómodo.

Tenía un montón de preguntas. ¿Las afirmaciones de Coolidge eran conclusiones basadas en hechos o solo el reflejo de sus puntos de vista políticos? ¿Jordan y Tooker eran realmente activistas bienintencionados que buscaban soluciones o habían embaucado al rector para obtener su aprobación y adquirir un aura de respetabilidad? ¿Beckert era un malvado obseso del control o un defensor de la ley en la batalla campal contra los criminales y el caos? Y luego estaba Judd Turlock. ¿Era el poli duro que anunciaba su firme mandíbula, o era el matón que anidaba en sus ojos impávidos? ¿Y Mark Torres? ¿Los esfuerzos del joven detective para mantenerse en contacto con él había que tomárselos al pie de la letra? ¿O escondían una maniobra manipuladora, tal vez un encargo de sus superiores?

Al pensar en Torres, se acordó de su llamada mientras hablaba con el rector. Paró junto al bordillo de una calle devastada por los incendios, en las inmediaciones de Grinton, y escuchó su mensaje: «Soy Mark. Solo quería avisarle de que ha habido un contratiempo en las canteras. Se lo explicaré cuando hablemos».

Intrigado por saber si ese contratiempo ponía en duda otro aspecto del caso, le devolvió la llamada.

Torres habló en tono de disculpa.

—La situación es bastante delicada. No quería explicarla con detalle en un mensaje.

—¿Cuál es el problema?

—Han matado al perro rastreador.

—¿El que rastreaba a los Gort?

—Exacto. Justo debajo de las canteras abandonadas.

—¿Cómo lo han matado?

—Una flecha de ballesta le ha atravesado la cabeza. Una cosa de lo más extraña. Me trae a la memoria el símbolo que tenían en la valla del complejo.

Gurney lo recordaba vívidamente: el cráneo humano colgado de una flecha de ballesta que le atravesaba la cuenca del ojo. Como rótulo de PROHIBIDO EL PASO era difícil de superar.

—¿Le ha ocurrido algo al adiestrador?

—No. Solo han matado al perro. La flecha salió como de la nada. Ya hay otro perro en camino. Y un helicóptero del estado con un dispositivo de detección de infrarrojos. Y un equipo de asalto de refuerzo.

—¿Algún comunicado oficial a la prensa?

—Ni una palabra. Quieren mantenerlo en secreto, para que no parezca que la situación está fuera de control.

—¿Así que los Gort siguen por ahí sueltos con sus ballestas, sus pitbulls y su dinamita?

—Eso parece.

Torres se quedó callado, pero Gurney tuvo la impresión de que la conversación no había concluido.

—¿Quería comentarme algo más?

—Me resulta incómodo sugerir cosas de las que no tengo pruebas.

—Pero...

—Bueno, creo que no es ningún secreto que el jefe Beckert odia a los Gort.

—¿Y?

—El asunto del perro parece haber multiplicado su odio.

—Entonces...

—Si los Gort acaban siendo capturados, tengo la sensación de que podría suceder algo. Judd Turlock va hacia las canteras para dirigir personalmente la operación.

—¿Cree que van a matar a los Gort? ¿Por la ojeriza que les tiene Beckert?

—Podría equivocarme.

—Pensaba que Beckert había abandonado el departamento.

—Así es, estrictamente. Turlock será jefe interino hasta que se produzca el nombramiento oficial. Pero lo cierto es que Turlock siempre hace lo que Beckert quiere. Nadie cree aquí que vaya a cambiar nada.

—¿Eso le preocupa?

—Siempre me preocupa que las apariencias difieran de la verdad. Una dimisión debería significar que te vas y punto. No que simules que te has ido. ¿Entiende lo que quiero decir?

—Perfectamente. —La discrepancia entre las apariencias y la realidad no solo era un elemento preocupante, sino que venía a ser el desafío básico de cualquier investigación: poder atravesar la costra superficial de las cosas para averiguar lo que había detrás—. ¿Alguna cosa más?

—No, nada más por ahora.

Al cortar la llamada, Gurney advirtió que aún tenía un mensaje que no había escuchado: el del doctor Thrasher. Ahora era un momento tan bueno como otro para hacerlo: «David, soy Walt Thrasher. A juzgar por lo que ha encontrado hasta ahora, esa excavación suya podría resultar de considerable interés histórico. Me gustaría que me diera permiso para examinar la zona más a fondo. Llámeme en cuanto pueda, por favor».

Lo que para Thrasher resultara interesante, fuese lo que fuese, apenas tenía interés para Gurney en aquel momento. Pero una conversación con el forense podía proporcionarle una oportunidad para abordar otras cuestiones.

Marcó el número.

—Thrasher.

—Recibí su mensaje. Sobre la excavación.

—Ah, sí. La excavación. Me gustaría hurgar un poco en el yacimiento, para ver qué hay.

—¿Está buscando algo en concreto?

—Sí. Pero prefiero no decirlo…, al menos, no todavía.

—¿Algo de valor?

—No en el sentido usual. Ningún tesoro enterrado.

—¿Por qué tanto secretismo?

—Detesto la especulación. Tengo una gran debilidad por las pruebas concluyentes.

Esa era probablemente la mejor ocasión que se le iba a presentar, pensó Gurney.

—Hablando de pruebas, ¿cuándo espera recibir del laboratorio los análisis toxicológicos de Jordan y Tooker?

—Le mandé el informe a Turlock ayer por la tarde.

—¿A Turlock?

—Es el jefe de investigación del caso, ¿no? ¿O ya no tiene ese cargo después de la reorganización?

—Sigue siendo el jefe de la investigación —dijo Gurney con aplomo, procurando no desvelar que estaba fuera del caso—. Seguramente remitirá el informe a la oficina del fiscal. Ya me pasará una copia Sheridan. ¿Hay alguna cosa a la que deba prestar especial atención?

—Yo consigno hechos. Priorizarlos es asunto suyo.

—Y los hechos en este caso son…

—Alcohol, midazolam, propofol.

—Propofol… ¿Como en la sobredosis de Michael Jackson?

—Correcto.

—El propofol se administra por vía intravenosa, ¿no?

—Exacto.

—No creía que estuviera disponible en la calle.

—No lo está. Sería una sustancia complicada de manejar para un adicto normal y corriente.

—¿En qué sentido?

—Es un potente sedante con una estrecha ventana terapéutica.

—Lo cual quiere decir…

—Que la dosis recomendada está relativamente cerca de la dosis tóxica.

—O sea, ¿que es fácil sufrir una sobredosis?

—Mucho más fácil que con la mayoría de las drogas que circulan. Y no hay antídoto, ningún equivalente al Narcan para los opiáceos: ninguna forma de rescatarte cuando te pasas de la raya.

—¿La causa de la muerte podría haber sido una sobredosis de propofol?

—La causa de muerte de ambos sujetos fue la estrangulación, que causó un fallo cardiaco y respiratorio. Yo diría que el propofol se administró por sus efectos sedantes, no por sus efectos tóxicos.

—¿Para eliminar el dolor al marcarlos? ¿Para mantener manejables y calladas a las víctimas?

—El efecto sedativo sería congruente con esos objetivos.

—Este caso se vuelve más interesante día a día, ¿no?

—En efecto. De hecho, su llamada me pilla de camino desde la mesa de autopsias a mi oficina.

—¿La autopsia de quién?

—Del agente Loomis.

—Supongo que su muerte se debió a las complicaciones previsibles de un balazo en el lóbulo temporal, ¿no?

—La bala solo rozó el lóbulo, no lo perforó. Se habría recuperado de esa herida casi con toda seguridad, posiblemente con algunas secuelas. Por supuesto, nunca puedes estar seguro en las lesiones cerebrales. Pero no hay duda de que la causa de su muerte fueron las complicaciones derivadas de la destrucción tisular, infección y hemorragia de algunas estructuras vitales del tallo cerebral, principalmente del bulbo raquídeo.

Gurney estaba perplejo.

—¿Hay alguna conexión entre esa zona y la parte del cráneo donde recibió el disparo?

—Ninguna conexión relevante para ese desenlace.

—No entiendo. ¿Me está diciendo que la causa de su muerte no fueron los efectos retardados del disparo en la sien?

—La causa de su muerte fueron los efectos retardados de un picahielos clavado en su tallo cerebral.

32

Gurney no tuvo tiempo de hacerle a Thrasher todas las preguntas que le vinieron a la cabeza. Se centró en las tres más esenciales.

Primera pregunta: ¿cuánto tiempo podía haber transcurrido desde el apuñalamiento con el picahielos hasta que se advirtió el deterioro del estado de Loomis?

La respuesta fue que el apuñalamiento podría haberse producido entre un minuto y veinticuatro horas antes de que aparecieran los primeros síntomas de deterioro. Resultaba imposible concretarlo sin un examen más concienzudo de la zona afectada: un examen que se realizaría si lo solicitaban el departamento de policía o la oficina del fiscal del distrito.

Segunda pregunta: ¿por qué ninguna de las alarmas de los monitores había sonado en el momento del apuñalamiento?

La respuesta fue que la profunda sedación del coma inducido con barbitúricos había amortiguado considerablemente cualquier reacción fisiológica. Los monitores registraron los síntomas subsiguientes de fallo cardiaco y respiratorio solo cuando se desarrollaron los síntomas derivados de la hemorragia, del deterioro y de la infección graduales del tallo cerebral.

Tercera pregunta: ¿un instrumento tan tosco como un picahielos no habría producido una herida sangrante que las enfermeras habrían notado enseguida?

La respuesta fue que el sangrado podía evitarse usando una vía de entrada inclinada para eludir las principales arterias y venas, que era precisamente lo que la autopsia revelaba que se había hecho. Con ciertos conocimientos médicos y un buen diagrama anatómico, no habría sido demasiado difícil. Además, habían aplicado una pequeña tirita en el lugar de la punción.

A Gurney no dejó de impresionarle la simplicidad de este último toque.

Thrasher le explicó que su interno transcribiría dentro de poco la grabación de los comentarios detallados que había ido realizado durante la autopsia. En cuanto repasara el informe, marcado como «preliminar, sujeto a revisión», enviaría una copia a Mark Torres, el jefe de investigación oficial del caso Loomis.

Gurney sabía que Torres lo transmitiría por la cadena de mando a Turlock, quien a su vez se lo pasaría a Beckert. En algún momento de ese proceso, alguien tendría la idea de ir al hospital y solicitar una lista del personal y los visitantes de la UCI que hubieran podido acceder a Loomis durante el extenso periodo en el que podía haberse producido el apuñalamiento.

Así pues, su objetivo ahora era presentarse en el hospital, obtener esa misma lista y largarse antes de que alguien se enterase de que lo habían desposeído de su cargo oficial.

La elegante mujer de ojos azules y permanente blanca como la nieve estaba de nuevo en el mostrador de recepción. Se acordó de él. Le dirigió una sonrisa apenada.

—Lamento lo de su compañero.

—Gracias.

Ella dio un suspiro.

—Ojalá hubiera más personas que apreciaran los sacrificios que hacen ustedes en las fuerzas del orden.

Gurney asintió.

La mujer volvió a sonreír.

—¿Qué podemos hacer hoy por usted?

Él bajó la voz.

—Vamos a necesitar una lista del personal hospitalario y los visitantes que pudieran haber tenido contacto con Rick Loomis.

Ella pareció alarmada.

—Dios mío, ¿por qué?

—Pura rutina. Por si hubiera recuperado el conocimiento temporalmente y hubiera dicho algo que pueda resultarnos útil en presencia de algún testigo.

—Ah, sí, claro —dijo ella, aliviada—. Tiene que hablar con Abby Marsh. Déjeme llamar para ver si está. ¿Lleva algún documento donde figure su cargo exacto?

Gurney le pasó sus credenciales de la fiscalía del distrito.

La mujer se las colocó delante mientras marcaba una extensión en su teléfono.

—¿Marge? ¿Está Abby? Tengo aquí al investigador jefe especial de la oficina del fiscal del distrito... Exacto... Sí, uno de los agentes que vinieron... Un lista del personal... Él podrá explicártelo mejor que yo... De acuerdo... Te lo envío.

Al colgar, la mujer le devolvió sus credenciales y le dio indicaciones para llegar a la oficina de la directora de Recursos Humanos del hospital Mercy.

Abby Marsh le estaba esperando en el umbral de su oficina. Lo recibió con un apretón de manos breve y firme. Era tan alta como Gurney; debía de rondar los cuarenta largos y tenía un pelo castaño tan corto que daba la impresión de que la habían sometido recientemente a quimioterapia. Su expresión agobiada indicaba que los viejos tiempos en los que un puesto en el departamento de personal era un chollo exento de estrés habían quedado muy atrás. Un campo de minas en expansión de regulaciones, derechos, resentimientos y demandas judiciales había convertido aquel trabajo en una continua pesadilla.

Gurney le explicó lo que necesitaba. Ella le pidió sus credenciales y las examinó distraídamente. Le dijo que podía proporcionarle una lista de nombres con las direcciones, la categoría profesional y la fecha de contratación, pero ninguna otra información. En cuanto a señalarle qué miembros del personal en concreto tenían acceso a la UCI, era imposible porque todos los empleados entraban allí sin restricciones ni vigilancia.

Luego miró su reloj como si tuviera prisa. ¿Prefería una copia en papel o un archivo digital?

Digital.

¿Quería que se lo mandara por *e-mail* a la oficina del fiscal o que se lo diera ahora mismo en un USB?

Así de fácil resultó.

Υ

Gurney esperaba que su falta de franqueza para obtener lo que quería no le causara problemas a la mujer. Presentar unas credenciales que ya no eran válidas podía traer consecuencias, pero supuso que en último término le afectarían a él, no a ella.

Ahora su plan era volver a casa y revisar la lista atentamente. No creía que fuera a hacer ningún descubrimiento inmediato, pero tampoco le iría mal familiarizarse con los nombres por si alguno reaparecía más tarde en otro contexto relacionado con el caso. Y había muchas posibilidades de que alguna persona de esa lista hubiera temido lo bastante la posible recuperación de Loomis, y lo que habría podido revelar, como para encargarse de impedirlo de una vez para siempre.

De nuevo le vino a la cabeza la secuencia de letras y números de la tarjeta. Si aquellos caracteres enigmáticos representaban realmente la información por la que Loomis había sido abatido de un disparo y apuñalado con un picahielos, era vital descifrar su significado.

Mientras cruzaba la interestatal de Larvaton en su trayecto hacia Walnut Crossing, preguntándose si los dígitos del mensaje (13111) serían un código postal, sonó su teléfono móvil.

Era Whittaker Coolidge.

Su voz sonaba tensa, aunque Gurney no sabía si era de excitación o de temor.

—He conseguido contactar con el individuo sobre el que preguntaba. Creo que sería posible establecer una comunicación.

—Bien. ¿Cuál es el próximo paso?

—¿Todavía sigue aquí, en la ciudad?

—Podría estar allí dentro de veinte minutos.

—Venga a mi oficina. Entonces sabré cómo debo proceder.

Gurney tomó la siguiente salida y se dirigió de nuevo a White River. Aparcó en el mismo sitio junto al cementerio. Entró en el edificio de la iglesia por la puerta trasera.

El rector estaba sentado ante su escritorio. Iba con uniforme: traje negro, camisa de color gris oscuro y alzacuellos. Llevaba su pelo rubio peinado con raya.

—Es por el bautismo —explicó, como si él mismo encontrara algo vergonzoso su atuendo religioso—. Tome asiento —añadió, indicándole una silla junto al escritorio.

Gurney permaneció de pie. Hacía más frío que antes en el despacho, quizá porque el fuego de la chimenea se había apagado. Coolidge entrelazó los dedos. El gesto parecía en parte devoto, en parte ansioso.

—He hablado con Cory Payne.

—¿Y?

—Creo que desea hablar con usted tanto como usted con él.

—¿Por qué?

—Por la acusación de asesinato. Parece furioso y asustado.

—¿Cuándo vamos a vernos?

—Hay un paso intermedio. Yo debo llamar al número que me ha dado y poner el altavoz del teléfono. Quiere hacerle unas preguntas antes de reunirse con usted. ¿Está de acuerdo?

Gurney asintió.

Coolidge descolgó el auricular de su teléfono fijo, marcó y se lo puso en la oreja. Al cabo de unos segundos, dijo:

—Sí…, todo listo… Voy a activar el altavoz —Pulsó un botón y volvió a dejar el auricular en la horquilla—. Adelante.

Una voz oscura y crispada dijo a través del altavoz:

—Soy Cory Payne. ¿Me oye, Gurney?

—Aquí estoy.

—Tengo que hacerle unas preguntas.

—Adelante.

—¿Está de acuerdo con lo que Dell Beckert ha estado diciendo sobre los atentados y la Unión de Defensa Negra?

—No tengo datos suficientes para estarlo o para disentir.

—¿Está de acuerdo con su acusación contra mí?

—Lo mismo le digo.

—¿Usted ha matado a alguien de un disparo?

—Sí. A un par de asesinos psicóticos que me estaban apuntando con un arma.

—¿Y en alguna ocasión no tan justificada?

—No ha habido ninguna más. Decir si es «justificada» o no jamás ha tenido mucho sentido para mí..

—¿No le importa que una muerte esté justificada?

—Matar es cuestión de necesidad, no de justificación.

—¿De veras? Dígame, ¿cuándo es «necesario» matar a otro ser humano?

—Cuando así se salva una vida que no puede salvarse de otra forma.

—¿Incluida la suya?

—Incluida la mía.

—¿Y usted es el único juez de esa necesidad?

—La mayoría de las veces no hay tiempo de analizarlo más.

—¿Alguna vez ha inculpado falsamente a un inocente?

—No.

—¿Alguna vez ha inculpado falsamente a un culpable: alguien que usted sabía que era culpable, aunque no tuviera las pruebas necesarias para demostrarlo ante un tribunal?

—No.

—¿Alguna vez lo ha deseado?

—Muchas veces.

—¿Por qué no lo ha hecho?

—Porque odio a los mentirosos y no quiero odiarme a mí mismo.

274

Hubo un silencio. Se prolongó tanto que Gurney creyó que se había cortado la comunicación.

Finalmente, intervino Coolidge.

—¿Cory? ¿Sigues ahí?

—Estoy pensando en las respuestas del señor Gurney.

Hubo otro silencio, esta vez no tan largo.

—Vale —dijo Cory Payne a través del altavoz—. Hagámoslo.

—¿Según el plan? —preguntó Coolidge.

—Según el plan.

Coolidge pulsó un botón para cortar la llamada. Parecía aliviado, aunque no del todo relajado.

—Ha salido bien.

—Y ahora, ¿qué?

—Ahora vamos a hablar —dijo la voz oscura y crispada a su espalda.

33

El cuerpo delgado de Cory Payne parecía como a punto de saltar, aunque no estaba claro si hacia Gurney o en la dirección contraria. Había ciertas trazas de Dell Beckert en su físico atlético, en su rostro cincelado, en la mirada imperturbable. Pero en sus ojos se vislumbraba otra cosa, un punto ácido y mordaz, en lugar de la arrogancia de su padre.

Payne y Gurney estaban de pie. Coolidge permanecía detrás del escritorio. Echó la silla hacia atrás, pero siguió sentado, como si hubiera decidido por un extraño cálculo que el espacio disponible para mantenerse de pie ya estaba ocupado.

Gurney habló primero.

—Le agradezco que esté dispuesto a hablar conmigo.

—No es un favor. Necesito saber qué coño está pasando.

Coolidge deslizó su silla un poco más atrás y señaló los sillones de la chimenea.

—¿Quieren sentarse, caballeros?

Sin quitarle a Gurney los ojos de encima, Payne se acercó con cautela al sillón del extremo más alejado de la chimenea.

Gurney ocupó el opuesto y estudió su rostro.

—Se parece a su padre.

Él torció la boca.

—El hombre que me llama asesino.

Gurney notó con asombro que tenía un timbre de voz idéntico al de su padre, aunque el tono era más tenso y airado.

—¿Cuándo se cambió el apellido Beckert por Payne?

—Tan pronto como pude.

—¿Por qué?

—¿Por qué? Porque esa costumbre patriarcal es una chorrada. Yo tenía una madre además de un padre. Se llamaba Payne. Y preferí su apellido. ¿Qué importancia tiene? Creía que íbamos a hablar de los asesinatos de los que me acusan.

—Ya estamos hablando.

—¿Y bien?

—¿Los cometió usted?

—No. ¡Eso es absurdo! Una idea estúpida y repugnante.

—¿Por qué es absurdo?

—Porque lo es. Steele y Loomis eran buena gente. No como el resto de ese apestoso departamento de mierda. Lo que está pasando ahora me tiene cagado de miedo.

—¿Por qué?

—Mire quién está muerto. Mire a quién acusan. ¿Quién cree que será el próximo?

—No le sigo.

Payne alzó la mano derecha y fue contando con los dedos con creciente agitación:

—Steele. Loomis. Jordan. Tooker. Todos muertos. ¿Y a quién acusan? A los hermanos Gort. Y a mí. ¿No ve la pauta?

—No estoy seguro de verla.

—¡Siete personas con una cosa en común! Todos le hemos creado problemas al santificado jefe de policía. Él sería mucho más feliz si ninguno de nosotros existiera. Y ahora ya se ha librado de cuatro de nosotros.

—¿Está diciendo que su padre...?

—No con sus propias manos. Para eso tiene a Judd Turlock. Es asombrosa la cantidad de gente que ha acabado muerta o internada en el hospital por «resistencia a la autoridad» desde que Turlock y el gran Dell Beckert llegaron a White River. No paro de pensarlo. Es lo que pensé nada más oír mi nombre en ese *show* de Flynn la otra noche: «Yo soy el siguiente». Es como vivir en una dictadura gansteril. Sea lo que sea lo que el gran jefe desee, alguien se encarga de ello. Y quien se interpone en su camino acaba muerto.

—Si teme que lo localicen y lo maten en un enfrentamiento amañado, ¿por qué no busca un buen abogado y se entrega?

Payne estalló en una ronca carcajada.

—¿Entregarme y dejarme encerrar quién sabe cuánto tiempo en la cárcel de Goodson Cloutz? Así se lo pondría aún más fácil. Por si no lo ha notado, Cloutz es un baboso de mierda. ¡Y hay gente en esa puta cárcel que estaría dispuesta a pagarle por la oportunidad de cargarse al hijo de un jefe de policía!

Gurney asintió, pensativo. Se arrellanó en el sillón y contempló unos momentos el cementerio a través de la ventana del fondo. Además de darse un momento para reflexionar sobre lo que Payne estaba diciendo, quería hacer una pausa para que el joven se calmara un poco antes de pasar a otro tema.

Coolidge quebró el silencio para preguntar si querían un café.

Gurney aceptó. Payne declinó la invitación.

Mientras Coolidge iba a prepararlo, Gurney prosiguió.

—Tenemos que abordar la cuestión de las pruebas. Hay grabaciones de vídeo en las que aparece en un Corolla negro dirigiéndose a los lugares del francotirador y abandonándolos.

—¿El bloque de apartamentos de Grinton y la casa de Bluestone?

—Sí.

—Cuando han mostrado esos lugares en las noticias de esta mañana, he estado a punto de vomitar.

—¿Por qué?

—Porque he reconocido los edificios. Yo he estado ahí. En los dos.

—¿Para qué?

—Para reunirme con una persona.

—¿Con quién?

Él meneó la cabeza, furioso y asustado a la vez.

—No lo sé.

—¿No sabe con quién iba a reunirse?

—No tengo ni idea. La gente se pone en contacto conmigo. Mi posición política no es ningún secreto. Fundé Hombres Blancos por la Justicia Negra. He salido en la tele. Pido información al público. Divulgo mi número de teléfono. A veces recibo soplos anónimos de personas que quieren ayudarme.

—¿Ayudarle… a qué?

—A denunciar la corrupción de nuestro *establishment* policial fascista.

277

—¿Para eso fue a esos lugares? ¿Para reunirse con alguien que había prometido ayudarle?

—Sí. Una persona me dijo que tenía un vídeo: el de la cámara del salpicadero del coche patrulla implicado en la muerte de Laxton Jones. Un vídeo que revelaría lo que había sucedido realmente y demostraría que la versión policial era mentira.

—¿Era una voz de hombre?

—Era un mensaje de texto. Supongo que yo di por hecho que era de un tipo. No estaba firmado.

—¿Así que recibió ese texto anónimo ofreciéndole el vídeo?

—Sí.

—¿Diciéndole que fuera a buscarlo a ese bloque de apartamento de Bridge Street?

—Sí.

—Eso fue la noche de la manifestación de la UDN en el parque, ¿no?

—Sí. Yo debía entrar con el coche en el callejón de detrás del edificio y esperar.

—Y lo hizo.

—Seguí las instrucciones. Llego al callejón a la hora indicada. Espero. Quizá durante veinte minutos. Entonces recibo un texto en el que se me dice que hay un cambio de planes: he de conducir hasta el extremo del puente Grinton. Lo hago así. Y espero otra vez. Tras un par de minutos, recibo un tercer mensaje. Este expresa cierta inquietud por una posible vigilancia y me dice que hemos de aplazar el encuentro hasta que sea más seguro. Vuelvo a mi apartamento. Pienso que ahí se ha acabado la historia. Hasta que recibo otro mensaje un par de días más tarde. Esta vez con muchas prisas. Tengo que dirigirme de inmediato a una casa de Poulter Street, en Bluestone. Se supone que debo entrar directamente en el garaje y esperar. Consigo llegar a tiempo; espero, espero y espero. Al cabo de un tiempo, pienso que quizás haya entendido mal. Quizá la persona que tiene el vídeo está esperándome en la casa. Me bajo del coche y voy hacia la puerta lateral. No está cerrada. En cuanto la abro, oigo un ruido que podría ser un disparo. Desde alguna parte de la casa. Así que echo a correr, me subo al coche y salgo disparado. Vuelvo a casa. Fin de la historia.

—¿Condujo directamente hasta su apartamento?

—Hasta una plaza de aparcamiento cerca de casa. A una manzana.

—¿Algún otro mensaje de su supuesto soplón?

—Ninguno más.

—¿Guardó los mensajes?

—No. Me anoté el número de donde procedían, pero borré los textos.

—¿Por qué?

—Por precaución. Siempre tengo miedo de que alguien me piratee el teléfono y me robe información privada. Y ese vídeo del salpicadero era un material superdelicado. Si se enteraba según quién de que iba a recibirlo... —Su voz se apagó.

—¿Llamó al teléfono del que procedían los mensajes?

—Lo intenté. Cinco o seis veces. Saltaba un buzón anónimo. Yo creía que tal vez esa persona había estado en la casa después de todo y que tal vez le habían disparado. Y entonces esta mañana aparece en RAM-TV ese reportaje sobre los lugares desde donde partieron los disparos. Hasta ese momento, solo habían explicado que los agentes fueron abatidos por un francotirador, pero no de dónde salieron los disparos. Ahora han mostrado el bloque de apartamentos de Bridge Street y la casa de Poulter Street, con un reportero gilipollas enfrente señalándola. Y yo me digo, mierda, es ahí donde estuve, en los dos lugares. Pero qué coño sucede, pienso. O sea, es evidente que aquí está pasando algo raro. Y si le añadimos a esto las chorradas de Flynn, con el gran jefe de policía apuntándome con el dedo. O sea, ¿qué coño?, ¿qué mierda es esto?

Payne estaba sentado en el borde del sillón, frotándose los muslos con las palmas de las manos, meneando la cabeza y mirando fijamente al suelo con aire desquiciado.

—Hay huellas dactilares —dijo Gurney con suavidad—. En ambos lugares.

—¿Las mías, quiere decir?

—Eso me han dicho.

—Tiene que ser un error.

—Podría ser. —Gurney se encogió de hombros—. Si no lo es, ¿se le ocurre cómo podrían haber aparecido allí?

—El único sitio donde podrían estar mis huellas es en el co-

279

che, del que solo salí para abrir la puerta lateral de la casa. Pero no llegué a entrar. Y en el bloque de apartamentos, permanecí en el callejón. Sin salir del coche en ningún momento.

—¿Tiene algún arma?

Payne negó con la cabeza.

—Odio las armas.

—¿Guarda algún tipo de munición en su apartamento?

—¿Balas? No, claro que no. ¿Para qué iba...? —Se interrumpió, súbitamente boquiabierto—. ¡Joder! ¿Me está diciendo que han encontrado balas en mi apartamento?

Gurney no dijo nada.

—Porque si alguien dice que las han encontrado es una mentira descarada. Pero... ¿qué coño está pasando?

—¿Qué cree usted que está pasando?

Payne cerró los ojos, inspiró hondo lentamente. Volvió a abrirlos y sostuvo la mirada inquisitiva de Gurney con la misma expresión impávida de Beckert.

—Da la impresión de que alguien me quiere tender una trampa para inculparme: alguien que está encubriendo al verdadero implicado en los atentados.

—¿Cree que su padre pretende inculparlo?

Él siguió mirando fijamente a Gurney, como si no hubiera oído la pregunta. Luego su dura expresión empezó a desmoronarse. Aparecieron leves temblores alrededor de sus ojos y de su boca. Se levantó bruscamente y se acercó a la ventana que daba al viejo cementerio.

Gurney aguardó.

Transcurrió un largo minuto.

Payne habló al fin, sin dejar de mirar por la ventana.

—Lo creo y no lo creo. Estoy seguro y no lo estoy. Por una parte me digo: sí, seguro, me ha tendido una trampa para inculparme. Por qué no: al fin y al cabo, no tiene otro sentimiento que la ambición. La ambición es sagrada para él. El éxito. Eso es sagrado para él y para su segunda esposa, una mujer horrible. Haley Beauville Beckert. ¿Sabe de dónde procede su dinero? Del tabaco. Su tatarabuelo, Maxwell Beauville, poseía una enorme plantación esclavista en Virginia. Uno de los mayores productores de tabaco del estado. Joder. ¿Sabe cuánta gente muere todos los días por culpa del tabaco? Unos cabrones avariciosos y unos asesinos de mierda. Pero después me digo: no, no puede ser. ¿Mi padre? ¿Inculparme de asesinato? Imposible, ¿no? Sí, no, sí, no. —Emitió una especie de jadeo que podía ser tal vez un sollozo ahogado—. En fin —añadió finalmente, inspirando hondo—, no tengo ni puta idea.

Gurney decidió cambiar de tema.

—¿Tiene una relación estrecha con Blaze Jackson?

Payne se volvió de la ventana, ya más calmado.

—Blaze Lovely Jackson. Ella se empeña en decirlo todo entero. Tuvimos una aventura. Intermitente. ¿Por qué?

—¿Es ella quien le pasó el Corolla de Devalon Jones?

—Me lo deja usar cuando lo necesito.

—¿Está viviendo en su casa ahora?

—Me voy moviendo de un sitio para otro.

—No es mala idea, probablemente.

Se hizo un silencio.

Coolidge volvió a entrar con el café de Gurney. Dejó la taza a su lado en una mesita auxiliar. Luego, lanzando una mirada inquieta a Payne, se retiró a su escritorio.

El joven miró a Gurney.

—¿Puedo contratarle?

—¿Contratarme?

—Como investigador privado. Para averiguar qué demonios está pasando.

—Ya estoy intentando averiguarlo.

—¿Por cuenta de las esposas de los policías?

—Sí.

—¿Ellas le pagan?

—¿Por qué lo pregunta?

—Porque seguro que tendrá gastos. Una investigación puede ser muy costosa.

—¿Adónde quiere ir a parar?

—Me gustaría asegurarme de que cuenta con los recursos para hacer todo lo que deba.

—¿Usted está en condiciones de proporcionar esos recursos?

—Mis abuelos me dejaron su dinero a mí, no a mi madre. Lo inmovilizaron en un fondo fiduciario al que solo podría acceder al cumplir veintiún años. Y los cumplí el año pasado.

—¿Por qué hicieron eso?

Payne contempló unos instantes las cenizas de la chimenea.

—Mi madre tenía un problema de adicción muy serio. Darle un montón de dinero a alguien con problemas de drogas es como una sentencia de muerte. —Hizo otra pausa—. Además, ellos odiaban a mi padre y querían evitar que llegara a sus manos.

—¿Le odiaban? ¿Por qué?

—Porque es un cabronazo horrible, despiadado y controlador. Siempre lo ha sido y siempre lo será.

282

$\mathcal{A}$l concluir el encuentro, Gurney rechazó la propuesta de ser «contratado», aunque dejó abierta la posibilidad de cobrarle a Payne los gastos extraordinarios, en caso de que sirvieran para descubrir pruebas que lo exonerasen. El joven, por su parte, se sentía reacio a darle su número de móvil (uno nuevo y anónimo, de prepago) por temor a que la policía lo consiguiera y pudiera rastrear su paradero, así que Coolidge accedió nerviosamente a actuar como intermediario entre ambos.

Media hora después, Gurney estaba terminando un almuerzo rápido en un café casi vacío de una de las avenidas comerciales de White River. Mentalmente, iba rebobinando todo lo que Payne había dicho, y también cómo lo había dicho: sus expresiones, sus gestos, sus emociones aparentes. Cuanto más lo pensaba, más se inclinaba a aceptar la verosimilitud de su relato. Se preguntó cómo habría reaccionado Jack Hardwick, el mayor escéptico del mundo. De una cosa estaba seguro. Si se trataba de la actuación de un asesino inteligente, no cabía duda de que era uno de los mejores (quizás el mejor) que había conocido a lo largo de su carrera.

Tomó el último bocado de su sándwich de jamón y queso y fue a la caja a pagar. El dueño, un hombre de media edad con una melancólica cara eslava, se levantó de un reservado donde estaba sentado y se acercó para cobrarle.

—Locos, ¿eh?

—¿Cómo dice?

El hombre señaló hacia la calle.

—Lunáticos. Salvajes. Destruir. Incendiar.

—¿Incluso en esta parte de la ciudad?

—Todas partes. Quizá no quema todavía. Pero podría, podría. Casi tan malo aquí. ¿Cómo quieres dormir, pensando en tanta locura? Incendios, tiros, locura de mierda. —Meneó la cabeza—. Hoy no camarera. Tiene miedo, ¿sabe? Vale. Yo entiendo. No problema. No hay clientes. Tienen miedo también, todos en casa. Escondidos en armario quizá. ¿De qué sirve esta mierda? Incendian su propia casa, joder. ¿Para qué? ¿Para qué? ¿Qué hacemos ahora? ¿Comprarnos armas, matarnos todos? Estúpido, estúpido.

Gurney asintió, cogió el cambio y fue a buscar el coche.

En cuanto subió, sonó su teléfono.

—Aquí Gurney.

—Soy Whit Coolidge. Cory se ha quedado pensando después en una cosa que usted ha dicho: sobre una grabación de vídeo en la que él aparece al llegar y al abandonar los lugares desde donde hicieron los disparos…

—¿Sí?

—Dice, y yo estoy de acuerdo, que las cámaras de tráfico de esas calles son muy evidentes. Cualquiera que hubiera conducido alguna vez por White River sabría que están ahí.

—¿Y?

—Si el asesino sabía que había todas esas cámaras, ¿no las habría procurado evitar?

—Es una pregunta interesante.

—Lo que estamos pensando, entonces, es que quizá tendría más sentido buscar a alguien que no aparezca en esos vídeos.

—Sí, ya se me había ocurrido.

—Ah, bueno. Es que ha dicho tan poco durante la reunión que no resultaba fácil saber qué estaba pensando.

—Aprendo más escuchando que hablando.

—Absolutamente cierto. Un principio que deberíamos aplicarnos todos. Y que olvidamos con demasiada facilidad. En fin, solo queríamos transmitirle esa idea sobre los vídeos.

—Se lo agradezco.

Al terminar la llamada, Gurney recordó el mapa que Mark Torres había mostrado con la ruta que había seguido la moto roja: una ruta trabajosamente reconstruida por las personas que habían visto u oído cómo pasaba rugiendo y que se extendía desde Poulter Street hasta el parque Willard. Aquel motorista vestido de cuero la había recorrido evitando todas las cámaras de tráfico, mientras que Cory Payne, con su Corolla negro, había quedado filmado por una cámara tras otra.

Gurney sintió la tentación de volver al parque una vez más, al último punto donde había sido vista la moto antes de desaparecer probablemente por uno de los muchos senderos que se internaban en los bosques. Pero ya había estado allí tres veces; además, había otros dos lugares cruciales para el caso que aún no había visitado. Ya era hora de hacerlo.

Necesitaría unas llaves. Llamó a Mark Torres.

Aunque su destierro no hubiera disminuido la disposición del joven detective a colaborar con él, resultaba poco aconsejable hacerlo demasiado abiertamente.

Idearon un plan, pues, que permitiría a Gurney inspeccionar el piso de Cory Payne y el apartamento utilizado para el atentado contra Steele sin necesidad de ningún contacto directo. Torres se encargaría de que las puertas de ambos quedaran sin cerrar durante una hora esa misma tarde, entre las 14:30 y las 15:30. Gurney podía llevar a cabo su inspección en ese lapso, procurando llamar la atención lo menos posible.

Llegó al bloque de apartamentos del caso Steele a las 14:31. Era un edificio de cinco plantas. Como muchos otros en White River, había conocido tiempos mejores. Recordó por el vídeo mostrado en el comité de crisis que el número del apartamento era el 5C. Los bloques de menos de seis plantas no estaban obligados legalmente a tener ascensores, y este no los tenía. Cuando llegó a la quinta planta, Gurney respiraba un poco más agitadamente de lo que le habría gustado. Eso le recordó que debía añadir algún ejercicio aeróbico a su régimen habitual de flexiones y abdominales. Había cumplido cincuenta hacía poco, por lo que mantenerse en forma exigía más esfuerzo que antes.

La puerta del apartamento daba la impresión de no haber sido limpiada en años. Tenía una mirilla de acero reforzado que resultaba tan elocuente como el olor a orines de la escalera. Según lo acordado, no estaba cerrada. Y si había habido en su momento cinta amarilla precintándola, ya la habían retirado.

La distribución del interior —un reducido vestíbulo que llevaba a una habitación grande con una cocina incorporada y un baño a la derecha— era tal como la recordaba por el vídeo, con la única diferencia de que ahora el ventanal estaba cerrado. Las tenues marcas del trípode aún resultaban visibles en el suelo, cubierto de polvo.

Situándose en el centro del triángulo formado por las tres marcas y mirando a través de los cristales rayados de la ventana, Gurney divisó el lugar al borde del parque Willard donde John Steele había sido abatido. Al echar un vistazo alrededor, su mirada se detuvo en el antiguo radiador bajo el cual habían encontrado el casquillo de latón. La base del radiador quedaba al menos a diez centímetros del suelo, de manera que el espacio de debajo resultaba fácilmente visible.

Entró en la diminuta cocina, donde no vio nada fuera de lo corriente, salvo los residuos de polvo para huellas dactilares que habían dejado los técnicos forenses en los tiradores, los armarios y los cajones.

286

Luego entró en el baño, que era el lugar que más le interesaba, en especial el váter y la manivela de la cisterna. Lo inspeccionó atentamente; abrió la cisterna y examinó el mecanismo interior. Se quedó boquiabierto. Lo que tenía ante sus ojos sugería una explicación de la presencia de las huellas de Payne: esas huellas que habían aparecido en la manivela de la cisterna, en un envoltorio grasiento arrojado a la taza y en el casquillo de la sala, pero en ninguna otra parte del apartamento.

Desde el principio le había intrigado que no hubieran aparecido huellas recientes en ninguna de las puertas ni en el bastidor de la ventana abierta. Ahora creía saber por qué, pero necesitaba una prueba que corroborara esa explicación antes de comunicársela a Torres.

Sacó con el móvil varias fotos de la cisterna; luego echó un vistazo rápido al apartamento para asegurarse de que lo dejaba todo tal como estaba. Bajó a toda prisa por las escaleras, procurando aspirar lo menos posible el agrio hedor que las impregnaba. Cruzó el vestíbulo, salió a Bridge Street y, tras subir al coche, condujo hacia la dirección del apartamento de Payne que Torres le había dado.

Estaba en el extremo de Willard Park. El barrio estaba destartalado, pero todavía no había sufrido los incendios y saqueos que se habían expandido por el resto de Grinton. Aun así, el aire tenía ese olor a cenizas que parecía haberse adherido a todos los rincones de la ciudad.

El edificio era una estrecha construcción de ladrillo de tres pisos, con un aparcamiento vacío cubierto de hierbajos a cada lado. Había una planta baja comercial y dos pisos de apartamentos. Los escaparates tenían echadas las persianas de acero. En la puerta, un letrero escrito a mano decía: CERRADO. Otro rótulo menos casero colgado sobre el escaparate decía: REPARACIÓN DE ORDENADORES. El edificio tenía dos entradas en la fachada: la de la tienda y la de la escalera que llevaba a los apartamentos.

El de Payne se hallaba en el segundo piso. La puerta, que no estaba cerrada, tal y como habían acordado, daba a un oscuro vestíbulo por donde se accedía a una sala de estar con una vista parcial de la zona boscosa del parque. Había un leve hedor a cloaca en el ambiente. Los muebles estaban desordenados; la alfombra, enrollada en un lado; los almohadones del diván y los sillones, apilados en el suelo. Habían volcado las sillas, habían sacado los cajones y habían vaciado los estantes. Un enchufe múltiple y un enredo de cables tirados en un rincón indicaban que antes había allí un ordenador. Habían abierto las lámparas y habían desmontado las persianas de las ventanas. Evidentemente, el lugar había sido sometido a un exhaustivo registro policial.

Una puerta a mano izquierda conducía a un dormitorio que contaba con el único armario del apartamento. Los cajones de la cómoda los habían sacado y vaciado. El colchón lo habían levantado del somier; la ropa del armario estaba tirada por los rincones en montones desordenados de calzoncillos, calcetines, camisas y pantalones.

De haber tenido más tiempo, lo habría registrado todo, pero ahora le interesaba más otra cosa. Salió del dormitorio y cruzó la sala hacia las dos puertas abiertas del otro lado. Una daba a la cocina, donde había restos de polvos para huellas por todas partes, además de cajones y armarios registrados, así como una nevera con la puerta abierta. Allí el hedor a cloaca era más intenso.

287

La puerta contigua a la cocina llevaba a un pasillo al fondo del cual vislumbró el baño, la parte que más le interesaba y la fuente del mal olor. Habían retirado el desagüe del sifón de debajo del lavamanos, dejando vía libre a todos los efluvios de los bajantes del edificio. El botiquín estaba vacío. No había toallas. El asiento del váter lo habían quitado.

Gurney levantó la tapa de la cisterna y observó el mecanismo y la manivela de la parte exterior. Con un sentimiento de satisfacción, sacó su teléfono móvil y los fotografió.

Comprobó la hora. Todavía quedaban quince minutos de los sesenta que Torres le había concedido. Su primera idea fue emplear cada uno de ellos en examinar lo que la policía había dejado. Su segunda idea fue darse por satisfecho con lo que había descubierto y largarse pitando de allí.

Optó por esta última. Salió del edificio, subió al coche y emprendió el trayecto hacia Walnut Crossing: media hora para reflexionar. No paró hasta llegar al área de descanso de la interestatal donde había mantenido su primera conversación con Torres. Parecía un lugar apropiado para hacer un alto, agradecerle su ayuda e informarle de los progresos que había hecho.

Mientras entraba la llamada, se debatió sobre la cuestión de cuánto debía revelar: no solo acerca de su nueva teoría respecto al asunto de las huellas, sino sobre la modificación que había sufrido su visión del caso en conjunto.

Decidió hablar abiertamente, omitiendo tan solo su encuentro con Payne.

Torres respondió al primer timbrazo.

—¿Cómo ha ido?

—Todo sobre ruedas —dijo Gurney—. Espero que no haya tenido problemas por su lado.

—Ninguno. Acabo de volver a cerrar la puerta de los apartamentos. ¿Ha descubierto algo?

—Eso creo. Y si no me equivoco, es algo que plantea preguntas esenciales.

—¿Como cuáles?

—¿Hasta qué punto está seguro de que Payne es el francotirador?

—Tan seguro como es posible sin una confesión.

—Convénzame.

—Muy bien. Número uno: sabemos que estaba en los lugares y los momentos adecuados. Contamos con vídeos con la fecha y la hora para demostrarlo. Número dos: tenemos sus huellas dactilares en la puerta lateral de Poulter Street y en el váter y en el envoltorio de comida rápida de Bridge Street. Número tres: tenemos sus huellas en los casquillos encontrados en ambos lugares. Sabemos que las huellas son suyas porque coinciden con casi todas las recogidas en su apartamento. Número cuatro: en el armario de su dormitorio, debajo de unas camisas, se ha encontrado una caja de cartuchos del treinta-cero-seis, de la que faltaban dos. Número cinco: acabamos de recibir un análisis de ADN que muestra una coincidencia entre la tirita hallada en el váter de Bridge Street y los folículos pilosos recogidos en el desagüe del lavamanos del apartamento de Payne. Número seis: contamos con el soplo confidencial de un informador de la UDN que lo señala como el francotirador. Número siete: sus propias declaraciones públicas revelan un odio obsesivo hacia la policía. Ahí tiene el cuadro completo. Un chico lleno de odio, ayudado e instigado por una organización llena de odio. Es una acusación convincente, con una tonelada de pruebas incriminatorias. Mucho más de lo que solemos tener.

—Ese es en parte el problema.

El tono seguro con el que Torres había resumido la situación se disolvió de golpe.

—¿Qué quiere decir?

—Que parece haber una tonelada de pruebas. Pero ni una sola resulta sólida.

—¿Qué me dice de los vídeos?

—Los vídeos muestran dónde estaba Payne en ciertos momentos. Pero no nos explican por qué.

—¿No sería una coincidencia extraordinaria que hubiera estado casualmente en ambos lugares por otros motivos cuando se produjeron esos disparos?

—No tanto si lo hubiesen enviado allí.

—¿Para tenderle una trampa?

—Es posible. Eso explicaría por qué no se molestó en evitar las cámaras de tráfico o en disimular su matrícula.

Gurney se imaginó la cara seria y ceñuda de Torres mientras consideraba las posibilidades.

—Pero ¿cómo explica las huellas dactilares?

—Hay una cosa curiosa sobre esas huellas. Todas están en objetos portátiles, con una excepción: el pomo de la puerta lateral de Poulter Street.

—¿Qué quiere decir con «portátiles»? Un váter no es portátil precisamente.

—Cierto. Pero la huella no estaba en el váter mismo. Estaba en la manivela de la cisterna.

—Vale, en la manivela... ¿Adónde nos lleva todo esto?

—A mí me ha llevado hace una hora del apartamento de Bridge Street al apartamento de Cory Payne. He examinado ambos váteres y he sacado unas fotos que voy a enviarle.

—Unas fotos que demuestran... ¿qué?

—Que las manivelas de las cisternas podrían haber sido intercambiadas.

—¿Cómo?

—Es posible que la manivela del váter de Bridge Street, la que tiene las huellas de Payne, proceda de su propio baño.

—Por Dios, si fuese así..., todo quedaría patas arriba. ¿Está insinuando que todas las pruebas fueron sembradas deliberadamente? ¿La tirita con su ADN? ¿Los casquillos con sus huellas? O sea, ¿que todos los elementos que le implican forman parte de un gran montaje para inculparlo? —Torres no empleaba un tono incrédulo, sino atónito e intrigado.

—Los hechos son congruentes con esa hipótesis.

El detective reflexionó unos instantes.

—Parece que voy a tener que recurrir otra vez a los forenses... para analizar todo este asunto de las manivelas intercambiadas..., pero supongamos... Joder... —Su voz se apagó.

Gurney completó la idea.

—Supongamos que las intercambió alguien del departamento.

Torres no dijo nada.

—Es una posibilidad. Yo, en su lugar, me guardaría todo este asunto de las manivelas hasta que hayamos indagado más a fondo y pueda estar seguro de que no lo analiza con la persona menos indicada. Este caso podría resultar mucho más sucio de lo que todo el mundo creía.

Al terminar la llamada, le vino a la memoria vívidamente el mensaje de texto que habían enviado a John Steele la noche de su asesinato: «Cuídate las espaldas. Noche guay para que los hijoputas te fríen el culo y culpen a la UDN».

Durante los dos minutos siguientes permaneció allí sentado, contemplando el campo que se extendía junto al pequeño edificio de ladrillo de los lavabos. Los buitres de la zona planeaban en círculos aprovechando las corrientes que ascendían de la tierra recalentada por el sol.

Decidió llamar a Hardwick para informarle de las últimas novedades.

Sus primeras palabras no resultaban inusuales tratándose de él.

—¿Qué cojones quieres ahora?

—Encanto, calor. Una voz amigable.

—Te has equivocado de número, hermano.

Lo mejor con Jack era ir al grano, y eso hizo.

291

—El forense dice que Loomis no murió por los efectos del disparo. Alguien le clavó un picahielos.

—¡No me jodas! ¡Vaya pifia de seguridad! ¿Alguna pista?

—No, que yo sepa.

—¿Alguien de dentro? ¿Un empleado del hospital?

—Podría ser. Pero antes de entrar en eso, te digo que el caso entero está dando un vuelco radical. Todo indica que Payne ha sido… —Gurney se interrumpió al ver por el retrovisor que un Ford Explorer azul se detenía en el área de descanso—. Espera un segundo, Jack. Me parece que estoy a punto de tener una pequeña refriega con Judd Turlock.

—¿Dónde estás?

—En un área de descanso desierta de la interestatal, cerca de la salida de Larvaton. Acaba de parar detrás de mí. No le he visto seguirme, así que una de dos: o me ha puesto un rastreador en el coche, o me ha pinchado el teléfono para tenerme localizado. Hazme un favor. Voy a dejar encendido mi móvil. Sigue escuchando por si más adelante necesito un testigo.

—¿Llevas un arma?

—Sí —dijo Gurney, que sacó la Beretta de la tobillera, le quitó el seguro y se la guardó bajo la pierna derecha.

—Si crees que tu vida corre peligro, dispara a ese cabrón.

—Por eso confío en ti: por tus sutiles consejos.

Cuando Turlock llegó junto a su coche, Gurney se metió el móvil encendido en el bolsillo de la camisa y bajó la ventanilla.

La voz de Turlock resultaba tan inexpresiva como sus ojos.

—¿Un día ajetreado?

—Bastante.

—El problema es que con tanto ajetreo, está empezando a cometer errores estúpidos.

Gurney sostuvo su mirada y aguardó.

—Como con esa mujer del hospital. Las credenciales que le ha mostrado decían que venía de la oficina del fiscal del distrito. Pero no es así. Ya no. Podría detenerle por suplantar a un agente de la fiscalía. Y tal vez enviarle a pasar una pequeña temporada al hotel del *sheriff* Cloutz. ¿Qué le parece?

—Me parece que podría haber un problema. O dos, mejor dicho. El primero es que no hay fecha de vencimiento en mis credenciales y que la rescisión de mi contrato requiere un aviso por escrito que no he recibido. Así que la acusación de suplantación es infundada. El segundo problema es que me ha llegado el rumor de que alguien atacó a Rick Loomis en la UCI.

Turlock abrió algo más los ojos, apenas un poco.

Gurney prosiguió.

—Las medidas de seguridad que usted estableció no eran las adecuadas y yo le dije a ese agente suyo aficionado a las faldas que Loomis corría un serio peligro. Se lo dije ante testigos, pero mi advertencia fue ignorada. Así que fíjese bien, Judd, yo no tengo ningún deseo de divulgar su monumental cagada, pero ya se sabe que la gente, cuando la amenazan con arrestarla, puede volverse muy destructiva.

—¿Quién diantre le ha dicho que alguien atacó a Loomis?

—Tengo mis informadores. Igual que usted y el jefe Beckert. Solo que los míos saben lo que dicen.

Ahora apareció algo nuevo en los ojos de Turlock, algo así como la extraña calma que precede a una violenta tormenta.

Pero su mirada descendió un instante al móvil que Gurney tenía en el bolsillo. De inmediato, aquella extraña expresión dio paso a otra más contenida, aunque no menos hostil.

—Como acabe jodiendo esta investigación, Gurney, lo pagará muy caro. En White River consideramos la obstrucción a la justicia un delito grave, muy grave.

—No podría estar más de acuerdo.

—Me alegro de que nos entendamos —dijo Turlock, que lo miró un buen rato, con una gélida expresión de odio.

Lentamente, alzó la mano derecha como si fuera una pistola, con el índice apuntando a la cara de Gurney. Echó el pulgar atrás como si fuera el martillo. Y sin decir una palabra más, volvió a su enorme todoterreno azul y salió del área de descanso.

Gurney se sacó el móvil del bolsillo.

—¿Sigues ahí, Jack?

—¡Joder! ¿Eso es lo que tú llamas sutileza? Tienes suerte de que ese loco hijo de puta no te haya matado.

—Le habría encantado. Y quizás algún día lo intente. Pero ahora hemos de hablar de otras cosas.

Gurney procedió a explicarle las novedades del día, empezando por su conversación con Whittaker Coolidge y Cory Payne y terminando por el posible intercambio de las manivelas de las cisternas.

Hardwick soltó un gruñido.

—Esta historia de los retretes suena muy descabellada.

—Estoy de acuerdo.

—Pero si es cierta, estamos ante un montaje del carajo.

—Estoy de acuerdo.

—Con cantidad de planificación.

—Sí.

—Un riesgo tan grande sugiere una gran recompensa.

—Cierto.

—Así que la pregunta sería quién lo hizo y por qué.

—Hay otra pregunta interesante. El hecho de que incriminaran a Payne, suponiendo que sea cierto, ¿era solo una táctica para echarle la culpa a otro, o era un objetivo en sí mismo?

—¿Qué demonios quieres decir?

—¿Escogieron a Payne como una víctima propicia para inculparlo y desviar hacia él la investigación de los asesinatos de los policías? ¿O acaso asesinaron a los policías con el propósito de inculparlo?

—Joder, ¿no te parece un poco rebuscado? ¿Por qué demonios el objetivo de inculparlo habría de ser tan importante como para matar a dos policías?

—Reconozco que estoy forzando un poquito las cosas.

—Joder, un poquito dice…

—Aun así, me gustaría saber si lo estamos mirando del derecho o del revés. Entre tanto, ¿cómo van tus pesquisas sobre el pasado de Beckert?

—Estoy esperando la respuesta de un par de tipos. Debería poder decirte algo esta noche. O tal vez no. Quién sabe las ganas que tendrán esos mamones de devolverme un favor…

35

*Y*a eran las cinco cuando Gurney subió por la carretera en dirección a su casa, cansado de analizar obsesivamente hipótesis diversas que implicaran la falsa inculpación de Cory Payne. Desde que había observado las marcas de unos alicates en la parte donde la manivela exterior de la cisterna se unía al mecanismo del interior, no había podido pensar en otra cosa.

Al alcanzar el final de la carretera y llegar a la altura del granero, sin embargo, dejó de lado todas sus cavilaciones porque vio el reluciente Audi negro de Thrasher.

Recordó la conversación que habían mantenido por teléfono. Él le había dado permiso para buscar utensilios que pudieran sustentar la idea que se había hecho sobre la historia del lugar. Sintió la tentación de pasar por el yacimiento para ver si había encontrado lo que buscaba. Pero la perspectiva de subir a pie la cuesta le dio pereza y continuó hacia la casa.

Madeleine, con su sombrero de paja, estaba arrodillada al borde del plantel de espárragos, arrancando hierbas con una palita de jardinería. Alzó la vista hacia él, ladeando el ala del sombrero para protegerse los ojos del sol de la tarde.

—¿Estás bien? —dijo—. Pareces agotado.

—Me siento agotado.

—¿Algún progreso?

—Indicios que suscitan nuevas preguntas, sobre todo. Veremos adónde nos llevan.

Ella se encogió de hombros y siguió arrancando hierbas.

—¿Supongo que ya sabes que está ese hombre junto al estanque?

—El doctor Walter Thrasher. Me ha pedido permiso para hurgar un poco en nuestra excavación.

—En tu excavación, querrás decir.

—Al parecer es un experto en la historia colonial de esta zona. —Hizo una pausa—. Y, además, es el forense del condado.

—¿Ah, sí? —Madeleine clavó la pala alrededor de una raíz de diente de león.

Él la observó un rato en silencio antes de preguntar:

—¿Cómo está Heather?

—Lo último que me han dicho es que habían cesado las contracciones, o lo que ellos creían que eran contracciones. La mantendrán en observación en el hospital al menos otras veinticuatro horas. —Madeleine arrancó una larga raíz y la arrojó a un montón que tenía al lado. Examinó la pala un momento, la dejó sobre las hierbas y volvió a alzar la vista—. Realmente tienes pinta de haber pasado un día complicado.

—Así es. Pero tengo un plan de recuperación. Una ducha bien caliente. Nos vemos dentro de un rato.

296

Como siempre, la ducha obró al menos una parte de su magia. Era una curiosa paradoja de la naturaleza humana, pensó, que los embrollos mentales más complejos se vieran aliviados con la simple aplicación de agua caliente.

Cuando se sentaron a cenar, ya se sentía otra vez tranquilo y renovado. Incluso fue capaz de apreciar la fragancia a flores de manzano del aire primaveral que entraba por las puertas cristaleras. Llevaban un rato tomándose la sopa de espárragos cuando Madeleine rompió el silencio.

—¿Quieres contarme cómo te ha ido?

—Es una larga historia.

—No tengo ninguna prisa.

Gurney empezó explicándole su visita matinal a la iglesia de Santo Tomás Apóstol. Le habló de las simpatías del reverendo Coolidge por la UDN y por los supuestos esfuerzos de Marcel Jordan y Virgil Tooker para denunciar los abusos policiales. También le habló de la aversión casi violenta que le inspiraba Dell Beckert y de su empeño en defender la inocencia de Cory Payne.

A continuación, le contó su conversación con el propio

Payne: la explicación de su presencia en los lugares del francotirador, el profundo desprecio que sentía por su padre, su temor a ser el próximo de la lista.

También hablaron sobre los detalles de su conversación telefónica con Thrasher: la presencia de propofol en los análisis toxicológicos de Jordan y Tooker y, sobre todo, el espeluznante descubrimiento realizado durante la autopsia de Rick Loomis.

Al mencionar el picahielos, Madeleine soltó un grito gutural de repugnancia.

—¿Estás diciendo que alguien... entró en la UCI...?

—Podría haber sucedido en la UCI, o bien cuando lo llevaban de vuelta desde Radiología.

—Dios mío. Pero ¿cómo? No comprendo cómo es posible que alguien entrara así como así...

—Podría tratarse de un empleado del hospital, alguien conocido para las enfermeras. O alguien con uniforme, quizás un guardia de seguridad. O alguien haciéndose pasar por médico.

—¿O un policía?

—O un policía. Alguien que quería asegurarse de que Rick no saliera del coma.

—¿Cuándo se lo dirán a Heather?

—No de inmediato, estoy seguro.

—¿No deberían entregarle automáticamente una copia del informe de la autopsia?

—Tendría que pedirlo, y seguramente la versión oficial no estará disponible hasta dentro de un mes. Lo que Thrasher me ha transmitido por teléfono ha sido un resumen del informe preliminar, que no recibe nadie salvo la policía, y únicamente para ayudar en la investigación.

Madeleine se disponía a tomar otra cucharada de sopa, pero dejó bruscamente la cuchara, como si hubiera perdido el apetito. Apartó el cuenco hacia el centro de la mesa.

Tras una pausa, Gurney continuó su relato del día. Le habló de sus visitas a los dos apartamentos, del hallazgo de las marcas sospechosas en las manivelas de las cisternas, de su creciente sensación de que todo lo que decía Dell Beckert sobre el caso era un error o una mentira, así como de la inquietante posibilidad de que la policía estuviera implicada en los asesinatos.

—Eso no es una novedad —dijo Madeleine.

—¿Qué quieres decir?

—¿No es lo que decía desde el principio el mensaje de texto del teléfono de John Steele?

—Ese mensaje no proporcionaba una información real. Podría haberse tratado de una maniobra de despiste. Todavía podría serlo. Este caso es como una ciudad enterrada. Solo vemos partes aisladas. Necesito más hechos.

—Tienes que hacer algo. Dos mujeres han perdido a sus maridos. Y un bebé todavía no nacido ha perdido a su padre. ¡Hay que hacer algo!

—¿Qué crees que debería hacer que no estoy haciendo?

—No sé. A ti reunir datos fragmentarios y descubrir una pauta se te da muy bien. Pero creo que a veces te regodeas tanto en el proceso intelectual que no quieres ir deprisa.

Él no dijo nada. El impulso normal de defenderse a sí mismo parecía haberse evaporado.

298

La lista de empleados del hospital que le había dado Abby Marsh estaba dividida en seis categorías profesionales: administración y asistencia técnica; médicos y cirujanos; enfermería y terapia; laboratorio y farmacia; seguridad, mantenimiento y limpieza; cocina, cafetería y tienda de regalos. Había una séptima categoría general denominada «dimisiones y rescisiones del año en curso». Se actualizaba mensualmente y cubría desde enero hasta abril, con lo cual no servía para identificar a los miembros de la plantilla cuyo contrato hubiera sido rescindido durante el mes en curso.

El repaso de las seis categorías no arrojó ninguna revelación inmediata. Encontró varios nombres que le sonaban de sus visitas. Observó una relación previsible entre la categoría profesional y el domicilio particular. La mayoría del personal de limpieza vivía en Grinton. Los empleados de enfermería, laboratorios y asistencia técnica solían vivir en Bluestone. Los médicos y cirujanos preferían Aston Lake y Killburnie Heights.

Aunque sabía que la mayor parte de la labor de investigación implicaba avanzar penosamente por caminos improductivos, el comentario de Madeleine le había dejado cierta inquietud, el prurito de acelerar el proceso lo máximo posible. Tras considerar diversos pasos factibles, decidió buscar la respuesta a una pregunta que le intrigaba.

Si cabían dudas razonables sobre la implicación de Cory Payne, entonces la supuesta ayuda que la Unión de Defensa Negra le había proporcionado era igualmente cuestionable. Pero si la UDN no estaba implicada en la planificación y ejecución de los atentados, ¿por qué Marcel Jordan había alquilado los dos lugares del francotirador? ¿O ni siquiera era así? El hecho de que su nombre apareciera en los contratos de alquiler no llegaba a demostrar su implicación. La agencia inmobiliaria tal vez podría arrojar algo de luz sobre la cuestión. Gurney llamó a Torres para preguntarle el nombre del agente.

El detective le respondió sin vacilar.

—Laura Conway de Acme Realty.

—¿Es la agente de los dos lugares?

—De casi todas las propiedades de alquiler de White River. Hay otras agencias en la ciudad, pero Acme maneja los alquileres. Tenemos buena relación. ¿Puedo echarle una mano?

—Quiero hacer averiguaciones sobre los contratos de alquiler del apartamento de Bridge Street y la casa de Poulter Street. En concreto, saber si algún empleado de la agencia tuvo un contacto directo con Marcel Jordan.

—Si quiere, puedo preguntarlo. O puedo decirle a Laura Conway que le llame directamente, si lo prefiere.

—Sería mejor lo segundo, porque, según lo que diga de Jordan, quizá quiera hacerle algunas preguntas más.

—Voy a ver si la localizo ahora mismo. A veces trabaja hasta muy tarde. Volveré a llamarle.

Al cabo de cinco minutos, Torres le llamó.

—Conway está de vacaciones en los bosques de Maine, sin móvil, sin Internet ni acceso al correo electrónico, pero volverá dentro de tres o cuatro días.

—¿Sabe si alguien más en la oficina se ocupó de esos contratos?

—Lo he preguntado. Y resulta que no. Ambos los manejó Laura personalmente.

—De acuerdo, le agradezco el esfuerzo. ¿Querrá probar otra vez cuando vuelva?

—Por supuesto. —Torres titubeó—. ¿Cree que hay algo turbio en esos contratos?

—Me gustaría saber si fue Jordan en persona el que alquiló esos lugares. Por cierto, cuando hemos hablado antes, ha dicho que el departamento tiene buena relación con Acme. ¿Qué tipo de buena relación?

—Eh…, una buena relación.

—Mark, no sabe mentir.

Torres carraspeó.

—Mañana tengo que testificar en un juicio en Albany. He de estar allí a las diez. Podría hacer una parada en Walnut Crossing hacia las ocho. ¿Quedamos en algún sitio para hablar?

—En Dillweed hay un café llamado Abelard's. Sobre la carretera, en el centro del pueblo. Puedo estar allí a las ocho.

—Nos vemos entonces.

Gurney sabía que, si se abandonaba al impulso de ponerse a especular, perdería un montón de tiempo tratando de averiguar lo que iba a saber de todos modos a la mañana siguiente. Así pues, optó por hacerle una llamada a Jack Hardwick.

Saltó el buzón de voz, y dejó un mensaje.

—Aquí Gurney. Se me están ocurriendo unas ideas siniestras sobre este caso y necesito que me digas si estoy equivocado. Mañana por la mañana me reuniré en Abelard's con un joven detective. Él tiene que asistir a un juicio en Albany y debería ponerse en camino hacia las ocho y media. Si puedes venir a esa hora, sería perfecto.

36

Cuando Gurney se detuvo a las 7:55 en la zona de aparcamiento frente a Abelard's, el Crown Vic ya estaba allí.

Encontró a Torres en una de las tambaleantes mesas de anticuario del fondo. Cada vez que veía al detective, le parecía un poco más joven y un poco más perdido. Tenía los hombros encorvados y sujetaba su taza de café con ambas manos, como para mantenerlas ocupadas.

Gurney se sentó frente a él.

—Recuerdo este local de cuando era niño —dijo Torres. Su voz transmitía la tensión especial provocada por el intento de parecer relajado—. En esa época era un viejo almacén polvoriento. Vendían cebo vivo. Para pescar. Eso fue antes de que lo reformaran completamente.

—¿Usted se crio en Dillweed?

—No, en Binghamton. Pero unos tíos míos vivían aquí. Ellos emigraron de Puerto Rico unos diez años antes que mis padres y yo. Tenían una pequeña granja lechera. Comparado con Binghamton, esto era realmente rural. Y la zona no ha cambiado mucho. Se ha vuelto más pobre, más deteriorada. Pero al menos este local lo han reformado. —Hizo una pausa—. ¿Se ha enterado del último problema en la búsqueda de los Gort?

—¿Qué ha pasado ahora?

—El segundo perro rastreador que llevaron… recibió una flecha de ballesta en la cabeza, igual que el primero. Y el helicóptero de la policía estatal tuvo que hacer un aterrizaje forzoso en una de las viejas canteras por un problema mecánico. En fin, el tipo de desastre que los medios adoran. Y que Beckert odia.

Gurney no dijo nada. Estaba esperando que Torres abordara el verdadero motivo de su encuentro. Le pidió un expreso doble a Marika, cuyo pelo en punta era esa mañana de un solo color: un rubio plateado relativamente convencional.

Torres inspiró hondo.

—Disculpe que le haya hecho venir de esta manera. Seguramente podríamos haberlo hablado por teléfono, pero… —Meneó la cabeza—. Supongo que me estoy poniendo algo paranoico.

—Conozco la sensación.

Torres abrió mucho los ojos.

—¿Usted? Pero si parece… inconmovible.

—Unas veces lo soy y otras no.

Torres se mordió el labio inferior. Parecía estar armándose de valor para lanzarse desde el trampolín.

—Me preguntó sobre Acme Realty.

—Sobre la relación de Acme con el departamento.

—Por lo que yo entiendo, hay una especie de arreglo mutuo.

—¿Eso qué significa?

—La gestión arrendataria puede ser muy difícil en algunos barrios. No solo por el problema de cobrar el alquiler a muertos de hambre, sino por otras cosas peores. Traficantes que convierten la propiedad en una casa de crac. Actividades ilegales que pueden invalidar el seguro del propietario. Inquilinos que amenazan de muerte al casero. Pandilleros que ahuyentan a los inquilinos decentes. Apartamentos destrozados. Si usted es propietario en un barrio difícil como Grinton, va a tener que tratar con algunos inquilinos peligrosamente locos.

—¿Y cuál es ese arreglo mutuo?

—Acme recibe del departamento el apoyo que necesita. A los pandilleros, traficantes y chalados se les convence para que se larguen. También a la gente que no paga el alquiler.

—¿Y que obtiene el departamento a cambio?

—Acceso.

—Acceso… ¿a qué?

—A cualquier vivienda de alquiler gestionada por la agencia.

—¿A la casa de Pouter Street?

—Sí.

—¿Al apartamento de Bridge Street?

—Sí.

—¿Al apartamento de Cory Payne?

—Sí.

Marika apareció con su expreso.

—Por Dios, chicos —dijo—, estáis superserios. Sea cual sea vuestra profesión, me alegro de que no sea la mía. ¿Quieres azúcar en el café?

Gurney meneó la cabeza. Cuando ella se retiró, dijo:

—¿Estamos hablando de registros sin orden judicial?

Torres asintió en silencio.

—O sea, que digamos que tienes la vaga sospecha de que se está realizando una actividad ilegal en un apartamento, aunque sin ninguna prueba concreta. Y sabes que durante el día no hay nadie en casa. Y entonces ¿qué? ¿Llamas a esa tal Conway y le pides la llave?

Torres miró en derredor nerviosamente.

—No, hablas con Turlock.

—¿Y él llama a Conway?

—No sé. Lo único que sé es que has de hablar con Turlock y que él te consigue la llave.

—O sea, que coges la llave, registras el apartamento, encuentras las pruebas que suponías que podía haber... ¿Y luego?

—Lo vuelves a dejar todo tal como estaba. Consigues una orden del juez Pucket, especificando lo que esperas encontrar y diciendo que te basas en los soplos fiables de dos fuentes distintas. Vuelves y lo encuentras. Todo limpio y legal.

—¿Usted ha hecho eso alguna vez?

—No. No me gusta la idea. Pero sé de muchos que sí.

—¿Y no tienen ningún problema en hacerlo?

—No lo parece. Cuentan con la bendición de arriba. Eso tiene mucho peso.

Gurney no podía discutírselo.

—Así pues, los chicos malos acaban desalojados o expulsados de la ciudad. Acme tiene menos problemas y su negocio resulta más rentable. Y Beckert se gana, por su parte, la reputación de reducir el número de indeseables y limpiar White River. Se convierte en el gran defensor de la ley y el orden. Todo el mundo sale ganando.

Torres asintió.

—Así es como funciona básicamente.

—De acuerdo. La gran pregunta. ¿Conoce casos en los que un agente haya colocado él mismo las pruebas que después ha «encontrado»?

Torres miraba fijamente la taza que tenía entre las manos.

—No podría asegurarlo. Solo sé lo que le estoy contando.

—Pero a usted no le gusta esa forma ilegal de acceso, ¿no?

—No. Quizá me haya equivocado de trabajo.

—¿Le ha decepcionado el trabajo policial?

—Más bien su realidad. La versión que te enseñan en la academia está muy bien. Pero cuando bajas a la calle la cosa es completamente distinta. Es como si tuvieras que quebrantar la ley para mantenerla.

Agarraba la taza con tal fuerza que tenía los nudillos blancos.

—Quiero decir, ¿qué es a fin de cuentas el «procedimiento reglamentario»? ¿Es algo real? ¿O solo fingimos que lo es? ¿Debemos respetarlo incluso cuando resulta incómodo, o solo cuando no se interpone seriamente en nuestro camino para conseguir lo que queremos?

—¿Cuál cree que es la posición de Dell Beckert al respecto?

—A Beckert solo le interesa el resultado. El producto final. Y punto.

—¿Y no le importa cómo lo consigue?

—Desde luego no lo parece. Es como si no existiera otro criterio que la voluntad de ese hombre. —Suspiró y alzó la mirada hacia Gurney—. ¿Cree que debería dedicarme a otra cosa?

—¿Por qué lo pregunta?

—Porque odio los conflictos que forman parte de esta profesión.

—¿De esta profesión? ¿De este caso en concreto? ¿Del trabajo en una ciudad dividida racialmente? ¿O solo del trabajo con Beckert?

—Quizá todo a la vez. Además…, ser latino en un departamento básicamente anglo puede resultar un poco difícil. A veces más que un poco.

—Permítame que le haga una pregunta. ¿Por qué se hizo policía en un principio?

—Para ayudar. Para cambiar las cosas. Para hacer el bien.

—¿Y no cree que sea eso lo que está haciendo?

—Lo intento. Pero me siento como en un campo de minas. Mire por ejemplo el asunto de la manivela de la cisterna. O sea, si resulta que Payne ha sido incriminado por alguien del departamento… —Su voz se apagó. Bajó la vista a su reloj—. Joder, será mejor que me ponga en marcha.

Gurney salió con él al aparcamiento.

Torres abrió la puerta del coche, pero no subió de inmediato. Soltó una risita sombría.

—Acabo de decirle ahí dentro que quiero ayudar. Pero no tengo la menor idea de cómo hacerlo. Y la verdad, cuanto más se alarga el caso, menos idea tengo.

—Bueno, tampoco me parece lo peor del mundo. Darte cuenta de que no tienes ni idea de lo que sucede es muchísimo mejor que estar completamente seguro de todo… y completamente equivocado.

37

*T*res minutos después, cuando el Crown Victoria de Torres salía a la carretera, el rugiente GTO rojo de Hardwick entró en el aparcamiento.

Hardwick se bajó y cerró la pesada puerta con un estruendo que solo los coches de época de Detroit son capaces de producir. Echó un vistazo al sedán que se alejaba.

—¿Quién es el capullo del Vic?

—Mark Torres —dijo Gurney—. Jefe de investigación de los casos Steele y Loomis.

—¿Solamente de esos casos? ¿Y quién asumió los asesinatos del parque infantil?

—Él, pero solo unos diez minutos. Luego Beckert se hizo cargo de la investigación y la delegó en Turlock.

Hardwick se encogió de hombros.

—Como siempre. El Mierda lleva la voz cantante y el Mierdecilla hace el trabajo.

Gurney le indicó que entraran otra vez en el local y se dirigió a la misma mesa que había ocupado con Torres. Cuando Marika se acercó, pidió otro expreso doble; Hardwick optó por una taza grande del tostado especial de Abelard's.

—¿Qué has descubierto sobre Beckert? —preguntó Gurney.

—Bueno, lo que me han contado... Aunque casi todo es de segunda mano: rumores, chorradas que circulan por ahí. Algunas partes podrían ser ciertas. Imposible saber cuáles.

—Inspiras confianza.

—Soy la confianza en persona. Bueno, te cuento. Dell es una forma abreviada de Cordell. Concretamente, Cordell

Beckert Segundo. Conocido entre algunos colegas como CB-Dos. Lo cual significa que hubo otro Cordell Beckert en la familia. Cory Payne, de hecho, fue bautizado como Cordell Beckert Tercero.

»Dell nació en Utica hace cuarenta y seis años. Su padre era un policía que quedó inválido en un tiroteo con un traficante. Tetrapléjico. Murió cuando Dell tenía diez años. Después de la secundaria (ya te conté una parte de esto), obtuvo una beca para una escuela preparatoria militar en el rincón más pueblerino de Virginia. La academia Bayard-Whitson. Ahí fue donde conoció a Judd Turlock. Y donde Judd tuvo ese problema legal juvenil. Enseguida volveré sobre esto. Después de la Bayard-Whitson…

Gurney lo interrumpió.

—Es curioso que Beckert no utilizara lo que le había ocurrido a su padre en la lucha contra las drogas, tal como hizo con la muerte de su esposa.

Hardwick se encogió de hombros.

—Tal vez su padre no le importaba una mierda.

—O al contrario. Algunas personas nunca hablan de las cosas que más les afectan.

Marika se acercó con los cafés y se retiró enseguida. Cuando se hubo alejado, Hardwick prosiguió.

—Después de la Bayard-Whitson, Dell fue al Choake Christian College, donde conoció y se casó con su primera mujer, Melissa Payne. Cory nació justo después de que él se graduara en el programa ROTC.[2] Entró en los marines como teniente, completó un periodo de servicio de cuatro años. Logró el grado de capitán y luego ingresó en la policía estatal de Nueva York. Con su historial como oficial de marines ascendió rápidamente durante los siete u ocho años siguientes. El trabajo era lo primero; la familia quedaba muy en segundo plano. Con el tiempo, Melissa se aficionó a los analgésicos y Cory se convirtió para Dell en esa molesta espina clavada de la que ya te hablé la otra vez.

—Una trayectoria que culminó con el incendio de la oficina de reclutamiento, ¿no?

307

---

2. Cuerpo de Entrenamiento de Oficiales de Reserva (N. del T.).

—Exacto. Pero hay otra cosa que me ha contado alguien que conocía entonces a la familia. Aunque quizá sea mentira. Verás, para hacerte un jodido favor, me he tenido que poner pesado de cojones. He llamado a gente con la que hacía años que no hablaba y la he atosigado con un montón de preguntas. Quizá se han inventado algunas chorradas para librarse de mí.

—A ti te encanta ponerte pesado. Dime, ¿qué te han contado?

—Unos dos o tres meses antes de que papá mandara al pequeño cabroncete a ese internado-prisión militar, como quieras llamarlo, parece que Cory tuvo una novia drogadicta. Él era un chaval desarrollado y agresivo de doce años. Ella quizá tenía catorce y trapicheaba un poco con marihuana. Dell hizo que la detuvieran y encerraran en un centro de detención juvenil por posesión y venta: simplemente para mostrarle a Cory lo que sucede cuando andas con gente que papá no ve con buenos ojos. El problema es que ella fue violada en el centro de detención, al parecer por un par de funcionarios. Luego se ahorcó. O eso dice la historia. En todo caso, después de aquello, Cory se volvió totalmente majareta, prendió fuego al centro de reclutamiento y fue enviado a esa granja o internado disciplinario.

—¿Beckert no sufrió ninguna consecuencia por la muerte de esa chica?

—Nada de nada.

Gurney asintió pensativamente, sorbiendo su expreso.

—Así que el tipo mete a la novia de su hijo en un centro donde la violan y esta acaba muerta. Y cuando el chico reacciona como es de suponer, lo encierra en un siniestro campamento de modificación de conducta. Su mujer, adicta y desesperada, muere de modo accidental o no tan accidental de una sobredosis de heroína, y él lo utiliza para crearse una aureola de luchador implacable contra la droga. Salto al presente. Dos agentes de White River son asesinados, aparecen pruebas más bien endebles de que su hijo podría estar implicado y él sale en el programa de noticias más popular del país para anunciar no solo que ha ordenado el arresto de su hijo por asesinato, sino que va a sacrificar su brillante carrera a favor de la justicia. ¿Sabes una cosa, Jack? Ese tipo me da ganas de vomitar.

La expresión desafiante que nunca desaparecía del todo de los ojos de Hardwick se agudizó.

—¿No te cae bien porque crees que ha tomado unas pruebas endebles contra su hijo como si fueran la Biblia? ¿O es al revés? O sea, ¿no será que las pruebas te parecen endebles porque no te cae bien?

—No creo estar engañándome. Es un hecho que todas las supuestas pruebas son portátiles. No había ninguna huella en las puertas interiores, las paredes, las ventanas u otras partes estructurales. ¿No te parece raro?

—Todos los días pasan cosas raras. El mundo es una fábrica de rarezas de mierda.

—Una cosa más. Torres acaba de contarme que Turlock tiene un arreglo con una agente inmobiliaria que le habría facilitado el acceso a los lugares del francotirador donde se encontraron las supuestas pruebas.

—Espera un momento. Si insinúas que Turlock colocó deliberadamente esas pruebas, estás diciendo en realidad que lo hizo Beckert, porque el Mierdecilla no mueve ni un dedo sin el permiso de Dios padre.

—La manivela de la cisterna indica que alguien la cambió con la intención de inculpar a Cory Payne. No hay otra interpretación razonable. Lo único que digo de Turlock y Beckert es que su implicación es posible.

Hardwick hizo su mueca de reflujo gástrico.

—Reconozco que Beckert es un cabronazo. Ahora, ¿tenderle una trampa a su propio hijo para acusarlo de asesinato? ¿Qué clase de persona hace algo así?

Gurney se encogió de hombros.

—¿Un psicópata ciego de ambición?

—Pero ¿por qué? Hasta los psicópatas necesitan un motivo. No tiene sentido, joder. Y es una hipótesis mucho más endeble que la posibilidad de que Cory fuese el francotirador. Si quitas de la ecuación esa extraña historia de la manivela de la cisterna, toda tu teoría de la inculpación se viene abajo. ¿No podrías estar equivocado sobre la causa de esas marcas de alicates?

—Es una enorme coincidencia que las dos manivelas hayan sido desmontadas y reemplazadas, y que una de ellas haya proporcionado la huella clave de una investigación criminal.

Hardwick meneó la cabeza.

—Míralo desde otro ángulo. Fíjate en lo que sabemos de Cory Payne. Radical, inestable, rabioso. Odia a su padre, odia a los policías. Tiene un largo historial de alteraciones del orden público. Una de sus frases favoritas es el lema de la UDN: «El problema no son los asesinos de policías, sino los policías asesinos». Estuve escuchando uno de sus discursos en YouTube. Hablaba del deber moral de los oprimidos a tomarse ojo por ojo y diente por diente, invocando la Biblia para defender el asesinato de policías. Y esa historia de la violación de su novia por un par de funcionarios de prisiones... ¿No ves que le está envenenando la mente? Joder, Gurney, a mí me parece el principal sospechoso de esos crímenes de los que le acusan.

—Solo hay un problema. Tal vez tenga todos los motivos del mundo, pero no es un idiota. No andaría dejando casquillos con sus huellas dactilares en los lugares desde donde se hicieron los disparos. No dejaría una tirita con su ADN flotando en el lavabo. No conduciría un coche fácilmente rastreable, con las placas de la matrícula bien visibles, a través de una serie de cámaras de tráfico, ni aparcaría al lado de esos dos lugares, a menos que tuviera otra razón para hacerlo. No es que él quisiera que lo atraparan o pretendiera reivindicar la autoría de los atentados: el tipo niega obstinadamente cualquier implicación. Y luego está el problema de la selección de las víctimas. ¿Por qué habría de escoger a los dos agentes del departamento que menos se parecían a los que él odia? Desde el punto de vista lógico y emocional, no tiene ningún sentido.

Hardwick alzó las palmas, exasperado.

—¿Y te parece que la idea de que Beckert inculpara a su propio hijo tiene sentido desde el punto de vista lógico y emocional? ¿Por qué demonios iba a hacer algo así? Y dicho sea de paso, hacer... ¿qué exactamente? O sea, ¿sugieres que Beckert inculpó a su hijo de dos asesinatos que cometió otro? ¿O quieres decir que Beckert urdió también los asesinatos de dos de sus propios agentes? Y además, los de los miembros de la UDN, ¿no? ¿Realmente crees todo esto?

—Lo que creo es que la gente a la que está acusando no tuvo nada que ver con esos asesinatos.

—¿Los Gort? ¿Por qué no?

—Los Gort son unos racistas violentos, ignorantes y palurdos: tipos cuya forma de vida incluye calaveras, ballestas, pitbulls y osos muertos descuartizados para alimentarlos.

—¿Y eso qué?

—Los asesinatos del parque infantil fueron planeados y ejecutados cuidadosamente. Requerían el conocimiento de los movimientos de las víctimas, un doble secuestro impecable y la administración nada sencilla de propofol. Y Thrasher me dijo que los análisis toxicológicos de las víctimas indicaban no solo la presencia de propofol, sino también de alcohol y benzodiacepinas. Eso hace pensar que la operación empezó con un encuentro amigable y unas copas. Algo que me cuesta imaginar entre los líderes de la UDN y los Gort.

—¿Qué hay de las pruebas de las que no paran de hablar en la tele: la cuerda que encontraron en el complejo de los Gort y el USB con los elementos de la web KSN?

—Podrían haberlas colocado con toda facilidad, igual que las «pruebas» con las que pretenden condenar a Cory.

—Joder, ¡si tuviéramos que excluir cada una de las pruebas que habrían podido colocarse deliberadamente, nunca podríamos condenar a nadie!

Gurney no dijo nada.

Hardwick lo miró fijamente.

—Esta fijación tuya con Beckert... ¿en qué se basa realmente, más allá de que el chiflado de su hijo le acuse de todo?

—Ahora mismo es solo una intuición. Por eso quiero averiguar todo lo que pueda sobre su historia. Hace unos minutos has hecho alusión a ese problema legal juvenil que tuvo Turlock cuando estaba en la academia militar con Beckert. ¿Has conseguido descubrir algo más?

Hardwick hizo una pausa. Al proseguir, adoptó un tono menos beligerante.

—Quizá tenga algo, quizá nada. Llamé a la academia Bayard-Whitson y hablé con la secretaria del director. Le dije que me interesaría hablar con cualquier miembro del personal que hubiera estado allí hace treinta años. Ella me preguntó por qué. Le expliqué que uno de sus más ilustres graduados, Dell Beckert, que era alumno de la academia entonces, podría

311

llegar a ser el próximo fiscal general del estado de Nueva York, y que yo estaba escribiendo un artículo sobre él para un curso de periodismo, y que me encantaría incluir la perspectiva de algún profesor dispuesto a contarme un par de anécdotas.

—¿Se lo tragó?

—Sí. De hecho, tras un poco más de charla, me dijo que ella misma estaba en la academia, como secretaria del anterior director, en la época en la que Beckert estudió.

—¿Te habló de él?

—Sí. Frío, calculador, listo, ambicioso. Fue nombrado «primer cadete» en cada uno de los cuatro años que pasó allí.

—Debió de dejarle una profunda impresión para que se acuerde treinta años después.

—Al parecer, Judd Turlock le produjo una impresión aún mayor. Cuando dejé caer su nombre, se produjo un completo silencio. Creí que se había cortado la llamada. La mujer me dijo finalmente que no tenía ningunas ganas de hablar de Turlock, porque en todos sus años en Bayard era el único alumno que la había hecho sentir incómoda. Cuando le pregunté si sabía de algún problema en el que se hubiera metido, se produjo otro silencio mortal. Luego me dijo que esperase un minuto. Al volver a ponerse, me dio una dirección de Pensilvania, que, al parecer, era la de un detective llamado Merle Tabor. Si alguien podía hablarme sobre el incidente en el que estuvo implicado Turlock, me dijo, ese era Merle.

—¿El incidente? ¿No especificó más?

—No. En cuanto mencioné a Turlock, se cerró en banda. Parecía que solo quería colgar después de darme esa dirección.

—Una reacción notable al cabo de treinta años.

Hardwick cogió su taza de café y tomó un largo trago.

—Hay una cosa inquietante con el Mierdecilla. Y es que se te queda grabado en la memoria.

—¿Quieres encargarte de hablar con Merle Tabor?

—No, qué demonios. Según la mujer, es uno de esos tipos desconectados de todo. Sin teléfono, sin Internet, sin ordenador, sin electricidad. Si te apetece, puedes hacerle una visita y averiguarlo por ti mismo. Seguramente no deben ser más de cuatro horas de viaje. Suponiendo que no te pierdas en el bosque.

Hardwick se sacó del bolsillo un pedazo de papel y lo deslizó sobre la mesa. Había una especie de dirección garabateada con su caligrafía casi indescifrable: «Black Mountain Hollow, Parkston, Pensilvania».

—Quién sabe. Quizás hagáis buenas migas, un par de viejos pelmazos retirados como vosotros. Y a lo mejor Merle te acaba dando la clave de todo este embrollo.

Estaba claro por su tono que no lo consideraba probable. Y Gurney no tenía motivos para pensar lo contrario.

38

*D*espués de que Hardwick se alejara rugiendo con aquel coche suyo antiecológico, Gurney todavía permaneció un rato en Abelard's para terminar el café y organizarse el resto del día.

Merle Tabor se había convertido de repente en una sombra ineludible. Pese a las dudas que tenía sobre la utilidad de esa visita a Black Mountain Hollow, le resultó imposible descartarla. Sacó su teléfono y buscó en Google una vista satélite de Parkston, Pensilvania. No había mucho que ver. Parecía solo una encrucijada en mitad de la nada. Escribió «Black Mountain Hollow» y descubrió que era un estrecho camino de tierra que salía de una carretera secundaria y subía cinco kilómetros por la montaña. Al final había una casa.

Pulsó en «Cómo llegar», introdujo como punto de partida su dirección de Walnut Crossing y vio que había una distancia de doscientos treinta kilómetros. La duración estimada del trayecto era de menos de tres horas, no de cuatro como había dicho Hardwick. Aun así, se resistía a emprender viaje sin comprobar de algún modo que Merle Tabor se encontraría allí. Buscó el número del departamento de policía de Parkston.

La llamada fue automáticamente transferida a la oficina del *sheriff* del condado. Supuso que había oído mal el apellido del hombre que respondió, sargento «Gerbil»,[3] pero prefirió no indagar más. Explicó que era un detective de Homicidios retirado de la policía de Nueva York; que lo habían contratado para indagar sobre un antiguo caso del condado de Putris, Virginia, y que tenía motivos para creer que un residente de Parkston

3. *Gerbo*, roedor parecido al hámster. *(N. del T.)*

314

llamado Merle Tabor podía facilitarle información útil. Sin embargo, no sabía cómo ponerse en contacto con él. Ya estaba empezando a explicar que Tabor vivía en Black Mountain Hollow, y que al parecer no tenía teléfono, cuando el sargento lo interrumpió con el acento nasal de los Apalaches:

—¿Piensa hacerle una visita?

—Sí, pero me gustaría saber que está allí antes de hacer tres horas…

—Está allí.

—¿Cómo dice?

—Siempre está allí durante la primavera. Y la mayor parte del resto del año también.

—¿Lo conoce?

—Por así decirlo. Pero no parece que usted lo conozca.

—No. Me dio su nombre una persona familiarizada con el caso que estoy investigando. ¿Hay alguna forma de ponerse en contacto con él?

—Si quiere hablar con él, tendrá que ir a verle.

—¿Su casa está al final de ese camino?

—Es la única casa que hay allá arriba.

—De acuerdo. Gracias.

—¿Cómo ha dicho que se llamaba?

—Dave Gurney.

—¿De la policía de Nueva York?

—De Homicidios. Retirado.

—Buena suerte. Por cierto, mejor que vaya de día.

—¿Qué quiere decir?

—A Merle no le gusta que se acerque nadie a su propiedad después de oscurecer.

Al terminar la llamada, Gurney miró la hora. Eran las nueve y cinco. Si salía de inmediato, calculando seis horas para el trayecto de ida y vuelta, más tres cuartos con Merle Tabor, podía estar en casa antes de las cuatro.

Tenía algunas llamadas pendientes, pero podía hacerlas por el camino. Le pagó a Marika los cafés, dejando una generosa propina, y salió hacia Parkston.

Mientras avanzaba hacia el suroeste, dirección Pensilvania, por el extenso valle fluvial, hizo la primera llamada: a Madeleine. Saltó su buzón de voz. Le dejó un detallado mensaje explicán-

315

dole adónde iba y por qué. Luego revisó su propio buzón de voz, pues había tenido apagado el móvil toda la mañana. Descubrió que ella misma le había dejado un mensaje: «Hola. Acabo de llegar a la clínica. No sé si ese Thrasher estaba ahí cuando tú has salido esta mañana hacia Abelard's, pero cuando yo me iba a las ocho y cuarenta, he visto su lujoso coche junto al granero. No me gusta la idea de que se presente en nuestra propiedad cuando le apetezca. De hecho, no me gusta que ande por ahí en ningún caso. Hemos de hablar. Pronto. Hasta luego».

Dejando aparte la reacción negativa que sentía siempre que Madeleine planteaba un problema (era como algo automático), debía reconocer que a él tampoco le entusiasmaba la presencia de Thrasher. Y desde luego no le gustaba su secretismo sobre lo que estaba buscando.

A continuación llamó a Torres. Quería plantear una cuestión que había estado a punto de sacar en Abelard's, antes de distraerse con las dudas del joven detective sobre su profesión.

Saltó el buzón de voz.

—Mark, soy Dave Gurney. Quería hacerle una sugerencia. Si Cory Payne no era el francotirador del bloque de Bridge Street, obviamente tuvo que ser otra persona. Debería echar otro vistazo a los vídeos de tráfico y seguridad. El francotirador podría haber utilizado esa moto roja de motocross. Tal vez otro vehículo. Incluso un coche de policía. Suponiendo que utilizara el mismo sistema que desde Poulter Street, quizá circuló por travesías laterales para evitar que lo captasen las cámaras. Tal vez hizo todo o casi todo el trayecto a pie. Solo que en la zona de Bridge Street hay muchas más cámaras que alrededor de Poulter Street. Yo apostaría a que debió acabar atravesando al menos el campo visual de una de ellas. Si no logra identificar un vehículo conocido, tiene que guiarse por la hora: buscar vehículos que entren y salgan de la zona a una hora congruente con el momento del disparo. La tarea le llevará mucho tiempo, pero podría arrojar un resultado decisivo.

Su siguiente llamada, mientras cruzaba un modesto puente sobre la entrada del río Delaware en Pensilvania, fue al rector de la iglesia episcopal de White River.

El saludo de Coolidge sonó tan fluido y uniforme que Gurney creyó por un momento que era la grabación del buzón.

—Buenos días. Soy Whittaker Coolidge de la iglesia de Santo Tomás Apóstol. ¿En qué puedo ayudarle?

—Aquí Dave Gurney.

—Dave. Estaba pensando en usted. ¿Alguna buena noticia?

—Hay progresos, pero le llamo para hacerle una pregunta.

—Dispare.

—Es para Cory, a menos que usted sepa la respuesta por casualidad. Necesito saber si alguna vez ha tenido cartuchos del treinta-cero-seis.

—¿No se lo preguntó ya cuando estuvo aquí?

—Yo dije que la policía había encontrado una caja de cartuchos en su armario y...

Coolidge lo interrumpió.

—Y él lo negó. Con vehemencia.

—Lo sé. Pero esto es otra pregunta. Lo que quiero saber es si alguna vez ha tenido en su poder algún cartucho de ese calibre, o si los ha manipulado en alguna ocasión, para guardárselos a alguien, por ejemplo. Quizá solo durante un día.

—Lo dudo mucho. Odia las armas.

—Lo entiendo, pero aun así necesito saber si alguna vez ha tenido contacto con cartuchos del treinta-cero-seis. Y, en ese caso, en qué circunstancias. ¿Le transmitirá la pregunta?

—Sí, se lo preguntaré. —Había un deje de irritación en la voz educada de Coolidge—. Solo le estaba avanzando lo que responderá, probablemente.

Gurney se obligó a sonreír. Había leído en alguna parte que uno sonaba más simpático al hablar con una sonrisa, y quería conservar la buena voluntad del rector.

—Le agradezco mucho su ayuda, Whit. La respuesta de Cory podría ser de enorme importancia para el caso.

Estuvo a punto de añadir que el factor tiempo era crucial, pero no quiso tentar la suerte.

En realidad, resultó que tampoco habría hecho falta, porque menos de cinco minutos después le llamó el propio Payne.

—No estoy seguro de comprender su pregunta —dijo, con tono brusco—. Ya le expliqué que no poseo ninguna arma, y usted sigue preguntando si tengo balas...

—O si las ha tenido. Del treinta-cero-seis.

—Nunca he poseído un arma. Ni balas de ningún calibre.

317

—Pero ¿las ha tenido en su poder? Tal vez para guardárselas a alguien. O para comprárselas a otra persona. Tal vez para hacerle un favor.

—Nunca he hecho nada semejante. ¿Por qué?

—Han encontrado dos casquillos con sus huellas dactilares.

—Imposible.

—Me han dicho que las huellas son nítidas.

—¡Le digo que es imposible! No tengo arma. No tengo balas. Nunca he comprado balas, ni las he tenido en mi apartamento, ni se las he guardado a otra persona. Y punto. Fin de la historia —dijo atropelladamente, en un acceso de rabia.

—Entonces tiene que haber otra explicación.

—¡Obviamente!

—De acuerdo, Cory. Piénselo. Yo también lo pensaré. A ver si conseguimos entenderlo.

Payne no dijo nada.

Gurney cortó la llamada.

Al cabo de un minuto, volvió a sonar su móvil. Era Payne.

—Se me ha ocurrido una cosa, algo que pasó hace dos o tres meses. —Aún seguía hablando deprisa, pero ya sin irritación—. Mi padre atravesaba uno de sus breves periodos humanos. Estábamos…

—¿Periodos humanos?

—De vez en cuando se comportaba como una persona normal e incluso hablaba conmigo. Solo duraba un día, y eso como mucho. Luego volvía a ser Dios.

—De acuerdo. Disculpe, le he interrumpido. ¿Qué estaba diciendo?

—En esa ocasión de la que estoy hablando, salimos a almorzar. Conseguimos comernos las hamburguesas sin que él me dijera lo desastre que soy. Luego fuimos en coche a su cabaña. ¿Sabe lo que es la «munición de recarga»?

—¿Se refiere a la fabricación de munición personalizada?

—Exacto. Él es todo un fanático de las armas. Él y Turlock. De hecho, comparten la cabaña. Para cazar.

—¿Y por qué lo llevó allí?

—Será su idea de la relación padre-hijo. Me dijo que quería que le ayudara a preparar la munición de recarga. Como si fuera un gran privilegio dejarme entrar en ese mundo de las armas y la caza, del asesinato de animales. Así que sacó ese artilugio que introduce la pólvora en el casquillo y otro chisme que empuja el cartucho hacia dentro. Me fijé en su mirada, tan intensa, como si aquello le encantara. ¿A que es una locura?

—¿Quería que usted le ayudara?

—Tenía unas cajitas para las balas recargadas y me pidió que las fuera metiendo allí.

—O sea, que usted manipuló los cartuchos.

—Los metí en las cajas. No se me ha ocurrido al principio, cuando me ha preguntado si había tenido balas en mi poder. No lo he pensado así.

—¿Sabe si eran del treinta-cero-seis?

—No tengo ni idea.

—¿Dice que esto sucedió hace dos o tres meses?

—Algo así. ¿Y sabe qué? Ahora que lo pienso, esa fue la última vez que lo vi…, hasta que lo vi el otro día en la tele llamándome asesino.

—¿Dónde vivía usted entonces?

—En el mismo apartamento. Me han dicho que los cabrones de la policía lo han destrozado.

—¿Cuánto tiempo llevaba viviendo ahí?

—Algo más de tres años.

—¿Cómo lo encontró?

—Cuando vine a White River, pasé un par de meses en casa de mi padre. Empecé a hacer cursos de informática en la Universidad Pública de Larvaton y encontré trabajo en la tienda de reparación de ordenadores de la ciudad. Había un apartamento en alquiler arriba, en el mismo edificio. Vivir con mi padre y con la zorra repugnante de su mujer no funcionaba para nada. Así que cogí el apartamento. ¿Qué importancia tiene esto?

Gurney eludió la pregunta.

—¿Y desde entonces ha vivido allí?

—Sí.

—¿Alguna vez ha intentado volver a la casa de su padre?

—No. Me quedé a dormir alguna vez. Pero nunca aguantaba más de una noche. Preferiría dormir en la calle.

Mientras Payne hablaba, Gurney redujo la marcha y entró

319

en una estación de servicio. Aparcó junto a la tienda roñosa que había detrás de los surtidores.

—Tengo otra pregunta. ¿Cómo conoció a Blaze?

Payne titubeó.

—A través de su medio hermano: Darwin. Es el dueño de la tienda de informática donde trabajo. ¿Por qué hemos de hablar de Blaze ahora?

—Es miembro destacado de la Unión de Defensa Negra. La acusación contra usted incluye su relación con la organización. Y ella le prestó el coche que usted usó para acudir a los lugares del francotirador.

—¡Ya le dije que la acusación contra mí es una mentira! ¡Y le expliqué por qué fui a esos sitios!

—¿Qué clase de relación tiene con ella?

—Sexo. Diversión. Nada serio. Sin compromisos.

A Gurney le costaba imaginarse a aquel joven tenso, agresivo y airado «divirtiéndose».

—¿Qué pensaba Blaze de Marcel Jordan y de Virgil Tooker?

—No hablaba de ellos.

Gurney se anotó mentalmente indagar más sobre ese punto y luego cambió de tema.

—¿Sabe algo del problema legal en el que se metió Judd Turlock cuando era adolescente y estudiaba en la misma escuela que su padre?

Hubo un silencio.

—¿Qué problema legal?

—¿No tiene ni idea de lo que le hablo?

Otro silencio.

—No estoy seguro. Creo que hubo algo…, que pasó algo. Pero no sé qué. No había pensado en ello desde hace años.

—¿No había pensado… en qué?

—Cuando era niño… y ellos estaban aún en la policía del estado…, una noche les oí hablar en el estudio sobre un juez de Virginia… Un juez que le había resuelto a Judd un asunto años atrás…, un asunto que podría haberse convertido en un enorme problema. Cuando me vieron en la puerta, dejaron de hablar. Me llevé una sensación extraña, como si yo no hubiera tenido que oír la conversación. Fuese lo que fuese, supongo que debió de ocurrir cuando estudiaban juntos, porque la escuela estaba en Virginia. Pero no sé si usted se refiere a esto.

—Ni yo tampoco. Por cierto, ¿dónde fue el almuerzo?

—¿Qué almuerzo?

—Con su padre, el día que lo llevó a su cabaña.

—Un sitio junto al centro comercial. Creo que es un McDonald's. O un Burger King. ¿Por qué?

—Cuantos más datos tenga, mejor.

Al concluir la llamada, Gurney entró en la tienda de la gasolinera. El local tenía un olor agrio a pizza revenida y café quemado. El empleado de la caja era un joven alto y desgarbado de veintitantos cubierto de tatuajes crípticos. Tenía los dientes podridos de la forma que suele provocar la metanfetamina, la droga rural preferida antes de la invasión de la heroína.

Gurney compró una botella de agua, subió al coche y permaneció un rato sentado pensando en lo que Payne le había contado. Era bastante, de hecho. Pero lo más importante de todo era la posible explicación de la presencia de sus huellas dactilares en los casquillos hallados en los dos lugares del francotirador, así como en el envoltorio de comida rápida encontrado en el apartamento de Bridge Street. Y si los casquillos y el envoltorio procedían, en efecto, del día que Payne había pasado con su padre, entonces Dell Beckert tenía que haber estado implicado en el plan para incriminarlo. Una hipótesis que resultaba tanto más siniestra a medida que se volvía más probable.

321

39

Mientras conducía hacia el sudoeste a través de una serie de sotos de cerezo negro y de praderas, no se quitaba de la cabeza la mirada vacía del empleado de la gasolinera y todo lo que sugería sobre la parte oculta de la vida rural del país.

Los problemas, desde luego, no eran solo del mundo rural. Muchas zonas urbanas estaban más deterioradas y eran más peligrosas. Aquí, sin embargo, el contraste entre la belleza del paisaje y el lamentable estado de muchos de sus habitantes resultaba chirriante. Y lo peor era que, en una época marcada por una polarización tan enconada, no parecía haber ninguna forma factible de abordar el problema. Si a eso se añadían unas capas de animosidad racial, resentimiento social y fanfarronería política, las soluciones parecían del todo inaccesibles.

Cuando ya empezaba a hundirse en la sombría depresión que le generaban tales pensamientos, volvió a sonar su teléfono. «Número no identificado», decía la pantalla.

—Aquí Gurney.

—¡Dave! ¡Cómo me alegro de encontrarte! Soy Trish Gelter.

—Ah, Trish. Hola. —La primera imagen que le vino a la cabeza fue el último atisbo que había tenido de ella: una memorable vista trasera de su avance por el salón con su ceñido vestido durante la fiesta de recolecta de fondos para el refugio de animales—. Qué sorpresa. ¿Cómo estás?

—Eso depende.

—¿De qué?

—De lo pronto que pueda verte.

—¿A mí?

—Me ha llegado el rumor de que estás trabajando en ese caso terrible de los policías muertos a tiros.

—¿Quién te lo ha dicho?

—Ya temía que fueras a preguntarlo. Tengo una memoria fatal para los nombres. ¿Es cierto?

—Más o menos. ¿Por qué?

—Creía que la policía lo tenía todo resuelto.

Él no dijo nada.

—Pero ¿tú no piensas lo mismo?

—Todavía no sé bien qué pensar. —Gurney hizo una pausa—. ¿Querías contarme algo?

—Sí. Pero no por teléfono.

«Pero no por teléfono.» Se preguntó quién había usado esa misma expresión y enseguida recordó que había sido Rick Loomis cuando le propuso que se reunieran en la cafetería Larvaton: la reunión a la que se dirigía cuando le mataron.

—¿Cómo, entonces?

—Cara a cara —dijo Trish, haciendo que sonara como su posición sexual preferida.

Él vaciló.

—¿No me lo puedes contar ahora?

—Es demasiado complicado. —Parecía que hiciera pucheros—. Y además, me encantaría verte.

Gurney volvió a vacilar.

—¿Dónde quieres que nos veamos?

—Tendría que ser aquí. Estoy sola y abandonada. Mi Porsche está en el mecánico. Y Marv se llevó el Ferrari a los Hamptons para pasar un par de días.

Como él no respondió de inmediato, añadió:

—Ya sé que Lockenberry te queda a trasmano, pero tengo la sensación de que es urgente.

Entre la urgencia y la ausencia del marido la propuesta resultaba un tanto... turbadora.

—¿Cuándo podrías venir? —preguntó Trish.

Gurney lo analizó desde distintos ángulos, unos más incitantes que otros, lo cual le hizo preguntarse si estaba tomando la decisión correcta por los motivos correctos.

—Ahora mismo voy hacia Pensilvania a una reunión. ¿Tal vez a media tarde? ¿O a última hora?

—Cualquiera de las dos cosas me viene bien. Yo no me moveré de aquí. Me encantará volver a verte.

La llamada de Trish Gelter apartó de su mente las reflexiones sobre la desolación social y económica de la zona rural del noreste del estado y las reemplazó por una evocación de un momento en concreto de la fiesta celebrada en casa de los Gelter. Lo recordaba vívidamente: Trish se había acercado a Marv para decirle que Dell Beckert estaba al teléfono, y Marv se había apresurado a abandonar la fiesta para atender la llamada.

Gurney se había preguntado qué clase de relación habría entre Gelter y Beckert, y ahora se le volvió a presentar el mismo interrogante con aún más fuerza. Mientras analizaba las posibilidades, el GPS lo guio por una zona todavía más recóndita donde las casas estaban cada vez más separadas entre sí. Al fin, anunció que había llegado a su destino: el principio del camino que subía a la casa de Merle Tabor.

A efectos prácticos, Black Mountain Hollow Road carecía de indicaciones, porque el rótulo original había sido utilizado para hacer prácticas de tiro. Las letras que resultaban legibles entre los orificios de bala oxidados solo cobraban sentido si sabías de qué palabras formaban parte.

El camino era estrecho y sinuoso, plagado de baches, rocas y grandes charcos. Al empezar a ascender a un terreno más elevado, ya no había charcos, pero las rocas, las roderas y las curvas persistían. A unos cinco kilómetros, según vio en el indicador, el tosco camino emergía del sotobosque que lo bordeaba en su mayor parte y accedía a un claro cubierto de hierba, donde terminaba. A la derecha, había una camioneta Toyota salpicada de barro y una vieja motocicleta Suzuki. Enfrente, una cabaña de troncos más grande de lo normal, con un tejado verde de zinc, un porche largo y unas ventanas pequeñas. El claro estaba bordeado de matas de frambuesa.

Gurney aparcó detrás de la motocicleta. Al bajar del coche, oyó un ruido que le resultó familiar por el gimnasio en el que hacía ejercicio tiempo atrás: el rítmico golpeteo de puñetazos en un saco de boxeo. Caminó hacia el lugar donde sonaban los golpes, que parecía ser el flanco izquierdo de la casa.

—¿Señor Tabor? —gritó.

El golpeteo proseguía.

—¿Señor Tabor?

—Aquí.

Lo sobresaltó la proximidad de la voz.

El hombre estaba al otro lado de la camioneta, observando a Gurney con curiosidad. Un tipo curtido y zarrapastroso de setenta y tantos años, pero aún en buena forma a juzgar por los brazos musculosos que apoyaba en la parte trasera de la camioneta. Una mata de pelo gris mostraba ciertas señales de haber sido roja.

Gurney sonrió.

—Encantado de conocerle, señor. Me llamo Dave Gurney.

—Ya sé quién es.

—¿Ah, sí?

—Las noticias vuelan.

—¿El ayudante del *sheriff* con el que he hablado por teléfono?

El hombre no dijo nada.

—Creía que estaba incomunicado aquí arriba.

—Él tiene coche —dijo, encogiéndose de hombros—, y yo tengo dirección.

—No sabía que mi visita iba a despertar tanto interés.

—Harlan ha buscado su nombre en Internet. Y ha descubierto que es usted una gran estrella de la gran ciudad. Lo que no me ha dicho es por qué demonios está usted interesado en la historia antigua del condado de Putris.

—Quizás esté al corriente de un caso de White River, Nueva York, donde dos agentes de policía…

Tabor le cortó en seco.

—Estoy enterado de todo.

—Entonces sabrá que el caso lo está investigando…

—Dell Beckert. Un hombre muy famoso para ser el jefe de policía de una ciudad pequeña.

—¿Sabe que ha dimitido?

—He oído que hizo todo un alarde con su dimisión, como si fuera un gesto grandioso. Claro que en realidad no tenía otro remedio, al ser su hijo el culpable.

—¿Y sabía que el jefe interino es Judd Turlock?

325

El hombre miró a Gurney largamente con la expresión indescifrable de un policía veterano.

—No, eso no lo sabía.

Gurney se acercó al lado más próximo de la camioneta, justo enfrente de Tabor.

—Me han dicho que ellos dos tienen un largo historial juntos.

—¿Por eso ha venido aquí?

—Sí. Me han dicho también que usted quizá podría informarme sobre un incidente en el que Turlock estuvo implicado en la academia Bayard-Whitson.

—Un momento. ¿Me he perdido algo?

—¿Cómo dice?

—¿Por qué está investigando los antecedentes del jefe en funciones de policía? ¿Esto es un asunto oficial o privado?

—Actúo en nombre de las viudas de los agentes asesinados.

—¿Ellas tienen algún problema con Turlock?

—Podría ser algo más grave. Las pruebas contra el hijo de Beckert tienen más agujeros que el rótulo del camino.

Tabor se llevó a la barbilla una mano recia y se la rascó con aire dubitativo.

—¿Es usted el único que piensa así?

—El detective a las órdenes de Turlock tiene sus dudas.

—¿Cree que alguien ha inculpado falsamente al chico?

—Sí.

Tabor le dirigió otra mirada inexpresiva.

—¿Qué tiene esto que ver con lo que ocurrió en el condado de Putris hace treinta años?

—No lo sé. Tengo un mal presentimiento con Turlock. Quizá solo estoy buscando algo para justificarlo. O quizá quiero algún dato revelador para saber qué clase de hombre es. —Hizo una pausa—. Hay otro aspecto importante en la situación. Beckert probablemente va a presentarse a la elección de fiscal general del estado. Si gana, Turlock se convertirá casi con seguridad en el fiscal jefe adjunto. Lo cual no me gusta nada.

La mandíbula de Tabor se tensó. Tras un largo silencio, pareció tomar una decisión.

—Enséñeme su teléfono.

Gurney se lo sacó del bolsillo.

—Apáguelo.

Él obedeció.

—Déjelo donde yo pueda verlo.

Gurney lo colocó sobre la trasera de la camioneta.

—No quiero que esto quede grabado —dijo el hombre. Hizo una pausa y se miró las manos—. No he hablado de esta historia desde hace años. Por supuesto, aún me viene a la memoria. Una vez incluso se me presentó en una pesadilla.

Hizo otra pausa, esta vez más prolongada; luego miró a Gurney a los ojos.

—Judd Turlock persuadió a un joven retrasado, negro, para que se colgara.

—¿Qué?

—En la parte trasera del campus de Bayard-Whitson había un riachuelo con una poza para nadar. La orilla era alta y tenía un olmo enorme. Una rama se extendía sobre la poza y los chicos ataban allí una cuerda para balancearse y tirarse al agua. Un día, Turlock y Beckert estaban allí. Había un tercer chico sentado en la orilla, algo más abajo. Y estaba George Montgomery, sentado en ropa interior en una parte poco profunda del riachuelo. George tenía veinte años, mentalmente quizá cinco o seis. Era hijo de una pinche de cocina. Hay dos versiones de lo que ocurrió. Una, contada por el chico sentado en la orilla, es que Turlock le dijo a George que se acercara a jugar con ellos. George se acercó tímidamente y Turlock le enseñó cómo agarrarse de la cuerda y balancearse. Solo que además le enseñó que sería más seguro si se ataba el extremo de la cuerda alrededor del cuello; así no le estorbaría mientras se balanceaba. George hizo lo que le decía. Y luego se balanceó sobre el agua. —Tabor hizo una pausa y añadió con voz estrangulada—. Y ya está. George se quedó ahí colgado, encima de la poza, pataleando y ahogándose. Hasta que murió.

—¿Cuál fue la versión de Turlock?

—Que él no le dijo nada a George; que George se acercó a la orilla, queriendo usar la cuerda como había visto hacer a otros. Que se enredó completamente con la cuerda y, cuando empezó a balancearse, no pudieron alcanzarlo.

—¿Y Beckert contó lo mismo?

327

—Por supuesto.

—¿Qué pasó entonces?

—El chico de la orilla fue sometido a un detector de mentiras y pasó la prueba sin problemas. Nosotros lo considerábamos un testigo totalmente creíble. El fiscal coincidió en que debíamos acusar a Turlock de homicidio imprudente y solicitar que fuera juzgado como un adulto.

—Así que en el juicio era la palabra de Turlock y Beckert contra la de ese chico.

—La cosa no llegó tan lejos. El chico cambió su versión. Dijo que en realidad no había oído de lo que hablaban. Quizá Turlock le estaba diciendo a George que no se atara la cuerda alrededor del cuello. O quizá no le estaba diciendo nada.

—¿Alguien lo convenció?

—La familia Turlock. Tenían un montón de pasta. Una larga historia de operaciones de construcción corruptas con el consejo del condado. El juez desestimó nuestra acusación y archivó el caso. Y Judd Turlock salió impune de un sádico asesinato. Sin un rasguño. A veces, he de reconocerlo, estuve a un paso de acabar con su vida tal como él había acabado con la de George. Solía imaginármelo colgando de esa maldita cuerda. Y ahora que vuelvo a pensarlo, desearía haberlo hecho.

—Parece que Beckert tuvo tanta culpa como Turlock.

—Cierto. Mientras creíamos contar con una sólida acusación, estuvimos dándole vueltas para ver cómo abordábamos su caso, pero todo se vino abajo antes de que decidiéramos nada.

—¿No se le ocurrió entonces que la idea podía haber sido de Beckert?

—Se nos ocurrieron muchas cosas.

Se abrió un silencio entre ambos. Gurney lo quebró.

—Si no le importa la pregunta, ¿por qué se trasladó aquí?

—No era tanto venir aquí como largarse de allí. El caso Montgomery lo cambió todo. Yo lo afronté con agresividad, por así decirlo. No dejé ninguna duda a los Turlock sobre lo que pensaba de su hijo de mierda. Ellos enardecieron a los racistas locales, afirmando que yo estaba favoreciendo a un negro retardado frente a un educado chico blanco. Entre tanto, mi hija estaba saliendo con un hombre negro y acabó casándose con él, lo cual provocó una horrible reacción en la zona. Yo contaba los días que me faltaban para conseguir mi pensión. Era consciente de que debía largarme de allí antes de que acabara matando a alguien.

En el silencio que se hizo a continuación, el golpeteo sobre el saco de boxeo pareció sonar con más fuerza.

—Es mi nieta —dijo Tabor.

—Parece que sabe lo que hace.

Tabor asintió, rodeó la trasera de la camioneta y le indicó con un gesto que lo siguiera hasta la esquina de la cabaña.

Allí, en un trecho llano y sombreado desprovisto de hierba, una chica enjuta con *shorts* y camiseta lanzaba series de derechazos y de ganchos de izquierda a un pesado saco de boxeo colgado de la rama de un roble.

—Antes su columpio estaba colgado ahí.

Gurney observó las tandas de golpes.

—¿Usted le está enseñando?

Apareció un brillo de orgullo en los ojos de Tabor.

—Le hago algunas observaciones.

La chica, de dieciséis o diecisiete años, tenía a todas luces unos orígenes raciales mestizos. Su melena afro natural presentaba huellas del tono rojizo del gen Tabor. Su piel era de color caramelo; sus ojos, verdes. Salvo por un breve vistazo a Gurney, estaba totalmente concentrada en el saco.

—Tiene potencia —dijo Gurney—. ¿Eso le viene de usted?

—Ella es mejor de lo que yo he sido nunca. Estudiante de sobresaliente, además, cosa que yo jamás fui. —Hizo una pausa—. Así tal vez sobreviva en este mundo. ¿Qué cree usted?

—Con esa concentración y esa firmeza, mejor que la mayoría.

—¿Quiere decir… mejor que la mayoría de las chicas negras? —Había una agresividad repentina en su voz.

—Quiero decir mejor que la mayoría de los chicos y de las chicas negros, bláncos, mestizos y demás.

Tabor meneó la cabeza.

—Tal vez en un mundo justo. Pero aún no hemos llegado a ese punto. El mundo real sigue siendo el mismo que mató a George Montgomery.

40

La conversación con Merle Tabor le dio a Gurney mucho que pensar durante el largo trayecto a casa de los Gelter, en la lujosa Lockenberry.

El caso del negro ahorcado en el historial de Judd Turlock establecía una inquietante resonancia con el de los hombres estrangulados y amarrados a las barras de trepar del parque Willard. Gurney no podía por menos que pensar que un hombre que había sido responsable treinta años atrás de un horror semejante era muy capaz de haber cometido otros dos crímenes de la misma naturaleza. Esa relación hipotética se veía reforzada por un hecho objetivo: la posibilidad de acceder fácilmente desde la cabaña de caza de Turlock y Beckert a la zona de juegos a través de la red de senderos del parque. Si uno de ellos, o ambos, había apresado a Jordan y Tooker, o los había embaucado con algún pretexto para celebrar una reunión, la cabaña habría constituido un escondrijo ideal para administrarles los fármacos, apalearlos y marcarlos.

Su mente pasó de un salto a los atentados del francotirador y, en concreto, al hecho de que la moto roja que había salido a toda velocidad de Poulter Street hubiera sido vista por última vez en las inmediaciones del parque Willard, a escasa distancia de esos mismos senderos que llevaban a la cabaña.

¿Habría sido tal vez Judd Turlock el segundo hombre de Poulter Street, el que disparó realmente a Loomis? ¿No era al menos factible que Turlock, por motivos aún no aclarados, hubiera planeado y ejecutado tanto los asesinatos de los dos policías como los de los miembros de la UDN? Desde el principio, Gurney había considerado que las ejecuciones de Jordan y Tooker estaban demasiado bien planeadas para tratarse de un desquite impulsivo por el primer atentado. Ya solo los pasos previos para adquirir el propofol excluían esa hipótesis.

Esos pensamientos sobre el asunto del propofol le provocaron un repentino sobresalto. Se detuvo en la cuneta y usó el móvil para entrar en Internet. Quería saber cuál era la vida útil del propofol. La primera base de datos farmacéutica que encontró le proporcionó la respuesta: dos años en un frasco sin abrir, un año en una hipodérmica precargada.

Se sentía como un idiota porque se le había escapado un detalle obvio. Se había concentrado en el hospital Mercy por su conexión con el asesinato de Rick Loomis con el picahielos y había dejado de lado su posible relación con los asesinatos de Jordan y Tooker. Y puesto que pensaba que el asesino podía ser un miembro de la plantilla actual, no se había molestado en revisar la sección de la lista del personal donde figuraban los empleados que habían dimitido o habían sido cesados antes de la hospitalización de Loomis. Sin embargo, como era probable que la planificación de los asesinatos de Jordan y Tooker se hubiera llevado a cabo mucho antes de su ejecución, y dada la prolongada vida útil del propofol, la lista de los empleados anteriores podía ser tan relevante como la lista actual.

En su afán de rectificar ese desliz, sintió incluso la tentación de aplazar la cita con Trish Gelter. Pero el deseo de saber qué deseaba contarle aquella mujer, así como de averiguar más sobre la relación de su marido con Dell Beckert, acabó imponiéndose. La revisión de la lista habría de esperar. Decidió llamar a Madeleine para avisarla del rodeo que iba a dar por Lockenberry y decirle que llegaría a casa más tarde de lo previsto.

Cuando estaba a punto de hacer la llamada, descubrió que le había llegado un mensaje suyo mientras tenía el teléfono apagado a petición de Merle Tabor: «Hola, cariño. Quizá no nos veamos esta noche. Después del trabajo iré al hospital Mercy para hacerle compañía a Heather. Al parecer, tanto el hermano de Rick como la hermana de Heather se han retrasado por las condiciones meteorológicas, los vuelos cancelados y el desbarajuste general. Kim Steele también piensa ir al hospital. En grupo se consuela mejor. Si se hace tarde, quizá me quede a pasar la noche en el albergue para visitantes.

Volveré a llamar cuando sepa mejor cuál es el plan. Espero que te haya ido bien por Pensilvania. Te quiero».

Durante el resto del trayecto a Lockenberry, Gurney siguió analizando sus crecientes sospechas de que los asesinatos de los policías y los de los miembros de la UDN estaban directamente relacionados, pero no como todo el mundo creía; de que Turlock y Beckert podían haber ejercido un papel fundamental en ambos; y de que el hospital donde habían matado a Loomis podía ser también el origen de la droga que permitió matar con más facilidad a Jordan y a Tooker.

Si estas conjeturas resultaban ser ciertas, sin embargo, cabía preguntarse cuál era el móvil de todo el proceso. ¿Qué clase de beneficio podía justificar tantos planes y esfuerzos, tantos riesgos y tanta violencia? ¿Qué objetivo requería la muerte de aquellas víctimas en concreto? ¿Acaso había otras conexiones con el hospital Mercy?

Cuando el GPS anunció que había llegado a su destino —la verja de hierro del muro que rodeaba la propiedad de los Gelter—, no había progresado mucho en sus reflexiones.

Mientras avanzaba a través del prado salpicado de flores silvestres y del asombroso campo de narcisos, dejó de lado todo lo demás y se concentró en lo que esperaba sacar de esta visita. Aparcó delante de la enorme casa cúbica.

Cuando se aproximó a la entrada, el gran portón se deslizó silenciosamente como la otra vez. Y también como entonces, Trish estaba en el umbral sonriendo, exhibiendo ese hueco entre los incisivos semejante al de Lauren Hutton. En la otra ocasión, sin embargo, iba vestida. Esta vez llevaba solamente una bata de seda rosa, bastante corta además. Sus largas y esbeltas piernas parecían el ideal platónico de unas piernas femeninas, solo que no había nada de platónico en el impacto que producían. Ni tampoco en la expresión de sus ojos.

—Has venido más rápido de lo que imaginaba. Acabo de salir de la ducha. Pasa. Tomemos una copa. ¿Qué te apetece?

Estaba situada de tal forma que le obligó a pasar muy cerca de ella. La estancia cavernosa se hallaba iluminada por los rayos oblicuos de sol que entraban a través del tejado de cristal.

—Para mí, nada —dijo Gurney.

—¿No bebes?

—Raramente.

Ella se humedeció las comisuras de los labios con la punta de la lengua.

—Quizá no debiera decirlo, siendo como eres un detective y demás, pero creo que podría encontrar por ahí un par de canutos. Si te apetece.

—Ahora no.

—¿Puro de cuerpo y alma?

—Nunca se me ha ocurrido nada parecido.

—Quizás aún hay esperanza para ti —dijo Trish, con su sonrisa Lauren Hutton—. Ven. Vamos a sentarnos junto al fuego.

Cogiéndolo del brazo, lo guio a través del mobiliario cúbico hasta una alfombra marrón de piel situada frente a la amplia chimenea ultramoderna. Unas llamas verdes se alzaban de un grupo de troncos de aspecto realista. Ese espectáculo le trajo a Gurney el recuerdo de lo que ella le había dicho en la fiesta: «Me encanta el fuego verde. Soy como una bruja con poderes mágicos. Una bruja que siempre consigue lo que quiere».

En un lado de la chimenea había una especie de diván formado por cubos bajos y gigantescos almohadones. Trish recogió un mando a distancia de uno de los almohadones y pulsó un botón. La iluminación descendió a un nivel parecido al de un atardecer. Gurney alzó la vista y vio que el cristal del tejado se había vuelto menos transparente. El color de cielo había pasado ahora del azul al violeta.

—Marv me estuvo explicando cómo funciona —dijo ella—. Es una especie de fenómeno electrónico. Él parecía encontrarlo fascinante. Yo le dije que me estaba dando sueño. Pero me encanta usarlo para oscurecer el ambiente. Así el fuego parece más verde. ¿Te gusta la alfombra?

—¿Es algún tipo de piel?

—Castor. Muy suave.

—No sabía que había alfombras de castor.

—Fue idea de Marv. Un gesto típico suyo. Había un montón de castores molestando en su riachuelo de truchas. Contrató a un trampero para que los matara y desollara. Y luego encargó que le hicieran una alfombra con las pieles. Para pasearse

333

sobre ella mientras se toma su coñac de seiscientos dólares. Sobre ellos, en realidad: sobre esos castores que le incordiaban. Encuentro repugnante la idea, pero me encanta la alfombra. ¿Seguro que no quieres una copa?

—Ahora no.

—¿Me dejas ver tu mano?

Él alzó la palma derecha.

Ella la cogió entre las suyas, la estudió y recorrió lentamente con el índice la línea más larga.

—¿Has matado alguna vez a alguien?

—Sí.

—¿Con esta mano?

—Con una pistola.

Ella abrió mucho los ojos. Le giró la mano a Gurney y tocó cada uno de sus dedos.

—¿Siempre llevas la alianza de boda?

—Sí.

—Yo no.

Él no dijo nada.

—No es que nuestro matrimonio vaya mal ni nada parecido. Pero es demasiado... «mujercita». Ya sabes, como si ser la esposa de alguien fuera lo principal. Lo encuentro muy... limitante.

Él no dijo nada.

Trish sonrió.

—Me alegro de que hayas venido.

—Me has dicho que querías contarme algo. Sobre el caso.

—Quizá deberíamos sentarnos —dijo ella, mirando hacia la alfombra.

Gurney retrocedió hacia el diván.

Ella, lentamente, le soltó la mano y se encogió de hombros.

Él esperó a que la mujer se sentara en un extremo y luego tomó asiento a cierta distancia.

—¿Qué querías contarme?

—Deberías conocer mejor a Dell. Va a llegar lejos. Muy lejos.

—¿Cómo lo sabes?

—Marv tiene un don para identificar a los ganadores.

—¿Por qué me cuentas esto?

—Estaría bien que tú formaras parte del equipo.

Gurney no dijo nada.

—Solo deberías conocer un poquito mejor a Dell.

—¿Por qué crees que no lo conozco lo suficiente?

—Me han contado cosas.

—¿Quién?

—Tengo una memoria fatal para los nombres. Me han dicho que no te cae bien. ¿Es cierto?

—Bastante cierto.

—Pero tú y Dell sois bastante parecidos.

—¿En qué?

—Ambos sois fuertes…, decididos…, atractivos.

Gurney carraspeó.

—¿Qué piensas de su hijo?

—¿De Cory el Monstruo? Lástima que no se pegara un tiro en lugar de disparar a esos policías.

—¿Y si no fue él quien los mató?

—¿Qué estás diciendo? Claro que fue él.

—¿Por qué?

—¿Por qué? ¿Tal vez para dañar a Dell de todas las formas posibles? ¿Para demostrarle lo mucho que lo odia? ¿Para llevar a la realidad sus secretas fantasías de poder? ¿Por qué matan los maníacos a la gente?

Gurney permaneció en silencio un rato antes de preguntar:

—¿Es esto lo que querías decirme?

Trish se volvió a medias sobre el diván, dejando que la bata se le subiera todavía más por los muslos.

—Quería decirte que tú podrías situarte en este asunto en el lado ganador. Cuanto más lejos llegue Dell, más lejos llegaremos todos. —Sonrió lentamente, mirándole a los ojos—. Podría resultar un viaje divertido.

Él se levantó del diván.

—Yo no soy un tipo divertido, la verdad.

—Ah, estoy segura de que podrías serlo. Soy capaz de adivinar muchas cosas mirando las manos de un hombre. Solo te hace falta el estímulo adecuado.

A medio camino entre Lockenberry y Walnut Crossing, Gurney paró en los invernaderos Snook's Green World Nursery. Sabía que a Madeleine le gustaba ese lugar y que a menudo se tomaba la molestia de desviarse hasta allí por el insólito surtido de plantas que ofrecía y por los consejos de horticultura de Tandy Snook. Estaba pensando en comprarle algo especial para uno de sus parterres de flores. También confiaba en que esa tarea apartara de su mente los pensamientos extremadamente vívidos que le asaltaban sobre Trish Gelter.

Esos pensamientos, desde luego, eran totalmente irreales en más de un sentido. Para empezar, él no quería destruir la estrecha intimidad de su relación con Madeleine con los secretos y mentiras que requería una aventura, por breve que fuese. Y además, estaba la cuestión de la propia Trish. Aunque ella mostrara abiertamente que estaba disponible, sus motivos tal vez no eran tan claros. No sería sorprendente que todo lo que sucedía en esa casa tan peculiar fuese grabado. Y un vídeo de cierto tipo de actividades podría emplearse más tarde para tratar de manipularlo a uno, e incluso para cambiar el curso de una investigación. Aunque Trish había mencionado por teléfono con toda intención que su marido estaba en los Hamptons, no cabía descartar que Marv conociera sus planes, o que incluso los hubiera promovido él mismo. O que ni siquiera estuviera fuera de casa.

Ninguno de los dos parecía buena gente.

Al bajarse del coche frente a los invernaderos, vio que Rob Snook se le acercaba a grandes zancadas con una sonrisa de sorpresa infantiloide y mojigata que resultaba especialmente irritante. Era un hombre bajo y rechoncho con una expresión de profunda superficialidad en los ojos.

—¡Dan Gurney! ¡El marido de Marlene, si no recuerdo mal! Un placer verle por aquí en este precioso día que nos manda el Señor. ¿Qué puedo ofrecerle hoy? ¿Flores o comestibles?

—Flores.

—¿Anuales o perennes?

—Perennes.

—¿Pequeñas, intermedias o grandes?

—Grandes.

Snook entornó los ojos pensativamente unos instantes. Luego alzó un dedo victorioso en el aire.

—¡Espuelas de caballero gigantes! ¡Moradas y amarillas! ¡Absolutamente gloriosas! ¡El regalo ideal!

Con las flores bien guardadas en el asiento trasero del

Outback, Gurney decidió llamar a Mark Torres para conocer las últimas novedades antes de volver a ponerse en camino.

El joven detective respondió en el acto. Parecía agitado.

—¿Dave? Ahora iba a llamarle. He estado haciendo lo que me ha sugerido: revisar los vídeos de tráfico y seguridad de la noche en que mataron a Steele.

—Y ha encontrado algo…

—Así es. Llevo revisado un tercio de los archivos digitales: el Explorer de Judd Turlock ha aparecido dos veces. Muy cerca del bloque de apartamentos. Además, la hora encaja.

—¿Qué significa «muy cerca»?

—El vídeo donde aparece el Explorer procede de una cámara de seguridad montada sobre la puerta de una joyería que queda a dos manzanas.

Un pitido le anunció a Gurney que estaba entrando otra llamada, pero dejó que saltara el buzón.

—¿Y la hora?

—El Explorer pasa frente a la cámara en dirección a Bridge Street unos cuarenta minutos antes del disparo. Y vuelve a pasar en la dirección contraria ocho minutos después del disparo.

—¿Hay alguna imagen del conductor?

—No. El ángulo lo impide.

—Si no recuerdo mal, no hay ningún vídeo de la puerta principal del bloque de apartamentos, solo de la entrada de la calleja de detrás. ¿Es así?

—Exacto. En todo caso, sería una tremenda coincidencia que la secuencia temporal de la llegada y la salida del Explorer no tuviera relación con el atentado.

—Estoy de acuerdo.

—Voy a revisar el resto de los vídeos que tenemos y ya le diré qué encuentro.

—Gracias, Mark. Está haciendo un gran trabajo.

—En otro orden de cosas, y por si no lo sabe, Carlton Flynn va a entrevistar esta noche a Maynard Biggs.

Gurney estuvo a punto de preguntarle quién era Maynard Biggs, pero entonces recordó que Whittaker Coolidge le había explicado que era el hombre que iba a disputarle a Dell Beckert el puesto de fiscal general del estado.

Sin duda, pensó, podía ser una entrevista interesante.

41

Mientras se ponía otra vez en camino hacia Walnut Crossing, pensó que las extrañas conexiones que iban apareciendo entre los dos casos de White River eran incesantes, lo que reforzaba la tesis de Cory Payne de que en último término era un solo caso con múltiples víctimas.

El descubrimiento de Torres de que el todoterreno de Turlock estaba en las inmediaciones de Bridge Street apoyaba la teoría del complot para inculpar a Payne, aunque no bastaba para demostrar que Turlock era el francotirador. El hecho de que el propio Turlock no apareciera en las imágenes del vehículo no ayudaba demasiado. Podría haber sido Beckert. Pero Gurney, en todo caso, no estaba en condiciones de exigir coartadas a las personas que dirigían la investigación.

Con todo, sí se podían dar algunos pasos. La estrecha relación entre Turlock y Beckert indicaba que valdría la pena visitar la cabaña de caza que compartían.

Tenía una vaga idea de dónde se encontraba la reserva del club de tiro. Debía pedirle indicaciones a Torres para localizar la cabaña. Aparcó el coche en el sitio habitual, junto a la puerta del vestidor, y marcó el número. Saltó el buzón de voz y le dejó un mensaje explicando lo que necesitaba saber.

Al bajarse del coche, se detuvo un momento para saborear la dulzura del aire primaveral. Inspiró hondo lentamente varias veces, estiró la espalda y contempló los diferentes matices del verde de los pastos altos. La vista pareció aliviar la tensión de sus músculos. También le recordó las flores que tenía en el Outback. Las recogió del asiento trasero y las dejó, todavía en los potes de plástico, junto al parterre principal de Madeleine.

Entró en la casa, se dio una ducha rápida, se preparó un plato de huevos revueltos con jamón y un vaso grande de zumo de naranja.

Cuando terminó de lavar los platos, ya eran las siete y cuarto; el sol estaba poniéndose por las estribaciones del oeste y el aire que entraba por las cristaleras se había vuelto sensiblemente más frío.

Cogió el portátil del estudio, junto con el lápiz USB de la lista del personal del hospital Mercy, y se instaló en un sillón junto a la chimenea.

Antes de ponerse con la lista, decidió revisar su correo electrónico. El servidor estaba dando problemas últimamente y los mensajes bajaban con enervante lentitud. Echó la cabeza atrás, cerró los ojos y aguardó.

Volvió a abrirlos con un respingo casi una hora más tarde. Estaba sonando su teléfono móvil. Eran las 20:03. La llamada era de Cory Payne.

—Maynard Biggs está en RAM-TV. Entrevistado por esa escoria de Flynn. Tiene que verlo.

—¿Desde dónde me llama?

—Desde un lugar seguro en White River. Tiene que escucharle. Ahora mismo está en directo. Hablamos luego.

Gurney entró en la sección de emisión en directo de la RAM, buscó *Asuntos candentes con Carlton Flynn* y lo seleccionó.

Al cabo de un momento, la ventana de vídeo de la web cobró vida. Flynn, con su característica camisa blanca arremangada, estaba sentado frente a un hombre atlético de piel marrón y ojos grises que llevaba un jersey de cuello alto de color canela. En abierto contraste con la agresiva energía de Flynn, irradiaba una profunda calma.

Flynn estaba a media frase:

—… piensa sobre la difícil batalla que va a librar contra un hombre que ha llegado a simbolizar la ley y el orden en una época de caos: un hombre que según las encuestas acaba de pasarle y sigue subiendo.

—Creo que librar esa batalla, si quiere llamarlo así, es lo correcto en estos momentos. —La voz del hombre resultaba tan sosegada como su actitud.

—¿Lo correcto? ¿Tratar de derrotar a uno de los grandes defensores actuales de la ley y el orden? ¿A un hombre que pone la ley por encima de cualquier otra consideración?

—La legalidad y el orden público son características deseables en una sociedad civilizada. Son signos naturales de salud. Pero convertir el orden en la máxima prioridad hace que sea imposible alcanzarlo. Como muchas otras cosas buenas de la vida, el orden bien entendido es el resultado de algo más.

Flynn alzó una ceja con aire escéptico.

—Es usted profesor, ¿no? —Su tono hizo que sonara como una acusación.

—Correcto.

—De psicología.

—Sí.

—Neurosis. Complejos. Teorías. Seguro que hay un lugar para todo eso. Pero estamos en medio de una crisis. Permítame que le lea algo. Es una declaración de Dell Beckert que expone con términos sencillos la naturaleza de la crisis en la que estamos inmersos. —Flynn se sacó del bolsillo de la camisa unas gafas y se las puso. Cogió una hoja de la mesa y leyó—: «Nuestra nación padece un cáncer. Con los años, ese cáncer se ha infiltrado en nuestra sociedad de muchas formas. La quema de una bandera. El abandono de las normas de vestimenta en nuestras escuelas. El vilipendio de Hollywood de nuestro Ejército, nuestro Gobierno y nuestras corporaciones. La popularización de la obscenidad desenfadada. El menosprecio de los líderes religiosos. La glorificación del crimen en la música rap. El cuestionamiento de las Navidades. La terrible erosión de la autoridad. La infantil reivindicación de derechos. Todas estas tendencias son termitas que devoran los cimientos de nuestro país. Nuestra civilización se halla en un momento crítico. ¿Vamos a permitir la caída fatal de nuestra sociedad en la ley de la jungla? ¿O escogeremos el orden, la cordura y la supervivencia?»

Flynn agitó la hoja ante Biggs.

—Esto es lo que afirma su probable oponente en la elección de fiscal general sobre el estado de nuestra nación. ¿Cuál es su respuesta?

Biggs dio un suspiro.

—La falta de orden no es el problema; es un síntoma. Suprimir el síntoma no cura la enfermedad. No curas una enfermedad eliminando la fiebre.

Flynn soltó un leve bufido de desprecio.

—En sus declaraciones públicas, suena usted como un mesías, como un salvador. ¿Es así como se ve a sí mismo?

—Yo me veo a mí mismo como el hombre más afortunado del mundo. He vivido toda mi vida rodeado por el fuego del racismo y el odio, del crimen y la adicción, de la furia y la desesperanza. Y, no obstante, sigo en pie por la gracia de Dios. Creo que aquellos de nosotros que conocemos el fuego y, sin embargo, no nos hemos consumido en él, debemos servir a quienes han quedado mutilados por sus llamas.

Flynn esbozó una sonrisa desagradable.

—O sea, que su verdadero objetivo como fiscal general sería servir a los mutilados guetos negros, y no a la población general de nuestro estado y de nuestra nación.

—No. Ese no es mi objetivo en absoluto. Cuando digo que debo servir a quienes han sido mutilados por el fuego, me refiero a los mutilados por el racismo. Blancos y negros por igual. El racismo es una navaja sin mango. Corta tan profundamente a quien la empuña como a la víctima. Hemos de sanarlos a ambos, o estamos condenados a una violencia incesante.

—¿Quiere que hablemos de violencia? Hablemos de sus partidarios de Unión de Defensa Negra, de la violencia que han desatado, de los incendios, de los saqueos… ¡Hablemos de esa Blaze Lovely Jackson que escupe odio hacia la policía cada vez que habla! ¿Cómo puede aceptar el apoyo de gente como esa?

Biggs sonrió con tristeza.

—¿Debemos rechazar a alguien por su rabia ante la injusticia? ¿Debemos rechazarlos por el daño causado a sus corazones, por sus sentimientos de temor, por su marginalización y su frustración? ¿Debemos rechazarlos porque su rabia nos da miedo? ¿Acaso usted pide a sus espectadores blancos que están furiosos que dejen de escucharle? ¿Le dice a cada hombre blanco que condena a los negros que se vaya y no vuelva más a su programa? Por supuesto que no.

—¿Cuál es su respuesta, entonces? ¿Abrazar a todas las Blaze Lovely Jackson del mundo que escupen odio por la boca?

341

¿Pasar por alto el hecho de que ella cree que matar a agentes de policía no es tan grave?

Biggs volvió sus tristes ojos hacia Flynn.

—Rodney King dijo: «¿Por qué no podemos llevarnos bien todos?». Parecía una pregunta ingenua. Si tomas esa...

Flynn lo interrumpió, poniendo los ojos en blanco:

—¡Ya empezamos con la monserga de san Rodney!

—Si tomas la pregunta de King literalmente, te ves metido en un cenagal de razones históricas por las cuales los blancos norteamericanos y los negros norteamericanos no se llevan tan bien como todos quisiéramos. Pero yo prefiero interpretar su pregunta de otro modo: como un grito lastimero que reclama una solución. La pregunta que yo oigo es: «¿Qué haría falta para que nos uniéramos todos?». Y la respuesta a esa pregunta puede resumirse en una sola palabra: «Respeto».

—¡Muy bien! ¡Perfecto! —exclamó Flynn—. ¡Yo demostraré con gusto mi respeto a todo aquel que demuestre respeto a nuestro país, a nuestros valores, a nuestra policía!

—Yo hablo de respeto incondicional. Del don del respeto. Retirar nuestro respeto a los demás hasta que creamos que se lo han ganado es la fórmula de una interminable espiral descendente: la espiral que nos ha traído hasta aquí. El respeto no es una moneda de cambio. Es el don que una buena persona ofrece a todas las demás. Si solo se otorga cuando se han cumplido ciertas condiciones, no servirá de nada. El respeto no es una táctica de negociación. Es una forma de bondad. Que Dios nos conceda la humildad necesaria para abrazar lo que es bueno simplemente porque es bueno. Que Dios nos conceda la cordura para entender que el respeto entraña su propia recompensa, que el respeto...

Flynn, que había ido asintiendo con expresión condescendiente, lo interrumpió:

—Un discurso precioso, Maynard. Un bonito sermón. Pero la realidad a la que nos enfrentamos...

A Gurney lo distrajo bruscamente el ruido de una motocicleta pequeña. Al aguzar el oído, le pareció que iba aumentando de volumen. Pensó en la escurridiza moto roja de motocross.

Dejó el portátil en el escabel de delante del sillón y corrió a la parte lateral de la casa, que ofrecía una buena vista de los pastos altos, de donde parecía proceder el ruido. Cuando llegó a la ventana del estudio, sin embargo, ya había dejado de sonar. A la escasa luz del atardecer, no distinguió nada fuera de lo normal. Abrió la ventana sin hacer ruido y escuchó.

Solo oyó los graznidos lejanos de los cuervos. Nada más.

Aunque intuía que estaba exagerando, entró en el dormitorio, donde había dejado la Beretta con su tobillera. Al sentarse en la cama para atársela, vio una cosa que antes se le había escapado: una nota bajo el reloj despertador. Era de Madeleine.

Hola, cariño. He decidido quedarme esta noche en el albergue del hospital. Así que he venido a recoger algunas cosas y ropa para mañana, porque me iré directamente al trabajo desde White River. Te quiero.

Tomó nota mental de llamarla más tarde. Luego salió de la habitación y recorrió las ventanas de la planta baja, escrutando los campos y los bosques de los alrededores. Repitió el circuito una vez más. Como no veía nada fuera de lo común, volvió al sillón junto a la chimenea y cogió otra vez el portátil.

Carlton Flynn estaba en mitad de su monólogo final frente a la cámara, ante millones de fieles espectadores.

—… de cada uno de ustedes considerar los sentimientos expresados esta noche por el doctor Maynard Biggs y compararlos con las posiciones expuestas por Dell Beckert. A mi entender, todo se reduce a una pregunta: ¿seguimos brindando una y otra vez el respeto que Biggs sostiene que resolverá todos nuestros problemas, o trazamos una línea y decimos, alto y claro, ¡basta ya!? ¿Cuántas veces tendremos que poner la otra mejilla antes de reconocer que no funciona? Mi convicción personal, y esto es solo mi idea, amigos, mi convicción es que ¡la paz es cosa de dos! Soy Carlton Flynn, y así es como yo lo veo. Volveré después de unos mensajes importantes.

Cuando Gurney estaba cerrando la página de RAM-TV, sonó su teléfono. Era Torres.

—Aquí Gurney.

—¿Quería saber cómo llegar al club de tiro? ¿Y cómo identificar la cabaña de Beckert?

—Exacto.

343

—Lo más directo es acceder desde Clapp Hollow, saliendo por la carretera del condado número veinte, también llamada Tillis Road. Cinco kilómetros más adelante, hay un puente sobre un río; justo después, empiezan dos caminos opuestos. El de la derecha va a las antiguas canteras; el de la izquierda, a la reserva del club de tiro. Acabo de mandarle por *e-mail* un mapa satélite marcado que muestra la ruta hasta la reserva, así como las coordenadas GPS de la cabaña.

—¿Cree que puedo recorrer esos caminos con mi Outback?

—Dependerá del barro que haya. Y de si hay árboles caídos.

—Dice que uno de los caminos lleva a las antiguas canteras... ¿Es la zona donde están escondidos los Gort?

—Sí. Pero no solo hay viejas canteras allá arriba. Hay cuevas interconectadas y túneles de minas abandonadas que no aparecen en ningún mapa. Es una zona salvaje. Bosques frondosos, arbustos con espinas y ninguna carretera. Los Gort nacieron y se criaron en esas montañas. Podrían permanecer escondidos allí eternamente.

—Una ubicación interesante.

Mientras terminaba la llamada, Gurney oyó el pitido de un mensaje en su portátil. Era el mapa satélite de caminos que Torres le había anunciado. Estaba ajustando la pantalla para examinarlo con más atención cuando volvió a sonar su móvil.

Era Cory Payne, con la voz cargada de excitación.

—¿Lo ha visto?

—Sí.

—¿Qué le ha parecido?

—Biggs parece un hombre honrado. Más honrado que la mayoría de los políticos.

—Él entiende el problema. Es el único.

—¿El problema de la falta de respeto?

—La falta de respeto es otro nombre del desprecio. La tendencia a subestimar, a «rebajar» literalmente a los negros por parte de los blancos, a desechar a los más débiles por parte de los obsesos del control que quieren que todo se haga a su manera. Derriban a palos a sus víctimas, les hacen morder el polvo. Y esas palizas y ese desprecio constante desatan las iras de vez en cuando. Los maniacos del control dicen que esa ira es la ruina de la civilización. Pero ¿sabe qué es, en realidad?

—Dígame.

—Es la reacción humana natural ante una falta de respeto insoportable. Frente a un asalto al corazón, al alma misma. Frente a una falta de consideración que me convierte en alguien inferior a ti. Antes de matar a los judíos, los nazis los convirtieron en menos que iguales, en menos que ciudadanos, en menos que humanos. ¿Se da cuenta del horror de estas palabras? ¿Del horror de convertir a un hombre en menos que otro?

—¿Es lo que hace su padre?

Payne respondió con un tono vitriólico.

—¿Usted ha estado con él? ¿Lo ha observado? ¿Le ha escuchado? ¿Lo vio en televisión en ese festival de adulación con el matón de Flynn? ¿Lo ha oído llamar asesino a su propio hijo? ¿Qué clase de hombre cree que es?

—No sé cómo responder a semejante pregunta.

—Se lo voy a simplificar. ¿Cree que es una buena o una mala persona?

—No es una pregunta nada sencilla. Yo tengo una muy simple para usted..., sobre esa cabaña donde le ayudó con aquellos cartuchos.

—¿Qué quiere saber?

—¿Está cerrada con llave?

—Sí. Pero puede entrar si sabe dónde está la llave de repuesto. —La curiosidad parecía haber disuelto la rabia—. ¿Cree que puede encontrar allí lo que desea saber?

—Posiblemente. ¿Dónde está la llave?

—Tendrá que utilizar la brújula del móvil. Sitúese en la esquina noreste de la cabaña. Camine hacia el este unos diez o doce metros hasta que vea un pequeño recuadro de caliza azul sobre la hierba. La llave está debajo. O al menos estaba ahí el día que fuimos a la cabaña.

—¿Sabe si algún otro miembro del club utiliza la reserva en esta época del año?

—Solo se emplea en la temporada de caza. ¿Sabe lo que está buscando exactamente?

—Lo sabré cuando lo vea.

—Cuídese las espaldas. Si él piensa que usted representa un peligro, hará que Turlock lo mate. Y luego inculpará a alguien. A mí, probablemente.

345

42

*A*l terminar la llamada, Gurney permaneció en el sillón pensando en las palabras de Payne y en la pasión con la que se sumaba al diagnóstico de Maynard Biggs.

En cuanto a la entrevista en sí, no podía evitar un sentimiento visceral de repugnancia hacia Carlton Flynn. Como en otras ocasiones, pensó que un signo infalible de la falsedad de un hombre era su pretensión de decir la verdad sin tapujos. Esa forma de «hablar claro» se reducía la mayoría de las veces a un mezquino fariseísmo.

Volvió a concentrarse en su portátil, en el mapa satélite de la ruta de Clapp Hollow al club de tiro. El camino de tres kilómetros que Torres le había marcado pasaba por varias encrucijadas triples, tomando a la derecha en la primera y la segunda, y a la izquierda en la tercera, para llegar a una serie de claros enlazados en la orilla de un lago largo y estrecho. La cabaña del primer claro estaba marcada con coordenadas GPS.

Gurney memorizó esos dígitos y las distancias aproximadas desde Clapp Hollow hasta cada una de las encrucijadas. Parecía sencillo, siempre que los caminos fueran transitables.

Sus pensamientos se vieron interrumpidos por el agudo pitido de las alarmas de humo, que indicaba un corte eléctrico. La única luz que había encendido, la lámpara situada junto al sillón, se apagó en el acto.

En un principio no hizo nada. Los apagones momentáneos se habían vuelto corrientes porque la compañía pública de servicios había hecho recortes en las labores de mantenimiento. Cuando pasaron varios minutos sin que volviera la luz, sin embargo, llamó al número de urgencias de la compañía. El sis-

346

tema telefónico automático le informó de que no había ningún fallo conocido en la zona, pero le aseguró que su aviso sería transmitido a la sección de averías y que le darían una respuesta en breve. En lugar de esperar a oscuras a que se restableciera la corriente, o de exponerse a descubrir lo que significaba «en breve», decidió poner en marcha el generador: un equipo de gasolina instalado en el diminuto porche trasero y conectado con el panel de circuitos del sótano.

Salió por la puerta lateral y rodeó la casa hacia la parte de atrás. Pasaban un par de minutos de las nueve. El crepúsculo se había adentrado en la noche, aunque había luna llena y no hacía falta recurrir a una linterna.

El generador tenía una correa de arranque. Cogió el asa y le dio varios tirones enérgicos. Al ver que el motor no se ponía en marcha, se agachó para comprobar que las palancas del cebador y del depósito estaban en la posición adecuada. Luego volvió a sujetar el asa de la correa.

Cuando estaba colocándose bien para tirar con fuerza, captó con el rabillo del ojo un punto móvil de luz. Alzó la mirada y lo vio en el poste de la esquina del porche, justo por encima de su cabeza. Un punto diminuto, redondo, de intenso color rojo. Saltó desde el porche a un trecho de hierba crecida y, casi al mismo tiempo, oyó el impacto de la bala en el poste y la aguda detonación del disparo en la cumbre de los pastos altos.

Mientras se arrastraba entre la hierba tupida y húmeda hacia la esquina más próxima de la casa, oyó el ruido de un motor acelerando. Rodó sobre sí mismo y se sacó la Beretta de la tobillera. El estridente ruido del motor, sin embargo, parecía alejarse. Se dio cuenta de que el agresor no bajaba hacia él por la ladera. Iba en la dirección opuesta, subiendo entre los pinos hacia la estribación del norte.

Estuvo aguzando al oído hasta que el rugido de la motocicleta se desvaneció en la noche.

Torres llegó a la granja al cabo de una hora. Pocos minutos después aparecieron Garrett Felder y Shelby Towns en la furgoneta forense. Gurney habría podido extraer la bala del poste por sí mismo, pero era mejor hacerlo de acuerdo con las normas, siguiendo una cadena de custodia oficial desde la escena hasta el laboratorio de balística.

Ya estaba esquivando en cierta medida a las autoridades locales y no quería incurrir en más irregularidades. Había informado del incidente a Torres, no a la policía de Walnut Crossing ni al *sheriff* de su condado, dejando que fuera Torres quien se encargara de resolver más tarde los conflictos de competencias. Habría sido una pérdida de tiempo implicar de entrada a los agentes de la zona en un incidente que solo cobraba sentido en el contexto de la investigación de White River.

Mientras los técnicos forenses trabajaban afuera, Torres se había sentado con él junto a la chimenea y estaba haciéndole preguntas y tomando notas al viejo estilo, con cuaderno y bolígrafo. El generador, que Gurney había logrado arrancar cuando el agresor había huido, emitía un tranquilizador zumbido de fondo.

Una vez que Torres hubo anotado los datos básicos, cerró su cuaderno y le dirigió una mirada inquieta a Gurney.

—¿Se le ocurre por qué puede ser usted el objetivo?

—Quizás alguien supone que sé más de lo que sé.

—¿Cree que podría haber sido Cory Payne?

—No tengo motivo para creerlo.

Torres hizo una pausa.

—¿Piensa usar ese mapa que le he enviado?

Antes de que pudiera responder sonó un golpe en las puertas cristaleras. Gurney se levantó a abrirlas. Felder entró con una evidente excitación.

—Dos hallazgos. Primero, la bala es un treinta-cero-seis con revestimiento blindado. Como las otras dos. Segundo, el fallo eléctrico se ha producido porque alguien cortó el cable de suministro de la casa.

—Que lo cortaron... ¿Cómo? —preguntó Gurney.

—Yo diría que con un cortacables con aislamiento especial.

—¿Dónde ha encontrado el corte?

—Abajo, junto al granero. En la base del último poste eléctrico de la carretera, es decir, en el punto donde la línea hacia la casa queda soterrada.

Poco después de que Torres, Felder y Towns se fueran, llegó el equipo de averías de la compañía. Gurney les indicó dónde se hallaba el desperfecto, dando a entender que era un acto vandálico. La explicación fue acogida con cierto escepticismo, pero no le pareció que tuviera sentido contarles la verdad.

Luego llamó a Jack Hardwick, subió al Outback y se dirigió a la granja de alquiler donde vivía. Quería exponer una vez más ante su mirada escéptica todo lo que pensaba sobre el caso. Y, además, no creía que pudiera pegar ojo en su propia casa, que había demostrado ser tan poco segura.

La granja de Hardwick, una construcción de tablilla blanca del siglo xix sin un estilo reconocible, estaba al final de un largo camino de tierra que se encaramaba en las montañas situadas por encima de Dillweed. Cuando Gurney llegó poco antes de medianoche, Hardwick se hallaba apostado en la puerta con una Sig Sauer nueve milímetros en la pistolera ajustada sobre su camiseta negra.

—¿Esperas jaleo, Jack?

—Pienso que quien te haya disparado podría intentar seguirte para rematar la faena. Hay luna llena esta noche. Y ya se sabe que incita a la gente a cometer locuras.

Se hizo a un lado en el umbral y Gurney accedió al reducido vestíbulo. Había varias chaquetas ligeras colgadas de ganchos; las botas se hallaban alineadas debajo. Más allá del vestíbulo, la sala ofrecía un aspecto luminoso y limpio, subrayado por un jarrón de flores silvestres, lo que indicaba que Esti Moreno, la agente de la policía del estado con la que mantenía una relación intermitente, había vuelto a entrar en su vida.

—¿Quieres una cerveza?

Gurney meneó la cabeza y se sentó ante una impoluta mesa de pino que quedaba en el rincón, junto a la cocina. Hardwick se agenció una Grolsch. Después de sentarse al otro lado de la mesa y dar un primer trago de la botella, le lanzó aquella sonrisa arrogante que sacaba a Gurney de quicio.

—Bueno, ¿cómo es que ha fallado?

—Seguramente por mi rápida reacción.

—Reacción… ¿frente a qué?

—Al punto del láser proyectado por la mira telescópica.

—¿Qué has hecho al verlo?

—Tirarme al suelo.

—¿Y cómo es que no te ha disparado en el suelo?

—No lo sé. ¿Quizás el fallo ha sido deliberado?

—Parece mucho riesgo solo para asustarte, ¿no crees?

Gurney se encogió de hombros.

—Lo mires como lo mires, no tiene demasiado sentido. Si pretendía matarme, ¿por qué un solo disparo? Y, si no, ¿cuál era el objetivo? ¿Realmente creía que iba a abandonar el caso porque me haya dejado un agujero de bala en el porche?

—Que me jodan si lo sé. ¿Qué vas a hacer ahora?

—¿Sabías que Beckert y Turlock tienen una cabaña de caza?

—No me sorprende.

—Quiero echarle un vistazo.

—¿Pretendes demostrar algo?

—Solo estoy recogiendo información.

—La mente abierta, ¿no?

—Exacto.

—Chorradas. —Hardwick dio otro trago a la Grolsch.

Gurney prosiguió tras una pausa.

—Localicé a Merle Tabor.

—¿Y?

—Me contó una historia.

—¿Sobre el embrollo juvenil de Turlock?

—Es un modo muy suave de describirlo. —Gurney le relató con todo detalle lo que Tabor le había explicado sobre la muerte de George Montgomery.

—¿Crees a Tabor?

—Sí. El caso y la forma en que se resolvió, sin un auténtico cierre, parece haber tenido un efecto devastador en él.

—O sea, que has llegado a la conclusión de que Beckert y Turlock son unos psicópatas...

—Sí.

—¿Dos psicópatas capaces de matar a sus propios agentes, de apalear y estrangular a un par de activistas negros y de inculpar a gente inocente?

—Quien haya hecho lo que ellos hicieron con ese joven retardado es capaz de cualquier cosa.

—¿Y solo porque son capaces de haber cometido los crímenes de White River crees que los cometieron de hecho?

—Creo que es lo bastante posible como para indagar más a fondo.

—¿Una indagación que requiere un allanamiento con fuerza?

—Hay una llave. Como máximo es entrada ilegal.

—¿No te preocupan las cámaras de seguridad?

—Si tienen una cámara, grabarán la imagen de un tipo con pasamontañas.

—Parece que la decisión ya está tomada.

—A menos que tú me disuadas.

—Ya te lo he dicho todo en Abelard's. En tu hipótesis hay un agujero del tamaño del culo de un elefante. Se llama «motivo». Afirmas que una figura destacada de la policía y su adjunto andan por ahí matando gente sin ningún motivo. Pero lo cierto es que necesitarían una razón del puto carajo para justificar ese frenesí asesino. Y toda esa vaga palabrería de que todas las víctimas representaban un peligro para las ambiciones políticas de Beckert no basta para explicarlo.

—Se te olvida el pequeño detalle que nos metió de entrada en la investigación.

—¿De qué coño hablas?

—Del mensaje del móvil de Steele. Ese aviso de que alguien de los suyos quizá fuera a aprovechar la ocasión para librarse de él y luego acusar a la UDN. Y eso es justamente lo que Beckert ha hecho: por lo menos, lo de acusar a la UDN.

Hardwick solo una risita burlona.

—¿Crees que ha sido Beckert quien te ha disparado?

—Me gustaría averiguarlo.

—¿Y te imaginas que habrá dejado una confesión firmada en la cabaña?

Gurney dejó de lado el comentario.

—¿Sabes?, a lo mejor el motivo no es un misterio tan grande como tú crees. Quizás en la próxima elección haya más en juego de lo que nosotros sabemos. Quizá las víctimas representaban una amenaza mayor de lo que hemos imaginado.

—Joder, Gurney, si cada político con esperanzas de hacer carrera empezara a exterminar a todos los que se interponen en su camino, Washington estaría repleto de jodidos cadáveres.

351

Hardwick alzó la botella de Grolsch y, pensativo, dio un trago largo.

—¿Por casualidad has visto el *show* de Carlton Flynn antes de que te disparasen.

—Sí, lo he visto.

—¿Qué te ha parecido Biggs?

—Decente. Solidario. Auténtico.

—Todas las cualidades que garantizan la derrota. Él pretende abordar los problemas raciales de un modo honesto y razonable. Beckert solo pretende encerrar a los putos negros y tirar la llave. No hay partido. Becker gana por goleada.

—A menos…

—A menos que tú consigas un vídeo en el que se le vea con las manos en la masa.

Gurney había puesto la alarma de su móvil a las 3:45, pero ya estaba despierto antes de que sonara. Utilizó el diminuto baño del segundo piso, junto a la espartana habitación donde Hardwick lo había instalado para pasar la noche. Se vistió a la luz de la lámpara de la mesilla, se ajustó la tobillera de la Beretta y bajó las escaleras sin hacer ruido.

Había luz en la cocina. Hardwick, sentado ante la mesa del desayuno, tenía una caja de cartuchos junto a su taza de café y estaba llenando el cargador de quince balas de la Sig Sauer.

Gurney se detuvo en el umbral, mirando la pistola con expresión inquisitiva. Hardwick le lanzó una de sus sonrisas rutilantes mientras introducía el último cartucho en el cargador.

—He pensado que podría acompañarte en esa expedición a la cabaña.

—Creía que te parecía una mala idea.

—¿Mala? Es una de las peores ideas que he oído en mi vida, joder. Podría desembocar fácilmente en un enfrentamiento con un adversario armado.

—¿Y entonces?

—Hace mucho tiempo que no he disparado contra nadie, y la ocasión me resulta atractiva. —Volvió a aparecer la sonrisa radiante—. ¿Te apetece un café?

43

Con la luna llena más baja en el cielo y una ligera niebla que creaba un halo alrededor de los faros delanteros, tardaron casi una hora en recorrer el trayecto desde Dillweed hasta Clapp Hollow. Gurney conducía su Outback; Hardwick le seguía en el GTO, por si necesitaban un coche de repuesto. Por qué iban a necesitarlo, no lo habían hablado.

Cuando llegaron a la bifurcación con los dos caminos, Hardwick metió el GTO marcha atrás en el que iba a las canteras, dejándolo bastante adentro para que no se viera desde la carretera. Luego subió al Outback.

Gurney echó un vistazo al cuentakilómetros, metió la primera y entró lentamente en el camino del club de tiro.

Faltaba media hora para el alba. En el espeso bosque de pinos, no entraba ni una pizca del resplandor de la luna. Mientras el coche avanzaba por la tierra llena de roderas, los troncos arrojaban inquietantes sombras bajo la luz difusa de los faros. Gurney bajó las ventanillas delanteras y aguzó el oído, pero no se oía nada aparte del ruido del motor y del barrido de alguna rama baja sobre el techo del coche. El aire era fresco y húmedo. Se alegraba de haber aceptado la cazadora que Hardwick le había ofrecido.

Pasaron por las dos primeras encrucijadas en los puntos kilométricos que indicaba el mapa de Torres. En la tercera, tomó *ex profeso* el ramal equivocado y siguió adelante hasta que estuvo seguro de que el coche no era visible desde el ramal que llevaba al club de tiro.

—Lo dejaremos aquí y haremos el resto a pie —dijo Gurney, poniéndose los guantes y el pasamontañas.

Hardwick se enfundó un gorro de lana y unas gafas oscuras, y se envolvió el resto de la cara con una bufanda. Activando las linternas de sus teléfonos, bajaron del coche, volvieron a la encrucijada y tomaron el ramal correcto. Enseguida llegaron a la altura de un gran letrero clavado en el tronco de un árbol:

STOP

CLUB DE TIRO WHITE RIVER

PROHIBIDA TERMINANTEMENTE LA ENTRADA

A unos cuatrocientos metros, el camino desembocaba en un amplio claro cubierto de hierba. Gurney distinguió entre la neblina las primeras luces del alba. Al otro lado del claro, se adivinaba apenas la superficie gris de un lago.

Hacia la izquierda, su linterna iluminó la forma oscura de una cabaña de troncos. Según el mapa de Torres, esa era la cabaña de Beckert y Turlock. Recordó que había una docena de claros y cabañas similares a lo largo de la orilla del lago, conectados por un sendero que llegaba finalmente a la zona de juegos del parque Willard.

—Voy a registrar el interior —dijo Gurney—. Tú echa un vistazo en los alrededores.

Hardwick asintió, soltó la correa de seguridad de su pistolera y caminó hacia el otro lado de la cabaña. Gurney sacó la Beretta de la tobillera, se la guardó en el bolsillo de la cazadora y se acercó a la construcción de troncos. El aire húmedo traía un olor característico a pino y agua. Al aproximarse, observó que la cabaña descansaba sobre el bloque de hormigón habitual, lo que indicaba que debía haber al menos un hueco por debajo.

Cambió la linterna por la brújula en el teléfono móvil y siguió las indicaciones de Payne, partiendo de la esquina noreste de la cabaña y caminando en dirección este hasta un cuadrado de caliza azul. Lo levantó y encontró una bolsita de plástico con cierre. Activó otra vez la linterna y vio que la bolsa contenía dos llaves, no una, tal y como Payne le había dicho.

Volvió a la cabaña. El cerrojo se abrió sin problemas con la primera llave que probó. Ya iba a abrir la puerta cuando Hardwick reapareció por el otro lado.

—¿Has encontrado algo? —preguntó Gurney.

—Un retrete exterior de compostaje. Un pequeño generador. Y un gran cobertizo con un buen candado.

Gurney le pasó la segunda llave.

—Prueba con esta.

—Espero que no esté lleno de arañas —dijo Hardwick, cogiendo la llave y alejándose—. Odio a las jodidas arañas.

Gurney abrió la puerta de la cabaña. Haciendo un barrido con la linterna, entró con cautela y avanzó lentamente hacia el centro de una habitación de buen tamaño decorada con paneles de pino. En un lado, había una cocina, un fregadero y una nevera pequeña, que sin duda debía funcionar con el generador. En el otro, una estufa de propano, un modesto sofá y dos recios sillones situados en ángulo recto frente al sofá. Justo frente a él, había una mesa rectangular sobre una alfombra rectangular con un estampado rectangular. Por detrás de la mesa, una escalera subía a la buhardilla.

Intrigado por la posibilidad de que hubiera un hueco bajo la cabaña, empezó a buscar un acceso. Recorrió toda la habitación, examinando las tablas del suelo. Volvió al punto de partida, apartó la mesa, levantó la alfombra y examinó toda la zona con el haz de luz.

De no haber sido por el reluciente tirador de latón, la trampilla se le habría pasado por alto, porque estaba perfectamente ajustada con las tablas adyacentes. Se agachó, introdujo el dedo en el tirador y descubrió que la trampilla se levantaba con toda facilidad sobre unas bisagras silenciosas. Al apuntar la linterna hacia el espacio oscuro, vio con sorpresa que era casi tan hondo como una bodega.

Bajó por los peldaños de madera desnuda. Cuando llegó al suelo de hormigón, observó que su cabeza casi rozaba las viguetas que sostenían el entablado de arriba. Todo lo que iba iluminando con el haz de luz se veía asombrosamente limpio: no había polvo, ni telarañas ni moho. El ambiente era seco, sin olores. Había una mesa larga de trabajo pegada a la pared y, encima, un tablero de clavijas con hileras de herramientas colgadas: sierras, destornilladores, llaves inglesas, martillos, cinceles, brocas, reglas, abrazaderas... Todas ordenadas pulcramente por tamaños, de izquierda a derecha.

A Gurney le recordó la forma que tenían las monjas de su escuela de primaria de alinear a los niños en el patio después del recreo —todos en orden de estatura, del más bajo al más alto— antes de hacerlos desfilar hacia las clases. La idea, como la mayoría de sus recuerdos infantiles, le resultó desagradable.

Volviendo a centrarse en lo que tenía entre manos, observó que el único hueco en el tablero se encontraba en el extremo de mayor tamaño de las abrazaderas. La que faltaba le trajo a la memoria su conversación con Paul Aziz y las fotografías de las cuerdas de la escena donde se veían unos tramos aplanados congruentes con el uso de una abrazadera.

Junto a la otra pared, había un montón de listones de construcción. Recorrió el sótano lentamente para asegurarse de que no se le escapaba nada importante. Revisó el suelo, las paredes de bloques de hormigón, los espacios entre las viguetas. No encontró nada fuera de lo normal, aparte de lo asombrosamente ordenado y limpio que estaba todo.

Al llegar al montón de listones, observó que había doce de altura y doce de fondo. También que los extremos de ese lado estaban alineados perfectamente, sin que sobresaliera ninguno ni un solo milímetro. Pensó que esa preocupación obsesiva por la simetría era digna de un diagnóstico clínico.

Sin embargo, mientras pasaba junto a ese montón perfecto de dos metros cuarenta de longitud, le llamó la atención una sombra irregular en el extremo opuesto. Se detuvo, recorrió con la linterna ese extremo y vio que uno de los listones sobresalía unos seis centímetros, cosa que solo se apreciaba por la impecable alineación de los demás.

Parecía totalmente imposible que un listón de producción industrial pudiera haber salido seis centímetros más largo que los demás listones de la partida. Dejó el móvil sobre un peldaño de la escalera, con el haz de luz enfocado hacia allí, y empezó a desmantelar el montón, hilera por hilera.

Al llegar a la altura del montante que sobresalía, sintió —por segunda vez desde que se había metido en el caso— un escalofrío inconfundible...

La parte central de cuatro listones situados en el medio del montón había sido cortada, dejando solo unos sesenta centímetros a cada lado. El resultado era un compartimento oculto de dos listones de altura, dos listones de fondo y un metro veinte de largo. Los extremos de los listones cortados estaban alineados con los extremos de los listones intactos…, con la excepción de ese extremo que sobresalía.

Y entonces comprendió por qué. Si ese extremo no quedaba alineado como los demás era a causa de lo que había dentro del compartimento oculto: un rifle Winchester Model 70 Classic de cerrojo, con el olor característico de un arma disparada recientemente, una mira telescópica láser, un silenciador y una caja de cartuchos del treinta-cero-seis de revestimiento blindado.

Gurney retrocedió con cautela hacia la escalera. Justo cuando salía por la trampilla abierta a la habitación principal de la cabaña, vio que Hardwick entraba por la puerta. En la penumbra, observó que se había quitado las gafas oscuras, el gorro y la bufanda que supuestamente habían de evitar que lo identificaran si había alguna cámara de seguridad oculta.

—No hace falta ese pasamontañas —le dijo a Gurney—. Ya tenemos lo que necesitamos para hacerlo público.

—¿Has encontrado algo?

—Un hierro de marcar usado. —Hizo una pausa melodramática—. ¿Que cómo sé que está usado? Porque parece que hay restos de piel humana adheridos a las letras. Y las letras, por cierto, son KSN.

—Joder.

—Y no solo eso. También una moto roja de motocross. Como esa que salió zumbando de Poulter Street. ¿Tú has encontrado algo ahí dentro?

—Un rifle. Probablemente «el» rifle. Escondido en el sótano en una pila de listones de madera.

—¿Será posible que hayamos agarrado a estos hijos de puta por las pelotas?

El escepticismo innato de Hardwick parecía debatirse con la satisfacción de una cacería exitosa. Echó un vistazo alrededor con suspicacia y apuntó el haz de su linterna hacia la buhardilla.

—¿Qué hay ahí arriba?

—Vamos a averiguarlo.

Gurney subió el primero por la escalera y llegó a un espacio abierto situado sobre la cocina. La parte inferior del tejado, de pronunciada inclinación, estaba cubierta con paneles de madera de pino que desprendían su intenso olor característico. Había dos camas, una a cada lado del espacio, hechas con pulcritud militar; un taburete bajo al pie de cada una y una alfombra rectangular en el suelo, entre ambas. La buhardilla reflejaba nuevamente la obsesión por el orden que se observaba por todas partes: líneas rectas, ángulos agudos y ni una mota de polvo.

Gurney empezó a examinar una cama mientras Hardwick se ocupaba de la otra. Tanteando bajo el colchón, enseguida tropezó con algo frío, liso y metálico. Levantó del todo el colchón y apareció un estilizado portátil. Casi al mismo tiempo, Hardwick le señaló un teléfono móvil pegado con cinta adhesiva a la parte inferior del pie de la otra cama.

—Déjalo todo tal como está —dijo Gurney—. Hemos de dar aviso para que venga un equipo forense.

—¿A quién vas a llamar?

—Al fiscal del distrito. Kline puede poner temporalmente a sus órdenes a Torres y a los técnicos forenses. Aunque eso tendrá que decidirlo él. La cuestión clave es que la investigación y el personal implicado estén controlados por una agencia independiente del departamento de policía de White River.

—Otra opción sería el departamento del *sheriff*.

Gurney sintió una sensación de náusea solo de pensar en Goodson Cloutz.

—Yo voto por Kline.

Hardwick le dirigió su sonrisa gélida.

—A Sheridan le costará asumir todo esto: ha sido un gran fan de Beckert. Le resultará duro ver cómo baja la mierda por el sumidero. ¿Cómo crees que se las va a arreglar?

—Ya lo veremos.

Hardwick entornó los ojos.

—¿Crees que ese lameculos intentará eludir la evidencia del rifle y el hierro para no tener que admitir que se equivocó?

—Ya lo veremos. —Gurney cambió el móvil de modo linterna a modo llamada.

Ya estaba marcando el número de Kline cuando lo paralizaron de golpe los ecos de unos gruñidos y aullidos caninos.

Sonaba como una manada enloquecida de... ¿lobos?, ¿coyotes? Fuesen lo que fuesen, eran muchos, estaban en actitud de ataque y parecían cada vez más cerca.

En cuestión de segundos, ese sonido escalofriante alcanzó una intensidad salvaje. Daba toda la impresión de concentrarse directamente delante de la cabaña.

A Gurney, aquel frenesí de ladridos le puso la carne gallina.

Él y Hardwick sacaron sus armas a la vez, quitaron los seguros y se acercaron al borde abierto de la buhardilla desde donde podían ver claramente las ventanas y la puerta.

Un agudo silbido atravesó la algarabía e, instantáneamente, tan bruscamente como había comenzado, cesó por completo.

Bajaron por la escalera con cautela, Gurney primero. Se deslizó hacia la parte de delante y atisbó por una de las ventanas. Al principio, no vio nada más que oscuridad: la oscuridad y las siluetas de las coníferas que rodeaban el claro. La hierba que, a la luz de su móvil-linterna, había visto antes de un intenso color verde era ahora de un gris amorfo bajo la neblina del alba.

Pero no del todo amorfo. Observó un trecho de un gris más oscuro, quizás a unos diez metros de la ventana. Volvió a activar la linterna del móvil, pero el haz de luz solo creaba una aureola imprecisa entre la niebla.

Abrió poco a poco la puerta.

Solo se oían las gotas que caían lentamente del tejado.

—¿Qué coño estás haciendo? —susurró Hardwick.

—Cúbreme. Y sujeta la puerta abierta por si tengo que volver a toda prisa.

Salió en silencio de la cabaña, esgrimiendo la Beretta con las dos manos. Avanzó hacia la forma oscura del suelo.

Al acercarse, comprendió que estaba mirando un cuerpo..., un cuerpo contorsionado, torcido en una posición extraña, como si un violento vendaval lo hubiese arrojado allí. Dio unos pasos más y se detuvo, asombrado por la cantidad de sangre que relucía en la hierba húmeda. Al dar otro par de pasos, vio que gran parte de la ropa del cadáver estaba hecha jirones, cosa que dejaba a la vista la carne desgarrada. Tenía destrozada la mano izquierda, con los dedos machacados juntos. La derecha había desaparecido por completo, dejando la muñeca con-

359

vertida en un horripilante muñón rojo con los huesos fuera. La garganta estaba gravemente lacerada, con las dos carótidas y la tráquea literalmente hechas pedazos. Menos de la mitad de la cara seguía intacta, lo que le confería una expresión espantosa.

Pero aun así, había algo familiar en esa cara. También en la complexión musculosa del cuerpo. Gurney advirtió con un sobresalto que estaba contemplando los restos de Judd Turlock.

CUARTA PARTE

El espectáculo de horror

44

Veinticuatro horas después del espantoso homicidio de la cabaña, Gurney se dirigía a las oficinas del condado para mantener una reunión temprana con Sheridan Kline.

El exterior de ladrillo rojo, recubierto con un siglo de mugre y hollín, databa de la época en que el edificio había sido un sanatorio mental: el Asilo para Lunáticos Bumblebee, que recibía su nombre gracias a su excéntrico fundador, George Bumblebee. A mediados de los años sesenta, la estructura interior había sido derribada y reconvertida para alojar a la burocracia del condado. Los cínicos disfrutaban señalando que la historia del edificio lo convertía en la sede ideal para sus actuales ocupantes.

El sistema de seguridad del vestíbulo también había sido actualizado desde la última vez que Gurney había estado allí, durante el caso de la novia decapitada en su recepción nupcial. Ahora incluía dos escáneres y la presentación de toda clase de documentos de identidad. Finalmente, le indicaron que siguiera una serie de rótulos que acabaron llevándolo hasta una puerta de vidrio esmerilado donde se leía: FISCAL DEL DISTRITO.

Se preguntó con qué versión de Kline se encontraría.

¿Sería con el hombre estupefacto, incrédulo y casi sin habla que le había respondido al teléfono la mañana anterior, cuando le había llamado para explicarle el hallazgo del rifle, del hierro de marcar, de la moto roja y del cuerpo destrozado de Turlock? ¿O sería el hombre que se había presentado en la escena una hora más tarde, junto con Mark Torres, Bobby Bascomb, Garret Felder, Shelby Towns y Paul Aziz: un hombre decidido a demostrar su firmeza emitiendo órdenes incesantes a unos profesionales que sabían mejor que él cómo abordar una escena del crimen?

Gurney abrió la puerta y entró en la recepción. La atractiva ayudante de Kline, que mantenía su debilidad por los jerséis de cachemir ceñidos, lo examinó con una sonrisa sutil.

—Voy a decirle que está usted aquí —dijo con una voz meliflua difícil de olvidar.

Cuando ya descolgaba el teléfono, se abrió la puerta del fondo y Sheridan Kline entró en la recepción y se acercó a Gurney con la mano extendida y la misma expresión calurosa que le había dedicado en su primer encuentro, años atrás.

—David. A la hora en punto. Siempre me ha impresionado tu puntualidad. —Le hizo pasar a su despacho—. ¿Café o té?

—Café.

Kline chasqueó la lengua con aprobación.

—¿Te gustan los perros o los gatos?

—Los perros.

—Lo suponía. Los amantes de los perros prefieren café. Y los de los gatos prefieren té. ¿Te habías fijado? —No era una pregunta. Se volvió hacia la puerta y gritó—: Dos cafés, Ellen.

Le indicó a Gurney el sofá de cuero y él se sentó en el sillón de cuero de enfrente, con la mesita de café entre ambos.

Gurney se quedó un momento absorto a causa del *déjà vu* que estaba experimentando: no solo por la distribución de los asientos, sino también por los comentarios sobre la puntualidad y acerca de la asociación de los perros con el café y de los gatos con el té. Kline había hecho exactamente los mismos comentarios cuando se habían reunido durante el caso Mellery. Quizá pretendía retrotraer su relación a una etapa anterior más positiva. O quizá fueran cosas que decía tan a menudo que ya no recordaba a quién se las había dicho.

Se echó hacia delante con una actitud que podía confundirse con una amigable intensidad.

—Lo de ayer fue impresionante.

Gurney asintió.

—Un homicidio atroz.

—Sí.

—Además de las pruebas relacionadas con todos los asesinatos. ¡Menudo *shock*!

—Sí.

—Espero no haberte molestado cuando os pedí que abandonarais la escena después de resumirnos la situación.

Gurney más bien lo había atribuido a la irritación de Kline por el hecho de que sus subordinados les dirigieran sus preguntas a él y a Hardwick.

—La cuestión es que, como Hardwick no tiene un estatus oficial —explicó Kline con torpeza—, podría haber habido problemas más adelante sobre el protocolo aplicado a la escena.

—No importa.

—Tenemos algunos datos adicionales que amplían lo que encontrasteis. Una rápida comparación balística ha relacionado el rifle del sótano de Beckert con los disparos contra Steele y Loomis, así como con el incidente de tu patio trasero. —Kline hizo una pausa—. No pareces sorprendido.

—No lo estoy.

—Bueno, hay más. Thrasher ha efectuado una autopsia preliminar de los restos de Turlock. Adivina lo que ha encontrado.

—¿Una flecha de acero clavada en su espalda?

—¿Te lo dijo Thrasher?

—No.

—Entonces ¿cómo…?

—Cuando aún estaba dentro de la cabaña, oí que se acercaban los perros. Seguramente desde un punto del bosque cerca del claro, a unos cien metros de distancia. Turlock también debería haberlos oído. Pero no disparó ni una sola vez. De hecho, su Glock seguía enfundada. Eso no tiene ningún sentido, a menos que ya estuviera anulado cuando los perros se acercaron. Y según parece, los hermanos Gort tienen una extraordinaria puntería con esas ballestas.

Kline lo miró fijamente.

—¿No te cabe duda de que fueron ellos?

—No conozco por aquí a otros expertos homicidas con ballestas, con una manada de perros de ataque y con un motivo de peso para cometer un asesinato.

365

—¿El motivo sería vengarse de Turlock por la redada que realizó en su complejo?

—Por eso y por haberles acusado públicamente de los asesinatos de los dos miembros de la UDN. —Gurney hizo una pausa—. Eso nos proporciona el medio y el motivo. La ocasión no es tan evidente. Supondría que los Gort sabían de antemano que Turlock iba a presentarse en la cabaña en ese momento. Eso constituye un serio problema. Así que no has llegado todavía al cabo de la calle.

—Soy consciente.

—¿Ya habéis detenido a Beckert?

—Estamos en ello. Ahora mismo no aparece por ningún lado, lo cual me lleva al punto principal de la conversación. —Kline hizo una pausa, se arrellanó en el sillón y juntó los dedos frente a la barbilla—. Tus hallazgos, por los que mereces un enorme reconocimiento, han imprimido un giro de ciento ochenta grados a la idea que todos nos habíamos hecho.

Gurney señaló con calma que desde el principio había disentido de la visión del caso de los demás, que había planteado numerosas objeciones y que él, Kline, había decidido despedirlo básicamente por no adherirse a la versión oficial.

Kline lo miró acongojado.

—Eso es simplificar un poco las cosas. Pero lo último que deseo ahora es discutir sobre el pasado, sobre todo considerando el enorme reto que tenemos por delante. Hemos asistido en las últimas veinticuatro horas a la mayor convulsión que he presenciado en un caso en toda mi carrera. Hasta ahora hemos logrado ocultar esta historia explosiva, pero no será por mucho tiempo. Los hechos saldrán a la luz. Tendremos que emplearnos a fondo para presentarlos de forma positiva. Para no perder el control de la historia. Para mantener la confianza en las autoridades. Supongo que estás de acuerdo, ¿no?

—Más o menos.

Kline parpadeó ante la reacción nada entusiasta de Gurney, pero siguió adelante.

—Manejado correctamente, este monumental embrollo podría presentarse como un triunfo de las fuerzas del orden. El mensaje que debemos transmitir es que no hay nadie por encima de la ley, que nosotros investigamos sin temor ni favoritismos hasta donde la verdad nos lleva.

—Ese era el mensaje de Beckert antes de que terminara volviéndosele en contra.

—Lo cual no significa que fuera un mensaje equivocado.

Gurney sonrió.

—¿Solo el mensajero equivocado?

—De forma retrospectiva, sin duda. Pero no me refiero a eso. El problema ahora es que todo está patas arriba. Nos hallamos sumidos en el caos. Y hemos de transmitir el mensaje opuesto. Un mensaje de estabilidad. La idea de que las autoridades siguen moviéndose con un rumbo equilibrado. La gente necesita ver que hay estabilidad, continuidad, competencia.

—Estoy de acuerdo.

—La estabilidad, la continuidad y la competencia son claves para evitar que las condiciones exteriores hagan naufragar el barco. Pero ahí está la cuestión. Estas cualidades por sí mismas son solo palabras. Necesitan cobrar vida. Y tú tienes un gran papel en este sentido.

Kline se echó otra vez hacia delante. Parecía haberse llenado de energía y convicción con sus propias afirmaciones.

—David, tú te has lanzado desde el principio a buscar la verdad como un misil termodirigido. Y si hemos llegado a este punto ha sido sobre todo gracias a ti. No creo exagerar si digo que este podría ser el mayor triunfo de toda tu carrera policial. Y lo mejor es que se trataría de un triunfo para las propias fuerzas del orden. Para el imperio de la ley. De eso se trata en último término ¿no?

Justo cuando se quedó callado, su ayudante entró en el despacho con una bandeja laqueada negra, donde llevaba una cafetera de plata, dos tazas, una jarrita de leche de porcelana y un azucarero. Lo dejó todo sobre la mesita de café.

Cuando salió, Gurney reorientó la conversación.

—¿Qué quieres de mí, Sheridan?

—Solo quiero saber si puedo seguir contando con tus aportaciones y tus consejos… para llevar todo esto a buen puerto.

Gurney reflexionó un momento en esa repentina transformación de su papel (de misil termodirigido a práctico de puerto) y en la inagotable hipocresía de Kline.

—¿Quieres que siga en el caso?

—Quiero que te dediques a atar los últimos cabos. A ponerlo todo en orden. A imprimir continuidad a la investigación. —Al ver que Gurney no decía nada, añadió—: A tu propio modo.

—¿Con libertad para seguir esos cabos sueltos, lleven a donde lleven, sin ninguna interferencia?

Kline se crispó durante un instante al oír esta última palabra, pero luego soltó un suspiro resignado.

—Necesitamos aclarar los motivos de cada uno de los cuatro homicidios. Más el de Turlock. Hemos de saber con certeza quién hizo cada cosa. Y debemos encontrar a los Gort. Puedes seguir cualquiera de esos caminos. El que tú quieras.

—Con pleno acceso a Torres, Felder, Thrasher, al personal del laboratorio, a los de balística, etcétera... ¿De acuerdo?

—No hay problema. —Kline lo miró con ansiedad—. Entonces... ¿lo harás?

Gurney no respondió de inmediato. Se preguntó una vez más por qué estaba haciendo lo que hacía. Las respuestas rectas y virtuosas, desde luego, eran bien sencillas. Estaba siguiendo el caso hasta su desenlace porque se había comprometido con las viudas de los agentes asesinados. Y porque las muertes de Jordan y Tooker merecían la misma atención que las de Steele y Loomis. Y porque la resolución de esos asesinatos, así como el de Turlock, tal vez acabara poniendo al descubierto mecanismos ocultos de corrupción. Y porque procurar un cierre a tantas heridas abiertas tal vez aportara un mínimo de paz a la ciudad de White River.

Esos motivos eran poderosos y reales. Pero él sabía que había algo más que lo impulsaba y que no era tan altruista; algo que estaba metido en los circuitos de su cerebro: un incesante deseo de saber, de averiguar cosas. Esa había sido su fuerza motriz a lo largo de su carrera, quizás a lo largo de toda su vida. En realidad, no tenía opción.

—Dile a Mark Torres que me llame.

No había recorrido ni un tercio del trayecto de vuelta a Walnut Crossing cuando Torres le llamó.

—El fiscal del distrito me ha pedido que le pase toda la información que precise, especialmente los datos que han salido a la luz desde que abandonó ayer la escena. ¿Le llamo en buen momento?

Gurney vio que se estaba acercando al vivero de Snook y pensó que sería un buen sitio para parar.

—Sí, es buen momento. —Paró en el aparcamiento estrecho y alargado situado frente a los invernaderos—. ¿Se quedaron mucho tiempo trabajando?

—Todo el día y toda la noche. Garrett y Shelby montaron sus focos halógenos y se han quedado hasta el amanecer.

—Cuénteme.

—Bueno, primero Paul Aziz fotografió todo el lugar; luego el cuerpo de Turlock y cada una de las pruebas halladas antes de guardarlas y etiquetarlas. La mayoría de las cosas han aparecido en el interior y en los alrededores del cobertizo donde su amigo Hardwick encontró el hierro de marcar. Había dos juegos de ropa enterrados justo detrás del cobertizo, con manchas de sangre que coinciden con la localización de los cortes en los cadáveres de Jordan y Tooker. En el interior, había un rollo de cuerda que coincide con el segmento hallado en el complejo de los Gort, lo cual no solo vincula a Beckert y a Turlock con los asesinatos del parque infantil, sino también con el intento de inculpar a los Gort. Había manchas de sangre en el asiento trasero del todoterreno agrícola. Thrasher hizo *in situ* un análisis rápido de los tipos sanguíneos: coinciden con los de Jordan y Tooker.

—¿Alguna huella en el volante del vehículo?

—Viejas y emborronadas. Ninguna útil.

—¿Qué me dice del manillar de esa moto Yamaha?

—Lo mismo. Las huellas de Beckert aparecen en varios lugares del todoterreno; las de Turlock, en el tapón del depósito de la moto, tal como sería de esperar, pues el vehículo de tareas estaba a nombre de Beckert y la moto a nombre de Turlock. Y hablando de huellas, esta mañana hemos recibido la respuesta de la IAFIS sobre ese bolígrafo que usted mismo encontró en el patio trasero de Poulter Street. Sin duda, la huella es de Turlock.

—Son un montón de pruebas.

369

—Aún hay más. En un hoyo para encender fuego, en la parte de atrás del cobertizo, hemos encontrado trozos quemados de un bate de béisbol y de una porra: son las armas que probablemente se utilizaron para apalear a Jordan y Tooker; además de dos jeringas hipodérmicas de las de precarga.

—¿Usadas?

—Usadas y arrojadas al fuego con el bate y la porra. Pero la etiqueta de una de las jeringas no estaba del todo quemada. Eso le ha permitido averiguar a Thrasher que era propofol.

—El montón de pruebas sigue creciendo.

—Y todavía hay más. ¿Recuerda que la otra noche Garrett dijo que habían cortado la línea de su casa con un cortacables? Pues hemos encontrado uno bajo unas tablas sueltas del suelo del cobertizo.

—Una noche muy productiva.

—Y no he mencionado el hallazgo más interesante: unos alicates que demuestran que usted tenía razón.

Hizo una pausa melodramática.

Gurney no soportaba las pausas melodramáticas.

—¿A qué se refiere?

—Bajo el fregadero de la cabaña había un pequeño juego de herramientas. Garrett cree que fueron los alicates de ese juego los que dejaron las marcas en las manivelas cambiadas de las cisternas. Ha pedido una comparación al laboratorio para asegurarse, pero suele acertar en este tipo de cosas.

Gurney sintió la satisfacción de haber dado en el clavo.

—¿Algo más?

—Quizá sí, quizá no. Ese portátil y ese teléfono móvil que usted encontró en la cabaña... estaban protegidos con contraseña, pero los hemos enviado al laboratorio de informática forense de Albany: confiamos en recibir una respuesta a lo largo de esta semana.

—Todo esto parece el sueño de un fiscal. ¿Sabemos ya por qué se presentó Turlock en la cabaña a esa hora?

—Creemos que sí. Había dos sistemas de alarma silenciosa alimentadas con batería: de las de activación por movimiento. Una en la cabaña y otra en el cobertizo. Estaban programadas para contactar con ciertos números de teléfono. Presumiblemente, el de Turlock era uno de ellos, lo que explicaría por qué se presentó allí. Garrett tenía problemas con el código de privacidad que protegía los números, así que hemos enviado a Albany los dispositivos, junto con el móvil y el portátil.

—¿Alguna pista sobre el paradero de Beckert?

—Todavía no. Su teléfono móvil ha sido apagado. Su esposa asegura que no tiene ni idea de dónde está. El fiscal del distrito ha solicitado una orden de registro de su casa, por si la mujer nos niega el acceso. Beckert no parece tener amigos personales, así que no podemos sacar nada por ese lado. Hemos sometido a vigilancia sus tarjetas de crédito. Hasta ahora no hay actividad. Se le vio por última vez anteayer a las cinco y media, cuando salía de la central de policía. Pero no hemos encontrado a nadie que le haya visto después. Su esposa estaba pasando tres días en un spa con dos amigas y dice que no sabe cuándo volvió Beckert a casa esa noche. De hecho, no sabe ni siquiera si volvió.

—¿Se llevó el coche?

—Probablemente. Lo único que sabemos seguro es que ya no está en el aparcamiento de la central.

Se hizo un breve silencio mientras Gurney reflexionaba sobre el hecho de que la desaparición de Beckert se hubiera producido justo la noche antes del incidente en el club de tiro.

Torres fue el primero en hablar.

—Es realmente asombroso.

—¿El qué?

—Que usted tuviera razón en todo. Recuerdo que ya en la primera reunión a la que asistió no parecía conforme con las suposiciones que hacían todos. Era como si hubiera sabido instantáneamente que había algo erróneo en la hipótesis de base. Y yo veía lo inquietos que se sentían Beckert y Turlock por los problemas que usted planteaba. Ahora comprendo por qué.

—Todavía nos queda mucho camino. Un montón de preguntas abiertas.

—Eso me recuerda algo que comentó sobre el vídeo del atentado a Steele, acerca del punto rojo del láser que tenía en la nuca mientras patrullaba junto a la multitud. Usted se preguntó cómo se explicaba que ese punto le hubiera seguido durante tanto tiempo. Creo que durante unos dos minutos, ¿no?

371

—Exacto.

—¿Ya ha encontrado la respuesta?

—Todavía no.

—¿Aún cree que es importante?

—Sí.

—Parece un detalle muy pequeño.

Gurney no dijo nada. Pero estaba pensando que los pequeños detalles solían ser los más importantes. Sobre todo los que no tenían sentido.

45

Gurney permaneció en el coche frente a los invernaderos. Confiando en que Rob Snook no lo viese y lo arrastrara a otra conversación insulsa, se arrellanó en el asiento y trató de aclarar sus ideas y decidir las prioridades para el resto del día.

Sin embargo, aclarar sus ideas no resultó tan fácil. Algo le inquietaba, aunque no sabía qué. ¿Quizá la prolongada ausencia de Madeleine? Siempre se sentía raro cuando ella estaba fuera, y las conversaciones telefónicas no resolvían el problema.

Gurney la había puesto al corriente la noche anterior sobre los hallazgos realizados en el club de tiro y sobre el homicidio de Turlock, saltándose los detalles más macabros. Le había advertido que no les dijera nada a Kim y Heather, añadiendo que iba a reunirse con el fiscal para revisar la situación. Madeleine le había anunciado que iba a quedarse en el albergue del hospital Mercy al menos otras veinticuatro horas; para entonces se suponía que ya habrían llegado varios parientes de ambas familias. Le había recordado asimismo que llenara los comederos y dejara salir a las gallinas al corral. Él le había dicho que la quería y que la echaba de menos. Ella le había dicho otro tanto.

Lo que Gurney no le había contado era que le habían disparado. En un principio, se había dicho a sí mismo que no quería alarmarla con el fantasma de un peligro en ciernes. Un día después, cuando ya habían encontrado el rifle, Turlock estaba muerto y Beckert al parecer se había fugado, se dijo a sí mismo que no se lo contaba porque ya no había peligro y, por tanto, no corría prisa explicárselo. Ahora, sin embargo, sentado frente a los invernaderos de Snook, tuvo que reconocer que él mismo siempre encontraba sospechoso que alguien ofreciera distintas explicaciones para llegar a una misma conclusión. Un amigo muy sabio le había dicho una vez que cuantas más razones dabas para justificar tu comportamiento, menos probable era que ninguna fuese verdadera.

Quizá fuera eso lo que le agitaba: no tanto la ausencia de Madeleine como su propia actitud evasiva. Decidió ser más sincero en la próxima conversación. Esa sencilla resolución, como suele ocurrir, lo tranquilizó. Salió del aparcamiento, ahora decidido a llegar a casa cuanto antes para revisar las carpetas del caso y buscar sentido a los detalles que no cuadraban.

Veinticinco minutos después, mientras subía entre los pastos bajos hacia la casa, pensando en qué carpeta revisaría primero, le sorprendió ver a Madeleine con su sombrero de paja junto a uno de los parterres de flores.

Cuando bajó del coche, la encontró arrodillada frente al parterre siguiente, justo al lado del plantel de espárragos. Estaba plantando las espuelas de caballero que él había llevado a casa dos días antes. Se la veía pálida y muy cansada.

—¿Ha ocurrido algo? —preguntó Gurney—. Creía que te ibas a quedar en el hospital.

—Los parientes han llegado antes de lo esperado. Y yo estaba más agotada de lo que creía. —Dejó la pala junto a las flores y meneó la cabeza—. Es horrible. Kim está llena de una rabia feroz. Al principio lo tenía todo dentro. Ahora le está saliendo. Lo de Heather es peor. Está completamente cerrada. Como si no estuviera presente. —Madeleine hizo una pausa—. ¿Podemos contarles algo sobre los progresos que estás haciendo? Lo que me contaste anoche por teléfono parecía un bombazo. Quizá les procuraría cierto alivio… o un poco de distracción.

—Todavía no.

—¿Por qué?

—El estado actual de la investigación no se puede…

Ella le cortó.

—Sí, ya. Ya me sé todo eso. Solo que… es tan deprimente no saber nada. Yo albergaba la esperanza… —Volvió a coger la pala, la dejó de nuevo y se puso de pie—. ¿Has visto a Kline?

—De ahí vengo.

—¿Habéis tomado alguna decisión?

—La verdad es que no.

—¿Qué quería?

—En apariencia, mi ayuda para concluir la investigación. En realidad, mi silencio. Lo último que desea es que los medios se enteren de que me despidió hace tres días por insinuar que se equivocaba en todo.

—¿Qué le has dicho?

—Que ayudaré a terminar la investigación.

Ella lo miró desconcertada.

—Pero ¿no está concluida, básicamente?

—Sí y no. Hay un montón de pruebas que implican a Beckert y Turlock... Todas las que te conté por teléfono y otras muchas descubiertas a lo largo de la noche y de esta mañana. Entre ellas, que Beckert parece haber desaparecido.

—¿Desaparecido? ¿Eso lo convierte en un fugitivo?

—No sé qué lenguaje utilizará Kline públicamente, pero sería una definición razonable. Las nuevas pruebas no dejan muchas dudas sobre su implicación no solo en los atentados a los dos agentes, sino también en los asesinatos del parque infantil. Así que la situación ha dado un vuelco completo. Cory queda exonerado a efectos prácticos.

Ella lo miró con atención.

—Me parece detectar cierta reserva en tu tono.

—Solo la sensación de que aún se me escapa algo. El riesgo y la brutalidad de los asesinatos me parecen desproporcionados en relación con los beneficios que debían aportar.

—¿No suele suceder así? ¿Qué me dices de la gente a la que asesinan por un par de zapatillas?

—Sí, sucede a veces. Pero no en una operación bien planeada. Cory está convencido de que todo está relacionado con el futuro político de Beckert, con la voluntad de eliminar a quienes pudieran interponerse en su camino.

—¿Lo crees capaz de algo así?

—Es lo bastante frío para hacerlo, sin duda. Pero sigue pareciéndome desproporcionado. Hay algo en los supuestos beneficios del plan que no veo del todo claro. Quizá sea que no estoy planteando las preguntas correctas.

—¿Qué quieres decir?

—Hace años, asistí en la academia a unas clases de técnica investigativa. El instructor nos preguntó una mañana: «¿Por qué los ciervos, de noche, siempre salen corriendo frente a los coches?». Hubo un montón de respuestas. Por pánico, porque los faros los desorientan, por un defecto evolutivo… Entonces él señaló que había una premisa errónea en la formulación de la pregunta. ¿Cómo sabíamos que los ciervos «siempre» hacían eso de noche? Tal vez la mayoría de los ciervos no cruzaban la carretera corriendo, pero nosotros no nos dábamos cuenta porque solo veíamos a los que sí lo hacían. Y añadió que había un sutil equívoco agazapado en la frase: «salir corriendo frente a los coches», porque sonaba como si se tratase de una disfunción de comportamiento. Supón que la pregunta se reformulara así: «¿Por qué algunos ciervos intentan cruzar la carretera cuando se acerca un coche?». Esta forma de plantearlo apunta a una serie distinta de respuestas. Puesto que los ciervos son animales territoriales, quizá su primera reacción en un momento de peligro es dirigirse a la parte de su territorio en la que se sienten más seguros. Quizá se mueven instintivamente hacia un lugar seguro. Otros ciervos de las inmediaciones tal vez estén corriendo en la dirección opuesta, alejándose de la carretera, para llegar a sus lugares seguros; pero es menos probable que esos ciervos sean vistos, sobre todo de noche. En fin, la idea del instructor era bien sencilla. Si planteas la pregunta equivocada, nunca llegarás a la verdad.

Madeleine empezaba a impacientarse.

—Entonces ¿qué pregunta sobre el caso crees que estás planteando mal?

—Ojalá lo supiera.

Ella lo miró largamente.

—¿Qué vas a hacer ahora?

—Revisar los expedientes, buscar las cosas que no encajan e investigarlas.

—¿Y hablar con Kline?

—En último término le informaré. Él se contentaría con que no hiciera nada, con tal de que no agite las aguas y no lo deje en mal lugar.

—¿Porque también tiene sus propias aspiraciones políticas?

—Seguramente. Hasta ayer eso implicaba subirse al barco de Beckert. Supongo que ahora contempla su futuro en solitario.

Ella esbozó una sonrisa nada alegre.

—Voy adentro. ¿Quieres almorzar?

Al cabo de un rato, mientras acababan de comer en silencio, Gurney pensó que si no le contaba ahora lo de la línea eléctrica y lo del disparo, no se lo iba a contar nunca. Así pues, se lo explicó, aunque presentándolo del modo menos alarmante posible, o sea, diciendo que Beckert o Turlock habían disparado un tiro hacia la parte trasera de la casa cuando él había salido a poner en marcha el generador.

Ella le lanzó una mirada.

—¿No crees que te estuviera apuntando a ti?

—Si hubiera querido matarme, habría seguido disparando.

—¿Cómo sabes que era Beckert o Turlock?

—Porque a la mañana siguiente encontré en su cabaña el rifle de donde salió el disparo.

—Y ahora Turlock está muerto.

—Sí.

—Y Beckert ha huido.

—Eso parece.

Ella asintió con el ceño fruncido.

—Lo del disparo… ¿fue anteanoche?

—Sí.

—¿Por qué has tardado tanto en decírmelo?

Él vaciló.

—Creo que temía reavivar los recuerdos del caso Jillian Perry.

La expresión de Madeleine se ensombreció ante la mención del allanamiento que habían sufrido durante aquella serie de asesinatos, que resultó especialmente inquietante.

—Perdona —dijo él—. Debería habértelo dicho enseguida.

Madeleine le dirigió una de aquellas largas miradas que hacían que él se sintiera transparente. Luego recogió los platos y los llevó al fregadero.

Gurney reprimió el impulso de formular más excusas. Fue al estudio y sacó las carpetas del caso. Puesto que el hierro de marcar y las jeringas de propofol relacionaban ahora directamente a Beckert y Turlock con los asesinatos del parque infantil, decidió abrir el expediente de Jordan y Tooker.

Sorprendentemente, contenía poca cosa, aparte del atestado inicial: la entrevista con el hombre del perro que había hallado los cadáveres, las copias de algunas fotografías de Paul Aziz, los informes de las dos autopsias y un impreso de progresos en la investigación con pocos progresos registrados, salvo la descripción de la redada de Turlock en el complejo de los Gort y las pruebas supuestamente «se encontraron» allí. Había también algunos datos básicos sobre las víctimas. Tooker, según el expediente, era un solitario sin conexiones familiares conocidas ni relaciones personales fuera de la UDN. Jordan estaba casado, pero no había ninguna entrevista con su esposa; solo una nota que indicaba que se le había informado de su muerte.

Para Gurney resultaba evidente que la decisión de acusar a los Gort de los asesinatos de Jordan y Tooker había reducido radicalmente el alcance de la investigación. En la práctica, se había descartado todo lo que no estuviera relacionado de forma directa con ese enfoque del caso. Eso había provocado una enorme laguna que ahora sentía el deber de llenar.

Recordó que el reverendo Coolidge había proporcionado una coartada a Jordan y Tooker tras el atentado a Steele y que se había referido a ellos en términos muy elogiosos. Quizás él pudiera facilitarle el número de la mujer de Jordan.

Llamó a Coolidge. Cuando ya le estaba dejando un mensaje, el pastor atendió con su caluroso tono profesional.

—Me alegra oírle, David. ¿Cómo va su investigación?

—Hemos descubierto algunas cosas interesantes. Por eso le llamo. Me gustaría contactar con la esposa de Marcel Jordan y he pensado que usted quizá tenga su número.

—Ah. Bueno. —Coolidge titubeó—. No creo que Tania esté dispuesta a hablar con ningún representante de la policía, que es como lo vería a usted por muy independiente que sea su relación con las autoridades oficiales.

—¿Ni siquiera si pudiera ayudar a resolver el asesinato de su marido, y posiblemente a destapar las complicidades de algunos miembros de la policía?

Hubo un intenso silencio.

—¿Habla en serio? ¿Cabe esa posibilidad?

—Sí.

—Volveré a llamarle.

No tardó mucho. Al cabo de menos de diez minutos, Coolidge llamó para decirle que Tania no quería hablar por teléfono, pero que estaba dispuesta a reunirse con él en la iglesia.

Tres cuartos de hora más tarde, Gurney entró en el aparcamiento de Santo Tomás Apóstol. Aparcó el Outback y recorrió el sendero a través del cementerio.

Ya llegaba a la puerta trasera de la iglesia cuando la vio. Estaba inmóvil entre las lápidas cubiertas de moho: una mujer alta, de piel morena, de treinta y tantos años, vestida con una sencilla camiseta gris y unos pantalones de chándal. Tenía el cuerpo esbelto y los brazos fibrosos de una corredora de fondo. Sus ojos oscuros y suspicaces lo miraban fijamente.

—¿Tania?

Ella no respondió.

—Soy Dave Gurney.

La mujer continuó en silencio.

—¿Prefiere que hablemos fuera o dentro?

—Quizás haya decidido no hablar con usted de ningún modo.

—¿De veras?

—Supongo que sí.

—Entonces me vuelvo a casa.

Ella ladeó la cabeza, primero de un lado y luego del otro, sin una expresión discernible.

—Hablemos aquí. ¿Qué quería decir con lo que le ha dicho al pastor?

—Le he dicho que hemos descubierto algunas cosas sobre el asesinato de su marido.

—También que la policía podría estar implicada.

—He dicho que lo parecía.

—¿Qué pruebas tiene?

—No puedo revelar datos concretos. Pero sospecho que su marido y Virgil Tooker, así como los agentes de policía, podrían haber sido asesinados por la misma persona.

—¿Ni Payne ni los locos de los Gort?

—No lo creo.

Gurney examinó aquel rostro impasible buscando alguna

reacción, pero no captó ninguna. A su espalda, se alzaba el ángel de mármol en cuya ala Coolidge había apagado un cigarrillo unos días atrás.

—El hombre que usted llama mi marido —le dijo ella tras una pausa— era más bien mi ex, aunque nunca nos divorciamos. Vivíamos en la misma casa, porque era más económico, pero espiritualmente estábamos separados. Ese hombre era un loco. —Otra pausa—. ¿Qué quiere de mí?

—Su ayuda para averiguar la verdad.

—¿Y cómo se supone que debo ayudarle?

—Podría empezar por explicar por qué dice que era un loco.

—Marcel tenía una debilidad. Las mujeres lo amaban... y él las amaba.

—¿Por eso se rompió su matrimonio?

—Aquello creaba situaciones muy dolorosas para mí. Pero yo procuraba aguantar esa debilidad suya porque, por otra parte, había mucha energía en él. Energía y sincero deseo de justicia: justicia para los que no son poderosos. Él quería defender a esa gente, hacer todo lo posible para liberar nuestras vidas de conflictos y temor. Esa era su visión de la UDN.

—¿Cómo se llevaba con los demás líderes del grupo?

—¿Se refiere a Virgil Tooker y Blaze Jackson?

Gurney asintió.

—Bueno, debo decir que Virgil no era lo que se llama un líder. Era solo un buen hombre que tenía una estrecha relación con Marcel. Y Marcel lo situó en ese puesto porque se fiaba de él. No tenía ni un gran talento ni grandes defectos. Solo quería hacer lo correcto. Eso quería Virgil: ayudar.

A Gurney le llamó la atención que Mark Torres hubiera definido su vocación de policía con esas mismas palabras.

—¿Y Blaze Jackson?

En el rostro de Tania apareció el primer signo de emoción. Un rictus duro y amargo. Respondió con una calma que casi resultaba escalofriante.

—Blaze Lovely Jackson es el diablo en persona. Esa zorra sería capaz de cualquier cosa para conseguir lo que quiere. Ya lo dice su nombre: «puro fuego».[4] Es charlatana y fogosa. Le

---

4. *Blaze* significa «fuego», «llamarada». *(N. del T.)*

encanta subirse al escenario, ser el centro de todas las miradas, decir pestes de la policía corrupta, enardecer a la multitud. Pero ella siempre tiene puesta esa mirada maligna en lograr su propio beneficio, en lo que pueda sacarles a los demás.

—¿Fue ella el motivo de su separación?

—Mi marido era idiota. Ese fue el motivo de la separación.

Se hizo un breve silencio entre ambos.

Gurney preguntó si había visto a Marcel o Virgil en las cuarenta y ocho horas anteriores a su asesinato, ante lo que ella se limitó a negar con la cabeza. También le preguntó si había visto u oído antes o después de los asesinatos algo que pudiera tener relación con estos.

—Nada. Solo que ahora Blaze es la líder única de la Unión de Defensa Negra, un puesto que seguro que le encanta a la muy zorra.

—¿Le gusta mandar?

—Lo que le gusta es el poder. Y le gusta demasiado.

Gurney captó un principio de agitación en el lenguaje corporal de la mujer. Como quería dejar la puerta abierta para alguna otra conversación, decidió ponerle fin a esta.

—Le agradezco el tiempo que me ha concedido, Tania. Ha sido muy sincera. Y lo que me ha dicho me resulta útil. Gracias.

—No me malinterprete. No he venido aquí para hacerle un favor. Usted dijo que la policía podría estar implicada en toda esta mierda, y a mí me encantaría que pudiera demostrarse y que los metieran en la penitenciaría con todos los hermanos que están esperándolos. Eso sería un bálsamo para mi corazón. Así que no vaya a creer otra cosa. Vivo en un mundo dividido, y yo no estoy en el mismo lado que usted.

—Lo comprendo.

—¿Ah, sí? ¿Sabe por qué este sitio es mi lugar favorito de todo White River?

Él abarcó de un vistazo el viejo cementerio.

—Dígame.

—Porque está lleno de blancos muertos.

46

*E*l camino de vuelta de Santo Tomás Apóstol hacia la interestatal pasaba por la avenida que rodeaba el parque Willard. Al acercarse a la entrada principal, Gurney recordó las fotografías de Paul Aziz y decidió echar otro vistazo a la zona de juegos.

El aparcamiento estaba casi lleno, lo cual no era de extrañar en una tarde primaveral tan apacible. Encontró un hueco y luego recorrió a pie el sendero que bordeaba el prado donde se había celebrado la manifestación de la UDN. La estatua del coronel había sido acordonada con cinta amarilla (PRECINTO POLICIAL. NO PASAR), en apariencia en un intento de evitar que la derribaran o la pintarrajearan antes de que se tomara una decisión sobre su destino. Aunque el resto del parque estaba lleno de gente tomando el sol, jugando al frisbee, o paseando al perro, e incluso de madres con niños pequeños, el parque infantil permanecía desierto. Gurney se preguntó cuánto tiempo habría de pasar para que se disolviera su siniestra aureola. En el cobertizo de alquiler de kayaks, un rótulo escrito a mano decía: «Cerrado hasta nuevo aviso».

Los mirlos, no obstante, seguían habitando los densos juncales de la orilla del lago. Cuando Gurney se acercó a los columpios, levantaron el vuelo entre gritos y empezaron a describir círculos sobre su cabeza. Pero al ver que se detenía allí, perdieron interés y volvieron a posarse entre los juncos.

Las roderas del vehículo agrícola recogidas en las fotos de Paul Aziz ya no eran visibles, pero él recordaba con claridad su posición. Examinó una vez más las barras de trepar y aquellos dos puntos relucientes: la conversación con Aziz le había convencido de que eran marcas de abrazaderas.

Empezó a considerar escenarios posibles, a imaginarse los pasos que habrían sido necesarios para llevar a las dos víctimas y amarrarlas a los barrotes.

Elucubró que habían convencido a Jordan y a Tooker para acudir a una cita en algún lugar, donde los habían vuelto más manejables a base de alcohol y midazolam. Luego los habrían llevado a la cabaña, o más bien al cobertizo de detrás. Ahí los habrían sedado profundamente con propofol y los habrían desnudado antes de propinarles una metódica paliza y de marcarles a fuego las letras «KSN». Así habían creado la apariencia de que aquello había sido un ataque racista. Después los habrían metido en el vehículo agrícola y los habrían transportado por los senderos desde la cabaña hasta el parque infantil.

Se imaginó el todoterreno emergiendo de los bosques en esa penumbra anterior al alba, avanzando hacia las barras de trepar y parando justo delante, con los faros velados por un jirón frío de niebla. Beckert y Turlock, sentados delante; Jordan y Tooker (desnudos, anestesiados, casi muertos), en el asiento trasero. Detrás, en la caja, llevarían los dos rollos de cuerda y una gruesa abrazadera.

Se imaginó a Beckert y a Turlock bajando con linternas, decidiendo deprisa a cuál atarían primero…

Y luego…, luego ¿qué?

Una posibilidad era que entre los dos hubieran sacado del vehículo a uno de los hombres y lo hubieran puesto de pie, con la espalda contra los barrotes. Mientras uno lo sujetaba en su sitio, el otro podía coger la abrazadera y una cuerda, atarle un extremo alrededor del cuello, pasar el resto de la cuerda por encima del barrote donde apoyaba la cabeza y dejarla sujeta con la abrazadera hasta que pudiera anudarse con seguridad. Entonces ya podían atar el torso y las piernas a los barrotes inferiores para que el cuerpo se mantuviera de pie. Entre tanto, se habría producido una lenta y fatal estrangulación.

Pensándolo bien, el proceso —aunque repugnante— parecía factible. Entonces se le ocurrió que había un sistema más fácil que apenas habría requerido esfuerzo físico. Antes que nada habrían sacado a los hombres del vehículo y los

383

habrían dejado en el suelo delante de las barras para trepar. Después de atarle al primero una cuerda alrededor del torso, era posible deslizar el otro extremo por un barrote y luego amarrarlo a la trasera del cuatrimotor. Así bastaba mover el vehículo hacia delante para que la cuerda alzara el cuerpo de la víctima hasta la altura del barrote. Entonces podía usarse la abrazadera para mantener sujeta la cuerda mientras se desataba del cuatrimotor, se enrollaba alrededor del barrote y se anudaba. Finalmente, se podía asegurar el cuerpo en esa grotesca posición erecta tensando el resto de la cuerda alrededor de las piernas, del torso y, con un resultado fatídico, del cuello de la víctima.

De aquella forma habría sido sin duda más fácil. Tan fácil, bien mirado, que no habrían hecho falta dos hombres. Eso significaba que el doble crimen habría podido cometerlo uno de los dos: o Beckert, o Turlock. Incluso cabía la posibilidad de que uno lo hubiera llevado a cabo sin el conocimiento del otro. Gurney se preguntó si, de ser así, eso tendría algo que ver con el asesinato de Turlock.

Tras una última ojeada al parque infantil, cuando ya volvía hacia el aparcamiento, notó que lo estaba observando un tipo de los que paseaban con sus perros: un hombre bajo, musculoso, con el pelo gris rapado y dos grandes dóberman. Estaba en medio del sendero, a unos cincuenta metros. Al acercarse, detectó una expresión agresiva en sus ojos. Con pocas ganas de jaleo, Gurney se arrimó al margen del sendero.

—Bonitos perros —dijo amablemente al pasar.

El hombre ignoró el cumplido y señaló la zona de juegos.

—¿Usted es uno de los polis que investigan esa historia?

Gurney se detuvo.

—Así es. ¿Tiene alguna información?

—Ese par de «hermanos» se llevaron su merecido.

—¿Por qué lo dice?

—White River era un buen sitio para vivir. Un lugar ideal para criar hijos. Una ciudad pequeña y segura. Mírela ahora. La calle donde yo vivo era preciosa. Debería verla actualmente. Viviendas protegidas. Alquileres gratis para gorrones. En la puerta de al lado tengo a un puto chalado que va con un *dashiki*. Como si realmente fuera de África. Vive con sus dos mujeres. ¡Usted y yo estamos pagando eso con nuestros impuestos! Y fíjese bien. El tipo tiene un gallo negro. Y gallinas blancas. Un mensaje hostil. Y cada año mata a las gallinas blancas en el patio trasero. Donde yo pueda verlo. Les corta la cabeza. Pero nunca al gallo negro. ¿Cómo lo calificaría usted?

—¿Usted cómo lo califica?

—Como lo que es. Una amenaza terrorista. De eso es de lo que debiera preocuparse.

—¿Quiere presentar una queja?

—Es lo que estoy haciendo. Aquí y ahora.

—Para presentar una queja formal, tiene que acudir a la central de policía y rellenar...

El hombre lo interrumpió con un gesto asqueado.

—Es perder el tiempo. Todo el mundo lo sabe. —Le dio la espalda bruscamente, tiró de las correas de los perros y se alejó por el prado mascullando obscenidades.

Gurney siguió adelante, hasta el coche, consciente una vez más del temor y el desprecio que anidaba en el crisol de culturas de los Estados Unidos.

Una vez sentado en el Outback, pensó que debía transmitirle a Mark Torres el dato de que los asesinatos de Jordan y Tooker los podía haber cometido una sola persona. Marcó el número. Torres respondió de inmediato, como siempre: parecía deseoso de escuchar lo que tuviera que contarle.

Gurney le explicó su teoría de un solo hombre.

Torres se quedó un momento callado.

—¿Cree que esto debería cambiar nuestro enfoque?

—Por ahora solo tenemos que mantener la posibilidad *in mente* y ver cómo encaja en lo que vayamos descubriendo. Hablando de ello, ¿ya hemos averiguado si Beckert y Turlock tienen coartada para la noche de los asesinatos del parque infantil o para los atentados del francotirador?

—Por lo que hemos averiguado hasta ahora en el departamento, nadie recuerda haber estado con ninguno de los dos en esas ocasiones. Tampoco es de extrañar. Ellos no se dedicaban precisamente a confraternizar con la tropa. Turlock informaba a Beckert, y este solo estaba obligado a informar al alcalde. Usted conoce a Dwayne Shucker, así que ya puede imaginarse que en la práctica no le informaba mucho. La esposa de Beckert

385

no ha sido de mucha ayuda. Lleva una intensa vida social y no para en casa ni le sigue la pista a su marido. En cuanto a Turlock, vivía solo. Su vecino más cercano está a un kilómetro y medio y dice que no sabe nada de él.

El Outback estaba recalentándose bajo el sol. Gurney abrió las ventanillas.

—El expediente Jordan-Tooker no incluye entrevistas propiamente dichas tras los asesinatos, aparte de un par de anotaciones crípticas sobre los soplos de unos informadores no identificados y de una breve declaración del tipo que encontró los cadáveres. ¿Me he perdido algo?

—No, que yo sepa. Recuerde que llevé el caso durante menos de un día. Cuando Turlock lo asumió, ya todo se redujo a la historia de los Gort.

—¿Ningún compañero de Jordan y Tooker fue entrevistado?

—Los únicos compañeros que tenían eran los miembros de la UDN a los que arrestaron en la redada en su sede. Y como estaban pendientes de ser acusados, recibieron el consejo de los abogados de no hacer ninguna declaración a la policía.

—¿Y qué hay de la esposa de Jordan?

—Ella se negó en redondo a hablar con Turlock. —Torres hizo una pausa—. Aquí alguna gente nos mira como si fuésemos un ejército de ocupación.

—He hablado hoy con ella.

—¿Cómo lo ha conseguido?

—Le he dicho que creía que alguien de la policía podría ser condenado por los asesinatos. A ella le ha gustado la idea.

—No me sorprende. ¿Le ha contado algo útil?

—Me ha dejado claro que Marcel tuvo un lío sexual con Blaze Jackson. Y que Blaze es una mala bestia.

—A ver, espere un segundo.

Gurney oyó de fondo un rumor de conversación. Cuando Torres volvió a ponerse, sonaba más animado.

—Era Shelby Towns. Dice que las botas halladas en la cabaña coinciden a la perfección con las huellas de botas encontradas en las escaleras de la casa de Poulter Street.

—¿Son de Turlock o de Beckert? ¿Lo ha podido averiguar?

—De Turlock. Lo ha deducido por el número. O sea, que parece que era él el francotirador del atentado a Loomis. En conjunto, el caso está tomando un giro… Disculpe otro segundo.

Tras otro rumor de conversación, Torres volvió a ponerse.

—Shelby dice que las huellas de Cory Payne aparecen en todos esos cartuchos que encontró usted con el rifle.

—Lo cual es coherente con la historia de Cory de que estuvo ayudando a su padre en el proceso de recarga. ¿Alguna otra novedad?

—Solo que el fiscal del distrito sale esta noche en *Al filo de la noticia*.

—¿Eso qué es?

—Es el programa que precede a *La polémica de la noche* de RAM. Será interesante ver cómo Kline explica que su héroe divino se ha convertido en el demonio de la noche a la mañana.

Gurney estuvo de acuerdo. Como Kline no podía mantener a raya indefinidamente a la prensa, por lo visto había decidido lanzarse de cabeza en un intento desesperado de imprimirle a la historia su propio punto de vista.

47

*U*nos minutos antes de las 18:00, Gurney abrió su portátil y entró en la web de la RAM. Mientras se cargaba, algo le llamó la atención a través de la ventana: una mancha fucsia que se deslizaba por los pastos altos. Se dio cuenta de que era Madeleine, con su reluciente cazadora, recortando la franja de hierba que separaba los pastos del bosque. Observó cómo giraba con el cortacésped en dirección al sendero que bajaba hacia la casa. Luego entró en la sección de «emisión en directo» y pinchó «Ver ahora». Al cabo de unos instantes, la pantalla quedó inundada con unas brillantes letras azules que parpadeaban sobre un fondo negro.

AL FILO DE LA NOTICIA

EDICIÓN ESPECIAL AVANZADA

TODO LO QUE NECESITA SABER AHORA

Las letras saltaron por los aires y luego los pedazos volvieron a reunirse para formar otras palabras.

VUELCO RADICAL

EL CAZADOR SE CONVIERTE

EN LA PRESA

De nuevo explotaron las letras para convertirse de inmediato en otro titular.

LOS JEFES DE POLICÍA

AHORA PRINCIPALES SOSPECHOSOS DE

LOS ESPECTACULARES ASESINATOS DE WHITE RIVER

Con un redoble de tambor final, apareció un plano de dos locutores, un hombre y una mujer que, teatralmente, tomaban sus últimas notas en la mesa del noticiario de RAM-TV. La mujer fue la primera en dejar el bolígrafo y mirar a la cámara.

—Buenas noches. Soy Stacey Kilbrick.

Gurney observó que la expresión de preocupación profesional que adoptaba siempre por defecto presentaba esta vez una dosis suplementaria de sombría intensidad. Lo distrajo un momento el timbre de su móvil. Vio que era Thrasher y dejó que saltara el buzón de voz.

En la pantalla, el hombre también dejó su bolígrafo sobre la mesa. Pulcro y ceñudo, parecía un azafato de vuelo con problemas laborales.

—Buenas noches. Soy Rory Kronck. Tenemos una espectacular historia para ustedes esta noche: un reportaje en exclusiva de *Al filo de la noticia* sobre los pasmosos acontecimientos de White River, Nueva York. Resume los hechos básicos a nuestros espectadores, Stacey.

—Como estabas diciendo, Rory, los hechos son absolutamente asombrosos. El cazador se ha convertido en la presa. Han surgido nuevas pruebas que relacionan a Dell Beckert, el exjefe de la policía de White River, conocido en todo el país por su defensa de la ley y el orden, con los cuatro terribles asesinatos que estaba investigando su propio departamento. Al parecer, ahora se ha fugado y se encuentra en paradero desconocido, bajo una grave sombra de sospecha. —Stacey se volvió hacia Kronck—. Hemos cubierto muchas historias increíbles a lo largo de los años, Rory, pero yo jamás había visto nada parecido. ¿Y tú?

—Nunca, Stacey. Y el jefe huido es solo una parte de la historia. El jefe adjunto, según acabamos de saber, ha aparecido asesinado. Y estamos hablando de un tipo de asesinato espeluznante normalmente reservado para las películas de terror.

Kilbrick adoptó una expresión teatral de repugnancia.

—Aparte de los detalles sangrientos, lo más chocante para mí es el vuelco completo que ha dado todo el caso, ¿no crees?

—Totalmente de acuerdo.

389

—Tengo entendido que gran parte del mérito debe atribuirse al fiscal del distrito y a un detective de homicidios muy especial vinculado a su departamento.

—Completamente cierto. De hecho, justo antes de este programa he mantenido una conversación reveladora con el fiscal del distrito Kline.

—Fantástico, Rory. Veamos ese vídeo.

Gurney oyó que la puerta del vestidor se abría y se cerraba. Al cabo de un minuto, Madeleine entró en el estudio.

—¿Qué estás mirando?

—Una entrevista en directo con Kline.

Ella cogió una silla.

La imagen había pasado ahora a un sencillo plató de entrevistas. Kline y Kronck se hallaban sentados frente a frente, con una librería de fondo. Kline llevaba el pelo recién cortado.

Kronck se echaba hacia delante, en mitad de una pregunta:

—… una palabra que está en la mente de todos: alucinante. El jefe de policía se convierte en principal sospechoso. Y su hijo, que era para usted el principal sospechoso, ha sido declarado inocente. La cabeza nos da vueltas. Déjeme que le haga una pregunta evidente: si su visión del caso hoy es correcta, ¿cómo podía estar ayer tan equivocado?

Kline reaccionó con una sonrisa apenada.

—Parece una pregunta sencilla, Rory, pero la realidad no es sencilla en absoluto. Tiene usted que recordar que la anterior hipótesis del caso que apuntaba a Cory Payne por los atentados del francotirador y a los hermanos Gort por los asesinatos del parque infantil constituía un engaño deliberado urdido por nuestro actual sospechoso. Desde el principio mismo, la dirección de policía de White River se confabuló para despistar a mi oficina. No estamos ante la interpretación errónea de un caso. Estamos ante una traición taimada y maliciosa de la confianza depositada en un funcionario público que se había comprometido a considerarla sagrada cuando juró el cargo.

—Lo dice como si fuera un acto de auténtica traición.

—Lo veo como una forma de corrupción moral.

—¿Hasta qué punto podría haber penetrado esa corrupción en el departamento?

—Eso es lo que estamos investigando ahora seriamente.

—No debe andar sobrado de recursos. Con tantas preguntas sin respuesta sobre esos crímenes terribles, y con la duda de quién es de fiar y quién no, por no mencionar la constante agitación racial en ciertas partes de White River, ¿de dónde salen los efectivos necesarios para abordar la crisis?

Kline se removió incómodo en la silla.

—La situación se encuentra bajo control.

—¿Hay planes de recurrir a la policía del estado? ¿O al FBI, teniendo en cuenta el posible componente de crímenes de odio que existe en todos estos asesinatos?

—Por el momento, no.

—¿Así que está diciendo que cuenta con todos los recursos necesarios?

—No es que lo diga, Rory. Es que me consta.

—Suena asombrosamente seguro, teniendo en cuenta que se enfrenta a cuatro asesinatos espectaculares..., cinco, contando al jefe adjunto. ¿No tendría sentido recurrir a la competencia y el conocimiento que puede aportar la policía del estado? Con el debido respeto, señor, el suyo es un condado rural donde los delitos habituales son conducir borracho, trapichear con drogas y alterar el orden público. El caso al que se enfrenta ahora es infinitamente más complicado. ¿Eso no le preocupa?

Kline inspiró hondo.

—No solemos divulgar detalles sobre la dotación de nuestra oficina, Rory, pero para la tranquilidad general quiero desestimar esa inquietud sobre la competencia profesional. La verdad es que el nivel y la sofisticación de nuestros efectivos son ahora mismo insuperables. Un miembro clave de mi equipo actual es Dave Gurney, el laureado detective que ostenta el récord de mayor número de homicidios resueltos en la historia de la policía de Nueva York. Estamos hablando de más de un centenar de homicidios resueltos por ese hombre, incluidos varios casos famosos de asesinos en serie. Ha sido gracias a su incesante indagación y a sus agudas intuiciones por lo que hemos llegado a nuestro actual punto de vista sobre la situación de White River. Usted preguntaba por qué no hemos recurrido a los investigadores de la policía del estado. Lo cierto es que Dave Gurney ha dado seminarios avanzados de investigación criminal en la academia de la policía del estado. Así que, en cuestión de competencia profesional, no tenemos nada que envidiarle a nadie. Contamos con los mejores profesionales.

—Una noticia fascinante. Estoy impresionado.

Kline no dijo nada.

—Me consta que dispone de un tiempo limitado, señor, y creo que tiene un mensaje final para nuestros espectadores.

—Sí, en efecto. —Kline miró seriamente a la cámara—. Nuestra mayor prioridad ahora es localizar a Dell Beckert.

Apareció un número de teléfono en la base de la pantalla.

Kline prosiguió.

—Si saben algo sobre su paradero o conocen a alguien que lo sepa, llamen, por favor, a este número. Es posible que conduzca un Dodge Durango negro, con la matrícula de Nueva York CBIIWRPD.

Apareció en la pantalla el número de la matrícula bajo una fotografía de Beckert con su uniforme de policía.

Kline concluyó:

—Si tienen cualquier dato que pueda ayudarnos a localizar a este hombre, llamen a este número ahora, por favor. No hace falta que se identifiquen si no lo desean. Solo nos interesa la información que nos puedan proporcionar. Gracias.

Apareció unos momentos en pantalla el número de teléfono antes de dar paso de nuevo a Stacey Kilbrick y Rory Kronck en la mesa del noticiario.

—Uau —dijo Kilbrick—. El fiscal del distrito cuenta con una estrella de la gran ciudad en su pequeño departamento.

—Eso parece —dijo Kronck.

—Hmm. ¿Qué sabemos de ese Dave Gurney?

—Sabemos que el *New York Magazine* le dedicó un reportaje de primera página hace unos años. El título del artículo era «Superpolicía». Eso me parece que lo dice todo.

—Esta historia parece una fuente inagotable de sorpresas. Excelente trabajo, Rory.

Él esbozo una sonrisita satisfecha.

—Soy Stacey Kilbrick, de *Al filo de la noticia*. Después de unos mensajes importantes, volveré con ustedes para hablar de la última batalla sobre los miembros transgénero del cuerpo de marines de los Estados Unidos.

Gurney cerró la página de emisión en directo y salió de la web de RAM-TV.

Madeleine lo miraba fijamente.

—¿Te preocupa que Kline haya hecho pública tu implicación en el caso?

Él alzó las manos con aire de resignación.

—Preferiría que no lo hubiera hecho. Pero no creo que él esté más contento que yo.

—¿Qué quieres decir?

—A Kline no le gusta compartir méritos. Lo ha dicho porque se sentía acorralado. Kronck estaba hurgando en su escasez de recursos y dando a entender que debería buscar la ayuda de una agencia exterior, cosa que él se niega a hacer. Tiene miedo de que parezca una rendición por su parte; además, quiere sacar de todo esto una victoria personal. Alardear de mi historial era una forma de rebatir la insinuación de que su departamento no puede enfrentarse solo a este reto.

—Apuesto a que esa Kilbrick intentará llevarte a su programa.

—Aceptaré esa propuesta el día que los cerdos vuelen. —Echó un vistazo a la esquina de la pantalla—. Son las seis y veinte. ¿Alguna idea para la cena?

Ella frunció el ceño.

—Esta noche tengo mi cena con el grupo de acción política de la ciudad. Recuerdas que te lo dije, ¿no?

—Se me había olvidado que era hoy.

—Quizá llegaré tarde. Nuestros debates tienden a alargarse mucho. Hay un montón de cosas en la nevera. Y tienes pasta en el armario amarillo.

Una hora más tarde, mientras terminaba el plato de espagueti con tomate, calabacines y queso parmesano que se había preparado, recibió una llamada de Cory Payne. Había un grado de excitación en el tono del joven que Gurney no le había notado nunca.

—¡Dave! ¿Ha visto las últimas noticias en Internet?

—¿Sobre qué?

—¡Sobre el caso! La cosa ha empezado cuando han anuncia-

do en la RAM que ahora están ustedes centrados en mi padre...,
que ha desaparecido. El fiscal del distrito ha concedido una entrevista, y ahora todas las páginas de noticias lo están dando.
Salen unos titulares brutales. «Hijo inocente, padre culpable.»
Cosas así. El caso ha dado un vuelco. Ya no soy el objetivo de la
investigación. Usted debe estar al tanto de todo esto, ¿no?

—Sé que se han hecho algunos descubrimientos importantes.

—Es una forma muy suave de decirlo. ¡Tengo la sensación
de que me ha salvado la vida!

—Aún no se ha terminado.

—Pero ahora sí parece que va todo en la buena dirección.
Joder, Dios mío, ¡qué gran alivio! —Hizo una pausa—. ¿Todo
esto es por lo que encontró en esa cabaña?

—No puedo hablar de ello. Las pruebas debe hacerlas públicas la fiscalía del distrito. Aunque eso me recuerda una cosa...,
¿por qué no me dijo nada de la segunda llave?

—¿Cómo?

—Usted me habló de la llave de la cabaña, pero no de la otra
llave: la del cobertizo.

—Ahora sí que no le entiendo.

—Del cobertizo de detrás.

—No sé nada de ningún cobertizo. Yo solo estuve en su
cabaña —dijo Payne, perplejo.

—¿Su padre le enseñó el sótano?

—No. No sabía que hubiera un sótano.

—¿Dónde colocó los componentes para la recarga?

—Sobre la mesa, en medio de la habitación.

—¿Qué llevaba puesto?

—Quizá una camisa de cuadros. No recuerdo qué pantalones. Tal vez de algodón con pinzas. Él nunca lleva vaqueros. Ah,
y unos guantes desechables, como los de los médicos. Creo que
para no mancharse las manos de pólvora.

—Desde que se vino a vivir a White River, ¿ha tenido mucho contacto con Judd Turlock?

—Lo veía siempre con mi padre. No era el tipo de persona
con el que te apetecería tener relación. Ya solo mirarle a los
ojos daba miedo. Uno de los reportajes dice que apareció asesinado en el club de tiro. ¿Fue usted quien lo encontró?

—Yo estaba allí.

—¿Cómo lo mataron?

—Perdone, pero eso también debe explicarlo la fiscalía.

—Entiendo. —Payne hizo una pausa—. Bueno, el motivo principal de mi llamada era darle las gracias. Gracias por devolverme mi vida.

—Quiero hacerle otra pregunta. Cuando era niño, antes de que lo mandaran a ese internado, ¿su padre trató de despertar su interés en las armas, la caza o algo parecido?

Hubo un largo silencio. Cuando el joven respondió, toda su excitación había desaparecido.

—Mi padre nunca trató de despertar mi interés por nada. Lo único que le importaba era que yo no hiciera nada que pudiera avergonzarlo.

Gurney sintió un molesto estremecimiento. En una época, él había sentido un rencor parecido hacia su padre.

48

No sabía qué hacer. Tenía la sensación de que las cosas estaban llegando a un punto crítico y necesitaba avanzar. Como no se le ocurría cuál debía ser el próximo paso, decidió revisar los mensajes de su teléfono.

Encontró el que Thrasher había dejado mientras miraba el programa de televisión. Pulsó el icono de reproducir: «Detective Gurney, aquí Walter Thrasher. No me cabe duda de que los horrores incesantes de White River acaparan toda su atención. Pero siento la necesidad de informarle de una historia todavía más horrorosa relacionada con su idílica propiedad. Llámeme cuando pueda. Entre tanto, le aconsejo encarecidamente que no siga excavando: al menos hasta que esté preparado para lo que probablemente encontrará».

El mensaje le provocó una oleada de alarma y curiosidad.

Encontró el número de Thrasher en la agenda del teléfono móvil y llamó. Saltó el buzón, así que dejó un mensaje.

Volvió a concentrarse en el caso. ¿Qué aspecto sin resolver debía abordar primero? Le vino a la cabeza el asesinato de Rick Loomis con el picahielos, lo cual hizo que, a su vez, se acordara del listado del personal: todavía no había examinado la sección de los empleados que habían dimitido o que habían sido destituidos.

Fue al escritorio, sacó el USB que contenía el listado y lo insertó en el portátil. Al cabo de unos momentos estaba abriendo la sección DIM-CES del «Archivo unificado de personal del hospital Mercy». Al repasar las columnas de los nombres y las direcciones, reconoció un solo nombre. Uno que le llamó poderosamente la atención: «Jackson, Blaze L., 115 Borden Street, White River, NY».

Su dimisión o cese (el archivo no indicaba cuál de las dos cosas) se había producido el 12 de febrero, solo tres meses antes. Los datos restantes solo eran los números de su fijo y su móvil.

Mientras introducía los datos en su agenda, tuvo la impresión de que Borden Street le sonaba de algo. Estaba convencido de haber visto antes esa calle, pero no lograba situar el recuerdo. Abrió Google Maps Street View e introdujo la dirección, pero lo que vio no le resultó familiar. Volvió al listado de personal y miró la dirección de nuevo. Fue entonces cuando se le ocurrió que no era la calle real lo que le sonaba, sino el nombre impreso en la página del archivo. Había visto esa dirección en otra parte del mismo documento.

Retrocedió a la parte principal de la lista, correspondiente a los empleados en activo. Empezó a recorrer las columnas de nombres y direcciones. Y, finalmente, ahí estaba…, en la sección de seguridad, mantenimiento y limpieza: «Creel, Chalise, J., 115 Borden Street, White River, NY».

El número del teléfono fijo era el mismo que el que figuraba en la lista para Blaze Jackson, aunque el móvil era distinto. Así pues, al menos eran compañeras de piso. Y posiblemente algo más.

Otro hecho igualmente interesante era que ese nombre, Chalise Creel, ya lo había visto en otra parte. No solo en el listado del personal. Aparecía en la placa de identificación de la mujer de la limpieza en la UCI del hospital…, la mujer de ojos almendrados que había vaciado la papelera de la sala de espera, el día que estuvo allí con Kim, Heather y Madeleine. Una mujer que habría podido acceder fácilmente a Rick Loomis, porque ningún miembro del personal de enfermería habría tenido motivo para cuestionar su aparición rutinaria.

La inserción del picahielos en el tallo cerebral de Loomis, sin embargo, habría requerido unos conocimientos médicos especiales. Se preguntó cuál sería la formación de Creel, y también la de Jackson. Debía averiguar cuál había sido el trabajo de Jackson en el hospital y por qué motivo no seguía allí. ¿Podría ser que la relación Jackson-Creel tuviera una conexión con el asesinato de Rick Loomis? ¿Habría sido una de ellas la que había conseguido las drogas utilizadas con Jordan y Tooker? Y

397

quizá lo más importante: ¿Jackson y Creel estaban liadas con Judd Turlock y Dell Beckert?

El hospital parecía el lugar más lógico para empezar a investigar. Un sistema automático que finalmente lo puso en contacto con Abby Marsh, la responsable del departamento de Recursos Humanos, atendió a su llamada. Eran las 20:15, pero todavía seguía en la oficina. Sonaba tan agobiada como el día que le había sacado el listado del personal.

—¿Sí?

—Abby, soy Dave Gurney. Quería preguntarle...

Ella lo interrumpió.

—Ah, el hombre del día.

—¿Cómo dice?

—Tenemos una tele en la cafetería. Estaba tomando una cena rápida y he visto la entrevista con el fiscal del distrito. Dígame, ¿qué puedo hacer por usted?

—Necesito información sobre dos de sus empleadas: una antigua y otra actual. Blaze Jackson y Chalise Creel. ¿Las conoce?

—A Jackson, desde luego. A Creel, apenas. ¿Hay algún problema?

—Es lo que estoy intentando averiguar. ¿Creel está trabajando ahora mismo?

—Espere, déjeme ver... Sí, aquí está. Según los horarios, está haciendo el turno de cuatro a doce. O sea, que sí, debería estar trabajando ahora.

—Disculpe, quería decir si sabe con certeza que está ahí.

—Eso no figura en el sistema.

—Pero alguien debe de saber si está o no.

—El supervisor de su turno. ¿Quiere que le llame?

—Por favor.

—Lo voy a dejar en espera.

—Gracias, Abby.

Transcurrieron cinco minutos. Cuando por fin volvió a ponerse, parecía preocupada.

—Chalise Creel no se ha presentado esta tarde para hacer su turno, ni tampoco se presentó ayer. Además, no ha llamado ninguno de los dos días. Ayer su supervisor intentó localizarla, pero sin éxito. Cuando hoy lo ha vuelto a intentar, ha recibido un mensaje automático diciendo que su buzón estaba lleno.

—¿Había sido cumplidora hasta ahora?

—Eso parece. No hay ninguna marca en su expediente. Pero, dígame, el hecho de que esté preguntando por ella… ¿debería preocuparnos?

—Es demasiado pronto para decirlo. ¿Sabía usted que tiene la misma dirección que Blaze Jackson?

—¿La misma dirección? —La inquietud de Abby aumentó.

—Sí. Y el mismo número fijo.

Ella no dijo nada.

En vez de preguntar si Jackson había dimitido o si la habían destituido (una pregunta que quizá Marsh no podría responder por motivos de confidencialidad), Gurney dio por supuesta una opción, como suelen hacer los detectives en situaciones similares.

—Cuando Jackson fue destituida, ¿hubo repercusiones?

—¿Qué clase de repercusiones?

—¿Ella negó las acusaciones que se le hacían?

—Por supuesto. Hasta que le mostramos el vídeo de seguridad de nuestra farmacia.

Gurney decidió continuar con la misma táctica.

—¿Tenía en las manos el propofol? ¿Y el midazolam?

—En el vídeo aparecía claramente con el propofol. Lo del midazolam habría sido más difícil de demostrar. En resumen, ella accedió a presentar su dimisión y nosotros a no denunciarla. No habría tenido sentido. Técnicamente, el propofol no es una sustancia controlada como el midazolam, así que la denuncia no habría implicado gran cosa en términos legales. Pero, oiga, ¿quién le ha dado toda esta información?

Gurney tuvo la tentación de decir que ella misma acababa de hacerlo. Pero revelar que la había engañado no le convenía a ninguno de los dos. Y tampoco se sentía orgulloso de su ardid. En lugar de eso, dijo sin mentir:

—La verdad siempre se acaba filtrando.

Ella hizo una pausa.

—¿Puede decirme por qué está investigando a Chalise Creel?

El tono de su respuesta fue circunspecto.

—Porque podría haber estado en las inmediaciones de la UCI cuando Rick Loomis fue atacado.

399

El silencio sepulcral de Abby Marsh indicaba que había captado perfectamente la idea.

Lo primero que hizo Gurney después de darle las gracias por su ayuda fue buscar los números de Creel, el fijo y el móvil, y llamar a ambos. Saltó el buzón en las dos llamadas, y los dos buzones estaban llenos. Marcó el número del móvil de Jackson. También salió el buzón de voz, y también ese buzón estaba lleno. Se arrellanó en la silla y contempló por la ventana trasera la montaña, ahora casi envuelta en la oscuridad.

Arriba de todo, en el bosque de pinos, una manada de coyotes empezó a soltar aullidos.

Pensó en la conexión entre Blaze Jackson y Chalise Creel. En el hecho de que no quisieran o no pudieran recibir llamadas. En el despido de Jackson del hospital Mercy por el robo de fármacos. En el fácil acceso de Creel a la UCI.

Tras un cuarto de hora de indecisión, llamó a Torres.

—Mark, hay algo que debemos investigar.

Le contó su conversación con Abby Marsh y le pidió a Torres que fuera cuanto antes al apartamento de Jackson y Creel.

—Si está cualquiera de las dos, reténgala. Nos vemos allí.

Condujo muy por encima del límite de velocidad durante todo el trayecto hasta la salida de White River de la interestatal y luego confió en su GPS para orientarse a través del laberinto de calles de un solo sentido. Su destino resultó estar en mitad de una deteriorada manzana del barrio de Grinton.

A la luz de la única farola en funcionamiento, el lado de Borden Streen donde se encontraba el 115 parecía intacto. En el otro lado, solo quedaban restos quemados. El Crown Victoria de Torres ya estaba ahí. Gurney aparcó detrás.

Al bajar del coche, lo golpeó un intenso hedor a cenizas húmedas y desperdicios. Igual que los edificios adyacentes, el número 115 era un mugriento bloque de cuatro plantas con una puerta de acero. Un hombre y una mujer estaban sentados delante, en la semioscuridad, en sillas de plástico. El hombre era bajo y enjuto, con la piel morena y el pelo afro gris desaliñado. La mujer era rubia y extraordinariamente corpulenta, hasta el punto de que parecía que la hubieran inflado. Su rostro estaba iluminado por el frío resplandor de la pantalla de su móvil.

El hombre miró cómo Gurney se acercaba.

—El apartamento que busca está en el cuarto piso —dijo, levantando la voz—. El tipo que ha llegado antes que usted lleva un rato ahí arriba.

Gurney se detuvo.

—¿Conoce por casualidad a las mujeres que viven allí: Blaze Jackson y Chalise Creel?

El hombre sonrió.

—Todo el mundo conoce a la señorita Lovely. Es famosa.

—¿Y Chalise?

—Chalise no habla con nadie.

—¿Las ha visto en los últimos días?

—Creo que no.

Gurney miró a la mujer.

—¿Y usted? ¿Conoce a alguna de las mujeres del cuarto?

Ella no dio muestras de haberle oído.

—Brenda solo sabe lo que está en su teléfono.

Gurney asintió.

—¿Sabe si las dos mujeres han tenido visitas últimamente?

—Hay hermanos entrando y saliendo todo el tiempo.

—¿Nadie más?

—Un hombre con un gran coche, hace un par de días.

Gurney señaló el Crown Vic.

—¿Grande como ese?

—Más alto. Más reluciente. Con un nombre de estilo *cowboy*.

—¿Durango?

—Sí. Casi seguro. Durango.

—¿Vio al conductor?

—Un hombre blanco. Lo vi desde mi ventana.

Señaló el segundo piso.

—¿Podría describirlo?

—Acabo de describírselo.

—¿Alto? ¿Bajo? ¿Flaco? ¿Gordo?

—Normal.

—¿Tipo de ropa?

—Oscura.

—¿Color de pelo? ¿Largo, corto?

—Un sombrero oscuro. No le vi el pelo.

—Y eso fue… ¿cuándo?

—Tuvo que ser anteanoche.

—¿Sabe a qué hora llegó?

—Por la noche. Quizás a las diez o las once.

—¿Sabe cuánto tiempo estuvo aquí?

—El tipo vino por la noche, es lo único que sé. El coche había desaparecido por la mañana.

Gurney estaba pensando la siguiente pregunta cuando oyó que le llamaban. Levantó la vista y vio a Torres asomado a una ventana del piso más alto.

—¡David, tiene que subir aquí!

La tensión de su voz le dio un indicio de lo que podía esperar cuando llegara al apartamento.

Al dirigirse a la entrada, el hombre de la silla alzó un dedo de advertencia.

—Procure subir directamente al cuarto piso. En el tercero está la familia Butts. Es mejor no tropezarse con ellos.

Gurney entró en el edificio y subió de dos en dos los peldaños de la escalera, que apestaba a orines. La puerta del cuarto piso estaba abierta. Torres la mantenía abierta, apostado en el umbral. Se hizo a un lado para dejarle pasar al angosto vestíbulo iluminado por un solo aplique. Le pasó un par guantes de látex y unos protectores para los zapatos.

—Listo —dijo Gurney al terminar de ponérselos.

—Están en la sala.

Conocía bien aquel repulsivo hedor, que se intensificó en cuanto dio unos cuantos pasos, aunque nunca se acostumbraría a él.

Encontraron a los dos mujeres afroamericanas, con minifaldas y tops de satén, sentadas en el diván de la sala. Estaban apoyadas una sobre la otra, como si, en lugar de salir esa noche, se hubieran quedado dormidas en medio de una conversación íntima. Al observarlas más de cerca, Gurney vio en su piel el brillo característico de la autolisis. Además, había signos de que los primeros gases de la descomposición empezaban a hinchar sus cuerpos. Sin embargo, las caras todavía eran reconocibles. Una de ellas, estaba seguro, era aquella mujer combativa que había visto en *La polémica de la noche* de la RAM. Y le dio la impresión de que la otra era la empleada de la limpieza que había visto en la sala de espera de la UCI.

Como siempre ocurría con los cadáveres en esta fase, había moscas por todas partes: la mayoría apiñándose en las bocas, los ojos y las orejas. Las dos ventanas de la fachada estaban abiertas de par en par. Probablemente, el propio Torres las había abierto para mitigar la pestilencia.

Delante del diván, sobre una mesita de café, había dos vasos vacíos, unas botellas de vodka y de licor de frambuesa, así como dos bolsitos relucientes…, además de varias agujas hipodérmicas. Gurney contó ocho, todas usadas y vacías. Las etiquetas indicaban que eran de precarga y que contenían propofol.

—Blaze Lovely Jackson y Chalise Jackson Creel —dijo Torres—. Al menos es lo que pone en los permisos de conducir de los bolsos. Parece que podrían ser hermanas.

Gurney asintió.

—¿Ha llamado a la oficina del forense?

—Thrasher ha dicho que llegarían dentro de veinticinco minutos, y ya han pasado veinte. También he llamado a Garrett Felder. Está en camino.

—Bien. ¿Ha registrado el apartamento?

—He echado un vistazo.

—¿Algo llamativo?

—Una cosa.

Torres señaló el pequeño escritorio pegado a la pared opuesta al diván. Abrió del todo el primer cajón. En la parte posterior, detrás de una resma de papel, había una bolsita de plástico con cierre que contenía un fajo de billetes de veinte. Gurney calculó a ojo: suponiendo que todos fueran de veinte, debía de haber por lo menos tres mil dólares.

Frunció el ceño.

—Interesante.

—¿El dinero?

—La bolsa.

—¿La bolsa? ¿Por qué…?

La pregunta quedó interrumpida por el ruido de un coche que se aproximaba al edificio.

403

49

*P*oco después de la llegada de Thrasher, Garret Felder apareció por la escalera cargado con su equipo de recogida de pruebas y seguido por Paul Aziz. Mientras los tres se ponían los monos, Torres les resumió los datos básicos de la situación. Después, tanto él como Gurney se mantuvieron discretamente al margen, observando cómo trabajaban los forenses y procurando no estorbar.

De vez en cuando, Felder y Aziz se quejaban del hedor que había impregnado todo el apartamento. Thrasher, en cambio, se comportaba como si no lo percibiera siquiera.

Tras observarlos un rato, Torres se llevó a Gurney aparte y le contó que unas horas antes había recibido la llamada del cantante de una banda de rock poco conocida.

—Me ha dicho que había oído hace unos días la noticia de que la policía de White River estaba buscando a los miembros de un grupo supremacista blanco llamado «Kaballeros del Sol Naciente». Debió de ser cuando Turlock y Beckert relacionaron públicamente la web del KSN con los asesinatos de Jordan y Tooker y con los hermanos Gort. En todo caso, en la noticia incluían la dirección de la web. El tipo sintió curiosidad y entró en la página, porque recordó que en una de sus antiguas canciones mencionaba a los «Kaballeros del Sol Naciente».

Gurney lo interrumpió.

—Y encontró en la página web un vídeo suyo interpretando la canción con su banda. Pero él no sabía nada de ningún grupo supremacista blanco y su banda nunca había cedido los derechos del vídeo a nadie.

Torres lo miró desconcertado.

—¿Cómo demonios lo sabe?

—Porque solo así se entendería, teniendo en cuenta que toda esta historia del KSN es un invento. Me imagino que el creador de la web encontró el vídeo en alguna parte, quizás en YouTube, lo copió y lo utilizó sin permiso. Apuesto, además, a que el nombre de la banda incluye la expresión «supremacista blanco» o algo por el estilo.

Torres no paraba de mirarlo con perplejidad.

—Él me ha dicho que la banda, en plan chistoso, se llamaba «Los Rockeros Heavy Metal Cabezas Rapadas Supremacistas Blancos de Texas». Pero ¿cómo podía saberlo usted?

—Cuando quedó claro que lo de los Kaballeros del Sol Naciente era una maniobra para despistar, me pregunté cómo me las arreglaría para crear una falsa página web como esa. En vez de inventarme los contenidos a partir de cero, haría una búsqueda en Internet con términos como «supremacista blanco» para ver qué encontraba y qué podía adaptar o robar directamente. El siguiente paso...

Thrasher interrumpió la conversación.

—La furgoneta de la morgue llegará enseguida. La hora de la muerte la situaría en una ventana de cuarenta y ocho a setenta y dos horas. Quizá pueda ser más preciso cuando diseccione los cuerpos, o sea, pasado mañana si no hay imprevistos. Entre tanto, parece que en ambos casos se utilizó el mismo preámbulo químico que en los homicidios de Jordan y Tooker. Yo diría que los análisis de laboratorio mostrarán alcohol, metabolitos de midazolam y signos de toxicidad por propofol.

—¿Por qué midazolam? —preguntó Gurney—. ¿Las otras benzodiacepinas no son más accesibles?

—En general, sí.

—Entonces ¿por qué...?

—Amnesia anterógrada.

—¿Qué es eso?

—Uno de los efectos especiales del midazolam es mermar la creación de recuerdos. Eso puede resultar una ventaja para un criminal..., en caso de que la víctima sobreviva. Claro que podrían haberlo escogido por otros motivos. Eso deben averiguarlo ustedes. —Señaló una de las botellas de la mesita de café—. Por lo demás, les sugiero que manden analizar ese licor de frambuesa.

—¿Por alguna razón en particular? —preguntó Gurney, cada vez más irritado por la costumbre de Thrasher de dar la información con cuentagotas, en vez de exponerla de una vez.

—El midazolam se comercializa en jarabe y tiene un gusto amargo. Un licor dulce y fuerte sería ideal para administrarlo.

—Entiendo que no cabe ninguna posibilidad de que esto sea un doble suicidio...

—Yo no diría ninguna. Pero la que hay es muy remota.

Thrasher salió de la sala al exiguo vestíbulo y empezó a quitarse el mono. Gurney lo siguió.

—Por cierto, recibí su mensaje.

Thrasher asintió, sacándose los guantes de látex.

—Me gustaría saber de qué va todo ese misterio sobre la excavación.

—¿Cuándo quiere que nos sentemos y se lo explique?

—¿Qué tal ahora mismo?

Thrasher esbozó una sonrisa desagradable.

—Se trata de un asunto delicado. Este no es el momento ni el lugar oportuno.

—Entonces elija usted el momento y el lugar.

La sonrisa de Thrasher se endureció.

—En su casa. Mañana por la tarde. Tengo que hablar en la cena anual de la Asociación de Patología Forense en Siracusa. Podría pasar por Walnut Crossing en el trayecto hacia allí, en torno a las cinco.

—Nos vemos entonces.

Thrasher enrolló el mono, se quitó los protectores de los zapatos, lo embutió todo en su lujosa cartera de piel y se marchó sin decir una palabra más.

Gurney volvió a la sala. Iba a seguir explicándole a Torres su hipótesis sobre la creación de la web KSN cuando se acercó Garrett Felder, muy excitado, con el móvil en la mano.

—¡Miren!

Alzó el teléfono para que Gurney y Torres vieran la pantalla, donde había dos fotos de huellas dactilares colocadas una junto a otra. Parecían idénticas.

—Las superficies limpias, relucientes y no porosas son un

regalo del cielo. ¡Miren qué huellas! Como las que salen en la tele. Perfectas.

Gurney y Torres las observaron.

—No cabe duda de que ambas proceden del mismo pulgar —continuó Felder—. En distintos momentos, en distintos lugares. Pero el mismo pulgar. La de la izquierda la acabo de sacar de la bolsa con el fajo de billetes del cajón del escritorio. La de la derecha la saqué ayer del reloj-despertador del desván de la cabaña de Beckert. Y coincide con un montón de huellas del mobiliario, los grifos y el vehículo agrícola.

—¿Sabemos con certeza que las huellas de la cabaña son de Beckert? —preguntó Gurney.

—Ayer llegó la confirmación de la IAFIS, del archivo de agentes del orden en activo.

Torres parecía desconcertado.

—¿Jackson y Creel recibieron ese dinero directamente de Beckert?

—Sabemos que lo recibió Jackson, al menos —respondió Felder—, porque en la bolsa están sus huellas y las de Beckert.

—¿Las huellas de Jackson las ha tomado del cadáver? —preguntó Gurney.

—Sí, una muestra rápida. Thrasher las tomará formalmente durante la autopsia. Bueno, tengo más cosas que hacer. Solo quería darles una de las claves básicas.

Felder se deslizó el móvil a través de una rendija del mono para metérselo en el bolsillo. Luego desapareció por el pasillo que arrancaba de un lado de la sala. En la pared contigua había una reproducción tamaño póster de un conocido activista radical de los sesenta alzando en el aire un icónico puño al estilo Black Power.

Al cabo de un momento, apareció Paul Aziz por ese mismo pasillo y anunció que ya había terminado. Dando unos golpecitos afectuosos a su cámara, preguntó si querían que sacara alguna foto en especial, aparte de la serie estándar. Torres miró inquisitivamente a Gurney, quien negó con la cabeza. Aziz prometió enviarles las fotos a la mañana siguiente y se esfumó.

Torres se volvió hacia Gurney.

—Veo que esa conexión financiera entre Dell Beckert y Blaze Jackson no parece sorprenderle.

—Lo único que me sorprende es haber encontrado una prueba tan clara. La directora de Recursos Humanos del hospital ha reconocido que despidieron a Jackson por robar hipodérmicas de propofol, y en la propiedad de Beckert han aparecido hipodérmicas de propofol. Era lógico sospechar una conexión.

—¿Cree que ese dinero era el pago por las drogas?

Gurney se encogió de hombros.

—Parece el pago por alguna cosa. Necesitamos más datos sobre lo que se cocía entre ambos. Obviamente, el jefe de policía no le habría pedido a la líder de la UDN que robara propofol para él si no hubieran mantenido una relación fluida.

Torres lo miró perplejo.

—¿De qué tipo?

—Hay algunas posibilidades interesantes. ¿Recuerda el caso que saltó hace pocos años de uno de los mayores mafiosos de Boston que resultó ser un informador del FBI?

Torres abrió unos ojos como platos.

—¿Cree que Jackson estaba delatando gente a Beckert?

—Sabemos que era ambiciosa y despiadada. Podría ser que hubiera estado informando de forma selectiva sobre personas de las que quería deshacerse. Y que esa provechosa alianza se hubiera ido profundizando con el tiempo. No es inconcebible que colaborasen en la eliminación de Jordan y Tooker: un desenlace que, según lo que sabemos, cada uno deseaba por sus propios motivos.

—¿Está sugiriendo que ha sido Beckert quien ha hecho esto? —dijo Torres, señalando hacia el diván.

—El tipo que está abajo en una silla de pícnic dice que hace un par de noches vino un hombre blanco con un Durango negro: justo en el marco temporal que ha dado Thrasher.

—Joder —musitó Torres.

Gurney contempló las botellas y los vasos de la mesita, así como los cuerpos de Jackson y Creel con su ropa de fiesta.

—Quizá Beckert les propuso un pequeño brindis para celebrar sus éxitos.

Torres continuó el relato hipotético:

—El midazolam de la bebida las relaja hasta el punto de que ya no se enteran de nada. Entonces él les inyecta una sobredosis fatal de propofol. Y lo deja todo ahí, para que parezca una fiesta de drogas que ha acabado mal. —Titubeó, frunciendo el ceño—. Pero ¿por qué matarlas?

Gurney sonrió.

—El demonio de la proyección negativa.

—¿Cómo?

—Supongamos que Beckert confió en ellas para librarse de la gente que podía causarle problemas. Al menos Jordan y Tooker; y probablemente Loomis en el hospital. Pero eso las colocaba a ambas en una posición en la que podían causarle problemas todavía mayores, debido a lo que sabían. Habría bastado con que él empezara a imaginar la posibilidad de que lo delatasen, o trataran incluso de chantajearle, para que optara por librarse de ellas. Su futuro político y su seguridad personal eran mucho más importantes para él que las vidas de dos mujeres potencialmente peligrosas.

Torres asintió lentamente.

—¿Cree que le tendió también una trampa a Turlock? ¿Que lo envió al club de tiro y avisó a los Gort de que iba a estar allí? Quiero decir... Turlock debía tener más información comprometedora sobre él que nadie, y tal vez ya había dejado de resultarle útil...

—Eso implicaría que Beckert está en contacto con los Gort, lo cual...

Sonó el móvil de Torres. Él miró la pantalla y frunció el ceño.

—Es de la oficina del fiscal —dijo.

Estuvo escuchando atentamente uno o dos minutos. Lo único que se oía en el apartamento era el zumbido del aspirador de pruebas de Felder, que lo estaba pasando lentamente por la parte de la moqueta situada delante del diván.

Finalmente, Torres empezó a hablar.

—Bien... Sí, conozco la zona... Sí, es lo que parece... Estoy de acuerdo... Gracias. —Terminó la llamada y se volvió hacia Gurney—. Es la mujer de la oficina de Kline que atiende las llamadas de respuesta a la petición pública de cualquier información sobre el paradero de Beckert.

—¿Algún dato útil?

—Un hombre dice que ha visto a alguien que coincide con la descripción de Beckert en una gasolinera cerca de Bass River.

Al parecer estaba llenando un par de bidones de veinte litros de gasolina en la trasera de su Durango negro. Y la matrícula del Durango terminaba con las letras WRPD: White River Police Department.

—¿Ese hombre se ha identificado?

—No. Ha preguntado si había alguna recompensa. La mujer le ha dicho que no y el tipo ha colgado. La compañía dice que la llamada procedía de un teléfono de prepago.

—¿La oficina de Kline tiene la grabación?

—No. La línea que están usando pasa a través de su sistema automático.

—Lástima. —Gurney hizo una pausa—. Bass River está junto al embalse, ¿no?

—Exacto. Al otro lado de la montaña del club de tiro. Una zona muy boscosa. Sin muchos caminos. —Torres examinó la expresión de Gurney—. ¿Hay algo que no ve claro?

—Solo estoy pensando que, si Beckert está huyendo, resulta sorprendente que siga en la zona.

—Quizá tenga una segunda cabaña que nadie conoce. En algún rincón de los bosques, totalmente fuera de radar. Quizá los bidones de gasolina fueran para eso, para un generador. ¿Qué opina?

—Supongo que es posible.

—No suena muy convencido.

—Moverse con su propio coche, con un número de matrícula inconfundible, tan cerca de casa... parece una estupidez.

—La gente comete errores bajo presión, ¿no?

—Cierto —dijo Gurney.

De hecho, tal vez él mismo estaba haciendo lo mismo, pensó con una punzada de angustia.

50

Ya pasaba de medianoche cuando Gurney llegó a casa desde White River. Aparcó junto a la puerta. Como muchas otras veces, se le ocurrió que sería lógico añadirle un garaje a la casa. Madeleine lo había comentado alguna vez. Era el tipo de reforma en la que podían trabajar juntos. Cuando el caso hubiera terminado, pensaría seriamente en el proyecto.

Antes de entrar se quedó un rato junto al coche, a la luz de la luna, aspirando el dulce aire primaveral de la tierra: un antídoto contra el hedor a muerte que había respirado antes. Las noches, sin embargo, eran mucho más frías en las montañas de Walnut Crossing que en White River. No pasó mucho tiempo antes de que un escalofrío le obligara a entrar en casa.

Aunque se sentía todavía en tensión por lo ocurrido, decidió tumbarse, cerrar los ojos y dejar que al menos su cuerpo reposara. Madeleine estaba dormida, pero cuando él se metió en la cama se despertó lo suficiente para murmurar:

—Ya has llegado.

—Sí.

—¿Todo bien?

—Más o menos.

Pasaron unos momentos antes de que ella asimilara la respuesta.

—¿Cuál es el «menos»?

—El caso de White River está cada vez más enloquecido. ¿Qué tal tu reunión de acción política?

—Absurda. Ya te lo contaré por la mañana.

—Vale. Buenas noches.

—Buenas noches.

—Te quiero.

—Yo también.

Al cabo de un minuto, la suave respiración de Madeleine le confirmó que estaba dormida.

Mientras permanecía tumbado mirando por la ventana abierta las siluetas de los árboles, apenas visibles bajo el resplandor plateado de la luna, sus pensamientos se concentraron en la relación entre Dell Beckert y Blaze Jackson. Se preguntó si sería ella el desconocido «informador» al que habían aludido más de una vez en las reuniones del comité de crisis. ¿Acaso Beckert sabía algo de Jackson que la obligaba a colaborar? ¿O más bien la iniciativa había sido de ella? ¿Esa bolsa de dinero del cajón constituía una transacción aislada, o formaba parte de un acuerdo continuado? ¿Era el pago por un material recibido, o bien un dinero obtenido por extorsión a cambio de silencio? Dado el atractivo físico y la supuesta voracidad sexual de Jackson, ¿podría ser que su vínculo con Beckert hubiera incluido ese elemento? ¿O era solo una relación de negocios?

412

¿Y qué pasaba, por otra parte, con la conexión Rick Loomis? Si Beckert y Turlock estaban detrás del disparo de Poulter Street, era de suponer que también debían de estar detrás de la fatal agresión del hospital. ¿Beckert y Jackson habían reclutado a Chalise Creel y le habían enseñado cómo tenía que insertar el picahielos en el tallo cerebral del policía?

Al pensar en Poulter Street, Gurney se acordó de una cuestión que le había pedido a Torres que investigara: ¿la agente inmobiliaria que había gestionado los alquileres de los dos lugares del francotirador se había reunido en persona con Jordan, cuyo nombre figuraba en los contratos? ¿O bien la transacción se había llevado a cabo a través de un intermediario?

Torres le había dicho que lo averiguaría en cuanto la agente hubiese vuelto de vacaciones. La impaciencia de Gurney por despejar esa cuestión, sumada a la imposibilidad de hacerlo a las dos de la madrugada, lo mantuvo dando vueltas a posibles escenarios hasta que al fin se sumió en un sueño agitado.

Cuando despertó a las nueve, el cielo estaba completamente azul. A través de las ventanas, oyó que Madeleine estaba recortando el césped. Su primer pensamiento fue que debía contactar con Acme Realty.

Llamó a Torres para que le recordara el nombre de la agente.

—Laura Conway —dijo el joven agente—. Tengo un recordatorio en el teléfono móvil para llamarla esta mañana. Ahora mismo voy hacia la oficina de Kline para informarle de los homicidios Jackson-Creel. Por cierto, hemos confirmado que Blaze y Chalise eran hermanas. Y según parece, Chalise tenía un largo historial de trastornos mentales; estamos intentando conseguir las historias clínicas. En cuanto a Laura Conway, si quiere hablar usted directamente con ella…

—Sí. ¿Puede darme su número?

Al cabo de tres minutos, Laura Conway estaba diciéndole lo que él ya esperaba, en parte.

—Lo gestionó todo Blaze Jackson. Creo que era la gerente del señor Jordan, o algo parecido. Ella escogió el apartamento de Bridge Street y la casa de Poulter Street.

—Pero los dos contratos los firmó Marcel Jordan…

—Correcto. Lo que yo recuerdo es que la señorita Jackson le llevó los documentos y volvió a traerlos firmados.

—¿Estaba usted enterada del destacado puesto que ella ocupaba en la Unión de Defensa Negra?

—No me interesa la política. Evito mirar las noticias. Es demasiado deprimente.

—¿Así que nunca se reunió con Marcel Jordan?

—No.

—¿Ni habló con él?

—No.

—¿Él le proporcionó referencias financieras?

—No.

—¿Usted no le exigió ninguna garantía de que podría pagar esos alquileres?

—No lo consideramos necesario.

—¿Eso no es algo insólito?

—No es lo normal. Pero tampoco lo era el acuerdo.

—¿Qué quiere decir?

—Ambos alquileres se pagaron por anticipado. Por un año entero. En metálico.

—¿No le inquietó ese detalle?

—Algunas personas prefieren las transacciones en metálico. Yo no cuestiono este tipo de cosas.

—¿No se le ocurrió que el señor Jordan tal vez no sabía que su nombre figuraba en ese contrato?

—No le entiendo. ¿Por qué no iba a saberlo?

Gurney estaba seguro de que la respuesta era que Jordan había sido víctima de una trampa de la pareja Beckert-Turlock para inculparlo a él y a sus compañeros de la UDN, junto con Cory Payne, de los asesinatos de John Steele y Rick Loomis. Así que no le sorprendió descubrir que posiblemente ignoraba la existencia de esos contratos. Lo que le llamó la atención fue la intervención de Blaze Jackson, pues sugería que había estado implicada en el asunto desde el principio.

Al terminar la llamada, se quedó un minuto en la ventana contemplando la hilera de cerezos de Virginia en flor que se alzaba junto a los pastos altos. Estaba preguntándose hasta qué punto habría estado implicada Blaze Jackson en las muertes de White River, y si ella habría sido el cerebro o solo un instrumento de la operación. Mientras le daba vueltas al asunto, captó un movimiento en el cielo, por encima de los árboles. Un halcón de cola roja volaba en círculo sobre la linde del campo, sin duda buscando algún pájaro o roedor para atraparlo entre sus garras, hacerlo pedazos y devorarlo. La naturaleza, concluyó por enésima vez, pese a su dulzura, sus florecillas y sus gorjeos, era básicamente un espectáculo de horror.

Su móvil sonó en la mesilla. Dando la espalda a la ventana, atendió la llamada.

—Aquí Gurney.

—Hola, Dave. Soy Marv Gelter.

—Marv. Buenos días.

—Buenos y ajetreados. Buena la has liado, amigo mío. El paisaje político ha cambiado radicalmente.

Gurney permaneció callado.

—No hay tiempo que perder. Vayamos al grano. ¿Estás libre para almorzar?

—Eso dependerá del tema del almuerzo.

—Por supuesto. El tema tiene que ver con tu futuro. Acabas de ponerlo todo patas arriba, amigo mío. Es el momento de aprovechar la ocasión. De echarle un vistazo al resto de tu vida.

Gurney sopesó la propuesta. El desagrado visceral que Gelter le inspiraba se veía contrarrestado por cierta curiosidad.

—¿Dónde quedamos?

—En el Blue Swan. Lockenberry. A las doce.

Para cuando ya se disponía a salir, Madeleine había llegado con el cortacésped hasta los pastos altos y estaba rodeándolos por uno de los senderos de hierba entre los pinos. Le dejó una nota con una breve explicación, diciendo que esperaba estar de vuelta a las tres. Sacó de Internet la dirección del restaurante, la introdujo en el GPS y emprendió la marcha.

La impecable aldea de Lockenberry, un kilómetro y medio más allá de la extraña casa de los Gelter, se hallaba enclavada en un pequeño valle donde la primavera estaba más avanzada que en las montañas circundantes. Los narcisos, los junquillos y las flores de manzano ya estaban dando paso a una profusión de lilas. El Blue Swan se encontraba en una calleja tranquila y umbría, un poco apartada de la calle principal. Un rótulo elegante y discreto junto al sendero de caliza azul que llevaba a la entrada era lo único que distinguía el establecimiento de las casas coloniales de postal que lo flanqueaban.

Gurney entró en el vestíbulo de madera de cerezo, donde lo recibió una rubia escultural con ligero acento escandinavo.

—Bienvenido, señor Gurney. El señor Gelter llegará enseguida. ¿Quiere acompañarme a la mesa?

Él asintió y la siguió por un pasillo alfombrado hasta una estancia de techo alto con una araña de cristal. Las paredes estaban revestidas de forma alterna con paneles florales impresionistas y relucientes espejos. En medio, había una sola mesa redonda, con dos sillas de estilo provenzal francés, un mantel blanco de lino y dos lujosos cubiertos. La rubia escultural le apartó una de las sillas para que tomara asiento.

—¿Le traigo algo de beber, señor Gurney?

—Agua.

Al cabo de unos instantes, entró Marv Gelter. Su concentrada energía y su mirada inquieta desmentían el aire relajado de propietario rural que le confería su traje de *tweed*. Era como si la colección informal de Ralph Lauren fuera presentada en la pasarela por un ejecutivo adicto a la cafeína.

—¡Dave! Me alegro de verte. Perdona el retraso. —Se sentó al otro lado de la mesa y echó un vistazo hacia el pasillo—. Lova, querida, ¿dónde demonios te has metido?

La belleza nórdica entró en el reservado con dos vasos en una bandeja: agua para Gurney y una bebida rosada para Gelter: debía de ser un Campari con soda. Los dejó sobre la mesa, retrocedió un paso y aguardó. Gelter dio un trago rápido a su bebida. Gurney se preguntó si haría algo despacio.

—Aquí no hay carta, David. Tienen los clásicos. Una fantástica *cassoulet. Coq au vin. Confit de canard. Boeuf Bourguignon.* Lo que te apetezca.

Gurney levantó la vista hacia la belleza nórdica, que parecía ligeramente divertida.

—El buey —dijo.

Ella sonrió y salió del reservado.

Gurney miró a Gelter.

—¿Tú no comes?

—Ya saben lo que quiero. —Dio otro trago y esbozó una sonrisa con más adrenalina que calidez—. Bueno. Has desatado un terremoto. ¿Qué sensación te deja?

—La sensación de algo inacabado.

—¡Ja! Inacabado. Me gusta. Un hombre que nunca está satisfecho. Siempre en marcha. Bien. ¡Muy bien! —Observó a Gurney con un intenso brillo en la mirada—. Bueno, Dave. Dell Beckert, que en paz descanse, ya es hombre muerto. Aunque siga vivo, ya está muerto. Tú te has encargado de ello. Perfecto. La cuestión es: ¿qué viene ahora?

—¿Para quién?

—Para ti, David. Es contigo con quien estoy almorzando.

Gurney se encogió de hombros.

—Cortar la hierba, alimentar a las gallinas, construir un cobertizo más grande para la leña.

Gelter frunció los labios de un modo desagradable.

—Kline seguramente te hará una oferta. Quizá dirigir su departamento de investigación. ¿Te gustaría?

—No.

—No me extraña. Sería desperdiciar tus dotes. Que son más considerables de lo que tú crees. —Reapareció la sonrisa adrenalínica—. Tienes un montón… de modestia. Un montón de integridad. Y muchas pelotas. Te metiste en esa cloaca de White River donde nadie entendía qué coño estaba pasando, lo averiguaste y le diste una lección al fiscal del distrito. Es impresionante. —Hizo una pausa—. ¿Y sabes qué más? Es una historia. Una historia con héroe. Un héroe frío, inteligente, recto y sincero. Un superpolicía. Así es como te llamaron en esa revista, ¿me equivoco?

Gurney asintió.

—Joder, David, ¡eres el hombre ideal! Hasta tienes esa pinta de los antiguos *cowboys* de ojos azules. Un héroe salido de la vida real. ¿Eres consciente de la profunda necesidad que hay de un auténtico héroe?

Gurney empezaba a sentirse incómodo.

—¿De qué estás hablando?

—¿De qué demonios crees? Beckert ya es historia. Gurney es el candidato.

—¿Para qué?

—Para el puesto de fiscal general.

La belleza nórdica apareció con dos platos de delicada porcelana. El primero, con unos entremeses elegantemente dispuestos, lo colocó frente a Gurney. El otro, con una docena de gajos de mandarina alrededor de un cuenco para lavarse los dedos, lo depositó frente a Gelter. Luego abandonó el reservado tan silenciosamente como había entrado.

Gurney respondió con un tono tan incrédulo como la expresión que tenía en la cara.

—¿Me estás proponiendo que me presente a la elección?

—Te veo ganando por un margen superior al que habría sacado Beckert.

Gurney permaneció callado un buen rato.

—No pareces disgustado por lo ocurrido.

—Estuve muy disgustado. Diez minutos. Más que eso ya es regodearse y perder el tiempo. Luego me hice la única pregunta sensata. ¿Y ahora qué? No importa qué nos pone la vida en el camino. Puede ser una mina de oro. Puede ser un montón de mierda. La cuestión es siempre la misma. ¿Y ahora qué?

417

—¿No te incomoda la idea de que estuvieras tan equivocado sobre Beckert?

Gelter cogió un gajo de mandarina y lo examinó atentamente antes de metérselo en la boca.

—La vida continúa. Si la gente te decepciona, que se joda. Los problemas pueden transformarse en soluciones. Como esta situación, sin ir más lejos. Tú eres mejor que Beckert, cosa que yo no habría descubierto si él siguiera en pie. Ese despreciable pedazo de mierda afrosocialista, Maynard Biggs, no tendrá ninguna posibilidad contra ti.

—¿Tanto le odias?

Él examinó otro gajo de mandarina antes de devorarlo.

—No le odio. Me importa un carajo ese tipo. Un excremento más del tercer mundo. Odio lo que defiende. Su filosofía. Su sistema de creencias. La monserga de los «Derechos».

—¿Los derechos?

—Sí, con «D» mayúscula. ¡Esos inútiles de mierda tienen derechos! Derechos para todo lo que quieran. No deben trabajar, ahorrar ni mantener a sus propios hijos. No han de mover ni un dedo... porque resulta que tuvieron un tatarabuelo de mierda que hace trescientos años fue vendido en África por un cabronazo negro a un traficante de esclavos. Esa historia antediluviana, ¿entiendes?, les da derecho a una parte del fruto de mi trabajo actual. —Volvió la cabeza y escupió una pepita de mandarina sobre la alfombra oriental.

Gurney se encogió de hombros.

—La única vez que vi a Biggs por televisión, sus afirmaciones sobre la división racial me parecieron moderadas y razonables.

—Un bonito envoltorio sobre una caja de escorpiones.

—¿Y tú me ves como una especie de solución del problema?

—Te veo como una forma de mantener las palancas del poder lejos de las manos equivocadas.

—Si yo saliera elegido con tu ayuda, ¿qué te debería?

—Nada. Mi recompensa sería la derrota de Maynard Biggs.

—Lo consultaré con la almohada.

—Perfecto. Pero no tardes demasiado. El plazo de presentación termina dentro de tres días. Di que sí, y te prometo que ganarás.

—¿Realmente no crees que Biggs tenga ninguna posibilidad?

—Contra ti, ninguna. Y siempre podría encontrar a unas cuantas estudiantes menores de edad que tal vez recordaran insinuaciones inapropiadas de su profesor.

Gelter sonrió venenosamente.

Justo entonces llegó su plato principal, una colorida *bouillabaisse*, y el *boeuf bourguignon* de Gurney. Ambos comieron casi todo el rato en silencio, y declinaron tomar un postre.

No volvieron a aludir al tema del encuentro hasta que salieron del restaurante y ya iban a subir a los coches.

—En cuanto digas que sí —dijo Gelter—, te sacaremos en *Al filo de la noticia* y haremos que Kilbrick y Kronck te presenten ante el mundo. Ambos se mueren de ganas de hablar contigo. —Al ver que Gurney no decía nada, prosiguió—: Piensa en todo lo que podrías hacer con el poder y la influencia del cargo de fiscal general. Con todos esos contactos. Todo un mundo nuevo. Conozco gente que mataría por ese puesto.

—Ya te avisaré.

—La ocasión de tu vida —añadió Gelter, lanzándole otra sonrisa cargada de adrenalina mientras subía a su Ferrari rojo.

419

51

Gurney dio un sorbo a la taza de café que se había preparado nada más llegar de Lockenberry. Los pinzones morados se agolpaban sobre el comedero que Madeleine había instalado en el extremo del patio. Ella estaba en la isla de la cocina cortando cebollas para la sopa.

—Bueno —dijo a la ligera—, ¿qué quería?

—Que me presente para fiscal general.

El cuchillo se detuvo sobre la tabla, aunque Madeleine no parecía tan sorprendida como él esperaba.

—¿En lugar de Dell Beckert?

—Exacto.

—Supongo que quiere otro auténtico héroe de las fuerzas del orden para sustituir al que le ha explotado en la cara.

—Eso viene a ser lo que ha dicho.

—No pierde el tiempo.

—No.

—Inteligente, frío, calculador.

—En efecto.

—Y huelga decir que él tiene todos los contactos para meterte en la campaña…

—No solo eso. Me ha dicho que ganaré la elección.

Madeleine asintió, pensativa.

—¿Tú que le has dicho?

—Que lo consultaría con la almohada.

—¿Y qué pensabas al decirlo?

—Pensaba que después de dos minutos de sentirme halagado, sopesaría las incógnitas, imaginaría todos los problemas, lo hablaría contigo y luego rechazaría la propuesta.

Ella se echó a reír.

—Interesante secuencia. ¿Qué hace el fiscal general exactamente, en todo caso?

—Debe haber una descripción de sus responsabilidades en la web del estado, pero lo que decida hacer una persona real en ese cargo, ya es otro asunto. Según los rumores, el último fiscal se mató echando polvos con una puta de Las Vegas.

—O sea, ¿que no te interesa?

—¿Meterme en un tanque de tiburones políticos? ¿Con el apoyo de un tipo cuya sola presencia no soporto?

Madeleine arqueó una ceja con curiosidad.

—Pero has quedado para almorzar con él.

—Para averiguar por qué quería almorzar conmigo.

—Ahora ya lo sabes.

—Ahora ya lo sé…, a menos que sus intenciones sean más retorcidas de lo que supongo.

Ella lo miró inquisitivamente. Se hizo un silencio.

—Ah, por cierto —dijo él, acabándose el café—. Me tropecé anoche con Walter Thrasher en la escena de White River. Me dijo que pasaría hoy hacia las cinco para hablar de nuestro proyecto arqueológico.

—¿Qué es lo que hay que hablar?

Gurney se dio cuenta de que no le había contado lo del mensaje de Thrasher.

—Ha estado investigando sobre los objetos que encontré. Y los comentarios dispersos que ha hecho son bastante extraños. Espero que esta tarde aclare lo que quiere decir.

El silencio de ella le dejaba más claro que cualquier palabra que se oponía a todo aquello.

Al pensar en Thrasher, Gurney se acordó del panorama del apartamento de Jackson y Creel. Madeleine reaccionó ante su cambio de expresión.

—¿Qué pasa?

—Nada. Solo… un recuerdo de anoche. Estoy bien.

—¿Quieres contármelo?

A Gurney no le apetecía, pero había descubierto con los años que al hablar de algo que le reconcomía por dentro se aflojaba un poco la presión. Así pues, le contó la historia, empezando por el listado del hospital y por el descubrimiento de que Blaze Jackson y Chalise Creel tenían la misma dirección, y terminando con la escena del apartamento: los cuerpos descompuestos, las hipodérmicas de propofol, el dinero y la huella dactilar que relacionaba a Dell Beckert con las dos mujeres.

Ella sonrió.

—Deberías sentirte bien.

—¿Por qué lo dices? —respondió él con tono amargo.

—Por haber acertado sobre Beckert. Tú te sentiste incómodo con él desde el principio. Y ahora has reunido un montón de pruebas sobre su implicación en... ¿cuántos asesinatos?

—Al menos cuatro. Seis, si fue él quien mató a esas mujeres. Siete, si le tendió la trampa a Turlock.

—De no ser por ti, ese chico, Cory Payne, estaría en la cárcel.

Él negó con la cabeza.

—Lo dudo. Un buen abogado defensor se habría dado cuenta de que las pruebas contra él eran un montaje. En cuanto a las pruebas contra Beckert, tuvimos suerte en el club de tiro.

—Te estás quitando todos los méritos. Eres tú quien tomó la decisión de registrar la cabaña. Eres tú quien ha puesto el caso patas arribas. Eres tú quien ha hecho posible que, hasta cierto punto, Kim Steele y Heather Loomis puedan pasar página. Eres tú quien ha descubierto la verdad.

—Hemos tenido un poco de suerte. Balas encontradas. Balística nítida. Pruebas claras de...

Ella lo interrumpió.

—No suenas muy orgulloso de lo que has logrado.

—Y tú suenas como si hablaras con uno de tus clientes de la clínica.

Madeleine suspiró.

—Solo me estoy preguntando por qué no te sientes mejor por los progresos que has hecho.

—Me sentiré mejor cuando todo haya terminado.

Thrasher llegó a las 17:25, subiendo cautelosamente con su impecable Audi por el camino irregular entre los pastos. Después de bajar del coche, permaneció unos momentos contemplando el paisaje; luego caminó hacia las cristaleras.

—Esos malditos obreros de la interestatal no hacen otra cosa que estorbar el tráfico —dijo, cuando Gurney le abrió.

Desde el rincón de la mesa del desayuno, el forense echó un vistazo alrededor de la cocina con admiración. Su mirada se detuvo en la chimenea del otro extremo.

—Muy bonita esa repisa antigua. Madera de castaño. Un color único. El estilo del hogar parece de principios de 1800. ¿Investigó los orígenes de la casa cuando la compró?

—No. ¿Cree que hay alguna conexión entre la granja y...?

—¿Los restos de esa casa junto al estanque? No, por Dios. Esa es anterior en más de cien años.

Thrasher dejó su cartera sobre la mesa del comedor. Madeleine, que había estado practicando una pieza de Bach con su chelo, apareció por el pasillo. Gurney se la presentó.

—Espárragos —dijo el forense—. Sabia elección.

—¿Cómo dice?

—Hay un plantel de espárragos ahí afuera. El único vegetal que vale la pena cultivar en casa. Mucho más frescos. Una diferencia enorme. —Echó otro vistazo en derredor—. Quizá sería buena idea sentarse.

—¿Qué tal aquí mismo? —sugirió Gurney, que señaló las sillas de la mesa—. Estamos deseando saber de qué va todo esto.

—Bien. Espero que su interés sobreviva a la respuesta.

Con expresión intrigada, Gurney y Madeleine tomaron asiento el uno junto al otro.

Thrasher se quedó de pie al otro lado de la mesa.

—Antes que nada, unos antecedentes básicos. Como saben, mi vocación es la patología forense centrada en la determinación de las causas de muerte prematura. Mi afición, en cambio, es el estudio de la vida colonial en el noreste, centrado en sus aspectos más oscuros, en especial en las malignas sinergias del esclavismo y la psicopatología. Estoy seguro de que saben que el esclavismo no fue un fenómeno exclusivamente sureño. En la Nueva York colonial de 1700, casi la mitad de los hogares poseían al menos un esclavo. La esclavitud estricta, es decir, la compra y venta de seres humanos sobre los cuales su dueño tenía un control absoluto, gozaba de amplia aceptación.

—Conocemos la historia —dijo Madeleine.

—Un notorio defecto de la historia tal como se suele enseñar es que los hechos de una época se presentan como si solo se relacionaran entre sí a gran escala. Por ejemplo, la interacción entre los avances de la mecanización y los movimientos de población hacia los centros industriales. Leemos sobre esas interacciones y creemos que estamos captando la esencia de una época. O leemos sobre la esclavitud en el contexto de la economía agrícola y creemos que lo entendemos… Nada más lejos de la verdad, de hecho. Es posible leer una docena de libros sobre el tema y no sentir nunca el horror que entrañaba, ni atisbar siquiera la sinergia maligna que acabo de mencionar.

—¿Qué sinergia? —preguntó Madeleine.

—Las formas espantosas que tienen algunos males de la sociedad de combinarse entre sí.

—¿Adónde quiere ir a parar?

—El año pasado escribí un artículo sobre el tema para una revista de psicología cultural. El título era: «Víctimas en venta: tortura, abusos sexuales y asesinatos en serie en los Estados Unidos coloniales». Ahora estoy trabajando en otro artículo que detalla la confluencia entre los trastornos psicopáticos y un sistema legal que permitía que una persona poseyera a otra.

—¿Qué tiene todo esto que ver con nosotros?

—Enseguida llego ahí. La imagen que el norteamericano medio se hace de los Estados Unidos coloniales no va mucho más allá del cuadro típico: colonos impávidos con sombrero negro, indios felices, amor fraternal, libertad religiosa y dificultades ocasionales. La realidad colonial fue totalmente distinta, claro. Suciedad, miedo, hambre, ignorancia, enfermedad, superstición, la práctica de la brujería, la tortura y el ahorcamiento de brujas, los juicios por herejía, castigos crueles, destierros, métodos médicos absurdos, dolor y muerte por todas partes. Y naturalmente, los grandes trastornos mentales y las conductas depredadoras: todo desenfrenado, todo mal comprendido. Psicópatas que…

Madeleine lo interrumpió con impaciencia.

—Doctor Thrasher…

—La convergencia de dos grandes males. El deseo del psicópata de ejercer un control total sobre otra persona: para usar y abusar de ella, para matarla. Imaginen ese impulso combinado con la institución de la esclavitud: un sistema que permitía la fácil adquisición de víctimas potenciales en un mercado público. Hombres, mujeres y niños en venta. Objetos que utilizar a placer. Seres humanos sin apenas más derechos que los animales de granja. Seres humanos prácticamente sin protección legal frente a la violación continuada y cosas peores. Hombres, mujeres y niños cuyas muertes, accidentales o intencionadas, casi ninguna autoridad se molestaba en investigar.

—¡Ya basta! —exclamó Madeleine—. Le he hecho una pregunta: ¿qué tiene todo esto que ver con nosotros?

Thrasher parpadeó sorprendido; luego respondió con naturalidad:

—Los antiguos cimientos que David desenterró se remontan, en mi opinión, a principios de 1700. En esa época no había asentamientos en esta parte del estado. Todo esto era tierra virgen, la esencia de lo desconocido: un lugar de salvajismo, de peligros y de soledad. Nadie habría decidido vivir aquí, tan lejos de la protección de una comunidad, a menos que se hubiera visto obligado por la fuerza…

—¿Por la fuerza?

—La gente que vino a estas tierras podría haberlo hecho básicamente por dos motivos. O bien porque se entregaba a prácticas que habrían sido consideradas abominables por su comunidad y se trasladó aquí para evitar ser descubierta. O bien porque ya había sido descubierta… y desterrada.

Hubo un silencio. Gurney lo interrumpió.

—¿De qué tipo de prácticas está hablando?

—Los objetos que usted encontró indican cierta relación con la brujería. Ese podría haber sido el motivo de que esa gente hubiera sido expulsada de su comunidad original. Pero creo que la brujería era la menor de sus transgresiones. Creo que lo que sucedía esencialmente hace trescientos años en esa casa junto a su estanque era lo que nosotros definiríamos actualmente como asesinato en serie.

Madeleine abrió unos ojos como platos.

—¿Qué?

—Hace dos años, me llamaron para examinar los restos enterrados de una casa de principios del siglo XVIII cercana a Marley Mountain. Encontré algunos objetos relacionados con rituales de hechicería; pero también, lo cual es más significativo, grilletes de hierro y otros indicios de individuos mantenidos en cautividad. Había varios artefactos empleados habitualmente en la tortura de prisioneros, incluidos instrumentos para quebrar huesos y arrancar uñas y dientes. En la excavación de los terrenos en torno a esos cimientos aparecieron restos de esqueletos de diez niños por lo menos. Los análisis de ADN de sus dientes arrancados situaban su linaje genético en el África occidental. O sea, en la zona del tráfico de esclavos.

Madeleine miraba a Thrasher con una repugnancia creciente.

Gurney volvió a quebrar el silencio.

—¿Está insinuando que hay una conexión entre la casa de la que habla y lo que hemos encontrado aquí?

—Las similitudes entre su excavación, incluso en una fase tan preliminar, y el yacimiento de Marley Mountain son llamativas.

—¿Qué propone que hagamos?

—Propongo que traigamos el equipo y el personal arqueológico adecuado para explorar el lugar con todo el rigor que merece. Cuantas más pruebas encontremos para documentar la existencia de elementos psicopáticos en el trato a los esclavos, más preciso se volverá el cuadro de la época.

—¿Hasta qué punto está seguro? —preguntó Madeleine.

—¿Sobre el maltrato y el asesinato de esclavos? Al cien por cien.

—No. Quiero decir hasta qué punto está usted seguro de que esas cosas ocurrieron aquí, en nuestra propiedad.

—Para estar totalmente seguros, habría que excavar más. Por eso he venido. Para explicarles la oportunidad de investigación que representa ese yacimiento y para pedir su colaboración.

—No es esa mi pregunta. Basándose en lo que ha visto, ¿hasta qué punto está seguro ahora mismo de que esos horrores que ha descrito tuvieron lugar aquí?

Thrasher la miró afligido.

—Si tuviera que asignar a mi opinión un grado de seguridad, basándome en lo que se ha desenterrado hasta ahora, yo lo situaría en un setenta y cinco por ciento.

—Perfecto —dijo Madeleine con una sonrisa crispada—. Eso deja un veinticinco por ciento de posibilidades de que lo que haya ahí abajo, junto al estanque, no tenga nada que ver con el asesinato en serie de niños esclavos. ¿Cierto?

Thrasher soltó un suspiró exasperado.

—Más o menos.

—Perfecto. Gracias por su lección de historia, doctor. Ha sido muy ilustrativa. David y yo estudiaremos la situación y le comunicaremos lo que decidamos.

A Thrasher le costó unos instantes darse cuenta de que acababan de despedirlo.

427

52

*E*l tenso silencio que siguió al último comentario de Madeleine persistió mucho después de que Thrasher se hubiera ido. A Gurney le recordó el denso silencio que se produjo unos años atrás en el coche, mientras volvían de una visita médica en la que le habían informado de los resultados de una resonancia magnética: unos resultados no concluyentes sobre un posible cáncer, pero que hacían necesarias otras pruebas adicionales.

Un asunto tan turbador. Una incógnita tan enorme. Y tan poco que decir.

Apenas hablaron durante una cena frugal. Solo cuando Gurney empezaba a quitar la mesa, Madeleine comentó:

—Espero que lo que le he dicho, y la forma en que lo he dicho, no vaya a enturbiar vuestra relación profesional.

Él se encogió de hombros.

—Me da bastante igual lo que piense de mí.

Ella lo miró con aire dubitativo. Gurney llevó los platos al fregadero; luego volvió y se sentó.

—Un veinticinco por ciento es mucho —dijo Madeleine.

—Sí.

—Hay muchas posibilidades de que esté equivocado.

—Sí.

Ella asintió, reconfortada al parecer por que él estuviera de acuerdo, aunque no sonase muy convincente. Se levantó de la mesa.

—Tengo que regar un poco mientras haya luz. Las espuelas de caballero de Snook se veían algo mustias hoy.

Se puso los zuecos que estaban junto a las puertas cristaleras y se fue hacia el parterre, gritando por encima del hombro.

—Deja los platos en el fregadero. Ya los lavaré más tarde.

Gurney permaneció donde estaba, inmerso en las espantosas imágenes conjuradas por los comentarios de Thrasher sobre la «sinergia maligna» entre las obsesiones psicopáticas y la disponibilidad de víctimas asequibles con que satisfacerlas. Había un horror particular en esa facilidad rutinaria para comprar seres humanos a los que torturar o matar. Podía imaginarse el inaudito espanto de aquellos que se encontraban en condiciones de ser «adquiridos». El espanto inigualable de la impotencia. El terror de hallarse bajo el control absoluto de otro.

Su móvil sonó en ese momento. Una bendita distracción.

Era Hardwick.

—Jo, Gurney. Me asombra que hayas atendido mi llamada.

Él suspiró.

—¿Por qué lo dices, Jack?

—Según RAM-TV estás destinado a llegar a las alturas.

—¿De qué demonios hablas?

—*Al filo de la noticia* acaba de entrevistar a Cory Payne. El chico ha proclamado ante el mundo entero que le has salvado la vida. Pero eso no es nada comparado con lo que Stacey Kilbrick ha dicho de ti.

—¿Qué ha dicho?

—No se me pasaría por la cabeza estropearte la sorpresa. Lo único que puedo decir es que me siento un privilegiado por hablar con un hombre de tu talla.

La incomodidad que Gurney sentía siempre cuando se mencionaba su nombre en público se veía amplificada por el hecho de que hubiera sido en RAM-TV. Desde luego no era algo que pudiera ignorar sin más, en especial después de las palabras de Marv Gelter durante el almuerzo. Entró en el estudio, accedió con su portátil a la web y pinchó la última edición de *Al filo de la noticia*. Usando la barra de tiempo de la ventana de vídeo, saltó las imágenes de presentación hasta llegar al punto en que Stacey Kilbrick y Rory Kronck, sentados muy serios ante la mesa del estudio, abordaban la noticia principal.

Al entrar el audio, Kilbrick estaba en mitad de una frase:

—... sabido hoy mismo que se han producido otras dos muertes sospechosas en White River. Los cuerpos sin vida de

Blaze Lovely Jackson, líder de la Unión de Defensa Negra, y de su hermana, Chalise Jackson Creel, han sido encontrados en su apartamento por los detectives Mark Torres y David Gurney, una persona de la que hablaremos más tarde en el programa. La oficina del fiscal del distrito, encargada de supervisar la investigación, ha calificado las muertes de posibles homicidios.

Kilbrick se volvió hacia Kronck.

—La horrorosa carnicería de White River continúa. ¿Cuáles crees que son las probabilidades de que estos «posibles» homicidios resulten ser auténticos homicidios?

—Yo diría que un noventa y nueve por ciento. Pero hasta ahora el fiscal del distrito ha facilitado muy pocos datos concretos. Sospecho que quiere estar absolutamente seguro antes de reconocer que se han producido otros dos asesinatos bajo su supervisión: dos asesinatos más en un caso que ya era bastante insólito hasta el momento.

Kilbrick asintió con aire sombrío.

—Por otro lado, Cory Payne, hijo del jefe de policía misteriosamente desaparecido, ha sido muy explícito al comentar su visión personal de la situación.

—¡Y que lo digas, Stacey! He escuchado tu entrevista con él, y no puede decirse que ese joven se muerda la lengua. Vamos a mostrar a nuestros espectadores de qué estamos hablando.

La imagen pasó al sencillo estudio donde Kronck había entrevistado a Kline. La diferencia más notoria era que la cámara estaba situada de forma que aparecieran la minifalda roja y las esbeltas piernas de la presentadora.

Payne ofrecía un aspecto un tanto académico con una chaqueta sport de *tweed* marrón, una camisa azul celeste con el último botón abierto y unos pantalones de color beis. Seguía llevando el pelo recogido en una cola, pero esta vez mejor peinada de lo que Gurney recordaba. Estaba recién afeitado.

—¿Qué estás mirando?

La voz de Madeleine a su espalda, en el umbral del estudio, le sobresaltó. No la había oído llegar.

—Cory Payne. Entrevistado en *Al filo de la noticia*.

Ella acercó la otra silla al escritorio y miró la pantalla atentamente con los ojos entornados.

Kilbrick, con una tablilla y un bolígrafo apoyados en sus piernas cruzadas, se echó hacia delante. Tenía una expresión afligida y tremendamente seria.

—Bienvenido al programa, Cory. Gracias por aceptar la invitación de *Al filo de la noticia*. Usted ha estado en el centro del caso criminal más inquietante con el que me he tropezado como periodista. Entre otros hechos horribles, su propio padre le acusó de asesinato en la televisión ante todo el país. No puedo imaginar cómo debe de haberse sentido. A veces empleamos la expresión «el peor momento de mi vida» a la ligera. Pero, en este caso, ¿diría que es cierto?

—No.

—¿No?

Kilbrick parpadeó, evidentemente desconcertada.

—Fue el momento más indignante —explicó Payne—, pero ni mucho menos el peor.

—Bueno…, eso suscita una pregunta obvia.

Él aguardó a que la formulara.

—Díganos, Cory, ¿cuál ha sido el peor momento de su vida?

—Cuando me dijeron en el internado que mi madre había muerto. Ese fue el peor momento. Ningún otro se ha acercado siquiera a aquello.

Kilbrick consultó su tablilla.

—Eso sucedió cuando usted tenía catorce años.

—Sí.

—Su padre ya era en esa época una figura destacada de las fuerzas del orden, ¿no?

—Sí.

—Y entonces realizó una serie de declaraciones públicas culpando a las drogas ilegales, en especial a la heroína, de su muerte. —Kilbrick alzo la vista de la tablilla—. ¿Eso era cierto?

La mirada de Payne se volvió gélida.

—Tanto como acusar a una cuerda de la muerte de un ahorcado.

La presentadora parecía excitada.

—Interesante respuesta. ¿Podría desarrollarla?

—La heroína solo es una cosa. Como una cuerda. O una bala.

—¿Está diciendo que en la muerte de su madre hubo algo más que una simple sobredosis?

Payne respondió en voz baja.

—Estoy diciendo que él la mató.

—¿Su padre mató a su madre?

—Sí.

—¿Con drogas?

—Sí.

Kilbrick estaba atónita.

—¿Por qué?

—Por la misma razón por la que mató a John Steele, Rick Loomis, Marcel Jordan, Virgil Tooker, Blaze Jackson, Chalise Creel y Judd Turlock.

Ella lo miró en silencio.

—Eran una amenaza para su futuro, para lo que él deseaba.

—¿En qué sentido?

—Sabían cosas sobre él.

—¿Qué sabían?

—Que no era lo que parecía. Que era deshonesto, cruel y manipulador. Que arrancaba confesiones mediante extorsión, que alteraba las pruebas y destrozaba la vida de la gente para crearse su propia reputación. Para reforzar su propia seguridad. A veces simplemente porque podía. Para demostrarse lo poderoso que llegaba a ser. Es un hombre malvado de verdad. Un asesino. Un monstruo.

Kilbrick seguía mirándolo con asombro. Bajó la vista a la tablilla un momento y continuó.

—Ha dicho…, me parece…, ¿que mató a Judd Turlock?

—Sí.

—La información que tenemos de la oficina del fiscal del distrito es que están buscando a los hermanos Gort en relación con ese homicidio.

—Mi padre siempre ha utilizado a otros para hacer el trabajo sucio. Los Gort han sido instrumentos útiles para deshacerse de Turlock.

—Nos han explicado que Judd Turlock era amigo de toda la vida de su padre. ¿Por qué iba…?

Payne la cortó.

—Era el instrumento, el gorila de toda la vida. No un amigo. Él no tenía amigos. La amistad requiere sentir afecto por otro ser humano. Mi padre nunca ha querido a nadie salvo a sí mismo. Si quiere saber por qué hizo que Turlock fuera asesinado, la respuesta es bien sencilla. Turlock había dejado de serle útil.

Kilbrick asintió y echó un vistazo fuera del encuadre, como consultando la hora.

—Ha sido una entrevista… extraordinaria. No tengo más preguntas. ¿Quiere añadir algo antes de terminar?

—Sí. —Payne miró directamente a la cámara—. Quiero dar las gracias de todo corazón al detective David Gurney. Fue él quien vio más allá de todo ese montaje de pruebas falsas que parecía indicar que yo había matado a esos dos agentes de policía. Sin su perspicacia y su persistencia, tal vez nunca se habría sabido la verdad sobre Dell Beckert, la verdad de lo que es y siempre ha sido. Un destructor de vidas. Un maniaco del control, un corruptor, un asesino. Quiero dar las gracias al detective Gurney por averiguar la verdad, y deseo que todo el mundo sepa que le debo la vida.

Gurney hizo una mueca.

La imagen regresó a la mesa del estudio.

Kronck se volvió hacia Kilbrick.

—Uau, Stacey. ¡Impresionante entrevista!

433

—Payne tenía sin duda mucho que decir, y no se ha cortado en absoluto para decirlo.

—He visto que ha vuelto a surgir el nombre de David Gurney, y de un modo muy favorable, tal como surgió en mi entrevista con Sheridan Kline.

—Sí, yo también me he fijado. ¿Y sabes lo que estoy pensando? A lo mejor es una idea disparatada…, pero estoy pensando que David Gurney sería un gran candidato para convertirse en nuestro próximo fiscal general. ¿Qué te parece?

—¡Me parece una idea fantástica!

—Bien —dijo Kilbrick, sonriendo y volviéndose hacia la cámara—. Quédense con nosotros. Nuestro próximo invitado…

Gurney cerró la ventana de vídeo y miró a Madeleine.

—Tengo la desagradable sensación de que Gelter está usando a Kilbrick y a Kronck para promocionar su idea sobre la elección de fiscal general.

—¿Crees que tiene tanta influencia en RAM-TV?

—Sospecho que podría ser su dueño.

53

*E*l tiempo, a la mañana siguiente, armonizaba con el humor de Gurney: gris e inestable. Las rachas de viento eran incesantes, cambiaban de dirección y agitaban los helechos de los espárragos de aquí para allá. Incluso Madeleine estaba apagada. El cielo encapotado oscurecía el sol, y Gurney se llevó una sorpresa al ver en el viejo reloj de péndulo de la cocina que ya pasaban algunos minutos de las nueve. Mientras se terminaban las gachas, Madeleine frunció el ceño y ladeó la cabeza hacia las puertas cristaleras.

—¿Qué pasa? —preguntó Gurney.

Él tenía buen oído, pero el de Madeleine era extraordinario; solía ser ella la primera en darse cuenta de que se acercaba un coche.

—Viene alguien.

Gurney abrió las puertas y enseguida lo oyó: subía un vehículo por la carretera. Mientras escrutaba la ladera, apareció un todoterreno, que redujo la marcha y se detuvo entre el granero y el estanque. Cuando salió al patio para mirar mejor, vio que era un Range Rover verde oscuro, cuya impecable carrocería brillaba incluso aunque no luciera el sol.

El conductor se bajó —un hombre fornido con un bléiser azul y unos pantalones grises— y fue a abrir la puerta trasera. Se apeó una mujer que llevaba una chaqueta caqui, pantalones de montar y botas hasta las rodillas. Se quedó ahí un momento, recorriendo con la vista los campos, los bosques y, más allá de los pastos, la granja de Gurney. Tras encender un cigarrillo, subió de nuevo al todoterreno verde.

Gurney observó cómo el vehículo ascendía a través de

los pastos hasta llegar a la casa, donde se detuvo no lejos del Outback, que parecía muy pequeño en comparación. De nuevo el chófer bajó primero y le abrió la puerta trasera a la señora, que Gurney vio ahora que debía de tener cuarenta y tantos largos. Llevaba su pelo rubio ceniza más bien corto, con un peinado asimétrico de aire tan sofisticado como agresivo. Tras una última calada, tiró el cigarrillo y lo aplastó con la punta de una bota que parecía tan cara como su corte de pelo.

Mientras la mujer examinaba la propiedad con una expresión agria, el chófer advirtió que Gurney estaba en el patio y le dijo algo a ella, que echó un vistazo rápido y asintió. Luego encendió otro cigarrillo.

El chófer se acercó al patio. Tenía el aspecto duro e imperturbable de un exmilitar. Para ser un tipo tan fornido, caminaba con paso ligero y atlético.

—¿David Gurney?

—¿Sí?

—La señora Haley Beckert quisiera hablar con usted.

—¿La esposa de Dell Beckert?

—Correcto.

—Pregúntele si quiere que entremos en casa.

—Ella preferiría al aire libre.

—Muy bien —dijo Gurney, señalando las dos sillas de madera del patio.

El chófer volvió al Range Rover y habló unos momentos con la mujer. Ella asintió, aplastó el segundo cigarrillo igual que el primero y luego se acercó rodeando el plantel de espárragos y el parterre de flores. Cuando llegó frente a Gurney, lo escrutó con el mismo desagrado con el que había observado el paisaje, pero con un añadido de curiosidad.

Ninguno de los dos ofreció un apretón de manos.

—¿Quiere sentarse? —preguntó él.

La mujer no dijo nada.

Gurney aguardó.

—¿Quién le está pagando, señor Gurney? —Tenía la voz almibarada y la mirada dura de muchos políticos sureños.

Él respondió con tono insulso.

—Trabajo para el fiscal del distrito.

—¿Y para quién más?

—Para nadie más.

—Entonces esa historia que le ha vendido a Kline, esa fantasía sobre el jefe de policía más respetado del país que resulta ser un asesino en serie, un criminal que anda por ahí disparando a la gente, matándola a palos y Dios sabe qué más... Todo ese repugnante disparate... ¿es el producto de una investigación honesta? —Su voz rebosaba sarcasmo.

—Es el producto de las pruebas encontradas.

Ella soltó una risa seca.

—De las pruebas «descubiertas» por usted, claro. Me han dicho que hizo todo lo posible desde el primer día para debilitar la acusación contra ese pequeño reptil, Cory Payne, y que intentó constantemente socavar la posición de mi marido.

—Las pruebas contra Payne eran cuestionables. Las pruebas de que había sido falsamente inculpado resultaban mucho más convincentes.

—Está jugando a un juego peligroso, señor Gurney. Si alguien ha sido falsamente inculpado, ese es Dell Beckert. Llegaré hasta el fondo de este asunto, se lo prometo. Y usted lamentará haber participado. Lo lamentará profundamente. Toda su vida.

Él no reaccionó, solo le sostuvo la mirada.

—¿Sabe dónde está su marido?

—Si lo supiese, usted sería la última persona del mundo a la que se lo diría.

—¿No le resulta curioso que haya huido?

Ella tensó la mandíbula y lo miró un buen rato con una expresión cargada de veneno, antes de responder.

—Me han dicho que la presentadora de un informativo mencionó anoche su nombre a propósito de la elección de fiscal general. No quiero creer que su interés en ese cargo explique sus ataques a mi marido...

—No tengo ningún interés en ese cargo.

—Porque si a fin de cuentas se trata de eso, le destruiré. No quedará nada de usted ni de su fama de «superpolicía». ¡Nada!

Gurney no creyó que valiera la pena explicarle su posición.

Ella dio media vuelta, caminó rápidamente hasta el enorme todoterreno y subió al asiento trasero. El chófer cerró la puerta. Al cabo de un momento, el Range Rover estaba bajando silenciosamente por el camino irregular hacia el granero y la carretera que arrancaba más allá.

Gurney permaneció un rato en el patio, repasando la escena: la expresión tensa, el rígido lenguaje corporal, el tono acusador. Después de los millares de entrevistas que había llevado a cabo a lo largo de los años, había adquirido una buena capacidad de lectura de ese tipo de situaciones. Estaba bastante seguro de que la furia de Haley Beckert era producto del temor, y de que ese temor se explicaba, a su vez, porque una serie de hechos que no comprendía la habían pillado desprevenida.

Las ráfagas de viento frío y húmedo, aunque todavía de dirección cambiante, se habían vuelto más fuertes. Daba la impresión de que se preparaba una tormenta. Entró en la casa y cerró las puertas cristaleras.

Madeleine estaba leyendo un libro en un sillón junto a la chimenea. Había encendido un pequeño fuego, que ardía débilmente. Gurney sintió la tentación de reordenar los troncos, pero sabía que esa interferencia no sería bien acogida. Se sentó en el sillón opuesto.

—Supongo que lo has oído todo, ¿no? —dijo.

Ella no despegó los ojos del libro.

—Era difícil no oírlo.

—¿Algún comentario?

—Está acostumbrada a salirse con la suya.

Él miró el fuego un rato, reprimiendo el impulso de arreglarlo.

—Bueno. ¿Qué crees que debería hacer?

Madeleine levantó la vista.

—Supongo que depende de si consideras que el caso está abierto o cerrado.

—Técnicamente, sigue abierto hasta que Beckert sea localizado, procesado y…

Ella le interrumpió.

—No quiero decir técnicamente, sino desde tu punto de vista.

—Si hablas de la sensación de haber alcanzado el final, todavía no he llegado ahí.

—¿Qué falta, aparte de Beckert?

—No sabría decirlo con exactitud. Es como estar rascándose una comezón que va cambiando de sitio.

Madeleine cerró el libro.

—¿Tienes dudas sobre la culpabilidad de Beckert?

Gurney frunció el ceño.

—Las pruebas contra él son sólidas.

—Las pruebas contra su hijo también lo parecían.

—A mí no. Tuve dudas desde el principio.

—¿No tienes dudas parecidas sobre las pruebas contra el padre?

—No. La verdad es que no.

Madeleine ladeó la cabeza con curiosidad.

—¿Qué pasa? —preguntó él.

—¿No podría tener algo que ver con tu teoría «Eureka»?

Gurney no respondió. Sabía que no debía apresurarse a responder cuando una pregunta le sacaba de quicio.

54

En las ocasiones en las que había dado seminarios de investigación criminal, siempre había incluido un debate sobre una trampa sutil para el investigador que él mismo había llamado «La falacia Eureka». Dicho en términos sencillos, era la tendencia a otorgar a los propios hallazgos más importancia que a los realizados o transmitidos por otros, en especial si lo que uno había descubierto había estado oculto a propósito. (De ahí el término «eureka», que en griego significaba: «¡lo encontré!».) Era una simple manifestación de la tendencia humana elemental a considerar objetivas y exactas las propias percepciones y a calificar de subjetivas y erróneas las visiones opuestas; pero podía arruinar una investigación y, de hecho, era la causa de innumerables detenciones y acusaciones equivocadas.

Aun siendo plenamente consciente del fenómeno, Gurney se resistía a verlo en su caso. La mente tiene fuertes defensas frente a las dudas sobre uno mismo. No obstante, desde que Madeleine había suscitado la cuestión, se había forzado a considerarla más atentamente. ¿Estaba aplicando, en efecto, un doble rasero a las pruebas contra Payne y a las pruebas contra Beckert? No lo creía, pero eso no significaba gran cosa. Tendría que revisar las pruebas una a una para cerciorarse de que estaba sometiéndolas a un escrutinio equivalente.

Se levantó del sillón frente a la chimenea, fue al escritorio de su estudio, sacó las carpetas del caso y sus notas, y empezó lo que esperaba que fuese un repaso libre de prejuicios.

Υ

Para cuando Madeleine interrumpió aquel proceso un poco después de las doce para decirle que se iba para hacer un turno de tarde en la clínica, había llegado a dos conclusiones.

La primera, tranquilizadoramente idéntica a la versión inicial, era que cada una de las pruebas contra Cory Payne podía explicarse de forma convincente, y que la manivela cambiada de la cisterna constituía por sí sola la prueba más sólida imaginable de un montaje para inculparlo.

Su segunda conclusión, de algún modo desconcertante, era que las pruebas contra Beckert y/o Turlock presentaban las mismas debilidades que las pruebas contra Payne. Todas eran portátiles y, por tanto, podían haber sido sembradas deliberadamente. Incluso los objetos con huellas dactilares (el bolígrafo hallado entre la hierba del patio trasero de Poulter Street, la bolsita de plástico del apartamento de Blaze Jackson) podrían haberse conseguido en un contexto inocuo para emplearse más tarde en un contexto inculpatorio. En resumen, aunque no hubiera prueba de ello (ningún equivalente a la manivela cambiada de la cisterna), era cuando menos posible que Beckert también fuese víctima de un montaje para incriminarlo. Sin duda se trataba de una posibilidad remota. Pero las pruebas existentes contra él no eran ni mucho menos tan sólidas como parecía a primera vista. De hecho, un abogado hábil tal vez podría conseguir que parecieran extremadamente endebles.

Durante un buen rato después de que Madeleine se fuera, Gurney estuvo mirando por la ventana del estudio mientras se preguntaba si sería aconsejable plantearle el problema a Kline. No iba a gustarle, seguro. Decidió hablar primero con Torres.

El joven detective le atendió de inmediato.

—Eh, Dave. Justo ahora iba a llamarle. Una mañana ajetreada aquí. Hay muchas novedades. Primero, la mala noticia. No ha habido ninguna coincidencia en la base de datos de ADN con ese condón usado que encontramos cerca de la zona de juegos del parque Willard. O sea, que, por ese lado, un callejón sin salida. Aunque, bueno, de todos modos, la posibilidad de encontrar un testigo ocular de lo que sucedió aquella noche era muy remota. Ahora, la buena noticia. Hemos recibido un informe del laboratorio informático de Albany sobre el portátil que encontró bajo el colchón de la cabaña. El hallazgo clave es una serie de búsquedas en Internet sobre la estructura cerebral, concretamente sobre una cosa llamada «médula oblonga», así como acerca del alcance de la protección brindada por las estructuras óseas circundantes. El tipo de información y los esquemas anatómicos que necesitaría cualquiera que pretendiera clavarle a alguien un picahielos en el tallo cerebral. Parece una sólida conexión entre Beckert y el ataque a Loomis.

Gurney no estaba seguro de si era tan sólida, pero sin duda resultaba sugerente.

—Y eso no es todo —prosiguió Torres—. El laboratorio nos ha enviado un informe sobre el teléfono móvil pegado bajo la base de una de las camas. El registro de llamadas confirma la explicación que dio Payne de su presencia en la zona de Bridge Street la noche del asesinato de Steele. Dijo que había recibido una serie de mensajes de texto, fijando primero una cita detrás del bloque de apartamentos, luego cambiándola al otro extremo del puente y, finalmente, cancelándola. Esos mensajes fueron enviados desde el móvil hallado en la cabaña.

—Interesante —dijo Gurney—. ¿Cómo ha reaccionado Kline?

—Está radiante. Dice que ahora sí tiene la sensación de que estamos poniendo la guinda.

Para Gurney, la auténtica guinda sería una confesión creíble de Beckert. El hecho de que Kline cantara victoria por unas cuantas pruebas adicionales, tan portátiles y manipulables como las demás, parecía convertir la búsqueda del culpable en una simple posdata. Y eso podía llegar a constituir un error garrafal.

Al terminar la conversación, Gurney marcó el número de Kline.

—David, ¿qué puedo hacer por ti? —Su tono apresurado indicaba que «nada» sería la única respuesta apreciada.

—Quería hablarte sobre algo que me inquieta.

—Ah. —Había más ansiedad que curiosidad en esa sola sílaba.

—He estado pensando en las pruebas que parecen incriminar a Beckert.

—¿Parecen?

—Exacto. Las pruebas contra Cory Payne presentaban debilidades que un buen abogado habría explotado en el juicio. Con éxito, en mi opinión.

—¿Qué pretendes decir?

—Que las pruebas contra Beckert tienen algunas debilidades idénticas.

—Tonterías. Las pruebas contra él son abrumadoras.

—Es lo que decías hace tres días sobre Payne.

Kline respondió con tono tenso y glacial.

—¿Por qué estamos hablando de esto?

—Para que no entres en el tribunal creyendo que tienes en las manos más de lo que tienes.

—¿No estarás insinuando que Beckert ha sido falsamente inculpado como Payne? No me digas que te has vuelto tan loco.

—Lo que te estoy diciendo es que tus argumentos no son tan irrefutables como crees. Desde el punto de vista del análisis de pruebas…

Kline lo cortó en seco.

—Vale. Mensaje recibido. ¿Algo más?

—¿No se te ha ocurrido pensar que hay demasiadas pruebas? —Gurney se imaginó la expresión ceñuda, entre irritada y perpleja, que debía de tener Kline durante el silencio que se hizo. Luego prosiguió—: Los autores del montaje quieren estar seguros de que sus objetivos parezcan rematadamente culpables. Yo no puedo demostrar que es eso lo que ha ocurrido, pero tú no deberías descartar la posibilidad.

—Esa «posibilidad» tuya es la hipótesis más disparatada que he oído en mi vida. Escúchate a ti mismo. ¿Estás diciendo que alguien inculpó a Cory Payne por los atentados contra Steele y Loomis y que después inculpó a Dell Beckert por los mismos atentados? ¿Y también de los asesinatos de Jordan y Tooker? ¿Y de los de Jackson y Creel? ¿Has oído hablar en toda tu vida de un caso tan descabellado?

—No.

—Así que… se te ha ocurrido el escenario más improbable del mundo… ¿y has decidido endosármelo a mí?

—Mira, Sheridan, yo no digo que entienda en qué consiste todo este embrollo de White River… Solo digo que hace falta investigar más. Hemos de comprender plenamente quién es el responsable y por qué. Es esencial localizar a Beckert y…

—¡Un momento! ¡Para el carro! Nuestro objetivo no es «comprender plenamente» nada. Yo tutelo un proceso de investigación, acusación y enjuiciamiento. No dirijo el Club de la Psicología Verdadera. En cuanto a localizar a Beckert, es posible que nunca lo consigamos. Francamente, tampoco sería lo peor que podría pasar. Se le puede condenar en ausencia. Cerrar el caso aunque él siguiera siendo un fugitivo culpable no dejaría de ser una conclusión adecuada. Una condena pública puede proyectar la misma sensación de éxito para las fuerzas del orden que un veredicto de culpabilidad en un juicio. Y te diré algo más: no sería nada aconsejable que dieras publicidad a tu infundada teoría de una doble inculpación falsa. Solo serviría para generar más caos y más controversia… Y eso sin mencionar la pérdida de credibilidad que implicaría para este departamento y para ti personalmente. No hay más que hablar al respecto.

La reacción de Kline no le sorprendió. Permitir que el caso diera otro giro como aquel le resultaba inaceptable. Su imagen pública era su mayor inquietud. Un proceso sin contratiempos constituía para él un objetivo esencial. Las sorpresas no eran bienvenidas. Los cambios de sentido debían evitarse. Y los cambios de sentido públicos, dramatizados por los medios, merecían sencillamente un anatema.

Gurney comprendió que para darle otro vuelco al caso tendría que encontrar por sí mismo las respuestas a las cuestiones que su improbable hipótesis planteaba. Y la primera de ellas era la más desconcertante.

Cui bono?

¿A quién beneficiaba inculpar a Payne y a Beckert?

55

*P*ese al escepticismo a veces corrosivo de Hardwick y más allá de sus exabruptos verbales, Gurney valoraba la inteligencia y la sinceridad que lo convertían en una buena caja de resonancia.

En vez de intentar explicarle sus nuevas inquietudes por teléfono, decidió (después de asegurarse de que no pensaba salir) ir a verle a media tarde a su casa de las montañas de Dillweed.

La sonrisita desafiante que Gurney conocía tan bien ya estaba en el rostro de Hardwick cuando le abrió la puerta. Tenía en las manos dos botellas de Grolsch. Le pasó una y fue a sentarse ante la mesita redonda del rincón de la sala.

—Bueno, Davey, muchacho, ¿qué me cuentas ahora?

Gurney dio un sorbo de cerveza, dejó la botella sobre la mesa y procedió a exponerle con detalle todas sus dudas y especulaciones. Cuando terminó, Hardwick lo miró fijamente largo rato antes de tomar la palabra.

—¿Te he oído bien? ¿Estás insinuando que alguien, después de inculpar a Payne de los asesinatos de los policías, inculpó a Beckert de esos mismos crímenes? ¿Para qué diantre iba a hacerlo? ¿Como medida de precaución por si la primera inculpación fracasaba? ¿Ese era el plan B? ¿Y luego el tipo incrimina también a Beckert por las muertes de Jordan y Tooker? ¿Y por las de Jackson y Creel?

—Soy consciente de que suena un poco rebuscado.

—¿Un poco? No tiene el menor sentido, joder. O sea, ¿qué clase de plan es ese? ¿Y quién demonios saldría beneficiado?

—Esa es mi pregunta principal. ¿Quizás alguien que los odiaba a los dos y a quien no le importaba cuál acababa en la

cárcel? ¿O quizás alguien que pretendía separarlos definitiva-
mente? ¿O alguien que los consideraba unos chivos expiato-
rios idóneos?

—Quizá, quizá, quizá. —Hardwick miró un buen rato su
botella de Grolsch—. A ver, entiendo que alguien inculpó a
Payne. Esa manivela de la cisterna es incuestionable. Pero ¿por
qué estás tan seguro de que también han inculpado a Beckert?
¿Porque hay demasiadas pruebas contra él? Debe de ser el argumento más absurdo que he oído para dar por supuesta la
inocencia de un sospechoso.

—No es solo que haya demasiadas pruebas. Es que todo
resulta demasiado ideal. Incluso esos cartuchos blindados con
marcas balísticas perfectas. Y la facilidad...

Gurney se interrumpió. Hardwick alzó la vista de la botella.

—¿Qué te pasa?

—Estoy pensando en la facilidad con que se recuperaron.
Pensamos que había sido un golpe de suerte. Pero ¿y si era esa
la intención del francotirador?

—¿Su intención?

—¿Te acuerdas del detalle del vídeo de Steele que me mos-
queaba? ¿Lo del punto rojo?

—¿A qué te refieres?

—A la demora. La demora de dos minutos desde que el
francotirador situó la mira en la nuca de Steele hasta que efectuó el disparo. ¿Por qué tardó tanto?

—¿Y quién coño lo sabe?

—Supón que estaba esperando a que Steele pasara frente a
ese pino del margen del prado...

—¿Para qué?

—Para asegurarse de que la bala se podría recuperar.

Hardwick le dedicó esa expresión de incredulidad que adoptaba por defecto.

Gurney prosiguió.

—La misma lógica podría aplicarse al disparo contra
Loomis, solo que en ese caso todo fue más precipitado porque
él estaba saliendo de casa y caminando hacia el coche. Ese dis-
paro se produjo cuando tenía el poste de la puerta justo detrás.
Otro proyectil fácilmente recuperable. Yo estaba allí cuando
Garrett Felder lo extrajo. Y lo mismo de nuevo con el disparo

445

en la parte trasera de mi casa. Otra bala intacta y fácilmente recuperable en el poste del porche.

Hardwick lo miró con su cara de reflujo gástrico.

—Así que tienes tres situaciones con un factor común. Pero eso no prueba nada. De hecho, suena como esas chorradas en las que se centran los abogados para confundir al jurado.

—Ya sé que no es concluyente. Pero parece muy conveniente haber recuperado tres balas intactas con una balística nítida que las vincula directamente con el rifle de la cabaña de Beckert. —Gurney hizo una pausa—. Es como esa bolsa de plástico con el dinero. ¿Por qué de plástico? Bueno, porque, a diferencia del papel, puede soportar una huella perfecta. Cualquiera con acceso a la casa o al despacho de Beckert habría podido coger una bolsa que él hubiera usado para otra cosa, poner el dinero dentro y dejarla en el apartamento de Jackson.

—Así que el asesino se cuela en la cocina de Beckert, saca una bolsa de su nevera, comprueba que tenga una buena huella, se va a casa de Jackson...

Gurney lo interrumpió.

—No. Yo creo que toda esta historia de White River fue planeada con mucha antelación. No hay nada espontáneo ni fortuito, aunque se haya tratado de presentar así. Piénsalo. Un policía blanco muerto de un tiro en una manifestación racial. A continuación, dos hombres negros apaleados y estrangulados. Luego otro policía blanco también abatido de un tiro. Entonces la Unión de Defensa Negra es acusada de los atentados, junto con Cory Payne. Y a los gemelos Gort, junto con los supremacistas blancos de los llamados Kaballeros del Sol Naciente, se les acusa de los asesinatos de Jordan y Tooker. Luego se producen nuestros hallazgos en el club de tiro (el rifle, la cuerda, el hierro de marcar) que indican que Beckert y Turlock cometieron los cuatro asesinatos e inculparon a Payne y a los Gort. Pero ¿y si resulta que todas las pruebas de la cabaña habían sido sembradas deliberadamente? La secuencia entera muestra signos de haber sido meticulosamente orquestada. Una capa tras otra capa de engaños. Todo planeado con anticipación. Quitamos una capa falsa y descubrimos otra capa falsa. Nunca había visto nada igual.

—Un resumen del carajo —dijo Hardwick con tono agrio—. Solo le faltan un par de detalles. Como, por ejemplo: ¿quién coño lo orquestó todo? ¿Y cuál era el puto objetivo de todo ello?

—No puedo responder a esas preguntas. Lo único que sé es que, si alguien pretendía inculpar a Beckert, tuvo que tener acceso a la cabaña. Quizá podríamos empezar por ahí.

—Sí, claro. Investiga primero la posibilidad más remota. Tiene un sentido que te cagas.

—Dame ese gusto, venga.

—Vale. Acabemos de una puta vez. Llama a su mujer. Seguramente, ella sabrá con quién tenía una relación estrecha.

—Haley Beauville Beckert considera que todo lo sucedido en White River es una gigantesca conspiración en la cual su marido es la víctima, mientras que todos los demás son los conspiradores. No creo que quiera darnos ni la hora. Pero quizás el propio Cory sepa algunos nombres.

Hardwick suspiró con impaciencia.

—Vale. Llama a ese cabroncete.

Gurney sacó su móvil. Mientras buscaba el número de Payne, oyó el sonido de pasos bajando por la escalera. Al cabo de unos segundos entró en la sala Esti Moreno, la novia intermitente de Hardwick.

Era una mujer joven extraordinariamente atractiva: tanto más atractiva en ese momento, con unos *shorts* cortísimos, una camiseta ceñida y el pelo negro húmedo tras una ducha. Además, era una agente encubierta dura y curtida.

—¡David! ¡Qué alegría verte!

—Hola, Esti. Yo también me alegro de verte.

—No quiero interrumpir. Solo bajo a por una de esas —dijo Esti, señalando las botellas de Groslch y entrando en la cocina.

Gurney llamó a Payne.

—Tengo una pregunta urgente, Cory. ¿Sabe si su padre llevó alguna vez a otras personas al club de tiro? Descontando a usted y a Turlock.

Hubo una breve pausa.

—Estoy seguro de que durante cada temporada de caza llevaba allí a toda la gente especial.

—¿Gente especial?

—La gente que podía serle útil. Eso era lo único que volvía a alguien «especial» desde su punto de vista.

—¿Y quién era esa gente… exactamente?

—El fiscal Kline, el *sheriff* Cloutz, el alcalde Shucker, el juez Puckett…

—¿Alguien más?

Hubo otra breve pausa.

—Sí. Algún ricachón. Marvin no sé qué. Un odioso multimillonario de Lockenberry.

—¿Gelter?

—Eso es.

—¿Y gente del departamento? ¿Había alguien especial ahí?

—Turlock, obviamente. También un capitán y un par de tenientes que hacían todo lo que él quería.

—¿Como qué?

—Urdir falsas acusaciones contra miembros de la UDN. Mentir en juicios. Cosas así.

—¿Cómo sabe todo esto?

—Me lo contó gente de la UDN. Es el tipo de cosas que Steele y Loomis estaban investigando… También Jordan y Tooker… Es la razón por la que los mataron a todos.

—Necesito los nombres. Del capitán y los tenientes.

—Joe Beltz, Mitch Stacker, Bo Luckman.

Gurney anotó los nombres.

—¿Conoce a alguien más que pudiera haber tenido acceso a la cabaña?

—No lo sé. Su esposa, supongo.

—Una pregunta más. ¿Su padre tenía alguna otra propiedad? ¿Una casa de verano, otra cabaña en alguna parte… o algo así?

—No, que yo sepa. Lo cual no significa nada. Mi padre es un iceberg. La mayor parte de su persona está bajo la superficie. ¿Por qué lo pregunta?

—Porque es el lugar donde podría estar. Un rincón donde permanecer oculto. ¿Qué me dice de alquileres? ¿Algún sitio que haya usado en viajes de caza o pesca?

—Me parece que no le gustaba la pesca.

—Muy bien, Cory. Gracias. Si se le ocurre alguna otra persona que pudiera haber tenido acceso a la cabaña, dígamelo.

—Por supuesto.

Gurney cortó la llamada.

Hardwick alzó su Grolsch y dio un trago.

—¿Ha resultado útil el cabroncete?

—Sí y no. Aparte de una lista en expansión de individuos desagradables (cualquiera de los cuales habría podido ver dónde guardaba Beckert la llave), no estoy seguro de saber más que antes. Debería volver a hablar con Mark Torres, para ver si sabe algo sobre los amigos de Beckert.

—Una jodida pérdida de tiempo —Hardwick puntuó el comentario dejando enérgicamente la botella sobre la mesa—. Concentrarse en la gente con acceso a la cabaña solo tiene relevancia para tu idea de la doble inculpación..., que está en el extremo ultrachiflado del espectro de las hipótesis.

—Quizá tengas razón. Pero no se pierde nada por preguntar. —Gurney tomó otro trago de cerveza y llamó a Torres.

—Mark, estoy intentando hacerme una idea de la gente con la que Beckert tenía una relación más estrecha. Me han dado los nombres de tres mandos del departamento: Beltz, Stacker y Luckman. ¿Qué puede contarme de ellos?

En principio, Torres reaccionó de modo vacilante.

—Un segundo. Estoy comprobando... que no haya moros en la costa. De acuerdo. En realidad, no puedo contarle gran cosa, salvo que pasaban mucho tiempo en el despacho de Beckert: más que la mayoría de los mandos a sus órdenes. Quizá son imaginaciones mías, pero parecen bastante nerviosos desde que desapareció.

—Habría que interrogarlos. ¿Sabe si Kline los ha citado?

—No lo sé. No nos cuenta gran cosa.

—¿A cuántas personas tiene trabajando en la desaparición de Beckert?

—¿Buscándolo activamente? A ninguna, que yo sepa. Él está del todo centrado en las pruebas. ¿Cree que es un error?

—Francamente, sí. Beckert está conectado con todo lo ocurrido. Y su papel en el caso podría no ser el que parece. Localizarlo quizá resolvería algunos interrogantes.

—¿Qué cree que deberíamos estar haciendo?

449

—Deberían estar usando todos los recursos para encontrarlo. Me gustaría saber si tiene alguna otra propiedad en esta parte del estado. Algún rincón donde pudiera haberse ocultado.

—Podemos pedirle al secretario del condado que busque su nombre en la lista de impuestos de la propiedad.

—Si usted puede liberar a un par de uniformados, pídales que lo comprueben en los estados limítrofes. Y que busquen también por los apellidos Beauville, Turlock y Blaze Jackson. Ella parece haber estado implicada desde el principio.

—De acuerdo. Pondré a alguien a trabajar.

—Antes de cortar, una pregunta sobre ese sistema silencioso de alarma de la cabaña. Me dijo que la lista de números de teléfono a los que tenía programado llamar estaba protegida con una clave.

—Exacto…, y el laboratorio informático ya nos ha respondido sobre ese punto. Había tres números de móvil. El de Beckert, el de Turlock y uno anónimo de prepago. Ese es imposible de rastrear.

—No puede rastrear a su dueño, pero podría determinar cuál era la antena más cercana cuando recibió la llamada de alarma. Tal vez resultaría útil. De hecho, también debería averiguar el lugar donde la recibieron los otros dos. Sería interesante saber si Beckert seguía en la zona aquella mañana, cuando mataron a Turlock.

—No hay problema. Llamaré a la compañía ahora mismo.

Cuando Gurney terminó la llamada, Hardwick preguntó:

—¿Dónde crees que está?

—No tengo ni idea. Espero que siga en la zona.

—¿Kline ha emitido una orden de captura?

—Sí, pero nada más. —Gurney hizo una breve pausa—. He estado pensado en una cosa que me dijiste la semana pasada. En los problemas de la familia Beckert. Dijiste que esa escuela militar a la que Beckert envió a su hijo estaba en el sur. ¿Sabes en qué parte? ¿O el nombre de la escuela?

—Podría averiguarlo. Conozco al tipo de la policía estatal que se la recomendó a Beckert.

—Me pregunto si está en Virginia. Igual que la escuela preparatoria de Beckert. Y que la familia de su esposa. Es un estado que quizá conozca bien y al que podría haberse dirigido si hubiera querido desaparecer una temporada.

Hardwick miró a Gurney por encima de la botella de Grolsch.

—¿Qué estás insinuando?

—Solo pensaba en voz alta.

—Y una mierda. Me estás pidiendo que explore la posibilidad de Virginia…, lo cual sería un enorme coñazo.

Gurney se encogió de hombros.

—Solo era una idea. Mientras Torres revisa los impuestos de la propiedad, yo me encargaré de los alquileres. No hay registros públicos ordenados por los nombres de los inquilinos, pero quizás Acme Realty tenga una base de datos de arrendatarios de la zona de White River. Iré a ver a Laura Conway mañana por la mañana.

—¿Qué problema tienes con el teléfono?

—Tal vez no atienda mi llamada. Nuestra última conversación se volvió un poco incómoda cuando quedó claro que ella nunca había visto a la persona cuyo nombre figuraba en los contratos de alquiler de los lugares del francotirador. En cualquier caso, cara a cara siempre es mejor.

56

Gurney fue el primero en levantarse al día siguiente. Ya se había tomado su primera taza de café y había sacado los comederos de los pájaros antes de que Madeleine apareciera para desayunar. Llevaba consigo su chelo, lo cual le recordó a Gurney que el grupo de cuerda con el que tocaba tenía previsto dar un concierto en una residencia de ancianos de la zona.

Mientras ella se preparaba un cuenco de cereales caseros, él se hizo unos huevos revueltos. Luego se sentaron ambos a la mesa del desayuno.

—¿Has hablado con Thrasher? —preguntó Madeleine.

—No. No sabía muy bien qué decirle. Supongo que tenemos que discutirlo.

Ella dejó la cuchara.

—¿Discutir qué?

—Si vamos a dejar que siga explorando el yacimiento.

—¿De veras crees que hace falta discutirlo?

Él suspiró y dejó su tenedor.

—Vale. Le diré que la respuesta es no.

Madeleine lo miró largamente.

—Nosotros vivimos aquí, David. Este es nuestro hogar.

Esperó a que continuara, pero ella no dijo nada más.

La parte del trayecto por la interestatal estaba, como de costumbre, relativamente libre de tráfico. Salió justo antes de White River e introdujo en el GPS la dirección de Acme Realty. El dispositivo lo condujo seis minutos después frente a una oficina de Bridge Street, a menos de una manzana de la primera ubicación del francotirador.

El hecho le resultó curioso, pero enseguida lo descartó como una de esas coincidencias que no suelen llevar a ninguna parte. Había aprendido con los años que uno de los escasos errores de investigación aún peores que conectar muy pocos puntos era conectar demasiados.

Se bajó frente a las oficinas y examinó los listados que llenaban los escaparates. La mayoría eran propiedades en venta, pero también había alquileres, tanto casas independientes como apartamentos. El área que se abarcaba en los listados se extendía más allá de White River, hasta los municipios vecinos.

Al abrirse la puerta principal, apareció un hombre grueso con un tupé de color castaño y una sonrisa de vendedor profesional.

—¡Precioso día!

Gurney asintió amablemente.

El hombre alzó una mano regordeta hacia los anuncios.

—¿Tiene alguna idea *in mente*?

—Pues no sé.

—Bueno, ha venido al sitio indicado. Nosotros se lo podemos poner fácil. Para eso estamos aquí. ¿Le interesa más comprar o alquilar?

—En realidad, ya hablé con la señorita Conway. ¿Está aquí?

—Sí. Si ha empezado a tratar con ella, le dejó en sus manos. Es una de nuestras mejores agentes. —El hombre le sostuvo la puerta—. Usted primero.

Gurney entró en una zona enmoquetada con un amplio mostrador de recepción, un dispensador de agua, un tablón de anuncios con notas pegadas y dos grandes plantas tropicales. A lo largo de la parte trasera había una hilera de cuatro cubículos con puertas esmeriladas y un nombre en cada una.

Había imaginado a una mujer joven y rubia, pero Laura Conway era baja, morena y de media edad. Llevaba vistosos anillos en los diez dedos. Un reluciente collar verde atraía la atención hacia un escote llamativo de por sí. Cuando levantó la vista del escritorio, sus pendientes (dos grandes discos dorados) empezaron a oscilar. Mientras lo evaluaba con la mirada, le dirigió una sonrisa reluciente de carmín.

453

—Buenos días. ¿En qué puedo ayudarle?

—Hola, Laura. Soy Dave Gurney.

Ella tardó un momento en registrar el nombre. La intensidad de su sonrisa decreció sensiblemente.

—Ah, sí. El detective. ¿Hay algún problema?

—¿Puedo sentarme? —dijo Gurney, señalando una de las dos sillas libres del cubículo.

—Claro. —Conway colocó las manos sobre el escritorio y entrelazó los dedos.

Él sonrió.

—Me encantan los anillos.

—¿Cómo? —Ella bajó los ojos para mirarlos—. Ah. Gracias.

—Lamento molestarla de nuevo, Laura. Como habrá visto en las noticias, el caso de White River cada vez se está complicando más.

Ella asintió.

—¿Se ha enterado de que estamos intentando localizar a Dell Beckert, el exjefe de policía?

—Ha salido en todas las cadenas de televisión.

—Exacto. La cuestión es que sospechamos que podría seguir en la zona de White River. Estamos comprobando si posee alguna propiedad por aquí. Eso resulta sencillo. Pero podría ser que estuviera en algún sitio de alquiler, y no existen registros de arrendatarios que podamos consultar. Así que he recordado que me dijeron que ustedes gestionan la mayoría de los alquileres de esta zona. Y he pensado que si alguien podía echarnos una mano era usted.

Ella lo miró desconcertada.

—¿Qué clase de ayuda necesita?

—Una simple búsqueda en una base de datos de arrendatarios. Beckert habría podido alquilar una casa o un apartamento él mismo, o podría estar en un sitio alquilado por alguno de sus allegados. Yo le doy unos cuantos nombres, usted los coteja en su archivo de inquilinos y vemos si hay alguna coincidencia. Sencillo. Ya estoy al corriente del apartamento de Bridge Street y de la casa de Poulter Street, así que solo necesito saber si hay otros aparte de esos. —Hizo una pausa y añadió—: Por cierto, el collar que lleva es precioso. Es jade, ¿no?

Ella lo acarició con las yemas de los dedos.

—Un jade de la mejor calidad.

—Salta a la vista. Y hace juego de maravilla con los pendientes.

Conway pareció complacida.

—Yo creo que la apariencia importa. Aunque no todo el mundo piensa igual hoy en día.

—Ellos se lo pierden —dijo Gurney.

Ella sonrió.

—¿Tiene aquí esos nombres?

Gurney le pasó un papel con la lista en la que aparecían Beckert, Beauville, Turlock, Jackson y los nombres de los tres mandos del departamento de policía que Payne le había dado. Conway colocó la lista ante su teclado, frunció el ceño, pensativa, y se puso manos a la obra. Tras un cuarto de hora, la impresora cobró vida. Salió una sola hoja y se la entregó.

—Aparte de los dos que usted ha mencionado, estos son los tres únicos alquileres en los que figuran esos nombres.

El primero era un apartamento de una sola habitación en Bacon Street, en el barrio de Grinton de White River. Estaba en la última planta de un edificio propiedad de Carbo Holdings LLC. El contrato, de un año, tenía como titular a Marcel Jordan y se había firmado cuatro meses antes. El nombre de la agente era Lily Flack. Según sus notas, el monto de cuatro mil ochocientos dólares por todo el año lo había pagado en efectivo la representante del inquilino, Blaze L. Jackson.

La segunda propiedad era una casa familiar situada en un lugar llamado Rapture Hill. Se había alquilado, también cuatro meses antes y por el periodo de un año, a la división de bienes embargados de un banco de la ciudad. El nombre del inquilino que figuraba en el contrato era Blaze L. Jackson. La agente, Lily Flack, anotaba que la señora Jackson había pagado el monto total del alquiler, dieciocho mil dólares, en metálico.

La tercera propiedad era un apartamento en Grinton, alquilado a Marcel y a Tania Jordan seis años antes y renovado anualmente desde entonces. A Gurney no le pareció que ese pudiera ser uno de los paraderos posibles de Beckert. Los otros dos, en cambio, sí valía la pena investigarlos. Dobló la hoja y se la guardó en el bolsillo de la chaqueta.

Laura Conway lo observaba atentamente.

—¿Es esto lo que quería?

—Sí —dijo él, pero no hizo ademán de levantarse.

—¿Quiere algo más?

—Las llaves. Del primer apartamento y de la casa.

La expresión de ella se nubló.

—No creo que podamos darle las llaves.

—Mejor que se lo pregunte a su jefe.

Ella cogió el teléfono. Luego volvió a dejarlo y salió del cubículo.

Tras un par de minutos, el hombre que le había saludado en la calle apareció en el umbral con los labios fruncidos.

—Soy Chuck Brambledale, el gerente de la agencia. ¿Le ha pedido a Laura las llaves de dos de nuestros alquileres?

—Quizá tengamos que entrar y preferiríamos hacerlo sin causar demasiados daños.

Al hombre se le pusieron los ojos como platos.

—¿Tiene las órdenes judiciales?

—No exactamente. Pero creo que tenemos un acuerdo de colaboración.

Brambledale desvió la mirada unos segundos.

—Espere aquí.

Mientras aguardaba solo en el cubículo, Gurney se levantó y miró el diploma enmarcado de la pared. Era un certificado de la Asociación del Condado de Agentes Inmobiliarios que proclamaba «vendedora del año» a Laura Conway..., diez años atrás.

Brambledale reapareció con dos llaves.

—La plateada es del apartamento: planta superior, 4B. La de latón es de la casa de Rapture Hill. ¿Sabe dónde queda?

—No.

—Es una localidad independiente al norte de White River. ¿Sabe dónde está el club de tiro? Bueno, pues es tres o cuatro kilómetros más arriba.

—¿Pasado Clapp Hollow?

—Entre Clapp Hollow y Bass River. En mitad de la nada. —Le tendió las llaves de mala gana—. Un lugar extraño.

—¿Por qué?

—En una época fue propiedad de una de esas sectas del fin de los tiempos. Por eso lo llamaron Rapture Hill: montaña del

Éxtasis. Luego la secta desapareció de golpe. Como borrada de la faz de la Tierra. Subió en éxtasis al reino de los cielos, dicen algunos. Otros aseguran que se produjo un enfrentamiento con los gemelos Gort y que están todos enterrados allá arriba, en las canteras. Lo único que se sabe con certeza es que no quedó nadie que pagara la hipoteca, así que acabó en manos del banco. Es difícil vender una casa tan aislada y con semejante historia, así que decidieron ponerla en alquiler.

—¡Las flores son preciosas! —dijo Laura Conway, que apareció junto a Brambledale—. La casa en sí es bastante insulsa, ¡pero ya verá qué flores!

—¿Flores? —dijo Gurney.

—Como parte de nuestros servicios, revisamos nuestras propiedades alquiladas al menos una vez al mes. Cuando estuvimos allí hace dos meses, vimos que el inquilino había hecho que Snook's Nursery le pusiera unos parterres preciosos de petunias. Y montones de cestos colgantes en la fachada.

—¿Blaze Jackson le encargó a Snook's Nursery que plantara petunias?

Conway asintió.

—Supongo que para alegrar el ambiente. Después de la desaparición de la secta, aquello tenía un aire un poco siniestro.

¿Blaze Jackson..., petunias?

Desconcertado, Gurney les dio las gracias a ambos por su colaboración y volvió al coche.

Aunque la propiedad de Rapture Hill era sin duda más intrigante, le resultaba más práctico visitar primero el apartamento de Bacon Street. Echó un vistazo a la hoja que le había dado Conway e introdujo la dirección en el GPS.

Llegó en menos de tres minutos.

Bacon Street tenía esa cualidad típica de las zonas depauperadas: cuanto más bonito el día, peor aspecto tenía. Aunque al menos se había librado de los incendios que habían dejado inhabitables algunas calles de Grinton. El edificio que buscaba estaba en mitad de la manzana. Aparcó en una zona prohibida, junto a una boca de riego, y dejó el coche. Esa era una de las comodidades cuando se estaba de servicio, aunque tenía el inconveniente de anunciar que uno era policía.

Un hombre con los brazos tatuados y un pañuelo rojo en la

cabeza estaba trabajando en uno de los ventanales de la planta baja. Mientras Gurney se acercaba, comentó con una voz ruda, pero no hostil:

—Qué agradable sorpresa.

—¿Cuál es la sorpresa?

—Es policía, ¿no?

—Sí. ¿Y usted quién es?

—Soy el encargado de todos los edificios de la manzana. Paul Parkman.

—¿Y qué le sorprende, Paul?

—Que yo recuerde, es la primera vez que envían a alguien el mismo día que hemos llamado.

—¿Ha llamado a la policía? ¿Por qué?

El hombre le señaló la reja de seguridad del ventanal que estaba levantada.

—Han entrado unos cabrones esta noche. El apartamento estaba vacío, no había nada que robar. Así que se han cagado en el suelo. Los dos. Hay dos montones de mierda separados. A lo mejor puede hacer un análisis de ADN.

—Interesante idea, Paul. Pero no he venido por eso.

—¿Ah, no? —El hombre soltó una ronca risotada—. Entonces, ¿para qué ha venido?

—Tengo que revisar uno de los apartamentos. Última planta, 4B. ¿Sabe si está ocupado?

—Sí y no.

—¿Qué quiere decir?

—Sí, hay inquilinos oficialmente. No, nunca están.

—¿Nunca?

—Que yo sepa, nunca. ¿Qué es lo que quiere revisar? ¿Cree que hay alguien muerto ahí dentro?

—Lo dudo. ¿Hay algún problema en las escaleras?

—No, que yo sepa. ¿Quiere que suba con usted?

—No hace falta. Le llamaré si le necesito.

Gurney entró en el edificio. El vestíbulo estaba bastante limpio; la escalera, adecuadamente iluminada. Por suerte, el hedor habitual a col, orines y vómito era muy tenue. El rellano del último piso parecía haber sido fregado en un pasado no muy remoto y las puertas de los dos apartamentos estaban rotuladas de modo legible: el 4A en un lado y el 4B en el otro.

Sacó la Beretta de la tobillera, metió una bala en la recámara y retiró el seguro. Situándose en un lado de la puerta del 4B, llamó con los nudillos. No hubo respuesta, ni el menor ruido. Llamó con más fuerza, esta vez gritando: «¡Policía! ¡Es la policía! ¡Abran!».

Nada.

Metió la llave, la giró en la cerradura y abrió la puerta. Captó en el acto el olor rancio de un lugar cuyas ventanas llevaban mucho tiempo cerradas. Volvió a poner el seguro y se guardó la Beretta en el bolsillo de la chaqueta. Encendió la luz del vestíbulo y empezó a recorrer aquel estrecho apartamento.

Había una pequeña cocina-comedor, una pequeña sala, un pequeño dormitorio y un baño del tamaño de un armario: todo mirando a una parcela vacía cubierta de hierbajos. No había muebles ni ningún signo de que viviera nadie. Y, sin embargo, Blaze Jackson, supuestamente en nombre de Jordan, había pagado en efectivo el alquiler de un año.

¿Había servido el lugar para algún propósito y luego había sido abandonado? ¿O estaba previsto para un uso futuro? Se detuvo junto a la ventana de la sala de estar sopesando la situación. La vista desde allí abarcaba un tramo de Grinton, otro de Bluestone y una estrecha franja del parque Willard y (casi se le había escapado por la suciedad del cristal) la fachada de la central de policía. Mientras observaba, un agente de uniforme salió por la puerta principal, subió a un coche patrulla en el aparcamiento y se alejó calle arriba.

Le vino a la cabeza la explicación obvia: el apartamento se había alquilado como una tercera ubicación posible para el francotirador. Por qué se habían usado al final los otros dos era una pregunta que exigía una reflexión más pausada. Por el momento, sin embargo, pesaba más su deseo de visitar Rapture Hill. Quizá cuando pudiera evaluar los dos lugares juntos, resultaría más claro cuál había sido el propósito de cada uno.

57

*P*or naturaleza, Gurney tendía a ir adonde le arrastraba la curiosidad sin preocuparse muchos de los refuerzos. Las peculiaridades y las incoherencias le llamaban la atención, despertando su deseo de examinarlas incluso en condiciones que habrían hecho vacilar a otros. En este caso, su intención era conducir directamente hasta el final de Rapture Hill Road, y sin duda eso habría hecho si Madeleine no le hubiera llamado en ese mismo momento.

Ella le dijo que no telefoneaba por ningún motivo en especial, que tenía un rato libre y se preguntaba qué hacía. Cuando Gurney se lo contó con cierto detalle, Madeleine se quedó callada. Él notó que la situación que le estaba describiendo la inquietaba.

Y, en efecto, finalmente dijo:

—No creo que debas ir solo. Es un lugar demasiado aislado. No sabes dónde te estás metiendo.

Tenía razón, por supuesto. Y aunque en otra ocasión habría desechado sus inquietudes, ahora se sintió inclinado a hacerle caso. En el siguiente cruce, paró frente a un puesto de verduras abandonado. En un cartel desvencijado se leía aún: «CALABAZAS».

Consideró las distintas posibilidades. Pedir refuerzos a Kline, a la policía o al departamento del *sheriff* provocaría una serie de complicaciones. Decidió probar con Hardwick.

—¿Rapture Hill? ¿De qué coño me hablas?

—De una casa en mitad de la nada donde posiblemente esté escondido Dell Beckert.

—¿Por qué lo crees posible?

—La casa la alquiló Blaze Jackson, que casi con toda certeza mantenía una relación con Beckert. Pagó por adelantado los dieciocho mil dólares del alquiler de todo el año. Dudo mucho que ella manejara semejante cantidad, pero estoy seguro de que Beckert sí. Y la casa está solo a unos kilómetros de la gasolinera donde fue visto su Durango un día o dos después de su desaparición. Así que vale la pena echar un vistazo.

—Si no te importa perder el tiempo, ve a verla.

—Eso pretendo.

—¿Y cuál es el problema?

—Un posible comité de bienvenida.

Hardwick hizo una breve pausa.

—Así que quieres que el tío Jack vuelva a acompañarte para cubrirte ese culo de cobardica.

—Algo así.

—Si el hijo de puta está allí, quizá me animaría la idea de pegarle un tiro.

—Preferiría que no lo hicieras.

—Le estás quitando todo el aliciente. La única ventaja de ir de guardaespaldas es poder disparar a gusto.

—Bueno, quizá nos tropecemos con los Gort.

—Está bien. ¿Dónde quedamos?

Después de echar un vistazo a Google Maps en su móvil, Gurney escogió como punto de encuentro la intersección entre un sinuoso camino de montaña llamado Rockton Way y el arranque de Rapture Hill Road. Cuando llegó allí, aparcó en un tramo de hierba entre la calzada y los bosques de hoja perenne.

Según el reloj del salpicadero, había transcurrido una hora desde su conversación con Hardwick. Calculó que aún tardaría otra media hora en llegar desde Dillweed. Se resistió al impulso acuciante de subir al menos una parte de Rapture Hill por su cuenta. No solo porque dejaría de tener sentido haber recurrido a Jack, sino porque así podría aumentar el riesgo sin otro beneficio que descubrir treinta minutos antes lo que hubiera que descubrir. Además, el riesgo no le afectaría solo a él.

Reclinó el asiento y esperó, barajando mentalmente las diversas combinaciones de quién podría haber inculpado a quién en cada uno de los siete asesinatos y por qué. Una y otra vez

461

volvía a la pregunta que le llevaba acosando un tiempo. ¿Los asesinatos requerían esos montajes inculpatorios, o eran las inculpaciones en sí las que requerían los asesinatos? ¿Y servía la misma respuesta para cada caso?

A los veinte minutos, oyó el reconfortante rugido del GTO de Hardwick parando a su espalda. Bajó de su Outback para recibirlo.

Jack llevaba la pistolera de su arma favorita, una Sig Sauer, sujeta sobre la camiseta negra que se había convertido en una parte tan característica de él como sus turbadores ojos azules. En la mano izquierda sostenía un rifle AK-47 de asalto con mira telescópica.

—Solo por si la cosa se anima —dijo con un brillo maniaco en la mirada que habría inquietado a cualquiera que no lo conociese tan bien como Gurney.

—Gracias por venir.

Él gargajeó y escupió en el camino de tierra.

—Antes de que se me olvide: contacté con ese internado de Virginia al que enviaron a Cory, y también con la antigua escuela preparatoria de Beckert. En ninguno de los dos sitios sabían si Beckert tenía por allí propiedad alguna. Hablé también con media docena de secretarios de condado en los alrededores de esas escuelas y de las haciendas de tabaco de la familia Beauville, pero nadie quiso darme ni la hora. Así que olvídalo…, a menos que quieras pasarte la próxima semana en el quinto coño de ese estado repasando listas de impuestos de la propiedad. Y, la verdad, sería una idea rematadamente estúpida.

—¿Nadie te ha contado nada?

—La psicóloga del internado de Cory me dijo que el chico se parecía un montón a su padre.

—¿En qué sentido?

—Tenaz. Decidido. Minucioso. Controlador.

—¿Ningún detalle en concreto?

—Normas de confidencialidad. Lo más concreto que dijo fue que la muerte de su madre le afectó enormemente.

—Nada que no supiéramos. Ahora mismo, me interesa más Beckert. Sospecho que debió de intervenir en la entrevista de ingreso de su hijo. ¿Te dijo algo de él?

—Tenaz. Decidido. Meticuloso. Controlador.

—Está bien. Olvidémoslo. Esperemos que esta pequeña excursión no sea otro callejón sin salida.

Hardwick echó un vistazo al camino plagado de baches que se internaba en el pinar.

—¿A qué distancia está la casa?

—A un par de kilómetros, según el mapa satélite. Todo cuesta arriba.

—¿A pie o en coche?

—A pie. Menos probabilidades de quedar atascados. Y así no será tan fácil que noten... —Se interrumpió al captar de reojo un minúsculo destello de luz en un árbol situado no mucho más arriba del camino—. Si eso es lo que creo, ya podemos olvidarnos del factor sorpresa.

Hardwick siguió su mirada.

—¿Una cámara de seguridad?

—Eso parece.

Pronto comprobaron que el reflejo procedía en efecto de una cámara de seguridad: un sofisticado modelo instalado en el tronco de un abeto gigante, a unos tres metros del suelo.

Hardwick aguzó la vista desde abajo.

—Axion Quinientos —dijo, con una mezcla de admiración e inquietud—. Grabación activa por movimiento, transmisión vía satélite. ¿Quieres que le pegue un tiro?

—No vale la pena. He entrado en su campo de visión hace al menos media hora. Si Beckert o cualquier otro está en la casa, ya sabrá que hemos llegado.

Hardwick asintió cariacontecido y siguieron adelante.

Cuando la cuesta se volvió más empinada y su avance más lento, en la mente de Gurney empezó a tomar forma una nueva teoría. Decidió contársela a Hardwick mientras caminaban fatigosamente.

—Supón que Beckert fue el objetivo desde el principio.

Jack hizo una mueca.

—¿Quieres decir que los mataron a todos solo para poder inculpar al idolatrado jefe de policía?

—No sé si a todos. Digamos que a Steele, Loomis, Jordan y Tooker. Es posible que Turlock, Jackson y Creel solo fuesen cabos sueltos que atar.

—Si Beckert era el objetivo, ¿qué pasa con Payne? ¿Por qué lo inculparon primero a él?

—Quizás el propósito en último término no era tanto inculpar a Payne, sino más bien dañar la imagen de su padre.

—¿En qué sentido?

—Políticamente. En ese mundillo, tener un hijo asesino de policías habría de acabar en teoría con su carrera. Pero quien urdió el complot no podría haber previsto que Beckert sería capaz de convertirlo en un plus a su favor.

Hardwick no parecía convencido.

—Y entonces...

—Entonces el asesino reúne todas las pruebas de los cuatro primeros asesinatos y las deja en la cabaña, de manera que no solo parezca que Beckert ha sido el asesino, sino que ha tratado de cargar a su propio hijo con las muertes de Steele y Loomis, y a los hermanos Gort con las de Jordan y Tooker.

Hardwick soltó una risotada.

—Tienes una imaginación del carajo.

—Solo digo que quizá fuera eso lo que ocurrió. No tengo ninguna prueba.

Hardwick hizo una mueca.

—Parece... diabólico. Si estás en lo cierto, el autor del montaje no tuvo reparos en cometer los crímenes ni tampoco en dejar que Cory pasara el resto de su vida en la cárcel. ¿Todo eso para enlodar la imagen de Beckert? Parece desproporcionado.

—Aunque esté equivocado en el motivo, o en la idea de que Beckert fuese en último término la víctima del montaje, lo cierto es que al menos siete personas han acabado muertas y que algún maligno hijo de puta se las cargó.

Se hizo un silencio.

Lo interrumpió el móvil de Gurney. Era Torres.

—Aquí Gurney.

El joven detective hablaba aceleradamente y en voz baja.

—Cambio de juego. Kline ha tenido noticias de Beckert. Dice que quiere entregarse.

—¿Cuándo?

—Hoy. La hora exacta dependerá de lo rápidamente que podamos organizar la entrega según sus condiciones.

—¿Qué condiciones?

—Quiere que estén presentes ciertas personas: gente que él considera testigos fiables. Dice que no quiere que le ocurra lo mismo que le ocurrió a Turlock.

—¿Quiénes son esos testigos?

—Su esposa, Haley; un rico donante político llamado Marvin Gelter; el *sheriff* Cloutz; el alcalde Shucker; y el capitán del departamento sobre el que usted me preguntó.

—Todo un comité. ¿Dónde se supone que se haría la entrega?

Hubo un instante de vacilación.

—En el lugar donde ha estado desde que desapareció.

—Eso no es una respuesta precisamente.

—Lo sé. Disculpe. Kline nos ha dado instrucciones a unos pocos, diciendo que era confidencial y que no debíamos transmitir ningún dato absolutamente a nadie. Y lo ha mencionado a usted en concreto.

Gurney aprovechó esto último para averiguar si se encontraba en el lugar correcto.

—¿Kline no quiere que sepa lo de la casa de Rapture Hill Road?

Hubo un silencio mortal.

—¿Cómo ha dicho?

—Ya me ha oído.

—Pero... ¿cómo... lo ha sabido?

—Eso no importa. La cuestión es que me estoy aproximando a la casa ahora mismo. Dígale a Kline que estoy aquí y que quiero saber cuál es su plan para no arruinarlo.

—Voy a localizarlo.

Mientras esperaba la llamada que estaba seguro de que iba a recibir de Kline de un momento a otro, se volvió hacia Hardwick y lo puso al corriente de la situación.

—¿Quiere entregarse? ¿Y después... qué? ¿Confesar los siete asesinatos y presentarse para fiscal general igualmente, aduciendo la impresionante sinceridad de su confesión?

—A estas alturas, vete a saber...

Sonó su teléfono. En la pantalla aparecía el nombre de Kline.

—Aquí Gurney.

465

—¿Cómo demonios sabías dónde estaba Beckert? ¿Y por qué no me lo has notificado en cuanto lo has descubierto?

—No lo sabía. He seguido una corazonada.

—¿Dónde demonios estás?

—En Rapture Hill Road, no lejos de la casa.

—No te acerques ni un paso más. De hecho, no hagas absolutamente nada. Esta entrega es un bombazo. Algo que no pasa todos los días. Yo dirijo personalmente la operación. Y no se hará nada hasta que llegue ahí. ¿Me has entendido?

—Quizá sucedan cosas que requieran una reacción.

—No es eso lo que he dicho. No puedes tomar ninguna iniciativa. Ninguna. ¿Me entiendes?

—Sí.

—Bien. Repito: no hagas nada. Voy para allí.

58

Gurney le explicó a Hardwick la conversación con Kline.
Él enseñó los dientes con repugnancia.

—Kline es un mierdecilla patético.

—Pero tiene razón cuando dice que esto es un bombazo —dijo Gurney—. Sobre todo si, además, confiesa.

—Lo cual tumbaría tu teoría de que Beckert era la víctima.

—Si sirve para llegar a la verdad, me doy por satisfecho.

—Bueno, ¿qué hacemos nosotros hasta que llegue la caballería? ¿Quedarnos aquí tocándonos los huevos?

—Salgamos del camino y acerquémonos a la casa sin ser vistos. Después… ya veremos.

A medida que fueron subiendo por el bosque, el terreno empezó a aplanarse. Pronto pudieron atisbar entre los abetos una especie de claro con la hierba recortada. Escudándose tras el follaje, avanzaron hasta disponer de una buena vista de la insulsa granja blanca situada en mitad de un prado verde. Junto a la casa había un cobertizo del tamaño de un garaje. Casi todo el espacio frente a la casa estaba lleno de parterres y cestas colgantes de petunias rojas.

—¿Y ahora qué? —murmuró Hardwick.

—Vamos a tomárnoslo como una operación de vigilancia. A ver si entra o sale alguien.

—¿Y si lo hacen?

—Depende de quién sea.

—Muy claro no me queda.

—Como la vida misma. Tomemos posiciones en diagonal para vigilar la casa sin que nos capte ninguna cámara —dijo, Gurney señalando el bosque—. Tú da un rodeo hacia la izquierda hasta un punto desde donde domines ese lado y la parte trasera. Yo me encargaré de la fachada y del lado derecho. Llámame cuando estés situado.

Puso el teléfono en modo vibración para que el timbre no delatara su presencia. Hardwick hizo otro tanto.

Gurney se abrió paso entre los árboles hasta un trecho que le brindaba buena cobertura y una visión decente de la casa y del cobertizo. Desde esa posición veía una pequeña antena parabólica de aspecto nuevo montada en la esquina de la casa. También percibió el zumbido amortiguado de un generador. Cuando sus oídos se acostumbraron al zumbido, se dio cuenta de que también oía una voz. Le llegaba demasiado débilmente para distinguir ninguna palabra, pero al escuchar más atentamente dedujo que era el runrún de un locutor de televisión. Dadas las circunstancias, parecía extraño que Beckert estuviera mirando la televisión…, a menos, quizá, que estuviera esperando el anuncio de su entrega inminente.

Su móvil vibró. Era Hardwick.

—Te doy el parte según lo convenido. Acabo de tragarme un mosquito. Ahora tengo al puto bicho ese en los pulmones.

—Por lo menos no era una avispa.

—O un pájaro. En fin, estoy en posición. ¿Ahora qué?

—Dime una cosa. Si escuchas atentamente, ¿oyes algo parecido a un informativo de la tele?

—Oigo un generador.

—¿Nada más?

—Nada más. Pero he pensado una cosa sobre tu teoría de la doble inculpación. La idea de que todo este embrollo de mierda estuviera pensado en último término para destruir a Beckert suscita una gran pregunta: *cui bono?*

—Lo sé.

—¿También sabes la respuesta?

—No, pero parece que tú sí.

Hardwick hizo una pausa teatral antes de responder.

—Maynard Biggs.

Gurney no se sintió nada impresionado. Biggs le había parecido un hombre honrado, inteligente y compasivo, con lo que resultaba muy improbable como asesino múltiple.

—¿Por qué él?

—En la práctica, es el único que parece salir beneficiado con la destrucción de Beckert. Quitas de en medio al jefe de policía famoso por su defensa del orden, y Biggs gana la elección a la fiscalía sin esforzarse siquiera.

No parecía convincente, pero Gurney estaba decidido a mantener la mente abierta.

—Es una posibilidad. El problema es…

Dejó de hablar al oír que se acercaba un vehículo, quizá más de uno, por el camino de tierra.

—Espera, Jack. Tenemos compañía.

Cambió de posición para ver mejor el ensanchamiento donde el camino entraba en el claro. El primer vehículo que apareció era el Crown Victoria de Mark Torres. El segundo, una furgoneta negra sin distintivos, seguida por un todoterreno oscuro también sin distintivos. Aparcaron en fila en el margen del claro, mirando hacia la casa. No se bajó nadie.

Gurney volvió a conectar con Hardwick.

—¿Los ves?

—Sí. La furgoneta parece de las fuerzas especiales. ¿Qué crees que piensan hacer?

—No gran cosa hasta que llegue Kline. Y hay otros invitados a la fiesta, suponiendo que haya contactado con ellos. Déjame llamar a Torres y volvemos a hablar.

Torres atendió al primer timbrazo.

—¿Dónde está? —preguntó.

—Cerca, pero no a la vista. Es como me gustaría seguir por el momento. ¿Tienen algún plan?

—Kline lleva la batuta. No se hará nada hasta que llegue todo el mundo.

—¿Usted con quién está?

—Con las fuerzas especiales y con el capitán Beltz. Al alcalde y al *sheriff* los trae un adjunto en el coche del *sheriff*. El señor Gelter viene por su cuenta. La señora Beckert, con su chófer.

—¿Y Kline?

—Está en camino. Por su cuenta, que yo sepa.

—¿Nadie más?

—No. Bueno, sí. La gente de RAM-TV.

—¿Cómo?

—Otra de las condiciones de Beckert. Más testigos.

—¿Kline ha aceptado eso?

—¿Que si lo ha aceptado? Le encanta la idea.

—Joder.

—Otra cosa. Me pidió que averiguase la ubicación de los teléfonos que recibieron las llamadas del sistema de alarma de la cabaña cuando usted y Hardwick fueron allí. Las llamadas iban dirigidas al móvil de Beckert, al de Turlock y a uno anónimo de prepago. El de Beckert estaba apagado en ese momento, lo cual es lógico si se encontraba en plena huida, así que no tenemos su localización. El de Turlock estaba encendido y la llamada le llegó a través de la antena de Larvaton, que es la más cercana a su casa. Eso explicaría por qué se presentó en el club de tiro. Nada sorprendente. Lo interesante es la llamada al teléfono de prepago. Se recibió a través de la antena de White River, y treinta segundos después se produjo una llamada desde ese mismo teléfono a uno registrado a nombre de Ezechias Gort.

A Gurney no le sorprendió, porque ya daba por supuesto que alguien con motivos para creer que Turlock acudiría allí había avisado a uno de los hermanos Gort. Verlo confirmado, de todos modos, resultaba estimulante.

—Gracias por investigarlo, Mark. No deja de ser un cambio agradable que algo encaje en este maldito caso.

Al oír que subía otro vehículo, cortaron la llamada.

Un Escalade granate entró en el claro y se detuvo junto al Crown Victoria. Se bajó un ayudante del *sheriff* por el lado del conductor. El hombre dio unos golpecitos a la ventanilla de Torres. Tras hablar unos momentos, volvió a subir al Escalade. Durante el siguiente cuarto de hora no hubo ningún movimiento en la hilera de vehículos ni se oyó nada, salvo el zumbido persistente del generador y, al menos para los oídos de Gurney, el murmullo casi subliminal de un informativo por cable.

Luego llegó Kline con su Navigator, se bajó con el aire enérgico de quien está al mando y echó un vistazo rápido a los demás vehículos. Llevaba una cazadora demasiado holgada confeccionada con esa tela rígida de color azul oscuro que utilizan la mayoría de los cuerpos del orden. En la espalda, unas grandes mayúsculas decían: FISCAL DEL DISTRITO.

Volvió al Navigator y permaneció a su lado, con las piernas separadas: la viva imagen de un héroe victorioso, de no ser porque la enorme cazadora lo empequeñecía de un modo insólito. Gurney estaba observándolo desde su posición, casi en la linde del bosque, cuando Kline sacó su teléfono.

El móvil de Gurney vibró.

—Hola, Sheridan. ¿Cuál es el plan?

Kline recorrió el claro con la mirada.

—¿Dónde estás?

—Escondido, vigilando la casa.

—Esto es una rendición, no una batalla.

—¿Ha confesado algo?

—Todo. Excepto el homicidio de Turlock.

—¿Por qué querrá confesar?

—Eso qué importa. Lo cierto es que lo ha hecho. Lo tenemos por escrito.

—¿Por escrito? ¿Cómo…?

Kline se impacientó.

—Un mensaje de texto. Con la huella electrónica adjunta.

—¿Has llegado a hablar con él?

—Por teléfono, brevemente. Había ruido de fondo, seguramente ese generador, y apenas se le oía. Yo no quería que después hubiera discusiones sobre lo hablado. Así que le he dicho que lo explicara con detalle en un mensaje, y eso es lo que ha hecho.

—¿Y en ese mensaje ha confesado los seis asesinatos?

—Así es.

—¿No te parece sospechoso?

—Yo estoy encantado. Obviamente, tú no. ¿Será porque ahora tu idea de que es una víctima indefensa y de que fue incriminado por un genio maquiavélico suena del todo absurda?

Gurney no hizo caso del sarcasmo.

—A mí me parece sospechoso por dos motivos. Primero, Beckert puede ser cualquier cosa, pero no es idiota. Confesar una serie de asesinatos sin un incentivo o un pacto sobre la mesa es una tremenda estupidez. Y me impulsa a preguntarme qué sucede aquí. Segundo, he estado pensando en lo que me llevó a meterme en el caso: ese mensaje del teléfono móvil de Steele. Estoy prácticamente seguro de que no era lo que parecía.

Kline respondió con tono cortante e irritado:

—Era exactamente lo que parecía: una advertencia para que se cuidara las espaldas, que resultó ser un buen consejo. Solo que él no lo recibió a tiempo.

—Quizá no pretendían que lo recibiera.

—¿Qué diantre significa eso?

—El mensaje lo enviaron a su móvil personal después de que hubiera salido para el trabajo, donde usaba la Blackberry del departamento. Así que quizás el mensaje estaba pensado para que no lo recibiera hasta después de ser asesinado.

—¿Después? ¿Con qué objeto?

—Para que nos centráramos en la policía de White River y, en último término, en Beckert. Claro que eso implicaría que el remitente sabía de antemano que Steele iba a ser asesinado. La supuesta advertencia habría sido una primera pieza sutil del montaje para inculpar a Beckert.

—Muy ingenioso. En eso consiste todo tu talento, ¿no, Gurney? En producir una teoría ingeniosa tras otra. Lástima que esta sea un evidente disparate. Quizá no me has oído. ¡¡¡Tenemos una confesión!!! ¿Debo repetírtelo?

Confiando en que tal vez sería capaz de transmitir mejor sus inquietudes cara a cara, Gurney cortó la llamada, salió de su escondrijo entre los árboles, que ya empezaba a resultar un poco absurdo, y caminó hacia Kline, cuya expresión exasperada no resultaba nada alentadora.

—Mira, Sheridan, entiendo tu posición —empezó, procurando sonar lo más complaciente posible—. Yo simplemente...

Lo interrumpió el rugido de un motor de doce cilindros perfectamente calibrado. Era Marv Gelter con su Ferrari rojo clásico.

En cuanto Kline vio a Gelter, le dirigió un gesto despectivo a Gurney y se alejó hacia el Ferrari. Gelter bajó del coche y ambos entablaron una breve discusión con aire ceñudo. Kline no dejaba de gesticular hacia la casa. Entonces Gelter vio a Gurney y se le acercó sin más, dejando plantado a Kline.

Su sonrisa era tan afilada como el timbre de su voz.

—El tiempo vuela, amigo mío. Me debes una respuesta. Espero que sea la correcta.

Gurney respondió a su vehemente actitud con un insulso encogimiento de hombros.

—A decir verdad, me temo que sería un pésimo candidato y un fiscal general aún peor.

—¡Ja! Esa sería precisamente la clase de declaración que te haría ganar la elección. El héroe reticente. Sin pretensiones. Como un humilde astronauta. ¡Qué don tan increíble! Y ni siquiera eres consciente de tenerlo. Ahí está la magia.

Antes de que Gurney pudiera formular un rechazo más contundente, apareció en el claro una furgoneta grande de transmisión vía satélite, seguida de un enorme todoterreno Chev, ambos con el mismo distintivo publicitario rotulado con letras rojas, blancas y azules:

RAM-TV. SOBRE EL TERRENO
AL FILO MISMO DE LA NOTICIA

Cuando Stacey Kilbrick bajó del cuatro por cuatro, Kline corrió a recibirla.

—Es la hora del circo —dijo Gelter con un guiño, y se alejó para reunirse con ellos.

473

Empezaba a levantarse un viento agitado. Gurney alzó la mirada y vio que se acercaba lentamente por el oeste un frente nuboso. El cielo oscurecido le confería un efecto visual espeluznante a una situación que cada vez le causaba más inquietud. Y el hecho de que nadie pareciera compartir sus temores no hacía más que empeorar aquella sensación.

59

*D*esde el punto de vista de Gurney, lo que sucedió durante los siguientes quince o veinte minutos parecía la coreografía de un evento mediático, y no la maniobra necesaria para asegurar un área y efectuar una operación policial.

Mientras Kline, Gelter y Kilbrick deliberaban, una de las ayudantes de la presentadora le iba arreglando el pelo y un miembro del equipo técnico le fijaba el micrófono en la solapa de su bléiser. Otro técnico estaba escogiendo con el operador de la cámara un sitio donde situar a Kilbrick para que se vieran en segundo plano la casa y las cestas de flores.

Mientras, el alcalde Shucker y el *sheriff* Cloutz permanecían junto al Escalade. Cloutz balanceaba su bastón blanco de aquí para allá como si fuese un metrónomo. Shucker se estaba comiendo un donut. El capitán Beltz estaba apoyado en la puerta de su Explorer, fumándose un cigarrillo con profundas caladas.

Kilbrick ocupó su sitio frente a la cámara, adoptó una expresión cargada de energía y gravedad; carraspeó, le hizo una seña al cámara y empezó a hablar.

—Aquí Stacey Kilbrick sobre el terreno, en una edición especial de *Al filo de la noticia*. Debido a una asombrosa novedad en el caso de los asesinatos múltiples de White River, vamos a aplazar hasta la noche las entrevistas del Día de la Madre previstas originalmente para este horario. Ahora vamos a ofrecerles, en directo, el extraño viraje final de este caso espectacular. Acabamos de saber que el jefe de policía fugitivo Dell Beckert, presunto responsable de al menos seis de los siete homicidios cometidos en White River, está a punto de entregarse al fiscal del distrito Sheridan Kline, que está aquí conmigo.

Kline se estiró su enorme cazadora y, siguiendo las señas de un técnico, se situó a la derecha de Kilbrick.

Ella se volvió hacia el fiscal.

—Tengo entendido que la búsqueda de Dell Beckert puede haber llegado a su fin.

Kline le dirigió una lúgubre sonrisa.

—Eso parece. Hemos ido estrechando el cerco en torno a él y supongo que ha comprendido que era inevitable…

—¿Es cierto que le ha sacado una confesión?

—Sí. Una confesión básica. Ya tenemos lo esencial, y esperamos que nos proporcione los detalles en los próximos días.

—¿Cuándo espera que salga de la casa y pueda ser arrestado?

—En cuanto llegue su esposa. Él ha aceptado rendirse pacíficamente y hacer una confesión completa con la condición de que la entrega se lleve a cabo en presencia de unos testigos fiables. No deja de ser irónico que este hombre que estaba dispuesto a tomarse la justicia por su propia mano ahora tenga miedo de que alguien haga lo mismo con él.

Mientras Kline hablaba, dos coches más entraron en el claro. Se detuvieron al lado de Torres, que habló un momento con sus ocupantes y les indicó que estacionaran al final de la hilera de vehículos. Gurney reconoció el imponente Range Rover verde de Haley Beauville Beckert. El segundo coche era un Camry beis. Parecía de alquiler.

Cory Payne bajó del Camry, captó la mirada de Gurney y alzó la mano con gesto apremiante. Caminaron el uno hacia el otro y se reunieron junto a la furgoneta de RAM-TV.

Payne parecía presa de una nerviosa agitación.

—He recibido este extraño mensaje de mi padre. Parece que se ha vuelto completamente loco.

Le mostró el mensaje de texto en la pantalla de su iPhone: «He hecho lo que he hecho por un bien mayor. Los hombres de principios deben actuar. Me entregaré y lo explicaré todo en la cima de Rapture Hill, a las 15:00».

A Gurney el mensaje le pareció tan desconcertante por su

brevedad como por su contenido. Antes de que pudiese hacer algún comentario, Kline se acercó a grandes zancadas y exigió a Payne que le explicara qué hacía allí.

Él le mostró el mensaje.

Kline lo leyó dos veces y meneó la cabeza. Su agitación parecía aumentar a cada minuto.

—Es obvio que algo le sucede. Mentalmente, emocionalmente. Como sea. Pero da lo mismo. Lo que cuenta es que va a entregarse. Eso es lo único que importa. No nos distraigamos. Cory, le aconsejo que se mantenga al margen. De hecho, es una orden. No quiero sorpresas. —Inspiró hondo y recorrió el claro con la mirada—. Todas las personas que Beckert quería que estuvieran presentes ya han llegado. Dentro de cinco minutos nos reuniremos frente a la casa. En ese momento, tiene que salir... Y esta maldita pesadilla habrá terminado.

Volvió a inspirar hondo y caminó hacia el Range Rover para saludar a la esposa de Beckert.

Entre tanto, Kilbrick estaba entrevistando a Dwayne Shucker en la zona delimitada por el equipo de televisión, a unos quince metros de la casa. Al ver que Kline le hacía señas, interrumpió la entrevista y miró directamente a la cámara.

—Después de estos importantes anuncios, volveremos para retransmitir el acontecimiento que todos estamos esperando: la espectacular rendición del asesino de White River.

Kilbrick fue a reunirse con Kline y con otros tres miembros del equipo de televisión. A juzgar por sus gestos y por su forma de estudiar el amplio espacio frente a la casa, Gurney dedujo que estaban decidiendo cómo debía producirse la inminente aparición de Beckert, es decir, cómo debían colocarse los testigos y cómo debían escenificarse los movimientos del protagonista, una vez detenido, para obtener la máxima claridad y el mayor impacto dramático. En un momento dado, oyó que el cámara preguntaba qué parte del encuadre debía dedicar a las flores.

Al mismo tiempo, Torres estaba hablando con el comité de seguridad requerido por Beckert: su esposa, Haley; el *sheriff* Cloutz; el capitán Beltz; Marv Gelter; y el alcalde Shucker, que acababa de salir de su truncada entrevista con Kilbrick.

Los cuatro integrantes del equipo de las fuerzas especiales

habían bajado de la furgoneta y permanecían apoyados contra ella con expresión impasible y alerta. El cielo se iba oscureciendo por momentos y las cestas de petunias se agitaban bajo las rachas de viento. El zumbido del generador sonaba todavía, casi ahogando el murmullo de fondo de la televisión.

En aquella situación, había algo completamente fuera de lugar, algo que a Gurney le estaba poniendo los nervios de punta.

La presencia de los medios, desde luego, resultaba surrealista. Pero eso era lo de menos. La situación en conjunto tenía un aire profundamente distorsionado: parecía más bien un mal sueño y no la culminación de una investigación exitosa.

Justo entonces oyó que Kline le decía a Kilbrick y a los técnicos que iba a mover el coche y a situarlo mejor para recibir a Beckert cuando tuvieran que escoltarlo desde la casa.

Cuando Kline se separó del grupo y caminó hacia el Navigator, Gurney lo interceptó. Por imprecisos que fueran sus pensamientos, por muy cerrado que se hubiera vuelto, se sentía obligado a transmitirle su inquietud.

—Sheridan, tenemos que hablar.

Kline lo miró con frialdad.

—¿Qué pasa ahora?

—Escucha. Dime lo que oyes.

—¿De qué demonios hablas?

—Hay dos sonidos. El generador. Y una televisión.

Kline parecía furioso, pero aguzó el oído y asintió con impaciencia.

—Vale, sí, oigo algo. Una radio, una televisión. ¿Y qué?

—Estoy seguro de que es el sonido de un televisor. Y obviamente viene de la casa.

—Bien. ¿Qué pretendes decir?

—¿No te parece extraño que Beckert esté pasando los últimos minutos de su vida en libertad mirando la televisión?

—Quizás está mirando las noticias, viendo lo que dicen de él.

—No puede resultar muy agradable. Están denigrándolo, despellejándolo públicamente. Presentándolo como un asesino en serie, como un maniaco fariseo, como un fraudulento defensor de la ley. Están tirando a la basura esa imagen que tanto

477

significaba para él. Contándole al mundo que Dell Beckert es un despreciable criminal totalmente chiflado, que su vida es una mentira total. ¿Crees que es eso lo que quiere oír?

—Joder, Gurney. ¿Cómo quieres que sepa lo que le apetece oír? Quizá sea una forma de odio hacia sí mismo. Un autocastigo. ¿Quién demonios va a saberlo? Estoy a punto de detenerlo. Y se acabó.

Kline pasó por su lado y subió al Navigator. Salió del hueco que ocupaba en la hilera de vehículos y lo situó en un punto donde la cámara pudiera seguir sin interferencias el camino de Beckert desde la puerta de la casa, a través de la zona floral y de quince o veinte metros de prado, hasta la puerta trasera abierta del coche.

Mientras observaba cómo se preparaba Kline para su gloriosa apoteosis televisiva, Gurney se sentía cada vez más inquieto. Las preguntas se multiplicaban en su cabeza.

¿Y si todo aquello, incluida la confesión de Beckert, era una especie de sofisticado ardid?

¿Y si la visión del caso de Kline, así como la suya propia, eran un gran error?

¿Y si Beckert ni siquiera estaba en la casa?

A medida que la lista de preguntas se alargaba, fue a dar con una particularmente turbadora que un antiguo mentor de la policía de Nueva York le había inculcado. Todavía veía su cara curtida de irlandés y sus relucientes ojos azules. Todavía oía el tono irónico y desafiante de su voz: «¿Y si el criminal quería que descubrieras todo lo que has descubierto para llevarte adonde estás ahora mismo?».

Cuando Kline se disponía a regresar junto a Kilbrick, Gurney volvió a detenerlo de un modo aún más apremiante.

—Sheridan, tienes que reconsiderar el nivel de riesgo que hay aquí. Podría ser mucho más alto de lo que crees.

—Si te preocupa tu seguridad, tienes libertad para marcharte.

—Me preocupa la seguridad de todos los que están aquí.

Mientras ellos hablaban, Torres llevaba a los cinco escogidos hacia la casa. Haley Beckert echó un vistazo inquieto hacia atrás. Debía de haber oído el comentario de Gurney.

—Joder, baja la voz —susurró Kline.

—Aunque baje la voz, el riesgo no va a disminuir.

Kline se ofendió visiblemente.

—Cuento aquí con una unidad de las fuerzas especiales totalmente equipada. Más el capitán Beltz. Más el detective Torres. Y llevo mi propia arma. Supongo que tú también. Creo que estamos en condiciones de afrontar cualquier sorpresa.

Kline echó a andar. Gurney le dijo algo más:

—¿Te has dado cuenta de que los principales defensores de Beckert están todos aquí?

Kline se volvió.

—¿Y qué?

—Supón que no están aquí por la razón que tú crees. Supón que estás rematadamente equivocado sobre el sentido de esta convocatoria.

Kline dio un paso hacia él y bajó la voz.

—Te lo advierto: si saboteas la operación, si haces cualquier cosa para obstaculizar la rendición de Beckert, te acusaré personalmente de obstrucción a la justicia.

—Sheridan, la confesión no tiene sentido. La rendición no tiene sentido. Hay algo horrible en marcha. Algo que no estamos viendo.

—¡Maldita sea! Una palabra más…, un disparate más…, y haré que te saquen de aquí.

Gurney no dijo nada. Vio que Haley Beckert lo observaba con una expresión de gran curiosidad, que se apartaba del grupo que Torres había reunido en un semicírculo frente a la casa y cruzaba el prado hacia donde estaban él y Kline.

Un segundo después, el mundo explotó.

60

Gurney tardó un momento en comprender lo que estaba ocurriendo.

Un estallido ensordecedor, el empellón de la onda expansiva en el lado de su cuerpo que miraba a la casa, un impacto de perdigonadas en la mejilla y en el cuello, el aire cargado de tierra y polvo, el olor cáustico de la dinamita... Todo eso a la vez, seguido de un silbido en los oídos que amortiguaba los gritos que sonaban a su alrededor, como si viniesen de muy lejos.

Cuando el polvo empezó a asentarse, percibió gradualmente la magnitud del horror.

Al final del prado, sobre la hierba humeante, yacían Dwayne Shucker, Goodson Cloutz y Joe Beltz, reconocibles en gran parte por los pedazos de ropa que colgaban de sus cuerpos destrozados. Incluso desde cierta distancia, Gurney vio con una oleada de náusea que la nariz y la mandíbula de Shucker habían desaparecido. A Beltz le faltaba la cabeza entera. Cloutz tenía los intestinos fuera. Su mano derecha seguía aferrada al bastón blanco, aunque estaba al menos a un metro del muñón sanguinolento de la muñeca. Marvin Gelter, despatarrado boca arriba, estaba tan cubierto de sangre que era imposible saber por dónde sangraba exactamente.

Torres se mantenía en pie, aunque a duras penas. Lentamente se acercó a la carnicería, buscando signos de vida como un médico en un campo de batalla.

Haley Beckert permanecía a gatas en el suelo, a unos cinco metros de Gurney. Su espalda, cubierta de tierra, subía y bajaba con rápidos jadeos. El chófer llegó corriendo del Range

Rover y se arrodilló a su lado. Le dijo algo y ella asintió, mirando en derredor y tosiendo.

Cuando recuperó un poco el oído, Gurney captó unos gemidos a su espalda. Al volverse, vio que los cuatro agentes de las fuerzas especiales que habían aguardado apoyados en la furgoneta habían sufrido daños en la visión. Debían de estar mirando hacia el grupo reunido frente a la casa en el momento de la explosión, y todos habían resultado heridos en la cara y en los ojos por los escombros despedidos.

Uno había soltado su rifle de asalto y, al tratar de recogerlo, tropezó con él y cayó al suelo, soltando maldiciones. Otro, cuyo rifle no se veía por ningún lado, estaba doblado sobre sí mismo haciendo muecas y tratando de aclarar su visión. Otro caminaba en círculo, sujetando el rifle con una mano y tapándose los ojos con la otra, mientras gruñía entre dientes y gritaba: «¿Qué coño ha pasado?». El cuarto permanecía con la espalda pegada a la furgoneta, parpadeando y haciendo muecas, procurando mantener el rifle en posición y gritando una y otra vez: «¡Contestad! ¡Que alguien me conteste!».

Cory Payne, de rodillas frente a su coche, se inclinaba hacia delante y tanteaba el suelo con las manos, como si buscara algo que se le había caído.

Gurney se acercó.

—¿Se encuentra bien?

Él levantó la vista, con la cara cubierta de polvo y los ojos llorosos y medio cerrados.

—¿Qué demonios ha pasado?

—Una explosión delante de la casa.

—¿Hay alguien herido?

—Sí.

—¿Quién?

—No lo sé.

—¿Ve por ahí mi móvil?

Gurney miró alrededor.

—No. Lo siento.

—Tengo que encontrarlo.

Torres llamó a Gurney con voz temblorosa.

—Este tiene pulso. Lo noto. Y respira. Superficialmente, pero respira. Joder. —Estaba en cuclillas junto al cuerpo empapado de sangre de Gelter, con los dedos en un lado de su cuello—. No sé por dónde sangra. ¿Qué debo hacer?

—Llame a la central —dijo Gurney—. Dígales que avisen a urgencias, a la policía del estado y al departamento del *sheriff*. El mensaje es: escena del crimen de gran magnitud, uso de explosivos, homicidios múltiples. El *sheriff*, el alcalde y un capitán de policía abatidos.

Torres se incorporó jadeante y sacó su móvil. El propio Gurney podría haberlo hecho, desde luego, pero sabía que seguir unas órdenes sencillas podía servir para serenar a un hombre. Y daba la impresión de que Torres necesitaba serenarse.

En ese momento, Gurney advirtió que las ventanas de la fachada habían estallado hacia dentro. También notó que faltaba algo. Las cestas de petunias habían desaparecido. Totalmente destrozadas. Y la mayor parte de los ganchos de los que colgaban se habían aplanado hasta el suelo. Así que ahora sabía dónde habían colocado los explosivos. Y por qué el mensaje especificaba que los «testigos fiables» debían situarse delante de la casa.

Cuando Torres hubo dado el aviso, Gurney le pidió que hiciera una cosa más: que llamara al contacto de la policía en la compañía telefónica para que efectuaran de inmediato una triangulación con tres antenas y determinaran la situación actual exacta del teléfono de Beckert.

Torres lo miró desconcertado.

—¿No debería estar ahí, dentro de la casa?

Gurney no tenía tiempo para explicarse.

—Usted pida esa triangulación. De inmediato.

Mientras Torres cumplía su petición, Gurney continuó con su rápido repaso de la escena. Dos miembros del equipo de la RAM estaban apoyados sobre la puerta delantera de la furgoneta. El operador de Kilbrick, sin embargo, seguía manejando la cámara. Merodeaba por el prado con una concentración de reportero de guerra, tomando una panorámica aquí, otra allá, sacando primeros planos de los cuerpos y de los miembros mutilados, grabándolo todo. La propia Kilbrick parecía clavada en el sitio. Apenas se movía, por lo que observó Gurney, y no dejaba de temblar. Con los ojos muy abiertos, miraba fijamente un punto situado ante sus pies.

Fue entonces cuando oyó los aullidos en el bosque. Resultaba difícil decir por qué parte y a qué distancia. Probablemente coyotes, asustados por la explosión. O acaso la manada de pitbulls de los Gort, una posibilidad aún más inquietante. Comprobó que tenía la Beretta en el bolsillo de la chaqueta. Durante un momento alucinatorio, mientras recorría con la vista la linde del claro, creyó ver a los gemelos Gort en persona entre las sombras de los abetos: uno alto, otro bajo, ambos demacrados y barbudos. Pero cuando miró de nuevo, no había nadie.

Volvió a centrarse en lo que había en el claro. Además de las ventanas, la explosión había destrozado la puerta del cobertizo contiguo y había dejado a la vista el Durango, con su inconfundible matrícula personalizada: CBIIWRPD. Una aguda sensación de *déjà vu* se filtró en su conciencia, ya bastante abrumada. Estaba seguro de que no tenía relación con el hecho de haber visto esa matrícula expuesta durante la reciente entrevista de Kline en RAM-TV. La conexión no era tan directa. Pero ahora no tenía tiempo de descifrar aquella sensación. Era mucho más urgente averiguar el quién y el porqué de lo que acababa de ocurrir.

483

Vio que Kline se le acercaba. Quizá la explosión y la matanza le habían abierto la mente por fin. Respiraba con agitación y tenía una expresión perpleja en la mirada.

—¿Has avisado…?

—Torres se ha encargado.

—Bien…, mandarán…, mandarán refuerzos, ¿no?

Gurney lo observó y se dio cuenta de que estaba en una especie de *shock* y, en cierto modo, ausente. Tal vez empezaba a emerger en su interior el sentimiento de responsabilidad por lo sucedido y su cerebro se había bloqueado. No parecía tener sentido ponerse a discutir con él en ese momento.

Los equipos de emergencias se ocuparían de Kline cuando llegaran. Entre tanto, le sugirió que se quedara junto a su Navigator, para que la gente pudiera localizarlo con facilidad cuando necesitara su consejo. A Kline pareció complacerle la idea. Gurney, por su parte, tenía la sensación de que aún había vidas en peligro. Miró alrededor para decidir qué hacer.

Un agudo quejido le hizo volver la cabeza hacia Stacey Kilbrick. Se dirigió hacia ella. Aún parecía como hipnotizada por algo que estaba a sus pies: un objeto del tamaño aproximado de un melón verde, aunque de forma irregular. Tenía manchas rojas y otros trechos blancos. Un lado era de color azul oscuro. Cuando comprendió lo que estaba mirando, Gurney se detuvo tan bruscamente que a punto estuvo de tropezar.

Era la cabeza de Joe Beltz, con la cara vuelta hacia Kilbrick, como si ambos estuvieran enzarzados en un duelo de miradas. Aún llevaba puesta la gorra del uniforme, aunque había quedado torcida en un ángulo imposible. Tenía un ojo abierto y el otro cerrado. Como si le lanzara un guiño a la presentadora.

Ella, que parecía clavada en el sitio, dejó escapar otro gemido lastimero. Gurney se adelantó, interponiéndose frente el objeto de su horror, la sujetó de los antebrazos, le dio la vuelta y la arrastró con firmeza hacia la furgoneta de RAM-TV. La metió en el asiento de delante y les dijo a los dos técnicos que estaban junto a la puerta con expresión aterrorizada que se encargaran de que los sanitarios la atendieran en cuanto llegasen.

484

Recorrió la fila de vehículos hasta la altura de la furgoneta negra de las fuerzas especiales y de los cuatro agentes que aún estaban tratando de recuperar la visión. Se presentó como investigador de la oficina del fiscal y les comunicó que él y el detective Torres habían asumido el mando, puesto que habían salido ilesos y el fiscal parecía desorientado por la explosión.

Les dijo que había visto una manguera y una espita de agua junto al cobertizo y añadió que, tan pronto como recobraran la visión lo suficiente para funcionar, debían hacerse cargo de la casa… y de Beckert, suponiendo que estuviera allí.

Ellos asintieron y se dirigieron hacia el cobertizo, guiados por el que tenía menos afectada la vista. Gurney llamó entonces a Hardwick, que respondió de inmediato.

—¿Qué demonios sucede?

—Buena pregunta. ¿Dónde estás?

—En el bosque. He pensado que era mejor mantenerme oculto. El factor sorpresa podría resultar útil.

—Bien. Empiezo a creer que toda esta historia, desde el asesinato de Steele hasta esta explosión, ha sido un gigantesco montaje

Hardwick se aclaró la garganta ruidosamente.

—Los montajes gigantes tienen objetivos gigantes. ¿Alguna idea?

—Todavía no, pero…

Lo interrumpió otra ráfaga de aullidos en el bosque, esta vez más sonoros y prolongados. Luego cesaron tan bruscamente como habían comenzado.

Al cortar la llamada, sintió que lo recorría una trémula oleada de agotamiento. Los horrores acumulados de todo el caso le estaban pasando factura. Las viudas desoladas de Steele y Loomis. Los metódicos y brutales asesinatos de Marcel Jordan y Virgil Tooker. El cuerpo hecho trizas de Judd Turlock. El espectáculo de Blaze Lovely Jackson y Chalise Creel, acicaladas para salir, pudriéndose en el sofá. Y ahora esto: esa carnicería sangrienta en Rapture Hill.

Contando los últimos, había diez muertos en total.

¿Para qué?

Cuando los investigadores buscaban los móviles de un asesinato, solían decantarse por uno de los cuatro principales: codicia, poder, lujuria, envidia. Uno de ellos, o más de uno, estaba casi siempre presente. Pero había un quinto móvil que Gurney había llegado a la conclusión de que era el más poderoso de todos. El odio. El odio puro, rabioso, monomaníaco.

Esa era la fuerza oculta que intuía que impulsaba toda esta muerte y destrucción.

No se trataba, sin embargo, de ese tipo de intuición práctica que lleva a la identificación inmediata de un sospechoso, pues el odio a esos niveles patológicos solía estar bien oculto.

Para poder avanzar de un modo sencillo, decidió probar con un proceso de eliminación. Empezó con una lista mental de todos aquellos que tenían una relación significativa con el caso. Los primeros por eliminar, naturalmente, eran los diez asesinados, además de Marvin Gelter, quien difícilmente habría desatado una explosión que lo había dejado casi muerto.

Estaba a punto de eliminar a Haley Beckert por un motivo similar, pero vaciló. Que hubiera salido de la zona fatídica justo antes de producirse la explosión probablemente era una afortunada coincidencia. Sin embargo, al menos de momento, había que dejarla en la lista.

Dell Beckert, por lo que Gurney sabía, seguía vivo. Si realmente la confesión que Kline había recibido procedía de él, era sin duda el principal sospechoso. Pero ese «si» constituía un gran interrogante. Gurney aún creía posible que fuera víctima de un montaje para inculparlo. Si era culpable, matar a varias personas que quizá todavía estaban de su lado no tenía lógica.

Cory se encontraba en la escena y había salido vivo. El daño que había sufrido en la visión no lo excluía sin más de la lista de sospechosos. Lo que sí lo excluía era el hecho de haber sido inculpado de los dos primeros asesinatos. Y Gurney estaba convencido de que el mismo cerebro de esas dos muertes era el responsable de las siguientes.

Kline también estaba en la escena y había salido vivo, pero a Gurney le resultaba imposible ver a ese fiscal deshonesto, poco inteligente y demasiado nervioso como un genio malvado.

Torres también estaba allí y seguía vivo. A Gurney le parecía un sospechoso en potencia más interesante, pero solo por el hecho de que parecía tan honrado, inofensivo e ingenuo.

A los gemelos Gort, por otro lado, nunca podrían calificarles de honrados, inofensivos o ingenuos. Ellos habían estado implicados casi con toda certeza en la muerte sangrienta de Turlock; eran la fuente más probable de la dinamita; y esos aullidos intermitentes en el bosque debían de ser de sus perros. Sin embargo, Gurney estaba relativamente seguro de que actuaban como simples instrumentos del mismo manipulador desconocido que había sembrado en su complejo las pruebas de los Kaballeros del Sol Naciente para inculparlos por las muertes de Jordan y Tooker, y que al mismo tiempo le había tendido una trampa a Judd Turlock para que pareciese el autor del montaje. Esa era la única posibilidad que resultaba lógica.

Maynard Biggs, como había señalado Hardwick, era la persona que en apariencia tenía más que ganar con toda la historia, sobre todo si Beckert acababa siendo acusado de algunos asesinatos o de todos. De hecho, la única respuesta clara a la pregunta *cui bono* era Maynard Biggs. Sin embargo, Gurney se resistía a aceptar la posibilidad de que fuera el culpable, seguramente porque ello destruiría la confianza que tenía en su capacidad para descifrar la personalidad de la gente.

Y, finalmente, quedaba el rector de la iglesia de Santo Tomás Apóstol, el reverendo Whittaker Coolidge: el hombre que había proporcionado una coartada póstuma a Jordan y Tooker y que se había erigido en máximo defensor de Cory Payne. Enemigo acérrimo de Dell Beckert y gran admirador de Maynard Biggs. Era también el individuo relacionado con el caso que a Gurney le parecía más difícil de conocer.

Después de hacer la lista, descubrió que apenas servía para iluminar el cuadro general. Nadie parecía emerger de un modo claro y convincente. Tal vez el esquema básico móvil-medio-oportunidad podía ayudar a reducir un poco las posibilidades, en especial el medio y la oportunidad, que eran los dos factores más fácilmente discernibles.

Había empezado a repasar la lista desde ese ángulo cuando lo interrumpió la aparición de los agentes de las fuerzas especiales, que volvían del cobertizo con las caras y las chaquetas chorreando agua. Aunque con los ojos enrojecidos y parpadeantes, le dijeron que ya estaban listos.

Gurney tenía sus dudas.

—Las prioridades ahora son, primero, encargarse de que nadie entre ni salga de la escena sin mi autorización; segundo, establecer un perímetro alrededor de la zona inmediata de la explosión y de las víctimas; tercero, registrar y controlar la casa. Eso es lo más complicado. No sabemos si Beckert está ahí o no, ni cuáles pueden ser sus intenciones.

El agente que estaba más cerca respondió:

—La parte complicada es la que mejor se nos da.

—Bien. Pero díganme qué van a hacer antes de hacerlo.

Los cuatro se alejaron hacia su furgoneta, hablando entre ellos en voz baja.

Torres, mirando su móvil, se acercó a Gurney.

—La compañía ha triangulado el teléfono de Beckert. Pero no sé si podemos fiarnos del resultado. Las coordenadas indican que el teléfono está fuera de la casa.

Gurney reaccionó con más excitación que sorpresa.

—¿Sabe qué tipo de teléfono tiene?

—Una Blackberry. Como todo el mundo en el departamento.

—¿Qué parte del exterior de la casa indican las coordenadas?

—Prácticamente donde estamos ahora.

—¿No puede ser más concreto?

—No. Dada la distancia entre las tres antenas, dicen que la resolución aproximada corresponde a un radio de seis metros alrededor del punto señalado por las coordenadas. Es decir, a un círculo de doce metros de diámetro, lo que incluye toda la hilera de vehículos y la zona a nuestro alrededor.

—De acuerdo. Así que ahora sabemos que la Blackberry la tiene en su poder alguien que no es Beckert. Y que los mensajes que Kline ha recibido desde ese teléfono procedían de ese alguien: incluida la supuesta confesión, la oferta de rendición y la lista de personas que debían presenciar la entrega, tres de las cuales ahora están muertas.

Torres lo miró fijamente.

—Parece como si estuviera a punto de comprender la teoría de la relatividad de Einstein.

—Aún mejor. Creo que por fin he comprendido todo este espantoso caso. Venga conmigo.

Gurney fue casi corriendo a la furgoneta de las fuerzas especiales. Tres agentes estaban revisando los cargadores de sus rifles. El cuarto estaba sacando un ariete de su estuche.

—No necesitarán la artillería —les dijo Gurney—. Encontrarán a Beckert dentro de la casa, en la habitación donde esté la televisión. Y él estará mirando RAM-TV. No les hará falta el ariete. —Se metió la mano en el bolsillo y sacó la llave que le habían dado en la agencia esa mañana—. Pero no entren hasta que yo dé la señal. Primero tengo que encontrar una cosa.

Los agentes lo miraron tan perplejos como Torres.

—Ustedes esperen hasta que les avise… y todo saldrá bien —dijo Gurney.

Se volvió hacia Torres.

—Hemos de encontrar un teléfono que ha desaparecido.

—¿La Blackberry?

—No. El iPhone de Payne.

Gurney recorrió la fila de coches hasta el Camry beis. Payne estaba a gatas, mirando y tanteando por debajo.

—¿Todavía no lo ha encontrado? —preguntó Gurney.

Payne levantó la vista, haciendo muecas de dolor.

—No. Con toda esta arenilla en los ojos…

Gurney lo interrumpió.

—¿Lo necesita para algo en particular?

—Quiero llamar a mi padre.

—No sabía que se hablaran.

—No nos hablamos. O, por lo menos, no nos hablábamos. Pero he pensado que… quizá… si él fuese el responsable de la explosión…, quizá podría averiguar qué está pasando.

Gurney rodeó el coche. Volvió a rodearlo de nuevo. Y otra vez más todavía, en círculos progresivamente más amplios. A la cuarta vuelta, identificó un rectángulo reluciente a unos tres metros del lateral del coche, cerca de la linde del claro. Lo recogió y vio que era un iPhone.

Se acercó a Torres y le dijo con naturalidad.

—Dígale al equipo de la furgoneta que proceda de inmediato.

Torres asintió y se alejó.

Gurney alzó el teléfono para que Payne lo viera.

—¿Es esto lo que buscaba?

—¡Sí, es ese! —El joven se puso de pie y extendió el brazo para cogerlo—. Debo de haberme confundido sobre el punto donde me encontraba en el momento de la explosión.

Gurney observó el teléfono con curiosidad.

—¿Le importa que le eche un vistazo?

Payne no dijo nada.

Gurney observó la pantalla y fingió que pulsaba uno de los iconos.

—No lo toque —dijo Payne con brusquedad—. Lo tengo ajustado… a mi manera.

Gurney asintió.

—¿Usted cree que su padre ha provocado esa explosión?

—Yo…, bueno…, es posible, ¿no? O sea, el mensaje que me ha enviado parecía una locura. —Payne titubeó, mirando con los ojos entornados los destrozos y los cuerpos que yacían frente a la casa—. Antes me ha dicho que hay algunos heridos. ¿Ha muerto alguien?

—Sí.

—¿Quién?

—Su madrastra no. Ella está bien. Por si estaba preocupado.

Payne no mostró ninguna reacción. Se secó los ojos con el dorso de la mano.

—¿Me devuelve mi teléfono?

Gurney no hizo caso.

—Entonces..., si abro la agenda..., ¿qué número debería elegir... para hacer estallar la última carga de dinamita?

—¿Cómo?

—La última carga de dinamita. Si quisiera hacerla estallar...

—¿Qué demonios está diciendo?

Gurney se encogió de hombros.

—Ha funcionado con la dinamita de las cestas de petunias, así que debería funcionar con la dinamita de la casa.

Payne lo miró con una expresión casi indescifrable.

—Por poco se sale con la suya. John Steele..., Rick Loomis..., Marcel Jordan..., Virgil Tooker..., Judd Turlock..., Blaze Lovely Jackson..., Chalise Creel..., Dwayne Shucker..., Goodson Cloutz..., Joe Beltz...

—Pero ¿qué está diciendo? —La pregunta resultaba extrañamente tranquila, casi indiferente.

—Diez asesinatos. Poco le ha faltado para salir impune. Un plan concienzudo. Una ejecución meticulosa. Un control impecable. Y al final se le olvida cerrar los ojos. Un descuido tan tonto después de calcular hasta el último detalle. Si no se le hubiera metido esa tierra en los ojos con la onda expansiva, no habría perdido el teléfono. Y si no hubiera perdido el teléfono, ya habría hecho saltar en pedazos a su padre.

Payne negó con la cabeza.

—Usted fue quien me salvó la vida, quien demostró que yo era inocente.

—No demostré que fuese inocente. Demostré que había sido falsamente inculpado.

—Dígalo como quiera. El significado es idéntico.

—Durante un tiempo pensé que era así. Fue una estupidez por mi parte. Las manivelas de las cisternas me confundieron. Nunca se me ocurrió que podría haber sido usted quien las había cambiado. Eran la prueba de que alguien había tratado de inculparlo. Eso hacía que pareciese una víctima inocente del verdadero asesino. Y arrojaba automáticamente una sombra de duda sobre todas las demás pruebas contra usted. Debe de ser el truco criminal más ingenioso con el que me he tropezado.

Mientras iba hablando, Gurney observaba los ojos del joven. Hacía mucho que había aprendido que un movimiento brusco viene anunciado primero por los ojos. En ese instante, no percibía indicios de que fuera a producirse un movimiento, pero lo que captaba era más inquietante. El abanico relativamente normal de expresiones de Payne se había embotado en un rictus no del todo humano. En las descripciones de asesinos solía abusarse de la palabra «monstruo», pero ahora parecía un término muy suave para la criatura imperturbable que le devolvía la mirada.

Justo cuando él asía la Beretta con fuerza en el bolsillo de la chaqueta, sonó a su espalda un chillido gutural desconcertante y alguien pasó disparado por su lado y aplastó a Payne contra la carrocería del coche. Tardó unos instantes en darse cuenta de que Haley Beauville Beckert estaba dándole puñetazos y patadas a Payne con una furia salvaje.

—¡Asqueroso hijo de puta! —gritaba.

Gurney sacó su arma, evaluó la situación y decidió que sería más seguro mantenerse al margen que intentar reducir a Payne de inmediato. Al menos hasta el momento adecuado.

Fue un error.

Después de dejar que Haley agotara su acceso de furia, el joven la sujetó y le dio la vuelta, pasándole el brazo por el cuello. La arrastró hacia atrás con asombrosa rapidez, separándose del coche y dirigiéndose hacia la linde del claro, al tiempo que aparecía en su mano libre una Glock de 9 milímetros.

Gurney permaneció donde estaba, apoyando la Beretta en el techo del Camry y esperando a tener un ángulo claro para pegarle un tiro en la cabeza.

—Se acabó, Cory. No lo empeore más.

Payne no dijo nada. Parecía consciente de las intenciones de Gurney y se las ingeniaba para mantenerse detrás de Haley, moviéndole la cabeza de aquí para allá con grandes sacudidas, lo que volvía demasiado arriesgada la posibilidad de dispararle.

Gurney volvió a gritarle:

—Suéltela, Cory, y tire el arma. Cuanto más tarde, peor será.

Asombrosamente —o quizá previsiblemente, dado el estilo de RAM-TV—, el cámara tomó posiciones en un punto equidistante, formando un triángulo con ellos. Tras una toma rápida de Gurney, enfocó lentamente a Payne y a su rehén.

Gurney hizo otro intento.

—Cuanto más tiempo la retenga, peor se pondrán las cosas.

Payne estalló en carcajadas.

—Es lo mejor para todos. Lo mejor para todos. —No le hablaba a Gurney. Hablaba a la cámara, lo cual quería decir que estaba hablándole a Beckert.

La siniestra verdad que Gurney había deducido por varios indicios (entre otros, la antena parabólica nueva de la casa) era que mientras Payne mantenía a Beckert cautivo en Rapture Hill, le obligaba a mirar RAM-TV y a presenciar el espectáculo de su propia ruina.

—¡Lo mejor para todos! —repitió Payne ante la cámara, con un rictus sonriente y una mirada tan vacua y gélida como la de un tiburón—. Lo mejor para todos. Es lo que dijiste después de matar a mi madre. Dijiste que era una adicta miserable. Dijiste que su muerte por culpa de las drogas que le diste era lo mejor para todos. Y luego la reemplazaste por esta zorra despreciable y repugnante. Te atreviste a reemplazarla con esto…, con esta puta corrompida y cancerígena. ¡Lo mejor para todos!

Le dio a Haley otro tirón en la cabeza.

—Tú inculpabas a gente asustada y desvalida para sacarla de las calles. De tus calles. Encerrabas y dejabas morir en la cárcel a personas indefensas. ¡Lo mejor para todos! Metiste a la chica que yo amaba en un agujero infernal donde la violaron y la mataron. ¡Lo mejor para todos! Hacías que acabaran de un tiro con los traficantes de poca monta por «resistirse a la autoridad». ¡Lo mejor para todos!

Miró directamente a la cámara, con aquellos ojos inhumanos.

—Así que creo que yo voy a hacer lo mismo. De tal palo, tal astilla. Le meteré una bala en la cabeza a esta puta. Lo mejor para todos. ¡Feliz Día de la Madre, zorra!

Gurney salió de detrás del Camry disparando al aire con su Beretta y gritando:

—¡Aquí, cabronazo!

En ese momento, cuando la Glock pivotaba desde la sien de Haley hacia Gurney, sonó un fuerte impacto metálico y, casi a la vez, la seca detonación de un disparo de rifle procedente del bosque. La Glock salió volando de la mano de Payne, que empujó a Haley hacia Gurney y echó a correr con la agilidad de un velocista hasta desaparecer entre los oscuros abetos. Al cabo de un minuto, esa parte del bosque se llenó de escalofriantes aullidos que fueron aumentando de volumen y ferocidad para convertirse en una algarabía de roncos gruñidos... Finalmente, sonó un agudo silbido y se hizo un completo silencio.

Un minuto o dos después, las fuerzas especiales emergieron de la casa con un Dell Beckert tembloroso y demacrado. Tenía atados al estómago con cinta adhesiva tres cartuchos de dinamita y un detonador controlado por teléfono móvil. El jefe de la unidad llamó a la policía del estado para comprobar que con los refuerzos iba un experto en explosivos. Entre tanto, el reencuentro de Beckert con su esposa tuvo que producirse a distancia, con expresiones cargadas de tensión por ambas partes.

Hardwick salió al claro desde el bosque, con su AK-47 en ristre. Cuando se acercó, Gurney preguntó con desenfado:

—¿Qué demonios ha sido ese alarde de película del Oeste?

Hardwick le miró ofendido.

—¿Cómo dices?

—Lo de quitarle a Payne la pistola de un tiro. Eso no lo hace nadie.

—Ya lo sé.

—¿Y cómo es que lo has intentado?

—No lo he intentado. Le apuntaba a la nariz y he fallado.

Pronto llegó al claro el sonido de las sirenas. Parecían venir de todas direcciones. Hardwick hizo una mueca.

—Ahora va a empezar el clásico follón de mierda.

El sol había quedado oculto hacía mucho por el frente de nubes bajas. Hubo una ráfaga de aire frío por el claro y empezó a caer la lluvia, que convirtió las petunias pulverizadas que cubrían el suelo en una infinidad de motas rojas. Como si la propia lluvia estuviera convirtiéndose en sangre.

Epílogo

Sin lugar a dudas, se produjo el clásico follón de mierda que Hardwick había previsto. En la versión que posteriormente se impuso entre los medios del caso White River y su caótico desenlace, no hubo grandes héroes. FRACASO MONUMENTAL DE LAS FUERZAS DEL ORDEN, fue uno de los titulares. En los blogs de noticias más incisivos lo tildaron de CAGADA FATÍDICA. Los informativos y los programas de entrevistas de RAM-TV, centrándose en el sangriento final, hablaron de LA MASACRE DE RAPTURE HILL.

Kline, el fiscal del distrito, salió muy malparado. Fue presentado de forma unánime como el hombre cuyos reiterados errores habían llevado a la catástrofe. Los juicios negativos de todos los medios de comunicación, los rumores de que había sufrido un colapso nervioso en la escena del crimen y las crecientes protestas públicas hicieron que sus aliados políticos lo abandonasen y que, poco después, presentara su dimisión.

La imprudente alianza de Cory Payne con los gemelos Gort terminó en desastre. Sus restos hechos trizas por los pitbulls aparecieron desperdigados en el pinar al pie de Rapture Hill. Había manipulado a los Gort para matar a Turlock (y para que le suministraran la dinamita con la que hacer volar por los aires a su padre y a todos sus aliados), pero había sobrevalorado la confianza que los dos hermanos tenían en él. Los psicólogos de la tertulia televisiva opinaron durante semanas sobre la vida traumática y los oscuros motivos de Payne. Sobre él se publicó un libro titulado: *Venganza ciega*. Incluso se vendieron los derechos para hacer una película.

Los Gort y sus perros se evaporaron. Todos los interrogantes que rodeaban su desaparición y su funesta alianza con Payne dieron pábulo a infinidad de artículos sensacionalistas. Los excursionistas afirmaban de vez en cuando haberlos visto. Además, circulaban historias sobre ellos capaces de ponerles la carne de gallina a los que acampaban de noche por la zona, pero no apareció ninguna prueba tangible de su presencia. Era como si se hubiesen fundido, como una fuerza maligna de la naturaleza, con aquellas tierras salvajes que siempre habían formado parte de sus vidas.

El balance de víctimas de Rapture Hill ascendió a cuatro cuando Marvin Gelter murió una semana después en el hospital a causa de una infección masiva.

496

La Unión de Defensa Negra, provisionalmente sin líder, se negó a hacer ninguna declaración pública. Y lo mismo Carlton Flynn, que al parecer no logró dar con un enfoque político lo bastante provocativo sobre el caso.

El papel de Gurney en todo el asunto fue tratado mayormente de forma positiva. Su acertada evaluación final de la situación y su intrépida confrontación con Cory Payne obtuvieron el reconocimiento general. Haley Beckert, en especial, elogió sus intentos de advertir a Kline sobre lo que realmente estaba ocurriendo en Rapture Hill.

A Gurney, cuando estaba quedándose dormido una noche, la experiencia de *déjà vu* que le había asaltado al ver la matrícula de Beckert, CBIIWRPD, se le aclaró repentinamente. La parte

CBII, las iniciales de Cordell Beckert II, le había despertado inconscientemente el recuerdo de que Cory Payne se llamaba en realidad Cordell Beckert III. Con lo cual sus iniciales eran CBIII. Algo muy semejante a C13111. Una persona malherida en una camilla intentando garabatear una nota podía muy bien haber escrito una «B» que pareciera un «13». Así pues, la nota de Rick Loomis, que decía «A B L E C 1 3 1 1 1» era un intento de decirle a Gurney: «Hablé con Cory Payne». Y eso suscitaba interrogantes que el propio Gurney sabía que nunca lograría despejar.

Y no es que fuera algo insólito en un caso de asesinato. Con demasiada frecuencia, las únicas personas que sabían toda la verdad estaban muertas.

Las arrugas de pesar se volvieron permanentes en el rostro de Kim Steele. Se percibía en ella el peso de la tristeza. Pero, aun así, siguió adelante.

Heather Loomis, por su parte, sufrió un deterioro mucho más profundo. Tras la muerte de su marido, pasó de una depresión a un estado casi catatónico. La trasladaron a una clínica mental especializada de Nueva Inglaterra para someterse a un largo tratamiento. Dio a luz prematuramente. El bebé quedó a cargo de su hermano y de su cuñada. No mostró interés por la criatura ni por las decisiones que se adoptaron sobre ella.

Mark Torres le confió a Gurney que pensaba presentar su dimisión en la policía de White River para sacarse un título de trabajador social. Gurney le aconsejó que le diera otro año al departamento, convencido de que eran agentes como Torres los que podían mejorar el futuro de la labor policial.

Tania Jordan abandonó White River sin decirle nada a nadie.

Υ

Dell Beckert, por primera vez en su vida adulta, rechazó una y otra vez el contacto con los medios. Parecía haber envejecido años durante los días de su cautiverio. Además, la tensión nerviosa no había concluido para él, porque un grupo de investigadores del Departamento de Justicia emprendió una revisión exhaustiva de su implicación en una serie de supuestos delitos de violación de los derechos civiles, manipulación de pruebas y obstrucción a la justicia.

Al cabo de un mes de sustituir al finado Goodson Cloutz, el *sheriff* en funciones, Fred Kittiny, fue detenido y acusado de siete delitos de instigación al perjurio bajo soborno.

Un especialista en libros de actualidad sobre crímenes, desastres y famosos sacó una obra titulada *Lovely*, que hablaba sobre la fatídica alianza entre Blaze Jackson y Cory Payne. En la portada aparecía una figura con casco y traje de cuero en una motocicleta roja: una igual que la moto de Judd Turlock con la que ella había huido de la casa del francotirador de Poulter Street, según el sofisticado plan incriminatorio urdido por Payne.

La estatua del coronel Ezra Willard fue retirada discretamente del parque público y trasladada a la hacienda particular de un fanático de la Guerra de Secesión que no ocultaba sus simpatías por la causa confederada. Eso dejó a mucha gente un mal sabor de boca sobre la resolución de la polémica. Algunos se habrían sentido más satisfechos si la escultura hubiera sido destruida y arrojada al vertedero del condado. Pero la mayoría del Gobierno municipal prefirió aprobar un traslado menos dramático y librarse así de un foco de enfrentamiento racial.

Maynard Biggs fue nombrado fiscal general en funciones por el gobernador hasta que llegara el momento de la elección, en la que ahora partía como favorito.

Y

El reverendo Whittaker Coolidge ofreció con gran aceptación una serie de conferencias sobre el poder destructivo del odio. Definió el odio con una frase que Maynard Biggs había usado para describir el racismo: «Una navaja sin mango que corta tan profundamente a quien la empuña como a la víctima». Y también como «un arma suicida de destrucción masiva». Y se las arregló asimismo para introducir siempre en sus conferencias un breve resumen de la vida y la muerte de Cory Payne: «Su odio lo impulsaba. Su odio lo mató».

Tras el sangriento desenlace de Rapture Hill y después de las exhaustivas sesiones informativas con los investigadores estatales y federales enviados a White River, Gurney y Madeleine no tuvieron durante un tiempo muchas ganas de hablar del caso.

Ella mostraba con frecuencia una expresión preocupada; pero él sabía por experiencia que era mejor no preguntar, que ya le contaría lo que tenía en la cabeza a su debido tiempo.

Y eso fue lo que sucedió una noche de principios de junio. Acababan de terminar una cena tranquila. Las puertas cristaleras estaban abiertas y el aire cálido de verano traía la fragancia de las lilas que empezaban a marchitarse. Tras un rato de silencio, Madeleine empezó a hablar:

—¿Crees que cambiará algo?

—¿Te refieres a la situación de racismo en White River?

Ella asintió.

—Bueno…, están pasando cosas que antes no pasaban. Están quitando las manzanas podridas del departamento de policía; están revisando casos antiguos, en especial el incidente de Laxton Jones; están implantando un proceso más transparente para abordar las quejas de los ciudadanos. Han quitado la estatua. Han empezado las conversaciones para crear una comisión interracial que…

Ella lo interrumpió.

—Ya sé todo eso. Los anuncios. Las conferencias de prensa. Quiero decir… ¿No te suena como una forma más de poner parches en el casco del *Titanic*?

499

Gurney se encogió de hombros.

—Es lo de siempre.

—¿Qué quieres decir?

—¿No es eso lo que hace la mayoría de la gente que elegimos para resolver nuestros problemas? No resuelven nada, en realidad; solo modifican unos cuantos detalles para librarse de la presión política y hacer que parezca que se está haciendo algo importante. El auténtico cambio no se produce así. Es menos manejable, menos previsible. Solo se produce cuando la gente ve algo que no había visto antes: cuando la verdad, por la razón que sea, les estalla en la cara con la fuerza suficiente para abrirles los ojos.

Madeleine asintió pensativa, más bien para sí. Tras un rato, se levantó de la mesa, se acercó a las cristaleras y contempló los pastos bajos en dirección al granero y el estanque.

—¿Crees que es eso lo que quiere hacer Thrasher?

A Gurney le sorprendió aquella pregunta.

Reflexionó un momento.

—Sí, creo que sí. A él lo que le gusta por naturaleza es sacar las cosas a la luz, descubrir la verdad, aunque sea desagradable: tal vez especialmente si es desagradable.

Ella inspiró hondo.

—Si le dejamos hacer lo que quiere…, quizá no encuentre absolutamente nada.

—Cierto.

—O quizá encuentre cosas horribles.

—Sí.

—Y luego escribirá sobre esas cosas horribles.

—Sí.

—Y la gente leerá lo que escriba… y algunos se quedarán horrorizados.

—Supongo que sí.

Ella contempló la zona de la excavación durante unos minutos y al fin murmuró casi inaudiblemente:

—Tal vez deberíamos dejar que siga adelante.

Agradecimientos

A medida que crece la serie de *thrillers* de David Gurney, también lo hace mi gratitud hacia los responsables de su éxito.

Gracias ante todo a mi maravillosa agente, Molly Friedrich, y a sus magníficos compañeros, Lucy Carson y Kent Wolf. Sus agudas observaciones, su atenta lectura de mis manuscritos, sus creativas sugerencias y su caluroso apoyo han sido realmente inestimables.

Gracias también a mi extraordinario editor, Dan Smetanka, cuyas sutiles intuiciones sobre estructura dramática, personajes y ritmo narrativo (junto con su destreza para la poda selectiva) han hecho que las historias fueran mejores, más concisas e intensas. Y gracias a mi correctora, Megan Gendell, cuyo ojo para captar detalles cruciales de lenguaje, tono y coherencia ha permitido incorporar innumerables mejoras.

Gracias a mi esposa, Naomi, que hace que todo sea posible.

Y, finalmente, gracias a todos los lectores de las novelas de Dave Gurney. Vuestro entusiasmo por estos libros es uno de los aspectos más reconfortantes de mi vida como escritor.

Este libro utiliza el tipo Aldus, que toma su nombre
del vanguardista impresor del Renacimiento
italiano, Aldus Manutius. Hermann Zapf
diseñó el tipo Aldus para la imprenta
Stempel en 1954, como una réplica
más ligera y elegante del
popular tipo
Palatino

Arderás en la tormenta
se acabó de imprimir
un día de verano de 2018,
en los talleres gráficos de Liberdúplex, s.l.u.
Ctra. BV-2249, km 7,4, Pol. Ind. Torrentfondo
Sant Llorenç d'Hortons (Barcelona)